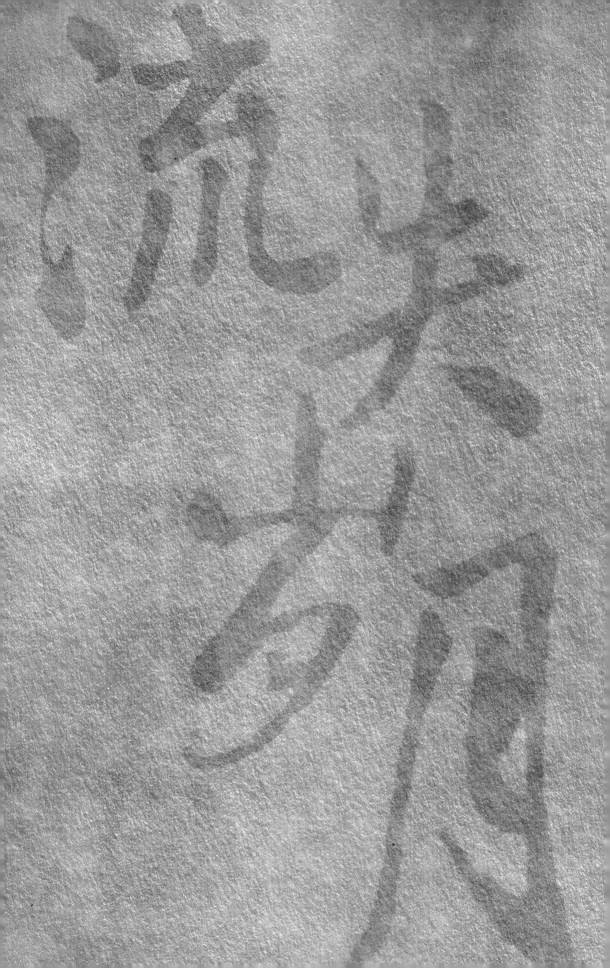

湘九的历程 叁

张廷竹 著

流失岁月

山西出版集团 山西人民出版社

图书在版编目（ＣＩＰ）数据

流失岁月 / 张廷竹著，-- 太原：山西人民出版社，
2011.11
ISBN　978-7-203-07406-9

Ⅰ.①流…　Ⅱ.①张…　Ⅲ.①自传体小说—中国
—当代　Ⅳ.① I247.5

中国版本图书馆 CIP 数据核字（2011）第 177851 号

流失岁月(湘九的历程　叁)

著　　者： 张廷竹
责任编辑： 张文颖
助理编辑： 高　雷
装帧设计： 清晨阳光(谢成)工作室

出 版 者： 山西出版集团·山西人民出版社
地　　址： 太原市建设南路 21 号
邮　　编： 030012
发行营销： 0351-4922220　4955996　4956039
　　　　　　0351-4922127(传真)　4956038(邮购)
E－mail： sxskcb@163.com　发行部
　　　　　　sxskcb@126.com　总编室
网　　址： www.sxskcb.com

经 销 者： 山西出版集团·山西人民出版社
承 印 者： 山西晋财印刷有限公司

开　　本： 787mm×1092mm　　1/16
印　　张： 24.5
字　　数： 400 千字
版　　次： 2011 年 11 月　第 1 版
印　　次： 2011 年 11 月　第 1 次印刷
书　　号： ISBN　978-7-203-07406-9
定　　价： 48.00 元

如有印装质量问题请与本社联系调换

目　　录

一　不把他赶走，我们就不可能放手大干 ……………………… 1

二　从财物积累向资本积累转化 ………………………………… 12

三　四千万公款注册的私人企业与五千万"免税"计划 ……… 24

四　一位神秘来访的收藏家老江湖 ……………………………… 39

五　被分流的军企职工与"香港的大老板" …………………… 47

六　一个戴着镣铐跳舞的角色 …………………………………… 62

七　现身于庞大商业帝国的一条支脉上 ………………………… 75

八　显赫的亲属、秘书和世上不存在的"流通股大股东" …… 86

九　省委书记召见时的鬼影幢幢 ………………………………… 102

十　告御状是要滚钉板的 ………………………………………… 113

十一　女儿结婚那天的批斗会和曼哈顿来的世交 …………… 124

十二　履新第一天的化工厂突发事故 ………………………… 137

十三　两家集团合并两个月零十六天的磨刀霍霍 …………… 150

十四　公安部老朋友的提醒和警告使他戳觫 ………………… 162

十五　坚持国有股不能低于 34%，这是一条警戒线 ………… 173

十六　所有的陈年记忆一瞬间在脑海中重现 ………………… 184

十七　被雷霆万钧的长官高高举起又轻轻放下 ……………… 195

十八　审计组说你，或者你们，到底掌握到什么证据没有 … 206

十九　未发现任何以权谋私问题的审计报告与继续揭露 …… 219

二十　带着两份绝对真实的承诺书再上北京 ………………… 232

二十一　不换脑袋就要换人和新任省委书记的接见 ……………… 245

二十二　阿扁式的民意测验和你必须站出来公开斗争 ……………… 257

二十三　除了震惊，还是震惊，支持者与反对者都在赛跑 ……………… 271

二十四　岳母临终前的高喊：打倒，把他们统统打倒 ……………… 284

二十五　一些人进行神秘的调查时，某些人的希望终于落空了 ……………… 297

二十六　有如果的话，在战场上，老子就把他一枪毙了 ……………… 309

二十七　一个与狼搏斗过的人和一份严正声明 ……………… 322

二十八　等待已久的行动终于开始，风高月黑北上求援 ……………… 336

二十九　可怕的内奸和情人的自杀表态 ……………… 351

三十　法庭上内外的喧嚣和漫长的等待，六十年，他没有白活 ……………… 364

后记 ……………………………………………………………… 381

一

不把他赶走，我们就不可能放手大干

二十一世纪的第一个冬天，早晨七点钟，寒风刺骨，尤其在古运河畔这条僻静的小巷，穿堂风更显得凛冽。几株光秃秃的树木在风中摇曳，远处的河堤上，残桥覆雪。

一夜没有睡好觉的朱某人，萎头缩脑地走出家门，立时呆立在了巷子中间。他瞧着十几米外两个穿黑色风衣的男人，惊慌地转过身去。他知道这当然是多余的。巷子的另一头，也出现了两个穿黄色夹克的男人，正在一步一步向他逼近。

四十岁不到的朱某人蹲在路旁。他身材中等偏高，筋骨强健。然而，他很清楚，反抗是无用的，只会招来更加残酷的报复。

高大而壮硕的黑色风衣客后面，露出了一个身穿灰色西便装，系蓝色领带的青年男子。这个个子不高的年轻人肤色白皙，尖削的鼻梁上架一副金边眼镜，看上去就像一位中学教师。他微笑着，走到蹲在地上的朱某人跟前。朱某人将双手抱住了脑袋。年轻人的微笑中显出轻蔑的神情。他伸出一只脚，将鞋后跟轻轻地放在朱某人的脚背上，接着，加大力度，猛地碾压下去，他脸上却依然呵呵地笑着。

朱某人是原省基建总公司下属一家小公司的经理，当基建总公司向省经贸委交出行业管理职能，改为只承担自身运营职能的国有集团公司时，他和他的经营团队便持了这家小公司的大股。不料，自以为天衣无缝的他，怎么也没有想到，上面调来了一个比他们懂行十倍、百倍的集团公司董事长，他们因此而成为被该人立威的第一个目标。

朱某人感觉自己脚背上的皮肉快被踩烂了，湿漉漉的鲜血正在渗出袜子，他发出痛苦的呻吟声。他的身子，不由自主地向后倒下去。他面前的年轻男子，却似乎很不满意他的哼哼唧唧，抬起腿，将一只尖头皮鞋踢向他的脸。朱某人的脊背抵在了巷边的墙角上，他转过脸，年轻人的鞋尖落到他的喉结上。朱某人恐惧地仰起脸。"求求您，"他嗓音嘶哑地哀求说，"到我们公司去吧，您要什么我都给您！……"

巷口停着一辆黑色的凯迪拉克轿车，朱某人被押上车，一边一个穿黑色风衣的大汉，扭住他的胳膊。穿灰西装的年轻人，谁也不清楚他的来路，姑且称之为"灰仔"。这个灰仔，当他坐到前面的副驾驶座上去后，再次变成文质彬彬的了。

"只有老实配合，"灰仔点燃一支烟说，"你才可能将功赎罪。"

太阳终于照到了这幢河边的商务楼，照进公司的办公室。但是，阳光并没有带来任何暖意。房间好像被洗劫了一遍，电话机拖着长长的、扭曲的电线从桌上挂落下来，写字台、柜子上的抽屉全给拉了出来，里面的东西丢得满屋狼藉。屋角有一面落地式的穿衣镜，现在破成了参差不齐的碎片。椅子在摇晃，坐到椅子上的人将脚搁在桌子上。一杯残茶被掷到墙上，景德镇产的瓷杯被掷碎了，茶渍弄脏了墙上雪白的乳胶漆，滴滴答答地淌落下来。

公司的出纳小赵，上班来得比其他人早一些。走进公司时惊叫了一声，然后，她畏惧地缩在门边，一动也不敢动了。

她听到戴眼镜的灰仔先生对她的经理说："老实交代，张总跟你说过些什么？"他把双脚从朱经理的办公桌上收回来。"他在你们这里得过什么好处？"

"他说，集团公司对我们的改制有不同看法，要重新审计。"朱某人站在他对面，像一个被审讯的犯罪嫌疑人那样，毕恭毕敬地回答。

"你还是不肯配合，对不对？"灰仔说。他站起身。他的像女人一样细长的胳膊伸过去，手指差点戳到对方的眼皮上。朱某人趔趔趄趄地向后退了两步。"看来，还是需要让你再清醒一下！"灰仔猛地拍了拍桌子。

两条穿黑色风衣的汉子已经揪住朱经理的双臂，他们的手一抬，朱某人就成了一只弯腰弓背的大鸟。小赵突然冲了过去，她结结巴巴地说："张总他……他很少来我们

流失岁月

这里，他从来也……也没有分管过这家公司。"

"这里没你说话的份儿。"一条汉子横眉竖眼地对她说。

"你好像是财务，对吗？"灰仔挥挥手，阻止了他的马仔。他推了一下掉到鼻尖上的金边眼镜，似乎突然变得平心静气了。"你当然也是这家公司的股东之一了？你能把公司所有的股东名单抄一份给我吗？"

"我不知道你是谁，"小赵觉得自己在发抖，害怕得发抖，她的说话声从嘴里出来像风吹着一张纸片似的嘶嘶作响。"但是我可以告诉你，我们公司的股东名单都在工商局的注册证上，你……你可以去查询的。"

"不要像你的经理一样跟我们耍花腔，"灰仔警告她说，"那是可以公开的股东名单，还有某些不便公开的股东呢？"

"没有一个不便公开的股东，"小赵感到自己镇静了一些，她不再结巴了，"你以为我们还是计划经济年代的双轨制公司吗？现在，市场早就放开了，竞争那么激烈……改制前，我们的效益已经变得很低了……"

这位女工在叹息，她的心里，其实对她的经理很不满。公司效益很不好，朱某人每天坐在经理室的电脑前炒自己的股票。他的费用开支却像过去一样多。如果他们针对的仅仅是他，也许，她就不会站出来说话了。但是，他们显然还有另一个目标。

阿弥陀佛，女工小赵对自己说，幸亏张总没有分管过这家公司，无事也不到这里来的。早已有人向她调查过：张某人在这里报销过什么费用？她摇头苦笑。她跟这位领导只打过一次交道：她的丈夫下岗了，她也差一点下岗，张总仗义执言：两口子都下岗，这上有老下有小的，日子还怎么过呢？

秋天，菊香蟹肥时节，两口子拎着一串阳澄湖大闸蟹，到了他家所在的小区门口。保安问他们找的是哪一幢哪一室住户，他们说不出。电话打通了，他们听到他爽朗的笑声。"小赵啊，有什么事明天到办公室说吧，中秋节快到了；请原谅我不在家里接待你们！"

两口子真的很尴尬。觉得这位领导既关心下属又不通人情。小赵说："我们没带什么礼品，只买了几只螃蟹啊。""几只螃蟹也不便宜哪，"张某人一本正经地说，"何况，为你们说几句排忧解难的话，乃是我的职责所在，你们的心意我领了，请回去吧。"

小赵对她的丈夫说："你也是从本单位下岗的,他也是你的老领导,你跟他说。"丈夫涨红了脸,不敢接电话。"听说他是个作家,也许正在写书呢,"他对妻子说,"我们不该晚上来打扰他。"

凤起路上,车来人往,假日酒店流光溢彩,门口停满了小车。喝得满面红光的老总或者处长、厅长们走出门来,个个手里拎着价值不菲的礼品袋。小赵和她的丈夫因此而感到迷惘:既然他连一只螃蟹都不肯收下,他为什么还要帮他们这么大的忙呢?

从这位女出纳嘴里,灰仔问不出有价值的信息。灰仔很恼火。八点一刻了,商务楼变得嘈杂起来,更多的人将要走进办公室。小赵抹着泪开始收拾乱糟糟的一切。朱某人依然浑身颤抖着,畏缩在墙角里。灰仔将烟头摁灭在办公室的玻璃台板上。"把电脑拆下来,统统带走!"他说。

朱某人试图保卫他的电脑,仅仅是试图而已。旋即,他被推到沙发上去了,有人按住他的身子,他的乱蓬蓬的头发也被人揪着。电脑里有他的往来账目,有他的炒股纪录,还有一些可以称之为隐私的文字或照片。他挣扎着、喘息着,最后像个蜡人似的瘫倒在那里。"我要报警,要打110!"他含混不清地喊了一声,"你们跟……跟黑社会有什么区别……我要报警……"

"你报警吧。"灰仔走过去,表情很生动地,拍拍他的脸。"我们受你的上级委托调查你的不法行为。我们所做的一切合理合法。"

八点半,准点来上班的几位员工,目瞪口呆地站在公司门口。他们看着经理室的电脑被这些人抱走,如同在看一部港台电视剧。这些人神态自若地扬长而去,好像廉政公署的官员。他们听到公司出纳发出轻轻的啜泣声,看到经理躺在沙发上呻吟,他们面面相觑。

金处长是集团管财务的,一条长得人高马大的汉子,从小在浙南的一个乡镇长大。他的老家以发家致富论英雄,他还不够英雄。于是他认准一条路:权钱结合,谁有权他就紧跟谁。集团的书记老余曾经党政一把抓,他每天都跟在老余身后,老余的每一项决策,都被他称赞为"英明正确"。董事长成了一把手之后,老余却从此被他

流失岁月

贬得分文不值了。英明正确前面加了"伟大"两个字，他对董事长说："伟大！董事长您真是伟大、英明、正确！"

金处长查张某人的经济问题查了整整半年，可是张某人从来不管钱，这真叫他恼火。

还是夏天的时候，他抓到了张某人一条辫子：张担任全省建材行业结构调整领导小组组长，财政拨下二十万元，作为这个临时机构的办公费用。金处长撺掇会计出纳，向董事长报告：上个月张报销过七十八元出租车票，这个月又来报销了五百三十六元。

一九五三年出生的董事长肖蛇，他称之为小龙。他的老家在富春江畔一个山坳里，他从小被山风江风吹得黑不溜秋。当官之后，他开始笑眯眯地提醒别人：每个月，他都要去高尔夫俱乐部打几次球。类似于金处长这种人，马上就说他的肤色象征着一种尊荣，健康至极。他的形象在这些人的宣传下变得越来越高大了，以致有人怀疑：他出生时，山坳上空是否霞光万丈，七色云彩幻化成了一条张牙舞爪的巨龙？

那就只好尊之为龙显了。

龙显董事长决定给张某人一个"下马威"。集团公司组建三个月了，三个月来作为副职的张某人表现得并不唯命是从。龙显要将原总公司的下属企事业单位资产统统剥离，员工统统分流；张某人说这个举措涉及国企老职工们的切身利益，需要慎重研究科学论证。龙显要将所有的资源集中到新建的一个平台——龙晟投资公司去；张某人说，这个公司全部是你从社会上找来的人，没有本单位任何人参与，干部职工心中有疑虑，可能影响改革中的稳定。龙显冷冷地对他说："企业不是慈善机构，湘九同志，我看你还是给组织写个报告，申请调到慈善总会去吧，那里也许更适合你。"

湘九就是张总，准确地说是张副总。

中午，湘九坐在办公室里闭目养神。龙某人拿着他的报销单据走了进去。湘九比他大三岁，当过地级市的副市长，却从来没打过高尔夫球，没有尊荣的形象，脸色反而显得有些苍白。龙显看到他睁开双眼，坐正了身子，但是，没有站起身来迎接他。

龙显坐到他的对面，深感痛惜地摇摇头，他的脸上甚至出现了一种似乎恨铁不成钢的笑容。

龙显说："湘九同志，这件事你可办得不太合适，财务处反应很大。上个月，你报销过一次出租车票了，这个月，还没到月底呢，你怎么又去报销了？而且有五百多元！"龙显说："你是本集团副总，领导干部上下班有车接送。也许，休息天你体恤司机，想给集团省一点过路费汽油钱吧，那又为什么还拿来本单位报销呢?!"

他冷冷地看着张某人。张某人愣怔怔地瞧着他。房间里的气氛很沉闷。龙显想，金处长提供的这根棍子确实很有分量，我这一闷棍下去，就把他打得连话都说不出来了。

"你有没有搞错，"湘九终于开口时，脸上颇有一种啼笑皆非的神情，"这是集团公司的钱吗？"

龙显愣了愣。"不是集团公司的钱是谁的钱？"他以为对方的精神出了问题，"莫非你从家里带来一笔钱给公家用？"

"我还没有这么高的觉悟，"湘九说，"我也拿不出这么多钱。但我可以告诉你，这是一笔专款专用的钱，跟企业没关系。"

龙显发蒙了。他很生气，很想破口大骂。骂谁呢，他一时想不好。湘九说，省财政给了二十万元办公经费，结构调整领导小组在不到两年的时间内，淘汰和撤除全省各地、县及乡镇严重污染环境、高耗低产、不具备安全生产条件的一百四十七座水泥机立窑，成了全国建材行业的典型。湘九还告诉他，参加结构调整工作的有省里八九个厅局部门，而这二十万元还只花了不到一半。

"那也不能由你签字就给报销吧？"龙显强词夺理地说，"至少应当由一把手审批。"

湘九笑了，没有声音的笑，他摊开双手，耸耸肩。"你去看看有关文件吧，"他说，"我是组长，在这个临时机构，我就是一把手。"

"小组成员们用于工作的报销单据，怎么就成了我个人休息天花的钱呢？"他问龙显。

湘九说，行业管理职能移交给省经贸委了，他将尚未报销的单据理完后，余下的款项，准备一并移交出去。

"不能移交！"龙显咬牙切齿地说，"余下的款子必须留在集团公司……都是公家

流失岁月

的么！张总，"他如此称呼对方了。"你自己去跟财务处说清楚吧，是他们向我反映的。"

对于当过十余年地市级干部的湘九来说，这个午后不可思议。他走进财务处，将五百三十六元人民币放到桌上，取回了那一沓报销单据。他摇着头，看着屋子里两位面红耳赤的女人。他的心在叹息，叹息世道炎凉，人心不古。一个曾经受过他惠的小伙子悄悄拉住他。"算了吧，张总。"他说，"您不要发火，她们也是为了求生存么。"

"您就不要拿回去了。"小伙子指着他手里取回的单据说。

"我留个纪念，"湘九平静地说，"从今天开始，只要我还在这个单位，一切职务消费都将由我自己承担。"

很长时间过去了，这些单据，仍然静静地躺在他的办公桌抽屉里。金处长有一天走进他的办公室，看到他正从抽屉里拿出这沓单据，神情肃穆地看着，目光沉重地穿透了那些纸张，似乎在竭力捕捉着纸张背后的东西。金处长感到他的眼光刺进了自己的心，令他不由自主地发冷。果然，张某人说，金处长，你也太胆大妄为了吧，谁让你到处去调查我的？金处长低下头，不回答。张某人说："本人是省管干部，调查我要经过省纪委，甚至省委研究同意。你承认不承认，你们搞的是非组织活动?!"

当时的金处长一时语塞，过了好长一会儿才无力地说："调查也是对您负责么，查清了您没有经济问题，对您的形象也有好处。"张某人闻之气极而笑。他将那沓单据重新放入抽屉，挥挥手，像赶走一只苍蝇似的说："别狡辩了，我知道是谁让你这么干的，让你咬谁你就咬谁，请问你成了什么了？你走吧，继续去调查我吧。谢谢你们，让我长敲警钟，少犯错误。"说完后张某人就跨出了办公室的门，回头，又说一句："我的抽屉、书橱都没锁，尽管检查吧，别翻得乱七八糟就行。"

金处长真是很恨湘九。他说的话是不是太损人了？金处长再次找来基建房产公司的财务科长，要他提供攻击张某人的炮弹。张某人分管这家公司三年，金处长不相信三年来他居然会纤尘不染。

这位科长早已不胜其烦。他的科室新来了一个胖乎乎的妇人。经理阿兔说，这个妇人是龙董安排进来的，她丈夫是龙董的老部下。科长打听到她跟丈夫原来在食品工业公司，丈夫是总经理，妻子是财务，食品公司亏损严重负债累累，上下左右都有人要求追查这对夫妇，龙董却将他俩作为"人才"引进了这个新组建的集团公司。科长对阿兔说："她来管财务了，我干什么？"阿兔叹气说："听说想把你调到新材料公司去，还是当财务科科长。"科长愣了愣，笑得眼泪都淌出来。他说："新材料公司从经理到仓库保管员只有五个人，还需要什么财务科科长啊？"

科长斜着眼睛打量金处长，觉得对方很像电影里某个人。他想了几秒钟，想起来了：他像《小兵张嘎》中的翻译官，一个汉奸。科长因此而觉得很好笑，他想你整天想着向太君邀功，未免也太累了。这是何苦呢，日本鬼子总有投降的一天，那时你将置身何处？

"你把他的问题揭发出来，可以考虑将你留任。"金处长说。

金处长说完这句赤裸裸的话，脸上多少有一点尴尬。科长含笑注视着他的眼睛，那神情很有一点揶揄。科长想起他跟阿兔经理的对话。他说："我不去什么新材料公司，我走。"阿兔经理说："你走到哪里去，有眉目了吗？"科长摇摇头，说："我是大学本科出身，又有这么多年工作经验，市场经济条件下，总能找到一个新的饭碗吧？"阿兔经理沉默了一会儿，悠悠地吐出一口烟说："我也决定离开这里了。"

科长给自己点燃了一支烟，他的嘲笑躲藏在了烟雾后面。金处长狐疑地盯着他看，他说："你要认真想一想，这是你取得组织信任的关键所在。"科长挥挥手，赶走眼前的烟雾。他走到窗前，看着天上飘浮的一朵白云，又回头看了看金处长，在近视眼镜镜片后面鼓出一双蛤蟆眼睛的他，还真像那个汉奸翻译官。科长对自己说："就在这里宣布吧，宣布我将离开这个单位，永不归来。"

金处长怎么也想不通居然会有这样一些人，宁可四处去求职，也不愿意紧跟组织。他不明白，别人心里却很清楚。他嘴里的组织就是龙某人及其手下这些人。

基建房产公司的财务科科长拂袖而去了，办公室门外传来嘈杂的人声。灰仔带着朱某人的电脑凯旋，他们乱糟糟地站在楼梯和走廊上，向围观的人讲述自己的功劳。到了龙董事长的办公室门前，灰仔咳嗽一声，手下们立时噤若寒蝉。金处长走出自己办公室，看到灰仔正在轻叩龙董的门，里面传出一声"进来"，很威严的声音，龙显确实很像一名运筹帷幄的指挥员。

于是，金处长不无沮丧地想，老子莫非还不如这个社会上找来的灰仔吗，搞了这么久搞不定一个张某人？

高粱一边写改制方案一边想，或许应该请曾处长来当法人代表，应当让他持大股？那样的话，他就不会一次又一次地刁难我们，一次又一次地向龙某人进谗言了。

拢共五个人的新材料公司，龙某人起初的想法是借改制之机干脆甩掉算了。但是，曾处长向他汇报说，新材料公司的主要业务是经销标准砂，这是水泥厂检测质量时必用的垄断产品，利润不大却是旱涝保收。怎么可以让高粱和几位员工因此而得益呢？他说，这些人可是跟张某人走得比较近的！

桌上放着一瓶酒、一碟花生米。高粱从酒瓶里直接喝酒。过去他从不这样。即使在家里喝酒，他也喝得不多，很有分寸。今天他实在是气得快要抓狂了。方案改过五遍了，龙显仍不断地出尔反尔，他就是一句话：通不过。为什么？龙显顾左右而言他。

窗户向运河之夜敞开着，房里弥漫着河上拖轮散发出来的柴油味和水手们做饭的油烟气。四十年来，我一向是循规蹈矩，高粱想。我从不得罪任何人的，我怎么就惹上了这么一个坏家伙？

他走到窗口深深地吸了一口气，他那矮小孱弱的身体里有一股火，使他脸上手上都沁出了汗珠。曾某人跟金处长有一点区别，他过去不是处长，连副处长也不是。他当过一家建筑材料厂的厂长。那时候他开着一辆桑塔纳轿车，进进出出得意洋洋，却在不到两年的时间里，将这家厂彻底搞垮了。正要追究他的渎职行为时，龙显来了，于是他赶紧投靠上去，找到了一把新的保护伞。龙显力排众议，转眼让他当了处长。

或许是出于对高粱的波澜不惊的妒忌？他不愿意看到别人过的生活比他安逸。或许是投龙董事长所好？他整高粱也就意味着整分管的领导张某人。总之，他变成了一个实足的打手。

高粱的笔，落在改制方案上的"预留股"三个字上。龙显说，必须预留一部分股份，给以后进入的经营者。高粱对湘九说，这是否说明他想派人进来釜底抽薪？湘九说："他跟我谈过，要我在新材料公司也持一部分股。"高粱说："那也好，有您持大股我就放心了。"湘九哈哈大笑起来，笑声一停却改成了严肃的口吻。他说："我怎么可以持股呢？纪律规定国企领导干部不准到下属企业持股，他对此一清二楚的。"

高粱记得湘九忧虑的神情。他说龙某人这样做是何居心我们要认真地想一想。是不是我到你这家小公司持了股，他就可以名正言顺地去龙晟投资公司持大股了？湘九说："小高啊，这事情太复杂，稍有不慎，我们就会成了国有资产流失的帮凶呢。"

高粱被湘九的话震撼。他醉眼蒙眬地看着窗外的景色，看到远处一双绿色的眼睛，一眨不眨地瞪着他。那是巷里的一只野猫，饥饿时，它总是这样目不转睛地瞪人，虎视眈眈。高粱觉得这双燃烧着绿火的眼睛太可怕，像龙某人的眼睛，也像曾某人的眼睛，说不定哪天晚上就会扑过来，扑到他身上饱餐一顿。

高粱想，我有什么必要去持这种股呢，能够挣一点辛苦工资就算不错了。

龙董事长来到集团之前，他像猫，不，像老鼠一样躲在角落里。他不说话，不表任何态，仿佛自己不存在似的。因为他受过处分。那时候他手里有一点行业管理上的小权，这点权力给他带来了不少灰色收入。他没有想到有一天会东窗事发。他收了一家水泥厂送的一台空调，日本进口的空调，价值一万多元。无法抵赖，他只能进入冬眠状态。他想，他还年轻，终有一天能够东山再起。

家中的住房很小，简单装修过的墙皮早已剥落，家具也是三合板做的，沙发的一角已经凹陷下去。他需要钱，他做梦都想发财。

龙董的到来使他看到了希望。开始，他只是一个跑腿的小伙计。他跑得兢兢业业任劳任怨。龙董带来一个女人，他对其毕恭毕敬。因为在他看来，这女人值得伺候，龙董看她时，双眼都眯成了一条缝。她穿得那么俏，身上有一股夸张的香水味。要是将她伺候好了，她就会在龙董面前替他美言。那样的话，或许，他的家就会从墙皮剥落的旧房子里搬出去了，搬到新建的市中心楼盘去，那里有大理石贴面的多层、小高层和高层住宅楼，有中心花园。他老婆的脸上将因此而重新现出微笑。他的可怜的孩子，空有一个挺聪明的脑袋，成绩也还不错，却在放学时睁着憔悴的眼睛瞧着接同学回家的一辆辆轿车发呆，他对父亲说，他们怎么那么有钱啊。

已经有了一个金处长，那么，姑且称他银某人罢。

银某人声色不动地看着这个被人戏称为"涩女郎"的女人收购一家上市公司的股权。同样的股，某市国资局转让时每股 1.1 元，她不收，却收购私营企业每股 1.95 元的。银某人不问为什么，反而主动请缨，鞍前马后地为之效力。反正，收购这些股份用的是国有资金，损害的又不是他的个人利益。

银某人明白这一点：只要自己不遗余力，人家吃肉，他迟早能啃到骨头。

他的算计没有落空。后来改制成功，每股 1.95 元收来的股，以 0.70 元的价格转让给了一家"股份制企业"。而他，则成了这家"股份制企业"的股东之一。

银某人被提拔为副处长时，湘九并没有因为他过去受过的处分而竭力反对。过去的事毕竟过去了，湘九觉得年轻人犯点错误可以原谅。湘九只是对这些"资本运作"的流程有所疑问。担任副市长时，湘九参观过日本敦贺市的污水处理厂，从下水道里进入的污水，经过一个又一个沉淀池后变成了清水；湘九有理由怀疑，集团公司的国有资产，同样地被经过了一次又一次沉淀，最后被洗到不知谁的口袋里去了。

这就足够了，足够银某人也对其恨之入骨。"他就是想阻挡我们的财路。""涩女郎"一针见血地告诉他们。说这话时，他们对张某人已经不抱任何希望。张某人有一张轮廓鲜明、若有所思并且含讥带讽的脸。他插过队、做过工、打过仗，自诩小学本科大学专科，却有着不同领域的三四个高级职称。这个人几乎一点不顾官场的潜规则，一意孤行，而且自以为有自己的一套生活准则，对威逼利诱基本上无动于衷。

"涩女郎"表面上对张某人很客气、很尊重，而在某个日记本的某一页上，已用血一般的红颜色给他印上了不可磨灭的标记，就像法院的判决公告似的。道不同不相为谋。她对她的历史悠久的情夫龙显说，不把他赶走，我们就不可能放手大干。

金处长、银副处长和曾处长，构成了基建集团公司——这家省级国有资产经营机构——最初的中层架构。后来的两年中，龙显又带过来一些亲信。这些人，有的加入集团中层，有的成为下属企业负责人，牢牢地把持了各种权力。当然，也有害怕有一天一起翻船而中途离开的人。龙显说，这样的人，是他看走了眼。

二

从财物积累向资本积累转化

窗外天色阴晦，从傍晚开始下起的细雨，绵延不绝地落在小区中央的花园里，从桂树、香樟树的枝叶上溅起清脆的声响。这样的时刻，湘九枯坐在窗前，睨视街上偶尔驶过的一辆辆公交车，瞧着撑伞经过的行人，他的心绪既烦躁又复杂。

下班时他去了老余家，一向只在工作时间发生联系的他的到来，让老余感到讶异。

老余家窗外有座小公园，一圈围廊架着紫藤，从夏天到秋天，紫藤花争艳斗红地盛开着。现在，什么花也没有了，公园跟老余的脸色一样落寞寡欢。老余夫人给他沏了一杯茶，湘九道声谢谢，坐到沙发上去。湘九说："听说您下午去了组织部，您真的请求提前退休了？"

老余快快地和湘九一起看着窗外的雨景，不说话。一阵风吹来，将他的头发吹得凌乱，老余捩着头发，有点局促地笑了笑。他说："你看我的头上全是白发了，也该退休了不是？"

"您比我大三岁，今年五十三岁，"湘九说，"离正常退休还有七年呢。"

平时不吸烟的老余，破天荒般地点上了一支烟，他的双眼，朝烟雾眯缝着。"我是搞基建出身的，商场上的事比较生疏，更别说资本经营了。"他喷出一口烟，咳嗽起来，不得不将烟掐灭了。"我有些害怕，"他说，"你看看这条呼风唤雨的龙吧，今天买进这家公司的股，明天卖出那家公司的股，他的操作让我们眼花缭乱。他从来不把真实情况告诉我，却又总是让我签字。"老余的表情，好像吃进了一只苍蝇，他呸地吐了一口，痛苦地说道："每次拿起签字笔，我的心都在发抖，害怕哪一天稀里糊涂就犯了渎职罪；长此以往，我肯定会得心脏病的。"

"那就学习么，就当他是您的老师好了。"湘九说，"每一笔业务，都琢磨一下，他为什么要如此操作，是为集团公司谋利，还是为其他什么人谋利。"

"我不像你，当过军一级单位的后勤部首长，当过管财贸的副市长，"老余不无自嘲地说，"你还是一名作家，下了班就坐在书房里钻研学问。我却感觉自己已经老了，力不从心了。"

湘九为他感到悲哀，同时也理解他的苦衷。说是党委书记，却在人事上一点发言权都没有。老余给他看了一张龙显要引进的"人才"的名单，居然是其以前操纵某上市公司的全套班底。这套班底将原封不动地进入龙晟公司。

湘九说："龙晟是倾尽集团几乎所有国有资源的子公司，集团却没有一点监控权吗？"老余哭笑不得地说："龙某人说他自己去兼董事长和总经理，他就代表了集团公司。而常务副总是王妤明。"

王妤明就是"涩女郎"。

湘九眼前浮现出了一张精心描画过的脸庞，长长的披肩发，穿旗袍时露出两条白得炫目的细胳膊。湘九的小学同学"大头"跟龙显和王妤明一起做过期货生意，知道她的过去。过去的她，是个棉纺厂职工夜校的教员，在女工们面前，保持着一种矜持的、纤弱而又整洁的白领形象。认识龙显那一年她二十八岁，已经有了一个活泼可爱的女儿。

那是在太湖之滨的一座小城，龙显曾经被下放到那里担任商业局副局长。"我会帮助你改变命运，"他对这位女白领说，"我将带着你回到省城。"那时的龙显三十二岁，虽然黑不溜秋，仕途通达意气风发却使他成了当地的一个"白马王子"。素以利益而广交朋友的他，帮助她进了当地的工业局。她很感激，但还没有到以身相许那一步。她知道，自己跟他迟早会有这一天的，但是得有条件不是？

他很有耐心，表现得礼貌而周到。他甚至都不曾企图吻她、抚摸她。晚上，他跟她一起散步，在小城里仅有的一家酒吧喝咖啡，随后送她回家。她纠正他的普通话。

他的普通话带着富春江边浓重的乡土味，而她的普通话则是她自以为骄傲的资本。有时候她还会吐出几个英语单词，好像她刚从英国留学归来似的。"我们要像个上流社会的人，要过一种精品人生，"她告诉他，"我们前面还有漫长的道路要走。"

这条路确实够漫长的，他们共同走过十二年了。她跟着他来到省城，被他安排进一家街道办的工业公司，熬啊熬，熬到他当上了副厅长，当上了省级集团的总经理，他办起了全省第一家期货公司，让她担任总经理助理，然后又担任了投资发展公司的副总经理。

条件确实成熟了，他抚摸着她，摘掉近视眼镜的浑浊的双眸显出无限温柔。他那样体贴那样小心翼翼地进入她的身体，仿佛她是用瓷器做成似的。一滴泪，终于从她的眼角缓缓地流出来，湿润了他俩的脸。她提出她的要求。他俩各自去办离婚手续。他俩要买新房子，最好是钱塘江边的小别墅。刚来到省城时，她曾经住在小巷的陋屋里，连一个像样的卫生间都没有。天，想起那样的日子她就会浑身发冷，这是她王妤明该过的生活吗？

他什么都答应。哦，他简直就像是一个骗子！他只想跟她共度良宵，占有她身上的每一处地方，连一个细节也不放过。他已经发福了，有了松弛的肚腩。天亮了，他还抱着她。后来，每想起要他去办离婚手续那一刻，王妤明就感到恶心。那时候，他正趴在她的身上哼哼唧唧。他当时嘴上答应着，心里一定在暗自好笑。他真是一个大骗子么，一生都在搞阴谋诡计？

她离了婚，他却迟迟不见动静。他带她去看了第一套新居，她名下的新居。那是五月里一个阳光灿烂的日子，刚装修好的屋子里散发着淡淡的油漆气味，家具都很舒适，很漂亮很精致。窗外有绿色的风景，远处的水面上有船只来往。他俩坐在沙发上，开了音响。柔美的音乐声中女人却没有笑颜。她想起上楼时龙某人那副鬼鬼祟祟的样子，回忆起保安和左邻右舍眼睛里的潜台词。"二奶。"他们悄无声息地蠕动的嘴唇里分明含着这两个字。

她为此而感到沮丧和痛苦：她想交往的人家看不起他们，那些想跟她交往的人家她又看不起。她捧起他的脸，那样近距离地瞧着他的眼睛，她说："你不能反悔，我要名正言顺地跟你生活在一起。"

骗子。她再一次痛彻入骨地体会到这个名词。"我希望你的脑子清醒一些。"是的，他确实是这样说的：希望你的脑子清醒一些。好像她是个精神病患者。好像她不是四十岁的女人了，而是十四岁的少女。他说："我才四十多岁，早已是厅级干部，后面必定还有更美好的前程。"他说："我有更好的前程，你才有更好的发财机会，我们才能共度'精品人生'。"他说得很平静、很理智，好像一个外科医生拿着一把手术刀在解剖他们共同的未来。"如果我在这个时候闹离婚，组织上会怎么看我？"他对她说，"你不要忘了，跟我过不去的人多着呢，明里暗里的告状一直没有停息过，我们不能再授人以柄了。"

他说，他会用另外的办法补偿她。她明白，这个办法只有一个字：钱。她因此而气愤，但是，她又不能不妥协。钱是什么？钱是灵魂的迷药，有了钱，可以忘却许多痛苦烦恼。钱又是什么？钱是面对死亡的安全屏障，有了钱，才会有控制生命的工具。没有钱，你躺在医院门口，路人无数，谁也不会拿正眼朝你看。"money，"孤独的夜晚，王妤明抚摸着自己眼角细碎的鱼尾纹，吐出这个英文单词。明天又该去美容院了，高级护理，做一次数千元。她得用钱挽回她犹存的风韵，用钱挽救她从前失去和将来还会失去的一切啊。

老余曾经派人去考察过王妤明，结果令人啼笑皆非。那家单位的人事处说，她从外面调进来还不到一个月，而在这一个月里，她还没有上过一天班呢。

"她为什么要这样'曲线救国'呢？"湘九还有些疑惑。

"如果不经过这个单位，去原先工作的地方考察就有可能得出负面结果，"老余无可奈何地说，"他们当然要竭力避免这一点。"

集团的国有资产，包括办公楼和土地，都抵押给了银行，资金统统流向龙晟公司。龙显说，在收购和建设这个平台的过程中，有一位经济师作为"线人"，提供过不少商业机密，龙显承诺给他十万元"咨询费"。老余对这项签字忧心忡忡。"我推说要上董事会研究一下，暂时没签字。"湘九剜他一眼，他的脸红了。"您让我们一起挑这种担子，岂不让他更可以打着'集体研究'的幌子为所欲为了？"湘九沉思良久，叹一口气说，"明天我来做这个'恶人'吧，我就说，此事应该是属于龙晟公司经营层的议题，没有必要拿到集团董事会来研究！"

这些都是小事，湘九跟老余说，一桩桩大事正在目不暇给的谋划之中。龙显一边以龙晟公司是集团国有全资子公司的名义给省政府、财政厅打报告，要求划拨新的国有资产，与上市公司进行资产重组；一边却将龙晟公司改成了股份合作制。第一步方案是国有股降到60%，职工持股会占20%，其他法人股占20%。

所谓职工股由哪些职工组成？所谓其他法人股又是何许人？龙显说，我是一把手、法人代表，我亲自操作，你们没必要知道得那么清楚。

参加工作三十多年了，大小担任一些职务也十几年了，湘九第一次遇见如此专横跋扈的顶头上司。

湘九有一位党校同学，一位令人尊敬的老大姐。老大姐跟龙显共事过，前天，她给湘九打来电话，提醒他必须保持戒心。

这是一条在本省资本市场上张牙舞爪的龙。这条龙对别人对他的评价基本无所谓。他的天赋是凶狠与狡诈。人们怕他、恨他，肯定没人真正喜欢他，但他绝不会为了别人的痛苦或者报应之类而太伤脑筋。他的外表尽可能斯文，甚至可以在必要时表现谦逊，当然是在上级面前。其实他想做什么就做什么。老大姐说，他从来不会在采取行动之前考虑自己的良心是否承受得起，换句话说，他从来也没有所谓良心的负担。

湘九没有将老大姐的话转告给老余。他怕他承受不起。就是不告诉他，他也已经不堪重负了。"你家的茶叶保藏得真不错，像清明时的新茶一样。"湘九说，站起身向他们告别。"您拿一点去吧。"老余夫人说。湘九摇摇头。"不用了，谢谢。"他走下楼去。天上还在下雨，这淅淅沥沥的雨声，伴着一阵紧一阵的风声，将人的心情搞得更加忧郁，也更加沉重了。

钱塘水泥公司的胡总，一大早就来敲他家的门。

胡总开大刀动过手术，现在每天早晨去游泳馆锻炼身体。今天早晨胡总没去游泳，跑来找湘九商量争取"沸腾炉"项目一事。这是东邻某国"绿色环保援华项目"之一，湘九分管行业时向国家计经委和国家建材局申请落实到本省，本省考察了几家工厂，钱塘公司的条件最合适。

行业管理职能已经移交给省经贸委了，湘九对胡总说："不是我不肯再帮忙，别人有意见，对本单位无利可图的事，不让我做。"胡总知道"别人"是谁，他站在龙某人的办公室门口，一遍遍地梳理思路，借以冷静地作出打动龙某人的决策。当龙显摊牌，让他在湘九不再过问此事和利益共享两条路上作出选择时，胡总淡然回答说，当然是利益共享。龙显说，这是无偿援助的项目，但是也需要配套改造的资金，这部分资金谁出？胡总说："由钱塘公司出，您放心。"龙显说，项目至少值一个亿，我们只利用湘九的人脉关系帮助你们落实，这个无形资产值五千万，占50%的股。胡总说，占50%的股也没问题，只是不能提现。龙显点燃一支烟，笑了。他说："OK。我保证不从你那里提现，但是，转让股份总可以的吧，将股权抵押贷款也应该可以吧？"他的话让胡总傻愣了半天。

湘九批评胡总："你别自作聪明了，你玩得过他吗？千万别以为他是在跟你开玩笑，他完全做得出的！'沸腾炉'落实到你们厂里了，配套资金也扔下去了，效益究竟如何还是未知数，他却要一下子拿走几千万。你和我，岂不是都在为他人作嫁衣裳？""怎么是为他人作嫁衣裳呢？"胡总看似懵懂地说，"你们单位是国企，钱塘公司也是国有控股企业么。"

湘九坐着胡总的车去办公室。外面依然下着雨，胡总隔窗守望外面细雨蒙蒙的街道，心情却是又新奇又感动。湘九将龙某人利用龙晟公司这个平台，从参股到控股，逐步改变生产资料所有权的图谋统统讲给他听。作为上海人的胡总，虽然去西北工作过二十年，终归还保持着上海人的精明，一下子如梦初醒。但是，瞧着湘九愤愤然的样子，胡总却又开心地笑了。"我本来就是这样想的：争取阶段么，什么条件都可以答应他。到手之后，国家计经委、省计经委，包括援助国，会同意那样做吗？政府部门发句话，再加上生产、经营权都在钱塘公司，我还怕他将沸腾炉拆下来运走不成？！"

湘九感慨市场经济的力量，将不同性质的老板、经营者，一个个都培养成了人精。

湘九跟钱塘公司的关系，可以追溯到胡总的前任周总。

一九九七年十月，从赤州市副市长任上调至基建战线的湘九，第一次走进这家企业。

一座新建的回转窑静静地竖立在厂区中央，没有热火朝天的生产场面，只有几个工人懒洋洋地抱着膀子打量他。湘九穿着一身洗得发白的旧军装，一双皱不拉叽的三接头皮鞋，皱眉蹙首说："怎么搞的，新建的设备居然积满了尘土？"周总以为是设计单位的工程师终于来了，迎上去一看不是，是一个胖乎乎乡镇干部模样的中年人。湘九往回转窑上面爬，周总茫然地看着他，心想若是来偷技术的同行也不至于如此胆大吧？在秋日的阳光下，湘九的身影显得很矮小，旧皮鞋蹬得铁梯子摇摇晃晃。他抬起胳膊擦脸上的汗，衣袖沾着尘土，他成了一个舞台上的花脸。

周总看到了厂房前停着的小车，他对铁架上下来的湘九说："请问您是省局的哪位处长？"湘九笑了，握住他的手。湘九说："我不是哪位处长，我比处长大一点点。"周总拍一下脑袋，说："想起来了想起来了，听说省局新来了一位张副局长，就是您吧？"湘九说："省局不是改成总公司了吗，还叫局长？"周总一边引他去办公室，一边不好意思地说："称局长习惯了，再说，听的人也感觉舒服一些。"

湘九走进盥洗室，把脸埋进水里。周总将毛巾递给他。周总说："先喝杯茶，休息一下，中午安排吃'农家乐'好吗？"湘九看看手表说："才十点钟，安排什么呀！我问你，回转窑为什么还不投产？"周总很无奈地叹了口气，递烟给他，湘九摇摇手说："戒了。"周总说："回转窑是天津水泥设计院设计的，调试时出了点问题耽搁下来。"湘九说："那就继续调试啊，企业如何耽搁得起？"周总又叹一口气，说："我们这台窑小，比不上北方的大窑啊，人家说忙不过来。"

湘九的雷厉风行给钱塘公司留下了深刻影响。他说："这是本地区乃至本省的第一台回转窑对吧？其影响不可小觑。本省有四百多台水泥窑，都是要分批淘汰的高耗低产的机立窑，这跟不断加大基本建设投资产生了不可避免的矛盾。而相对现代化的大型干法回转窑，低耗高产环保，还能余热发电，是当前水泥行业结构调整的方向。"湘九说："全省的水泥厂都在盯着这第一台回转窑呢，打不打得好这场战斗牵涉到全省的建材工业战略布局！"湘九站在会议室窗前，一只手叉着腰，远望车间和矿山。农民出身的周总对副总老胡说："你看看他的派头，确实像一个局长。"

一个星期后，天津水泥设计院重新派来由一名副院长带队的调试组。周总胡总才知道湘九已经北上到过那里。到达当天，湘九立刻拜会院长，第一句话就是浙江是经济大省，基础建设项目那么多，市场那么大，不把第一仗打好，以后浙江乃至整个江南恐怕就没有天津院的市场了！

天津水泥设计院是国家级的水泥设计中心，位于天津郊区北辰桥。院里派了一辆车，请湘九进城逛逛劝业场、海河广场，湘九不去。湘九说："我八岁就到过天津，户口落在红桥区，我还逛什么天津卫呢？我就盯在这里了，什么时候新的调试组去杭州了，我什么时候离开贵院。"

这一年天津水泥设计院在浙江接了三个大型干法回转窑项目，后两个项目一次点火成功。钱塘公司的回转窑开工三个月，产量质量都突破了设计能力。庆功宴应湘九要求摆在钱塘公司厂区的食堂。周总举起杯说："同志们永远不要忘记张总啊，他来公司这么多趟，去过一次'农家乐'没有？要求我们陪着去鱼塘钓过一次鱼没有？！同志们啊，"周总激动地一抬手，半杯酒洒上了衣襟。他说："张总是正厅级待遇的干部，他的派头却比处长们小得多了。"

湘九和胡总在淅淅沥沥的雨声中缅怀周总。一台回转窑装不下他们发展的雄心了，周总去邻县考察新的矿山与车间。他的车速快，对面驶来的大卡车车速也不慢，一声巨响，这位呕心沥血的企业家刹那间英年早逝。站在他的遗像前时，湘九始终有一种恍惚之感。胡总告诉他，周总去世前三天，跟他讲了一件有关他的事。

一九九八年春节前夕，湘九带人去钱塘公司参观，临别时周总往他车上扔了一个红包。翌日上午，湘九单位的财务处和工会送来了一张收据。

一九九九年春节前夕，周总再次走进湘九办公室，依然是一个红包，红包里依然是一个整数：人民币一万元。周总说："您把财务处和工会的人叫来吧，当面给我开张收据。"

"讲完了？"湘九问胡总。

胡总说："莫非还有下文吗？"

湘九的脸上，出现了一缕微笑，苦涩的笑。他突然明白，这两万元是公家开支的，周总自然要向他的副手交代一下。两万元以后的事，来自周总个人，他就没必要说了。何况已经再一次被湘九当场谢绝。

当时，财务处和工会的人兴高采烈地走了。周总又摸出一个信封说：

"您说帮助企业是行业管理部门应尽的职责，功劳不是您个人的，我理解。您关心干部员工的福利，我也理解。公对公，我没有违背您的原则吧？现在是我们之间的私交了。我的收入是您的几十倍，富朋友资助一下穷朋友，应该不应该？"

"不应该。"湘九说，"我们不仅是朋友，还有工作上的联系。"

"您女儿在北大上学，这是我做伯伯的一点心意，伯伯给侄女儿的压岁钱。"

"也不行。"湘九说，"我女儿知道这个'压岁钱'来自何处，她会连书都读不下去的。"

"你瞧不起我这个农民是不是?!"周总真的生气了。

"我不穷。我业余写作。我有稿费。"湘九苦口婆心劝说他，央求他。湘九说："我十四岁下乡插队，在农村干了整整八年，当过生产队会计、队长，我怎么会瞧不起农民呢?"

湘九始终含笑注视着他的眼睛。周总气呼呼的，脸色一会儿红一会儿青。他摸出烟，湘九划一根火柴送到他面前，他不接受，自己掏出打火机来，吧嗒吧嗒地打了好几下也没点着。窗外飘起了雪花，一朵一朵的晶莹剔透，天色暗了，漫天飞舞的雪花更显洁白。

终于将信封收回时，周总长长地叹了口气，说道："您这个人太倔了，终有一天要吃亏。"

胡总觉得很可笑，"沸腾炉"项目合作还没正式签协议呢，龙显就提出钱塘公司为龙晟公司担保一笔数额不小的贷款。胡总问湘九该如何回绝他。湘九耸耸肩。"你早已想好了理由，"他说，"我不掺和。"胡总挤一挤眼睛说："这条龙告诉我，这笔款子进入证券市场，很快会产生高回报率，他给我分成。"

湘九将牙齿咬住了嘴唇，剜他一眼。记住你刚才说的话，钱塘公司也是国有控股企业。湘九说，您不仅要对上千名员工负责，还要对自己和您的家人负责！

湘九没有问他究竟是如何回绝龙显的。上海人，湘九想，上海人总是有办法的。他们总是会把话说得很圆滑，滴水不漏。

湘九跟他去钱塘公司，检查一下迎接邻国考察组的准备工作。考察组已经来过一次了，事无巨细，一丝不苟。

　　离开市区后，奥迪轿车开得很快，雨停了，午后的阳光在公路两边的树枝上跳跃。路的右边是一大片湖，如同城市的肺。湖面开阔，湖水浸到有草的沙岸上。一艘艘农家小船，轻轻地荡漾于水上。天朗风和，江南的冬天正在悄然逝去。这里离主城区其实并不太远，却显得静谧而神秘。

　　车子停下了，停在路的左边。一片正在平整的空地。压土机轰隆隆地来回碾压。潮湿的风。他们站在这片拆去了机立窑的空旷的土地上，呼吸着来自对面的凉爽的空气。胡总拿出几张图纸。他说这里将建起一个属于本公司员工及家属的楼盘。这个楼盘设计得很漂亮。十几幢六层楼的小公寓，每一套住宅都有两三个卧室、书房、宽敞的客厅和阳台、卫生间、厨房。中心花园有假山、草坪和林荫小径。枝叶蔓披，鸟语花香，太阳将在花园上空升起来。

　　湘九确实被震慑了，被效果图和实景震慑。他感觉到这里的空气沁人心脾。周围很安静，仿佛一点风吹过的声音也没有。湘九的骨子里其实很农民，农民的最大愿望就是盖房子，属于自己的房子。他常常做这样的梦。他想起一九七六年，他二十六岁，当时并不想结婚。可是比他大一岁的女医生咪咪跑来跟他商量：她所在的单位给她分配了一间十二平方米的小房间，如果不结婚就会被收回去。就为了这个十二平方米的小房间，他妥协了。从童年时代起，老老小小一家人就挤住在一间大杂院的小屋里，实在是不堪忍受啊。

　　接下来胡总的话，更令他震撼。

　　"有您一个大套，一百三十七平方米。"胡总以神父在教堂里安慰一个历尽苦难的教徒的那种特别柔和的声调说道。"这是周总在世时就定下了的，我们班子最近又议过一次，集体决定任您选一套。当然，我们知道赠送给您，您是不会接受的。因此，我们将按本公司员工的标准，向您收取成本费。"

　　"什么价格?"湘九激动地问。

　　"每平方米九百七十元，"胡总说，"干部、员工一视同仁。"

　　湘九想笑，他的笑像哭一样难看。"哦，老天爷，"他说，"你们想害死我吗?

这个价格只是目前市场价的四分之一。"

"别说得那么难听，"胡总说，"您早已不分管行业工作了，现在您只是另一家企业的班子成员之一，您所在的企业跟我们这家企业没有任何相干。哪怕'沸腾炉'项目，也只是您个人在帮助我们。再说，现在这块土地上造的房子还不能算是纯粹的商品房呢，很可能还要交一笔土地补差费。"

后来的日子，湘九常常想起胡总这番话，不仅胡总，还有钱塘公司的其他领导，也不止一次跟他说过同样的话，而且说给咪咪听。咪咪比他更容易动摇。尤其是在楼盘落成后，他们又将这两口子拉到了现场。那时候对面的西溪湿地已经在开工建设，即将成为西子湖畔的又一处风景胜地。毫无疑问，这个楼盘的价格将继续上涨，成倍成倍地往上涨。咪咪对湘九说："我们还能干多少年啊？退休了，住到这里来，离开喧嚣的主城区，我们的寿命都要长许多年。"

"我们不能接受。"湘九无力地摇摇头。他说："是的，因为与邻国关系的变化，'沸腾炉'项目也中止执行了。现在我跟钱塘公司一点业务往来都没有了。但是，我心里有一道坎迈过不去，你明白吗？"

"用一句经济术语，叫做'期权股'，"湘九告诉咪咪，"拿了这个股，退休以后，我们的心中也会不得安宁。"

咪咪沮丧地站在钱塘花园漂亮的公寓楼前，一如当初胡总站在湘九面前。咪咪知道她拗不过她的丈夫。柳浪闻莺有一套四室一厅的军官住宅，湘九已经交还给部队。咪咪说，那么多转业干部都还住着，你为什么要交出去？咪咪无比地留恋那里，每天晚上在家门口的西湖边散步，星期天去爬玉皇山，十几分钟就走到了山脚下。但是湘九说交就交回去了。湘九说，不是你该享受的东西，心里总是不踏实啊。

后来的几千个日日夜夜，湘九回想起西溪湿地对面的钱塘花园，依然有一种后怕。他对妻子说，如果要了这套住房，就会授人以柄，那时候想退都退不回去了。龙显之流如何会轻易地放过你？

整整八九年时间。金处长、银处长、曾处长，还有灰仔，还有灰仔手下的小喽啰们，鹰犬般地盯着湘九。胡总偶然去一趟集团公司，总是看见他在办公桌前枯坐，有时候绕着沙发前的茶几一圈一圈地转悠，对着窗外的天空喃喃自语。胡总知道一般人因为害怕招至龙某人及其同伙怀疑，不敢与湘九交往。那段时间，在集团本部，他连个说话的人都没有了。

胡总轻轻地推开门，看到湘九背对着他，自言自语。胡总想，他脑子有毛病了吗？窗外连一只麻雀也没有，他对着空气说什么话？

他蹑手蹑脚地走进去，他听见湘九在对自己说：我有什么办法？我没有办法。我只能努力地去做一个完人啊。

胡总的眼眶潮湿了。湘九说他只能去做一个"完人"。

三

四千万公款注册的私人企业与五千万"免税"计划

二〇〇一年三月的一个早晨，两辆黑色轿车开到集团公司门口。组织部一位副部长先下来，然后是干部处一位女处长。

后面那辆车上下来的两个男子，身材魁梧两鬓已显斑白的是新任书记方某，瘦伶伶高个子的阿沃跟在他身后。四十岁的阿沃原先是一家房产公司的经理，现在被提拔为这家省级国企的董事、副总经理了。

他俩在院子里站了一会儿。两个人都穿着西装，系着领带，皮鞋擦得锃亮。他俩走到站在门边迎接的龙董事长跟前，龙说："欢迎你们来加强集团公司的领导力量。"龙拍了拍阿沃的肩，又说："我在商学院的校友会上见过你，我们是老校友！"阿沃看到他身后肃立的湘九。湘九的眉毛挑了一挑，什么话也没说。

老余请求提前退休获准之时，副部长和女处长找湘九谈过一次话。湘九说："我还可以干十年，我不想提前退休，但是我希望调整岗位。"

"去年中央某部来考察你，是我接待的。"副部长说，"我感到奇怪，后来怎么没有下文了？"

他的话触动了湘九内心的伤痛。中央某部部长想调他去京，派了干部局局长来考察他，常务副部长却有不同观点：部里可用的干部成百上千，每一位学历都比湘九高，为啥要舍近就远？湘九是转业军官，"行伍出身"这四个字说明他对地方经济管理不够熟稔。后来湘九的老首长对那位部长说："他是特招入伍的地方干部，三十多

流失岁月

岁才当兵，'行伍出身'这四个字用在他身上，是不是太抬举他了？"

"那个部，原先有两位常务副部长，"湘九淡淡地说，"想调我的那位当了部长，另外一位没当上。"

他的话似乎答非所问，让副部长愣了几秒钟。几秒钟之后他就反应过来了，毕竟，他在官场已浸淫多年。他抬起右手中指，推了推鼻梁上的眼镜，说："你想调整岗位也行，年前打算安排你去的那个单位，现在可以考虑了吧？"

湘九很难过，一时竟无言可对。四年前在管财贸的副市长任上被届中调离，安排他去作家协会。他说："我参军前是交通系统的干部，转业前是后勤部副部长，经济与行政管理搞了二十多年，写作只是我的业余爱好。"有一句话他憋在心里没有说出来：一个干部，因为有一点业余爱好就给我定了终生？那么，喜欢喝酒打牌跳舞的干部如此之多，为何不将他们安排去当酒店经理、当卡拉 OK 厅的"厅长"呢？

副部长其实知道他心中的委屈，他用爱莫能助的眼光瞧着湘九。他毕竟只是一个副部长。他用一种推心置腹的口气说："我知道你在这个位置上不容易，国企的经营和改革错综复杂，没有正派的同志监督也不行。"说完这句话，他目光深邃地看他，好像在企盼湘九理解这话后面难以言说的心情。

他有一点失望，湘九对他的推心置腹没有表现出应有的理解和感激，只是叹了一口气。

湘九并非不知道，龙某人调来当董事长之前，有关部门已经打算查他的问题。省里某位当时大权在握的长官，将两个有关部门的领导叫去，很不客气地狠狠批评了一次。在这位长官眼里，龙某人是改革家，这是大节，其他的问题都是小节，至多程序未到位而已。程序不合法就是结果不合法，这位长官不会是法盲吧？这个看法却失之天真。

湘九不想去一个文人扎堆的地方。文人是不能扎堆的，扎堆了就会无事生非，为虚名蝇利而斤斤计较直至伤心伤肺。湘九常常替他们犯不着。写作是个体劳动，要体现个性和创造力。文人扎堆的地方在湘九看来至多算个俱乐部。湘九不想去当一个俱乐部的头。

他也替副部长难过，挺好的一个人，当过中学教师，当年，站在讲台上是何等的神采飞扬，现在却变得谨小慎微，说的尽是一些套话空话，明明知道对面坐着一个坏蛋，却要求湘九们配合他，跟他保持一致。

王妤明对阿兔经理说过：国企改制所涉及的利益调整是最后一次财富分配机会。这个"涩女郎"，对貌似憨厚内心警惕的阿兔挤眉弄眼说："明白吗，只要跟着龙董，咱们就能赶上'最后的晚餐'，龙董不会亏待你的！"湘九将她的话告诉了副部长。

副部长一时沉默。

方书记住在招待所，他是从外地调来的，原来是一家省级国企的副书记。调进省城，又提了一级，他红光满面神采奕奕。龙某人说，先给你租一套房子住下吧，再找合适的新房，你自己出点钱，公家解决一些。龙显点燃一支烟，很有领导风度地说："你放心吧，将家属接来，在这里退休过幸福晚年。"方书记连连点头，感谢董事长关心。他说："我一定配合您，在您的正确领导下做好党委工作。"

湘九想起西南边境。他在那里当过前进指挥所第一侦察大队的干事。他和战友们摸到敌方的堑壕前，没扔手雷，而是扔过去两个罐头。"诺松空叶，宗堆宽洪毒兵！"（缴枪不杀，我们优待俘虏！）他们的喊声未落，堑壕里就有人举起了双手。一支原本就属于中华人民共和国的五六式半自动步枪，被这双手高高地举过头顶。

这是幻觉。南方的邻国很少有这样不争气的兵。他们一直穷兵黩武。他们的孩子，在襁褓里听到的摇篮曲就是炮声，学会走路，就学会了开枪。

湘九在心中叹息。龙某人说，集团公司党委托管的企事业单位，都要解除托管关系。如果要求保留，至少得付二十万元一年的托管费。"无利不起早，"龙显悠悠然喷出一口烟说，"效益最大化是我们唯一的追求。"

湘九叹息方某人的态度。一套尚未兑现的住房，就让他举起了双手。这些托管单位，大多是在本省的央企分支公司，党的组织委托地方管理，符合党章的规定。平时，也就是转发一些文件、组织学习、出国审批之类，工作量很小。身为书记的方某，完全能想象和理解几十年来这些单位与老班子产生的感情。二十万元一年的托管费，可谓荒唐至极。哪个文件规定过的？谁定的价码？方某人却只是愣了几秒钟。"我赞成。"他说。

会场里没有一点声音。湘九朝阿沃看一眼，阿沃正在点头。党委书记都赞成了，我还能有什么意见。他举起手说。

三比一，湘九还没发言就输了。

"这些企事业单位也在酝酿改革，这时候让他们四处去寻找新的挂靠单位，拿不出二十万元就将他们推到街道、社区去，是否会影响干部、群众的情绪？"

输归输，湘九还是忍不住表达了自己的忧虑。他看到方书记的脸红了，不再是红光满面的红。

"那就减少一点，改成每年十万元吧。"他小心翼翼地说。

他看着龙某人的脸色。湘九的脸也红了，替他脸红。他不是书记，他成了这条龙的傀儡。龙显布置他会后就向这些单位的书记宣布这项"改革政策"，湘九想他如何开得了口？

这天中午湘九接到地质勘探队的电话，请他务必去队里一趟。湘九知道他们急了，可用于建材的矿区基本上都已探明，勘探队现在的日子很不好过，职工收入一年年下降。湘九是班子里老基建系统唯一的留任者了，他不能不去。

到达勘探队时，他发现从上到下气氛异样，到处乱糟糟的，职工们围聚在办公楼、会议室门外，议论纷纷。一个青年工人站在石阶上对大伙儿说，散伙啦，散伙啦，北京不要我们啦，省集团也不要我们啦，干脆散伙算啦！湘九挤进人群，他问一名女工，队里的领导呢？那个女职工没好气地瞪了他一眼，说："还提他们干啥，除了打着改制的旗号以权谋私，一点也不为我们着想！"湘九看到一个面熟的工程师，一把抓住他。湘九说："领我去见你们的书记队长，谁说北京也不要你们啦？"

湘九在一位队领导的家中见到了他们。他在一间简陋的小小客厅中度过了难挨的下午和晚上。他瞪着这些垂头丧气的人，用粗鲁的语言教训他们。湘九说："行政上你们的隶属关系仍在国家建材局辖下的地质勘探中心，党组织关系可以请上级出面跟省里协调。省集团要钱，省经贸委也要钱吗？还有省里的其他部门，不见得都是'将效益最大化作为唯一的追求'吧？一个县团级单位，还怕执政党会将你们当成一块用过的抹布那样扔掉?!"

一名被旷野的风吹得黑黝黝的老工程师，揪着自己斑白的头发，伤心地对他说："这个道理我们都懂，但是人总得讲点感情、讲点道义吧？组织与组织之间，一句话，就成了利益关系、买卖关系，实在太令人伤感……"

戒烟四五年的湘九，很想抽一根烟。他坐在一张竹椅子上，听着他们絮絮叨叨地诉说苦衷。湘九打断说："组织也是人组成的，这伙人不行，找另外人去，中国那么大，东方不亮西方亮么！"湘九说："群众为什么要散伙，为什么有那么大的情绪？你们要认真考虑。有没有以权谋私，你们自己心里应该有数。"湘九拍拍老工程师的肩，语重心长地说："不管职务大小，负点领导责任的人都要有一点敏锐性和预见性啊，这可是一个泥沙俱下鱼龙混杂的历史新时期。"

勘探队后来被省经贸委党组所托管，湘九闻之长长地松了一口气。

那天夜里，风平息了，躲了起来，银白的月光洒在郊外的公路上，田间传来蟋蟀的凄切的叫声。夜雾弥漫在空中，织成一个柔软的网，把景物和人都罩在了里面。湘九上了车，回首仰望山坡上的勘探队驻地，仿佛听见老工程师的啜泣声。他将双手捂住耳朵，啜泣声却迟迟不肯离去。湘九觉得这不是老工程师的啜泣声，而是他自己的心在流泪。

童年时，湘九写过一篇作文《我的志愿》。他说自己长大了要当一个地质勘探队队员。他记得，那时他喜欢唱这样一首歌："是那山谷的风，吹动了我们的旗帜，是那狂暴的雨，洗刷了我们的帐篷……"

他回到集团办公楼，看到一辆辆轿车鱼贯而出，司机告诉他今晚龙董事长和方书记在宴请省里一批厅局长。湘九闻到龙虾、苏眉鱼和鲍鱼的气味，闻到茅台与五粮液的气味。还有猩红的干邑葡萄酒的气味。还有女人身上的香水和男人身上的汗臭味。此时此刻，他对这种气味分外有一种反胃的感觉。

湘九走进办公室拉开了窗帘，他遥望远处的船厂和军营，那里有他熟悉的铁锈味和枪油味。湘九对着远方的船厂和军营心潮起伏，基建集团新班子刚成立，他就感到了如此的无奈，简直是欲哭无泪。

老余在任时，虽然抵制不了，起码还会提出人事调动的程序问题。方某人上任后唯龙显的马首是瞻。他说用谁就用谁，什么方法能达到目的，方某人就采用什么方法。

灰仔终于揪住了朱经理"挪用公款炒股问题"，灰仔就立了功。龙显提出让他替集团去讨债，讨回的款子一部分让他分成，再给他一部分奖金，集团公司获得的反而少之又少。即便如此，这部分款子还是没有拿回来，龙显说用作投资款吧，跟他合办一家股份制公司。

灰仔就这样成了集团参股公司的老总，自称相当于县处级。灰仔走进湘九办公室，嬉皮笑脸地向他敬个礼：首长好。湘九的反应很平淡，他说："你摇身一变，黑道成了红道。"他又问灰仔："你过去到底是干什么的，档案在哪里？"灰仔打了个响指。"您管得太宽了，"他说，"您又不是纪委书记。"湘九很冷峻地打量着灰仔，突然说："别跟我玩这一套，枪林弹雨我都经历过的，耍流氓在我这里没用。"灰仔愣了一会儿，脸上的笑容终于变得有些尴尬，他说："我知道，您是战斗功臣，我哪敢跟您过不去呢。"

湘九也后悔，他后悔不该这么直截了当地斥责灰仔，至少他要对这些家伙考察一段时间。事实上不是一个灰仔，而是一批来路不明的人进来了，他却毫无办法。他坐在办公椅上，看着书橱里一张老首长与自己的合影出神。从前的戎马生涯的气息梦一样围绕着他，湘九感到怅然若失，整个世界都显得如此愤懑而忧伤。

比如一位名叫阿涛的人，原先是公务员，"下海"后在港商办的一家小公司当经理。龙显收购这家公司，阿涛虚报资产一百多万元，龙显全数吃下，阿涛因此拿到港商一大笔回扣。不久，公司严重亏损，龙显说转让掉吧，阿涛故技重演，再拿收购方一笔回扣。收购方发现上当后，要向检察院举报，阿涛终于成了热锅上的蚂蚁。

那天中午湘九昏昏欲睡，忽然被轻轻的叩门声惊醒，他睁开眼奔到门边，门一开阿沃闪了进来。湘九觉得他的脸色很难看，一阵红一阵白。湘九说："怎么了，大白天你见到鬼了？""是见鬼了，"阿沃坐在他对面的沙发上说，"偏偏还是让我分管的这一摊啊！"原来，龙显给阿涛出了个主意，让他上交五十万元回扣做私了。方书记匆匆同意其调离，这个盖子就算捂住了。

阿沃分管投资处，分管这家小公司，阿沃不能不因此而担忧。午休时他闭上眼睛，看到一张纸包不住火，烫到了他的手。一种难以言说的不安全感驱使着他的双腿不由自主来叩湘九的门。湘九缄默地看着他，看着这个刚当上省管干部不久的年轻人，湘九说："你打算怎么办？"

"我没有办法。"阿沃说，"我老婆说，阿沃我们跟张总不能比啊，他是名人，上面还有老首长了解他，他可以为了正义而不惜一搏，我们却不能轻易这样呀。老婆说阿沃，我们是做做吃吃的人家，我们来不得半点闪失的！"阿沃复述他老婆的话复述得很诚恳，他向着湘九一口气说完这些话，仿佛卸下了千斤重担。

后来湘九常常想起这场谈话，他笑得极其无奈。他理解阿沃，他出身草根，在官场商场上一路摸爬滚打，兢兢业业地走到这一步很不容易。

但是，他卸下的担子，就这样压到了湘九身上。什么名人和首长，这理由是否太牵强了一些，湘九郁闷地想，凭什么他就该是正义的化身呢？

还有一个名叫阿季的人。龙显说他是北京大学研究生。人们查遍北大历届研究生名单。从哲学系到生物系，从中文系到国政系，从经济管理学院到新闻传播学院，没有阿季的名字。

阿季也没有任何原始档案。龙显认识他时他是期货公司的一名客户。湘九问老同学"大头"，"大头"说什么"北大研究生"啊，天方夜谭！"大头"说你看他像吗？是的，他穿一套"都彭"西装，口袋里插一支"万宝龙"金笔。他有一纸文凭，那是从清泰门立交桥下面买来的。"大头"说："你知道吗，他还有一本新西兰护照呢。但是你问他一句英语试试？他连'古得毛银'也听不懂的。"

"大头"说有一点是可以确定的：进入股市之前，阿季就是一个农民，来自东阳乡村的农民。他跟龙显一样黑不溜秋的，不是打高尔夫球晒黑的，而是从小放牛，风吹日晒造成的。

阿季用期货市场上挣来的一笔钱，开了一家个体出租汽车公司。

二〇〇一年，龙显委托阿季的个体出租汽车公司受让一家上市公司法人股，然后再转让给龙晟公司。受让的资金来自集团公司，高进低出，国有资产流失到了私有的股份中。阿季的个体出租汽车公司有两个同名的实体，一个姓浙江，一个姓杭州。龙晟更是衍生出一系列：龙晟投资、龙晟实业、龙晟房产，如此等等。工商登记上产权结构各不相同，其实图章都放在龙显的抽屉里。他是庄家，他的手里牵着一百个木偶。阿季是其中一个较大的木偶，龙显让他担任上市公司的副董事长。

谎话就像一阵旋风，能把人抱住了卷走。媒体采访报道，阿季是"把真金白银拿出来参加国企改革的先锋"。这个先锋双脚踩在云里雾里，飘飘然不知所以了。这个农民在做梦。一群欲火难挨的萤火虫气喘吁吁地围着他打转，炫目的光亮久久萦绕不息。他娶了一个漂亮的老婆，岳父是一位老干部。他用分赃所得买了别墅，别墅里有一只保险柜，收藏着四处觅来的千年古董，三分之一是真的，三分之二是赝品。

梅雨骤歇的某一天，妻子从外地娘家回到杭州郊外的别墅。初夏直射的阳光有点晃眼，空气新鲜而舒畅，湖泊在阳光下闪烁着平静的光泽。妻子的心情很好，她步上台阶，走进客厅。

卧室的门被咚咚地敲响了，屋子里却异样的沉默。沉默过后是一阵慌乱，阿季推开身边的小姐一跃而起。小姐害怕地捂住脸，赤裸的身体像风中杨柳般无力地战栗。她那白皙丰腴的身子上有一道道紫色的印痕，阿季在这个春情勃发的夜间表现得十分骁勇。阿季拍一下小姐的屁股，她抖了抖，阿季说，快，快躲进衣橱去！小姐跑向衣橱，衣橱的门一关，她有一种快速坠落的感觉。

对于三位当事人来说，这个上午都十分尴尬。妻子原来打算在娘家多住几天的，却鬼差神使地提前回来了。阿季本来想把小姐带到城区的公寓，却醉醺醺地将她带到了郊外别墅。小姐平时不出台，在阿季这样的"精英人物"面前，她习惯将自己装扮成纯情少女，这天，却卷入了这场漩涡。

阿季觉得他老婆简直就是一个泼妇。当她把衣橱的门打开时，阿季闭上了眼睛，当他睁开眼，看见妻子尖叫着追逐赤身裸体的小姐，正在用一支长长的鞋拔抽打她丰满的臀部。阿季叹口气说，算了吧，何必将自己搞得这么累呢？我以后不带女人来这里就是了。妻子愣了愣，小姐抱起床上的衣服逃出了卧室。妻子瞪着他，咬牙切齿。你还有多少这样的烂女人？她说，她的眼睛里有一种冰冷绝望的神情。阿季从床上慢腾腾地下来，顾自走进了浴室。阳光透过浴室的百叶窗照在他身上，像一匹斑马。这匹斑马打个哈欠对自己说，真他妈的无聊。

这个农民，这个暴发户，注定了要为自己的轻率付出沉重的代价，谁也救不了他。妻子向法院起诉离婚，请求封存、冻结他的全部财产。那时候龙某人比阿季更加焦灼不安。这条龙为之四处奔走，上上下下找人。

湘九一直被蒙在鼓里。事实上集团公司班子的所有其他成员都被蒙在鼓里。他们被蒙了整整两年，两年后基建集团与化工集团合并了，重新组建的董事会对此更是一无所知。有一天，省工商局一位副局长偶遇湘九和新任总经理老康，他们才知道，这条龙为何急成了像是被斩了尾巴的一条蛇。

阿季的老婆向法院提供家庭财产证明，法院去工商局核实，上市公司有四千万元的股权属于阿季，作为夫妻共同财产，至少有一半应当分给离婚后的女方。

一道闪电在窗外炸响，照得龙显跟阿季的脸半边儿青半边儿黑。龙显猛拍一下桌子，阿季倏地绷紧了身子。腿一软，他跪下来。一声惊雷，窗外哗哗地下起了大雨。阿季沉没在某种无边的黑暗中。

四千万不是一个小数目，全是公款，龙显以阿季的名义注册公司持股。龙显说："这件事露了馅我们都得完蛋，你说你该不该去死?!"阿季猛地抬起头，他的眼睛里流露出极度的焦躁和绝望。他说："我这就去把她杀了吧，大不了我跟她谁也活不成。"

不仅是阿季，还有阿季的岳父，也莫名其妙地成了大股东。工商局副局长说："这条龙的胆子也太大了，你们难道一点不知道吗?"湘九跟老康一起摇头，"不知道，"他们说，"我们真的一点都不知道。"

两个人相对无言，他们脸上惊骇的神情让工商局长为之心酸。"你们当的什么老总啊，董事长如此暗箱操作你们也忍受得了?"工商局副局长说，"我们已将此事报告省政府，通报省国资委，你们好好想一想吧，自己该承担什么责任!"

龙显是否同意阿季报复他的老婆，湘九不知道。他猜想杀人的事龙显是不会表态的，至于给她一点小小的警告么，那就是理所当然了。

后来有一天湘九看到阿季，阿季坐在灰仔的办公室里。灰仔跟湘九在同一层楼，这样的安排当然有其内在的深刻含义。灰仔的门虚掩着，湘九听见阿季轻轻的带着东阳土音的说话声，湘九推门而入，惊讶地问："你是阿季吗，你怎么剃了一个光头，我都认不出你来了!"

阿季刚从拘留所出来，穿着一身旧牛仔服，金项链没有了，金手表也没有了，黑不溜秋的光头上长着几根稀疏的毛，整个形象如一只放在火上烤过的兔子。阿季雇了一帮打手去打他的老婆，组织者居然是他的辩护律师。湘九听这些奇闻轶事听得整个身心都麻木了。

阿季说他的老婆是个泼妇。他说那女人的爹，那位老干部，也不是吃素的。阿季引着打手们走向别墅时，那湖泊，那道路，那草坪，像中午的沙漠一样空旷和寂寞。于是他们悄悄地靠近。阳光的阴影照着他们的脸，将他们身上和脸上杀气腾腾的神情都放大了，看上去叠影重重面目全非。忽然一声喊，树丛里站起一排人，有的穿便衣有的穿警服。阿季怔住，一颗石子穿进了他的裤裆，他一个跟跄，跪倒在了地下。打手们向四下里逃散，追捕的人包围了他们。他们的下巴在嶙峋的山石上碰得血肉模糊，他们的屁股被摔得七块八瓣。按照他岳父的指示，目标首先是他，然后是律师。他俩被扭住胳膊，身上疼得眼泪像饿狼的胆汁一样溢出来。阿季说："放了我，我什么也不要了！别墅、古董、存款，我都不要了还不行吗?!"

岳父是政法干部出身。岳父说来不及啦，这时候你说什么都晚啦。打手们身上的刀械都已被缴获，他们在湖畔的沙砾地上跪成长长的一排煞是壮观。妻子，不，应该说是他的前妻了，娇柔妩媚地从别墅里出来了，踩着高跟鞋袅袅婷婷地走到他跟前。"朋友来了，有好酒；若是那豺狼来了，迎接它的有猎枪。"她轻轻地哼出一段十分抒情的歌词。

阿季被拘留是因为他触犯了刑律，龙显说，这是他的个人行为，跟集团毫不相干。这句话是在灰仔屋里说的，很明显，既警告灰仔和阿季，也警告着湘九。龙显推门而入时，很诧异地看到湘九在座，他点燃一支烟，将烟雾遮住自己略显尴尬的表情。湘九笑笑。阿季突然拉住他的手说："帮帮忙，张总求您帮帮我的忙，听说您跟市局吴局长交情不错，您跟他说一声吧，别再找我的麻烦了！"

湘九看着阿季那双哀伤的凝视着他的眼睛，湘九说："你不是已经被灰仔们想尽办法捞出来了吗？"灰仔像挨了烫一样跳起来，他说："这话可是您张总自己说的，我没告诉您过！"灰仔的眼睛却盯着龙显，唯恐引起他的怀疑甚至愤怒。湘九因此而大笑。湘九说："这有什么可隐瞒的啊，谁不知道你灰仔神通广大，政法系统有的是小兄弟。不然，你们怎么知道我跟市公安局吴局长是同学?!"

调进集团公司的当然不止这几个人。比方说办公室主任，原先就是龙某人手下的铁杆兄弟，调进来不到两个月就提升为主任。这个主任归湘九分管，却几乎从不进他办公室的门，如果有某个文件非要湘九签字不可，他才会进来，他说"这是董事长交办的事，你签个字"。

高粱的新材料公司到底也没成功改制，龙显在曾处长的撺掇下，将它并给了基建科研所，子公司变成了孙公司，高粱也就顺理成章地降了一级。

因为科研型企业改制可以享受省政府的免税政策，龙显要将龙晟公司的利润打到基建所申报免税，然后再把所有赢利返回龙晟公司。

龙显画了一张表，表上出现几十道互相交叉的线，一个个步骤令人眼花缭乱。这是一笔房产交易，营业额达到二点六亿元，产生的税额约五千万元。龙显威胁兼任基建所法人代表的湘九以及高粱等人，他说："如果配合得好，奖励你们三十万元辛苦费，如果不配合，你们就别想在这里再干下去了。"

湘九给基建所经营班子开了一个会。湘九知道，在所长眼里，他的话跟龙显的话相比较，自然是后者更有分量一些。湘九说："这可不是开玩笑的事，骗税五千万元，那是要被枪毙的罪。谁想拿这三十万元，谁愿意有一天陪某个人去坐牢，那时可别说我张某人没有预先警告过你！"

按照龙显的部署，谈话第三天，用于该项"免税"计划的第一道步骤即开始实施。一笔款子划到了基建所，作为新材料公司增资扩股款。高粱愁眉苦脸地看着湘九，科研所的会计也哀求般地瞧着他。那神情，如同待宰的牛羊。湘九拿起桌上的电话，接通龙显办公室。

湘九说，财务人员认为无股东会的决议，此款进出皆违反公司法。

龙显说："什么公司法？听他们的还是听我的？我是集团公司法人代表，我说怎么做就怎么做！"

湘九将他的指示一笔一画写在收款通知单上。湘九对高粱和会计说："请你们做证人，我写错一个字没有？"

湘九从科研所回到集团时，在电梯上遇见了一个身穿白衣黑裙的女人。陌生的女人长得很清秀，微微烫过的短发，用一条蓝色的缎带箍住。湘九朝她笑笑，她也笑笑，算是互相打了招呼。女人的年纪不算轻了，眼角有了细碎的鱼尾纹，但她那种羞涩的、小心的神情像一个忐忑不安的少女。"您是张总吗？"她问，湘九点点头。"原来您就是张总。"她说。

湘九走出电梯，女人跟在他身后。湘九感到她的话里有话，好像她早已听说他的一切。湘九站在办公室门前说："你找谁，不是找我的吧？"女人迟疑了一下，说："我是来人事处报到的，他们还在午休，我能在您这里坐一会儿吗？"

湘九推开门，侧身请她进去。湘九给她沏了一杯茶。龙井新茶，他说，端到她面前。那一刻，女人仿佛觉得自己很小，像个孩子，在成年人吩咐下做事，因此伏伏帖帖地接过茶杯，轻声细语地说了声"谢谢"。湘九在她对面坐下，"你是新调来的，"湘九说，"你以前在哪里工作？"

"新华书店，"她吹着茶杯里的热气说，"我在新华书店医务室工作。"

湘九若有所思地瞧着她。按照集团公司进人的规定，应当是三十五岁以下，大学本科以上学历，专业对口。而这个女人是高中学历，四十五岁了。"你到这里来做什么工作呢？"湘九抛出又一个问号。听他的口气仿佛在替她感到可惜。集团公司没有医务室，人到中年却须一切从头学起，你还吃得消吗？

"董事长说就安排在人事处。"女人几乎有点结巴了。"他说工作很轻松的，相信我很快就能适应。"

"你先生在何处高就？"湘九突然问道。

"税务局。"女人冲口而出。她的脸红了，迅速地红起来。她觉得自己很傻，因为湘九又追问了一句：是局领导吧？而她居然点了点头。

这个中午的对话，相信会一直留在他们的记忆之中。双方都有一种进入圈套的感觉。湘九暗示这个名叫羊滨的女人，不是我在套你，而是龙某人在套你的丈夫。毫无疑问，无利不起早的龙某人，将你调进集团来是有交换条件的，这个交换条件就是免税，或者说骗税，第一笔就是那五千万元。

"孩子该上大学了吧？"湘九继续问她，露出意味深长的微笑。"你先生是公务员，领导干部，而你看上去就是一位贤妻良母。"他慢腾腾地说道。他坐在沙发上，身上穿着一件咔叽布的藏青色西便装和一条灰法兰绒长裤，没有打领带。他拿起一块抹布揩拭着脚下的皮鞋。"多么幸福的生活啊，真的该满足了。"他那样随意地，漫不经心地说道，一直说到她的心底深处去。他不像龙某人所说的，是个毫无生活乐趣的、专门找人碴儿的家伙，她心想。他像一个平易近人的大熊猫，像邻家大哥。

窗外遥遥可见的宝石山上，绿树红花开得很茂盛。他们却望见花儿在动摇、在呻吟，在扭曲和呼号着，花儿面对着混沌的空间和时隐时现的魔鬼的幻影。我们处于一个充满诱惑的世界，稍有不慎就会踏入陷阱而万劫不复，湘九仿佛在喃喃自语，仿佛提醒的只是自己。我们在与狼共舞。他说，网络上流传着一句话：出来混总是要还的。

他像一个巫师在念着咒语，像一个预言家在说出某种可怕的警示。羊滨读过他的作品，字里行间的辛酸，那些历史的重荷和历史腥甜的热血，在这个时刻得到了重温。她感到窗外吹来的风很热，还裹着一股硝烟的气味、硫黄的气味。她心惊肉跳。

用于验资注册的款项几天后即被划走。从集团公司过来的钱，经过转手后被划到了龙晟控股的某家公司。接着，龙晟公司的一名副总被授权经营该项目，湘九与高粱却靠了边。新材料公司的会计说，既是经营所得，便涉及交税，至少应先交后免，否则有洗钱之嫌。龙显闻讯而大怒，立刻召见高粱，令其解聘该会计。高粱说这会引起一场风波。这名会计肯定要去上访告状。

整个事件在湘九终于决定向上级反映后才改换了这种咄咄逼人的方式。彼时，兼任基建所法人代表的他已经退无可退。龙显竟然指示新材料公司将全部账册移交给龙晟公司，今后的账目由龙晟公司代做。照此，基建所和新材料公司的经营者、财务人员，将彻底失去对本公司的控制权、知情权。

女人羊滨在湘九向上级反映的一个星期后，再次走进了他的办公室。这时已是秋天，窗外树叶摇曳，透出沁人心脾的凉意。女人怯生生地叫他一声，他抬起头，略微有点惊讶。这是羊滨第二次走进他的办公室。她的头发略微有些蓬乱，穿着浅口的皮凉鞋和长裙子。算不上多么漂亮的她，那天的精神状态很不错，睁大了一双明亮的眼睛，嫣然一笑，给她的脸上平添了几分柔和的光彩。湘九又给她沏了一杯茶。"我自己来吧。"她抢过茶杯说，坐到了他的对面。

湘九平静地看着她。

"我要调走了，特意来向您告别一下。"羊滨说，"我很感谢您，第一次见到我就跟我说了那些话。"她迟疑着，轻轻咳嗽一声。"我很后悔调到这个单位来……幸亏，我将您的话转告我丈夫后，他思考了许久，终于接受了……"她举起茶杯，闭上眼睛，把茶水喝下去，仿佛需要藉此掩饰自己的神情。

"本来就不是你先生一个人所能决定的事情。"湘九说，他也拿起茶杯，喝了一口水，他的心情变得很坦然。"你调来还不到半年时间吧？"他放下茶杯，带点遗憾地说，"这么快又调走了，我们真还没有深谈过什么呢。"

"我是这样对他说的：不是你一个人所能决定的事，你怎么可以答应人家？"羊滨仿佛面对着她丈夫，撇了撇嘴。"他说，他只是说可以研究这个问题，龙董就提出了把我调来……"

湘九挥挥手，不想再谈这些情节和细节了。他笑笑。她觉得他的笑里含有某种嘲弄，她的脸又红了。"没关系，只要你先生下了让你离开这里的决心，你们就一起解脱了。"湘九安慰她说，"你真是一个贤内助，他将来会感谢你的。"

女人愣怔怔地朝湘九看了几秒钟。在她人生的经历中，别说是只见过两三次面的人，就是很熟悉的朋友，都很少会这样跟她讲话。交浅言深，她深刻地体会到这个词的含义。"谢谢，"她垂下眼帘说，"您抬举我了。"

她给湘九留下了新单位的地址和电话。虽然，他们后来再也没有联系过。湘九替她的丈夫庆幸，庆幸他找了一个好妻子。不然的话，迟早有一天，他将为这笔交易而付出生命中不能承受的代价。

她是最幸运的，好像一阵风，吹进来又吹出去了。阿沃对湘九说。让阿沃深感头疼和无奈的是另一只羊。就是从食品工业公司调来的经理。

龙显安排这位仁兄先当进出口部经理，跟新疆的啤酒花公司保持热线来往。一段时间，集团公司开会，耳边总是萦绕着"啤酒花""牛市"之类的词儿。龙显带着一帮随从直飞乌鲁木齐。烤全羊。马奶子。瓜果既香又甜，美女能歌善舞。随着证券市场传开啤酒花公司董事长艾克拉木·爱沙由夫突然失踪的消息后，新疆之行才不再提起。

进出口部严重亏损，想瞒也瞒不住了，龙显对羊的处罚却是小到可以忽略不计。免职当天，羊被调到房产公司任副总，本来想让他直接接替当初阿兔的位置，湘九说房产公司再也经不起这样的折腾了。于是让阿沃兼任总经理。

阿沃兼任总经理也管不了他。他是龙显引进的"人才"，董事长直接指挥他。因此，他跟灰仔联手，又使房产公司流失了一大笔资金。

这位羊总的结局跟阿涛一样：方书记秉承龙的指示，高抬贵手放行。

湘九说：这些企业好像是专门为龙显们所存在的。国有资产和国有资源像一条河，风吹着河水哗啦啦地从一个又一个缺口泄出去。湘九们想堵，怎么也堵不住。没有人给你砂包，没有人给你石块和水泥，用什么堵？

你跳下去堵？本来还算壮实的身子立时变得轻飘飘的，被狂浪随心地扑着摔着，恣意推搡。你的手冻僵了，身子受伤了，空旷荒寂的原野上，微弱的星光悠忽飘来，一朵朵血花漂浮在水面上。你站不住了，你真的就要倒下去了，你在恣肆汪洋的旋涡中挣扎着，耳朵里听到的却是岸上传来的嘲笑声。

嘲笑你真是一个自不量力的傻瓜。一个二十一世纪的堂·吉诃德。

阿沃悄悄地跟湘九说，龙某人真是做得出啊，羊某调出集团公司时，龙显让他把所持的龙晟公司个人股全部转让掉，每股价值至少六元的股权，龙显开给他的价格却是两元。

这个股到底转让给了谁？阿沃关上房门、窗子，将脑袋凑近湘九耳边说，我们只能心照不宣。

阿沃无限感慨地说，自己带来的老部下，他也下得了手呀。

四

一位神秘来访的收藏家老江湖

他们在新三毛大酒店请湘九吃饭。这是两位来自赤州的商人。其中一位是企业家阿群，湘九在赤州任副市长时，联系过他所在的企业。另一位精瘦的男子，看上去六十多岁了，穿一套黑色西装，精神矍铄，眼睛里闪烁着阅人无数的精明光亮。跟他握手时，湘九感到一阵沁人肺腑的凉意，乃是从他手上一枚绿色的翡翠戒指上传来的。湘九不懂玉器，但看他翻阅菜单时，那枚硕大而晶莹剔透的戒指闪烁着冷光，便直觉其价值不菲了。

"四菜一汤，不要海鲜之类，"湘九说，"我从小养成了贫下中农的胃口。"

阿群在赤州开过一家酒楼。他点点头，说："老领导在吃的上面执拗得很。"

湘九说来一瓶普通加饭酒吧。服务员朝他斜一眼。本店没有这种档次的黄酒。她说。阿群笑了。他说，那就只好来一瓶葡萄酒了。

桌上放着一只小花瓶，插着一束郁金香。服务员把酒瓶放在郁金香旁边，涨红了脸拧开瓶盖，一绺卷曲的刘海在她白皙的额前颤动着。她转身去拿开瓶器。

"我来吧。"六十多岁的商人说。

湘九看着他手上微微凸起的经络。这是一双久经江湖的手，骨节大，有韧性。果然，他的手劲很大，仅仅抓住瓶塞不到半厘米，就将它一下子拔了出来。他将酒瓶微微摇晃一下，把酒倒入擦拭得亮晶晶的玻璃高脚杯中去。

"请。"他对湘九说。

"中国的葡萄酒一点不比洋酒逊色，同样历史悠久。"老头儿说，"'葡萄美酒夜光杯，欲饮琵琶马上催'么！"他瞧一眼窗外夜色，开始发思古之幽情。"老市长是一位文学家，不在乎菜的好坏，但也欣赏这样的意境吧？"

湘九饶有兴趣地看着他了。

这个六十多岁的老头儿，这个老江湖，居然说出这番文绉绉的话，使他感到既新奇又别扭。阿群是个厚道人，他了解，这个人却是第一次见面。除了那枚翡翠戒指，他看到老家伙腕上还戴着一串乌黑润滑的佛珠，发出沉甸甸的幽光。他不该穿这一身西装，湘九想，他应该穿中式马褂，戴一顶瓜皮小帽。

他们呷着葡萄酒。老头儿问老市长工作还顺利吗，为什么不调到政府部门去，反而进了国有企业。"我认识几位厅局长，他们一两个月来我家一次。"老头儿说，好像跟他很熟，在聊家常似的，"他们把我家当成一个沙龙、一个文化馆或者会所。老市长您知道什么叫会所吗？"湘九摇摇头。"不太清楚。"他说。

"我也不太明白，听他们说的这个新词儿。"老头儿似乎有点尴尬，笑了笑。"我收藏古董几十年了，主要是玉器，现在有不少领导对这玩意儿特别感兴趣。"

"是吗，"湘九说。"可惜我完全是个门外汉。"

老头儿瞪着他想，这家伙在作秀。他抬起手，摸着怀里揣着的几块美玉，心中在叹息。他倒腾古玩几十年了，不敢说在全国，至少在江南这一片，他在圈内的名望绝对名列前茅。可是这个据说出过几十本书、获过国内外几十次文学奖的人，当过他的"父母官"的家伙，居然没听说过他。难怪那些常到他"会所"来的官员说起这家伙，总是带着一肚子气。

"我给您带来几个小件，"老头儿说，"不知是否进得了您的法眼？您带在身边，工作之余把玩一番，可以修身养性。"

湘九坐着一动不动。这会儿做任何动作似乎都显得不够修养似的。摊开在桌上的几件玉器凝脂般润泽，幽柔地映着灯光。湘九正襟危坐，不敢伸出手去，唯恐一不小心会将它们打碎在地上似的。老头儿面对他的表情露出了满意的微笑，认为他被这些宝贝惊呆了。

"都是汉代的，"老头儿说，拿起一只佩件，"这是一枚玉螭凤纹佩，故宫的专家鉴定过，是西汉年间皇宫所有的。"

湘九不得不接过来，仔细观赏。两千多年前的宝物啊，他的手微微哆嗦。白中微微泛青，周边带一些在土中埋藏了多少个世纪的红褐色沁色。隐处以细如毫发的阴线雕饰，有如古画上的游丝描一般刚劲有力。整个形状是一条大凤，凤冠高耸，长翎长颈细身长尾分叉卷翘，如皇后般既呈柔媚之态又显端庄大气。

玉质清纯，雕刻精美，沁色鲜明。湘九说，"线条简洁而流畅。刀法娴熟，琢磨极好。"他吁了一口气，将佩件放回桌上去。"确实是一件艺术精品。"他说。

"老市长不愧为解放军艺术学院毕业的高材生啊，"老头儿对他的履历如数家珍般了解，"您还说自己一窍不通，完全是个门外汉呢。这块凤纹佩到你手中，也算得是宝剑赠英雄了！至于与之匹配的龙纹佩么，老夫我也会尽力觅得……"

湘九坐在那里像个傻瓜。他确实一时无言可对了。"无功不受禄，"过了两分钟他才开口，他的话有气无力。"这个玉佩，不说价值连城吧，至少也不会低于我这大半辈子的工资收入了！"他端起酒杯，跟身边同样有些目瞪口呆的阿群碰了一下，一口气把酒干了。

"现在是公元二〇〇二年，我离开赤州市四年多了，即使我在位时也帮不了你们什么大忙，现在我就更无能为力了。"他说，"我不明白，你在我身上花这么大的代价又有何用？"

湘九盯着那位老江湖，使他不得不回避自己的眼光。他耐心地盯着他，仿佛他有整天整夜的时间来把事情弄清楚，不管那是一件怎样刁钻古怪的事情。

"您误会了，老市长。"老头儿说。他收起玉佩，将这些玉器一件一件地收起，放进了一个绒布做的柔软的小包。他坐在那里，脸上泛起了红晕。他没有伸出手去拿酒杯，那样子就像一个犯了错误的孩子，在老师面前表现得十分谦恭。

"我跟阿群认识多年了，我俩因为这点爱好常来常往。"老头儿斟字酌句地说，很诚恳。"他说过您在位时对他的支持帮助，其他企业家也常说起您……我知道您很清廉；但是这点小件在藏友之间算不了什么，文人雅士的交往不能以金钱计算……"

湘九将双手搁在桌沿上摇了摇头。他看到窗外的夜色深沉，风吹动着街道两旁的树木，树叶飘落下来。他仿佛看到两千多年前的火把，在这些树上影影绰绰地出现。

汉武帝手下的大军挥戈北上。匈奴帝国的骑士在狼狈逃遁。张骞出西域开辟了"丝绸之路"。一曲羌笛在他的耳边回荡，令人神往。他闭上眼，那块玉璃凤纹佩在他面前重显。这玉佩曾经挂在吕后的裙裾上吧，还是班婕妤的身上？他觉得自己真的有些动心了。

湘九告诫自己不能动摇。老头儿说："老市长我向您求一幅字，挂在会所增光添彩。"湘九说："我又不是书法家，张牙舞爪的墨迹只怕污了你家的典雅。"老头儿说："您不是书法家您是名人啊，名人墨宝比这几件玉器更有价值！"湘九知道他的潜台词，这样就成了一种有来有往，如果再添上几本署名的书籍，您就完全可以心安理得了。湘九在心里暗叹如此巧妙的交易，利益隐藏在人情下，面上却显得高雅而温良恭俭让。湘九再次摇了摇头。他说："谢谢你，初次见面，咱们不谈这些了好吗？"

他们喝完了这瓶红葡萄酒，阿群还想开一瓶被湘九一把拉住。他们走出新三毛大酒店，看见阿群的车缓缓驶出地下车库停在了台阶下。酒店离湘九家不远，湘九说："我散散步走回去好了。"阿群急了，一把拉住他说："快要下雨了呢，领导，我们送您回去。"

一阵冷风吹来，果然带来几星凉飕飕的雨点，湘九只好上了车。在整个吃饭的过程中，阿群扮演了一个尴尬的角色，老头儿是他带来的，只说想拜见一下老市长，没想到他会身携重礼。行前，这个老江湖提醒过阿群，老领导曾经如此器重过你，你可不能空着双手去啊。阿群为此带来了他最珍爱的一件藏品，现在，老江湖却捷足先登且碰了壁，他还拿得出来吗？

本田商务车停在了凤栖花园门口。湘九跟司机先说再见，再跟老头儿握手道别。阿群跳下车，迅速跑到后门，捧出来一个大纸箱。"我送您到家吧，领导。"阿群说。湘九皱起了眉头。"什么东西？"他说。"水产品，"阿群说，"从松门带来的一点海货。"

松门是赤州海边的一个镇，以海产品交易市场闻名全省。湘九说："你知道我怕腥味，还给我带这东西？"阿群说："给您夫人吃啊，再说您女儿也快从北京回家来了。"

湘九注意到那位老江湖的神情，他站在车门前，瞟纸箱一眼，眼中闪烁的精光像黑人的牙齿，很快地、暧昧地消融在了夜幕中。

湘九不想让阿群过于难堪，他挥挥手说："阿群很快就回来，我就不请你们去家里坐了。"

他俩进了家门。湘九叫妻子沏茶。阿群放下纸箱说："不用了，我这就走。"

湘九叫他站住。湘九说："把纸箱打开，让我看看你带来的是什么海货。"

纸箱被缓缓地打开了，露出白色的泡沫塑料，湘九皱眉蹙首，拨拉开这些填充物。一件青铜器出现了，阿群小心翼翼地将它搬到茶几上。

这是一只造型浑厚凝重的怪兽，不知在地下经历了多少年的黑暗与沉寂，而今仍瞪着大大的眼珠，生动地凝视着他们。这不是一件一般的实用器皿，而是古代奴隶主贵族家庭的礼器，是其身份与地位的象征。"此兽名叫狴犴，又名宪章，样子像虎，"湘九愣了一会儿，缓缓地说道，"我参观古代的衙门时见到过这种狴犴。传说它主持正义，明辨是非。衙门的大堂两侧和狱门上下都有它的形象。"

"不一定吧，"阿群疑惑地说，"它可比您能看到的衙门早多了！"

被湘九称之为"狴犴"的怪兽，静静地站在那里，四足粗壮，踏地有声。它的身上布满纹饰，主体部位是饕餮纹、鱼鳞纹，额上有龙纹，如一幅优美的立体图画。湘九蹲下身，看到其腹部的铭文。湘九虽不能辨读，却觉得横竖成行，章法齐整，起笔收笔皆藏遒劲之锋，给人一种沧桑古朴的艺术享受。

"专家说，这是商代中晚期的典型青铜器。那个时期的文物中，似这般造型优美制作精细的青铜器，十分罕见。"阿群说。

那就是公元前十三世纪了。湘九难以想象如此久远的年代，想象奴隶主和奴隶们生活的场景。甲骨文。武王伐纣。纣王将大批奴隶武装起来，而这些奴隶却在前线倒戈，奴隶起义使商王朝灭亡了，被周朝取代。湘九在中原军营当过兵，去过殷商故都，现在，他回想起了当初的历史感受。

"什么意思？"湘九说，"阿群，你送我这件珍贵的青铜器，究竟是什么意思？！"

他说话的声音有一点嘶哑，带着明显的、沉重的疑问。他站在阿群面前，将腰板挺得笔直，仿佛他仍在赤州当副市长似的。他当副市长时也不曾如此严肃地对待过阿群。那时，阿群离开了国营的太平外贸公司，去外地谋得一个年薪超过从前十倍的

CEO 位置，刚到赤州履新的湘九亲自上门动员他回来。湘九真诚地对他说："你是一个好干部，为赤州市的开放型经济作出过突出贡献，过去对你不够重视，那是我们的错。"

"过去，我们是上下级，现在，我们是好朋友。"湘九继续对阿群说，"你得跟我说实话，那个老头儿究竟怎么回事？"

"阿群，你可不能害我啊！……"

不知所措的阿群，显然被他的话、他那严肃的神情吓坏了。他咬着青灰色的嘴唇，瞧着他的老领导，显出了孤苦无助的苦相。"您误会我了，老领导，"他说，"恐怕也误会我那位朋友了，我们真没有什么企图啊！……"

"我不懂这些古玩，我也欣赏不了。"湘九斩钉截铁地说，将青铜器放回纸箱中去。"你拿回去吧，现在就拿回去。"

即便是尴尬的苦笑，也从阿群的唇边萎谢了。他尴尬地坐下来，坐在湘九家的硬木沙发上，点燃了一支烟。"您一点面子也不给我吗，"阿群牢骚满腹地说，眼睛都红了，"我又不求您帮忙办什么事情！老头儿跟那些厅局长往来，跟您的顶头上司往来，我跟他们却是一个也不认识的……"

"你说什么，跟我的顶头上司往来?!……"

湘九的脸，突然变得僵硬，仿佛被一阵风吹成了面瘫。他疲乏地坐了下去，将一条腿搁到另一条腿上面，只觉得全身都绷紧了。他的心也提了起来。他把一只手放到了阿群的肩上，将他的身子扳过来一些，仔细地瞧着对方。他竭力将声音放得柔和一些，缓缓地，唯恐再一次惊扰了阿群似的，轻声说道：

"告诉我，把他们之间的交往，一五一十地告诉我……"

阿群愣怔怔地看着他，终于，怯生生地说道：

"老头儿跟我说过，有一个省级集团的董事长，叫什么龙的，现在是您的顶头上司。龙某人经常收购一些古玩，对他的玉器很感兴趣。龙的手笔不小，据说一部分是自己收藏的，一部分拿去送人……"

"这跟我有什么关系吗？"湘九说。

"我不知道。有一次老头儿说，不要在您面前说起他跟龙某人的关系，但是要了解一下，您是否也喜欢这些古玩……"

湘九的手，傀儡般搁在阿群肩上，久久不动。他一声不吭，脸上的表情是一种木然。一股一股的冷汗，湿透了他全身。阿群感到他在战栗，好像发了寒热病似的哆嗦。阿群怕得要命。他说："老领导，您怎么了？您不要吓我……"

"我，我怕，"湘九打着寒噤，好像控制不住自己似的。"幸亏，我刚才拒绝了那些玉器，"他说，牙齿都嗒嗒地打战了。"如果我收下，或许……一切便会变得不堪设想……"

这是一种以前从来没有过的感觉，使他、使阿群都受到了惊吓，产生一种茫然的恐惧。这个世界真的是太小了，小到哪里都可能伸出一条线，然后织成一张网。这个世界也实在是太大了，别有用心的打算可以藏到任何一个角落，将骇人的计划隐蔽得天衣无缝。

湘九愣了半晌，默默地伸出手去，对阿群说："给我一支烟。"

"您戒了将近五年了，"阿群递一支烟给他，脸上依然是一副担惊受怕的神情，"今天让您破戒，明天您就会责怪我了。"

湘九喷出一口烟，阿群的话让他感到惭愧，同时也感到温暖。是的，他戒烟将近五年了，上个星期才抽了两支。省里召开全省作家代表大会时，他被选为兼职副主席。一位老作家说，你有八九年没写过什么作品了吧，你还好意思当副主席？当天晚上，湘九铺开稿纸，他习惯地摸烟，身上哪还有烟呢？他不得不跑下楼去买了一盒烟。

他从十五岁开始抽烟，习惯成了自然，他的文章，非得伴随袅袅烟雾才能产生。

"我不责怪你，"他说，"不过，以后你得谨慎一些，别再把不了解底细的人带到我这里来了。"

阿群重新捧起那只大纸箱，他们走回小区门口。

别费心了，请你别再费心了，湘九一边走一边在心里对某个看不见的人说，你也太小看我了不是？我不是你那样的乡巴佬兼暴发户，见了钱就像进了阿里巴巴的山洞。湘九对隐藏在黑暗中的、窥伺他的人说，是的，我的青少年时代家徒四壁一贫如洗。但是我不会为五斗米折腰。我也不是从来没见过什么汉白玉羊脂玉。我的母亲当年毕竟是一位将军夫人。"文革"前她的手上还有过一只玉镯。童年时，我还看见过她戴的一只猫眼儿戒指呢。

湘九想起《红楼梦》里一句话：乱哄哄你方唱罢我登场。他对自己说，这些从死人身边拿出来的东西，有什么了不起的？

何况，说不定是赝品呢。

那位老江湖惊讶地看着阿群捧着那只大纸箱回到本田商务车上。他的老脸上掠过了一阵细微的痉挛。他没说话。他好像什么话也说不出来了。

流失岁月

五

被分流的军企职工与"香港的大老板"

阳春三月，贵宾们在龙吟山上的度假村聚会。一支小小的民族乐队在草地上演奏，刚才奏的是《良宵》，现在换成了《春江花月夜》。弹琵琶和吹箫的美女据说来自省歌舞团，服务员小姐站在门廊上远远地看着她们，窃窃私语。室内的贵宾们隔着玻璃窗听见幽幽的乐曲声，阳光暖洋洋地照在他们身上，十分惬意。

方书记嗑着瓜子，钦佩地瞧着龙显，倾听他对集团公司应该如何发展的见解。刚来的一段时间，方书记不太习惯平淡的省城生活，在从前的小城里，他作为那里最大国企的副书记，隔三差五觥筹交错，迎往送来。因此，他曾提意见说，企业的接待不多，体现不出生意兴隆。

现在好了，龙显越来越信任他了，带他来到这个度假村，享受贵宾的待遇。度假村的曹老板是龙显的老乡，总是亲自陪同他们。

中午喝的是马提尼 XO，方书记觉得味道像咳嗽药水似的。但是想到价格如此昂贵，他便一杯又一杯地将这些加了冰块的"咳嗽药水"倒进喉咙。现在他有些头晕了。他却不承认自己醉了。

他只知道，青山绿水更加秀丽了，小姐们更加靓丽了，阳光照着淙淙流淌的山涧泛出一片令人心醉的金色。龙董和曹老板已经不是他的同事和陌生人，而是他最好最亲密的同志加兄弟。龙董那张黑不溜秋的脸庞和蔼可亲，曹老板那张猪头样胖乎乎的脸很憨厚，他们的笑声很亲切很有男人气派。

更重要的是，他们什么都不瞒他，他们的秘密就是他的秘密。

省里已经将一家医药公司的全部国有资产划拨给龙晟公司了，通过龙晟的"资产重组"将其注入一家上市公司。龙晟却仍然以国有企业的名义，争取政府多项优惠政策。重组前的划拨土地，拍卖时变成市场价，一个地块就能返还溢价款成万上亿，获益的主要是参股人。

"龙兄，阳中集团争取到手了，总得让我分享一块吧？"曹老板替龙显点燃一支烟说。

"给你其中一家公司吧。"龙显松一松裤带说。

他吃得太饱了，肚皮搁在皮带上不舒服。

"我要最大的一家，就是那家建筑公司。"

阳中集团过去是军队企业，中央军委作出军队不再经商的决定后，移交给了地方。龙显说起将其争取到手的过程：如何通过长官们的子女和其身边工作人员进行游说，如何强调自己是主动为政府排忧解难，等等。他一边讲，一边嘿嘿地笑。他说，有什么忧，有什么难的呢？到了我的手里，老方一帖：员工统统买断工龄回家，资产统统收回出售。

"建筑公司可以给你，市中心那幢楼也可以给你，"龙显慷慨地拍拍曹老板的肩，说，"你把公司名下那块土地留下就是了。"

方书记摇摇脑袋，他想让自己清醒一些，他感到有些不对劲儿，具体什么地方不对劲却不太明白。他上洗手间去了。

洗手间里有从放着冰块的消毒柜里取出来的湿毛巾。他擦一把脸，感到清醒了一些。曹老板的讨价还价声隐隐约约传过来。"您何必呢，"曹说，"留下那些土地不还是国有资产吗？"

"你知道阳中集团集中在一起的那块土地有多大吗？"龙显说。

方书记问镜子里的自己，那块土地有多大？一百四十亩。他想起来了。他还想起，上午出来时，董事长在车上跟他这位副董事长谈过下一步的打算。这一百四十亩土地集中放到一家企业去。然后以军产移交存在遗留问题为借口，在土地改变用途等方面向地方政府提要求，争取高额补偿金和各项优惠政策。

同时，将这家企业改制为股份有限公司。股本搞得尽量小一些，一千万元注册资金，龙晟公司的股东们至少要占 50%以上。

走出洗手间时，方书记有些摇摇晃晃，他想起一句歌词："留一半清醒留一半醉"，他的感觉便是如此。他不太懂经营。他是学化工出身的，然而，参加工作几十年了，一直做的却是党务。他曾经是很聪明的，聪明得足以理解有时候要装糊涂才是真正的聪明。他每天都看报纸，看文件，摘抄那些新名词，他写材料、做报告永远无懈可击。但他对这些名词和精神不求其解。日子长了，他似乎不再聪明。他想，有龙显这样的聪明人在当一把手，他又何必再聪明呢？

现在，他听到曹老板在分析这一百四十亩土地的利益，虽然有一点震惊，却依然是浑浑噩噩。

"五百万元就控了股，不说您不会实际到位吧，就算您到位好了；"曹老板张开大嘴，舌头在厚嘴唇上转了一圈，啧啧有声。"一百四十亩的二分之一就是七十亩，杭州市区的七十亩土地在今天价值多少？"

"每亩八百万元，不，就算七百万元好了。天啊，哪怕您扣去级差费用，余下的也是一个天文数字！"方书记看到曹老板从沙发上跳了下来。"龙兄，求求您，您的手指缝隙再稍稍扩大一点吧，再漏一点给兄弟我！……"

龙显笑了，他将嘴凑到曹老板耳边，窃窃私语。

方书记愣怔怔地站在他们身后的一大丛鲜花后面。他装作没听见他们的话，因为他知道，没听见就是安全。争取将阳中集团全部资产划拨过来的过程中，龙显带他一起去省府大院跑了几趟，他在那里见到秘书、处长、办公厅副主任和副秘书长，他吃惊地看到，龙显跟他们一个个称兄道弟，交情好得不得了。他们称龙显为"经营大师""改革家"。龙显说改革有阻力啊。他们说您放心吧，我们会一起帮助您将阻力消灭掉的。方书记出了一身冷汗。他知道龙显说的主要阻力是谁，是班子成员之一的湘九。"消灭"这个词儿令人不寒而栗。方书记想，我可不能成为他们嘴里的又一个"阻力"。

他仿佛看到湘九已经倒在了血泊中，遍体鳞伤；人们指着他说，看，这就是反对改革者的下场。

一阵爽朗的笑声从曹老板嘴里发出来，惊起了窗外的小鸟。"爽快！"曹老板说，"龙兄您真是一个干大事的爽快人！"

方书记走出贵宾房，走出大堂，走到草地上。乐队又换了一支乐曲，现在演奏的是《喜洋洋》。阳光如同美酒。树叶的颜色变得很深沉，轻轻地在树上摇晃着，俨如在溪里游动的鱼。

天空是那样的蓝，日光是那样的明媚，风吹来都是暖的；暖风吹得游人醉，直把杭州作汴州。方书记穿的衣服不少，却在温暖的阳光下不由自主地打了个寒噤。

整幢办公楼没有灯光，楼道上暗幽幽的，有的人下班走了，有的人赶到龙吟山上庆祝去了。两位老部下点燃打火机，就着火光寻找湘九的办公室。他们其实跟湘九不太熟悉。十年前，湘九担任过省军区后勤部的正师职副部长，他们在下属企业；湘九是大校军衔，他们是中尉，至多是上尉。好不容易熬到了校官，单位却被移交给了地方。

现在，他们连饭碗都将保不住了。

下午，湘九到阳中集团所属的制药厂去了一趟，看到金处长银处长带着龙晟公司的人在那里视察，他们摆出接收大员的架子，指手画脚，湘九感觉很恶心。烈士的遗孀，上校中校的家属，上了年纪的退役志愿兵——所有这些职工都用敬畏与惶惑的眼光看着他们，个个表现得十分驯良，仿佛他们的第一印象就能决定自己的去留乃至生死。

"您好像是……"湘九走进厂部办公楼时，一位似曾相识的退役校官的夫人迎了上来，她在厂里担任过车间主任，现在是厂办副主任。"您是不是张副部长啊？"

"是的，"湘九握住她的手。她手上有厚厚的硬茧。湘九说，"我记得，你爱人过去是后勤部的助理员，对吗？"

看到她点头，湘九陷入沉思。他的眼前浮现出那位老助理员的身影，那是一位少校，一个沉默寡言的北方汉子，湘九反对军队经商的观点曾经得到他的赞同。或许正因为如此，湘九转业不久，他也转业了。湘九问他的夫人，他现在还好吗？夫人垂下了眼睑。她说："马马虎虎吧，转业后他到一家国企当车间支书，企业被卖给私人老

流失岁月

板时，他办了提前退休。"

湘九的眼眶微微潮润，他心中千疮百孔的伤痕上仿佛又裂开了一道缝，股股血丝正在渗出来。他摇摇头，不想再谈这些事情。环境不允许他太多地沉溺于过去的感情，他悲哀地发现，自己总是被夹在改革的既得利益者和牺牲者们中间。

听到楼道上的脚步声，湘九打开房门说："进来吧，我在这儿。"

曾经的部下在日光灯下向他敬礼，他们的眼眶红了，眼球上布满血丝。湘九站在屋子中间，直直地注视着他们，他说："怎么，经不起新时期的考验了？"当年的中尉或上尉低着头回避老部长的目光，嗫嚅着："您得救救我们，我们为社会主义干了大半辈子，我们不想替'资本家'打工。"

湘九的目光越过他们，瞧着老首长跟自己的合影出神。他都没有办法，我有什么办法？——这句话，他不敢说出来，说出来就伤人了。伤他们，伤首长，也伤自己的心。湘九说："什么'资本家'啊，都是中国特色社会主义的建设者么。"他挥挥手，道："咱们不谈这些大道理了，谈谈如何维护职工的切身利益好吗？"

在党委会和董事会上，湘九已经跟龙显争论过了，当然，他能为职工们争取到的利益前景十分渺茫。董事长副董事长碰一下头，好比开了书记办公会议，商量好后再将分管投资的阿沃叫进去，就成了书记办公扩大会议，到了党委会董事会上，就只剩下一个事先毫不知情的他了。他不知道曹老板是何许人，更不知道药厂资产剥离后的合资对象是何许人。龙显说，那是一家来自香港的投资公司，实力相当雄厚。

"新的药厂将注册资本一千万美元，外商同意总投资为三千万美元。"龙显将药厂的前景描绘得十分美好。

"我们集团占多少股？"湘九说。

"药厂净资产评估只有六百万元人民币，"龙显玩弄着手里的万宝龙金笔，斜他一眼。"你说能占几分股吧。"

评估机构是龙某人请来的，他授意怎么评估就怎么评估，湘九对此毫无办法。他说：

"不能仅仅按照净资产入股，因为药厂的生产许可、销售渠道和品牌以及对 GPS 改造的大量投入等等，都是无形资产！"

"那就再加上一百万元，占10%的股份吧。"方书记看似和稀泥地说。

湘九看着阿沃，阿沃低下头去不吭声。每次董事会，金处长银处长曾处长等都被龙显招来参加。他们都有发言权，都对董事长的决策表示无条件地坚决拥护。很久之后，阿沃才悄悄告诉湘九：这些处长都在龙晟系列的公司中持有私人股份，他们早已成为利益一致人了。

"处以上干部持股明显违纪，国资部门如何审批下来的？"湘九问他。

"曾某人在龙的授意下造了一张假名单报上去，"阿沃说，"国资办只是财政厅的一个处，拢共几个人，如何会去一个个核查？"

在药厂员工统统买断工龄之前，为了稳定员工情绪，龙显说，集团就以净资产加上这一百万元入股，占10%股份吧，到了明年，总投资到位，这10%即可上升为净值两千五百万元人民币了，国有资产岂不是升值了一大笔！

湘九不能不同意。他的不同意见好像是在对空气说。比方说，他提出建筑公司剥离后的资产状况很不错，不该再给收购方什么优惠条件了。龙显却对他根本不理睬。当着他的面，龙显向金处长银处长布置任务：你们去财政厅跑一跑，努力争取给曹老板再享受两个九折的优惠政策。

两位部下瞧着他。瞧着书橱上的照片。照片上的湘九三十五岁，团职干部，穿着"八五"式短袖军装，站在老首长身边微笑着。那时的他，头发乌黑，目光诙谐。今天的他却早已不复当年了。他的体态已经显得有些臃肿，额上有了深刻的皱纹，头发变得花白。他的眼神在略显苍白的灯光下显得那样忧郁，仿佛一个国家都压在他的身上似的。

"您不应该转业，"一名部下说，"我记得您刚当上正师干部时，才四十岁出头一点。"

"谢谢你还记得，我也常常为此伤感。"湘九请他们坐下来后，缓缓说道，"这是我犯的一个错误。人总是会犯错误的，这也是命运的安排。"他凝视当年的上尉，眼睛像摘去了眼镜的近视者那样眯缝着。"你们也都不年轻了，应该成熟了。历史的潮流不可阻挡。我所能帮助你们的，真的很有限。"

"药厂大部分是女工，是部队家属，"过去的上尉说，"希望改制后仍能把她们留下来，不要统统下岗。她们中有一些人，家庭生活很困难。”

"我知道她们为药厂做过多年贡献。"湘九点点头。"现在，她们的年纪都大了，文化也不高，叫她们到哪里去重新找工作？我会提出来的，控股方要保证将大部分职工接收过去，妥善安置。我会坚持写上这一条。"

"谢谢您，老首长。"

"别说这个'谢'字，"湘九将脸转了开去，他闭上眼睛，不想让他们看到自己正在溢出的泪花，"我想，香港公司目前会接受的，以后就难说了。但是，"他的声音微微颤抖，"谁又说得准以后呢？……"

时代在前进，生活在变化，用个好听的词儿，叫作日新月异。上尉、中尉当兵的时候，多少人羡慕他们啊。蓬门柴屋，庆贺的乡亲邻居将门槛都踩断了。都说他们从此捧上了一只铁饭碗，衣食无忧，前程远大。从前看不上他们的姑娘，怯生生地等在送行的乡村小路上，将一只绣了鸳鸯的荷包、一双鞋垫，塞到他们手里。

谁会想到，铁饭碗也有被彻底打碎的一天呢？

"哦，那位老助理员的家属，"湘九说，"那位厂办副主任，好像在女工们中间威信挺高的，是吗？"

"是的，她在厂里干了将近二十年了，大家都叫她大姐。"

"带我去看看她，看看老助理员吧。"湘九说。

老助理员的家在城隍山下一座老营区里。

这座老营区也已经移交地方，开发商都跑来好几拨了。老助理员一家住在一幢年久失修的简易公寓楼里，打碎的玻璃窗上糊着报纸，屋里散发出一股腌菜的气味。楼道上的灯泡坏了，湘九摸着摇摇晃晃的木扶梯走上去。老营区附近有几幢别墅，都是先富起来的人家新盖的。大理石的台阶。玻璃幕墙。与这里形成鲜明的对比。

有一家人刚搬进新别墅。爆竹声越过老营区的高墙传过来，烟火的影子在水洼中闪耀。"当年的油科处处长，转业到了市里某个局，阔气得很。"老部下告诉他。傻瓜，湘九心想，这家伙有什么好庆祝的？他知道这个处长曾经手握重权，不少人反映他有经济问题。湘九在赤州分管过这个行业，知道生产与经营审批中有多少权力寻租的猫腻。发财吧，发吧，湘九想。迟迟早早，他会将宝马轿车换成囚车，会在监狱里熬白了头的；他的家人会搬出别墅，住到租来的筒子楼或者郊区的农民房去。

这样的家伙，若是有头脑的话，今天晚上就该去自首了，或者，坐在家里老老实实地写一份交代材料。

这是张某人的一厢情愿。他总是喜欢一厢情愿。事实上这位处长和他的家人高枕无忧。一道火光映红了夜空，是一枚冲天炮，炸响后落下清晰的焰火。老助理员的妻子跑出家门，跑下楼去收晾在院子里的床单。看到湘九一行，她惊讶地叫了一声，转过身，手忙脚乱地跑回家去。

转眼快到夏天了，屋子里很闷热，蚊子嗡嗡地在他们身边盘旋。湘九认不出老助理员了，他这么快就老了，两鬓斑白，穿着一件破汗衫，像个搞装修的农民工。他从农村当兵，从乡下走进这座城市，提了干，家属随军，孩子上学。但是，湘九知道，今天的他，一点也不喜欢这座城市。

这座城市在他还不曾步入晚年的时候就嫌弃了他。使他提前进入了依靠社保养老金生活的队伍，使他进入社会底层，使他产生一种流落异乡的感觉。还使他怀着无比的失落感来面对其他阶层的人们，比如公务员、暴发户、国企经营者、律师、教授或者医生。他付不出儿子上大学的费用，没法子给乡下来的弟妹介绍一个打工的机会。现在，他的妻子也要下岗了，他对此却毫无办法。

他觉得自己真是一个窝囊废。

湘九递给他一支烟，两个人面对面坐着，在袅袅烟雾中回想往事。在后勤部共事时，因为他俩都参加过西南边境防御作战，因此颇有共同语言。湘九想起当年的他，一个充满理想的连级干部，挎着五四式手枪，腿上打着绑带，走在队伍里，像一只雄赳赳的公鸡那样抱着必胜的信心奔赴前线。使他足以自豪的是妻子在他出征前临产，给他生了一个大胖儿子。"那时我真的是大无畏，"他喜滋滋地告诉湘九，"反正我后继有人了。"

这个儿子在高考时以数分之差名落孙山。读民办大学要好大一笔钱。正巧，老家的爷爷奶奶又重病住院。只好让他辍学，开出租车去了。

湘九在路上买了两瓶加饭酒，买了一些卤味。"喝吧。"他对老部下们说。他仰起头，先干了一杯。

一位部下突然唱起《十五的月亮》。

"军功章啊，有我的一半，也有你的一半。"湘九哼出这句歌词，感觉有些儿含讥带讽似的。是的，他们都有过军功章的，湘九书房的抽屉里，二等功、三等功，好几枚军功章，已经落满尘土。湘九说，为我们走过的艰难历程干杯！

别他娘的这么悲壮好吗？他说。至少我们还活着，子女们也都活得好好的；即便下岗又怎么样？这座城市里有成千上万的下岗职工，早晨照样在公园里跳劳保舞，晚上照样搓五角钱一盘的小麻将。

助理员的夫人抱着床单进屋，她瞪大眼睛看着湘九，回味着他的话，过了一会儿她放下床单，坐到门边的一张藤椅上去。湘九听到破藤椅发出了吱嘎的呻吟，伴随着她的啜泣声。湘九慌了。他说："大姐，你千万别这样，我也就是这么一说而已。你不会下岗的，我会帮你们争取留下来。"

药厂的女职工继续哭泣着，屋子里一片沉寂。女职工走到厨房的水池边，洗了一把脸，洗脸时她的泪水继续不断地淌到水池里。她在厨房里说："谢谢您老首长，我知道您也帮不了什么大忙。"她走出厨房，手里拿着一条湿漉漉的毛巾。她说："今天我们看到那些趾高气扬的处长对您爱理不理，我们就明白您在这个单位究竟有多大的发言权了。你放心吧，作为您的老部下，我们不会让您为难的。"

说这番话时，她将毛巾遮住了脸，她的哭泣也终于停住了。湘九看到的是她那绷直的身子，显示出一种女性的柔韧的意志力。显然，她知道湘九来她家拜访的另一层意思：寻求她和职工们的配合。她的表态使湘九更加感觉无地自容。

湘九感到阳中集团的职工们好像集体患了忧郁症，他们面对被一些莫名其妙的人主宰命运表现得很漠然。也许他们已经被卖来卖去卖得麻木了。每一个买主都挑剔他们，将评估价压得很低，好像他们几十年的辛勤劳动根本不值一提。有一次湘九去药厂，看到龙显引进的香港投资公司一位项目经理也在那里。这个尖嘴猴腮的经理系着一条猩红色的领带，走进无菌操作的 GPS 车间也不换鞋。工人们忧郁的眼神给湘九带来一种凉意。这条俗气的红领带在他们面前飘来飘去。项目经理说："你们素质太低，不符合现代化生产和销售的要求。"工人们不吭声。项目经理又说："你们的管理水平也不高，改造过来很麻烦的。"工人们仍然不吭声。不知趣的红领带耸耸肩，摊开双手，莫名其妙地又说了一句话："都什么时代啦，你们的观念怎么还这样落后？"

湘九看到女职工们的眼圈一齐发红了，他知道这家伙犯了众怒。一位烈士的遗孀终于挺身而出，她突然冲到车间门口，从鞋柜里拿出一双拖鞋摔到这家伙脚下。她说："这是无菌操作车间，你的素质那么高，观念那么新，你为什么踏着脏兮兮的脚走进来？"她提高声音说："马上换拖鞋！还要给你戴上一只口罩！！"

这位自称来自香港的经理，气得脸色发青。他那狭窄的胸膛，像个熔炉旁的风箱，不断起伏。龅出的黄牙齿紧紧咬着嘴唇。湘九笑眯眯走过去。湘九说，听你的口音，好像不是香港人吧，你的说话怎么跟龙董事长这么相像？

"我们是老乡！"恼羞成怒的红领带脱口而出。

湘九露出恍然大悟的神情，他的神情不仅使项目经理，也使身边的陪同感到很尴尬。陪同替项目经理解释，说他是港方在本地的代理人。项目经理却坚持往自己脸上贴金，说他早已去了香港，都住了好几年了。湘九慢条斯理地问他："你住在铜锣湾还是中环广场，或者是九龙的尖沙咀？你大概住在观塘吧，那里到是工厂区。"

湘九的眼神有些揶揄，但他的表情是严肃而深思熟虑的。一九五〇年，湘九出生在九龙青山道宝恤医院，他的家在金巴利道。一九九五年和一九九八年，湘九两次回到他的出生地，走遍大街小巷。湘九知道香港的投资公司多如牛毛，租一间写字楼，甚至安装一台电话，就成立了一家皮包公司，到内地来招摇撞骗的这一类"公司"，数不胜数。

事实上这就是一场骗局，而且，骗局的主要策划人并不是龙显的老乡，是其本人。这场骗局被湘九想明白并揭穿出来还有一个漫长的过程。

而在二〇〇二年的夏天和秋天，他的任务却是稳定职工情绪，保证顺利改制。龙显在会上宣布，这是请示省领导后作出的组织决定，因为湘九是军队企业的老领导，没有比让他来做这件事更合适的人了。

二〇〇三年春天，所有的员工都买断了工龄，少数人留守，多数人分流。湘九的任务完成了，后续问题不再让他过问。这时，新药厂的10%股份不再是集团公司持有了，而是以原价转让给了主要以阿季等自然人股份组成的公司，如果按龙显所说的净值二千五百万元，至少有一千七百多万元的可预期利益，一下子被他们转移和侵吞了！

再后来，所谓的香港投资公司也销声匿迹。有一天湘九去龙晟控股的上市公司检查安全生产，无意中发现，药厂的全部固定资产：土地和厂房、设备，在集团董事会毫不知情的情况下，早已改头换面，全部划到了该公司名下。

这一年夏末秋初，龙显宣布他要率领一个规模庞大的代表团去美国考察。

代表团的成员，首先是王妤明，然后是各处处长，各成员单位主要负责人或者他带入的骨干分子。这一次，他们要在拉斯维加斯狂欢庆祝一番。庆祝大量的国有资产已被他们控制，庆祝所有的反对者已被证明是螳臂当车，这里面，当然包括主要的"持不同政见分子"湘九。

那一段日子，方书记去党校学习了，阿沃忙于房地产项目，稳定和推进阳中集团改制的艰难任务落到湘九身上。他明白自己的处境，稍有不慎，各种责难都会接踵而来，没有人会帮他辟谣，没有人会替他辩诬，只有痛打落水狗的棍棒会在他头顶高高举起。

这个夏末秋初气候炎热，两三个星期不曾卜过一滴雨，通往郊区的公路正在施工改造，扬起的尘土中散发着燃烧似的气息。灰暗的、轮廓朦胧的云朵，愁闷地浮在苍蓝的天空，如同湘九的心情。并不是所有的员工都像大姐、像药厂的女工们那样温良恭俭让的，有一些将要失去国企身份的劳动者，脾气如炎热的天气一样火爆。

有人提出补偿费太少，有人提出必须解决住房等各种历史遗留问题。有的问题符合政策，有的问题不符政策。不符政策的问题未必就没有其合理性。

湘九一次次跟职工代表洽谈，一次次跟工人们直接对话。

有一天他去职工宿舍，敲了半天门，出来开门的是一位坚持不将宿舍产权转让给他就坚决不签协议的员工。员工看到是他，迅速地把门又关上了，他冲着湘九喊道：老子要放一把火，把这屋子烧了，再去烧你家！

湘九在太阳底下唇干舌焦地继续敲门，员工将背脊抵在门后面，抽着闷烟。湘九叹息着，准备离去算了，想想又不甘心，就绕到了宿舍后面。后面有一堵矮墙，他爬上去，但是爬上了却不敢跳下去。五十岁出头的他，毕竟不是当年去边境打仗的那个他了，他怕跳下去会跌断本来已不太利索的双腿。

从车间里跑出来的几位员工，目睹了这一幕滑稽的情景。湘九尴尬地骑在墙上，满身尘土，一截撕破挂落的衬衫袖子在微风中伤感地飘拂。他打量着墙下的地面，想找一处松软的泥地可以往下跳。那位抵在门后的员工犹豫不决地站直了身子，紧张地注视着他的举动。没有松软的泥地。墙下堆着一些疲旧零件，都是钢铁。湘九只好静静地坐在墙上，好像在考虑什么疑难的问题。员工们的目光一直追随着他，有人说，听说他从前是个大校，另一个人说，大校又怎么了，还不是到了企业？将来他那个企业改制了，他也会成为给老板打工的人！湘九向议论的人们苦笑着。后来他摸摸口袋，掏出一盒烟。他将烟扔过去，说，抽吧，咱们边抽边聊。

"您不是当官的吗，怎么不抽中华抽利群？"一名青工嘲笑他。

"你不是说我将来也是一个打工仔吗？"湘九说，"我怕现在抽惯了中华，将来改不过来就痛苦了，所以我一直抽利群牌！"

青工笑了，另外两名员工也笑出声来。他们将烟递给与湘九对峙的那位员工。年纪比较大的一位员工说，别把所有的领导都看成贪官，快把他扶下来吧。

两位员工走到墙下，伸出双手去接他，他往下一跳，落到那位上了年纪的员工怀里。他的脚在一只生锈的大齿轮上跧了一下，一个跟跄，差点扑倒在地。员工们搀扶着他，他瘸着一条腿走进宿舍。

这名员工从前是志愿兵，宿舍是集体宿舍。志愿兵的妻子泪汪汪地在给一个婴儿换尿布。宿舍里只有一床一桌一凳。湘九搭讪着说，你们好福气啊，生了这么大胖儿子。志愿兵的妻子说，我们养不起，您要是喜欢就抱走吧，或者送给其他有钱人。湘九说，你们舍得？真要是舍得我就抱走了，我只有一个女儿，在北京，翅膀长硬了就不肯飞回来了。年轻的母亲愣了一下，抬头看她的丈夫。丈夫背过身去看着窗外。"别跟我怄气了，还是根据现实情况解决问题吧。"湘九递一支烟给他，拉他到走廊上去，"别在屋子里抽烟，对婴儿不好。"他说。"这房子不符合产权转让政策，谁也没法子将转让手续办下来。不过，我赞成将住房补贴发给你们。"

湘九站在走廊上，周围围了一群员工，煤饼炉上一只茶壶盖子扑扑地响着，志愿

流失岁月

兵终于沏了一杯茶，送到他手里。这房子还能住个十年八年，真要是一把火烧了就太可惜了！湘九一本正经地跟他说，也别去烧我家，我熬了这么多年才买下一套房子，也不容易。员工们终于一齐大笑起来。志愿兵在笑声中愤愤地说：我真他妈的想烧，烧的不是这里也不是您家，我想把那些卖了我们的人统统一把火烧死！

"美国，美国，上帝赐福于你，在你的美德之上冠以友爱团结，从海洋到明媚的海洋……"

从纽约到拉斯维加斯，龙显带着他的情妇、合伙人和下属沉浸在欢乐的海洋中。萨克斯和小号、黑管组成的乐队在演奏。《美国》《星条旗永不落》《前进，基督教士兵们》和《爱尔兰眼睛微笑的时候》。

这是传统的铜管乐。还有摇滚乐和踢踏舞伴随着他们。

香槟酒的瓶塞卟的一声从王妤明手里飞出去，打到天花板上，雪白的泡沫润湿她的双手。她穿着旗袍，手上带着钻戒，腕表，长长的秀发瀑布般披散下来，映着白皙脖颈上闪闪发光的金项链。她那种贪婪的，像撒娇的明星般撅着嘴的神情，那嗲得不能再嗲的声音和两条细长的腿，刺激着男人们的眼球，令他们心旌摇荡。

他们逛了无数家商店，出手之阔绰令来自秘鲁或者委内瑞拉的营业员小姐为之瞠目。LV 皮包，BOSS 西装，香奈儿香水；如果可以带回中国的话，王妤明说她还想买一辆最新款的法拉利跑车。龙显笑呵呵地说，再等两年吧，一切都会有的，没有什么办不到的事啊。他们在拉斯维加斯的赌场上小试牛刀。龙显面前推着一大堆筹码，他摇摇手，或者用手指点一下桌毯；那风度，那气势，让下属发出情不自禁的赞叹声。

臣下们住的是星级宾馆两人间标准房，龙显和王妤明住的是商务单人房。房间里很幽暗，好像酒吧似的。窗开着，没有蚊子，白天里石头的热气转变成了草地的凉爽，空气甜甜的好像布满了蜜糖。他们在幽暗中上床，身上带着洗不去的香槟、苏格兰威士忌和法国白兰地气味。栽在花盆里的棕榈树在看着他们，意大利风格的深色沙发在看着他们。女人踢掉高跟鞋，男人迫不及待地在她背部的钩子上摸索着。

"听说张某人最近干得很卖力?"王妤明躺下去后，问龙显。

"他不卖力行吗？"龙说，"上面支持的是我不是他，他不老老实实地配合我，只有滚蛋一条路。"

"还是早点把他调走算了，"女人仿佛担惊受怕似的，将男人的手放到自己胸前，"他在集团班子里，我总是有些不放心。"

"没问题。"龙显说。他从床上起来了，光着屁股走向吧台，给自己倒了一杯水。月光照进来，照在他身上，像一匹马。"只要上面的班子不动，我回去后就要求将他一撸到底算了。"

湘九在工厂、在车间和员工宿舍奔波时，似乎一点不知道在遥远的大西洋彼岸，他们依然在如此算计他。他不想这种事。想有何用？他说。后来，一位上级领导批评他说，假如你连自己都保护不了，又怎么能去对付他们呢？

湘九唯有叹息。他想保护我的应该是谁，是你们，还是我自己？上级不明辨是非，不见义勇为，下级又如何能去冲锋陷阵呢？

这样的回答只能写到小说中去。当面回答是几乎没有可能的。这只会使他失去一个至少在表面上还是同情者的上级。

一方面是庄严的工作，一方面是荒淫与无耻。这是罗曼·罗兰的话。哲人看到的现实与湘九看到的差别不大。所幸的是，当龙显带着他的情人和臣子们从美国回来时，省里有了调整，一位年轻的官员从南方某省调入省政府主政，不久又成了省委主要负责人。

湘九认识他的夫人。湘九在山东的大军区政治部工作时，他的夫人就在政治部直属单位。湘九童年时的邻居小娣也跟他熟悉，她的丈夫跟他是老同学。也许，这样的关系都不值一提，一个主要的原因是老首长是湘九也是这位官员的老领导。中央召开全会时，老首长见到了他。老首长说："你要去浙江履新了，那可是个好地方啊。"他说欢迎老首长莅临指导。老首长说："指导谈不上，我在那里有几位老战友老部下，总想着去看看他们呢。"老首长提到的第一个部下就是湘九，于是，新任领导到位后跟身边工作人员说了一声：有位军转干部张某人，一位老首长下来要见一见他。

这句话或许无心，传到某些人耳朵里便成了有意。湘九视一切如流水。龙某人却觉得流水下面可能有暗涌了。湘九觉得不可思议：龙显竟然在美国回来后的一次会议上说，为了阳中集团的稳定和改革，张副总辛苦了。那时候方书记与阿沃都纷纷附和董事长的表态。阿沃说，是的是的，张总一次次去建筑公司，一次次去药厂，做的都是第一线工作。

他们的话并非无的放矢，因为龙显出国前曾经大发雷霆。他说，总是有人给上级和纪委写匿名信，揭发本人到这家单位后的所作所为。龙显拿出一封举报信，声色俱厉地说：写信的人，我要查，十分钟就可以查出来！龙显威胁他们说："上级将举报信交给我本人阅处说明了什么？写信的人头脑要清楚一些！"

"谢谢你，"湘九对阿沃说，"虽然你的话对他、对我都不会起多大的作用。""阿沃啊阿沃，"湘九语重心长地对比他年轻十岁的这位同事说，"作为副职，谁会愿意去跟正职作对呢，我也不是不能忍耐的人。但是，"湘九跟阿沃强调这个"但是"，"但是我们没有其他路可走你明白吗？董事会的决议我们都是要签字的，不签字就成了他的敌人；若是不分是非地签了字呢，到了他翻船那一天，我们会不会一齐落水？"

阿沃满腹狐疑地看着他，听到最后，那神情已是忧心忡忡。

六

一个戴着镣铐跳舞的角色

两辆轿车在高架桥上跑着。前面是一辆白色宝马，后面是一辆黑色林肯。车子跑过钱塘江大桥，沿着防波堤放缓了速度，一位少女从林肯轿车里探出头来，享受着阳光，瞧着注视着她的那些在岸滩上拣贝壳的孩子。

距防波堤不远处，一幢幢别墅排屋即将竣工。白色宝马停下了，王妤明推开车门下来。她夸张地伸开双臂在原地转了一圈，像在舞台上演戏般说："看看吧，住在这里多么惬意！姑娘，你喜欢哪一幢，阿姨给你装潢，一定搞得像公主住的宫殿一样！"

姑娘是龙显的女儿，中学生，兴奋地听她描绘楼盘建成后的美景。晚上，长堤上华灯齐明，情侣们将手携着手缓缓漫步，好像在啜饮着黄昏、爱情和青春酿成的美酒。江畔的敞开式的咖啡馆里将洋溢着笑声、问候声和赞美声。晚霞充满了七彩魅力。风平浪静的日子，他们会坐在阳台上喝咖啡，看球场上的少女从地上跳起，将一只白色的网球拍向天空。身后的客厅里将挂着紫红色天鹅绒窗帘，摆上一架钢琴。少女说我不会弹钢琴呀。王妤明说，不会弹也要买一架摆放在那里，这是身份地位的一种象征。

通常，这种休闲的日子，龙显是不让司机小宋跟去的，今天既然带着孩子去了，再多一名司机也就无所谓了。

小宋曾经给湘九开过车。当他成为董事长的司机时，湘九给他一份忠告：勤快、缄默，决不能再像给我开车时那样没大没小地开玩笑了。湘九慎重地对小宋说，触犯一次他的规矩，你就可能失去这份工作，也许，连在集团公司打工的资格都会被取消。

小宋记住了他的忠告。他谨小慎微，坠入压抑的状态。夏天，龙显常去某家五星级宾馆，或者策划于密室，或者搓麻将打扑克，或者与女郎幽会。小宋坐在大堂等候。一个小时过去了，两个小时过去了，总不能让林肯轿车老是开着空调吧？他回到车上，关了空调再回到大堂。又过了一个小时，龙显从电梯上下来了。"你怎么搞的？"他打开车门，指斥小宋。"为什么不把空调提前打开，这就是你的工作态度？"

常常有各种会议的纪念品，常常有馈赠的礼品和土特产。有时候，一次性送到车上五六份。小宋将他送到家，龙显拿起就走，从来没有说过一句：小宋你也拿一份吧。有一次，一只礼品袋塞到后备箱的加仑桶后面去了，龙某人说，怎么少了一份，是不是你藏起来了？

四十几岁的小宋，噙着泪对湘九说："老领导，我只想回到你的身边来。我知道，我是一名工人，不能选择自己的服务对象，不能选择自己要走的路；但是，长此下去，我会得忧郁症的。"

一个原本快乐的中年人，变得沉默寡言，心事重重。湘九难过地拍拍他的肩，"会好起来的，"他说，"时间不会太久了，他会换司机的，换一个使他完全放心的司机。"

大多数时间，龙某人自己开车，买了林肯轿车后相当长一段日子，原先的尼桑公爵轿车依然归他使用，小宋成为送他女儿上学和回家的专职司机。

孩子终究是孩子，坐在车上问长问短，叽叽喳喳像一只快乐的小鸟。学校在钱塘江对面，晚自修回来已经九点多钟。如果小宋不跟她讲话，她会感到孤单和害怕。夜色浓重，窗外的江堤寂寥无人，她问小宋："你们集团那位张副总是个坏人对吗？老师却说他的文章写得好，坏人的文章怎么会写得这么好？"

小宋的心里很难过，他无法回答这位少女。如果告诉她湘九不是坏人，传到她父亲那里，自己的这份工作就可能会失去。现在找一份工作不容易啊。

小宋更不能说湘九的坏话，他从心底怀念给他开车的日子。虽然不是林肯、宝马，那旧车甚至在去赤州的路上抛过锚。湘九下来推车时，许多人惊奇地说，这不是张市长吗？张市长，你怎么坐着一辆破车回来了？小宋记得出差回来湘九请他吃饭，湘九说："把你老婆和女儿都叫来，你跟我出差的日子她们在家里天天挂念，也应该慰劳一下。"小宋还记得一件事，实物分房最后一年，湘九逼着他把房改房买下来。小宋说："买下来要两万元钱，租房每月只要五十元。"湘九斩钉截铁地说："过了这个村就没这个店了，眼光要放长远一点。钱不够我们一齐凑，你一定要把这套房子买下来。"

"你看过他写的文章吗？"小宋说。

"《中国无被俘空军》，"少女说，"高一年级的语文补充教材，北师大出版社出版的。"

"文如其人，"小宋打开大灯，车子上了钱江一桥。他说，"是不是有这么一个词儿？"

"老师说过这个词儿，"少女沉吟着，过了一会儿才说，"也许，我爸爸和妤明阿姨对他有误会吧？"

小宋的心在叹息。黄昏的江风拂面，他的心，在夕阳中又一次沉重地叹息。他听到龙显对王妤明说，别墅旁边的公寓楼造好后，留一套给方书记，楼层和户型要好一点。秋高气爽，小宋心里却很潮湿，他知道这意味着什么，方某人正在被他们牢牢地绑到同一辆战车上去。司机坐到草坪前的一块巨石上，点燃了一支烟。

一阵悦耳的音乐铃声响起，众人都愣了愣，王妤明说："咦，你的手机吗，从哪儿买来这么漂亮的一只手机！"少女兴奋地拿起挂在胸前的小手机，跟闺中好友煲起了电话粥。"张某人送给她的，"龙显对王妤明说，"我从美国回来后，送了他一件T恤衫；结果，一个星期后，他就回赠给孩子这只手机。"

女人若有所思地瞧着少女接电话，这是一只红白相间的诺基亚手机，小巧玲珑，在夕阳下熠熠生辉。"商店里没有这款手机，"女人说，"这款手机在内地还没有上市。""他说托香港的亲戚带来的，"龙显有点得意地说，"特意给孩子带的。"

"他这是在跟你划清界限，不接受你的任何好处，哪怕只是一件T恤衫。"女人将贝齿咬着嘴唇说。"他要跟你、跟我们彻底划清界限。"

男人愣了一会儿，掏出一支软中华香烟慢慢地吸着，眯缝起眼睛想心事。张某人喜欢孩子，他听说过。有一天，他女儿到单位找他，在楼道上遇见湘九，孩子叫了声张伯伯，湘九看着她，眼神很柔和，像是汪着一泓清水，又好像很忧郁，为这孩子的将来感到忧郁。后来，湘九从书橱里拿出一本书，正是那册《中学语文补充教材》，送给了孩子。

"她的名字里含有自力更生的意思，"湘九对龙某人说，"一般来说，穷人家为了勉励孩子才会取这样的名字。"

什么意思？龙某人摇晃了一下脑袋想。他在预言什么，或者提醒什么吗？提醒我，给孩子取名的时候，我的心底深处已经有了某种不祥的预感？

这个黄昏，看着吊在女儿胸前的这款手机，龙显完全失去了好心情。离开那个称为"豪园"的楼盘时，他挥挥手，让小宋送女儿回学校去，自己坐进了情人的宝马轿车。龙显问要去哪里吃晚饭，女人的半边头发又披散下来了，蒙住了半张脸，她将一只手搭在他的大腿上，仿佛需要藉此抚慰他纷乱的思绪。

他们驶过动物园前面的林荫大道，驶过南山路。酒吧门前挂着巨幅广告，手捧轩尼诗XO酒瓶和酒杯的靓男美女一如既往的情意绵绵。女人指着广告说，明年去那里看看。龙某人不解地问，去哪里，欧洲，还是澳大利亚？王妤明说："都可以，哪里适合我们的将来我们就去哪里。"她说："我看还是去加拿大合适，好多当官的人，都将财富先转移到蒙特里亚或者多伦多，然后找个机会飞过去，就再也不用担惊受怕了。"

省里已经成立了国有资产监督管理委员会，派来两位年轻的监事。常来参加董事会的，主要是一位女监事。湘九给她画了一张示意图。湘九说，龙晟系列的一连串资产重组行为究竟想达到什么目的？开始是国有全资子公司，后来变成国有60%股权，郊区一个加油站老板占20%，职工持股会占20%。再后来，滨江一家民营房地产公司突然参股，一下子受让35%股权，国有股权退到了39%；表面上仍是国有控股企业，实际上，61%的股权已经被私人持有。湘九提醒她说，若是他们成了利益一致人，国有股还有多少控制权呢？

"收购这35%的股权时，这位私营开发商号称出资八千万元，背后却全部以国有资产向银行担保贷款。"湘九说，"这不是空手套白狼，又是什么？"

"保留这39%的股权，集团承担所有融资职责，"湘九进一步给她分析。"其他股东一劳永逸地享受由国有资金、资源和政策带来的源源不断的利润，你说可怕不可怕？"

"由于龙某人的独裁，由于他不仅兼任子公司的董事长，而且还兼任了孙公司、孙孙公司的董事长，本集团其他董事无从知道真相，董事会实际上已成为一颗橡皮图章。省政府连续注入的巨额国资，一系列国企改制方可享受的优惠政策，造就的是龙某人等少数几个新富人。"湘九用一种像敲在心坎上的鼓点似的沉重语调，一个字一个字地向她提出，"请你提请国资委领导注意这个严峻的现实：暴富者的作案对象，已经从对生活资料的占有转向了对生产资料的占有，完成了从财物积累向资本积累的转化！……"

办公室的光线由明亮渐渐转至暗淡，湘九瞧着这位年轻的女监事，她的脸色很难看，耷拉着眼睛，好像要哭的样子。湘九站起身，拿起她的茶杯，替她续水。湘九说："我注意到，你们这些监事大多是从社会上招聘来的，过去都是从事财务工作的，没有深入研究过产权问题对吧？"看到她点点头，露出畏难的神情，湘九叹了一口气。"我过去也不太懂，"他说，"为了不至于稀里糊涂地犯错误，我不得不成为龙某人最好的学生。我想搞明白他走的每一步是什么意思，我就得不断地学习和研究他，现在，我可以去大学里讲授新时期的产权问题了。"

"国资委领导也不一定能搞清这一系列步骤，"监事看着这张眼花缭乱的示意图说，"况且，他们都知道，龙董事长在省级国企的领导人当中，可是出了名的强势啊。"

"我明白。"湘九放下茶杯说。"国资委的领导都是从政府部门调去的，没有一位来自国企。至于强势不强势么，"他沉吟片刻，"那就要看你们的意志了。你要明白这一点：坏人总是外强中干的。"

"我害怕，"监事说，"你不告诉我这些多好。"

"只要你的良心过得去，你完全可以当作我从未对你说过这些话。"湘九不想责备她，她毕竟只有三十多岁，孩子还在读小学呢。"你想办法调到另一家企业去当监事吧，不过，你得看清这一点，在今天的国企，玩这种套路的可不是只有一个龙某人。"

女监事的脸红了，天色虽然在暗下来，她脸上的红晕还是十分明显。她怕冷似的搓搓双手。"张总，"她说，"我很钦佩您。我知道，有些人千方百计要摧毁您的意志，您却不屈不挠地坚持着。但是，这确实太难了，好多人不这样看您知道吗？他们说您是在搞不团结，说您是自己想当一把手，还有……还有一些更难听的话呢……"

"事实终归是事实。"湘九挥挥手，不想再听她说下去了。"事实在那里摆着，就像一根柱子那样明显。"他不无沉重地说道："我始终记得，小时候我读书的众安桥小学，从前是岳王庙，岳飞墓前有一副对联：'忠奸自古同冰炭，毁誉而今判真伪'……"

他站起身，送她出门。楼道上已经变得黑暗，下班的人都走了。他开了灯，嘱咐对方走好。女监事在电梯旁仰起圆圆的脸，眼眶微微潮润了。"我会向领导汇报的，"她仿佛终于下了决心似的，轻声说道。"我会尽我的职责，提请他们关注和重视这方面的问题。"

电梯从一楼上来，门开了，灰仔带着一位助手走出来。看到湘九和女监事时，他们愣了愣。"领导，"灰仔瓮声瓮气地说，"这么晚了还没下班吗，您真是尽心尽职。"

"你不也是？"湘九说，"回来加'夜班'了。"

电梯将监事送下去了，湘九仍然站在楼道里。果然，电梯又上来了，走出几位暴发户装扮的汉子。他们穿着名牌衣服，踏着"其乐"鞋子，大摇大摆地走在楼道里。在伦敦和曼彻斯特，这是大众穿的品牌，以式样难看然而坚固耐磨而受到卡车司机的青睐。到了中国，价钱却翻了几倍，成了一些人眼中有钱人的象征。

湘九走到窗前，瞧着院子里的汽车，有宝马、凯迪拉克和沃尔沃，都是这些人开来的。他们是些什么人？湘九听说是老板。老板们跑到这里来赌博，一家省级国有企业成了赌窝。

灰仔的办公室门关着，里面传出笑声和争吵声，对面的屋子开着门，他的马仔守卫在那里。这间屋子里有两台电脑，曾经有人提醒湘九："您的电脑可能很不安全，您知道吗？"湘九耸耸肩说："知道了又能怎样呢？不安全我就只看官方网站上的信息吧。"

人人都以为湘九的意志分外坚强，没有人知道他的孤独感一天比一天强烈。他得谨小慎微地对付这一切，对付监视、盯梢和诬陷、造谣，对付层出不穷的阴谋诡计。有一段时间，他神经衰弱，睡眠很差，埋首书桌半个小时，抬起头来就会头晕目眩。

他出门散步，却不能选择自己要走的路。他大步流星地走着，蓦然停下，发现自己迷失在了城郊的某个地方。那时候，他像一尊雕塑似的愣在那里，一动也不动。泪水总是在半夜时分不知不觉地涌出他的眼眶，醒来时发现脸上是湿的，枕头和被单也是湿的。

不要以为龙某人手下仅仅是阿季、灰仔那样的人，他的马仔来自各个社会层次。有的人西装革履文质彬彬，鼻梁上架一副秀郎架眼镜，当过市县的局级干部。有的人身高马大粗中有细，当过检察院的中层干部，不知何故却辞了公职来为其效力。湘九在不同的场合与这些人相遇。他看到他们在宴请检察院、法院和公安局的主任、处长。每个人身边都有一位小姐。浓妆艳抹的小姐们甩开了头上染过的黄色长发，那黄发像金色的雨丝一样洒落在她们裸露的白皙肩膀上。宴请的包厢里，一阵阵混着香水和海鲜味的烟雾使空气变得浑浊，他们就在这浑浊中打情骂俏，狼狈为奸。有一次，湘九路过一个酒店的窗口，灰仔醉醺醺地向他打了个响指。灰仔说，"哈啰，来吧，我替您埋单。"

办公室主任提出一项建议，要送给某个区检察院一辆面包车，理由是这个检察院部将要搬迁到钱塘江南岸办公，需要一辆接送工作人员上下班的好车。湘九说："他们的搬迁跟集团公司有什么关系？再说，审计和监察部门允许这样做吗？！"龙显说："有没有关系不需要在这里详细说明吧？至于允许不允许的问题么，可以变通一下，车子我们买下，长期借给检察院使用不就行了？维修和保养费用也归我们处理，他们岂不是更高兴。"

几十万元一辆车，对他们而言，真是小菜一碟。湘九不会愚蠢到将此类问题向任何部门去反映。谁也不会去认真查处。千百个潜规则的理由在等着他们。

一辆崭新的面包车开到了院子里。微风拂动，门外大街的花坛上，花花草草被吹得像波浪一样，此起彼伏，细嫩的花枝不住地弯腰。湘九觉得自己也像这些花枝一样，不弯腰就会被折断。

他从未感到过如此的无力。周围是一片腐殖质，香风毒雾败坏了人们的感官与嗅觉。但是，他不得不直起腰来，他有自己的是非观，那是从小母亲和老师教给他的，他已经保持了大半辈子。

这辆崭新的面包车只在集团公司晃了一下，然后就开走了，从此淡出人们的视线，仿佛从来没有出现过一样。

那天下班，回家的路走得很沉闷，司机和湘九都没有说话。湘九不说话是因为心情不好，司机不说话是因为领导的情绪。司机小奚受到小宋的影响，知道珍惜这份工作以及与这位领导的感情。

湘九坐在车上想象自己变成了一个戴着镣铐跳舞的角色。

虽然有人不听他的，名义上湘九总还兼着基建所与新材料公司的法人代表。湘九说："你们不能只按原先事业单位的思路混日子，要开拓新的市场。"所长说："有什么办法呢，我们对经营都不太懂的。"湘九想了好一会儿，说："前几天我接到一个电话，是太湖旁边一家疏浚公司打来的，他们也想开拓新业务，请我去帮忙动动脑筋。"

童年时湘九常去太湖之滨，不是去那座城市，而是乡下。乡下住着湘九的姆娘和几位表哥。那里有一片辽阔的田原，微风挟着野草与庄稼的香味，吹拂如碧波荡漾。湘九骑在牛背上，走过山道走近小河。一些垂在水面上的树，一些小小的鱼儿，在清澈的水中游来游去。他的身后是连绵起伏的山峦。山上有一座庙宇，暮鼓晨钟，带来无比的宁静。山坡上还有小娘舅的坟，每年清明时节，湘九总会带着香烛去祭扫一番。

夕阳西沉，光线照在竹林中的坟茔上，显出一种凄凉的红黄色。湘九常常在暮色中沉思不已。几十年过去了，少年时代的回忆已经混为一体，如同一幅油彩斑驳的画。一个愤世嫉俗的年轻人，个性的锋芒和棱角其实已经快被不断的辛酸遭遇这把锉刀锉平了。

不管是幸福的想象，还是痛苦的记忆，都交织在一张立体的图画上，这就是人生。他的人生，一次次地被跌宕起伏的命运之风吹着，一次次地走样，变得愈来愈模糊了。

太湖之滨这座城市的市长，1998年秋天曾与湘九同赴西班牙和法国洽谈外商投资项目。

湘九记得，他们在帆樯林立的地中海海滨共进晚餐。一个胖得像河马似的女人用面杖在擀面饼。一位侍者托着一排碟子经过，晃晃悠悠，奇迹般地保持着平衡。吧台顶上挂满了火腿，酒柜中满是香槟与葡萄酒。钢琴开始吐音了，听起来非常遥远，仿佛隔着街道、隔着海峡，如在梦中听到的那样。那时市长还是副市长。年轻的副市长总是以一种惋惜的神情看着湘九。他说："您的仕途，本来应该更好、更乐观一些的，唉，您就不能随波逐流一些吗？"

湘九总是苦涩地笑笑。他不想多谈这个话题。他坐在夕阳下，看到在海边的露天舞台上，几个舞娘在蹦跳着，犹如幻影，犹如幽灵。这是一些草台班子的吉卜赛姑娘，她们不时向食客和观众抛出一个个飞吻。掌声热烈地响起时，湘九对市长说："你看她们幸福不幸福、自由不自由啊！"

"您是一个官场另类，不过，我喜欢。"市长由衷地说，"您是个可交之人。"

"谢谢。"湘九呷一口餐前免费供应的开胃酒，说，"以后有机会我会去拜访你。"

湘九很久没有去拜访他了。湘九想，他当了市长，他一定忙得不可开交。他要开会、剪彩，要参加无数的宴请，还有许许多多的迎来送往。湘九尽量不去打扰这样的忙人。

这天中午，太湖之滨的这座城市乌云密布，空中洒落着毛毛细雨。湘九带着高粱和工程师小孟到了那里，下榻于太湖大酒店。湘九说住这里是否贵了一点。孟工说，这是疏浚公司帮助安排的。他说："如果我们住到哪家小旅店去，他们可能以为我们实力不济，说不定还把我们当作骗子呢。"

他们嫌宾馆餐厅的消费太贵，出门去找一家小饭馆。走到楼下，迎面走来了两位中年男子。"请问，您是张总吗……"湘九笑了，这就是给他打电话的疏浚公司沈总了。湘九握住他的手说："谈谈吧，看看我们有什么可以合作的项目？"

服务员将他们引进一个安静的包厢，沏上茶。在等菜的时候，沈总介绍了疏浚公

流失岁月

司的情况。他们的效益不错，有一些闲钱，但是找不到合适的投资项目。

"办个水泥厂吧，投资规模大了一些。"孟工替他们出主意。"办砖瓦厂呢，征地也比较麻烦。有些新型建材倒是可以做的，但是你们对此不熟悉，隔行如隔山啊……"

"所以，我们宁可多花点钱，也要请懂行的专家帮助我们。只要点子扎准了，就请你们做可行性报告。"

湘九很欣赏这位年轻的沈总。看上去，就是想干点事情的人。湘九毕竟不是专家，一时插不上嘴。他去一趟洗手间。路过一间敞开着门的大包厢时，看到了市长。

"老朋友来了！"还没有喝过头的市长放下了酒杯，从包厢里跑出来。"您来了也不打一声招呼，真不够意思！来来来，先罚三杯！……"

湘九不得不跟他进入包厢。坐席上有一阵小小的骚动，迎面又站起一条来自北方的大汉，乃是军分区的司令员。

湘九跟他紧紧握手。久已泯灭的记忆在包厢里复苏。八年前，他俩同在军区后勤部共事，志趣相投，配合默契。瞧着司令员身上笔挺的军装，肩上的两杠四星，湘九体验到了过去体验过的感觉。这种感觉是如此的真切，以致他的身心再次混乱。他端起酒杯一干而尽，辛辣的白酒使他溢出了泪花。他痛苦地意识到，往日使他伤感、使他后悔莫及的一切，其实都不曾忘怀，虽然已经十分遥远，但是，一直留在他的心底深处。

"听说军工企业都被你们接收过去了！"司令员拍着他的肩膀，恳切地说道，"老哥，那里可是凝聚着几代军工人的心血啊，您要好好爱护，将它们发展壮大……"

"还有那些职工，可都是我们的老战友、老部下啊……"

湘九的手在颤抖，茅台酒从杯子里晃出来打湿了他的衣襟。他听到自己心脏咚咚的跳动声，像一匹筋疲力尽的马在人们的注视下跑动。他看到自己的影子在枝形大吊灯的照射下，在雪白的墙上闪动，像前线的战壕中躺下了又摇摇晃晃站直身子的捉弄人的鬼。司令员的信息太滞后。还有什么军工企业呢，还有什么老战友、老部下？

"我对不起你们，"湘九拿起酒瓶，又给自己斟了一杯酒。他的泪水，正在不由自主地夺眶而出。"我对不起那些老战友、老部下，更对不起老部队……我也对不起国家和老百姓……"

一个包厢的人都被他这样的表白震撼。市长的信息显然比司令员多一些，他的眼睛红了。"别喝了，"他夺下湘九手里的酒杯。他说："那不是您的错，您只是一个副职，龙某人要把它们统统贱卖了，把职工们统统下岗分流，您又有什么办法?! ……"

湘九醉了。他从来没有在与同僚聚会的场合喝醉过，所以他不知道自己已经变得像祥林嫂一样啰唆。他跟司令员说起后勤部的老助理员，说起助理员的妻子、药厂那位柔弱而善良的大姐，说起从前的中尉和上尉，还说起某位老志愿兵让他骑在矮墙上的经过。他说到龙某人如何以虚假的承诺使他们统统买断了工龄，药厂又如何经过几道手转变成了龙晟公司的资产。令他羞愧难当的是，当他在酷暑中淌着汗水给工人们"做工作"时，龙某人正带着情妇和下属们在拉斯维加斯弹冠相庆。他们嘲笑他真是一个十足的大笨蛋。

"我成了他们的帮凶。"湘九抹着泪花说，又将一杯白酒倒进喉咙。"我一次又一次受他们的骗。我无能为力。"

"他们的全部目的，用一句话就可以概括:"湘九觉得自己像充了电似的，浑身发热，五十二度的白酒使他脸上沁出汗珠，他的语言也闪闪发光了。"充分利用国有资产、国有资源和国家对国企改革的优惠政策，将其优化配置为私有。"他嗓音嘶哑地喊道。"明白吗，就是这样一句话! 这就是他们的全部目的!! ……"

他摇晃着身子站起来，向市长敬酒。"你是一市之长，我提醒你，"他眼睛血红地瞪着这位老朋友，仿佛在向他敲响警钟，"你的治下，同样有大大小小的龙某人。你要警惕，别让他们打着改革和建立现代产权制度的幌子，不断地把国有资产流失了! ……"

他放下酒杯，自顾自离开了这间大包厢，包厢里的人都带着惊讶，默然地看着他突兀地离去。其实他走得很慢，竭力控制着自己跟跄的步伐，挺直脊梁。他知道他表现得像一个疯子。他的脖子在一圈已经花白的头发下涨得血红。刚才的话值得他们咀嚼好久。他迈出的每一步，都必须像一名战士，大理石地板在摇晃，他不能摇晃。这一点他也很清楚:不管是老朋友还是新朋友，这会儿都在盯着他的背影呢。

在洗手间里，他呕吐了。他把嘴凑到水龙头前，不断地放水漱口。我没有喝醉，我的头脑很清醒。他对镜子里的自己说，我能够一针见血地指出这个问题，指出那些利益群体处心积虑的实质，说明我还不是一个傻瓜。

那天中午，高粱和孟工手足无措地看着他回到房间，然后又一次走进洗手间呕吐。他们拿着一杯热茶站在洗手间门口，等他吐完，等他那种撕裂喉咙的痉挛完全停止。他洗了一把脸，接过茶杯说："好了，我睡一会儿，你们也去休息吧。我得想出一个好主意来，不能白跑这一趟。"

"疏浚公司，"他躺在床上，不停地念叨着，意识逐渐地模糊。他在睡梦中看到宽阔的河流，岸滩。挖泥船在作业，黄沙倾泻在河滩上。他梦见自己正式入伍前在钱塘江边蔡永祥连体验生活的日子，在他的建议下，连队派了几名战士搞生产，将黄沙销售给建筑公司。

傍晚时分，疏浚公司的沈总带着一位副总，一位办公室主任再次来到太湖大酒店。一觉睡醒的湘九洗了个澡，神清气爽地重新接待他们。湘九说，因为不断加大基本建设投资规模，黄沙等建材资源愈来愈显紧缺，日本等国已经研制并投入使用替代品。疏浚公司得天独厚的是河道资源。湘九说，利用丰富的河道资源——鹅卵石，将其粉碎为沙子，既能保护传统的建材资源，又能开辟新的广阔市场，达到经济效益与社会效益的统一。他说，我们是否就此搞一个可研报告？

在场的人都以愣怔怔的眼光看着他，使他不由自主地打了个寒噤。他说，怎么啦，我的点子很荒谬吗？这可不是我想出来的，我在哪张报纸上看到过的，日本已经在试用了。沈总说不出话，只是哆嗦着嘴唇，将手指着他。孟工说，鹅卵石的硬度比黄沙高一些，我们先在实验室分析一下。我相信只要配比合适，完全可以开拓出一个新的市场。这时沈总终于说出话来了，他喃喃地说："您的脑袋是什么做成的呀，想出这么个好点子，本省的河道中到处都是大大小小的鹅卵石，我们增添几台粉碎机，很快就可以上马了！"

他们要请湘九们再吃一顿，庆贺一番，湘九连连摇手说："不行了不行了，我再也不敢喝了！"他的脸色摆在那里，依然青晃晃的难看，沈总无奈地说，那就去喝茶吧，吃点小点心，再好好谋划一番。

太湖之行，开拓了他们的思路，接下来，基建所开始承揽咨询和可研业务。这是这个所的发展史上最稳定、财务和赢利状况也是评估史上最好的一段时间，大约维持了两年多。到了二〇〇四年，龙显突然宣布免去湘九担任的新材料公司法人代表，同时命令他不再过问基建所的经营，放手让他们自己去干。这时的湘九便完全无能为力了，他只能看着每况愈下的财务报表而深感痛心。

他坐在基建所的办公室里，常常是几度废书打坐，竟至无言。

流失岁月

七

现身于庞大商业帝国的一条支脉上

春节到了，依然是严寒和冰冻，天空灰蒙蒙的，飞着清雪。人行道上，积雪和尘沙混在一起，时不时可以听到树木的折裂声。女儿又佳回来了，从北京大学新闻传播学院研究生毕业的她，进入北京一家财经媒体当上了记者。

夜晚的冷风，像街头的小混混那样，打着响亮的呼哨，从窗户的缝隙吹进来。又佳坐在电脑前一遍又一遍地整理着采访笔记。湘九说，你该休息了，她砰的一声关上房门，她说："我要工作，你们别来吵我。"

本省有一家信托公司，从起始的七八个人、数千万元资本金、偏居一隅，发展成为资本枭雄，足迹遍布了全国证券、房产、金融等诸多领域。它一次又一次增资扩股，其注册资本数倍、数十倍地增长，不断向社会募集资金，继续投向证券市场。大量地非法吸收公众存款、利用职务之便侵占国有和社会巨额资产，势必引起极大的社会动荡。又佳所在的媒体敏锐地察觉到这家公司非比寻常。

利用回家探亲的机会，进行调查报道，既是领导给她的任务，也是又佳自己的想法。她是文科出身，从没有跟经济界打过交道。一个小姑娘，面对黑幕重重的庞大财团，难免束手无策。

湘九知道这样的调查充满了凶险，如果说这叫鸡蛋碰石头，那这家公司不是一块巨石，而是一座大山。湘九在赤州任副市长时的秘书小文，后来到赤州市信托投资公司工作，前一年该公司被这家信托公司兼并。小文到省城后，在这家公司本部只干了半年。半年后，他毅然提交了辞职报告。他对老领导说："太黑了，实在是太黑了！我一天都待不下去。如果我继续待下去，迟早有一天，不是我成为他们的敌人，就是跟他们一起成为人民的罪人。"

年初二，小文被湘九叫到杭州。他带来一大块腌猪肉，上面撒满花椒。小文说："这是我母亲养的最后一头猪，她老了，再也干不动活儿了。"

咸肉很香，他们却没有好胃口。他们坐在朝北的客厅里，围着一台油汀取暖。小文穿着棉袄，双手缩在袖筒里，湘九裹着一件棉军大衣。又佳将一台手提电脑搁在膝盖上，倾听小文叙述他在那家信托投资公司半年里看到和听到的情况。小文只是该公司一名中层干部，远远没有走进其核心圈，然而，他所提供的线索和判断，依然使他们发出阵阵战栗，虽然，不仅有油汀，还开着电暖器，客厅的温度却似乎降到了零下。

这家公司发迹于一座浙中名城，小文建议又佳先从那里入手调查。

一个天色阴霾的中午，从省城开来的一辆长途汽车停在江边的车站，又佳从车上下来，朝出口处接站的人群张望。形形色色的人们在她周围走动，兜售假发票、走私手表和拉皮条。一位个子高高的姑娘踮起脚，朝又佳招手，又佳跑到她跟前说："你是小金吗？"

小金是高粱介绍的一个客户，她的年纪比又佳还小两岁，做建材生意却有三四年了。她握住又佳的手，打量着她。又佳在长途车上打了一会儿盹，披头散发的样子，眼睛旁有一道黑圈。小金拉着又佳的手走出车站，走进一家饭店。又佳说："简单一点吧吃碗面条就行。"小金说："高经理要我照顾好你，我总不能只招待你一碗阳春面吧？"

又佳和小金坐在饭店楼上，朝远处的工商局大楼望去，一面鲜红的国旗在楼顶上随风飘动。又佳说："我想请你陪我去这幢楼里，看看某家公司的登记与变动资料。"小金说："那是要介绍信的，不知道我们单位的介绍信管不管用。"又佳说："管用也不能用你们单位的，你得动动脑筋，最好找一家已经注销的单位，什么法人代表之类，早已不知去向了。"小金吃惊地看着她，又佳黯然地低下头，她说："对不起，我真的不想给你，或者其他人带来什么麻烦，但是我又不得不麻烦你。我在这里人地生疏，两眼一抹黑。"

服务员送上来四菜一汤，主食是当地著名的小吃芝麻烧饼。两位姑娘却是心事重重，一点胃口也没有。小金没向又佳打听为什么要这样做，她猜想这涉及某个商业秘密。又佳在心里叹息，对这个刚认识的小姑娘感到深深的歉疚。事情迟早有一天会暴露的，如果知道小金参与其中，这座城市的红黑两道，还会允许她继续平安无事地生活下去吗？

小金毕竟在市场经济中历练了几年，她真的找到了一枚已经作废的公章，开了一张介绍信。其实湘九替女儿准备了第二套方案：找老范的夫人，她就在这幢大楼上班。老范是湘九的战友，他的入党介绍人，二十多年交往亲如兄弟。老范在这座城市担任市委常委、军分区政委。然而，又佳说："能不用这第二方案就尽量不用，因为范伯伯和他的夫人目标太大，他们带我过去，立刻会引起被调查方的警觉，效果就会适得其反了。"

两个小姑娘提心吊胆瞧着档案室的官员审阅她们的介绍信。这是一位体态臃肿的中年妇女，一身肥肉被制服裹得像粽子一样。她睁开一双淡漠的不耐烦的眼睛，张嘴吐出一句当地话：为什么查这家公司的资料？小金一时回答不出，她的神情恍恍惚惚的。又佳搡了她一把，小金的嘴唇哆嗦着，好像要哭出来的样子。"我们想参加该公司的增资扩股，"她按照又佳教的话说，她的本地口音，她的年龄和怯生生的态度，使对方的联想降到最低程度。"若是能证实它真的有政府背景，我们就没有顾虑了。"小金的态度，很像一只市场经济中的小鸡雏儿。

又佳从这个庞大的商业帝国的一条支脉切入，这条支脉是一家不起眼的子公司；又佳知道，恰恰是十分低调的某个子公司，最可能隐藏着讳莫如深的奥秘。因为集团高管的股权集中在这个大隐隐于市的平台上。女官员要求她们只能看不能抄录，更不能拷贝。女官员将有关内容在计算机上固定后就去接待下一位来访者了。这时，小金挡住了坐下去观看屏幕的又佳。小金的脸色显得苍白，她盯着档案室外面的接待处，掏出手绢擦拭脸上的汗珠。她看见又佳迅速地伸出双指，在键盘上轻轻叩击。

在北京大学新闻传播学院第一届硕士研究生的毕业论文中，有一篇论述的是计算机在媒体传播中的重要作用。这在当时可谓超前。这篇论文的作者就是又佳。湘九问女儿为什么选择这个课题。又佳说："搞新闻的人不懂计算机，搞计算机的人不懂媒体，我将他们都唬住了，我的论文就会被高分通过了！"

几年后又佳去美国一家媒体实习，成为中国多媒体报道的首批探索者。又佳不是"骇客"，但是在电脑上，从一个切入口进入到纵深地带，然后将有疑问的信息转入某个邮箱，她的计算机技术显然是这座城市、这幢大楼、这个小小档案室里的这位土著妇人所难以想象的。当妇人回转来时，小金的脸色大变，站都站不住了，然而，仅仅几秒钟，妇人走到她们跟前，又佳已将屏幕恢复到她走开时固定的格式。

大约是一年之后，这桩震动全国证券、金融市场的大案露出水面，成千上万的受害者拥向这座城市和省城以及上海的商业帝国所在处。一大批高管身陷囹圄。国务院领导召集省、市负责人听取汇报，采取紧急措施稳定局面。小金来到杭州，她紧紧地拉住湘九的手，她说："张总，我这才明白当初我陪又佳都干了些什么啊！我吓都吓死了，我什么话都不敢说，我其实什么都不知道。"

她确实不知道。她不敢问。又佳对她说："你不必知道，不知道对你来说是一件好事而不是坏事。"又佳第二次去那里时，小金又给她开了一张介绍信，调查的对象不是上次那家公司，而是庞大商业帝国的另一条支脉。又佳要将一部分一部分的资料联系起来，组成一个可供分析、质疑和合成的整体。小金说，第二次又佳去时，想请一位女处长吃饭，这位女处长从前在市经贸委工作，跟湘九有过交往。小金到了女处长的办公室，女处长欣然同意赴约，她说："张总的女儿到了这里，这餐饭当然应该由我来请。"

到了傍晚，女处长突然打来电话，取消约会。那时候又佳就在电话旁边，又佳果断地接过电话，她说："您有事来不了，请您先生来一下好吗？"女处长说："他更来不了了。"犹豫了一会儿，女处长不无艰难地吐出一句话："我先生已经离开那家信托公司了，他说对不起，他不能见您。"

又佳突然意识到她必须马上离开这座城市。很难说清楚这种突如其来的意识是怎么一回事，也许只是出生于军人世家的天然警觉？后来的调查记者生涯中，又佳的这种敏感，不止一次使她得以虎口脱险。比方说去贵州调查一名交通厅厅长卢万里，比方说赴温州调查一名出逃的女贪官杨秀珠。

又佳重新拿起电话，拨向范伯伯家。

拨到最后一个数字时，又佳改变了主意。不到最后关头，她还是不想动用这种关系。范伯伯是个军人，是全国全军的廉政模范典型，父亲告诉她，范伯伯很快要调到省军区去了，要去当将军。又佳想，我不能在这个时候将他拖入这个漩涡，蹚这池浑水啊。

江上吹过来晚风，李清照住过的八咏楼在夜色中影影绰绰。半轮冷月在几片稀松的冻云中间浮动，街灯寂寞地照着江边的路。又佳从出租车上下来，风衣的下摆像夜鸟的羽翼一样在风中拂动。她走进长途汽车站，买了车票，在候车室里坐下，朝四周看看。过了一会儿，她走进洗手间，出来时，她已换了装束，将一块围巾包住半张脸。看上去，她穿得红红绿绿的像个村姑。这村姑随着一群刚出站的年轻人走出去，很快消融在街头的夜色中。

又佳换了一辆出租车，直奔火车站。

那天凌晨时分，湘九在杭州火车站迎接女儿，他站在出口处对面的路灯下，抽着烟，不停地看表。火车到站的广播声响了，他急步走向出站口，远远地看见又佳挎着背包跑出来，她的花衣裳伴着火车的鸣笛声在车头喷出的白烟中时隐时现。湘九站在出口处叫起来："又佳，你别跑，爸爸在这里！"又佳没有减缓奔跑的速度。又佳说："爸爸，我害怕，我真的怕死了。"她扑进爸爸怀里，捂着脸呜呜地哭起来，她说："他们发现我在调查了，我一路上都在担惊受怕，车厢里好像始终有跟踪的人。"

湘九拍着女儿的背，他的眼眶很潮湿，他扫视周围，在一层水雾后面闪烁着冷静的目光，那目光让旁人看了感到犀利而冷酷。"别怕，"湘九说，"有爸爸在，你什么都不用怕。"

他们回到家中，紧张的身子松弛下来。窗外没有风景，小花园的树叶早已落尽，只剩下一些混乱的枝丫在寒风中抖动。又佳打开笔记本电脑，整理冒着生命危险带回的资料。又佳说："爸爸，你们集团也跟这家信托公司有牵连，中间人是一家以大学名义注册的公司，这家公司的注册范围是计算机及网络系统、电子商务、计算机系统集成与电子工程的研究开发，实际上，却在资本经营上搞得很大、很复杂，水很深、很浑。"

"你有什么证据吗?"湘九问她。

"龙晟公司跟他们有多次关联交易。"又佳说,"龙显跟他们一定有利益联系,爸爸,你们要提高警惕啊。"

湘九仰起脑袋,坐在沙发上苦苦思索。他没有听说过这家从校办企业起家成为资本大鳄的公司,没听龙某人说过这些关联交易。这座大学,他却是打过一些交道的,十几年前,他就被聘为其兼职教授了。那时,这座以理工著名的大学要成立人文学院,校长先生两次与他会面,邀请他从军队转业去那里共襄大业,他却以自己缺少学历资格而婉谢了。

湘九觉得自己从骨子里是个平民。他只读过八年书:六年小学,两年大专。他不喜欢跟有权有势的人们打交道,不喜欢跟富人们应酬往来,也不喜欢跟某些市场意识很强的所谓专家学者来往。他觉得,一般来说,有钱人,有权有势的人只关心自己,他们的亲热、友情和兴趣都是海市蜃楼。只有傻瓜才会相信他们的友情是持久的。因为这些人和平民之间可能存在的关系不是相互的,他们不需要平民,可以随意更换这样的"朋友"。

他欣慰地感到,他的女儿真正长大了,能够提醒她的父亲,甚至保护她的父亲了,而不仅仅是让父亲保护她。

又佳回到北京去了,她的调查暂时停顿。这时,一场被世卫组织确定为"对全球所有国家具有重大威胁"的"非典"疫情,正在悄然扩散。

一篇《山西疫情调查》,使湘九的心和手一起颤抖了。瞒着远在杭州的父母,又佳已经去了疫情严重的山西省调查采访,她深入到第一线,获得了大量的第一手资料。她和她的同事们在山西的系列报道,引起国际社会的关注和重视,外援医疗设备如期抵达,并被指定送到了她们所报道的最困难的重点疫区。

又佳是个身子孱弱的女孩子,童年时差一点因此而休学。湘九难以想象她没日没夜地奋战在疫区前沿的模样。这是疫情爆发的初级阶段,究竟是"衣原体"还是"冠状病毒",医学界对此莫衷一说。没有人看见,父亲的心在泪水中煮着,因为他不能去阻止女儿走向抗击"非典"的战场。

这是一种民族大义。犹如他的父亲——又佳的爷爷，当年作为一名国民革命军的抗日将领，走向印缅战区；犹如他自己，当年作为一名解放军某部侦察大队的干事，走向亚细亚地区的丛林。

香港的表哥寄来了二百只口罩，让又佳分给她的同事们。境外的多家媒体，刊登了又佳的另一篇报道《诚实的医生》。将事实真相告诉全体中国人，就能在很大程度上缓解疫情的扩散。当湘九打开互联网进行搜索时，发现又佳已经一夜成名，成千上万篇文章提到她和她采访的对象，说她的报道完全有理由入选 2003 年最佳中国新闻奖。当灾难降临中国时，她不愧是一个诚实的中国人，更是一个勇敢的中国人。

疲惫万分的湘九在凌晨时进入梦乡，却又常常惊醒，常常飘浮在梦呓的音波里。他在黑暗中摸索着，前方有时出现亮光，倏然又消失了。他感到自己被剥夺了说话的能力，因此而蓦然从床上坐起，说几句话，听听自己的声音。他知道他的女儿没有错，她是一名记者，真实、客观是她的生命，尤其是在民本思想深入人心的今天，人民大众对知情权、采访权、舆论监督权的殷切期望达到了前所未有的高度。拓展现代民主政治已经成为政治体制改革中最为关键的内容，她作为新一代传媒工作者理所当然地要冲锋在前，她有什么错？

但是，他摆脱不了那种担惊受怕、无能为力的感觉。多年来身处中国政治社会环境的经验提醒他，利益集团中，没有人会去表彰又佳，只会恼羞成怒和落井下石。

这真是一个不可捉摸的时刻，冷峻、消融、呆滞的时刻。红尘滚滚，湘九无法抗拒安享太平的诱惑，面对民生疾苦，却又让他和他的女儿无法逃避。他拿起电话，想对又佳晓以利害，却长叹一声，放下了电话。他从小教育又佳，要求她做一个诚实的人、勇敢的人，此时此刻，他又怎能拖她的后腿呢？

卫生部的部长从《新闻联播》中消失了，出现在会场上的是常务副部长。

一名市长也引咎辞职了。

又佳的笔记本电脑被人砸了，她的电脑放在办公室里，砸它的是何许人？谁也没看见。

恐吓的电话铃声总是在夜间响起，不仅针对又佳，也针对湘九。有时候一个伪装过的嗓音在低沉地咆哮，在警告他们，有时候则一言不发。父亲和女儿也沉默着，他们站在电话机前也不知站了多长时间，只觉得在春末夏初深夜的寂静里，仿佛一切声音一切气息都突然放大了，他们的心跳如擂鼓一般，抑制不住地在耳边回响。砰的一声，对方将电话放下了，他们倒在床上，如同心脏中了一枪，全身都是冷汗。

湘九给女儿寄去新买的手机，叫她注意通信和人身安全。提高警惕的对象不仅是威吓他们的人，还要提防"被敌对势力利用"。湘九叫她不要接受任何境外媒体的采访，不发表个人意见。湘九说："你是一名记者，你用笔写出你所看到听到的客观事实，你就尽到了职责。至于结论，政治家会去做的，人民也会去做的。"

"常思奋不顾身，而殉国家之急。"

老首长给他打来了电话。老首长的声音很遥远，仿佛是穿越无数时光才来到他们的耳中，穿越黄河长江，穿越过一座座因为发现疑似"非典"患者而被隔离的小区、村庄。这真是雪中送炭。老首长对他们一家总是雪中送炭。后来，在疫情得到缓解之后，老首长来到杭州，向他提出的第一件事就是要见又佳。湘九给女儿打去电话，又佳连夜赶到了。首长说："又佳啊，为什么这么久不跟我联系？"又佳说："我怕您不高兴，我发了这些报道，可能有些犯忌。"

又佳的纤纤小手被老首长厚实的大手握住，好像埋在温暖的土壤里。"我有什么可不高兴的？我为什么要不高兴？！"老首长说："看到你成长起来了，看到你成熟了，我只会高兴！"

西子湖畔，钱塘江滨，也曾为"非典"疫情所迷乱和恐惧。寂静的夜晚，城市像一个黑色的海，万家灯火在忐忑不安地浮动。人们围聚在隔离线外，瞧着戴着厚厚的口罩、穿着笨重的防护服守卫在隔离区门口的警察和防疫人员。生命垂危的不止是一个病人。人生，人生，老首长说："人最重要的莫过于生存。又佳啊，你将以人为本的理念贯彻在工作中，你做得对。其他的顾虑都是扯淡。"老首长有力地挥着手说："你们全家都对此不必理睬！"

老首长十分理解他们的痛苦与委屈。

父母和女儿，都在忍受着这难熬的、折磨人的日子。他们面对的是鲁迅笔下的

"无物之阵"，比之"非典"和冠状病毒更可怕。他们无法驱走心上的压力，尽管在当前的斗争中没有拳击，没有枪声，没有攀登悬崖峭壁、身悬半空那种千钧一发的场面，没有烈火熊熊中冲进现场抢救生命财产的那种见义勇为的情景，尽管不需要匕首和投枪防身，不需要一身武功，也不需要奇迹般的机关暗道。

湘九和又佳从老首长下榻的西子国宾馆出来时，仰望天空，满天的星星声息全无，月亮升在高处，暗影散了，夜色变得苍白而发黑。湘九对女儿说，"非典"很快会过去，而坚持真理的压力却会更重。承受这种压力，不但要有坚定的信念，还需要沉着、勇气和才智啊。

又佳记住了父亲的话。后来她又去省里的相关部门调查。那时候她的姓名已被许多人熟知，人们知道她对那场疫情的报道很专业把握很准确。一位从部队转业的副处长热情地接待她，给她沏了一杯茶，不仅打开电脑，还从档案室里抱出一沓原始资料给她看。又佳说，"谢谢您阿姨，您忙您的工作去吧，我慢慢地看。"又佳看到她出了门，立刻从包里拿出笔记本，飞快地摘录。

副处长跟湘九很熟，曾经配合他清理过小水泥厂小砖窑。副处长跟处长说："这个小姑娘是我老领导的孩子，来这里了解一些可以公开的公司注册登记材料。"

那天下班时湘九接到了她的电话，这个出生于军人家庭自己也当过军官的女人，却紧张得连话都说不完整了。她说她的处长刚才看到又佳查阅的资料，刹那间神色大变，问她："又佳为什么要看这家公司的资料？又佳的真实身份是什么？"处长声色俱厉地问她："又佳究竟有没有摘录这些材料，摘录的主要内容是什么?!"处长要她赶快将又佳的笔记本追回上交。否则她将承担"由此而引起的一切严重后果"。

湘九可以想象电话线那一端她的神情，她在哭泣。因为担忧和害怕而哭泣。她说，局里曾经有过先例，"擅自泄露不该泄露的信息"的人，不仅失去晋升资格，连工作岗位都失去了。湘九站在窗前，拿着手机，像木雕泥塑般地一动也不动，她的诉说与哀求，使他心头产生一阵阵痉挛。

湘九说："又佳出门采访去了，明天一定叫她赶回省城，一回来就将笔记本交给你。"

那天吃晚饭时，一家人都失去了食欲。父亲对女儿说："我们出去散散步吧。"

他们沿着凤起路走到西湖边。茶室酒楼恢复了"非典"前的热闹，霓虹灯下，穿着旗袍的引座小姐频频招手。他们路过一家馄饨店，父亲说："又佳你还记得吗，小时候带你来这里吃馄饨，你连碟子里的醋都一滴不剩地喝下去呢。"女儿苦笑起来，她说："是的，那时候我特别爱吃馄饨，但很少能吃到啊。"

湘九难过地揽过又佳的肩，叹一口气说："那我们就去吃一碗馄饨吧，不知是否还能找到你童年的感觉？"

又佳读中学时，湖滨加油站旁边有一家"曹美琴馄饨店"，又佳最喜欢吃这家店的菜肉大馄饨。可是，现在已经找不到这家店了。湘九说，将就一点吧，味道差不多的。又佳咬了一口馄饨，嘴里含糊地说："爸爸，笔记本明天一定要交出去，我不能害了那位阿姨。""是的，"湘九说，"这是做人的基本道理。"又佳沉默了几秒钟，又说："但是我不能全部交出去，这样反而会加重对她的伤害。"

湘九明白她的意思，笔记本里想必摘录了一些对方害怕泄露的信息。必须让他们知道，又佳摘录的只是一些无关紧要的内容，这样才会减轻那位副处长身上的压力。

又佳一夜无寐，伏案重做一本笔记。湘九同样一夜无寐。他坐在客厅沙发上，对着关了声音的电视机，好像在看某部连续剧，脑子却是神游物外。他看了又佳的笔记本，发现至少有两笔款子，是从本集团打过去的，这笔钱进了这家信托投资公司，完全可能就是打了水漂，再也回不来了。龙显是个精明的生意人，他为什么要这样做？

唯一的解释，只能是对他个人或者他的利益群体有好处吧。

蝉声轻唱，凤栖花园对面的肯德基连锁店门口，一排自行车后面站着湘九和又佳。太阳刚刚下了地平线，轻风一阵一阵地吹来，他们的乱发拂面。远处的护城河幻成了金绿色，岸柳摇曳。

天色渐渐暗淡下来，给人唤起一种苦闷的感觉，万物正在失去自己的形状，楼宇大街融成灰色的一片，犹如整个暧昧不清的世界。

一辆小车从立交桥下拐过来，开到凤栖花园门前停下了。湘九的手机响了一下，他还没打开手机，已经看到从车上下来的副处长正把一只手机举到耳边。湘九喊了她一声，她抬起头，穿过马路跑到他们跟前。她的神情很尴尬。湘九含笑注视着她的眼睛，等着她说话。小车上还有人，她说是她的丈夫。丈夫显然对此行不太放心，他坐在驾驶座上警惕地瞧着他们。

又佳将笔记本递给这位担惊受怕的阿姨。又佳说："对不起，给您添麻烦了。"阿姨的眼睛又一次潮湿了，眼睫毛跳动着，眼眶显出红色。湘九想起他们共有的童年时代，那时这位阿姨住在岳王路。岳王路上有许多湘九的小学同学。他们在煤渣路上追逐嬉闹。湘九曾经飞起一脚，将一只足球踢进她家所在的院落。那座院子里住的都是军官眷属，她的父亲是一位中校。中校的女儿穿着一条短裙跑出来，双手叉在腰上斥责他这个"街头小混混"。她说："是你踢的吗？我家的门都差点被你踢破了，你必须赔礼道歉！"湘九说："足球离房门还有几米远呢，我道什么歉？"

她说湘九蛮不讲理。湘九说她不可理喻。中校的女儿因此而对他咬牙切齿，她说的不是本地方言而是普通话，表现出她高人一等的教养。虽然气势汹汹，她那细嫩精致的脸庞却在夕阳下画出鲜明的轮廓，仿佛融化在晚霞余晖中似的幽雅而有个性。她抬起穿着白色皮凉鞋的小脚，踢他一下。他也抬起穿着破布鞋的肮脏的脚，想踢回去，却在半途中收回了。他毕竟是男孩子，而且比她大两岁啊。

她的个性到哪里去了？时光似水，默默地流淌着，将她从一个英姿飒爽的女兵销蚀成了一位谨小慎微的妇人，一名小公务员。

湘九在心里叹息。又佳与这位副处长也在叹息。她们在肯德基门前的灯光下翻阅着笔记本，这位公务员一段一段地看下去，看完了，将本子贴在胸前，长长地松了一口气。她说："终于可以交回去了。唉，我真的被吓坏了，没想到啊，刚动了一下这家公司的资料，就被人发现了！"

到处都有为利益集团服务的人。湘九跟又佳互相看一眼，没把这句话说出来。他们送她回到小车上去，妇人却不让他们送。她心有余悸地张望着四周。她说："算了，算了，我还是赶紧走吧。"

八

显赫的亲属、秘书和世上不存在的"流通股大股东"

京城有一位司、局长，过去跟湘九很熟，每次下来，多是让湘九陪着他，或者下基层检查工作，或者走马观花怡情养性。

局长已经退休了，湘九一如既往地接待他。最后一次是去新安江。他们泛舟千岛湖，还有七里扬帆竹筏漂流。江南第一悬空寺雄伟奇峻，水电站大坝巍峨壮观。春来江水绿如蓝，湘九请他常回家乡走走，他十分欣慰地说：是啊，能不忆江南。

老局长又来了，接待他的却换了龙显等人。湘九感到奇怪，再忙也得打个招呼吧，为何从此相见不相识了？有一天财务处的出纳会计在议论，这回接待他又花了多少钱，办公室还拿来一沓杭州大厦购物中心的奢侈品发票。湘九恍然大悟：原来金处长一趟趟地跑北京，就是冲着这位老先生去的。

一位退休了的老局长，如何值得龙某人如此大动干戈？别人不明白湘九明白：老局长的青少年时代在本市度过，有一位关系亲密的亲属已成为省里要员。二〇〇三年秋天，龙显第一次提出去赤州投资房地产的意向，为了证明这个项目的前景与可靠性，龙显在董事会上说，合作对象是某位副省级官员的弟弟。弟弟能够拿到土地，能够摆平所有的关系，本集团只要出钱就行了！而这位长官比之更重要，龙显自然要竭尽全力巴结他们了。

湘九不难想象老局长不再跟他交往的原因：龙某人及其金处长银处长们，不知道编派了多少有关他的劣迹。湘九其实对这种编派并不在意，一个在京城当过司、局级

流失岁月

干部的老人，想必清楚这种谗言有多少可信度。但是人都有七情六欲，龙某人及其利益团伙能够给他的，湘九却是给不了。

惋惜之余，湘九为这位老人家以及他的亲属捏着一把汗。

从本省上去，到京城当上大员、要员的也有不少，其中自然也有领导过龙显、跟他有过交往的人物，这样的大人物不一定都听他的，龙显的策略是广种薄收重点培养。

王府井附近的几家大饭店，餐饮部经理和服务生们大都见过这个黑不溜秋的"龙董"。因为金处长银处长们的肉麻吹捧，还因为他们的江南口音容易产生误听，人们将"龙董"或者"龙总"听成了"龙种"。一名服务生对另一名服务生说，他是皇家的后裔吗？我怎么看着像个暴发户似的。

一位年轻的秘书，其级别比退休的老局长低，但是所在表明和职位的重要性远胜于他，自然就成了主宾。招待他的宴会十分讲究奢华，与其说是喝酒吃菜，不如说是刻意安排显示诚心。二〇〇三年，龙显正在策划一件大事：将省里的另一家国有资产经营机构收入麾下。这家以化工研发生产为主的省级集团，资产胜于龙显现在控制的经营机构。龙显跟那家集团的董事长说："我们两家合并以后，您依然当董事长，我当总经理就是了。"

那位董事长已经五十九岁了，被龙显哄得像孩子似的晕晕乎乎。其实他即使很清醒，也改变不了合并的趋势，这场宴会就是证明。

秘书坐在主位上，龙显和老局长坐在他的两边，陪同主角是王妤明。秘书供职的单位，乃是中国肃清腐败整顿吏治的最高权力机构，他却坐在宫殿般的餐厅里享受纸醉金迷。宴席上的王妤明身穿紫色旗袍，容光焕发地游走于宾客之间，那装扮，那首饰，那回眸一笑和顾盼生辉，令他们倾倒。

有些人起先不知道秘书与退休老局长跟集团合并有何相干，然而经过一番客观的分析和臆测之后，一切便显得顺理成章了。

几年后龙显与湘九之间有过一次对话。那时候有一个调查组进驻了他们单位，虽然是雷声大雨点小，自天而降的霹雳惊雷还是让龙某人乱了方寸。

那时候龙显坐在湘九对面，横咬着一支熊猫香烟，希望湘九对他"放一马"。湘九说："你现在最后悔的是什么？"

湘九以为他会说后悔不该私心太重，不该如此打压他之类，他的回答却令湘九大感意外。冷静下来一想，龙显说的倒也是真心话。他说："我最后悔的是不该那样急于将两家集团合并，我走了一步臭棋。"

　　大概有半分钟的静默，半分钟后湘九放声大笑。龙显没有说错，他确实是走了一步臭棋。二〇〇三年，龙显在本集团已是一言九鼎，湘九在他的打压下已是奄奄一息，任何反对意见皆不起一点作用了。这时候如果改制，龙晟系列将彻底控制国有资产，"最后一次财富分配机会"就此可以尘埃落定。

　　龙显却没有这样做。时间太短，他通过逐步实施参股、控股等看似合法的形式对隐匿、截留、转移而占有、侵吞的国有资产还没有达到心理价位。他要再控制一家大型国企，然后再走下一步棋。

　　他像一名精算师，精确地计算出每一个步骤，项目，资产，利益；他像一个算命先生，以其丰富的社会阅历谋划着他的人生、地位与财富前程。他唯独算漏了这一步：新的单位会进来新的人，这些人很可能会跟湘九团结在一起，而不是跟他们勾结在一起。

　　宴会永远是快乐的，餐厅里有一支乐队，演奏着江南民乐。莺莺燕燕，轻歌曼舞。堂皇富丽的宫灯微微颤动着流苏，灯光如此柔和，给人迷离恍惚的感觉。年轻的秘书好像成了局长、部长，成了中央委员，飘飘然地听着如潮的谄词，在云端上走着。龙显的酒量有限，金处长却是海量。一杯杯五粮液灌下去，京官的舌头大了，醉醺醺地开始许愿。"没问题，我给你们省里打电……电话，"秘书摇晃着脑袋说，"小……小菜一……一碟。"他的一只手搭在王妤明白皙圆润的臂膀上，他打着酒嗝。人们有一些小小的惊讶，接着，一个个心领神会地笑出声来。王妤明脸上起了一层红晕，一双修过睫毛的细眼睛眨了几眨，嫣然而笑。"您说话可要算数啊，"她像小姑娘似的撒娇说，"事成之后，少不了给您的孝敬。"

　　还是那句话：出来混总是要还的。这位秘书却把它忘了。等到有一天让他还时，他才会彻底清醒过来，不过，那时的他，已经瘫软如一堆肉泥，害怕得恐怕连哭都哭不出来了。

又佳去这家宾馆见一位领导人时，这位领导人正在接待外国贵宾。

又佳穿着一件墨绿色的风衣，看上去俨然一名利索的职业女性。其实这件风衣是妈妈送给她的旧衣裳，袖子上有两个小洞，妈妈仔细地缝补了一下。又佳走进大堂就看到了王妤明和龙显，她去爸爸单位时见到过这双野鸳鸯。

又佳起初是想跟他俩打招呼的。她已经迎面走了过去。电梯里出来了那些处长，一个个喝得醉醺醺的，走路都不稳当了，还跟小姐们调笑着。又佳还看到了那位退休的老局长。她本能地向后退去。

又佳看到过爸爸跟这位老先生在新安江上拍摄的照片，他们站在船头甲板上，身后是水电站雄伟的大坝，江水直泻而下。又佳想，他怎么跟这些人在一起？又佳在枝形大吊灯的照耀下摇了摇头，很替父亲担心。她知道老先生那位显赫的亲属是何许人，调查那家信托投资公司时，她发现这位亲属的公子也牵涉其中，数额称得上巨大。

她看到了一张网，利害关系千丝万缕。她想，她的父亲置身网外就成了"游离于组织之外"的另类，难怪会如此孤单落寞。

好大的排场啊，一位服务生喃喃地说，比国务委员宴请外宾的排场还大。又佳看着从电梯里鱼贯而出的舞蹈演员和民乐队员。她们的神情如此兴奋，使又佳甚至感觉到她们揣着兜里的红包的手都在微微颤抖。又佳倚在一根大理石圆柱后面，盯着龙显的脸，她从那张黑里透红的脸上看到一种胜券在握的得意之情，这使她更加感到了忐忑不安。她听到王妤明对那个秘书说："反对改革的人正在告龙董的状，大秘书，您可要秉公处置呀！"秘书很有风度地回答说："我们当然会秉公处理的。我们一向讲政治。"他意味深长地说："反腐败也要讲政治的呀。"王妤明说："如果发现告状信，您可要及时告诉我们。"秘书笑笑说："放心吧，该怎样处理就怎样处理。"

又佳目送他们谈笑风生地从自己身边走过去，她的心乱如麻。有关信托投资公司问题的第一篇调查报告已经付印，分管这方面工作的一位领导让秘书打电话来，想听一听更详尽的情况。这一刻，又佳却突然再也归纳不起千头万绪的疑问和要点了，只看到无数上当受骗的中小投资者在街道和广场上涌动。一张张焦虑的脸、哭泣的脸，在她眼前集聚成汹涌的潮流。她的眼中，他们的身躯像纸片一样单薄，被一阵阵疾风吹得摇摇晃晃。

中央政府要赶紧采取措施，又佳自言自语着，绕过大堂走向另一座电梯，她听见兜里的手机铃声响起来。又佳打开手机说："王槊啊，你赶紧过来，还是你来做第一汇报人吧。"

王槊是又佳的领导，这家财经媒体的第一副主编。王槊赶过来时手指中间夹着一支香烟，看到又佳回头时他的第一个反应就是把烟掐灭。又佳跟他的关系主要表现在不准他抽烟上，又佳说："我管不了我爸爸抽烟我还管不了你吗？"王槊展开笑脸说："管得了管得了，我这个人最大的痛苦就是害怕没人管！"今天，又佳却忘记管他了。又佳说："我刚才看见龙显了，他跟某些大员要员身边的人在一起。"

王槊愣了愣，等待电梯下来的时候，他站在那儿搓着手，仿佛手上还黏着一些烟草似的，不吭声。又佳见他半天不开口，踢了他一脚，说："你不知道姓龙的是谁吗？是我爸的顶头上司。"王槊说："我知道，听你说过好几回了。"又佳说："我爸斗不过这些人，他的对手太强势了！"王槊说："这不是斗不斗得过的问题，而是你爸他别无选择。"又佳说："那有什么，干脆离开那里，去当职业作家好了。"王槊沉默了一会儿，电梯下来了。

他俩走进电梯，电梯里只有他俩。王槊接下去刚才的话，他说："你爸不会去做书斋里的文学家的，他属于这个时代的最后一批理想主义者。""你怎么知道？"又佳说，"你还没见过我爸我妈呢。"王槊说："老首长为什么要召见你，为什么欣赏你，你以为真是因为你写了那几篇报道吗？因为你是你爸的女儿，懂不懂！他老人家，喜欢和欣赏的就是老部下和老部下的孩子身上的那么一股直面人生的血性！"

那位领导人在会客厅里跟外宾谈话，他俩被秘书安排在外间的休息室等候。又佳有点紧张，王槊握住她的手，向她传递安慰和信心。领导送外宾出来了，他俩赶紧站起身来。"你们这么年轻啊！"领导人的眼睛眯拢了，露出疑惑的神情，他看到他俩握在一起的手在他注视到的那一刻，赶紧分开了。六七位外宾中，至少有两位困惑地眨着眼睛，惊奇地看着他俩。"哈啰，密斯脱王！"一位高大肥胖的贵宾——显然是这群外宾中的为首者，伸出双手来拥抱这位年轻人了，王槊迅速地被他的熊抱埋没，只剩了一片瘦削的后背。

"达沃斯，世界经济论坛，"被领导人称为小王的他，勉强转过脸来，喘着气向领导人解释，"在那里，我们见……见过。"

领导人跟外宾的会见因此而延长了一刻钟。达沃斯，这个位于瑞士东南部格里松斯地区，靠近奥地利边境的美丽小镇，成为他们新的话题。每年一月底至二月初召开的世界经济论坛年会，各国首脑和一些主要国际组织的领袖在那里畅谈世界经济大势，成为全球政界和商界风云际会的独特舞台。

"他采访过我。"松开小王之后，为首的贵宾说，"他的英语很棒，提问非常准确、到位。"

"他不仅担任采访报道，还在地区经济峰会上发表过演讲。"另一位贵宾，一位雍容华贵的女士对这位领导人说，"他的演讲令我记忆犹新，我从他身上看到了中国年青一代的思考与魅力。"

又佳悄悄问王槊："你演讲的主题是什么？"

"回去再说。"王槊摇摇头，赶紧岔开女士的话题。"尊敬的夫人，欢迎您来到中国。我记得您说过，您一定会来这里，您果然来了。"

王槊不想或者说不敢在这个场合重提他演讲的主题。因为他演讲的题目是"假如我是中国的总理"。当时，许多媒体报道和现场直播了他的演讲。两年之后，王槊和又佳一起重返达沃斯，在街上和窄轨火车上，依然有人认出他来。"哈啰，您就是那位想象该如何当好'总理'的中国小伙子吧？"热情友好的招呼常常引来众人注目，小伙子窘迫得连连点头说：山克由，山克由！

这天晚上，京城的风很大，沙尘暴从北方的荒原过来，袭击着街上的行人。"我知道你们调查报道过不少重大的经济问题，你们的杂志我每期都读。你们的'独立、独家、独到'口号我也欣赏。但是，"那位领导人紧皱双眉，严肃地说，"和其他新闻报道相比，经济报道应当更加强调可靠性，更要求稳健，突出的就是'严谨'两字，证据要有充分的说服力。"

领导人的脸色沉重，使王槊和又佳忐忑不安。王槊在心里给自己打气：我们是做新闻的，什么事有新闻价值我们就做什么事，如此而已。但是，他知道这是自欺欺人。他们发表的所有文章都是有态度的，或者说是有立场的，只是有的时候说清楚，有的时候藏在背后罢了。他们试图对正在发生的进程有所影响，这个进程从大处说，就是中国改革开放的历史性进程。

事情几乎已经尘埃落定，国务院领导将招来有关省、市政府领导，听取汇报，采取果断措施，将损失降到最低程度，以稳定大局。后续的报道基本上不用他们去做了，无数媒体必然会蜂拥而至。王槊长长地松了一口气，他们又一次走在了前面。值得自豪的就是这一点：他们总是走在前面。

他们在夜的长安街上走着，风的呼啸声在广场上空绕着一个个暗绿的圈儿，沉甸甸的。又佳说："我得给爸爸打个电话，将今晚上看到、听到的情况告诉他。""打吧，"王槊说，"只是别跟他说今晚上谁接见了我们。""什么意思？"又佳狠狠地瞪他一眼，"有什么了不起的，我爸没见过当官、当大官的人吗？""不是这个意思。"王槊向她解释，"你爸也许会产生通过我们向高层反映问题的想法，你说这合适吗？"他小心翼翼地看着又佳说："这显然不太合适，对吧？"

又佳在广场上跺起了脚。她的身后是人民英雄纪念碑高耸入云的暗影。杭州人把未进门的姑爷称作"毛脚女婿"，又佳说："你这个'毛脚女婿'怎么一点担当都没有呢。""是的，"又佳说，"我爸爸在官场上是个弱势群体，但不是弱智群体！他做事是有分寸的，不会勉强你我，但是，我们能帮的时候总要帮他一把对吧？他不是为了自己，而是为了这个国家、人民在孤军奋战啊，你懂不懂这一点？"又佳怒气冲冲地骂他："你这个不称职的毛脚女婿，愚钝小儿！"

愚钝小儿摸出一沓面巾纸，帮她揩眼泪，又佳拂袖而去。人们看到这个抹泪的姑娘噔噔噔在前面走着，一个赔着笑脸的小伙子瘪耷耷地跟在她身后。走过一间星巴克咖啡屋，小伙子拉住姑娘的衣袖说："我请你喝咖啡吧，向你赔礼道歉，你可以点最贵的咖啡。"

"我还要点巧克力蛋糕，"又佳说，"还要喝一杯热牛奶。"

"OK。"王槊说，心虚地摸摸兜里的钱包。"我就喝你剩下的好了。"

毛脚女婿终于上门拜见未来的岳父岳母时，又佳将斯时斯事讲给爸爸听了。湘九的心里很矛盾。他确实想通过他们向高层传递信息，万不得已时，干脆将巨额国有资产可能流失殆尽的情况予以曝光。然而，他又不想牵累孩子，世事纷纭，大人有大人的烦恼，孩子也有孩子的烦恼啊。

他们相对无言。后来的事实是，直到这个利益团伙案发，王槊和又佳都没有插手其事。《财经》杂志有一位名叫张冰的实习记者写了一篇言简意赅的报道，《每日经济新闻》也有一名姓张的女记者率先作了报道。真相已经大白于天下了，金处长银处长曾处长们仍在负隅顽抗，一时间，互联网上充满了谎言。两位素不相识的记者，都被说成是湘九的女儿，说她们"没有一点职业道德"，"操纵舆论"，"诬陷与诽谤"龙某人。他们骂湘九是狗，是小人，并"开始写匿名信，后来又实名举报"。他们公开威胁他"绝没有好下场"。

湘九沉默以对。他嘱咐女儿女婿也保持沉默。他们骂湘九骂得最厉害连篇累牍发布谣言的一个网站，正是又佳担任编辑的网站，又佳没有删掉一句恶毒攻击她和她父亲的言论。知道内情的人们愤愤地说："地球人都知道湘九的女儿不姓张，""因为记者姓张就成了他的女儿，那么，街上长胡须的男人岂不都成了你们的爸爸？"

人们确实有理由驳斥谎言，因为张冰不仅不是湘九的女儿，也不可能是任何人的女儿。张冰是一名男记者。湘九婉言谢绝了所有新闻媒体的采访。新华社发的通稿以省纪委新闻发言人提供的材料为准。通稿上除了说龙显伙同他人贪污、受贿、私分国有资产"数额巨大"外，还少见地用了一个词儿："手段狡诈"。省纪委领导说他们的手段确实太狡诈了，足可以成为讲台上和学术论坛中当代中国国资流失的经典案例。

《每日经济新闻》的张娟娟记者在湘九再三谢绝采访后说了一句话，这句话令他的热泪夺眶而出。她说，"我要真是您的女儿我就太高兴了，我会因为有这样的父亲而感到骄傲。"

化工集团的领导班子对龙显抱有戒心。他的名声实在是很臭，只是某些人嗅觉失灵或者久闻不觉其臭罢了。第一次见面，湘九默默地瞧着他们，不知道哪一位可以交往哪一位只能敬而远之。其中有一条壮汉，身躯雄壮嗓门洪亮，那种慷慨激昂，令人感觉其真是坦诚直率。

这种感觉其实很要不得，后来湘九吃足他的苦头。

湘九吃他的苦头是在两家集团合并成功之后，龙显迫不及待地要将资源重新整合。整合的范围本来应当是内部，他却提出与社会上的股份制公司整合，且将成员企业中效益最好的设计院拿出去，让人家控股。他选中的是社会上哪一家公司？就是又佳提醒过爸爸的、以大学名义注册的那一家上市公司。

设计院理所当然地进行了抵制，龙显因此而大发雷霆。那时候湘九还相当地尊重那条壮汉，见他居然倾向龙的意见便想提醒一下。其实，湘九也是刚发现的，因为高粱的提醒，他到网上搜索该公司的资料，惊讶地看到龙显确实早已担任了这家公司的副董事长，王妤明担任董事。他们凭什么担任董事和副董事长？凭的是龙晟系列中的一家物业公司，龙显早已将这家物业公司投入该上市公司了，一亿两千万元的资产进去后，他成了第二大股东。

无论从哪个角度看都匪夷所思。身为正厅级领导干部的龙显，在本单位外的公司兼职，应当经过班子研究上级批准吧？将本单位的下属公司划进了其他企业，也应当经过班子研究上级批准吧？他却不声不响地做了，该知道的人一个也不知道。

湘九在午休时走进了壮汉的办公室，请他打开电脑，看看这个匪夷所思的内容。那时候万籁俱寂，湘九从头到尾不说一句话，只是盯着壮汉的神情。这条汉子的神情颇有些尴尬，眼睛眨个不停。真有这样的事情？他似乎在问湘九，又仿佛在自言自语。湘九的脸上浮起了一层苦涩的笑。湘九想你总该明白了吧，龙某人到底想干什么？

事实却与湘九的想象大相径庭，这条貌似正派真率的壮汉，湘九以为是《红灯记》里的李玉和，其做法却像王连举。湘九离开他的办公室后，湘九的发现便被他汇报到了龙显那里。

湘九打了自己一个耳光，怔怔地坐在电脑前。金处长进来了，手上拿着薄薄的一张纸。金处长外强中干地说："我们跟这家上市公司签过这份协议书，物业公司进去只是为了替他们代持一些股份，以回避证券市场的某些规定。"湘九瞥一眼一丝折痕都没有的协议书，只能冷笑了。"一亿两千万元资产进去一年多，竟是为了收十万元的好处费？"他怒斥对方。被出卖的和被人当猴子耍的感觉像是在一口口地撕咬他的心，他的脸色一阵青一阵红。"你当我们都是白痴吗？如果这是真的，为什么要瞒着董事会和总经理办公会议，瞒了整整一年多?!"

侵吞设计院资产的企图终于没有得逞，湘九的发现与揭露起了重要作用，来自化工集团的另一位副总老陈身兼设计院董事长，他的抵制更起作用。老陈毕业于中国科技大学，既是省内著名的化工专家，也是一名为人正直颇有风骨的读书人。

二〇〇三年秋天两家集团领导的见面会上，老陈笑容可鞠，看上去好像是一个很容易对付的人。他分管财务，提了一些比较内行的问题。提问时他那张胖胖的圆脸上始终泛着笑意，眼睛睁得大大的，腮上的肉往下坠。龙显却有些招架不住了，虚与委蛇地回答着他的问题，双眼眯成细缝，从眼镜后面盯着老陈。湘九看出了一种尴尬、一种阴险，龙某人如一条猎犬，嗅到危险的气息，表面上纹丝不动，内心却绷紧了。

两家集团合并后，老陈被龙显安排分管科技，从此不再过问财务问题。财务让越级提拔的原化工研究院院长老康分管。在班子里，老康其实应当被称为小康。他也是一名化工专家，德国洪堡大学的研究生，财务以及资本和资产经营，对他来说多少有些生疏。

事实上财务处和投资处处长依然只听龙董事长的吩咐，一笔笔资金转进转出，康总经理常常被蒙在鼓里，浑然不知其来龙去脉。

见面会结束后湘九没有马上离去，化工集团的董事长请他留一会儿，聊聊旧情。很久以前，董事长在市里当过组织部长，湘九向他推荐过一名准备转业的战友，战友后来被部队留下了，湘九跟组织部长就成了老相识。

"你对合并后的前景怎么看?"化工集团的董事长说，眼睛里流露出一种难以掩盖的落寞。他已经有了预感，合并后的资产经营机构将不再有他的位置，龙某人给他一种不容置疑的即将大权在握的印象。湘九说："是问您个人的前景呢，还是问企业的前景?"

"个人和企业都得问一下。"对方说，"老朋友，你得实事求是告诉我。"

湘九点燃一支烟，他要组织一下语言。他跟这位董事长相识时，还是一名团职军官，正在北京的军校上学。那时候身为省城市委组织部部长的这位仁兄没有摆什么官架子，热情地接待了他。部长说，我读过你写的书，在你这一身戎装后面，是一个经历不凡、具有很强的逻辑思维和直观理解力的家伙。

"去政协再干上几年吧，这也是一个挺不错的安排。"湘九说。

对方的脸上挤出了一种勉强的笑容。他叹了一口气，把脸转向窗外。龙显等人的车队已经驶远了，他们出去时接收大员般的神色犹在眼前。几名处长跟龙显学得惟妙惟肖，从三楼走到一楼，他们在走廊上悠悠然地迈着得意的步伐，那种奸诈蛮横的劲头溢于言表。此情此景，化工集团最后一位掌门人看了是什么心情，可想而知。

"企业的前景很难预测，"湘九斟字酌句地说，"如果新的班子里多数人能够坚持原则，或者说坚持做人的底线，也许还有希望。"

"你这话给我的感觉很悲观。"对方垂下眼睑，黯然地说，"那些离退休的老同志们将来会骂我……"

"这不是您的错。"湘九安慰他说。他瞧着对方。这是个曾经满怀信心的中等身材男子，头发焗得乌亮，衣冠楚楚，看不出将近六十岁了。湘九说："我会努力配合好总经理的，我想，总经理总该从化工集团的领导干部当中产生吧。"

"当然。否则如何协调、保持合并后的稳定……"

化工集团的资产很实，属下的企事业单位都是实体，不是龙晟系列中的那些数字游戏和橡皮图章。"对我来说，任何改变都比维持现状要好，"湘九说，"现在的情况确实已经令我一筹莫展了。"

现在的情况已经糟糕得不能再糟糕。龙晟公司的法人代表已经换成了王妤明，湘九和阿沃事先却对此一无所知。龙晟系列的股权多次变更，他俩也常常一无所知。重要的董事会都不通知监事出席。湘九去省委党校参加轮训时，大量资金被划入龙晟系列。原先属于集团的土地资源都被以假名单方式出现的自然人股东所控股。上市公司的两位大股东法人代表居然是龙晟公司的两名青年员工。湘九责问方书记，为什么将每股一元七角吃进的国有股权以七角转让给私营企业？为什么不经过董事会集体研究？方书记顾左右而言他，说他只是副董事长，他的职责是配合、执行好董事长的经营策略。

二十多年了。二十多年前人们就将湘九称为作家。一名非职业作家，人类灵魂的工程师。但是他越来越搞不懂人类的灵魂究竟是怎么一回事了。善恶忠邪，是非曲直，前因后果，正面反面。当书记的人莫非一点不懂吗？湘九想，他能改造谁的灵魂呢，改造那些人前漂漂亮亮满嘴新名词儿人后尸位素餐的人的灵魂吗？抑或是改造那些台上大谈改革开放反腐倡廉台下男盗女娼的人的灵魂？不，他一个也改造不了。和谐社会是要在惩恶扬善的基础上建立起来的。否则的话，坏人横行好人受气你还建设什么和谐社会？

党校轮训时去了一趟中原和西北。湘九回到了老部队。老部队在黄河边儿上。那里有永不冷凝的河水和坦克履带辗出的深深的车辙。他和战友们在清晨倾听嘹亮的号声。苍凉的心需要秦时的明月汉时的星星的慰抚。蹲在黄河之滨的土墩上与善良的土里刨食吃的农民聊天，滔滔黄河使他觉得自己真的很单薄很单薄。好像一张纸，一吹就透，随风而去。他觉得自己实在是太渺小，太渺小了。

又佳和王槊准备结婚了，要去喜马拉雅山，让圣洁的雪峰见证他们的爱情。湘九考虑再三，决定不操办宴席，不邀请客人，不仅为了移风易俗，更因为他心里烦，只想图个清静。他买了一刀红纸，打印一封告亲友们的信：不请客，不收礼。

王槊是四川古蔺人。他的家乡是国家级贫困县，靠近贵州。毛泽东带着红一方面军曾经在那里四渡赤水。王槊的嘴张开时，露出一嘴黑乎乎的氟化牙。湘九说："要办酒你回老家去办吧，杀两头猪，七大姑八大姨都请去，够风光了。"

王槊的父亲有八个姐妹，只有他一个兄弟。王槊有两个姐姐，没有兄弟。王槊爸爸是县中的老校长，桃李遍及山区城乡。王槊说："岳父您小看我父母了，您能移风易俗他们也是开明人士呀。杭州不摆酒宴古蔺也不摆了，省下钱正好让我俩去尼泊尔，去看看国门那一边的喜马拉雅山。"湘九这才知道他家乡就是出郎酒的地方。十五岁那年，王槊考上中国人民大学，学校门口挂起了红幅标语，县里、镇里的干部上门祝贺，四乡八村的亲戚故友哆哆嗦嗦从口袋里掏出皱巴巴的钞票，抢着凑份子送他上京城的盘缠和学费。湘九说："少摆几桌酒席吧，多买些糖果，千万不能寒了乡亲们的心，怪罪到我这个岳父头上来。"

湘九对这个毛脚女婿很满意。王槊善良、诚实，有正义感，不随波逐流。王槊还是一位才子。这年头最让人不放心的其实就是才子了。这年头聪明的人往往不可靠，可靠的年轻人往往是笨蛋。王槊却聪明而稳重，既有侠骨又有柔肠。后来的日子，看到他们一篇篇揭露财经黑幕的报道，常常有人说，像爹的儿子见得多了，还真没见过如此像岳父的女婿呢。听到这话，湘九便会将脸躲在烟雾后面，得意地笑出声来。

笑容转瞬即逝，更多却是深深的忧患。证券市场上，龙晟系列控股的 ST 股在做空。无数股民等着利好消息。这个消息操纵在庄家手里，庄家就是这条龙。龙等待适当的时机散布与化工集团合并的信息，那时候他会大量抛出，赚个钵满盆溢。

湘九没有进过中学。但是，湘九在小学时就读过茅盾的《子夜》，书里破产的企业主和中小股民的悲惨遭遇留给他深刻印象。秋风萧瑟，经霜的叶子从树上飘落，在风中飞舞。湘九似乎看到树上吊着晃悠悠的人，吊着将买断工龄的钱拿去股市上血拼的下岗职工。地上也有一摊摊血迹，破产的小老板从高架桥上纵身一跳，告别了牛市的梦想。湘九极目凝视前方的道路，眼前熙来攘往的城市繁华街巷，在他心中如同中午的沙漠一样空旷和寂寞。

几年之后，事实完全证明了他的预料。股权分置。国有股减持并将进入流通。流通股有十个大股东。十大股东居然全部是龙显的亲属或者"特定关系人"。有关部门发现一个大股东是位老农，这位老农对春耕秋收了如指掌不难理解，莫非他对股票和证券市场也熟悉如斯？

专案组奔波于城镇乡村。从公安局查到的户籍登记册上，老农孑然一身，没有父母也没有妻子儿女。莫非他是一位孤寡老人，一个五保户？他哪来的这么多钱成为流通股大股东？

车子在公路上转一个弯。停下。往机耕路上走。又转一个弯。这里就是老农栖身的村庄了。中午的杭嘉湖平原风景如画。母牛在田埂上哞哞地叫着，脖子上的小铃儿叮叮当当地响。天上迤逦着几条丝绸般光滑的白云，湖泊如一泓绿色的美酒。人们从灶后、草垛和柳树下走了出来，愣怔怔地打量他们。村长上面穿着一件雅戈尔西装，下面穿着一条灯芯绒便裤，脚下是一双回力牌球鞋。他的胸前还飘着一条半截红半截绿的花领带。村长打着酒嗝说："你们找……找谁？"

专案组的人将持股资料上的老农身份证复印件给村长看。村长困惑莫解。"没错，他是我们村的人啊，他老婆、儿子和孙子都是我们村的人。"村长说，"他犯什么事了？他身体不好，干活干不了啦，天天在家里搓麻将。他们的输赢也不大啊。这老头子能犯什么事呢？"

一条小溪旁有一幢年久失修的二层楼房，水泥砌成的楼梯很窄。专案组的人上了楼，看见一群老眼昏花的农民抬起头来打量他们。屋子里烟雾腾腾，专案组还是一眼找到了那位大股东。大股东也穿着西装，袖子上打了两块补丁，趿着拖鞋，光着一双黢黑的脚丫子。有人给他递烟，他接过就抽，吐出一连串飘飘荡荡的烟圈儿。专案组直截了当地问出一句话："龙显是你的什么人？""小舅子，"他冲口而出，"我老婆的兄弟么。"

这是龙显的又一个"姐夫"？查找的人发愣。因为他们已经查到，龙晟公司那位持有与"职工持股会"同等数额股权的人，也是他姐妹最直接的亲属。

烟圈圈飘出窗外去了，冷风吹进来，一屋子的人面面相觑。村长的花领带随风飘扬着，他挥舞双手，赶鸭子似的赶着麻将客们下楼去。"下去，下去，"他说，"县里，省里来的干部要问话哩！"这时候老农才清醒过来了。他意识到了被这个小舅子所牵入的困境。他的身子渐渐地像沙子一样下陷了，不由自主地哆嗦起来如风中落叶。他说："我什么也不知道！我真的什么也不知道！户口是他去派出所给我单独办的，身份证也是他自说自话拿去的，表格都是他代替我填的，那上面的条条款款我根本看不懂，一条也看不懂的呀！"

所有的村民都来到了屋前的小溪旁，他们目睹了老农家人的愁眉苦脸。楼梯上站着村长，阻止人们上去，老农在讯问笔录上盖手印。老农一把眼泪一把鼻涕地说："我就像杨白劳一样，不，我比杨白劳还苦还冤哪。杨白劳是欠债不还，害在了黄世仁手里。我拿过龙显什么钱呢？你们想想，他的亲娘，我那老丈母娘至今还住在一间破屋子里呢！"

有一位姓汪的流通股大股东户籍在北方。资料上证照俱全，网上查询，一整套档案显示出来，性别、年龄、文化程度、工作经历，一目了然，十分规范。专案组一位处长觉得它实在是太规范了一点。一个北方偏僻小镇的人的档案如此详尽，每一段人生经历都衔接得天衣无缝，使他心里反而产生了很不踏实的感觉。他决定去一趟北方。

处长风尘仆仆地到了北方。他走进派出所。派出所里只有十来个人，管辖的地盘却相当于南方一个县。一位警察坐在中午的老槐树下打盹，处长进门的脚步声惊醒了他。"查户口？"他抬起头翻着泛白的眼珠子，说，"你是什么人哪，居然查起派出所的户口来了？"啼笑皆非的处长将介绍信递给他看，告诉他不是查派出所的户口，而是查派出所管辖的某个人的户口。要付查询费的哦，警察习惯地伸出一只手掌说。处长愣了愣，"付费可以，"处长说，"你得给我开收据，不能打白条。"

派出所有一台网速奇慢的电脑，启动时嗡嗡地响，好像一群蜜蜂在机箱里四处突围。终于显示出来的档案跟处长在杭州查到的一样。处长说："原始资料呢，我要看看此人亲自填写的原始档案。"

没有原始档案。汪某人的经历犹如阿季的北大研究生。扯淡。全是扯淡。这个人没有人生经历。没有出生之处。没有读过书的学堂。没有爹，没有娘。这个人是孙行者，从石板洞里蹦出来的。

制造这样一个子虚乌有的人其实花不了一餐饭钱，以龙某人的标准来说，绝对用不了一条香烟的钱。这种事也无须他亲自操办，只要他努一努嘴，马仔们就心领神会了。处长严肃地瞪着两位警察。男警察是从老槐树下站起来向他伸手要查询费的那位仁兄。女警察是管档案管申报上网和登记查询的。处长黑着脸。他们也黑着脸。男警察穿着一双破皮鞋，裤脚上沾满干了的泥浆。老槐树下弯弯斜斜地停着几辆破自行车，驶起来除了铃儿不响全身部件叮当乱响。过了好久，男警察嗫嚅道："有什么办法呢，办一个户口可以收一笔钱；这材料又不是我们能去核实的。"女警察接着他话说："我们的办案经费都是自己凑的，这里不像你们的南方大城市呀，哪来这么多的差旅费可以开支？"

处长对湘九说，他查出了这个世上根本不存在的"流通股大股东"，他的心里却没有一点喜悦感。这是一件值得庆贺的事情吗？这他妈的是一件值得庆贺的事情吗？！他走出派出所，走出这座北方苍凉的小镇，他的双腿沉甸甸的。一条瘦骨嶙峋的狗朝他叫了一声。他抬起脚。狗儿夹起尾巴，逃了开去。这是一条势利的狗，它知道南方来的人有钱，它惹不起躲得起。处长说，那里的天空灰蒙蒙的，土法上马的炼焦厂浓烟滚滚。那里的太阳也无精打采。龙某人啊龙某人，处长朝着天空说，你他妈的真会找地方啊，找到这么一个好地方，生生地编造出一个大股东来！

这是后话。二〇〇三年的秋天还只是湘九的猜测和想象。这种猜测与想象制造出一种惆怅的感觉，勾起他无限的愁绪。他一支接一支地抽着烟。他的嗓子哑了，唱不出悠扬的歌声了。年轻时他很喜欢唱歌，在解放军艺术学院读书时，他跟声乐系的同学往来颇多。美声。民族。摇滚。几年了，在单位，在家里，再也听不到他的歌声了。

有人在跟踪他，盯他的梢。湘九觉得自己快要崩溃了，他坚持到现在，真的是很难、很难。

九

省委书记召见时的鬼影幢幢

湘九啜饮着红酒。拿他的口味说，他更喜欢喝绍兴黄酒，红酒有些酸，他的胃不太接受。加了冰块的红酒更使他难以消受。他童年的邻居来了。小时候她是一名工人的女儿，住在一座有七十二家房客的大杂院里。现在她的名气比职位更大。这位曾经征战亚非欧美的女排名将请邻家大哥吃饭，自然要喝红酒，并且是法国产的马提尼红葡萄酒。她说："明天晚上省委书记要在西湖国宾馆宴请我，大哥，你也参加吧。"

湘九放下高脚酒杯。他的笑容令人感到有点辛酸。"谢谢。"他说。点燃一支利群牌香烟。"我怕见这样的大官，尤其是直接管着我的官。万一他以为我想通过你的关系跑官要官的话，我该从哪里找个地洞钻下去呢？"

说这话时，湘九的脸上浮起了一层红晕，不是红酒的原因。那时候，湘九的笑容坦率而推心置腹，他的胖乎乎的手指敲打着桌面。仿佛在沉思。仿佛他这些年并没有遭到过什么不幸似的。对方说："你也太清高了一点吧？老首长早已对他说起过你了，田部长也跟他说起过，现在我带着你去出席宴请，岂不是顺理成章的事情？"

田部长是总政某部的老部长，现在是政委。湘九在济南军区服役时，田部长是他的顶头上司。湘九知道，这些人，包括这位邻家小妹，包括也曾是田部长老部下的省委书记夫人，都是他的社会关系。在这个讲究人脉资源的时代，这样的社会关系，多少人趋之若鹜。

门上轻轻敲了一下。湘九去开门。进来一位姑娘，紧身的黑色制服外面罩着白围裙，手里端着个银托盘。盘上放着一桶水，露出又一只马提尼的酒瓶。托盘上还放着几听饮料。姑娘带着职业的微笑，将托盘放到桌上。她给湘九斟酒。湘九赶紧将酒瓶按住。"不喝了，我真的不能再喝了。"他对邻家小妹说。

邻家小妹的手机铃声响了。

"请转告书记，谢谢他。"她说，"我叫湘九同志一起来，他不敢来啊。"

她跟省委书记的秘书通话时，湘九沉默着。并非我太清高，他心想，如果书记有意接见我，让秘书打个电话来就行了；如果他无意见我，凑上去岂不是自找无趣吗？湘九的学历确实很低，但学历低不等于读书少。读书人讲究修身齐家治国平天下。读书人鄙夷裙带关系。湘九自嘲地笑笑，他知道自己永远也摆脱不了这种"迂腐"的观念。

"这不是张总吗，今天的太阳从西边出来了？"服务员姑娘出去时将包厢的门开着，走廊上有人走过看到了他。"张总居然也上饭店来大宴宾客了！"

湘九看到灰仔手下的一名马仔。马仔身边还带着一位小姐。这是一个苗条的高个儿小姐，穿着袒胸的连衣裙，富于曲线。小姐身后还有两个男人，胖的那位高高大大，像一匹怀孕的河马，瘦的那位细长扁窄，如一条竖起的带鱼。湘九猜想他们是某个实权部门的官员。他听到高个儿小姐跟他俩说道："别性急，我的两位小姐妹马上就赶过来了。"

马仔的话含讥带讽，邻家小妹皱起了眉头。中国女排的名将自然有一点个性。邻家小妹问他："这是什么人哪？"湘九说是龙某人马仔的马仔。邻家小妹走到门口去。她的个头比那位小姐，比灰仔的马仔和那匹河马、那条带鱼更高。她居高临下地说："我在这里请张总，请湘九大哥吃饭，你们有什么意见吗？"

形象猥琐的马仔向后退了一步，河马与带鱼也向后退去，小姐躲在了他们身后。邻家小妹虽然身着便装，但她的形象不怒自威。名人效应出来了，他们认出了她。那匹河马怔了怔，说："您就是陈……"

邻家小妹挥挥手，打断他的话。她说："走吧，吃你们自己的饭去。"

"你平时不上饭店吃饭，"她回到座位上问这位湘九大哥，"也不参加单位的业务接待吗？"

"五百三十六元，"湘九好像吞进了一包混凝土，他吭吭地咳嗽起来，脸色变得很不自然。"五百三十六元，说来很可笑，"他语无伦次地说道，无可奈何地笑着。"那是三年前的故事了……从那以后，我再也没有报销过一张餐饮或者出租车发票……"

她看着他。他讲话的声音低沉、苍老，不像是从一个身高一米六九，体重一百五十斤的壮汉嘴里出来的。他正在竭力地将腰板挺直一些，仿佛他仍在军营里，肩上像她一样仍然扛着两杠四星似的。但他的脸已经不像军人，失去了英武之气，他的头发很蓬乱，脸上的胡子也没有刮干净。他装出无所谓的样子，嘴角却在不由自主地抽搐，显示出那样的无奈和疲惫。女排名将面对湘九，这个从小就因为家庭出身和海外关系问题而饱受欺凌的邻家大哥，突然产生了一种哭的欲望。

"别灰心，大哥。"她说。她拍拍他的手。她的手指修长，手掌柔软，曾经一把能抓住排球的硬茧已经褪去。"你是两代军人出身，宵小之徒欺侮不了你的。"

她的心情也很压抑。她家三姐妹，只有一个弟弟。这个弟弟患肝病刚去世。从抢救到入土，湘九都在忙前忙后地帮着操持。湘九的鼻子酸了。"你自己多保重吧，"他说，"别替我操什么心了。"他端起酒杯。"干了吧。"

昔日的邻家小妹脖子一仰，豪爽地干了这一杯酒。她的颧骨上泛出了桃红色，双眼在晶莹的泪水后面闪闪发光。她想起四十年前的皮市巷，一群弄堂里的小混混欺侮一个小姑娘，湘九跑到他们面前说，滚，都给我滚蛋。四十年过去了，现在她离开那座有七十二家房客的大杂院已有一万里。他们都是在经历了平常人所难以想象的艰苦努力后，一次次倒下，又一次次地爬起来，不断地拼搏，才有了今天。为了四十年后能够坐在这间宾馆的包厢里喝一杯法国产的马提尼红酒，他们在球场上、在战场上流过多少血水汗水和泪水啊。

那些宵小，那些利益集团的枭雄与马仔，居然还在嘲笑和作弄他们。

湘九慢慢地走回家去。一辆凯迪拉克从身后赶上来了，超载的车上挤着红男绿女。有人放下车窗，向他吐了一口痰。湘九蓦然抬首，分明是那个马仔的脸，一闪，车子已疾驰而去。湘九压抑着内心的怒气，向河边走去。

东河。杭州的护城河。方腊在这里攻打过朝廷。被招安的梁山好汉们血染河水，书写了令人扼腕叹息的历史悲剧。辽远清冷的高空挂着寂寥的星星，河岸上散布着城市的万家灯火。远处，他看见什么东西在动。那是一艘脱离缆绳的小船，正在毫无方向地飘荡着。

他也在飘荡。他的心在飘荡。喝下去的红酒在他胸中燃烧，他的嘴里有股苦涩的酸味。

我不灰心，我有耐心，他对自己说。他在黑暗中说道，我怎么会害怕这些宵小之徒呢。

省委书记的秘书将电话打到集团公司办公室。机要秘书很神秘地跑来通知他。办公室里凌乱不堪，湘九正在整理一堆文件。机要秘书盯着这些文件资料，好像里面夹着他对龙某人的举报信似的。湘九淡定地瞧着她。湘九说："麻烦你帮我理一理吧，哪些是应该交回请你保管的文件，你就拿走。"

机要秘书压低嗓门说："省委书记要接见你，时间定在明天晚上。"她盯着他的脸，看他怎么反应。湘九心里咯噔一下，脸上却什么反应也没有。湘九说："是吗，北京来了一位军队退下来的老首长，书记太忙了，大概想请我替他接待一下。"

湘九知道，这件事很快会被龙显晓得，说不定已经知道了。龙显闻之如何反应？他不得而知。无所谓。他想。他爱怎么反应就怎么反应好了。

二〇〇三年十月十日。下午五点三十分，湘九走进省委办公大楼。秘书跟他约定的时间是五点四十五分，他提前一刻钟到达。省委书记的秘书从一堆文件中间抬起头来打量他。"书记正在听一个部门的汇报，"他说，"请你等候一下。"秘书站起身给他沏了一杯茶。湘九接过茶杯坐下来，说："谢谢。"

从走廊上望过去，可以看到书记的办公室，门开了一半，传过来不太清晰的谈话声。窗外的天色正在暗下来，秋深了，白昼变短了。大院里传来了下班铃声，传进这幢高楼时显得很遥远，就像街上的汽车喇叭声一样。

六点钟，汇报结束了，走廊上响起杂乱的脚步声。湘九捧起茶杯，跟着秘书走进书记办公室。他举起右手，向书记敬礼。书记曾经当过国防部部长的秘书，他们穿过一样的草绿色军装，戴过红帽徽红领章。

书记比他小两岁，穿着蓝色的夹克衫，看上去很年轻，面带倦容。书记说："湘九同志，我到任以来，一直想见见你，却总是抽不出时间。军委的老首长跟我说起过你，这我理解，你是他的兵。但是，女排的小陈跟我说过你，连我夫人也提起过你；前两天还有一位田部长，也对你很关心，我不太明白你们之间的关系。"

"很简单，"湘九说，"我跟您的夫人，跟小陈，都曾是田部长的部属，是他一手带出来的。如果他是师父，我们就有点像师兄师妹了。"

"明白了。"书记点点头说。他坐在一张单人皮沙发上，若有所思地打量湘九。他问他的履历，问他为什么从赤州市政府的领导岗位上届中离开，为什么后来就一直待在基建总公司了。

"当年我比较幼稚，"湘九说，"我不知道官场上的潜规则。"

"什么意思?"书记的眼珠子转了一圈。他坐直了身子，眼睛里有一种疑惑的神情。

"那时候我转业才半年，担任副专员，撤地设市时机关搬迁到海边一座城市。春节快到了，各部门都给我们送礼，送购物卡，我在党组会上提出异议……"

这段回忆很让人难过。湘九把手指放在嘴唇边，似乎想阻止自己往下叙说。他的声音有些发颤。有些话，也许不说清楚更好。

当年，他才担任副专员、副市长多久啊，一下子收到了数千元礼卡。别人呢，或许是他的多少倍?

搬迁过去的人大都拖家带口，新的住处总要添置些生活必需品吧。他提出上交这些礼卡，等于将别人的空调、冰箱、电视机等等一下子统统没收了。收礼的人难堪，送礼的人更难堪。其实，这都是公家的钱，只是一种变通的照顾方式，或者说是一种福利罢了。部门因此而失去了感谢领导关照的机会，多少还得挨一些批评。领导呢，不仅要安抚深感委屈的部门领导，回家还得受老婆孩子的埋怨。

湘九回想起那一段时间，他在机关里、饭堂里，在宿舍区遭遇的种种白眼和热嘲冷讽，感觉就像是在做噩梦。

"现在你吸取教训了，不再那么幼稚了，"书记慢条斯理地问他，唇际漾起一抹若有若无的笑。"你终于学会尊重官场上的潜规则了?"

湘九听出他的嘲噱。他在心里叹息。"经历得多了，我也在反省自己。"他有些迟疑地说，"今天再遇到这些问题的话，也许我提出的方式会更委婉一些，考虑得更全面一些，总之，要比从前成熟一些……"

"成熟是好事，"书记说，"但是，不能把世故当作成熟了。该坚持的原则，再委婉也得坚持。"

沉默了一会儿。两个人似乎都在叹息。一种心照不宣的叹息。六点半了，大楼里静悄悄的，所有人都下班了。书记也该吃饭了。湘九知道这个机会难得。但是，他一时无从再往下说。事后回想起来，这次接见确实太难得，书记的官位，不久以后就大到了不便再提起的程度。很可能，今生今世他们再也不可能如此面对面地交谈了。

书记终于提到了湘九现在的单位，提到即将与化工集团合并。书记说："我还没见过你们的一把手呢，只是听到一些传闻。"湘九不吭声，他想抽烟，但是书记不抽烟，他也不好意思抽。书记岔开话题说："你打过仗是吗，一九七九年，还是一九八五年参的战？"湘九说："一九八五年春天，在云南边境。"书记若有所思地点点头问："打仗时立过战功没有？"

"立过战功。"湘九终于掏出打火机，给自己点燃了一支烟。"战后，还担任过集团军英模报告团副团长。"他说。

书记笑了，轻轻地笑，意味深长地笑。湘九吐出一口烟，叹口气说："有关他的问题，我不是怕告诉您会对我产生什么负面的影响，而是觉得还没到时候。"

"为什么？"书记说。他站起身，拿起湘九的茶杯，走到热水器前给他续水。"还有其他什么顾虑吗？"他站在那里问他。

"这个人迟早会出大问题的，这一点毫无疑问。"湘九摊开双手说。"但是，目前我手里只有现象和线索，缺乏确凿的证据。再说，反腐部门对经济犯罪的认识，仍然停留在贪污、受贿等对生活资料的非法占有上，而对于产权交易导致的对生产资料的非法侵占，既缺少政治上的重视，也缺少法律上的规范。"

湘九沉吟了一会儿，又说："另外一个原因是，我信任您，但不敢信任您手下的人。"

书记的脸色变了。

他严肃地看着湘九，专注地盯着他的眼睛，眉间出现了一个"川"字。"不能怀疑一切，"他说，那声音有些冷峻，他的手，交叉叠放在腹部，他的身体因此而挺直了。"说这样的话，同样要有依据。"

"许多举报信都转到了他本人手里，这就是依据。"湘九毫不畏惧地迎着他的目光，对他说道。"他有一个关系网，其中不乏监管部门的掌权者。"

屋子里重新出现了沉默。湘九抬起头，两眼凝视着天花板，从嘴角喷出一缕缕烟，好像一个茫然的印第安人在发出无奈的求救信号似的。书记则好像一名船长，航行在夜色下的大洋里。他们在讨论一个未知的航向。他们都变得更谨慎了。

两家省级国有资产经营机构即将合并了，没有充分的理由和证据显然不能对班子组成轻易否定。不然就成了一种"折腾"，这是不利于这个新集团稳定的。没有铁的证据，一切似乎都失去意义。书记不可能将异议提到书记办公会、提到省委常委会上去。湘九明白这个道理。

湘九用一种抱歉的、嘶哑的声音说道："等有了直接证据的时候，我会来找您，向您报告的。"

"现象和线索，尤其是间接证据也应该反映，直接找我行，间接地找我也行。"书记的声音显得很沉重。

书记将他送到楼道上。书记说："你转业快十年了，地市和省级部门都干过，宏观经济和微观经济都接触过，有机会时咱们再深入地聊一聊。"湘九说："谢谢您的重视，我会尽力而为，努力争取保护好本单位的国有资产。"

告别时，湘九又向他敬了一个军礼。

那天晚上湘九参加作家协会一个活动：走进社区，作家与百姓"十日谈"。七点半，他赶到朝晖街道施家花园社区活动室。满满一屋子人。老的七八十岁，小的七八岁。作为主讲人，面对如此一群听众，对湘九来说还是第一次。

湘九的思绪还沉浸在与省委书记的谈话中，他琢磨着那句话：直接找我行，间接地找我也行。他想这是什么意思，或者说什么渠道呢？

大人小孩都在鼓掌，令他蓦然惊醒。他揉揉眼睛，说些什么好呢？他问身边一个系红领巾的孩子。孩子摸着后脑勺笑了，转过身去问他的妈妈，"你说叫这位作家伯伯说什么好啊?"

第二天的早报和晚报都报道了这个细节，孩子的妈妈是位当代文学爱好者，她向湘九提出一个问题:

"杭州似乎出现不了像西安那样叫得响的作家群，比如贾平凹，比如陈忠实，是否因为杭州的文学土壤不如西安呢?"

湘九沉思了一会儿。

湘九说: "杭州这个城市的品格到底是什么样的，各人理解不同。大多数的人觉得它是婉约的、江南的、小资的，你大概也是这个意思对吗?"

少妇点点头，她的前后左右，有几位男女也在点头。湘九眯缝起他的眼睛，眼神如草原上的牛羊一般忧伤。他的思绪飘荡开去，飘出窗外，飘到西湖，飘到钱塘江上，与夜风久久地缠绕在一起。他听到战马打着响鼻的声音，听到壮士仗剑而去的脚步声。人们用期待的目光朝他看着，觉得他的神情有一些异样，他额上，那两条经年的伤疤在轻轻地抖动着。

"我觉得不是。"湘九摇摇头，自言自语般地说下去。"我觉得杭州应该是陆游的、岳飞的、于谦的、文天祥的，这些在这里工作、生活过的古人留给我们的是一座充满英雄主义和阳刚之气的城市……如果说杭州的当代文学确实不像西安那么有震撼力的话，那也不是这座城市的文学土壤有问题，而是我们，比如我这样的作家，愧对先贤……"

人们屏神凝息地瞧着他，听着他的讲话声。他的神情与讲话如泣如诉，连老人、连小孩都被打动，变得同样忧伤了。

曾处长盯着湘九，谁进了他办公室，在里面坐了多长时间，他们在交谈些什么，出来时手里拿着何种形状的东西，他都要准确无误地作出记录和判断。

他亲自走进去一次，借口是汇报阳中集团最后一批员工的分流方案。湘九不无诧异地说: "我不分管人力资源，怎么想起向我汇报来了?"曾处长说: "你处置过药厂等单位的改制纠纷么，总得听听你的意见。"说话时他的目光落在桌上的一纸文件上,文件下面压着一沓信笺纸。他必须搞清楚,湘九是否在准备向省委书记汇报的材料。

湘九没有将文件挪开,一直等到他把所有的话都讲完了也没有挪开。曾处长不得不离开他的办公室。他在楼道上遇到一名女子。女子说:"请问张总在哪间办公室?"他的心狂跳起来,认定这女子来自省委大院。他向女子指了指方向,接着就布置手下的人,以各种借口进去探明虚实。

作家协会的女秘书是从部队转业的连指导员。指导员来这里落实一下湘九在作协主席团会议上的讲话稿的。指导员说:"老首长,您转业前我在司令部通信站,我还去过您家检查线路呢。"湘九说:"是吗,当时我在后勤部,我犯官僚主义了,老觉得你脸熟,却总是想不起来在哪里见过。"一名办事员进来了,问湘九有没有最近照的照片,有个材料上要用。湘九将相片从抽屉里找出来给他,他却还不走。他朝女秘书笑笑,女秘书也朝他笑笑。他说:"我看您有点面熟,您是省委办公厅哪个处的?"女秘书愣了愣,没有回答。湘九对办事员说,人家的小孩都能打酱油了,你还用这样狗血的开场白套啥近乎。

办事员讪讪地出去了,指导员皱起眉头,说了两个字:讨厌。湘九忍不住笑出声来。笑声未落,又一位办事员进来了,却是换了女的。女办事员手里端着一杯水。"张总,你来客人了,我给客人沏一杯茶。"湘九跟指导员异口同声说谢谢。女办事员将手里端着的茶杯往下放,一晃,晃出的茶水打湿了桌上的文件。对不起,对不起,她一阵手忙脚乱,看似信手地拿起了文件。她终于看到了文件下面的信笺纸,纸上只写了一个标题:汇报提纲。

这个标题是女指导员进来前湘九写的,他从曾处长窥视的神情中明白,他们在担心什么,他就有意写了这四个大字。那时候作家协会的女秘书脸色有了一点苍白,眉宇间凝结起尴尬与愤怒。湘九知道她有了误会。湘九耸耸肩摊开双手。"跟你无关,"湘九在女办事员终于离去后,对她说道,"他们总想知道我的一举一动。"

"汇报提纲"四个字令龙显心烦意乱。其实从听说省委书记约湘九谈话那一刻起,他就在不停地出汗,手心出汗,脖颈出汗,腿上也出汗。他去了一趟大院子,跟人说:"找这个家伙谈什么,两个集团终于将要合并了,莫非又要节外生枝吗?!"接待他的某位长官坐在一张大办公桌后面,不动声色地说:"你怕什么呢,难道你有什么证据确凿的把柄捏在他手里?"

书记接见湘九的那个晚上，集团办公楼有几个房间鬼影绰绰，从龙显的办公室、从处长们的办公室南窗望出去，对面就是省委办公大楼。他们趴在窗台上，紧盯着省委书记办公的楼层。距离大约有两百米，还隔着楼道，他们只能找到一点影影绰绰的感觉而已。桌上的电话突然响了，龙显腾地转身过去，拿起电话。湘九进去了。有人向他报告。龙显捂着胸口问一声："他带着汇报提纲吗?""没有。"跟踪的人说，"他没有带包，两手空空地进了电梯。"龙显看看手表，说："盯着他，看他什么时候下来，他肯定是将汇报提纲默记在脑子里了。"

接下来的一个多小时，敏感多疑的龙某人如坐针毡。他佯作镇静地靠在大班椅的皮靠背上，闭上眼睛。他仿佛看见湘九在向省委书记汇报，旁边还有人在作记录。他还看见书记的脸上有了怒气，开始是眼睛，后来布满了全脸，怒气是黑色的，使得书记的脸像戏台上的包龙图一样了。龙显不敢再看书记的脸，看湘九。湘九在喋喋不休地汇报，脸上蒙着一层灰暗的苍白，白中带红，透露出内心的激动。龙显听不见他的话，只感到他的嘴唇在蠕动。龙显下意识地将双手抱在胸前，他发现自己的心在怦怦跳动，紧跟着湘九说话的节奏。他的心一会儿像要跳出外面来了，一会儿又像屏住了呼吸。

妈的，老子可能当不成"一把手"了!

龙显喃喃自语，还有更不妙的预感，没有说出口来。他睁开眼睛，开了桌上的台灯，房间里太黑暗了，压得他喘不过气来。他站起身，走到隔壁房间去。

趴在窗台上的某位处长吓了一跳。他倏地转身，瞳仁僵硬在眼窝中。龙显抬手在他面前晃了晃，他才惊醒过来。"怕什么!"龙显呵斥他，抹着自己脸上的冷汗。龙显说："我们是正确的，你明白吗，我们是在搞改革，搞强强联合! 而他却是小人，跑到书记那里去告黑状的小人!!"

后来龙显想起那段时间自己的惊惶和紧张，觉得很可笑。当两家集团合并后的新班子名单终于宣布时，他全身松弛下来，回首当时，不免自嘲这种愚蠢的不安全感。当时，曾处长给他出了一个绝妙的主意，立即组织一批告状信，集中火力对准湘九，就说他有野心而无能力，却想当"一把手"。金处长银处长都十分赞成。他们说上面一定会从稳定大局的角度来看待这些信件，不敢轻易调整主要领导人的位置。

龙显还算沉得住气，他点燃一支大熊猫香烟，认真地考虑了一会儿。他说："不要这样写，这样容易引火烧身，让人看出是我龙某人在担心和策划。只说张某人妄图谋取集团党委书记的位置就行。"

他说："方书记快到退休年龄了，张某人作如是想也是顺理成章。"

处长们疑惑地看着他的瞳仁在浅浅的眼窝里骨碌碌打转。"明白了。高，龙董您确实是高！"他们异口同声地说。

湘九驶向朝晖街道施家花园时，根本没想到身后有一辆黑色的轿车在盯着他。这辆车起先停在大院子的树荫下，静静地蛰伏如一只甲壳虫，后来跟着他无声无息地启动。湘九的车停下了，后面的车也停下。车上的人下来，两只手插在裤子口袋里，依然站到树荫下去。

湘九进了会议室一刻钟之后，盯梢者才跟进去，他们连招呼也不打就闯进会议室两边的房间，眼睛在各个角落查来查去，好像在寻找一只蟑螂。

如果龙某人下了指令，这些马仔肯定会下手。他们会选择在湘九回家路上的某个地段出手，让他叫天天不应叫地地不灵。那样的话，湘九的命运、他的家人的生活会变成怎么样呢？他可能永远也不会知道了。当然，也可能产生另一种结果：龙某人会因为涉嫌刑事犯罪而提前身陷囹圄。那样的话，他所苦心经营的一切便都失去了意义，一座财富大厦将在刹那间土崩瓦解。

这当然也是龙某人所不愿意看到的结局，是其最大的顾忌所在。因此，那些日子，这些寻找蟑螂的人，也只能像蟑螂一样地爬来爬去，不敢擅自采取行动。

街上灯红酒绿，行人摩肩接踵。湘九却在黑暗中回家去。夜幕下扔进邮筒的一封封匿名信给他涂抹上各种阴暗的色彩，使湘九成了一个面目全非的反面人物。写这些匿名信的人，都是这个利益群体也是集团公司的骨干，每一次对集团领导班子的考核，他们都有打分权。湘九因此而长时间地处在绝对黑暗之中。他获得的评价永远是最低分，能力最低、品德最差、责任心最缺乏，甚至连廉洁度也倒数第一。一名湘九的同情者说，对于一位用自己稿酬作为职务消费开支将近十年的厅级干部，打这种分的人，甭说党性，连人性都没有了。

十

告御状是要滚钉板的

这是一份长达六十页的《情况反映》，包括国有资产流失和利益转移的过程以及还将被继续转移的可预期利益数据，数额巨大。一系列貌似合法的间接证据环环相扣，揭示出龙显及其团伙的敛财方式与手段，指出其隐蔽性、曲折性和长期性。

整个谋划，具有对国家、社会稳定与发展的极大危险性和破坏性。

"这是一个经济转型时期集官商于一身者高智商化公为私的典型案例。"

湘九写下这句总结，言犹未尽。他沉吟片刻，又低下头去，奋笔疾书。

"本省已经跑掉了一个令国人震惊的女贪官杨秀珠。从龙晟系列各关联公司的股权结构看，龙显随时可以摇身一变，成为以私有股本控制国有资产的大亨，也随时可能成为第二个杨秀珠远走高飞。因此而造成的严重后果，最终要由政府来埋单；或者说，要由无数的纳税人来承担。当今时代，最盼望这个国家为财富制造法制漏洞的即是龙显之流，因为他们正在或已经完成对巨额生产资料和社会财富的占有，一俟社会体制发生有利于新富人的根本转变，天下就是他们的了。"

湘九去了一趟天津，他的大姐柳南被诊断出肺癌晚期。湘九提着一只大旅行箱，里面全是从杭州一家肿瘤医院配来的中成药"金丝地甲"。

大姐骨瘦如柴，一如晚年时行将就木的母亲。湘九永远忘不了他见到的最后的大姐，苟延残喘的大姐。他踏着掉落水泥露出钢筋的楼梯，在天津红桥区丁字沽工人新村一栋筒子楼里往上走。有时借着打火机的火光，有时摸黑往上爬。一路跌跌跄跄。

一扇门上写着"厕所"。整个楼层共用一间只有一平方米大小的厕所。一扇门上写着"推"。他一推，门开了。他走进了一个光线暗淡的小厅。一盏小小的壁灯在墙上亮着萤火虫似的灯光。厅里也摆着一张小床，没有别的家具。小厅通卧室的门虚掩着，湘九敲了两下，第一下轻轻的，第二下略微重些。没人答话。房子静得能听见楼道上生锈的自来水龙头漏水的滴答声。

湘九将门推开一些，站在门槛旁，静静地看着躺在床上的大姐。也许是五秒钟，也许是十秒钟，这十秒钟对他来说好像半个世纪一样漫长。大姐的人生经历如电影画面般从他脑际掠过。

作为一名追求进步的"红色小姐"，柳南在中学时期就上过特务的黑名单。她跟城市贫民的子女们一起上街游行。她掩护他们投奔长江对岸的新四军根据地。她掩护过的不少同学后来当了大官，骑着高头大马衣锦还乡，跟她却是形同路人了。

当志愿军队伍雄赳赳气昂昂跨过鸭绿江时，柳南跟着母亲，将出生于九龙的湘九从罗湖桥的铁丝网下面塞过来，回到了内地。她请求参加志愿军去朝鲜，没有被接受。她认为这是因为父亲和她的大弟弟依然滞留香港，使她得不到应有的信任。于是她再次踏上罗湖桥，下决心非将父亲和弟弟动员回来不可。

多年后发现的历史真相却如一个黑色幽默。柳南从内地重返香港时，有人几乎与她同时踏上了同样的旅程。柳南的任务是动员父亲重返内地，他们的任务是动员他前往海峡对岸。父亲哭笑不得地听着他们不同的要求。柳南要求他回去接受思想改造，参加新社会建设；他们要求他不畏艰险，为统一祖国大业再作贡献。

毫无疑问，一个团体比一个人更有说服力，哪怕这个人是亲生骨肉。柳南费尽心机只是带回了她的大弟弟。她的父亲却孑然一身奔向了死亡的陷阱。

这个黑色幽默实在令人笑不出来。因为一点也不清楚如此背景，柳南再回内地时充满了深深的自责和对父亲的怨怼。这种无能为力的自责和对父亲的怨怼贯彻了她的大半生。

她将母亲和弟弟妹妹们留在杭州，独自去东北参加了重工业建设。三十岁时她才结婚，嫁给一名受过伤从朝鲜回来的复员军人。后来她跟着丈夫到了天津，在一家国营企业当会计，日复一日地跟算盘与账册打交道。年轻时的名媛淑女，不仅青春不再、风光不再，连昔日的闺中好友似乎也一个不见了。

"大姐，大姐！……"

湘九奔过去，拉住大姐的手，手冰凉冰凉，而且湿漉漉的。湘九心痛如绞。大姐的脸色苍白，颧骨上有一块红，只有下巴的微微抖动和半张着的嘴里发出的呻吟表明她还活着。湘九扶住她的肩膀，将枕头垫高一些。他倒了一杯水，送到她唇边。他又叫她："大姐，我是湘九，你的小弟弟！"大姐的眼皮抖动起来，终于缓缓地睁开了。"小弟弟，"大姐说，"你终于来了……你还在云南打……打仗吗……"

湘九告诫自己不能哭，他的泪水却止不住地淌下来。大姐一半清醒一半糊涂，她的眼前好像有无数历史的碎片重叠在一起。她面对着一个上世纪六十年代的衣橱，上面的镜子已经碎了，衣橱旁是一块被太阳晒烂了的印花布窗帘。她将回忆跟现实混淆在一起。

湘九给她喂食喂药。他知道服药纯粹是一种安慰。大姐像一支蜡烛已经灯干油尽。

离开天津时湘九两袖清风，他将药留下，将钱留下，只剩下了怀里揣着的《情况反映》。

早晨，他乘第一趟城际列车抵达北京。

那天是二〇〇三年十月三十日，上午八点钟，他又冷又饿，在静悄悄的偏僻小街上找饭店。他停下脚步，隔着饭店浑浊不清的玻璃窥探。由于玻璃上的油腻和水蒸气，几乎看不见里面，但是，却能看见反射出来的街景。

一条小街神秘而静默，使他踌躇不前。

他想去最高权力机关上访，想去告"御状"。

后来他跑起来，跑得很快，气喘吁吁地跑着。

湘九想起童年，妈妈给他讲很久以前的故事。秦香莲。杨三姐。杨乃武与小白菜。妈妈说，告御状是要滚钉板的。

湘九仿佛听到妈妈在告诫他：没有吃大苦头的准备，没有大无畏的精神，如何去告御状？人人都可以轻而易举地拦轿告状，中南海还怎么日理万机呢？总书记和总理二十四小时不睡觉也忙不过来不是?!

　　湘九不想麻烦老首长。但是他走投无路。首长刚退下来，余热犹在，余威尚存。省委书记说得对，直接地找是一条路，间接地找也是一条路。湘九想，说不定后者比前者更管用呢，更能体现某种政治智慧?

　　湘九给首长的秘书小牟打电话，小牟说："你在哪里，我开车去接你。"湘九说："我在长安街上游荡。"小牟愣了愣说："那你就在北京饭店门口等着吧，我一会儿就到。"

　　没吃早饭的湘九在老首长府上吃了两只苹果两支香蕉，喝了一杯热茶。对于老首长来说，这个上午也似乎有些不可思议。他的老部下，转业前已担任过三年正师职干部的湘九，一身的狼狈相。

　　牟秘书说他后来总是回忆起一片撕破挂落的裤脚、一块脱线的布在湘九的腿上荡来荡去，好像一条挂在树枝上的风筝尾巴。

　　老首长只看了《情况反映》的前半部分。前半部分是案情阐述，后半部分是附件。将军脸上很平静，甚至可以说没有任何表情。他问湘九，为什么不直接送到国家有关部门去? 送到中南海去? 湘九不敢说他在小街上如何奔跑。湘九说："我怕送不到主要领导手里，我还怕下面的人泄密。"

　　他的目光与将军相遇。将军的眼神里有一种沉思和一种失望的东西，使他心有所动。他说："若是为难的话，首长您就别管这件事了。"首长瞪了他一眼。首长说："你明明知道我为难，明明知道我已经退下来了，为什么还要把这材料送给我看?"

　　湘九尴尬地笑笑。他没法回答这个问题。他看着窗外，窗外有一棵枝叶繁茂的树，在这十月底的时节，树上的果子正随风摇动。

　　在老首长眼里，湘九歪着脑袋看着窗外的形象很倔强，线条简洁而刚硬。湘九是他的兵。他理解他的痛苦与企盼。将军觉得自己的心在往下沉。我的兵，将军对自己说，行军踏雪每争先的兵，鞍前马后总相随的兵。人们只晓得你的刚强你的坚韧，谁知道你其实竟如此的艰难呢，如此弱势和如此辛酸?

　　"这家伙在找死。"老首长放下材料说，"我看明白了，你给他画了一张图，这张图就是一条路对吧？这条路其实是他自己给画的，一条死路，等着挨枪子儿的路。"

湘九没有回头，因为他突然有一种哭泣的欲望，他的委屈，将随着泪水喷涌而出。他忍着从胸腔慢慢上涨的呜咽声，害怕背部的耸动会暴露出自己的软弱，他一动不动，依然瞧着窗外那树、那果实。

将军对牟秘书说出一个人的名字，将军说："小牟你跟他的秘书联系一下。"

这个人隔三岔五地出现在《新闻联播》节目中，其地位无比尊荣。至少，从理论上说，所有的腐败分子都不愿意跟他或者他手下的人打交道。他领导的部门，香港人称之为"廉政公署"。他那张略显拘谨的脸，一颦一笑，都会成为中国内地廉政建设的晴雨表。

湘九跟着牟秘书走出去，走向首长的书房。他问牟秘书："你跟他的秘书很熟吗？"牟秘书说："首长们开会时，我们在休息室聊过天，仅此而已。"湘九说："能否把他约出来喝茶，或者我请他吃餐饭？"牟秘书的脸色有些难看了，他说："你别乱来。我们这些做秘书的都很谨慎，互相之间平时很少往来的，首长吩咐了我才能跟他联系，公事公办懂吗？"

湘九在书房门前站住了，他略微有点尴尬地说："你说得对，程序合情合法，才能理直气壮。"

牟秘书关上了书房的门，然后才拨通对方的电话，他手里没拿湘九的《情况反映》，湘九等在门外心焦得很，唯恐他说不清楚，引不起对方的重视。

牟秘书说得很简单，有一份材料要呈给主要领导，请他关注一下。对方问什么材料，首长是否有批示。牟秘书犹豫了一会儿，说首长已退下来了，又是地方上的事，他就不阅批了。对方说："那就请他寄过来吧，这两天我会关照办公厅注意一下。"

老首长留湘九吃午饭，两个人喝了小小的三盅酒。湘九自嘲地说："我知道反对顶头上司的人会有什么下场，很可能是两败俱伤，可我有什么办法呢？不反对我将来的结果也许会更惨。"老首长说："你有这个思想准备就好，反腐败斗争的艰巨性、复杂性和长期性，比在战场上更加考验人的意志。湘九，你要注意身体，血压怎么样，血糖怎么样。要经常去查一查，不要等到哪一天，他终于进了法院你也进了医院，那就太令人遗憾了！"

告别首长后湘九才去看女儿。

又佳和王槊在上班。朝外大街。一幢商务楼的第十层。门口有一块杂志社的铜牌。湘九站在门外拢了拢零乱的头发。在首长家时，他向警卫参谋小高要了一块伤筋膏，他将这块伤筋膏贴在撕破的裤脚上，风筝飞回来了，他的形象很像一名送水工。

他走进大办公室。又佳站起身很吃惊地说："爸爸你怎么来了？事先怎么不发个短信来，我也好去机场接你呀。"湘九坐下来说："身边有钱吗？去楼下商场替我买条裤子，再给我订一张今晚的机票，我得赶回杭州去。"

他在王槊的小办公室里换上新裤子。裤子买小了点，紧绷在他的双腿上。又佳的同事中有几位到过杭州的，在他家吃过饭，都走过来看他。他们说："张叔叔，您今晚就回去么，这也太紧张了些！"这家杂志的主编也过来了。女主编的祖父是现代新闻史上一位著名的大佬，当过全国人大副委员长。主编说："湘九，听说你所在的集团'一把手'很有能耐呀，资本市场上一阵风一阵雨的！你可得当心一点，别把自己也稀里糊涂地搭进去。"

湘九觉得她的话很投机。他向她耸耸肩。"是的，我不能将来给他做殉葬品，我很想反他的腐败。"他说。他递一支烟过去，女主编接了，她在袅袅烟雾中优雅地翘起兰花指，倾听湘九对她的请求。湘九说："如果有一天我被这帮坏人给陷害了，又佳就交给你了，请你保护她，培养她，将来做你的接班人，给她的老爸平反。"

王槊不动声色地瞧着他未来的老岳父，奇怪他的匆匆而来匆匆而去。他看出湘九的心情不错，好像还喝过点酒。王槊等到人们寒暄过了离去后，才关上门，问他。湘九将《情况反映》拿出来给他看，把将军秘书联系的情况告诉他。王槊沉吟许久说："您还是别高兴得太早了，这份《情况反映》，至多也就是给龙某人挂上了一个号，看病、吃药、动手术，还早着呢。"

王槊的话没说错。说到底缺少的还是龙某人贪污受贿的直接证据。湘九愤愤然说："我能把直接证据找到，还要他们干什么呢？纪委、组织部、国资委，还有公检法，他们是干什么吃的？他们有权有势有能力有手段，莫非查案不靠他们反而要靠我等小小百姓吗？"

王槊瞪大眼睛看着他的准岳父，他想他也不算小百姓了，司局级，放在古代，也算五品官了。王槊说："我认识一位反贪部门的官员，领导的处室共有二十五人，上级一年交给他们二十件腐败案，他们夜以继日地查，到年底终算，查处了十件。第二年，又有二十件案子交下来了，涉案的金额比上一年更多，犯罪手段更恶劣，社会影响也更大。当他们不得不疲于奔命地去对付这新来的案件时，上一年待查的那十件案子，您说是不是很可能就走过场了？"

湘九说："待查的案子往往比已查的案子更复杂、更难查吧？"

"是啊，"王槊说，"何况，其中有些涉案的人，一年两年过去后，已经调离原岗位，甚至提拔上去了，超过了那位官员查处的权限。"

"爸爸。"王槊提前将称呼从毛脚女婿升格为正式女婿。"爸爸，"他说，"我有一种奇怪的想法，好像你把龙某人以后的步骤目标现在都揭露出来了，联想到您的业余爱好，有关部门会不会说您是在写小说？"

湘九没有听见，或者是听见了不想回答。他若有所思地瞧着天花板。是的，自己像一个算命瞎子那样，算出了龙某人的下一步、再下一步行动。这是建立在龙某人已经埋下的一个个伏笔之上的。

"我觉得这样写是必要的。"湘九终于说道，"龙某人的谋篇、布局、伏笔等等，都跟作家写小说差不多。开篇时描写墙上挂着一支枪，结束时这支枪必然会射击子弹。我就是要让有关部门的人认真想一想，新时期的经济犯罪分子有多么的狡诈，犯罪的技术含量有多高。王槊，你调查、报道过许多经济界的大案要案了，你不觉得这将是一个很典型的案例吗？"

王槊低下头，躲避准岳父的视线，他不想扫他的兴。王槊觉得龙某人的犯罪手法其实不算很高明，他的长远的谋划居然被他的副职看得一清二楚，便足以证明了这一点。王槊跟准岳父开玩笑说："爸爸，您说对了，您真是龙某人最好的学生。"他将材料交还给湘九。他说："爸爸，毛泽东的诗词您想必是始终牢记在心：今日长缨在手，何时缚住苍龙？"

"当然。"湘九接过材料说，"一切反动派都是纸老虎。就是真老虎也不怕，还有猎枪呢，还有动物园的铁笼子。何况他也不是什么龙，充其量只是一条蛇罢了。"

"一条毒蛇。"王槊不无担忧地瞧着他说，"爸爸您得注意自身的安全。"

二〇〇三年十月三十一日早晨。杭州城站邮局刚开门，一位男子进来。他走到柜台前要寄一封特挂信。营业员姑娘接过他的挂号信函，扫一眼收件人地址姓名，惊讶地打量他。男子装作没有看见她那不同寻常的神情，递过去一张百元大票说：麻烦你开一张收据。

姑娘将这封沉甸甸的挂号信盖上了邮戳。她看着这男子坚毅的面容，他的眼角上有几条深刻的蹙起的皱纹，好像所有的思想都集中在那里，他内心的秘密，跟这封挂号信一样封得严严实实。

这个胸脯很宽的汉子给姑娘留下了深刻印象。"一条四四方方的汉子，"她对收走这封信函的一位男同事说，"他什么话也没说，接过收据走了。他不要报销单据。这肯定是一封举报信，说不定，举报的是一桩惊天大案！"

后来湘九常常想起这姑娘的神情，她的神情从惊讶到敬佩。湘九后悔忘了跟她说一声谢谢。他觉得这个仿佛晓得他秘密的营业员姑娘给了他一种起码的安慰，就像寒冬时节若有若无的阳光，带着些许暖意。

二〇〇三年十二月三十一日。一辆奥迪轿车从省政府驶出。轿车驶过少年宫广场，对于上一代杭州人来说，这个广场充满了往昔的记忆。这里曾经是一片红海洋，无数人举着《毛主席语录》喊着狂热的革命口号。

坐在奥迪轿车上的王副省长不是杭州人。他来到杭州时，已经成年。他在半山钢铁厂担任车间技术员。从那时起到现在三十多年了，他当过这座城市的市长，接着担任分管工业和开放型经济的副省长。无论当市长还是当副省长，他都会在梦里回到钢厂，好像仍然与工友们生活在一起，中午坐在工具间里，狼吞虎咽从职工食堂打回来的菜肉大包和劳保汤。

想到即将在会上宣布化工基建集团合并的决定与新班子组成名单，王副省长那凝视着广场与西子湖水的脸上现出了阴郁的神情。如果他是常委，他的推荐会很起作用。那样的话他宁可选择湘九而不是龙显。但他不是。

流失岁月

六年前王副省长视察赤州，副市长湘九陪同他参观了外贸企业。在工厂的会议室和车间里，他听到湘九向厂长们提问，他提出的问题的专业性令他刮目相看。休息时他问起湘九的经历，才知道这位副市长并非"行伍出身"，特招入伍前他在造船厂当过十二年工人和企管人员。造船厂与钢铁厂经常打交道，他们立刻找到了共同的语言。他俩是同龄人，有过同样的艰苦奋斗的历程。

这次合并，有关部门也不是没有征求过王副省长的意见。他说了湘九很多优点。人们问他湘九有哪些缺点。他认真地想了想说，他比较清高。接着，他又补充一句，这也不一定是缺点嘛。

广场上很平静。西湖也很平静。无风无雨，波澜不兴，阳光懒洋洋的。王副省长不愿意想象龙某人春风得意的样子。他知道，纪检部门曾经决定对这条龙立案审查，结果呢，反而遭到了批评。批评他们的人说，龙某人是改革家，是经营大师，改革中出现一些失误在所难免，不能一棍子打死。纪检部门的主要领导是常委，常委的提议都被否决了，他一个不是常委的副省长还有什么话说。

会场设在一家四星级宾馆。王副省长从车上下来，看见龙显和方书记迎上来，后面跟着化工集团的老董事长，老董事长后面跟着老康。王副省长向前走了两步，向老康伸出手去。"小康，"他如此称呼这位被越级提拔的原化工研究院院长，"祝贺你，祝贺两家集团合并！"老康说："谢谢您，谢谢王省长亲自光临。"

休息室里没有湘九。王副省长上了主席台往下看，看到他坐在一排员工中间。当副市长的时候，分管开放型经济时，湘九西装革履，而今穿着一件马裤呢旧军装。他的脸色也好像一件旧军装，黄乎乎的，带一点病态的忧郁。王副省长坐在台上叹息，他觉得这小子脸上的反应很平淡，虽然内心未必。从军队转业到地方十年了，王副省长听说他自嘲像一棵黄杨木，老是长不大。

历史上的清官都是黄杨木。修身齐家治国平天下是一种浪漫的理想而不是现实主义。王副省长不再朝他看了。

王副省长讲话。他强调一个词：规范。两家集团合并以后，清产核资要规范，兼并重组要规范，资本经营和资产经营更要规范化。他强调财务要规范，交易要规范，监督机制要规范。他的话里有话，新班子的成员都听出来了，中层干部和不少员工也听出来了。人们开始交头接耳。龙某人的脸色愈来愈难看。

困惑的大有人在。有人对龙显当上资产增加了一倍多的新集团的董事长感到失望。有人对老康被越级提拔为总经理不服。后来跟龙显打得火热的那条壮汉就是典型。好几回，他不顾场合公开顶撞老康。他摆老资格，哪一年当的厂长，哪一年当的县长，哪一年又当了副市级，处理过这样那样的问题等等。这种顶撞和吹嘘很合龙某人胃口，他跟着指桑骂槐："是啊，我当副厅级干部多少年了，正厅级又多少年了？"他说："哪像现在某些人呢，刚当上省管干部就不知天高地厚了。"

如此场合，老康只能充耳不闻。他的脸色一阵青一阵红，近视眼镜跌到瘦削的鼻尖上，两眼盯着手中微微颤动的文件，老僧禅定一般修炼自己。

终于有一天，湘九沉下脸，毫不留情地对他们予以迎头痛击。鄙人在座，这间屋子里恐怕谁也摆不了老资格吧？湘九环顾四周，然后将眼光落到龙显脸上。"你当上副厅那年，我在正师职任上已经干了三年。"他毫不留情地说。"老康能当上总经理，自然有该当的道理，他是化工专家，他年轻，我们应该支持他，不足之处也可以善意地提醒么。"他转身看着那条壮汉。他说："谁要是不服气可以向上面去提么。上面没有调整之前，我们就得当好总经理的参谋、助手！"

他的话传到王副省长耳里，王副省长扼腕叹息。这一切好像出乎意料，其实在情理之中，张某人就是这么一个人，疾恶如仇，爱憎分明。王副省长接待过湘九的老首长。老首长们听他说起湘九，什么有人反映不团结不配合之类，都感到十分惊讶。他们说："他在部队时是个特别尊重领导的兵呀，跟战友的关系也处得很好，怎么会到了地方上就变了呢？"

老首长说："这个同志眼里容不得沙子，莫非是因为这个得罪了什么人？"

这天散会后，王副省长再没见到湘九，他从主席台上下来时，湘九已经随着人流离去。龙显与方书记、康总将他送到车旁，他跟他们一一握手道别。最后一个握手的是龙董事长，龙显说："王省长，您刚才的一连串'规范'振聋发聩，对我们确实是个提醒。不过，现在，搞企业不容易啊，市场瞬息万变，有些决策是不能反复研究讨论的，'一把手'必须当机立断。这一点，还请您多包涵。"

是吗？王副省长握着他那软绵绵的右手，平静地看着他说。他的手不像湘九的手。湘九的手掌上有老茧，是在船厂的锻工炉前被铁钳磨砺出来的，手指上也有硬茧，是终年著书立说捏笔杆子捏出来的。而龙某人的手，即使有一点点茧，也只是高尔夫球杆留下的。王副省长说："国有企业重大事项必须集体决策，这是制度，如果违反这些制度而造成国有资产流失，我可包涵不了。"

"谁也包涵不了。"他上了车，又说一句。

奥迪轿车缓缓启动，开过一个垃圾桶，车上扔出一团纸，准确地掉进了桶里。

老康看见，龙显的脸色，像患了黄热病一样难看，他搓着双手，嘴角耷拉下来，牙齿咬紧了嘴唇。他的略微有些朝天的鼻孔，神经质般一张一合。显然，他看见了这个细节。

他看见落进垃圾桶的那团纸，是一团揩过手的面巾纸。

十一

女儿结婚那天的批斗会和曼哈顿来的世交

二○○四年元旦休息一天，元月二号上班。

办公室临时通知，召开原基建集团班子和处长们参加的最后一次办公会议。

湘九坐在小会议室，神情有些恍惚。又佳和王槊已到杭州，他在友好饭店订了两桌酒，说是不设宴不收礼，请他的哥哥姐姐们吃餐饭总还是要请的。他大哥中风偏瘫住在老年关怀医院，晚上是否接他出来出席侄女的婚礼？小姐姐也六十岁了，去年装了心脏起搏器，她家住得远，是否也该用车接一下？咪咪说叫她们乘出租车好了，车钱我们付。湘九知道小姐姐舍不得这二十元出租车费，肯定会去挤公交车。

龙显开始发难。听起来莫名其妙。仿佛突如其来，或者说梦话似的。他的一只手上拿着一封信，另一只手攥着茶杯。由于他砰砰地在桌上敲击茶杯，阿沃不安地在椅子上动了动，手肘捅到湘九腰间。屋子里特别静，只有偷看禁止看的东西时才会有这种气氛。方书记的神情小心翼翼，他好像变得很脆弱，变成了玻璃人，身高马大的一条汉子，似乎会被这茶杯撞击桌面的声音震碎。

龙显挥舞着信说，这封信是以原化工集团员工的名义写给他们老董事长的，表达了他们对合并后的担心。信上说，他们不信任龙某，将资产交到龙某的手里不放心！老董事长将这封信交给了省政府领导，"结果呢，结果还是落到了本人手中"！

"这封信不像化工集团的人所写，"龙显说，"化工的人，怎会知道我们的内情？我可以肯定，写这封信的人，不仅是本集团内部的人，而且就坐在这间会议室里！"

屋子里有九个人。有人面面相觑，有人朝湘九努一努嘴。努嘴的人早已被吹过风了：今天要给某人一点颜色看看。

湘九揉了揉眼睛，从友好饭店回到这间会议室。他环顾四周，发现所有的人都在看他。只有阿沃不看他。阿沃将手肘抵在桌沿上，将手掌蒙住了眼睛。湘九愕然地面向龙显，看到他用严厉的目光审视着自己，他的鼻孔又张大了，两道眉毛紧挨在一起。

湘九又好气又好笑。此时此刻的他，确实寂寞而忧伤。他觉得自己在做梦。他梦见了过去，在船厂，被造反派拉上台去批斗的时光。因为他出生在香港，因为他是狗崽子。虽然，这一切距离今天已经快三十年了，梦也失掉它的强烈感了。

"你说的是我吗?"湘九指着自己的鼻子问他。

"抵赖是无用的!"龙显的嗓音嘶哑，眼睛在喷火。"多行不义必自毙，你明白不明白? 这封信里写的许多问题，我根本不屑于回答! 你以为这是在写小说吗，就可以胡编乱造了?!"

他的话很露骨，显示出这些日子的忍无可忍，从湘九被省委书记接见以来，他度过备受煎熬的两个月，即使这封信不是湘九所写，他也要爆发了。

湘九的心脏开始剧烈地跳动。他有预激症候群。湘九动作缓慢地点燃一支他吸惯了的利群牌香烟，一缕青烟从他嘴里向着会议室的天花板飘去。"这封信里提到的一些问题我还是第一次听说，"他尽可能放慢语速，平静地告诉对方，"如果早知道的话，我就直接去向省委书记反映了。"

"你认为我有必要去向化工集团的老董事长反映你的问题吗，他怎么奈何得了你?"湘九依然不紧不慢地说，"你将鄙人的智商也看得太低了一点。我举报你，不会在这样的层面，也不会说些显然不会因此而惩处你的问题。"

阿沃将手从脸上放下来了。他以为湘九会站起身向龙显拍桌子。他做好了将湘九拉离这间已经点燃炸药的屋子的准备。他佩服湘九的克制，佩服他高屋建瓴不卑不亢的回答。每个人都有自己的渠道，省委书记两个多月前召见湘九的消息阿沃也早已听说。这间会议室里只有阿沃相信这封信不是湘九写的，因为他没有必要。或者，还不到时候。否则的话，龙显很有可能坐不上现在的位置。

"说清楚就好，"阿沃打圆场说。他笑着，虽然那笑容很勉强。"猜测谁是写信者往往不准确。我就有过一次教训，在原来的单位，我怀疑一个对我不满的人写举报信，后来才发现，恰恰是另一位经常向我表忠心、讨好我的人所写……"

批斗会并没有因他的话而结束。几位处长一个个表态，声讨写信者，为龙董事长歌功颂德。谄词如潮，湘九想真是斯文扫地，这哪像是在一家厅局级国企的会议室呢，简直就像一群喽啰围着山大王。

湘九记录曾某人的发言，后来每当翻到记录本上这一页，他都禁不住有一种呕吐的感觉。曾某人说："二〇〇〇年五月，龙董来到刚成立的本集团，这里如同一片废墟，龙董的到来，如同一九四九年中国迎来了解放，东方红太阳升，我们从此站了起来。三年多来，龙董带领我们战胜一切困难，指引着我们胜利的方向，让我们看到了无比光明的前途。"曾某人义愤填膺地说："我们强烈谴责一切阻碍我们前进的行为，强烈要求对诽谤、诬陷龙董的人绳之以法。"

湘九沮丧地坐在那里。从某种程度说，这间会议室的人，很可怕、很残忍，缺乏做人的基本原则。他们只是因为龙某人给了利益，为一己私利而不惜抛弃人格，助纣为虐。

"都说完了吗？"湘九再次环顾会议室。他的镇静使喧闹的屋子骤然安静。人们略带讶异地看着他，不明白他居然还会如此沉得住气。湘九的鼻孔也张开了，好像嗅到一股腐烂的气息，他皱紧眉头。

"都说完了的话，就让我再说两句。"湘九坐直身子，面向龙显说道。"我谈三点意见：第一，这封信反映的问题，任人唯亲，滥用职权、独断专行、男女作风等等是不是事实？第二，这封信是谁交给你的？将群众的举报信交给被举报人是严重违纪违法行为，交给你的人必须承担这种行为带来的后果与责任。第三，向上级反映问题是合法的，而你在这里追查反映人却是非法的，希望你及时纠正这种错误行为，否则多行不义必自毙这句话，很难说会落到谁的身上。"

龙显豁然变色。他的"四大金刚"也随之变色。他们的五官都扭曲了，脸上的各种神情一时找不到适当的归宿。要想组织起有力的词句来反驳他，一时却没有这样的词句，使他们变得尴尬和慌乱。龙显在坐椅上动了一下，愤怒地张开嘴，仿佛想咬人似的，他的整张脸更黑了，那攥紧的拳头，表现出一种暴力的倾向。

方书记用右手表示了一个急躁而又无力的动作，既好像在劝阻龙显，又仿佛向湘九表示妥协。他说："算啦，别再讨论这件事了，我们都吸取教训就是……"

以后就是新班子在一起工作了，团结问题将更重要，从前的恩恩怨怨不要带过去，新单位要有新气象。湘九在本子上记着方某人的发言要点，一身冷汗搭在他的内衣上。他没有胜利的感觉。龙某人的脸像铁板一样阴沉。他们已经彻底撕破脸。

湘九想起省委书记跟他的谈话，若是知道两个月后会有这场短兵相接，当时是否应该将问题谈得更直接一些？应该促使书记下决心，阻止这个坏人攫取更大的权力？如果早已将材料准备好，面呈书记，常委会上对龙某人的任命，也许就有了其他的选择。

湘九知道自己不会那样做的。那样的话，他给龙显画的图就可能成为一张废纸，下一步问题将很难暴露出来，已经埋下的伏笔可能无法追究，流失的国有资源和国有资产就成了过去式。湘九深信，只要企业还保持着国有控股的属性，问题迟早有水落石出的一天，没有铁的证据，他只能继续等待。

古人云："忍人之所不能忍，才能为人所不能为。"他必须等待。等到瓜熟蒂落那一天。

哥哥姐姐们不了解他的处境。

一人向隅，举座不欢，湘九竭力避免出现这种场景。龙显及其同伙知道今晚他女儿举行婚礼，白天给他来了这么一出。他却不能因此而影响气氛。虽然只有两桌酒席，亲戚们谈笑风生相聚甚欢。表兄弟表姐妹们簇拥着新娘新郎。婚礼上没有插科打诨的主持人，没有伴郎伴娘，他们都是伴郎伴娘。

餐桌上有两瓶 XO。其中一瓶是老首长送的，酒瓶上还贴着一张标签，标签上有非洲某国元首花哨的签名。闪光灯亮了，又佳和王槊对着镜头傻笑。小时候，又佳很孱弱，她的肝很嫩，滴酒不沾。今晚上她拿着一杯放了不少冰块的 XO，像电影里的贵夫人似的，小口小口地呷着这杯酒。这酒很贵，味道很纯，但她皱起了眉头。在银幕上看到是一回事，亲身体会又是另一回事。

孩子们向长辈敬酒。酒已经上了湘九的脸。孩子们的喧哗声仿佛离得远了，一阵一阵很有节奏地传到他的耳朵里，像是远处的河流声。跟又佳这么大的时候，湘九在运河旁的一家造船厂当工人。偶尔也喝酒，跟师傅们喝五角四分一斤的金刚刺烧酒。那时候，他从未想过，有一天他会坐在友好饭店的包厢里，喝非洲某国元首赠送的XO。

"可惜，爸爸妈妈没有看到这一天，"二姐对他说，"没能活到今天，参加他们的孙女的婚礼。"

大姐躺在天津的病床上，二姐成了大姐。湘九的眼睛湿润了。是的，父母没能看到这一天，如果看到，他们将会多么欣慰。

他想起自己的婚礼。那是一九七六年，母亲已经患了癌症，她从病床上撑起，坐在一辆自行车的后架上来到二姐家。母亲给了二姐二十元钱，让她烧两桌菜，二姐贴上一倍的钱才完成这个任务。那时出席婚礼的年轻人是他的几位小学同学和插队伙伴，他们骑着自行车将他和咪咪送到远在半山的汽轮机厂宿舍。母亲在酒席上也说过跟二姐同样的话，母亲对他说："可惜，你爸爸没能看到这一天。"

湘九放下酒杯，走到窗前，想着他的母亲一个人孤零零地躺在南山公墓，山下是城市和江水，父亲则躺在海峡的那一边，更加孤单而寂寞。他将XO倾倒在窗台上。亲爱的爸爸妈妈，今天是你们的孙女儿大喜的日子，愿你们的在天之灵庇佑我们。他闭上眼睛，仰面祈祷。

他的手机铃声响了。

他打了个冷战，电话中传来一位女士的声音，"是湘九吗，是张家小弟、张伯伯家的小公子吗？"那一口带着港台腔的国语，仿佛洞察他的心灵，挟着一股来自海峡上空的劲风，强烈地撞击他的耳膜。他回到酒桌旁，请二姐一起倾听这不速之客的来电。"请问您是谁？"他说，他的声音恍惚、茫然，有点不知所措。

对方说出一个人的姓名，她是他的妹妹。她哥哥蒋知民，北京的一名大学教授，现在移民洛杉矶了，住在一所由美国纳税人提供的老年公寓里。蒋知民考上中学时，其父亲正带着一支美式装备的军队在前线与仙台武士们作战，他被寄养于张家。正是一个人的成长期和叛逆期，小伙子受到张家大姐姐的影响，当他的父母带着他的弟妹们从沈家门登上去台湾的军舰时，他留了下来，成为一九四九年以后中国的第一代大学生。湘九在北京上军校时去过他家。那时，他所在的学校名叫北京工业学院。一所诞生于延安的全国重点大学。蒋教授的家就在学校后面，离解放军艺术学院不到两站地。

"蒋家姐姐，"湘九不无艰难地称呼她，这符合对方的习惯，母亲在世时，与一九四九年以前的军界眷属们往来，都这样称呼。"我是湘九。请问您在哪里？"

"五洲大酒店。"蒋家姐姐说。听上去很年轻，说是六十多岁的人了，那声音却好像还不到五十岁。

女儿简单的婚礼就这样结束了，湘九跟二姐赶去五洲大酒店。湘九想起一部电影《最后的贵族》。来自台湾的最后的贵族。将门之女。她们从台湾到美国，在纽约、华盛顿或亚特兰大读完大学，再取得硕士学位，然后进入曼哈顿、进入华尔街当白领，四十岁以后当全职太太，相夫教子。她们成熟、文静，很有风度。对于在大陆生活和工作了大半辈子的"张伯伯家的姐姐与弟弟"，她们则充满了好奇心。

"今晚是小弟的女儿结婚，"二姐说，"如果您的电话早一个小时打来就会赶上了，你们的到来将使婚礼更添光彩。"

这话让人听了高兴，因为婚礼是在最亲密的人的范围内举行的。蒋家姐姐摊开双手，"遗憾，"她说，"真的太遗憾了。"她掏钱，要送贺礼给又佳。湘九再三推辞，只收下象征性的一张百元美钞。

"我哥哥常常说起你们，说起小弟，说你很了不起。"蒋家姐姐略微夸张地向他竖起大拇指说，"二十年前，我们在香港、在美国就看到过有关你的报道，说你参加了解放军，到过西贡，还是一位名气不小的作家。"

"我没有去过西贡，"湘九说，"我只到过边境。"

"报纸上有你挂着军功章的相片，我母亲说你跟当年的张伯伯一样英俊帅气。不少伯伯叔叔家的孩子们聚会都说起过你，你现在一定当大官了吧？"

湘九无言可对。他算什么官呢，一家国有企业的副总，还被董事长压得喘不过气来。对方要他的名片，他不得不拿出一张来。蒋家姐姐看着名片上的单位与职务，抬头，直直地注视着湘九。她说："小弟，你不是早就当上了大校吗，听说相当于准将，你还当过一个五百多万人口的城市的副市长，你怎么也做生意去了？"湘九低下头回避她的目光，嗫嚅着："我不是给自己做生意，我是在国有企业搞管理工作。"

蒋家姐姐从沙发上站起来，走到隔壁的一个商务间去了。两分钟后，她领着一位身穿家居服的先生重新进屋。"这是我先生，"她对张家姐弟说，"他是来考察这里的投资项目的，你们正好谈一谈。"

湘九跟蒋家姐夫握手。这位姐夫很体面。头发梳得崭齐，鼻梁上架一副金丝眼镜，那保养良好的身材，使湘九怎么也不敢相信他将近七十岁了。姐夫请他到商务间去，留下二姐和他的夫人聊些家长里短。

商务间里有个小吧台，湘九瞧着蒋家姐夫榨柠檬汁、放冰块，搅拌饮料，他的两只手非常熟练。"晚上不要喝咖啡，"他对湘九说，"影响睡眠和健康。"

"听说您在赤州当过副市长，那里外商投资多吗？"他将一杯柠檬汁放到湘九的面前，说。

"不少，"湘九说，"有来自台湾、香港的，也有来自欧美的……"

"听说其中有相当一部分来自离岸公司，"蒋家姐夫皱起眉头问道，"中国政府对这些投资是否进行审查？"

离岸公司？湘九第一次听说这个名称。他愣了几秒钟。"对不起，"他说，"我离开那里六七年了，现在的单位也没有引进过外资……"

蒋家姐夫显然不是第一次来大陆，事实上，他曾经到过杭州，也去过赤州两三次了。他只是第一次偕夫人同往而已。他对地方政府为了尽可能多地吸引外资，而对外资来源不加鉴别与选择很感疑虑。他说，这里涉及一个通过国际渠道洗钱的问题，洗出洗进的钱很大一部分是中国的国有资产，这不仅是中国纳税人和政府的损失，对货真价实的外来投资商也很不公平。

湘九愕然。他请来自美国的蒋家姐夫告诉他离岸公司是个什么样的概念。

"近年来，世界上一些国家和地区，如英属维尔京群岛、巴哈马群岛、百慕大群岛等，纷纷以法律手段揣摩并培育出一些特别宽松的经济区域，允许国际人士在其领土上成立一种国际业务公司，这些区域一般称为离岸管辖区。'离岸公司'的含义是，投资人的公司注册在离岸管辖区，但投资人不用亲临当地，其业务运作可在世界各地的任何地方直接开展。"

"你们应当明白这一点，"蒋家姐夫说，"离岸公司在某些场合可以发挥一定的正面作用，但也为洗钱、侵吞国有资产和公众财产，欺诈、转嫁金融风险提供了便利。"

"这跟你们来中国投资有关系吗？"湘九懵懂地问他。

"当然。"蒋家姐夫皱眉蹙首地看他，好像有些怀疑他的智商了。这像一个主管过开放型经济的市长吗？他说："一些腐败官员和国企经营者，利用离岸中心的便利条件，把国有资产和国有资金打往海外公司账号，非法转移到国外。据我现在所看到的报道，中国自改革开放以来，至少有四千多名腐败官员逃往国外，带走了大约五百多亿美元的资金。其中许多大案和要案都是通过离岸金融口岸发生的。"

蒋家姐夫的脸色变得十分严肃，湘九愣愣地看着他，他们能够听到彼此的心跳声。"这些钱，不仅作为生活资料，在海外供贪官和家属们穷奢极欲的挥霍，还作为新的生产资料以外商投资的名义回到国内，在资本市场、证券市场、房地产市场继续卷钱，源源不断地产生着新的利润！这些官商结合的资本，无疑更方便享受各级政府的优惠政策，所有的好处也会更向他们集中……小弟，您说，这对真正的外商是否公平？中国是一个大国，但大国的资源也是有限的，顾得了这头就顾不了那头了……

天地混沌，湘九的心，如星星坠落般沉入茫茫。这些年的亲身体会，他感觉，他听到、看到的内幕已经太多，自己作为一名非职业作家，再也无须刻意去体验什么生活了。没想到，他的见识还是太少。

他习惯性地摸出一支烟。蒋家姐夫见状，走到窗前去，将窗子打开一些，又从吧台上拿来了一只烟灰缸。"少抽一点，"蒋家姐夫说，"小弟，你看上去很憔悴。"

他看上去确实很憔悴，虽然他穿着一身藏青色西装，系着领带。上午开完会回到办公室时，他接到一个电话，宣传部的常务副部长童大姐问他近来在写什么，他说打算写一部反映当代国有资产保护与流失的长篇小说。中国需要一部醒世之作。他说。童大姐却似乎听到了些什么。她说："湘九啊，好人总是一个一个的，而坏人却是一伙一伙的，你一定要特别注意安全，保重身体。"

他们回到蒋家姐姐的卧室，共同回忆过去的时光。他们的童年和青少年时代反差极大。湘九仿佛看见自己跟几个同样衣衫褴褛的孩子在一起。他们的母亲在聊天，在诉苦和互相安慰，他们的父亲不像湘九父亲那样亡命海外，而是被关在遥远的东北的战犯改造所里。童年的湘九，身上穿的是二战后联合国救济总署送来中国的黄布军装，或者是哥哥姐姐穿小了再给他穿的旧衣裳。他的头发乱得像拖把。他在学校里总是受人欺侮，每天放学都被人追着喊狗崽子。

当时，许多老师并不以此为然，虽然，他们也帮不了他。但是，他的成绩在班里永远是第一。这使他抱有幻想，抱有信念，相信自己有朝一日还会受人重视并叫人惊叹。他从来都没有屈服过，贫穷没有叫他屈服，歧视和苦难也没有叫他屈服。

蒋家姐姐仿佛害怕刺伤他们的心，就像从尘封多年的箱子里翻拣搜寻似的，小心翼翼地说了些让他们感觉温暖的故事。她回忆说，所有将门后裔中的男孩子，到了该当兵的年龄就统统当兵去了，戴着青天白日帽徽，在金门或者马祖的战壕里，从观察镜里遥望大陆。这些男孩后来都成了艺员、医生或者教授，很少有子承父业当了将军的。最近一次在洛杉矶的聚会，当年的军界子女们说来说去，又提到了张家的姐姐弟弟，一位已故上将的公子说：我常常想，要是我在战场上与湘九短兵相接，他和我都怎么下得了手呢？

湘九无奈地笑。这位老上将的儿子给他写过一封信。现在他是加州大学教授，著名作家，出版过不少著作。他在信中回忆湘九的父亲，叹息他的英年早逝，他说，谁也没有想到他会突然离开这个世界，而且离开得如此孤单、寂寞。

眼泪突如其来，湘九赶紧抬起手，遮住了自己的脸。他的眼前，出现自己八岁那年，传来父亲死于非命的噩耗。母亲放声大哭。她的脸抽搐得完全变了形，双眼圆睁，嘴巴张大，仿佛要撕裂。她嘴里发出沙哑而浑浊的喉音，呼喊着她的丈夫。她平时却是一个谨小慎微到说话都不敢大声说的妇人。

二○○四年一月二日这天的日记，湘九整整写了三页纸。从对他的批斗会到又佳的婚礼，再到蒋家姐姐和姐夫，给他留下难以磨灭的印象。婚礼的照片上，他的神情如此忧伤，像一首无人倾听的歌。他和二姐没在五洲大酒店跟蒋家姐姐和姐夫留影，他不想把自己这张忧郁的面容带到海外去。湘九记得，他们互相告别，夜深了，宾馆外的街道上人迹稀少，偶尔能听见远处小巷里传来的鞭炮声。天空灰蒙蒙的，月亮躲在乌云中。有关离岸公司和巨额国有资产持续不断流失的情景，使他的脚步变得一步比一步更沉重。

回忆上午的会，还有一个内容：龙显提出可能要在赤州投资一个与外商合作的房地产项目。湘九想，世上没有这么巧的事吧，说到外资，就会跑出来一个"离岸公司"？

他坐在车上，不敢闭上眼睛，闭上眼就能看到一片黑黢黢的海洋。太平洋或大西洋。诡谲多变的洋面上耸立着一个个岛屿，海浪打在礁岩上，喷浅着泡沫。他听到惊涛扑岸的声音，看到破碎的黑云，不仅将月亮遮没，而且将良知也毁弃了。那时的他真的看见自己在大陆上遥望着这一片大海束手无策，这似乎根本不是幻觉而是一种极其残酷的现实。

元旦过了就是春节，春节前开一次新班子的会，称之为党政联席会议。龙显给班子成员分工，然后说，他要去一趟香港，跟省长、副省长一起去，去考察一下香港可以合作的企业。

这是领导点名叫他同去的，龙显特别强调这一点。

当龙显说出对湘九的分工安排时，所有人为之一震。

两家集团合并成一家之后，班子成员一共七人，七人中包括方书记，有四位是化工专业出身。毕业于解放军艺术学院文学美术系的湘九，却被龙显安排分管化工生产与安全。一家省级石化企业，国家级重大危险源就有近百处，这个担子何等专业何等之重？龙显不管。龙显说，谁要是觉得自己比张某人更合适，可以替他接过这摊子工作。

没有人吭声。谁都知道主动接过这份分工意味着什么。不仅是自以为高人一等的问题，一旦出事故，一点回旋的余地都没有。

湘九耐心地等待着其他人表态，他看到老陈和老康都在紧张地沉吟，他们毕竟是第一次出席这种会议，第一次正式领教龙显的行事作风。龙的果敢杀伐，龙的蛮横霸道，令他们一时发蒙。

孤独无助的感觉在湘九心中蔓延，穿窗而入的冬日阳光照在他的身上，太阳无精打采。那条壮汉手里拿着一个打火机，啪嗒啪嗒地玩着，化工厂厂长出身的他，一副事不关己高高挂起的神情。方书记低下了头，仿佛全神贯注地在看报纸上的新精神。他毕业于化工学院，又在化工企业工作了三十年，他当然知道化工安全管理的担子有多么重，因此，他本能地选择了回避。阿沃仰着头，望着天花板，他的脸上毫无表情。也许，他的心中唯有一声叹息。赤裸裸的报复落在湘九身上，表现得如此迫不及待，如此肆无忌惮，他不免有一种恐怕殃及池鱼的担心和无奈。

仿佛从高处往一个黑暗深谷坠落，湘九的头晕眩，心很痛。他又想起了从前，想起战争年代。那时他被特招入伍才三个多月，还不是军官，不是党员，不知哪个环节出了错，介绍信交给前指第一侦察大队政委时，里面夹着一张组织关系。外面是排山倒海的炮声。帐篷里，吊灯在跳跃，沙盘在跳跃，弹药箱垒成的桌子也在跳跃。政委说："老张，你三十多岁的人了，你从上级机关下来，你还穿着四个兜的干部服装，生死关头，你居然敢说自己不是党员?!"

他记得自己的嗓门哑了，抓起冲锋枪跑出帐篷。翻译小魏紧跟着他，看到他眼皮发红，脸是泥土的颜色，愤怒的牙齿咬着嘴唇，如同岳武穆王在细雨潇潇中走向风波亭。按照政委的命令，这个大龄新兵，来到前线的第一天就下了连队。连队指导员满怀同情地对他说："你就留在连部吧，出去太危险，事情很快会搞清楚的。"

"什么事不是人干的?"他说。他连绑腿也不会打，晃着两条飘荡的裤管就踏上了界山。他踩上了一颗绊发雷，幸亏引线烂了他得以逃过一劫。大山密林使人觉得自己单薄如一片树叶。这片树叶在风雨中飘摇在战火中浮沉。他记得，夜风温柔地摇动树梢，发出一阵阵叹息似的声响，为战士的命运叹息，为他叹息。

多少年过去了，这些树还认识他吗？一定还认识的，他没变，一名战士的命运没有改变。

什么事不是人干的?!

湘九站起身说。他的唇际漾起笑意，闪光的眼睛却是严厉地、责备般地望着众人。"既然大家都没有异议，我接受。"他说，"不过有一点我得预先声明：本人对化工知识可谓一窍不通，既没有这方面的职称也拿不出资格证书，一旦发生事故，责任不能由我一个人承担。安全生产的第一责任人本来就是企业的法人代表，是'一把手'，董事长你说是不是？"

龙显皱紧了眉头，双目透过眼镜看着他，像一条猎狗嗅到野兔时似的纹丝不动。那神情，既不像是恼怒，也不是惊讶，又不是轻蔑，自然更不像是赞赏，不是人们所预料的任何一种神情。他似乎只是在审视他，何以表现得如此胸有成竹？

有人松了一口气，有人感到愧疚。老陈失去了惯常的洒脱，摘下老花镜，脸上浮起一层红晕。"好，湘九同志你说得好！"他说，声音微微颤抖，可见刚才憋得有多么难受。"第一责任人当然应该是'一把手'了！"他说，"不过，作为班子成员，我们都有责任协助你搞好安全生产的，你放心吧，湘九同志，只要你需要，任何时候打声招呼，我一定随叫随到！"

湘九感激地点点头。他的眼光随后落到新任总经理老康脸上。老康在他的注视下打了个寒噤。

越级提拔的欣喜并没有维持太长时间，老康便进入了如履薄冰的感觉中。许多亲近的人，朋友、同学、上级和同事在祝贺他履新的同时，告诫他不能得罪即将共事的这一条龙。他听到纷至沓来的一大堆信息：这条龙如何神通广大，后台如何硬，这条龙心胸狭窄睚眦必报等等。人们提醒他，凡事皆须谋定而动，绝不能将自身陷入困境。二〇〇四年一月三日，他在化工研究院接到一个电话，湘九向新任总经理汇报了昨天对他召开的批斗会。他没有表态，只是哼哼啊啊地应付着。他搞不清楚，湘九与龙显的矛盾，究竟是一种人事纠纷呢还是正义与邪恶的斗争？我管不了，他想，我不能掺和。

今天的分工安排给了他新的刺激。如此明显的不合情理，对湘九的报复暂且不论，对集团安全生产将会带来多大隐患？作为行内人，刚才，他差一点惊叫出声。他硬是忍住了。因为有个声音在不断地提醒他：谋定而动，不要轻易表态。这是一位上级领导对他说的，他觉得这是对他的爱护。

湘九的表态使康总经理如释重负，作为既有化工专业职称也有资格证书的他，老陈的发言他也感同身受。他确实不想得罪龙某人，相对年轻的他，知道这种得罪是什么后果：若是造成一个刚上来就闹不团结的印象，他今后的前程便打了折扣。不得罪龙显，他就只好得罪湘九了，可他毕竟也是读书人出身，礼义廉耻，当过乡村中学校长的父亲从小就教育过他。他心怀歉疚地咳嗽一声，准备发言。

龙显却抢在了他的前面。

龙显面向老陈，显然对老陈的发言不甚满意。"安全生产的第一责任人应该是总经理，总经理管行政么！"他说。那嗓门，那腔调，就像教训学生似的，一锤定音，斩钉截铁。他说："企业的'一把手'是董事长，董事长要考虑的主要是整个集团的发展问题，把握运作的方向。"

龙显转过身，他的目光与老康相遇。他的眼神里有一种冷冷的寒光，老康感觉像刺刀似的，他抖了抖，把刚才想说的话咽回去。"安全生产当然很重要，"龙显将眼镜朝上推一下，深思熟虑地往下说，"那就在分管领导上面再成立一个安全生产领导小组好了，康总你当这个组长。"

老康躲避着龙显，也躲避湘九的视线，他不想再表什么态了。"一把手"、法人代表是安全生产的第一责任人，这是法规上写着的，龙显却视若不见，他还能说什么呢？如果这时候提醒他，就是一种冒犯，第一次召开党政联席会议，冒犯这位龙董事长的后果好像很严重。

冒犯了怎样？不冒犯又怎样？

后来的日子老康对湘九说，其实不附和他就是冒犯他了，他照样怀恨在心。"早知如此，"康总经理说，"一开始我就应该顶住他，安全生产领导小组组长就该让他担任，让他去考工程师，考上岗资格证书好了。他不是绝顶聪明吗，不是什么大师吗，看他考不考得出来？"

被龙显整得灰头土脸的老康愤愤地说，看他还怎么推卸责任?！

十二

履新第一天的化工厂突发事故

只有很少的杭州市民知道，在杭州市城北存在着一个化学工业园，那里有油漆、橡胶、树脂、有机化工等多种企业。自从一九七九年规划建成以来，它的安全问题始终没有进入一般市民的视野，即使在被日渐拓展的城区吞没之后，市中心区域的百姓也很少关心到那里。其实不只是在杭州，各地都有相当数量的化工厂隐藏在城区或城乡结合部之中。在中国的化学工业起步和发展的阶段，人们确曾遵循了化工厂设址必须"安全、偏远"的原则，但由于中国城市的迅速铺展，像杭州化工园这样被城区吞没的例子已经比比皆是了。

湘九在造船厂工作时，亲眼看到过一名工人从高高的行车上掉下来。这名工人从行车上掉下，最多再加上另一个正在地面指挥行车行驶的员工被砸伤，而那肯定是一名反应极其迟钝的员工。

化工厂就不一样了。

一九八四年印度博帕尔市的美国联合碳化公司农药厂毒气泄漏，造成约两万人死亡、二十多万人中毒、五万人失明，十万人终身致残。事后，联合碳化公司的发言人说："化学生产不能完全避免灾难，有时候这是一个数学概率问题。"这番话引起印度人极大反感，他们说："这就是这家公司为何不把工厂设在本国内的原因。"

二〇〇四年一月二十九日早晨七时十五分，"数学概率"开始在化工基建集团下属的这家工厂发挥作用。多功能车间的工人小吴正在现场工作，突然就成了噩梦中的人，好像是刹那间，刺激性极为强烈的烟雾从塑料缓冲罐里喷射出来，笼罩了他。应该说，这是一个反应灵敏的好员工。他迅速地向后撤，但是肩膀以上已经受到烧灼，同时呼吸进了白色的氢氟酸烟雾。

发生泄漏的多功能生产车间的生产设备，就是常常出现在照片上的现代工厂那种敞开式的多层金属井架，巨大的反应釜和塔器连接在一起，塔身周围环绕着旋梯，直接通向空中的高位贮罐。这套设备俯视着整个厂区，而在工厂的四周，各种严禁烟火的标志醒目而严肃，厂区四周有高墙，当时，外界并不知道里面发生了什么。

七时二十一分，市公安局消防支队 119 指挥中心接到了报警，立即调派相近区域的三个中队和特勤大队的两个中队上了八辆泡沫、防化、洗消、后援等特种消防车，共有六十名消防队员前往抢险。与此同时，公安、环保、卫生等部门也赶往事故现场。

特勤大队的两个中队先后出发，当他们赶到现场时，看到白色的烟雾正在恐怖地弥漫开来。当天早晨杭州阴天，气压偏低，风向东北。氢氟酸形成的白烟形成近二十米宽、四十米高的帘幕，越过厂区的高墙，逐渐地向东北方向蔓延。

在下风向，有大量的居民区和工厂。

没有人在第一时间向湘九报告。

春节前确定他的分工之后，文件已经发到各部门、各成员单位。但是，原化工集团的各级管理人员还不知道他是何许人，而在许多人印象中，集团是资产运营机构，一般只承担指导与协调工作。发生事故的这家工厂属于它的子公司的子公司的子公司，像这样相差四级的企业，人们还想不到第一时间告诉他。

二〇〇四年一月二十九日是年初八，春节长假后第一天上班。八点钟，湘九从家里出来。天色灰蒙蒙的，路上堵车。整个长假期间，湘九都在恶补化工常识，一个饭局都不曾参加。他觉得自己应了一句老话：八十岁学吹鼓手。从小习惯于形象思维的他，从头开始学习，学的是理工化学。他觉得，自己就像是一辆老牛拉的破车，不知道该跌跌撞撞地拐多少个弯，才能走出一条新的通衢大道？

他的脚刚踏上去，这条新路就变得如泣如诉了。

办公室主任第一个接到电话，他去找董事长报告。龙显董事长正在看望春节后第一天上班的员工们。放着这么多集团本部的干部员工不看，他跑到了灰仔那里。灰仔屋里空调大开着，门窗紧闭，烟雾腾腾。茶几上散着两副扑克牌。

龙显刚坐下，办公室主任推门进来了。

龙显说："什么事，慌慌张张的？"

"化工厂出事了，"办公室主任说，"城北的那家化工厂！"

龙显愣了愣，说："按照分工负责处理呀，该找谁找谁去！"

康总经理在楼道上见到湘九，看到他正在找司机。康总说："新年好。"湘九已经步下楼梯。康总看着他那风风火火的背影不由自主地提高了嗓门："你忙什么去呀？"湘九回头吼了一声：出事故啦！

湘九赶到现场时，抢险人员早已相继到场，当即成立了抢险指挥部。此时，白色毒雾已经弥漫部分厂区，而且气流还随着风向朝四周扩散，周围的居民终于发现了事故的发生，有人已经打电话向环保局求助。湘九硬是突破重围进了厂区。他跳下车，向第一个迎面跑来的员工说："我是集团分管安全生产的副总，请你们听我指挥。"他问："引起事故的源头找到没有？关闭没有？人员疏散没有？负责人在哪里，赶快向我报告！"

春节期间，湘九向老陈要来一本《化工安全生产》的小册子。这本册子就是老陈编写的，着重介绍了本企业的产品和生产流程。湘九回忆起有关这家厂的原料和产品的介绍，紧张得几乎站都站不稳了。

"氢氟酸，分子式 $HF-H_2O$，属剧毒弱酸，可经皮肤和呼吸道被人体吸收。对皮肤有强烈刺激性和腐蚀性。吸入氢氟酸酸雾会引起支气管炎和出血性肺水肿，人体摄入 1.5 克可致立即死亡，经皮肤吸收可引起严重中毒。"

湘九曾经打电话向老陈请教，老陈的通俗解释是："如果接触浓度为 90% 的氢氟酸的人体面积达到 1%，就可致死。"

康总紧随着着湘九赶到了。这使他开始镇定下来。康某人毕竟是浙江工业大学化工专业的本科生，德国洪堡大学的海归，教授级高工。康总说："你的指挥措施很正确，你放心，我和你一起挑这副担子。"

无处不在的媒体记者迅速出现了。而在工厂的南向外围，消防人员已经在设置第二道隔离带了，赶来上班的工人和大量过路群众不仅没有立刻避去，而且不断向内张望，甚至试图钻过隔离带看个清楚。有的人是出于关心，更多的人则是遵循着国人的习惯：热闹不看白不看。

事故的源头必须迅速找到并予以关闭。湘九站在办公楼的窗前。眼前的景象对他来说意味着第一次严重警告，这个警告太可怕，使他的表情愁苦、思维紧张。白色的氢氟酸烟雾在晨风的翻搅下升腾，现场能见度已经很低，四层楼高的塔式化工设备被淹没在烟雾当中。

为了稀释酸性烟雾，三个地区消防中队的普通消防车在喷水作业。氢氟酸的烟雾轻于空气，正是这一点，使得这次泄漏没有造成重大人员伤亡。但即使非高浓度的氢氟酸泄漏，如果剂量较大的话，也会造成附近树木、接触人员大量失明甚至死亡的后果。

受伤的小吴等员工已经被迅速送往浙大附属第二医院烧伤科。

眼前只是厂区内和上风向的情况。身处下风向的人们仍然感觉到巨大的威胁。消防队员继续使用高压水枪稀释泄漏出来的氢氟酸。两名身穿重型防化服、手持有毒体测爆仪的消防队员耐心而缓慢地接近现场。测爆仪显示，事故现场氢氟酸浓度非常高。由于氢氟酸腐蚀金属，周围已经围绕有大量氢气，只要稍有火星便有燃烧爆炸的危险。

白色烟雾越来越浓，飘移、扩散已经持续了将近一个小时，消防队员检测到周围已经充满了大量氢气，腐蚀、毒害、燃烧和爆炸的危险同时升高。技术厂长小杨在两名身穿重型防化服的特勤队员护送下进入事故现场的核心地带。

等待的时间如此漫长，湘九的心，紧张得要从胸膛里跳出来。终于，他们在二楼找到了第一只泄漏的阀门，关上了它。正是这只阀门，成为事故的元凶。

但是，呼吸器的使用时间有限，逼迫两名消防员和杨厂长撤退下来，在消防车下进行了洗消，然后再次进入事故现场。这一次他们一直登上了三楼，将另一只阀门成功关闭，历时一个多小时的氢氟酸泄漏事故的泄漏源终于被彻底切断了。

当环保人员分批对现场空气和水源进行取样检测，确定事故泄漏程度及危害，消防队员使用有毒气体测爆仪对事故现场再次进行测试后，警戒解除。湘九拖着麻木的双腿走向会议室，一进门，他就瘫软在了椅子上。

"通过事故调查，确定事故发生的原因，包括直接原因和间接原因，为事故分析、制定对策措施提供必要的基础资料，这是马上要开展的工作。"面对先后赶到现场的各级企管人员，湘九的嗓门干涩得要命，他有一种力不从心的感觉，毕竟，他不是这方面的专家。他只能按照一般安全生产事故的处理原则进行布置。他说，"为了避免不实事求是的报道给社会造成恐慌，任何人不能随意发布未经核准的事故消息，要指定专人做好这方面工作。"他环顾四周，"关总呢，你们的关总去哪儿了？……"

他听到门外的回音,这家工厂的上级公司老总关某站在门口说："张副总，龙董事长亲自来了！……"

一大群人护卫着龙显。龙显穿着大衣，系着围巾，一进门就跟人一个个握手，显得很有亲和力。他好像是专门来慰问的大员，他的到来，完全打断了会议室紧张的气氛。湘九看到老康的眉头皱了起来。这实在不是一个适合作秀的时机和场合。

康总正在本子上写着下一步工作部署。一二三四五，他有几条比较专业的善后意见。有些工作刻不容缓。本来，看看这种场面也是一种消遣，但是实在没有心情。康总不得不请龙某人赶快坐下来。他说："继续开会吧，同志们，张副总的意见非常重要，大家要不折不扣地执行！"

龙显突然站起身说："我去现场看看！"

他的表现很突兀，他走了，本可以使湘九们放松一点，问题是他带走了关某，带走了前呼后拥的一大帮人。这些人是善后的骨干，他们走了，湘九和康总还向谁、还怎么部署工作呢？愤怒的湘九站起身，试图跑到门口去阻拦他们，康总拉住他。那时的康总脸色确实很难看，一双近视眼像龙虾般地在眼镜后面突出，他的嘴唇被牙齿咬住，像脸色一样苍白了。他朝跟出去的人们喊道：等等，相关的同志请留下来！

有些人停下了脚步，有些人犹豫了一下，继续跟上龙某人。大约是一年以后，在一个风光绮丽的海滨沙滩上，湘九对关某人说："你对康某人不服气，你觉得自己当官时间比他早，能力也不比他差，你的年纪还比他更轻些，这些我都可以理解，可以原谅。但是你怎么可以让这种情绪影响工作呢？更重要的是，怎么可以就此跟着别人走了？莫非你就必须选择一个跟着走的人？跟错了人，你就不怕会毁了自己的前程?!"

那是在国外，湘九借了两家集团合并后的光，终于又有了一次出国的机会。班子里其他人都出去过了，再也没有理由不让他出去。团里其他人都是外单位的，只有他跟关总同事。湘九只是有一点不太明白，康总为什么推荐他跟关某两人同往。

湘九知道关某人喜欢打高尔夫球，喜欢进卡西诺，他的这些爱好跟龙显很相似。湘九还知道他跟着龙显一起去过高尔夫俱乐部，一起进过卡西诺。然而，湘九还是想劝说他。湘九对他的印象并不差，年轻、爽快、有能力，个子高相貌好社交面很广，是个新生代的精英。如果他不是跟着龙某人一条道走下去，湘九倒觉得他俩很对脾气，完全可能成为好朋友。但是，他的选择令湘九很伤感。世界上总是有这样的人，明知和珅是奸臣刘罗锅是忠臣，可就是觉得和珅更好相处，更有共同的语言，皇帝都没有办法你有什么办法？

这是一个人间的避世天堂，阳光无限。湛蓝海港、温馨小镇，人们享受着大把大把的悠闲时光。湘九感觉所见比想象中还要迷人。

空气中弥漫着泥土和野花的芳香。他们走进一家公司，穿上防护服，带上防护眼镜，他们看到仓库里堆满本企业出口的产品钢瓶。分装产品的小钢瓶有蓝色的也有白色的，对方说白色的比蓝色的更受欢迎。关总说可以提供更多的白色小钢瓶，湘九赶紧打断他。湘九说："白色的为什么更受客户欢迎呢，因为他们觉得质量更好一些对吗？"

老外迟疑地点点头。

湘九笑了。他笑得很爽快。然而，他说："质量更好的产品价格是否应该高一点呢？"

老外觉得自己好像钻进了某个圈套，他的神情变得不安起来。

湘九仿佛没有看到他的神情，他挥挥手，说："我们是老关系老朋友了，价格就不涨了吧，不过明年的业务量要增加，这样，我们才能双赢对吗？"

当老外签下新的合同时，总觉得有点不对劲儿，原来是想把价格降下来一些的，结果没有降，反而扩大了市场。白色小钢瓶的产品真的比蓝色质量好吗？他摊开双手，自己也搞不明白了。他听不懂湘九对关总说的杭州话，他只好继续耸肩膀，湘九对关总说：回去就把蓝色的小钢瓶统统刷上白漆。

这是他们自己的公务活动，整个代表团还有公务活动，否则就不叫公务团了。天气炎热，他们却西装革履，一个个打扮得像婚礼上的伴郎似的，在一座商务楼门前排好队，好像等待总统接见的外交使节。导游将一名个子矮小的老头儿引进会议室。导游说："这是约翰先生，国家工业和贸易协会的会长。"他们起立，一个一个走到约翰先生跟前，将自己的名片用双手递过去。湘九闻到一股酒气，湘九说："尊敬的约翰先生中午在出席酒会吧，您真是日理万机。"导游有点尴尬，还是将他的话翻译了过去，因为团里懂英语的人不少。约翰老头儿耸耸肩，开心地笑了。"OK，"他说，"中午我签了一个合同，我的羊毛被又卖出去一批了！山克由，"他转过身对导游说，"请代我向您的旅行社经理致意，这次的回扣我很快就会支付！"

湘九捧腹大笑。所有人，包括反应慢了半拍的同伴，在恍然醒悟之后，都放声大笑起来。那时的导游，脸红得像涂上一层血。湘九将一纸介绍该国与中国贸易情况的材料送到约翰先生面前。约翰先生在笑声中清醒了一点，他低下头，开始结结巴巴地解说。湘九说："别，别，尊敬的约翰先生，您就介绍您的羊毛被吧，我们对此也是感兴趣的。"

这位卖羊毛被的商人，这个喝多了的老人，脸上浮起看似憨厚的抱歉的笑容，他临机应变，干脆将材料一推，介绍起他的羊毛被生意。湘九们开始松领带、脱西装，气氛变得轻松随意起来。

湘九体会到世界与人生的丰富多彩。他远望窗外。这里等待游客的，是水晶般蔚蓝的海水、郁郁葱葱的岛屿及各式各样的海洋生物。这儿的三百多个亚热带岛屿，各有风采，决无重复，尽可满足任何游客的情趣及个性。而在位于南太平洋的小岛上，您还可以亲手向野生海豚喂食，可以体会一下穿越土著人历史长河的滋味。

湘九在这样的环境里自然而然地联想到了蒋家姐夫说的离岸公司。

这里离英属维尔京群岛近吗？他悄悄地问导游。

"不是很远。"导游说，"怎么，您想去一趟？"

"那也是一个观光的好地方，"导游重新打量他了，他意味深长地说，"不过像您这样的国企老总一般不会因为观光而去那种岛国，他们往往另有目的啊。"

"什么目的?"湘九说。

导游的笑容很暧昧，好像湘九打听的不是一座岛，而是一个红灯区。湘九其实已经明白他的意思，但是，这使他更增添了了解的欲望。毫无疑问，从那座位于大西洋和加勒比海之间的岛屿上，中国的国有资产不断地悄然流失、不知去向，这在海外早已不是什么秘密。

如果不是出国纪律的约束，湘九确实很想去一趟。中国的贪官已经到了前仆后继的程度。在海滨的豪华别墅区，在游艇和沙滩上，他不止一次见到过那些挥金如土的国人。那些说福建话、广东话、温州话和东北话的中老年男人，臂上挽着或浓妆艳抹或薄施粉黛的女人，牵着狗，在黄昏里散步。

在湘九的眼里，他们既是富足的、幸运的、享受的，同时也是无聊的、寂寞的、忧伤的；他们离开了养育自己的故土，离别了亲戚朋友等一切社会关系，在陌生的国土上度过余生，再也不能回去。湘九想什么叫做行尸走肉，这就是说明。所有的理想和荣誉都消失了，只剩下金钱，这样的活着和死去已经没有太多的区别了。

关某半真半假地说："张总你也是一个'卖羊毛被的'，你用白色或者蓝色的包装偷换质量概念，将老外都忽悠得找不到北了！"这个故事确实很让人好笑，以后的旅途中，"卖羊毛被"成了整个代表团一种经典的称呼。湘九慎重地说："我不是'卖羊毛被的'，因为这是在做生意，双方都在寻找有利于自身利益的切入点，这种忽悠应当称之为'威尼斯商人'式的智慧。"

说这些话是在一个晚上，他们坐在一座宾馆的阳台上。阳台的一端放着一排栽在大木桶里的棕榈树和凤尾蕉，好像屏风似的，遮挡着他们，他们却可以俯视海滩上暗淡的一片风景。

龙某人却是"卖羊毛被的"，湘九严肃地说。这条龙引进的合作人，无一不是他的亲戚朋友，某些人从来没有在本集团露过面，谁也无法考察和了解他们的真实身份与资产状况，他却将大量的股权以极低的价格转让给了这些很可能"莫须有"的人。

"他为什么要这样做? 这里面有没有、有多少他的个人利益? 同志哥，我们不可掉以轻心哟。"湘九在太平洋上空吹来的微风中语重心长地告诫关某人，"你可以不相信我，也可以不相信康总，但是你最好不要因此就去相信'卖羊毛被'的人，你的日子还很长，将来，总有一天您会看到事实证明我的预测。"

说完这些话，湘九一身轻松。那一刻，他的心情，犹如经典作家在《哥达纲领批判》中最后说的一句话："我已经说了，我拯救了自己的良心。"是的，他冒着很大的风险说这番话，冒着被告密，被抓住"进行非组织活动"的辫子而挨整的风险说出这番话；这是因为他实在没有其他的办法。他总想帮助更多的人，让他们不要迷失方向，他觉得，自己好像一个牧羊人，在风雨到来之前竭力地驱赶着羊群，不让它们去吃那有毒的青草。

有的人迷途知返，有的人不到黄河心不死。关某后来的行为，曾经令湘九感到自己真的有些失败。在一个物欲横流的经济社会中，人也是经济人。除了善意提醒，湘九没有其他任何东西可以给人。那么，在一些人看来，不听他是正常的，听他的反倒是有些不正常了。

遥望一座座恍如仙境的岛屿，纯白的沙滩偎着岛屿线蜿蜒，澄澈的海水透着魔幻般的蔚蓝，轻拥着岛屿的曼妙身线，慵懒如贵妃醉酒。教人黯然销魂的是金钱美女，是醉生梦死，是夜晚的酒吧和卡西诺。而湘九却是一个看客，一个过于清醒的看客。这样的看客注定不受欢迎。

康总的修养无疑胜于湘九，在他履新后第一次到达关某人的领地时，关的表现给他留下了深刻印象。人敬我一尺我敬人一丈，这可以是一句话也可以是半句话。聪明人不会将所有的话说出来，湘九常常感到中国的俗语充满着哲理。

阿春来到集团是事故发生后的第三天，他是由康总推荐来给湘九当帮手的，称之为安全生产管理秘书。湘九正埋头于一大摊报表之中，各级部门都来了解事故的原因和善后问题，将他搞得焦头烂额。

门开着，有人看见一个年轻人怯生生地走进去，一直走到办公桌前。湘九抬起头，以为是送文件的机要秘书，一看不是，是一个脸上长着雀斑的小伙子。湘九说："你是哪个部门的？对不起，事故的处理结果还要等两天。"阿春红着脸说："张总，我是化工研究院的阿春，特来向您报到。"湘九的眉毛动了一下，渐渐地拧起来。他说："你这么年轻，你从学校出来几年了？哪个学校毕业的？你干过这方面的工作吗？"

阿春捂住嘴无声地笑了一笑，他读过湘九写的书，知道他的经历与个性。"我从中国农业大学化学系毕业十年了，去年被评为高级工程师。"他说着，伸出手拿起湘九桌上的报表。"我来填吧，我当过安全生产专管员。"他坐下了，就坐在湘九对面，刷刷地填写起来。

早晨的太阳照在他们身上，窗外，对面的办公楼顶上有一面旗帜，在冬天的微风中飘荡。湘九愣了好长时间，终于向后一仰，在椅子上放松了整个躯体。

湘九因此而感激康总，他给了他工作上很实在的支持。来到集团担任总经理后相当长的一段时间，老康谨小慎微，没有插手过人事问题，阿春是他唯一调动的老部下。

阿春不仅成了湘九的参谋和助手，也成了他的老师。几乎每个双休日，甚至每天晚上，湘九都要给阿春打电话，请教化工安全问题。二〇〇五年，湘九考取化工企业安全生产负责人资格证书。二〇〇六年，湘九被评委破格全票通过为化工安全管理高级工程师。

那一天，湘九一本正经地对阿春说："有没有信心再去考国家注册安全工程师？"

阿春被他的话吓了一跳，他战战兢兢地说："恐怕不行吧，去年，国家注册安全工程师参考人员的通过率是百分之七，张总，您……您刚刚评上职称啊。"

"不是我去考，是你去考。"湘九说。

阿春仍然心惊胆战地看着他，觉得有些不可思议。这位领导胆子也太大了一点吧，别人费十年、二十年之力才敢去博取的东西，他说起来却像打一场乒乓球似的轻巧。阿春说自己多少年没考试过了，实在没有把握。湘九说，没把握有把握都可以去试一试么！今年试了明年的把握不就大了一些？湘九说一个省级集团本部都没有一个国家注册安全工程师，怎么去当本行业的排头兵呢。"年轻人，希望就寄托在你的身上了，你是早晨八九点钟的太阳！"

阿春被他逼着去准备考试了，湘九坐在办公室发了一会儿呆。有人经过他门口，听到他在自言自语，"通过率只有百分之七？"他摇着头，很遗憾的样子。"那我就别去出洋相吧？可惜，有点太可惜了！"他喃喃地说。

　　阿春参加考试的结果是一次通过。宣布成绩时，他自己都不敢相信。湘九难得地有了好心情，请他撮一顿。阿春说："张总应该我请您，没有您赶鸭子似的赶我，我哪能考出来呀！"湘九说："我早就想谢谢你了，想想刚上任的那段时间，我现在都感到后怕。"

　　确实是这样的。谁也想不到这场没有死人的事故会造成如此大的影响。事故发生当天晚上，互联网上到处都是报道，全世界好像都在讨论这场灾难。事实上那天中午已经是各种传闻漫天飞舞了，办公室主任看到大大地吓了一跳。如果不是这些耸人听闻的报道，龙显不会跑来演一出现场慰问秀。同时，他觉得自己让湘九分管这一摊工作，实在是太正确了。

　　湘九的神经是从这一天夜里开始变得高度敏感的，他确实被吓坏了。闭上眼睛，他就梦见自己在写引咎辞职的报告，睁开眼睛，他又看到了氢氟酸泄漏的白色烟雾。早晨起来，他的眼睛旁有一圈黑晕，像熊猫一样，走路也摇摇晃晃。

　　睡眠严重不足的他捧着脑袋去问阿沃："阿沃，我他娘的真快被整死了，你说我该怎么办？"

　　阿沃满怀同情地看着他，叹了一口气，说："你去找省委书记吧，求求他，帮你换个单位。"

　　阿沃说："你可再也不能如此清高了。"

　　这个主意不太高明，湘九嗤之以鼻。省委书记跟他说过，要看到在国有资产经营领域反腐败斗争的艰难性、复杂性和长期性。省委书记日理万机，管不了他的神经衰弱。湘九不会愚蠢到去他那里诉说龙某人对自己的不公平，这个世界上不公平已是常态，讲公平反倒成了人间笑话。

　　幸亏有阿春陪着他连轴转：制定和完善各种安全生产的规章制度，各级企业"一把手"签订安全生产责任书，按照"四不放过"的原则处理事故，跑各个相关部门拉关系，努力将影响缩小到最低，等等。有的部门和媒体真是牛啊，简直可以说是闭门不见，从门里扔出一句话：早两天干吗去了？湘九结结巴巴说："早……早……早两天我还没……没管这摊子事情呢！"

有一天，在某家媒体，一个发表扩大事实和后果文章的记者部主任出言不逊，终于将他惹火了。湘九跑到总编辑办公室，将自己的真名实姓亮出，他说："你们约我的稿子时是什么态度，现在又是什么态度？"

"我当战地记者时你这位主任还在哪里上学？师大新闻系？早十五年，我就是这个系的兼职教授了！你没听过我的课？没听过我的课你也是我的学生。我这个老师对你的作业很不满意，你应该及时订正！"

哭笑不得的总编辑和主任将他送出门时，湘九接到一个电话。总编辑和主任看到他的脸色变了，变得十分无奈。从他恭敬的语气不难想象，对方应该是一个比他大得多的领导。总编辑和主任幸灾乐祸地相视而笑。他们听到湘九一迭声说"好好好，我马上就过去"。他们想，你牛什么牛啊，出了事故你还提什么教授不教授的，就是校长你也完了。再说，不把事故写得更严重一点、更可怕一些，媒体竞争如此激烈，我们拿什么搏人眼球？

而湘九却愁眉苦脸地站在人行道上发呆，打来电话的是王副省长。

领导总归是领导，哪怕他当过车间技术员，哪怕他当车间技术员时你已是车间主任。湘九站在楼道里等待秘书去请示王副省长，他耷拉着脑袋，感觉自己回到了童年，因为闯了什么祸，正在校长室门口听候传唤。

秘书出来了，很同情地看着他。秘书说："别太紧张，领导对你还是挺不错的。"

湘九轻轻地推开门。

王副省长看上去与上个月坐在台上时并没有太大区别。湘九仍然按照军队养成的规矩，先敬礼，而后才坐下来，将自己这些天处理事故的大致情况讲了。其实，眼下不过是形式罢了，因为具体的报告，前天他就送到了办公厅。

想到这份详尽报告送到的时间，湘九心中一动，看来这位省领导真是很照拂自己。在听说事态之严峻后，没有大动肝火，而是给他了解前因后果和作出补救措施的时间。若是别的领导，很难说会不会这样做。不管三七二十一，先把下属声色俱厉地整一番，将自己的责任脱卸了，这样的上级他已经见得多了。

王副省长听了他的汇报，问了两句报告上没有的话，他都一一作答。

王副省长点了点头，看着他说道："虽说你以前没管过这一摊，接手的时间又短，但是身为分管领导，难逃其职！既然接受了这份职责，你就得懂得这个业务，挑得起这个担子！如果要处分你，你可心服？"

说到这里，他拉下了脸，看着湘九，竟是微微有些恼意。

湘九心中叹息一声，不懂这个业务就能推掉这份担子吗？集体研究组织需要，哪里有他推卸说理的份儿？冤不冤啊，他一个军队转业的干部，难道就能因为这个不服从主要领导人么？为何您这个分管领导不换个角度想一想呢，自己这般冲锋陷阵，不是也为您在排忧解难么！

然而，实在是没地方说理去。张某人只是乖乖地应道："心服。"

听着他也不辩白一句，王副省长皱起了眉头。他冷冷地笑了，又说："这就服了？你春节前即将放假时才被分工管理安全生产，当天就布置节日安全工作，到放假结束，你几次检查、督促、指导值班人员和节日安全，虽说不是尽善尽美，但也没有大的纰漏。长假后第一天，化工厂发生事故，苗头早就有了，隐患在你前任手里已经存在。这论起原由来，与你有何干系？"

湘九的脑袋已经有些迷糊，说要罚的是他，说自己没有干系的也是他。这位老领导说话翻来覆去的，到底是什么意思？

王副省长从办公桌后面走出来，踱到了窗前，久久无言。终于。他又冷哼了一声，没回头，缓缓地说道："处分就算了，但是你得接受教训！干这份差事，不像干其他工作，没有什么成就感可言的！你总不能说今年少死了多少人，这是你的功劳吧？若是再出什么事故，那就不是我能帮你的了！你得时刻记住，这个位置你看来如同鸡肋，想坐的人却还是不少呢！你是学文科的出身，你们班子里学化工出身的有的是，但是人家就是要你来挑这副担子，你又接受了，你还能怎么办？你只能兢兢业业去学习，如履薄冰地去做，你明白吗?！"

说到最后，王副省长的脸色已经是一阵青一阵红。

湘九只是无语。

他又在心中叹了一口气。他明白了，这位老领导心中，其实也是郁闷得很。

十三

两家集团合并两个月零十六天的磨刀霍霍

二〇〇四年三月十六日。

湘九在新材料公司办公一整天。高粱将公司并入基建所以后遇到的麻烦向他汇报，所有的麻烦都跟龙显有关。为了操作龙晟公司的"免税项目"，新材料公司的注册资本竟然增加了六七倍。运作资产达几个亿，不能不引起税务部门高度关注，一次次的询问与检查，搞得会计出纳筋疲力尽。高粱兼任基建所副所长，公司利润进入大账以保证所里盈利。员工的收入却被要求降下来，向所里看齐。

天气很好，阳光照在他们身上，他们却哭丧着脸。小赵说："张总您再也不要提我的阳澄湖大闸蟹了，我买不起了，不可能再送到您家去了。"小赵在原先的公司被龙显撤销后，差点下岗，湘九将她保下来，到了高粱这里。她说起丈夫与正在上大学的女儿，眼泪止不住地淌下来。湘九不忍看她的脸，他想起原阳中集团那些被剥离的员工，那些大半辈子跟着丈夫北上南下献身国防的家属，他的心，在小赵的饮泣声中一阵阵抽紧。

他跟基建所班子商量，新材料公司为所里作的贡献摆在那里，要考虑历史，只要不是相差太大，收入差距应当容许逐步缩小。"关键是提高整个所的水平，而不是让别人降下来。"他说。

"龙董事长不是这样说的，"半晌，一位所领导嘟哝道，"他说新材料公司的财务都要上交呢。"

湘九问他，新材料公司是不是独立法人企业？该不该按照企业法规运作？法大还是某个领导人的个人意志大？他看着他们面无表情的脸，知道人家心里不以为然，他的火气一步步上升。"我是这个所的法人代表，我说的话我负责。"他说。

他不想得罪人，又不能不得罪人，不得罪依附于强势集团的人，就会得罪弱势群众。

湘九在延定巷五十四号长大，那是一个有七十二家房客的大杂院。童年的乐趣是在煤渣铺成的巷路上打弹子，头上挂满滴着水的衣服和尿布。

昨天他刚去过化工研究院，在那里见到一位副院长，别人叫她桂大姐，她叫他湘九大哥。湘九有一种熟悉的感觉，他打量对方，想起了那一年。

那一年他十五岁，第一次从插队的农村回城。延定巷五十四号门口有个自来水龙头，一条巷的人都从这里挑水吃，他看到一个十二三岁的小姑娘，挑起一担水，站都站不稳了。他走过去，接过她肩上的扁担。姑娘的脸红得像喝了酒，她怯生生地说："谢谢你，大哥。"

桂枝的家住在延定巷六十五号，她的外公是居民小组长，这个职务从前属于湘九母亲，红色风暴降临中国大地时，母亲别说当居民小组长，就是当公民的资格也被取消了。桂枝的外公看到湘九挑着水走进他家，把水缸先洗刷一下，然后倒进去，老人家的双手颤抖不息。他悄悄地问湘九："你母亲还好吧？叫她一定要多保重身体，这种日子迟早会过去的。"

母亲告诉湘九，礼失而求诸野，当我们跌落社会的最底层时，能够帮助我们的正是这些引车卖浆者。他们善良、勤劳、朴实，有同情心。"仗义每从屠狗辈，负心都是读书人"，这是母亲的切身体会。

母亲曾经救助过多少读书人？帮他们逃离军统的追捕，送他们去根据地。母亲重新见到他们时，他们骑着马，坐着吉普车，带着警卫员，他们中并不在少数的人却已经不认得她了。母亲的体会中带着血。

湘九宁可得罪同僚，不得罪老百姓。他将为此付出新的代价。这次谈话三个月后，二〇〇四年七月七日，龙显在集团董事会上宣布，免去湘九兼任的新材料公司法人代表、董事长职务。湘九说："我请求同时免去我兼任的基建所法人代表一职。"

龙显却不同意。龙显说："这个职务还是你担任，但是你不要再管那里的经营业务了，放手让所长去干。"湘九说："所长是搞政工出身的，不熟悉经营业务，这样下去恐怕要走下坡路。"龙显说："你过去是搞什么的？我知道你搞过文的也搞过武的，却没听说你还从过商么！"

湘九知道这是一个"局"，明明知道基建所从此会走下坡路，龙显不惜这点代价，将来可以嫁祸于他。湘九写了一份这次会议的《备忘录》，将会计事务所对基建所刚做的效绩报告作为附件，一并交给了国资委派来的监事。报告上对基建所的综合效绩评价得分为良好。其中偿债能力和发展能力处于优秀水平。监事说："张总您没必要搞得这么郑重其事吧？"湘九说："一年后你就知道有没有必要了。"

从二〇〇五年下半年开始，基建所果然经营状况不佳，效益下降，龙和龙的喽啰们同时对这次会议选择性遗忘，向他口诛笔伐。湘九的面前，眼看只剩下一条通往风波亭的路了。监事找出这份《备忘录》，交给了国资委领导。省国资委的书记看完《备忘录》后，沉默了半晌，大气长叹。他说："我看过湘九的履历，参军前他就是分管经营业务的厂长助理、副厂长，我想他怎么会一点不懂经营呢？原来有人为了整他，居然不惜搞垮一个单位啊！"

搬起石头砸自己的脚，这条龙失了手。省国资委主任说，这个集团究竟是班子不团结还是另有原因，颇费人思量啊。

这种手段太卑劣，不能不使人联想到更深刻的背景。国资委领导的心目中，这条腾云驾雾的龙，正在一步一步露出马脚。

新材料公司的财务不能上交，这不仅违反法规，还涉及龙显可能篡改账目掩饰龙晟公司下属企业抽逃注册资金及税务等问题。

湘九在下班之前回到了集团，打算找康总认真谈一谈。不管他愿意不愿意插手此事，湘九都要跟他谈。他要告诉康某人，有些事情是不以人的意志为转移的，愿意不愿意你都必须面对，这是你坐在这个位置上必然要作出的选择，是你的命运，你怎么也回避不了的。

除非你不当这个总经理。

湘九走出电梯时停下脚步，愕然看到有人在敲他办公室的门。是龙显。

"你找我？"他问。

龙显转过身，脸上笑眯眯的。

"是啊，你去基建所了对吗？"

湘九打开办公室的门，坐到椅子上去。

"去了，"他说，"我对你要新材料公司上交财务有不同看法。"

"这件事可以再商量。听说你昨天还去了化工研究院，有什么看法？"

龙显递给他一支烟，湘九接了。他想了几秒钟。

"挺好的。"他说，"挺大的院子，对面是西溪湿地，风景独好。"

"如果将它搬迁了，开发房地产，集团的效益一下子就会上去。"

湘九又想了几秒钟。"化工集团过来的人可能难以接受，"他斟字酌句地说，"毕竟在那里半个多世纪了。"

"那就先改制，让控股方去操作好了。集团只是帮助协调一下。"

一截狐狸尾巴露出来了。湘九缓缓地吐出一口烟，沉默。

湘九说："你想叫我不投反对票是吧，条件是保留新材料公司的合法权益？"

龙显笑笑。

"别说得这么难听。"他说，"你总归也是老班子的人么，合并了，今年的效益对企业和个人都很重要。前三年的考核被国资委卡了一下，我感到很对不起你们。"

龙显的态度，貌似很诚恳。

从二〇〇一年到二〇〇三年，原班子每个人都交了风险抵押金，考核时却发现效益远低于已发的奖金，从老婆那里拿来的风险抵押金都成了罚金。

这件事，要等到又一个三年后才真相大白：国资委审计出一大笔属于集团的利润被龙显和王妤明藏在了龙晟控股的一家私营公司。

目瞪口呆的不是一个人：如果只是坑了湘九，似乎还好理解；他们却连阿沃、连方书记也一并坑了，让副职们都白干了三年。

这对男女，实在是寡情薄义。

你打算让谁去控股，化工研究院的职工们吗？湘九想，从切身利益出发，也许他们能接受吧。

"好处都给他们，合并还有什么意义？"龙显赤裸裸地说。

也许，他以为张某人已经被他说动了心。

"那还能叫谁呢？"湘九不解地说，"总不能让外面的公司来吧？"

他看着龙显，龙显也看着他。

龙的眉头皱紧着，似乎在对他作最后的判断。一支烟抽到头了，湘九猛地哆嗦一下，扔掉烟头。

龙显点点天，说："让龙晟房产投资公司去干，让它去控化工研究院的股！"

疯了，他真是疯了！

湘九的脑袋，一片空白。

二〇〇四年三月十六日，两家集团合并才两个月零十六天。

两个月零十六天，这条觊觎已久的龙，已经迫不及待。

湘九吃不下晚饭，他坐在书房里，耳边始终回响着磨刀霍霍的声音。

成立于一九五〇年的化工研究院，是本省规模最大的科研开发类院所，是国家南方农药创制中心的江南基地、国家消耗臭氧层物质（ODS）替代品工程技术研究中心以及省里氟化工工程技术研究中心的依托单位，也是省化工产品质量监督检验站的依托单位，承担着全省化工产品质量监督和检测任务。也是本省区外高新技术企业和国家火炬计划重点高新技术企业。

设有博士后科研工作站的化工研究院，占地面积四十万平方米，下属科研开发中心、进出口公司、五个二级实体、五个控股公司、五个参股公司，其部分产品具有国家战略意义。

这样的单位若是被"空手套白狼"，何以面对半个多世纪来本省化工界的前辈？

只要想一想半个世纪前，第一任化工研究院书记是省委工业书记兼任，就知道它有多少分量了！

湘九一次次拿起电话，又一次次放下，龙某人既然找了他，必然也会找康总，如果康总都不急，自己急什么？

锅子里不滚汤罐里乱滚，岂不惹人嗤笑？

一个钟头过去了，两个钟头过去了，他像热锅上的蚂蚁，站起来坐下去，心乱如麻。

墙上的挂钟嚓嚓地响着，九点多了。

他终于下了决心，又一次拿起电话。

电话是康总夫人接的，她说老康还没回家。

没人知道，这一天从下午到晚上，康总在化工研究院呆了多久。湘九将电话打到桂枝家，她说下班离开时，她听到几位老者还在康总的办公室慷慨陈词。化工研究院有许多老者，享受国务院特殊津贴的老专家可以摆几桌麻将。桂枝说她没听清他们在说些什么，湘九请她给平时走得近的老人打个电话。

桂枝回电时声音颤抖得很厉害。她说："张……张总不……不对了，几个老同志气得没吃晚饭，在写……写信。"湘九说给谁写信，什么内容？她说不知道，他们不告诉她。他们气冲冲地向她嚷道：败家子，一帮败家子！几代人的心血和积累，都要败在你们手里了！

湘九笑了，笑得鼻子酸酸的，想落泪。他知道这些老人的分量。这些老人有许多学生和部下，当官的也不少，从中央到省、市都有。假如龙显站在他们的对立面，他将会很累。至少，比对付湘九要累上十倍吧。

康总的回电终于来了，老康说："张总你找我有什么事吗？"

康总的声音淡淡的，仿佛什么事也没有发生过。既没有龙显以改制名义找他，向他提出让龙晟控股，更没有离退休老同志们听说此事后的强烈反应，仿佛他下班后就回家了，刚才只是出去散步。

湘九说："董事长下班前跟我谈了化工院的改制问题。"老康却立即打断了他的话。他说："改制是好事啊，具体的改法么，会上再研究吧。"

湘九感到他的戒备，心中有些忧伤。放下电话，他坐在书房里沉思良久。夜风把窗外的树木吹得瑟瑟地响，后来又淅淅沥沥地下起了雨。他上了床，在雨声中辗转反侧，想想倒也可以理解：康总对自己毕竟还有一个了解的过程。

湘九想，上级让他当总经理是有道理的，至少，他比自己懂做官的窍门，懂得多多了；不动声色地借助外力顶住龙显挑起的第一个回合，这无疑就是一种本事啊。

匪夷所思！

匪夷所思！！

龙显在办公室咆哮，在会议室咆哮。他的脸色像吞了一包水泥那样难看，五脏六腑都扯裂了似的。他龇牙咧嘴。他摔杯子。

化工研究院的老干部老专家联名上书，坚决反对龙晟公司控股，他们说欢迎真正的改革，但是，强烈反对莫名其妙地将这样一家于国民有重要意义的单位变相贱卖给私营老板。

省委书记批示：要尊重他们的意见。

龙显忍了。他忍得好痛好痛。忍得血压高血脂高。

忍得很辛苦。

从春天一直忍到了夏天，他策划出一个新主张。

前面已经说到过，他要将化工设计院转让给那家以大学名义注册的股份制公司。

设计院是集团下属一家赢利能力最强的企业。

龙显改变了策略，他将设计院的董事会成员叫来，一个一个做工作。他说"其他人都同意了，就看你的态度了"。他对每个人都这样说。

每个人都很痛苦，都犹豫再三。

每个人都受到暗示：不同意的话，你的位置、你的工作将会不保。

最后，每个人都表态说："既然其他人都同意了，我也没有意见。"

水到渠成了，龙显要他们作出董事会决议。

这个过程中，湘九只做过一件事。

高粱发现在这家以大学名义注册公司的股东名单上，龙显和王妤明赫然在目，一个是副董事长，一个是董事。

高粱把这个发现告诉湘九。湘九告诉班子里那条看上去很正气的壮汉。没想到，此人向龙显汇报了湘九们的发现。

工作都做妥了，龙显并不以这个发现为然。

湘九只好再告诉老陈。

老陈是否转告给了设计院的董事们？湘九不知道。

金秋十月，丰收的季节，龙某人心里甜滋滋的。他觉得其实谁也奈何不了他。一亿两千万的国有资产瞒着你们打入这家公司怎么啦？我和王妤明早就当了那里的副董事长、董事又怎么啦？设计院还不是照样被我转让了？！

机要秘书匆匆地敲门进来："董事长，设计院的决议送来了！"

龙接过去浏览一遍，蓦然变色。

在每一个董事都签了名的决议上，白纸黑字地写着"不同意转让股权"！

对他来说，确实匪夷所思。

他扔掉这张纸，像扔掉一个阴谋。昨天的世界变得那么遥远，一切都隔着一层厚重的烟雾。

他不怕湘九，湘九是军人脾气，明刀明枪。自己策划于密室的事情干多了，他怕别人也策划于密室。是谁如此阴险，竟然让他阴沟里翻了船？

联想到老干部老专家们写的那封信，他似乎有所醒悟。

昨天，他还找过设计院院长，院长说董事们都同意的话他也同意。而今天，决议上第一个签名的就是这位院长。

他的印象中，这位院长不是一个敢说敢干的人。

那么，谁是他的后台？

谁是他们的后台？！他坐在会议室问各位班子成员。

匪夷所思！他不断地重复着这个词。他厉声说："一夜之间，怎么可能所有人同时推翻了自己的承诺呢？这些人还有什么信用？朝三暮四，还怎么能够叫人相信？！"

他拍着桌子。他全然忘了自己。究竟是谁首先欺骗了大家？不但隐瞒了自己早已成为第二大股东的事实，隐瞒一亿两千万元国有资产的去向，还要把设计院再装进去。

康总经理面无表情地看着天花板。好像那里有一只蜘蛛网。其实没有。

自己吐出的丝网住自己。

湘九也看着那里。想象着。品味着。

这个十月确实有点不寻常。

二〇〇四年十月二十二日上午，金处长遇到了让他更加惊讶的事情。他走进陈副总办公室，请他在一份"董事会决议"上签字。陈副总很认真地看了一遍，三个字冲口而出：我不签。金处长一时反应不过来，他以为陈副总在说笑话。

陈副总说："真的，我不能在这份决议上签字。第一，董事会并没有议过此事。第二，由集团担保，让化工研究院借五千万元给龙晟公司使用，这不是小事。它为什么要借这笔钱？用在哪个项目，有没有可行性研究？本人一无所知。第三，龙晟公司是股份制公司，资金拆借应该同股同担，凭什么总是由国有股东独担风险？"

金处长呆呆地看着他，像龙某人一样匪夷所思。朝三暮四的表现他们已经领教，当场驳回还是第一次遇见。陈副总将"董事会决议"送回他手上说："你还站着干什么？快去汇报呀。"

金处长说："我们以前都是这样操作的。"陈副总说："以前就没有不同意见吗？"金处长说："张副总提过，但是，他是少数，少数服从多数么！那就好，现在又多了我，再说，真理往往在少数人手里。"陈副总苦笑着说："几千万、上亿的国有资金，这是马马虎虎就能签字的事吗?!"

对于湘九来说，这无疑是一个重大新闻。如果说以前只有他一个人在孤独地抗争，那么，今天他终于有了同盟军。他马上去找老陈。门是虚掩着的，老陈正对着一厚本公司财务资料冥思苦想。湘九说："你看这些资料恐怕发现不了什么。"老陈说："那倒不一定，我在原化工集团是管财务的，只要认真研究，蛛丝马迹总会漏出一些吧。"

湘九傻傻地看着这位中科大毕业的教授级高工。因为自己的学历低，他素来对这样的知识分子怀有敬畏之心。老陈说："你傻傻地看着我干吗，你不是也发现过不少问题吗？"湘九站起身，给他的茶杯续满水，恭恭敬敬送到老陈面前。"拜托您了，"他说，"您比我懂，一定能够找出更多的问题和证据，这个集团的国有资产不能再这样流失下去了！"

办公室里那一刻很安静，老陈若有所思地看着他，一只手神经质地敲着桌上的玻璃台面。不仅是办公室，整个世界也寂静无声。湘九的眼里有了一些湿润，他忘不了这几年孤独的历程，他艰难地寻找利益集团的犯罪证据，而所有的门都向他关闭着。他期盼有人进入同一条战壕，却一次次失望，现在终于等来了老陈。如果说湘九冲锋在前，老陈应该是掩护他的第一挺机枪。在这个意义上湘九将永远感谢老陈给予他的支持和信心。

老陈是个靠人民助学金读完大学的穷学生，如此经历的人大多有感恩之心，感谢国家感谢社会，对于侵吞和掠夺国有资产的利益集团具有本能的警惕与反感。老陈听说湘九是将门之后，以为他从小喝牛奶长大，他跟龙某人的斗争骨子里是没落贵族与暴发户的意气之争。看到湘九在基层、在化工厂的车间里奔波，看到他与各级企管和员工很快地打成了一片，他觉得这家伙不错，有点军队作风，也就如此。今天他有了一种全新的认识。他接过茶杯，双手情不自禁地竟有些颤抖，他说："老张你的话见外了，这是我们共同的职责！"

当金处长把陈副总的话汇报给龙显时，龙显先是惊愕，过后他就找来王妤明，跟金处长一起赶到了某个宾馆。

宾馆里已经有个律师在等候着。这个律师绝对是个人物，担任他俩的法律顾问十来年了。这个律师不仅是他们的律师，还是合伙人，一起策划洗钱、发财，替他们也替自己寻找法律的漏洞。律师说，镇静，首先要镇静，请记住，世界上没有任何不可辩解的罪行！

律师给了他们信心。"陈副总要看审计材料和可研报告，那就让他看吧。"律师老谋深算地说，"审计报告是根据什么出的？根据咱们提供的财务资料！咱们提供的东西还怕什么？我不信审计事务所都找不出毛病，他还能找出什么大问题来！"龙显说："你说得很有道理，首先要稳住自己的阵脚。"律师转过脸去对金处长说："这就对了，小金你先回去认真看一遍可研报告，这五千万元一定要及时到账！"

后来王妤明说她真的很害怕。律师将大西洋和加勒比海之间的某个岛屿说成是当代冒险家的乐园，人民币换成美金漂洋过海，他们就像进了保险箱，不，进了天堂。

王妤明看到一片神秘莫测的黑海洋。龙显那样信任律师，她尽管疑惑也无话可说。她将自己陷在沙发里，脸色苍白，无望地看着龙显。律师走了。龙显将她搂进怀里，他对她说："别怕，谁也想不到我们还有这一手。姓张的是个土八路，姓陈的只是一个书呆子。"王妤明摇了摇头，她说："我怕，我觉得我们像是坐在一艘小舢板上，在黑夜的海面上飘荡。连个航标灯也看不到。"

那天夜里，他俩留在了这家五星级宾馆的商务套房。按照龙显后来的说法，他俩的关系到了这一步，性已经变成次要的了。他俩一起洗了澡，女人从LV皮包里摸出一瓶法国香水，先给自己洒一遍，又往他身上洒。龙显说："别洒了，明天让人闻到不好。"王妤明说："谁闻到不好？你老婆吧！"龙显钻进被子说："谁闻到也不好？"女人突然就生了气。她说："你是不是嫌弃我了？是啊，我老了，脸上的皱纹已经抹都抹不掉了，但是你不要忘记，我是二十八岁那年遇见你的。二十八岁啊，我的人生，就莫名其妙地走上了这条歧路！"

龙显绷紧身子，他觉得自己的身体正在一个更年期女人的怨气中一点点萎缩。女人细长的双手在抚摩他，湿漉漉的有汗水、有泪水，也有香水。他的身体开始很僵硬，后来却越来越松弛，不仅他自己感到茫然，女人也感到了茫然。她说："你到底怎么一回事？是不是到另外的女人那里去过了？什么女人，那些小姐吗?!"男人举起双手，说："没有。我向你保证，没有。"女人的冷笑像锅铲刮着锅底一样尖锐刺耳。女人说："你骗我，你一次又一次骗我！"

龙显感到奇怪，他这条自认为升则飞腾于宇宙之间、隐则潜伏于波涛之内、胸怀大志、腹有良谋的龙，却对这个女人总是如此无奈。他的心在想着雄起，他的身躯却不听使唤。汗水湿淋淋地淌遍了他的全身，他的泪水不由得也流了出来。

穿窗而入的月光照在这一男一女身上，将他俩拉长拉扁了，显得奇形怪状。龙显累了，闭上眼睛休息。他听见女人轻轻的哭泣声，还夹着一些提心吊胆的话。女人说："姓张的不是土八路，他上过军艺，跟许多名人和明星是同学，这些人能量不小呢。姓陈的也不是书呆子，书呆子能当上厅级干部吗？何况，他女婿是市公安局刑警支队的副支队长。"

龙显睁开眼睛，说："你从哪里搞来的这些情况，可靠吗?"女人说当然可靠。

龙显再次搂住她。女人水蛇一般盘在了他的腰上。龙显说："那怎么办呢，难道我们半途而废？"女人愣了愣，坐在他怀里一动不动。过了好长一会儿，女人才说，走到这一步了，怎么还能半途而废？只能是走一步看一步了。

空气里弥漫着贪婪和畏惧的冲突，前者还是占了上风。女人从床上下来，去卫生间擦干了眼泪。她回到男人身边。她穿着一件粉红色的睡袍，在束腰带的臀部那儿有点皱，胸部露出白晃晃的一大块。她的嘴唇红艳艳地又补了一层唇膏。她再次扑进他的怀里。她说："好了，不说这两个讨厌的家伙了，你还在想什么呢?"

龙显把手伸进她的睡袍，希望自己能够不再松弛。但没能做到。他叹了一口气说：可怕的恐怕不仅仅是这两个人啊!

"还有谁啊，"王妤明说："你是否想得太多了?"

龙显把手从她的睡袍中拿出来，在空中画了一张瘦瘦长长的脸，又画了一副眼镜。

"他?"王妤明吃惊地捂住嘴。

她说："他不是刚提拔上来的吗，怎么可能?!"

十四

公安部老朋友的提醒和警告使他觳觫

高尔夫俱乐部坐落在之江的一个岛屿上，四面环水碧波荡漾，只有一条长堤可以上岛，隔绝了城市所有的喧嚣和纷扰。一般人不太知道这个地方，知道的大多是富人。这是他们休闲、娱乐，或者密谋的理想去处。这里能为客人提供一切服务，只要你口袋里有足够的人民币、美金或者欧元。保安与退役警犬把守着入口处，同时在领地中不停地巡逻。一张俱乐部金卡的价钱，可以让一个平民家的孩子从小学读到大学毕业而不再为学费生活费操心。万一有紧急情况，保安一个报警电话打过去，里面很快就可重新布置一番，例行公事的执法部门所看到的一切，便会绝对"OK"。

小姐们个个丰乳肥臀花容月貌。球童在绿茵场上如羚羊般奔跑。两个皮肤黝黑的男子将白色的小球打上天空时，有两个涂脂抹粉的富家太太在远处看着，情不自禁为之鼓掌，咯咯的笑声远远传过来。

关某人放下球杆抹了一把汗。这是离他们所在城市不远的郊区吗？这里跟欧洲跟美国好像没什么区别。

龙显说："累了吧，休息一下。"

他们走向长廊下的咖啡座。一位小姐迎上来，妩媚的眼睛水波横溢勾人魂魄。她看着高大健壮的关某，关某却看着那位个子比他矮、皮肤比他更黑的龙董。龙董对小姐说："怎么，看到帅哥就忘了我啦？来两杯卡布基诺吧。"

小姐羞涩地低下头，飞快地跑到吧台边去了。关某略显尴尬地笑笑。龙显坐下了，他才坐下。他说："龙董，您让我当这个董事是否太显眼了？"

"怕什么？我就是要你显这个眼！"龙显接过小姐送上的咖啡说，"我得让所有的人明白，跟着谁才有好果子吃！"

从二〇〇四年冬天到二〇〇五年春天，龙显在几次班子研究人事时提出：一是让关某将那家集团下属大公司的董事长和总经理一肩挑，二是担任那家以大学名义注册的公司的独立董事。

刚和关某一起出国回来的湘九踌躇良久，还是提出了不同看法。从国家国资委到省国资委都有明确规定，国有企业董事长和总经理必须分设。至于独立董事一说，更是笑话，按照法规，独立董事不持有实际股份，而在该公司的股东名单上，关某已然是自然人股东。

龙显的解释是，对方持股50%，集团持股49%，为了有利于集团参与决策，需要一个双方都能接受的自然人持股1%。

"为什么非得选择他当这个董事呢？"老陈说。

"因为他是这所大学毕业的。"龙显回答。

作为一个重感情的人，湘九其实很不愿意否定关某人，如果不涉及他和龙显的关系，他们在出国期间相处和谐，已经建立了友谊的基础。湘九有个早年的朋友，跟关某也是朋友，朋友打过招呼，希望他们彼此关照，互相支持。但是，龙显的解释太荒谬，简直将老陈和他当成了富春江里的土鳖。

湘九不能不回应。他说："我不是这所大学毕业的，但我却是这所大学十几年的兼职教授了，为什么不选择我呢？"

阿沃忍不住笑了。康总也笑了。这一回，他笑得很明显，好像已经知道龙某人对他的看法，既然如此，他也就无所谓了。龙显为他们的笑声所激怒。他蛮横地对湘九说道："对方不信任你！"

湘九仰头思考了片刻。

"我跟对方没有任何交往，"湘九说，"我想不应该是他们，而是你信不过我。"

龙显对此不屑一顾。

他已经打算不管他们同意不同意，都要将自己的意志贯彻到底。否则，自己还当什么"一把手"呢?

后来的日子,他确实常常这样做。办公室主任是他的老部下,机要秘书绝对听"一把手"的,公章掌握在他们手里。必要时,他们可以先斩后奏,或者,斩了也不奏。

"听我的安排没错,"龙显安慰关某说,"你问问你哥去,我什么时候亏待过真心跟我走的人?"

几乎没有人知道,关某的哥哥就是阿涛,那个将公司卖给了集团又卖出去,然后悄然离去的人。阿涛是小个子,小个子比大个子更聪明。一进一出,原始积累有了,他不再露面。而他的弟弟正在一步一步走进去。

背靠大树好乘凉,谁是大树? 自然是"一把手"了。关某向龙董事长抱愧地笑起来。他的眼中开始显露期待。所有人都会期待更多的权力、更稳固的地位。他是所有人中间的一个,叫他不期待是不现实的。

他以一种舒畅的情绪放眼球场。他看到球道穿过沙丘之间平缓的山谷向外延伸,之后再返回起点,充满了大自然的魅力。龙显向他封官许愿:"好好干,下一步提你当集团总助、副总。只要改制成功,有些人肯定呆不下去,那样的话,你当总经理也不无可能啊。"

"你也是化工方面的行家,你比他更年轻,我看好你。"龙显说。

这个"他"是谁,龙董事长没有明说。他知道关某人明白。

关某确实明白,他知道龙董需要他,需要一个比之其他马仔更专业的人。

你愿意做这样的人吗? 他想起了湘九说过的话。

那时他没有回答。

现在,他也没有回答。至少在嘴上没有。

他在心里回答。"我为什么反对?"他对湘九说,"毕竟,这是在中国啊,不是在异国的海滩上,在中国,哪个地方哪个单位不是'一把手'说了算的? 我不听他的还能听谁的?"

神话在这样的环境和氛围中成长很快。江面上正在涨潮,人的欲望也在上涨。这是春天,花儿竞相绽放的季节。两个富家太太走过来了,看上去更像是二奶,打扮时髦，风姿绰约。她们的手里也拿着高尔夫球杆，其中一位跟他们打招呼了，"这不是龙董吗！"她说，"两个星期没有见到您了，听说您在忙着改制。有什么发财的机会，跟我们打个招呼哦！"

关某瞧着龙董事长哈哈大笑的神态，他也呵呵地笑起来。他向吧台边的小姐打招呼，他说："哈啰，再来两杯卡布基诺！"

龙显提出让阿季担任上市公司董事长时，康总终于公开质疑。康总说："集团加上利益一致的关联公司，我们不是相对控股吗？既然如此，集团有那么多管理人员，为什么要将权力交给一个连档案也找不到的人？"

湘九盯着龙显，当时他正侧面向着他，他看到龙显的太阳穴上有一根血管在搏动，像一柄锤子在急速而不均匀地锤打一般。过了好一会儿，这柄锤子才放慢速度，龙显说，因为阿季是大股东。

虽然，当时阿季的老婆还没有跟他闹离婚，他的公司注册资本来自何处还没引起湘九们怀疑，龙显说他是在股市上发的财，他们姑且相信他。问题是股市上发了财的人不少，龙显为什么单单选中他？龙显说他是北京大学的硕士研究生，湘九们怎么看也不像。阿季还有一本新西兰绿卡。老康跟他用英语聊过两句，阿季疑惑地说："康总您说的是义乌话吧？义乌话跟我们东阳话比较，有些发音是不一样的。"

会议开了一上午，湘九、老陈始终不投赞成票。他们说："康总的疑问有道理，我们深有同感。"湘九不清楚老陈是什么想法，他的想法就是要将康某人逼上梁山，不能再让他退回去。

快到中午了，康总说："我看，龙董事长您还是继续亲自兼任上市公司董事长吧，这样大家都放心。反正您也兼了不少年、不少公司的董事长了。"

如果没有后面那句话，龙显还能当康只是出于公心，对他也很信任。后面的话让他脸色铁青。反映他问题的信上就有这一条：龙某将龙晟系列的子公司孙公司董事长都一身兼了，针插不进水泼不进。高度的警惕性使他暂时放过了湘九和老陈，转向康总经理。他的太阳穴上，那柄锤子又急速而不均匀地锤打起来。他冷冷地哼了一声说："下午继续开会。"

湘九刚回到办公室，电话铃声骤然响起。打来电话的是上市公司书记，请他"吃个便饭"。湘九看看窗外，太阳没有从西边生起。湘九说："吃什么饭啊，要不你上我办公室来，我给你要一份盒饭！"书记说："春节前就想请您了，您总说没空，今天无论如何您得来！"湘九说："为什么，为什么非得请我吃这餐饭啊？"书记说："就为了去年夏天您帮助我们整顿物流，避免了多大损失啊，吃个便饭总应该吧？"

去年夏天这家公司的冷库出问题，大量库存药品面临变质。湘九闻讯在第一时间赶去，拍板调整物流，搬迁仓库，转移药品，改装设备。湘九还找他们的总经理和书记商量，提出新的思路，如何盘活存量资产，建设新的物流基地。盛夏酷暑，湘九来回奔走，一笔一笔给他们算账，一处一处提出整改。

湘九想人心都是肉做的，虽然书记是龙显带来的老部下，看着自己为他们殚精竭虑，也可能不免为之感动吧？

湘九觉得再坚持下去未免有些矫情了，吃一餐就吃一餐吧。

酒店就在附近。四星级。湘九走进包厢时微微吃惊，除了书记，还有一位竟是阿季。

"我女儿的同学啊！"湘九调侃阿季，"阿季先生，你是否该喊我一声叔叔？"

阿季的脸色因此更尴尬。他西装革履，伸出手时亮晶晶的不光有欧米茄手表，还有一枚硕大的钻戒。湘九说："您的导师是林毅夫还是吴敬琏？别跟我说瞎话，我跟他们都熟。"阿季说："都听过他们的课，都听过。"

书记赶紧岔开这个话题。书记说："今天主要是季董想对您表示一点心意，张总您可不要让我们难堪啊。"

"你什么时候成了上市公司的董事长？"湘九说。

"副的，"阿季说，"现在还是副的。"

"副的也该让我们知道啊。"湘九追根究底说。

气氛一下冷了，书记和阿季不知道说什么好。他们以为早已报告了集团，没想到龙显压根儿不说。书记回避这个问题，站起身向湘九敬酒了。湘九说："我不喝，下午还要开会。"

阿季拿出两个盒子。打开一个盒子时，尽管有了思想准备，湘九还是有些惊讶：

硕大的一支长白山野山参。那体型，那参须，那光泽，一看就是东北话说的：杠杠的，倍儿棒！

"我血压高，不能吃参。"湘九说。

"那就给您夫人补补身子。"

"我夫人也是高血压。"

"给您老岳母吧，"书记说，"老人家八十多岁了吧，该补补了。"

"我老岳母的血压更高。"湘九仍然摇着头说。

这餐饭，因此而吃得味同嚼蜡，桌上的菜肴无比丰盛，他们的胃口却不成比例。终于，湘九叹了一口气，说："你们也别难为我了，什么事情可以帮忙什么事情不可以，我有我的主意我的底线。我们的目标应该是一致的，都想把上市公司搞好，具体做法下午班子还要商量么！坦率说，我对你们没有什么成见，你们比我年轻，公司搞好了，对国家、集体和个人都有好处。但是我们不能搞歪门邪道啊。这不是跟你们打官腔，而是我的语重心长！"

书记哭笑不得地说："谢谢，谢谢张总的教诲。"

湘九带着他的语重心长回到会议室了，惊奇地发觉董事长和总经理看他的神情都有些意味深长。董事长的失望在他意料之中，电话比他走得更快，总经理就让他慌兮兮了。康总坐到他的身边，轻声说道："没喝多吧，不会动摇吧?"

湘九吓得差点跳起来。他想辩白，康总按住他说，开会了。

阿季的董事长终于没能当上，龙显继续兼任上市公司董事长。

开完会，上市公司的总经理老宋来了。老宋走进湘九办公室，关上门，递给他一个档案袋。湘九一摸软乎乎的，湘九问是什么。老宋说："你自己看么，不值钱的，我出国给您带来的一点小礼物。"湘九打开一看是件 T 恤衫，英国名牌 BURBERRY，再一看，衣服上还挂着吊牌，杭州大厦买的。

湘九送回去说："别折腾这些了，说吧，你想干什么！"

"我想辞职。"老宋气呼呼地说，"他对我不信任。"

正在喝水的湘九被呛了一口，差点喷他一身。

他觉得老宋的情绪实在有些可笑。老宋是个职业经理人，这家公司的资产没有划拨给集团之前，总经理就是他。龙某人凭什么让你当董事长？你跟他一起做过生意、一起炒过股，一起策划过原始资本积累，还是一起玩过女人一起分过赃？没有。没有你做的什么梦呢？你想让他信任你？他信任你就那么容易，那么有前途吗?!

"他宁可信任来历不明的个体户，也不信任我这个老国企干部！"老宋的眼睛都红了。

湘九感觉像坐在一个剧场里，看一场荒诞派的戏剧。老宋委屈的絮叨令他啼笑皆非。他满怀同情又无话可说。后来老宋有一句话引起他的注意，老宋说："我为他白担了那么多的干系。"湘九说："什么干系，说出来我帮你参谋一下。"老宋迟疑了一会儿却说，算了，说了也没用的。

那天晚上湘九在家门口的东河边散步，看晚霞满天，看水波不兴。他想忘记白天的纷扰，想将自己和夜晚融为一体，把心变得从容不迫一些，随它流浪或者放逐。但是总有一个声音在提醒他：老宋的话里有话。他的心因此而不能安静下来。

他给上市公司的办公室主任小孔打了一个电话。

小孔说："张总，我也想辞职。"

他很吃惊。他追问为什么。小孔对他比较信任，这或许跟她和她的丈夫都在军队干过有关。

小孔也犹豫了一会儿，终于说了。

龙显的资本运作如同污水处理厂，一个个虚假注册的公司如同污水处理池。去年曾经被工商部门查出一批，老宋和小孔四处托人，总算只作了罚款处理。没想到龙显因此而变本加厉。今年刚开始年检就查出了新的问题。当着工商部门的面，龙显却将责任推得一干二净。他说："我什么也不知道，宋总，孔主任，你们怎么能这样做呢？你们也太不把国家的法律法规放在眼里了！"

"他怎么能这样说？"小孔的声音抖得像风中落叶，湘九仿佛看到她满眶泪水。"事情都是他亲自向宋总布置的，那时，我就在旁边！"

"这个人的人品实在太差了！……"

"有没有他的亲笔签字？"湘九问她。

电话中传来一阵可怜的喘不过气的声音。

"没有。他从来不肯在这种档案上落下自己的笔迹！……"

天色暗下来,夜的模糊的光线照在湘九脸上,那里有一种粗鲁的、嘲弄的、愤怒的神情。他的一动不动的姿态,使人联想到雕塑。整整一个钟头在公园的寂静中过去了。他站起来,慢腾腾地走回家去。月光照在他的身上,无比清冷。

刚送走了大姐柳南,父亲的五十周年忌日即将到来。二姐说:"小弟弟你去不去,你不去只好我一人去了。"湘九说:"我去不了,海峡对面是否让我顺利过去是一个未知数,这里会不会批准我去也是一个未知数。"湘九出国出境要组织部审查,要分管省长批准,湘九从没因私事而出去过。

父亲的忌日是农历三月初六,二姐和二姐夫参加一个去泰国的旅游团,又从曼谷参加一个去台湾的旅游团,终于在这天抵达台北。

湘九想象六张犁公墓笼罩在一片阴霾中,父亲的冤魂抑郁地看着半个世纪后重新出现的女儿。当年二姐是个天真活泼的小学生,而今的她满头白发,比父亲离开人世时老得多了。

童年时家里有两张父亲的照片,一张照片上父亲身着戎装,大檐帽武装带肩上两粒金星,腰间斜挎一柄缴获的日军指挥刀;另一张照片上父亲抱着刚满月的湘九,慈爱的脸上挂满不忍分离的柔情。

有关父亲的记忆总是到此戛然而止,以后的岁月就成了一个谜。

其实父亲始终没有入土,他的灵骨躺在六张犁的骨灰塔上。在他离开人世的那个年代,六张犁是个令人悚然的地名,从绿岛走出来的囚徒,常常到那里被沉闷的枪声带离这个世界。

湘九想到父亲就想起了母亲和大姐,父亲在台湾她们在大陆,半个世纪后殊途同归。他们留给湘九的既是家庭的记忆也是中国的记忆。

可怜的湘九带着如此沉重的记忆,艰难地行走在自己的记忆中。

告别大姐是在天津郊外的殡仪馆,湘九乘着双休日来去匆匆。他带着不断增添的材料,又一次奔向北京。那时又佳和王槊都在华盛顿,王槊在约翰·霍普金斯大学读国际政治硕士学位,又佳在采访美国大选。湘九找的一位老朋友是公安部办公厅副主任，他不知道找此人有没有用，姑妄一试。

湘九在中原军营服役时，这位朋友还是一名刑警，作为一名文学青年，常常来拜访湘九。湘九介绍他加入了当地的作家协会。湘九是当地唯一的中国作协会员，他称其老师。记忆中最深刻的是一天黄昏，朋友开来一辆摩托车，童心大萌的湘九非要开上一回。就在军营门外的一条小街上，湘九慢慢地将油门加大，摩托车猛地冲上人行道，撞在墙上。

朋友的惊叫声回荡在他的耳边，他的眼前出现朋友后来的变迁。那是在电视上，中国第一部真人实景拍摄的警匪片，朋友带着他的部下侦破一桩文物失窃大案，惊动全国。朋友成了市局局长、副市长，再后来调到公安部，而湘九却一年年地走下坡路。

他们再也没有联系过。

整个下午湘九都在打电话，问114，问总机，问公安部办公厅，问他的宿舍。直到晚上，回电才到来。那时湘九坐在天安门广场附近一家小饭馆里，正在吃一碗白菜肉馅的水饺。他说："我是湘九！你还能想起我吗？"对方愣了愣。"咋想不起？"他说，"俺那摩托车，你还没给赔偿呢！"

湘九笑了。笑得眼睛潮兮兮的。他问朋友在哪里？朋友说出差在外地。朋友问他近况。湘九走出小饭馆，轻声告诉他，自己想举报一个大量国有资产流失的案件，不得其门而入。

朋友的声音突然变得很严肃。

"不要用你的手机说这些事。"他的声调变了，不再说河南话，说普通话。"你找个座机，咱们再通话。"

职业病，湘九不以为然地想。他离开小饭馆，往建国门方向走。那边有个空军招待所，湘九曾经住过。他身上带着当年的军官证。一位带有浓重胶东口音的姑娘从总台上抬起头说："张部长，您跟我来。"

这是一个套间，湘九摸着口袋里的钱，舍不得住。但是他不能不住，否则会引起别人怀疑。他关上房门，拿起电话。

电话接通了，仅仅几秒钟，对方关机。

湘九满怀惆怅地放下电话，刚想开口骂他两句，电话铃声响起来。

原来对方也换了一个座机。

在湘九述说的过程中，朋友始终默默地听着，偶尔插一句，将事实搞得清楚一些。湘九说完了，对方久久地沉思。湘九说："这类案件应该归检察院反贪局管吧，你在最高检有熟人没有？"

"没有。"朋友说，"没有特别熟的人。"

湘九大失所望。

"但是，我们部里有个经济犯罪侦查局，"朋友冷静地说，"你把材料寄给我，我找他们谈一谈。"

希望像一只小鸟，飞走了又飞回来。湘九说："谢谢，谢谢你老朋友。"

朋友说："我钦佩你，你跟当年一样是个战士。"

朋友又说："你要有长期斗争的思想准备，国有资产保护与流失的斗争，很可能会贯穿于整个中国改革的历史过程。"

夜晚令人望眼欲穿。刚失去大姐的湘九，沉浸在悲痛中。父亲离开人间五十年了，母亲离开人间十七年了，他们都在天上看着他。现在，又增加了一个大姐。

"我以我血荐轩辕"，父母为这块土地付出一生的代价。他们尝尽苦难为了什么？湘九想父母会保佑他的，因为他没有辜负他们的期望。他努力地做到忠孝两全。

湘九跟人说过，他最看不起不忠不孝之人。谁是这种人？龙显。他的父亲去年逝世，集团的各成员企业负责人纷纷赶去富春江边那个小山村表忠心，龙显收礼金收到手抽筋。回来的人却说，他们怎么也想不到他那九十多岁的父母住在一间白天也要点灯的老屋里。

农村盖一栋房子才几个钱？

对这条龙来说，牛身上拔一根毛而已。

亲爹亲娘，他却一毛不拔。

星期天，湘九回到杭州。星期一，他上班去。什么事好像都没有发生过。他布置举办安全生产管理培训班。他把桂枝找来，他说："你办事我放心，培训班由化工研究院承办。"

中午，一位员工轻手轻脚地走进了他的办公室。"张总，你去过北京啦?"他说。

湘九惊呆。

冷汗汩汩地淌出来，他瞧着这位青年员工。他曾经帮他跑过住房，给他介绍过对象。年轻人感谢他，不能不提醒他。年轻人说，董事长叫他去电信局结账时，把几位班子成员的通话单子都拉了出来。"他看到单子说了一句话：'张某人到北京干什么去了?'"

想起公安部那位老朋友的提醒和警告，一种紧绷绷的感觉使他不由自主地毂觫。湘九强作镇静地微笑着，问这位年轻人："后来呢，后来他又说了些什么?"

"他什么也没说，让我把灰仔叫到他的办公室去了。"

十五

坚持国有股不能低于 34%，这是一条警戒线

直接吞并化工院或设计院很难实现，龙显跟王妤明、跟律师和金处长银处长曾处长以及关某等人三番五次商量，决定索性干大的，将整个集团彻底改制。方向是"MBO"，管理层收购。管理层包括集团本部，主要是中层以上管理人员，还有成员企业的负责人，他们将处于绝对控股地位。

龙显说，产权改革是中国经济改革的大势所趋，谁敢跳出来反对，谁就是螳臂当车的改革绊脚石。

已经失去基建所经营管理资格的湘九，在高粱那里看到这几个月的财务报表时大吃一惊。即使无所用心，也不至于亏损如此严重啊。他把所里的财务叫来。财务眨着眼睛，似乎很想不通：这报表是集团布置做的，您这位副总怎么会不明白呢？

"金处长召集各单位财务开会，"他说，"要求我们将资产尽量缩小，将应付款加大，把应收款变成不良资产。"

"为什么要这样做？"

"为了改制么，不把资产尽量缩小，管理层哪有那么多收购的钱，哪来这么高的积极性?!"

湘九气得说不出话。高粱说评估通得过吗，财务说没问题。改制企业主要领导或改制企业的领导小组成员是审计和评估的委托人，而审计和评估是按照委托人旨意完成的。一般来说多数改制企业，改制后原企业法人变成了民营或私营企业法人，隐

瞒、虚增债务或销减实有资产在所难免。主管部门为了追求改革的政绩，对改制企业审查不严或授意审查部门走马观花，通过表面上既客观又合理的途径，使大量国有资产在"合理合法"借口的掩盖下划进个人账户已是"公开的秘密"。

企业从自身利益出发，以低评估给企业留后劲为目的，向资产评估机构提供虚假资料，甚至与资产评估机构串通作弊，造成国有资产评估不实；评估人员受自身利益驱动，急功近利，盲目迎合被改制企业或其他改制当事人的利益，人为地低估资产价值；评估机构为多做项目，自行组织非专业人员参与评估，致使业务水平低下导致评估结果失实。

财务说："这个'市场行情'，莫非你们一点不清楚？"

由于又佳和王槊的关系，湘九看过不少财经类报道。二〇〇四年有关产权改革的一场大争论使他颇感沉重。所有提出不同观点的学者都被边缘化了，仿佛他们都是绊脚石。把国有经济全改成私有就那么好？亚洲金融危机中，韩国、泰国的企业全是私企，不是一样完蛋了？

难怪湘九不知道这些安排，因为班子成员中，他和老陈被排除在改制领导小组之外。金处长公开说"改制中一定要清除邪气，破除障碍"，说的就是他俩。那是在风景区一家五星级宾馆，龙显主持的"改革研讨会"上。金处长银处长说改革就是要一步到位，国有股应当全部退出。

王好明说，傻不傻啊，保留 30%的国有股是必要的。离退休人员的福利可以从这30%中支付，银行贷款可以用这 30%担保，继续享受国有的各种优惠政策也理直气壮么。

王好明得意扬扬的神情令人侧目。春寒料峭，她却穿着一袭旗袍，两条白皙的光膀子晃得人眼花。

湘九把康总经理叫到一旁说："你得顶住，一定得顶住！"

老康说上边有人支持这条龙，力度相当大。一位大人物说，国有股保留 30%可以，全部退出也可以，改革么，就是要大刀阔斧地进行！

老康细长的食指在空中写出这位大人物的姓氏。他的手迅速收回，湘九倒抽一口冷气。

湘九思索良久，斩钉截铁地说："我给你一条底线，你在改制领导小组中必须守住这条底线，守不住，国有资产就会全线崩溃了！"

"什么底线？"老康困惑地问。

"国有股不能低于34%。"湘九说。"这是一条警戒线。"

"这跟30%有多大的区别啊，"老康怀疑地看着他，说，"他们不还是绝对控股么?!"

湘九无奈地向他解释，《公司法》规定：公司重大事项必须持有三分之二以上股权的股东同意才能决定。

老康的眼睫毛在近视镜片后面急剧地跳动起来。"明白了，"他突然醒悟过来，"国有股达到34%，他们就达不到三分之二以上的股权了！"

这是退无可退的最后一块阵地了，湘九严肃地告诉他。放弃这块阵地就是向特殊利益团体投降，就是罪人。湘九说，台湾不是两千多万住民的台湾，而是十三亿中国人民的台湾；同样，本企业不是坐在这个五星级宾馆会议室里几十名高管的企业，而是几千名员工和几千名离退休人员共有的企业。企业的前途和命运不能掌握在极少数人手中。

湘九的话，绝非无的放矢。在这间会议室，湘九们是少数。后来的日子，连篇累牍的举报信，精心策划的一次次鼓动和上访，都抓住这一点，说他和他的战友们无视多数人的利益。

"三七开"被描绘成最得人心的改革方案，谁反对谁就是"广大群众"的公敌。气极的湘九冷笑说："你们算什么广大群众？为什么不把全体员工叫来投票？为什么不把所有的离退休人员叫来，听听他们的意见？莫非他们就不是改革中利益相关的当事人?!"

化工研究院的班子和科研人员跟湘九谈得来。他们知道安全生产的重要性，看到他跟他们一起上培训班，一起做演练方案，一起爬上高高的塔架，他们觉得亲切、真诚。化工院书记在研讨会上说，航天工程有本企业的产品，国有企业承担的不仅有经济责任，还有社会责任与政治责任。"国有产权转让被认为是最后一次廉价而丰盛的宴席，不少人动用一切手段、关系试图加入这场盛宴。"他说，"我们院的老一辈们问我：'到底是想用私人资本控制国家，还是用国有资产控制社会？'我回答不出！"

龙显布置这些人投票，以便向省政府和国资委显示"民意"。喽啰们将电话打给各成员企业负责人：考验你的时候到了，对"三七开"的态度就是对董事长的忠诚度，忠不忠看行动！关某在本单位召开会议，不仅要求公开表态，还要求一个个登记入股的数额，报得多说明对"管理层收购"有信心，报得少自然有了被另眼相看的感觉。发挥到淋漓尽致，是"用党性保证。"

每一个人的座位都是精心安排过的，都在他们的视线和监控范围之中。其实其他会议也差不多，比方说"述职述廉"之类。高粱说："张总对不起，好几次打分我都没敢给您打高分，旁边有人盯着我。我想反正我打您高分也没用，只要您不向这些人投降，您的官位也就到此为止了。"

这天早晨，湘九走进会场，在门口遇见一位高工，是化工企业的一名副总。副总说："张总，我刚听说，您不支持'三七开'是吗？"湘九点头说："是的，我支持引进战略投资者，把企业真正做大做强。"副总若有所思地看着他，一支烟，燃到手指了浑然不觉。后面的人乱哄哄地进来了，湘九离他而去。

湘九跟这位教授级高工其实不是很熟悉。他们的交往仅仅限于工作。问题是人们总是以第一印象决定好恶，而湘九给他的第一印象是敬业。

有一天，湘九去杭州湾化工园区检查工作，他带上安全帽，直接走进了车间。一台设备的管道上在漏气，白色的轻烟顿时令他高度警惕。湘九立刻叫来当班的负责人，询问原因，查看值班记录。湘九说是不是阀门出了问题，必须重点检查阀门！当时，车间负责人以为是管道裂缝所致，停车检查，阀门在正常压力下也没有漏气，直到压力变化之后，才发现果然是它的问题。

这批阀门有数千只，供应商被紧急叫来时浑身直淌冷汗。他说是生产这批阀门时正好遇见夏天用电高峰，时断时续的供电造成了铸件质量不稳定。化工设备的质量问题意味着什么后果？这个道理谁都明白。供应商承担了全部责任，这批阀门统统被更换。

教授级高工对此留下极其深刻的印象。他想张某人不是本行业出身，为什么如此大的隐患却被这个外行人一眼看出，抓住紧紧不放？唯一的解释只能是敬业，不是一般的敬业而是十分敬业。

教授级高工想，他的目光如此犀利，他是经过严格考评当上的高级经济师，他对企业发展的方向不可能缺乏见解。

真正称得上知识分子的人，总是有一点天真。教授级高工改变了前一天的选择。他大大咧咧地将新的选择填到表格上，全然无视周边窥视。他的行为多少有一点自由化，激起某些人的愤怒在所难免。

这天晚上湘九接到教授级高工的电话，电话中的他气得声音嘶哑。有人说他出尔反尔，他的党性和做事有严重问题。高工说："他们用党纪威胁我，好像我半世清白倒成了腐败分子！"

湘九说："您不必理睬他们，他们指责您，只是为了向龙某人邀宠，他们以为这样才会获得更多的利益。"高工说："我明白了，真的明白了，谁一心为公谁在谋私利！放心吧张总，他们的阴谋不会得逞！"

湘九为他的语言所感动，从这些人身上他看到人格的力量。无论干哪一行，拼到最后是什么？是人格。这个想法填补了他意识深处的一大块空虚，这块空虚，本来是战胜不了利益集团的无奈所带给他的。

引进战略投资者是康总首先提出的，湘九略一思索，深表赞成。他觉得这至少可以延长龙显王妤明与国有股争夺企业控制权的过程，使有关部门有时间来查清问题。

强调加快改制步伐成了争夺者的一个法宝，他们举首翘盼尽早尘埃落定。质疑"大方向"无疑会使自身处于被动，甚至被"不换脑袋就换人"；因此，有理有节讲究战术就成了一种斗争艺术。

"谋定而动。"康总对他说，"你明白吗？这不是我说的，是上面的人对我说的。"

湘九相信他跟上面有点关系，否则,他被越级提拔时，可能会更难一些。当然这只是湘九的一孔之见，也许不管有没有关系,他的命里都该有这一步。

湘九暗自庆幸龙和王已经将康某人看作对立面，如果相反，自己的下场简直不堪设想。

既然康总跟上面有点关系，引进战略投资者的思路和方案就由他去汇报和沟通。

湘九将自己定位于基层。化工院在杭州湾化工园区也有一个生产基地，由于产品结构和市场问题，一直处于低迷状态。湘九多次调研后对康总说："这个基地一定要抓上去，这是你手下的直属企业，迟早会成为某些人攻击你的一个借口。"

或许正因为是手下的直属企业，调整市场、开发其他产品时，他反而不好说话了。康总犹豫不决地看了湘九好久，终于一甩手说："这件大事就交给你啦！"

湘九没有这么多顾虑。他把化工院班子叫来。湘九说："上新车间，上新产品，有什么理由不上？没钱？向银行贷款，化工院担保。几千万元几千万元地借给龙晟公司，自己想投资几百万元却徘徊再三，把战机都耽搁了，天下有这样的道理吗？马上做安评，做环评，需要领导挑担子的，告诉我，我挑！"

三位副院长都愣怔怔地看着他。桂枝不用说，邻家小妹。小戴也不用多说，湘九当年插队就在他家乡。楼副院长兼总工程师是一位留美化学博士，原先，他对一位转业军人安排调整化工项目多少有些不以为然，而今却大为改观。他说："感谢领导，有您拍板，我就放心干了。"湘九说："你们是专家，事情主要是靠你们干的，我也就是出些点子，挑点担子而已。"

出点子挑担子，湘九认为是领导者的基本职责，楼总却很感动。他说不出点子不挑担子反而专找麻烦专挑刺儿的领导他见得多得都快麻木了。

楼总兼任基地的董事长，湘九跟他一起到那里看现场谈规划，协调各种关系。半年后，新车间拔地而起，当年效益就大大超过预算。

找麻烦挑刺儿的领导果然出现。有一天关某见到湘九，关某说："张总你胆子真大啊，别人不敢挑的担子你拿过来就签字！"湘九大惑不解，说："我好像没签过什么字呀，康总兼任的院长，哪轮到我来签字了？"还有一天，龙显提出让楼总来向集团董事会汇报，那条壮汉突然发难。他说的话极其不负责任，他指着楼总的鼻子说："我怀疑你们的钱为何不够，谁知道你们把钱搞到哪里去了！"

楼总气得浑身发抖。他从美国回来前，美国的大学给他安排了最好的实验室，薪水高于国内十倍二十倍，他怀着一颗赤子之心回来报效祖国，多少困难都想到了，却没想到会如此受辱。本来血压就高的他满脸通红。素有修养学养的他想骂又骂不出口。他结结巴巴地说："我把自己从国外带回来的钱都投……投进去了，你……你们可以去查一查！……"

说话要负责任！湘九再也不能忍受。他盯着那条壮汉。他的眼睛里燃烧起绿色的小火苗。湘九属虎，那时的他像一头毛发暴涨的虎。一腔热血在他心中沸腾，无论是从小受的教育，还是现实的无情，都使他不能袖手旁观。他的凌厉的眼神使对方感到重压，纵然是壮汉也只能退却。湘九说："你是领导，怎么能这样说话？让科技人员听了心寒不心寒？！"

对方语塞，他说："我……我说的是你们，不是指他一个人。"

湘九跟楼总解释引进战略投资者的意义。楼总说："我明白了，我听您的。"

楼总明白了，一大批科技人员也就明白了。

当国资委同意在更大范围征求对改制方案的意见时，支持引进战略投资者和坚持国有股至少不低于34%的观点的人，不再是少数。

隔着老远看去，湖面白茫茫的一片，湖心人影晃动，钓鱼是需要安静的，这群人却嘻嘻哈哈闹个不停。湘九跟几位老战友都兴奋起来，在路边找到一小块平地，把车停在那里，眺望钓鱼的人们。旁边一栋房子的门打开了，一个开"农家乐"的老板娘走出来，热情地跟他们打招呼，她显然有一点诧异，早晨的太阳刚出来，这些城里人就跑来喝茶聊天了。小琦说有龙井新茶吗，老板娘说当然有。小琦快乐地打了个响指，带头走进小楼。

湘九总觉得远远传来的谈笑声似曾相识，便走过去。还有二三十米时看到了桂枝，她穿着一件鲜艳夺目的花棉袄，正在给同事们发钓鱼竿。这里是一个钓鱼场，也是一个娱乐场。老板在湖边上搭了十几个帐篷，湘九特地走进一个帐篷里去看了看，那帐篷不仅可以钓鱼时遮风避寒，还可以在里面生火做饭，到了晚上，累了的情侣可以在里面的气垫地铺上睡觉或者做爱。

钓鱼的人群中有一位女工程师小徐，见到湘九惊讶地喊出声来。桂枝蓦然回首，又惊又喜地说："大哥您怎么也来了！"湘九说："叫张副总，你们双休日搞活动怎么也不叫我一声？"桂枝说："既然是双休日，不在工作时间，我为什么不能叫您大哥呢？阿春说您是个工作狂，双休日要写文章，我们不敢打扰啊。"湘九说："这是谁找的好地方，鱼多吗？"小徐说："何厂长请我们来的，他家就住在这个村庄，这养鱼塘里的鱼能不多吗?"

他们说话之间，旁边已经有人钓上来一条鱼，那鱼肥肥的，足有两尺长，扔到岸上鱼嘴一张一合，活蹦乱跳。阳光照着银色闪光的细鳞，煞是好看。小徐见了，像个孩子一样惊喜地叫起来。小徐其实也不小了，四十出头了，早已是高工。湘九被她的笑声感染，心情也随之开朗起来。

何厂长是从化工院出去的，阿春叫他"读书郎"，中专毕业就参加工作，然后不断地在职学习，去年考进中欧国际工商学院攻读 MBA。湘九对他领导的这家企业特别关注，因为地处钱塘江边，环境保护部门要求很严格。为了达标生存，湘九一年跑去十几趟，帮助谋划土地、整顿厂区、配合市区安全演习等等。何厂长听说他来了，鸭子似的迈着两条胖腿跑过来。

"张总，你想通啦，"他说，"今年准备去考中欧学院了?"

湘九摇头。"算了。一是没时间读，二是学费太贵读不起，三是怕考不上。"

"怎么会考不上呢! 让你女婿推荐一下不就行了?!"

王棐的推荐当然会起作用，他在中欧学院年年举办讲座。缺乏学历的湘九很想有一张说得响的文凭，但是看到龙显王好明之流拿着花公家钱买来的研究生文凭沐猴而冠，他的兴致顿时索然。湘九说，"小何，你家就在这里，这可是出龙井茶的地方，有正宗的吗，一点点就行。"

"我有一点野茶，这就去拿!"何厂长转身欲走，湘九拉住他。湘九说："送到那家'农家乐'吧，我和几位老战友在那里喝茶。"

小琦已经晕了、傻了，湘九看得出来。一个男人面对乡村风景，面对一杯俨茶晕了傻了时，脸上的表情真的是很可爱的。

湘九在某野战军军部当干事时，小琦是侦察营营长。其父亲是一名华侨，少年时代就回到国内拉起一支红军队伍，四十岁被授予上将军衔，担任过海军司令和全国人大副委员长。小琦从小受的教育可以想象。

何厂长拿来的野茶真的只有一点点，不会超过二两，但这是龙井山上觅来的没有施过化肥、没有施过杀虫剂的野茶。小琦品味着茶的清香，看着窗外那山，那湖，痴迷地说："我真想当一个地主啊!"

"你父亲当年闹革命就是为了消灭地主，生个儿子却想当地主，"湘九说，"他们为之奋斗的一生岂不成了瞎折腾？"

"你这个人就是无趣，跟老范跟久了好像也成了贫下中农出身！"小琦挥挥手说，"此一时彼一时，不要一开口就是国家前途民族大义！"

老范是湘九的老处长，他的入党介绍人。老范在二十世纪九十年代成为中国活着的雷锋孔繁森。这次战友聚会，是阿伟发起的，当年跟湘九抵足而眠的他，而今已是来自亚特兰大的亿万富翁。阿伟说："是啊，湘九你到底怎么搞的，听老范说你尽受坏人欺负，这也未免太不可思议了吧？您说吧，要多少钱才能把事儿摆平？我出！"

听来玩世不恭，其实很真诚，湘九为之感动。这些生死之交的战友，是他这一辈子最宝贵的财富。昨天阿伟将他带到钱塘江边一栋豪宅，阿伟说："湘九，我一年也在这里住不了几天，这栋房子就送给你住吧。"那时候湘九的眼睛真的很红，一半是心动，一半是感动。他迟疑了半晌才憋出一句话。他说："我付不起这里的物管费。"

"很可能会请你帮忙，"湘九说，"我想了解贪官们在国外洗钱的路径与方法，重点是离岸公司，必要时真的要请你跑一趟，差旅费什么的也得你自己承担。"

"没问题。"阿伟说。他看着湘九，看着他一本正经的神情，突然沉默了。

"真的到了这种程度？"后来他小心翼翼地、唯恐惊醒什么人似的轻声问他。他也是侦察兵出身，一九七九年从友谊关出去一直走到过谅山。这些年在异国他乡，国内跑出去的腐败分子也见得多了。他完全可以想象和理解湘九的处境与心情。

他叹了一口气，小琦在旁边也叹了一口气。"妈的！"小琦说，"这帮家伙也太贪得无厌了。有几亩地，有一片茶山，有几个雇工，下雪天在堂屋里生个炉子喝喝茶，那就是神仙过的日子了！他们还要那么多的钱干什么？老范说得没错，你们这个董事长啊，将来就是挨枪子儿的命！"

想到老范接见龙显那一幕，他们又忍不住笑起来。老范可真敢说，这哪像一名将军，一位全国全军领导干部学习的榜样啊！

龙显想竞拍一块军改民的土地，要湘九带他去见省军区范副政委，湘九坐着一辆即将报废的老式公爵，龙显坐一辆崭新的宝马。龙显请范副政委坐他的车。老范操着一口江山普通话说："我不坐你的宝马，很多吃枪毙的人都是坐这个车的！"

从黄河之滨到西南边疆，在战斗的岁月里结下的友谊像一团火，一团熊熊燃烧的火。在燃烧中，黑暗会变得光明起来，激起他们久已泯灭的记忆和热情。他们看到流星划过天空，看到灯火在春寒料峭的野外闪烁。所有的魑魅魍魉，都在火的燃烧里，灰飞烟灭。他们看到流水奔涌，看到大风起兮，而一切柔软的、温情的期盼又在火中汇聚凝固，使他们不管走到哪里，都不会孤独，这是他们的真正的幸福。

他们走出"农家乐"，品尝新鲜空气中青草的气息和花儿的香味，温暖的春风把他们已经开始变得稀疏的头发吹得飘了起来，湘九想我今天心情好极了。他那样想着，心情真的越来越好，于是快步走向钓鱼场。

人们已经钓到了不少鱼。小徐说："张总一会儿跟我们一起烤鱼吃吧。"湘九说："我还有几位老战友。桂枝说叫他们也来吃！"湘九转回身去征求战友们意见。其实不用问，小琦肯定喜欢这种野外烧烤的乐趣，他继承的红军基因远远低于华侨基因。他应该回到安葬着他爷爷奶奶的加里曼丹岛去，在那里拿着一把吉他，对着马六甲海峡忧郁地歌唱："呜喂！风儿呀吹动我的船帆，船儿呀随风摇荡……"

手机铃声不合时宜地响了。

康总说："湘九你在哪里？出来散散心吧，我在城北公园等你。"

所谓的城北公园，是一个封闭式的小公园，四周是铁栅栏，前后有两扇门。除了周边的居民，恐怕没人会特意跑来这里散心。而这个残败的公园，偏偏又寂寞地占据在热闹的市区。园内有一些参差不齐的树东歪西倒地长在碎石子路旁，一年到头孤独地花开花谢。一池发绿的水慵懒地任凭杂草漂浮。星期天，热闹起来了。在一片荒芜的草地上，遛狗的女人在交换对宠物的感情。她们互相称呼"嘟嘟妈妈"或"兰兰外婆"，"嘟嘟"是一条哈巴狗，"兰兰"是一条草狗。几个小孩在放风筝。一群大人和老人在围廊上唱越剧。一个提前退养的女工翘起胖胖的兰花指，沙哑的嗓门跑了调，仍在卖力地高歌"烽烟滚滚唱英雄，四面青山侧耳听"。一个捡破烂的流浪汉懒洋洋地骂着：难听煞了，还不如老子唱得好呢！

湘九微微惊讶，不明白康总为什么选择这样一个地方"散心"。他沿着曲里拐弯的碎石子路寻找，路上不断打电话问他。他走过一座两米宽的小桥，绕过一个臭烘烘的公共厕所，还是没有看到那间小小的茶室。有人喊他了，他眺望前方，看见从原化工集团过来的一位处长，远远地向他跑来。

他忽然想起今天康总对他的称呼：湘九。

他走过去。

"徐处，"他说，"康总叫你来的吗?"

"是啊，休息天，一起喝喝茶，打打扑克。"徐处长说。

"三缺一?"他耸耸肩。

"这倒不是。"徐处长老实回答，"他们已经打了几圈了，多出我一个来，在这里散散步。"

湘九想起当年的战场，想起警戒阵地和流动哨。他放慢脚步，走向他们。

他看到了老陈，康总坐在他对面。他还看到两位成员企业的负责人。

还有康总的妻子。她坐在面对路口的茶室门前，有一搭没一搭地跟茶室老板娘在聊天。

看到湘九，他们都站了起来。

湘九脸上漾起苦涩的微笑，一步一步向他们走近。

他知道，他终于不是一名孤军奋战的士兵了。

十六

所有的陈年记忆一瞬间在脑海中重现

亚山的童年记忆可以延伸到婴儿时期，她看到一双明亮的眼睛。这双眼睛也看着她，看着看着就变得很温柔。长大后回想，她觉得那眼睛好像有很多内容，很深邃、很惆怅，嵌在一张模糊的脸上。外婆家的门外有淙淙流水经过，一树桃花开得正艳，午后阳光斜照。光影婆娑中，他把她轻轻地抱起，逗她。她终于笑了，笑得恍惚而流连。多少年之后，梦中依然会回到那个时期，或许是时光流动的错觉？如此虚幻而朴实。

小小的她，尚不知何为天荒地老，那双温柔而友好的眼睛，让人瞬间信赖。这种信赖必然会跟她一起成长，别的可以背叛，这个不可以，背叛了就会毁灭整个童年。少年抱着她在山坡上眺望。那墨绿色的大海就像抖动的绸缎。航标灯闪烁着神秘的红光。海浪有节奏地拍打着堤岸，温柔的风轻拂田野上一片片麦浪。他为什么来到她的家乡？

开始记事时，她听到大人们议论他的身世。他的身世太苦，好像一个总是遭人追杀的梦，她在梦中跟他一起逃跑，跑得气喘吁吁地也不敢回头。反动派的儿子。从香港偷渡过来。父亲在台湾。他的大哥坐牢，他的大姐被关在牛棚里。亚山还小，不大听得懂，但是她有一种感觉：每一顶帽子，都像一座山，压着这个少年，压得他直不起腰来。

十四岁，他就辍学下了乡。父母都是区里镇里干部的亚山家，自然不会跟这样的少年发生太多往来。然而，她有一个慈祥的外婆。外婆总是叹着气说，孙悟空被压在五行山下千百年也会遇见唐僧，难道他就一辈子完了吗？

印象中有一年台风袭来。大海突然发出怒吼，海水绿得发灰。巨浪咆哮着、轰响着，高高地跳起，轰然落下。巨浪向岸边滚来，撞在礁石上，掀起了咆哮的水柱。她在堤岸上跌跌撞撞地跑，害怕极了。迎面看到了他，她的心刹那间安静。别怕，他说，将她拢入怀中。她抬起头，瞧着他那清癯的脸。脸上有一种坚毅的神情，仿佛他那少年单薄的胸膛里蕴藏着能够抵抗一切的力量。他是背着她还是牵着她的手送她回家的？她记不清了。她只记得，后来她就睡着了。

醒来时已经风平浪静。落日的余晖，给东海穿上一层绚丽的红装。风儿那样的轻柔，海水泛着涟漪，涌着碎波，展现出一种迷人的笑靥。叫我，他说，叫一声好听的。她想了好一会儿，怯生生地说：大哥哥。

她有姐姐和妹妹，没有兄弟。这个哥哥似乎是遥远记忆中的唯一。这个大哥有文学的天分，喜欢给孩子们讲课。白雪公主和七个小矮人。卖火柴的小女孩。如果没有他，乡村的孩子们不会知道世界有多大，遥远的大海过去再过去，有一个地方叫欧洲，叫丹麦。有一个老头儿名叫安徒生。

美丽凄清的故事让她们落泪，给她们装上了想象的翅膀。亚山不到六岁就上学了，孩子的作文总是在课堂上被老师作为范文朗读。

记忆到了八九岁时就变得模糊不清了，这个哥哥仿佛化成一个浪头，回到大海里去了。好像化成一缕轻烟，在空中消失了。

她记不清自己是否有过迷失，有过惆怅或者悲伤，是不是很快又恢复了平静？也许有过？也许没有？

童年总是快乐的，她和姐妹们一起健康地成长。那时家已经搬进县城，虽是小城，却也车水马龙。放暑假了，她回去看外婆，田野还是那田野，海还是那海，她的心突然不知所措。她在田垄上孤独地走着，听到一片蛙声，风和树叶交谈，阳光与白云模糊了她的瞳仁。一洼脚印里的水映出她的寂寞。她倾听着，用心去倾听，却再也听不到她的童话。她好像终于明白，她的童话已经跟着这个大哥哥一起消失，如一叶风帆远去，走出了她的视线。

一切仿佛梦，存在过，但无迹可寻。随着时间的流逝，他的形象越来越模糊。他成了山上白垩纪的一个化石生物。只是静静地坐着，听她在说话。他的模样随着想象而改变，淡然，安详，凝固，像时间一样。

她好好学习，天天向上。她要走出去，走出县城。她梦见自己一直走啊走，终于有一天，走到大海的另一头，走到了安徒生的故乡，看到了卖火柴女孩的雕像，她在雕像旁照了张相。

考上军校那年，她竟是如此年轻，跟湘九下乡时一样。

二十岁那年，亚山走过驻地附近的一座祠堂门前。这是一座废弃了多年的老屋，稻草、麦秸撒了一地，角落里孤独地堆放着箕篓、风车、谷仓和几把扫帚，看上去空荡荡的。亚山蓦然停下脚步，似乎有一种熟悉的感觉，令她怦然心动。

无言地眺望那一片四方逼仄的天空，亚山感觉某种记忆在苏醒。稻田里的稻穗黄了，沉甸甸的，浓阴遮蔽的大树下，田头小渠潺潺流淌，田埂上，一棵孤零零的桃树寂寞地开花。一切都似曾相识，仿佛这里不是离故乡数百公里之遥的驻地，而是外婆家的村庄。

人生其实常有这样的场景：遇见某个地方，感觉自己曾经到过，所有的画面好像都是重复。亚山知道自己入伍前从未离开过家乡，她不可能来过此处；那么，是什么让她感觉如这棵树，一棵错过了春天开花的树？

她看到一位少年在祠堂里摇着风车，风把稗草吹得漫天飞舞。她看到自己拿起一把笊篱，小心翼翼地走过去，"哥，"她说，"我来帮你干活了！"一阵风袭来，她跌倒在谷堆上。她记得少年一把将她拉起，带到祠堂门口，拍打她身上的尘土和稗草。少年带着一顶风帽，像电影卜的日本兵，他还戴着口罩，只露出两只眼睛。那时乡下人没有口罩，他的装扮很怪异，让她感到兴奋。她说："你不是这里的人，你总归是个城里人。"

她看到这双眼睛笑了，笑得很湿润。笑得清澈透亮而又深沉无比，好像山上的深潭。这是一双布满血丝的眼睛，似乎常常熬夜。人们说他总是在读书，读完了初中读高中，读完了高中读大学。人们的话里面充满了嘲弄，他却对此付之一笑。袅袅的炊

流失岁月

烟升起在黄昏的雾霭里，母亲叫孩子吃饭的呼唤声在模糊的灯影里飘来飘去。他说："你该回去了，外婆在找你了。"

这是他最后说的一句话？是的，他跟她说过的最后的一句话。

世界突然就安静下来了，仿佛万物都停止了呼吸。亚山好像明白了什么，猛然转身，向军营跑去，仿佛听到紧急集合的号声。

附近的码头上有几个士兵在散步。他们目睹了一个女军官在小路和堤岸上奔跑的场景。亚山气喘吁吁，蓝色的军裙在风中美丽地飘拂。晚霞映照着她，她成为晚霞中的一道风景。码头上士兵的目光一直追随着她，有一个士兵说，她是中尉。另一个士兵说，她这么年轻，怎么就当上中尉了，妈的，这让我们还活不活了？他们看到她跑进了营区，门口的哨兵向她敬礼，她回了个礼，却没有放慢脚步。

亚山跑进宿舍，跑到她的床前，枕头旁放着两本杂志，一本《解放军文艺》，一本《小说月报》。两本杂志的头条小说是同一位作者写的，作者的名字叫湘九。童年的记忆实在是模糊了，她的印象中有一个大哥哥却已记不清他的姓名。小说的内容两天来烂熟于胸。战争，爱情，痛苦的回忆和对理想的执著追求。军营里的少女不止她一个，有一位花痴般的女兵跟她说："我想给他写封信，亚山，你看看他这张照片，这双忧郁的眼睛是否充满了中年男人的魅力？"

她打开台灯，久久地看着《小说月报》的封面。封面上的作者确实有一双忧郁的眼睛。这双眼睛跟祠堂里带着风帽摇着风车的少年的眼睛重叠在一起。她的手在颤抖，她把颤抖的手盖住他的眼睛。于是，一切又变了。少年变成了一个人到中年微微发福的男子，穿着笔挺的校官服，安详的、自信的、带着揶揄的笑容站在那里。这是一个历尽苦难的少年，还是一个从小就是夏天去北戴河避暑、冬天到海南岛度假的公子哥儿？这怎么会是他呢？

眼睛是不会变的。亚山想起这句话。谁说的，是不是他？记不起了。

她看了一遍又一遍，她的心如流星般跌入茫然。复活的记忆片断提醒她，不可能，完全不可能的，他这样的身世、这样的年龄，怎么可能成为军人？从专政的对象成为专政的工具，这不是一般的脱胎换骨，而是凤凰涅槃，要在血水里洗过三次，在碱水里煮过三次，不，还要在冰水里浸过在火炉里炼过才行吧。他那孱弱的少年的身子如何经得起如此这般折腾？

后来的日子，亚山想起他就会想起一本书：《牛虻》。想起一个走江湖的马戏班子。一个扮演驼背的小丑，在观众面前衣不遮体，冷得瑟瑟发抖，皮鞭在抽打他，观众的哄笑就像烧红的烙铁烫着他那赤裸裸的皮肉和心灵！这个小丑是亚瑟也是他。他们的经历如此相仿，他们的灵魂都经过一个漫长的、拼命挣扎的阶段。就像琼玛不敢相信重新出现在她客厅的牛虻是当年的亚瑟一样，亚山也不敢相信湘九就是她童年的那位大哥。她觉得那种不可思议的重叠只是一种幻觉。

海风把头发吹得一片凌乱，思绪随风飘荡。远处的大海和天空融为一色，孤零零的礁石享受着海浪的轻轻抚慰。这是军营的黄昏。老兵带着新兵们走上堤岸，遥望军港，看着他们惊奇的神情，那可爱的憨憨的样子，亚山常常会忍俊不禁。这个时候是她心灵最宁静的时候，她忘却了尘世的一切繁杂，只让自己的心在那些童年和少女时代的回忆中任意飞翔。

她想，等到回家探亲的时候，再去问外婆吧。

那个花痴般的女兵找到了她，女兵说，八一节要搞一次文艺会演，她们有一个节目：诗朗诵。

亚山站在礼堂的台上，聚光灯打在她身上，她的脸上沁出汗珠。她的手上拿着一部诗稿：《静静地，你们躺在这里》。作者湘九。

　　静静地，你们躺在这里，

　　为如梦的山野奏一曲无声的牧歌。

　　梦一样缥缈的云雾和云雾一样浓重的梦，

　　掩盖了你们苍白的面庞。

　　细雨洗净了全身的血迹，

　　硝烟散去，冷却了唇际的最后一抹微笑……

这是一名战士写的诗。一名战士在烈士陵园缅怀念他的弟兄们。一种泣血的怀念。亚山感到头晕，她从字里行间读出硝烟，读出毁灭，读出对青春对生命的留恋。读出一种沧海桑田的人生。

她的战友们说，亚山你感冒了吗，你的声音颤抖得太厉害了。

二十年过去后，她依然能一字不差地背诵这首长诗。

外婆的去世很突然，她老人家在灶头旁忙碌，眼睛一黑差点摔倒在地上。她躺倒在床上，女儿女婿赶到她身边时，她有气无力地说："我没事，你们不要为我耽误工作。"亲人们都以为老人家累了，休息一阵子就会慢慢恢复。医生也说她就是老了，没有什么大毛病。

外婆在床上躺了一个星期后，亚山才接到这个消息。她请了假，匆匆踏上回家的路程。

那时的亚山已是上尉。上尉在长途汽车上心事重重地看着窗外的景色。天空是灰色的，薄淡如烟的雨雾中，树上枝丫随风摆动，几片不舍离去的枯叶在瑟瑟发抖。

驻地是山是海，快到外婆家时也是山是海。汽车在盘山公路上开得很慢很慢。将近黄昏时，终于看到了一片平原，汽车却突然抛锚了。亚山打了个冷战，站起身往车门口走。司机说，还有几里地呢，这车一会儿能修好。亚山摇了摇头，说："我等不及了，我得赶回外婆家，也许，她老人家已经等不及了。"

父亲母亲看到她时眼泪止不住淌了下来。亚山奔到外婆床前，外婆，外婆，她唤。她的腿一软，跪在老式大床的踏板上。九十二岁的老外婆，眼皮艰难地抖动着，慢慢睁开。她动了动，好像要伸出手来抚摸她的外孙女。亚山赶紧抓住她。外婆笑了，笑容中有一片黑色的雾影，一点一点地布满整张脸。亚山的泪水夺眶而出。

缁衣素服，哀乐声声，亚山沿着崎岖的山路从坟场走回外婆家。雪花一点点一点点地飘落。空旷的土地使她看上去很小。很孤单。一种撕裂的感觉令她心碎。咸涩的泪和雪花一起落进她的嘴里。这是外婆的田野，也是她的田野。她想起老人一生的善良，想起她对苦难和希望的深刻理解。

一句话突然从意识深处出现：

"孙悟空被压在五行山下千百年也会遇见唐僧，难道他就一辈子完了吗？"

外婆将那个少年比做天不怕地不怕的孙猴子。老人可能比一般人更了解他。外婆说这话时不仅是抑郁，不仅是同情，还有对这个少年的希冀，还有期待。

她打开旅行包，将杂志拿出来。外婆指望不上了，她向母亲打听。母亲想了好久，年代隔得太久她已想不起来。何况母亲不是当年的社员，一直在离家十里几十里的区上工作。母亲困惑地说："那批杭州来的下放知青早就走光了吧，你打听这些干什么？"

她摊开双手，想解释，怎么解释呢？

她终于什么也没说。

离家返队那天早晨，母亲送她到车站。

一位老人在冬天的风里缩着肩膀。一条狗在晒太阳。远处的耀龙山上残雪片片。母女俩站在车站的台阶上，思绪变得悠远绵长。母亲忽然说，昨夜我想起一个人，一个杭州下放知青。

"谁？"她说，"你想起谁了？"

"给宁忠他娘寄钱的人，一直寄到老太太去世呢。"

"宁忠是谁？"她好奇地问。

"我曾经的同事，后来落水淹死了。他娘跟下放知青感情很好，那个青年回到杭州后隔三岔五地给她寄过生活费。"

母亲感触颇深地说："你外婆前几年常常念叨这件事，村里的老人都说这人心善啊！"

亚山透过车窗外的霏霏雨线，从公路上俯视着故乡的雨中风景。母亲说不出那人的姓名，她却已经知道是谁。

母亲说他住过的石砌小屋成了一座小庙，虽然一个和尚也没有，简陋到不能再简陋，却是香火鼎盛。当年这个村庄的杭州下放知青，唯有他住过这间石头砌成的小屋。屋子里有一张床、一张小桌和一个柴灶。小桌上有一盏小小的煤油灯。

多少年过去了，这盏小小的煤油灯居然变成了供桌上燃不尽的蜡烛。

母亲说这个人在杭州一家工厂当工人，他的家境听说也不宽裕。他的母亲长年生病。他结婚了，生了一个女儿。上有老下有小，他却没有忘记帮助当年的房东老大娘。

几位手拿香烛的老太太从她的眼前走过去了，年轻人在旁边打着伞替她们遮蔽雨点。亚山站了起来，她想看看这些老太太是否走向那间石砌小屋，但她乘坐的汽车很

流失岁月

快地拐了一个弯，她只看见老太太们在泥泞路上深一脚浅一脚踩出的水洼，却搞不清方向了。

那个穿校官服的湘九无疑不是她童年的大哥，她的大哥没有名声显赫，只是一个普普通通的工人，但是在乡亲们的眼里，也不比一名作家逊色。

这就够了，她想。虽然在她的心中，总是有一些遗憾、一些惆怅。内心的失望不免流露于脸上，不过在战友们眼里看来，她的情绪低落只是因为外婆去世了。

军营的生活很单调，驻地远离大城市。日复一日，亚山学习、工作、吃饭、睡觉，春夏秋冬，不知不觉地过去。田野上的草籽花开了又谢了。远航的舰船出港又回港了。姑娘的年龄一年一年大起来。战友们替她操心，首长也关心，对象介绍了一个又一个。二十八岁那年，她终于选择了一位。她所在的后勤部首长说："这是我的老部下，人可靠，有才学，写材料的水平可高着呢。你就别再挑剔啦。"

她果然不再挑剔，心里却有些不以为然。写材料算什么才？童年的那个哥哥出口成章，不还是一名工人？文章憎命达魑魅喜人过，真正有才的人总是薄命遭忌，远不如庸人厚福啊。

她去北京学习过一年。星期天，路过解放军艺术学院。她从报纸上看到，湘九也在北京，就在这所学院深造。好像有一只手牵着她似的，不知不觉，她就走进了学院大门。

迎面走来的人一个个都充满了优越感和才子气。本来是普通的文工团团员或者连营级小军官，好像佩上这所学院的校徽，每个人顿时便具有即将走红的明星感与精英感。那一届学员年龄偏大，好多人却扮演着青春曼妙的男女角色。亚山看到文学系的阶梯教室前有一群人，正在议论一部刚获得全国奖的作品。她听到湘九的名字，原来这部作品是他写的。她犹豫着，既想看看这群人中间是否有他，又不好意思过去。就在此时，一位女学员发现了她，惊喜地叫了她一声。

亚山很尴尬地站在那里，好像被考官们审视的新学员。叫她的是一位军队杂志的女编辑，下基层时认识了她，后来发过她的一篇散文。亚山跟所有做过文学梦的年轻人一样，也曾挤过这座独木桥。女编辑说："你是来找我的吗，你这几年好像不写什么了?"亚山点点头说:"我路过这里,进来看看您,我忙于学专业,不敢做文学梦了。"

她们在校园里走了一圈,快告别时,亚山才鼓起勇气问道:"刚才你们议论的是湘九吗,他刚获了国家文学奖?"女编辑惊讶地看她一眼,说:"刚才你没看到他啊,他就站在你面前,还朝你笑笑,你不是也笑了笑吗?"

亚山茫然地走出军艺校门,好像是有一个人朝她笑了笑,她也礼貌地笑一笑,但是她没有看清他的相貌。如果看清,或许会有少年时代的轮廓,或许能够回忆起什么。然而没有。

亚山已经失去回转身去再看一眼的勇气。对方总不至于跟她一样什么也没看清吧,他为何一点反映都没有?

结婚。生子。后来的日子过得很平静。从外省调回到本省的省城时亚山已经是少校,几年后又晋升中校。四十岁生日那天,幸福的亚山对镜自怜,发现自己的眼角不知不觉地有了浅显的鱼尾纹。她抱紧双臂,忽然感到一阵秋天的凉意。隔壁人家开着收音机,一首美妙的萨克斯《回家》的音乐荡漾在她耳边,她仿佛回到了童年。小时候过生日,妈妈总是给她煮两个鸡蛋,告诉她又长了一岁,要听话懂事。那时自己就想着快点长大,没想到,一眨眼就长到了四十岁。

穿过四十岁时光的雨巷,亚山拿着转业报告去见政委。过去的岁月太单调,她想看看军营外面的世界。这个世界变化太快,有人始终在原地打转,有人往上爬得飞快,有人打拼很难,有人早已房车俱备。当年的女兵也各有各的变化,活泼变为沉闷,滋润变得灰暗,丰满变成骨感。亚山不企望自己会碰巧拣个六合彩。她真的只是想看看外面的世界。

转业的过程总是一言难尽。有的领导不愿放她走。有的领导想,位置腾出安排给某个自己人也好。找工作更是很不容易,形形色色的人使她对市场经济有了感性认识。她下决心参加公务员考试,没日没夜地看书复习,结果倒是名列前茅。

秋天。梧桐叶子落在柏油路上。细雨在飘飞,低沉的天空涂满阴郁的灰色。她走进一个大院,里面有几栋高楼。她的办公室在其中一栋楼里,从窗口可以看到一片红色的枫林。柜子里有一些档案材料,记载着本省经济改革的历程,也有一部分省管干部的基本情况。领导让她先看看这些材料，大致了解一下工作内容。

她看了一上午，看得很累。新的岗位与她过去的工作相去甚远，有些难以适应。快到中午了，她突然愣住。她揉揉眼睛，好像眼睛花了，面前出现的竟然是他的姓名？

她是在做梦吗？

"湘九"。分明是他的名字，呈现在她的眼前。是他的亲笔签名，有些豪放，有些潦草，很有力，称得上铁钩银画。一种熟悉的艺术的感觉袭击了亚山。她感到眩晕。她因此而闭上眼睛，静静地休息片刻。

后来她重新睁开眼睛，扑到桌上，一目十行地读他的简历。一个个让她震惊的词语跳进她的视野：插队的地方，回城的年月，特招入伍，参加边境防御作战，读书，转业。

她想哭。

所有的陈年记忆，一瞬间在脑海中重现。这是翻新的记忆，其实离真实已经好远。这些记忆潮水一般漫过她的眼帘向深处浸去，然后又退出来，连窗外的红叶，连飘飞的细雨，漫天漫地都是潮起潮落了。她不仅知道了他离开外婆家那个村庄后的人生跌宕，还知道了他家庭的历史变迁。展现在眼前的，仿佛是一幅幅惊天动地的历史画卷，一个孱弱的少年就在这画中卷艰难地跋涉着，一步一步地向前走，总是走到绝处方可逢生。

"吃饭去吧。"热情的新同事招呼她。

饭桌上聊起一些传言，有的正经，有的八卦。一位比女人还饶舌的男处长坐到亚山身边，说起某个省级国有资产运营结构的新闻：最近召开的一次党委会上，书记提出班子成员们向董事长发誓，紧紧地团结在他的周围，决不会去举报他，写他的匿名信。当时，不少人愣了，一时反应不过来。

"有个'愤青'站了起来，把手里的杯子摔了，指着他俩说这个会议室坐的是共产党还是青洪帮？还问书记：这位董事长莫非是林彪吗?!"男处长忍俊不禁地笑起来，说，"这个'愤青'可真敢斗啊!"

"他很年轻吗?"亚山傻乎乎说。

"五十多岁了吧，还这么容易冲动！"饶舌的处长摇着头说，"这种人真不该从军队转业……"

"他叫什么名字？"亚山突然感到心跳得厉害。

"湘九。"

饭桌上一片沉寂。人们似乎都在想象湘九冲动的模样。过了一会儿，一位女同事抬起头来，惊讶地说道：

"亚山，你是不是看材料看得太累了？你的脸色不太好啊……"

十七

被雷霆万钧的长官高高举起又轻轻放下

湘九不觉得自己冲动。

湘九认为自己是一个有理想有信仰的人。他两次到过德国特利尔。站在马克思故居前，他仰视导师的头像。革命导师永远向前的目光，仿佛洞察了历史的古往今来，审视着世事的变迁。他创立的学说，影响深远。即使在今天，在西方，英国广播公司（BBC）通过网上评选"千年最伟大的思想家"，这位导师依然当之无愧地位居第一。

湘九还认为自己是一个有风骨的人。一个人，可以追求名利，但不能为名利所奴役。苏武牧羊是一种风骨，岳飞抗金是一种风骨，梅兰芳蓄须拒为倭人演戏也是一种风骨。母亲从小教育湘九富贵不能淫、贫贱不能移、威武不能屈。这些话，早已渗透他的骨骼融化在他的血液中了。

后来，龙显对他说："这次开会发怒，我冲的不是你，因为举报信中提到的某些数据你并不清楚。"

湘九说："那你冲的谁？冲谁也不行。冲我，反正我习惯了，别人也习惯了。冲着班子其他同志你也这么干，这个单位就彻底完了！"

那天龙显的暴跳如雷让老康目瞪口呆。那天老陈不在。龙显说有人头上顶着一圈圈光环。他说："什么专家型干部，什么特殊津贴，根本就是人前正人君子人后阴谋诡计的人！"

龙显照例拿着一封针对他的举报信，照例将茶杯砰砰地敲着会议桌。与会的人员照例不吭声，湘九也照例闭目养神。没想到方书记来了这一手。

方书记建议党委委员们起身向龙显发誓时，湘九以为听错了。以前，这里享受国务院政府特殊津贴的专家只有他，他获得这个头衔十多年了，现在新增加了一个老康。湘九想只要龙某人不指名道姓，就当他耳边风。

但是，方某人的提议太过分了。过分得不可思议。

会议室的气氛很压抑。有人抬起身，又不安地坐下去，有人傻乎乎地看着龙显，看他会不会提出不合适。龙显却盯着他们不表态。穿窗而入的微风吹动着桌上的那封匿名举报信，湘九凝视着那封信。凝神片刻。他感到一切如在做梦。

"你想制造一个丑闻吗？"湘九对方书记说。

"谁敢站起来向他发誓？！"湘九拿起自己的茶杯，砰的一声砸在桌上。他环顾四周，如同在前线，面对即将出征的士兵们。"我警告你们，"他嗓音嘶哑地说，"党纪、人格都摆在你们面前，谁站起来，谁就是丑闻中的角色！"

所有人的眼睛都低垂着，那气氛凝重至极。有没有说过青洪帮，有没有说过林彪之类，湘九后来都记不清了。那时他激动得全身都在哆嗦。是激动，不是冲动。他站起来，站在会议桌前。方书记愣怔怔地瞧着他。

湘九的眼光越过他们望向远方，仿佛看到背起幼主毅然跳海的宋朝大学士陆秀夫，一叶扁舟过零丁洋的文天祥。还有童年的电影：一条汉子走出人群对鬼子说：我是八路。

仿佛集千百年忧国伤时的痛苦于一身，犹如前不见古人后不见来者的诗人，湘九为二十一世纪官场的堕落怆然涕下。满室沉寂。一种蚀骨的孤独侵袭了他。何谓虽千万人吾往也？他再一次深切地感受。

不管人们对湘九的评价如何，方书记成了一个笑话。

这个笑话在大院子里，在省级国企之间传来传去，令人为之欷歔不已。没有人当面评论他的行为是正确还是愚妄，不久之后，龙显为快要到龄退休的他去游说想再干两年时，方某人才发现人们的态度是多么微妙与疏离。即便是老同事老上级，现在也只能以一种爱莫能助的眼光看着他了。他们眼里的无奈与怜悯，使他感到自己真的是很像一个病人。

"我常常在无事可做的时候，捧着报纸坐在办公室里发呆。当个小官的好处是有旱涝保收的工资和福利。下雪的冬季，我一点感觉不到寒冷，屋子里暖气烧得可旺。我总是想起在部队的时候，我们在你那间宿舍聊天，没有暖气，像寒地生存训练似的，可把我冻坏了。而你却吹牛吹得那么起劲……"

建华坐在宾馆的沙发上絮叨这些往事。他的河南话使人感到亲切。他的官不算小了，至少在那座中原古城，他已经跻身于权势阶层。古城与杭州结为姐妹城市，北宋文化跟南宋文化一脉相传。湘九想，这是什么文化？暖风熏得游人醉，直把杭州作汴州吗？

古城人得意的是樊楼，是"梁园歌舞足风流，美酒如刀解断愁"。杭州人得意的是南宋一条街，是"彩舫笙箫吹落日，画楼灯烛映残霞"。没有人记得包龙图，记得辛弃疾了。官员们津津乐道的词全是楼台亭榭、休闲之都。

"今晚俺们一定得聚一聚，"建华说，"你得叫上几个有身份的朋友，别让俺在书记面前丢份。"

湘九很羡慕建华，他是区的副书记，区委书记却跟他像弟兄一样。老战友。没得说的。湘九说："我把志祥叫来如何？"

"他是干啥的，"建华颇有些怀疑他的诚意。"你原先工厂的传达员吗？"

"我的朋友都是有身份证的。"湘九说，"你放心好了。"

建华咬牙切齿地看着他。"随便。"他说，"你看着办吧，如果是老传达员，你就说他儿子是个副市长行不？"

"志祥没有儿子。"湘九看着建华快要抓狂的神情笑了。"但是，他有一个哥哥。"

"是个下岗工人对吗？求求你，你就别捉弄俺了。"

湘九不想捉弄他，他想起从前的日子，想起黄河边古城郊区，建华跟在他身边那鞍前马后的军旅生涯，他的眼眶微微潮润。"他哥哥还在位，"他认真地说，"就在你们省委。"

"谁？"

湘九说出志祥哥哥的名字。他看着建华张大嘴，傻了似的神情，他的心在叹息。"不丢份了吧?"他说，"再说他本人也是我省工商局的副局长。"

湘九跟志祥的交情可以追溯到他们的少年时代。那时湘九在插队，志祥在读技校，他的一位邻居是湘九插队的伙伴。回城时湘九去伙伴家玩，向志祥借课本看，这个从小辍学而不肯放弃的少年给志祥留下了深刻印象。

志祥当官很早，他成了团市委领导时湘九还是造船厂的一名工段长。不过，那时湘九对志祥说："我不归你领导，因为我不是团员。"

二十世纪九十年代初的那个冬天，湘九从济南回到杭州，在家里等待调动的命令。南京军区来了谈话通知，几位朋友说："这一回肯定落实了，我们陪你一起去南京。"风闻对他的安排是杭州军分区副司令员，志祥感触万千地说："湘九你也有今天，原来你也有今天啊!"

湘九记得那辆米黄色的破伏尔加轿车，不知他们从何处借来的。郊外。远方看到山。山势虽平缓，但粗犷辽远，枯黄秸秆与枯草构成无边无际的金黄色原野。近处是厂房，高高的烟囱吐出淡淡轻烟，与天空的云彩打成一片。正是心旷神怡之际，开车的朋友却大喊起来：不对了，不对了! 刹车坏了!!

冷汗汩汩地淌遍全身，他们绝望地看着伏尔加轿车向前移动。每一次避让迎面驶来的车辆都使他们闭上眼睛。他们的眼前一片空白。远处的公路旁有一个大草垛。志祥说，慢一点，开过去，开进那个草垛! 他们再次闭上眼睛。砰的一声，湘九的脑袋撞在车顶上，撞起一个大包。

后来想起这辆车，这场遭遇，湘九就觉得这是一个乐极生悲的警告。他从熄火的轿车里爬出来时，满身都是稻草。他的心情糟糕极了。他感觉军分区副司令员的职位就像这辆车，还没驶出这座城市就抛了锚。

果然如此。当他只身赶到南京时，军区干部告诉他，原来的方案改变了。

到了一九九四年夏天，湘九转业去赤州履新时，志祥无论如何也不敢再送他。他说："我会去看你的，一年以后吧。现在我害怕。"

湘九跟志祥的哥哥并不熟悉。有一年北京召开一个重要的全会，新闻发言人坐在台上，面对中外记者侃侃而谈。那天湘九正好去他家，志祥的女儿指着电视说："伯伯，我伯伯好酷啊！"湘九说："你伯伯，是你爸爸的亲哥哥吗?"姑娘笑了，说："当然，都是我爷爷奶奶生的。"

建华确实很有面子。他的顶头上司，他的同事们，都像听天方夜谭一样，听他讲述省委书记家里的故事。但是，当他们看到志祥接到湘九的电话马上赶来时，一时竟有些小小的失望。因为志祥实在是太普通了，剃着一个小平头，高高的个子，憨厚的笑；整个形象跟船厂的传达员并没有太多的区别。

建华悄悄将湘九拉到一旁，说："您没有骗我吧，他真的是俺省委书记的亲弟弟?"

老康接到湘九的电话有点惊讶。他的印象中湘九从来不请客。不仅不请客，别人请他也很难。他的解释是吃人家的不好意思，人家吃他的吃不起。因为他从来不把发票拿到龙显那里去请他签字报销，如果必须招待客人，他说，那就只好用我的稿费了，那可是我一个字一个字写出来的！

今天是慷他人之慨，老康走进餐厅就明白了。他看到几位来自北方的客人正襟危坐，中间坐着多少有些茫然的志祥局长。湘九平时只喝黄酒，酒量很小，今天的桌上却摆着几瓶茅台和五粮液。

湘九说："给你介绍一下，这是来自我第二故乡的客人。"老康说："你的第二故乡太多，插队的地方，当兵的地方，河南山东云南到处都是你的第二故乡，今天来的是哪里的贵客?"

建华说："河南，俺们来自黄河之滨，湘九当兵的第一站！"

或许是分别太久，或许有许多角度不同的表达欲望，端起一瓶美酒，瓶盖一启，那陈年的芬芳就使人打开了话匣子。湘九听着客人说起那里的变化，拐过来绕过去总是省委的英明决策，书记高瞻远瞩。湘九向建华挤挤眼睛。志祥听得津津有味，向他横一眼说："我哥哥干得不错，我当然高兴了，别以为人家都是奉承好不好！"

"那是，"建华说，"俺们谁也没有跑官要官的想法，局长您别理睬他。"

湘九无奈地笑。志祥又蹦出一句话："湘九，康总，你们怎么搞的，四千万元的公款竟敢拿去给私人注册公司，你们就不怕坐牢吗?！"

湘九惊呆。老康也惊呆了。

他俩面面相觑，不知所措。

当志祥把阿季的老婆闹到工商局，要求查询公司注册资金的来龙去脉，因此发现是国有资产的情况告诉他俩时，一阵一阵的冷汗湿透了他们的全身。志祥却对他们的表情深觉怀疑。他的神情变得严肃而凝重了。"怎么可能呢，"他说，"这么大的事情怎么可能没有经过你们班子的集体研究？莫非龙某人吃了豹子胆啦，他竟敢擅自做这么大的主？他从这中间拿了多少好处？！"

这顿饭，因了这件事的出现而变得黯然失色。回家的路上，湘九跟老康坐同一辆车，两个人都不说话，心事重重。

车窗外，街旁林立的店铺向他们张扬着财富与豪华。一辆载着新贵的轿车飞驰而过，传来车上小姐咯咯的浪笑声。半轮月亮挂在正空中，淡黄色，上面布满不安的阴影。它的光亮很弱，投不进被高楼遮蔽的小街，反而觉得它是被城市的灯光照亮的。夜晚的城市有着霓虹绚丽，也有着罪恶的欲念。刀光剑影，隐藏在城市的深处。

老康的心情，无疑比湘九更沉重，他是总经理，却不知道集团有一大笔资金曾经不翼而飞。

燃一支烟，抚慰黑暗中脆弱的灵魂，烟雾缭绕的时候，静想。车，仿佛行驶在旷野上，带给人无边的寂寥。湘九看一眼老康，他的头低低的，竖起高高的风衣领子，看不到脸上的表情。湘九说，省工商局打算将此事立即报告省政府。老康点了点头，依然不说话。

他好像很累，累得连说话的力气都没有了。

老康跟湘九一样，起初是根本不想得罪龙显的。然而，很快他就发现自己陷于困境之中。在这样一位"一把手"的领导下，国有资产面临的流失风险远远超出了他的想象范围。老康在打开一沓沓眼花缭乱的投资协议、股权变更登记和账册时觉得自己像走进了迷宫，他绞尽脑汁也突破不了重围。他想相安无事，但这个美好的愿望因为龙显的步步紧逼而变得越来越难以做到了。

借助外力毕竟是有限的，许多个夜晚，老康想拿起电话，跟龙显好好地谈一谈。然而，怎么谈呢？他一点把握也没有。狼不会承认自己想吃羊。他很明白这一点。

今晚志祥说的话让他下了决心。既然龙某人已经走到了这一步，那就只能完全决裂了。他干这件事的时候，有没有想过会连累总经理？没有。他的眼里只有自己的利益。跟这种人，如何共同建设和谐社会？

老康终于抬起了头。他对湘九说："班子里七个人，你和我，加上陈；而紧跟着龙的也有两个人，因此，中间有个阿沃很重要。阿沃分管投资，掌握的情况比我们多；阿沃跟龙是校友，有一定的交往基础，他们一直在做他的工作。"老康的话点到为止。他说："湘九，你明白我的意思吧？"

建华临走时给湘九留下一句话：财富不是你一辈子的朋友，朋友却是你一辈子的财富。

湘九将这句话转赠给阿沃。班子已经有这么多人，龙显还要增加关某和曾处长为总经理助理。他让方书记先"考察"完了，然后就上会，连老康也不知道：他们已经给他配好了两名"助理"。

湘九把老康的意思化作自己的话告诉阿沃：改制中这样做不利于稳定，再说此前公布过的考察对象中也没有曾处长。阿沃说，除非康总在会上首先提出不同意见，否则我们很难表态。

湘九将工商局向省政府反映的问题告诉他。他看着阿沃的脸。阿沃的脸色一点没变。湘九点燃一支烟，阿沃站起身去开窗。风吹进来已经添了很深的秋意。阿沃抱着肩膀在屋子里走了几步，站住说："你们以为这个问题就能让这条龙举手投降了吗，你们想得太乐观了！上面的人一定会保他，让他做个检讨什么的，这件事就过去了。"

湘九愣怔怔地看了他半天。心里知道他没说错。阿沃在党校读过中青班，那个班的同学遍布要害部门。阿沃比他们更清楚龙显的能量。湘九想反驳他，却发现所有的语言都那样的软弱无力。

湘九沮丧地抽着烟，听到楼下汽车的喇叭声响。阿沃走出去看了看，脸色有了一点变化。来的不止一辆车，阿沃说："有国资委的纪委书记，有监察室主任，好像还有省纪委的人？乖乖，这事情还真有些闹大了?!"他的话使湘九为之一振。

湘九扔掉烟头说："至少，那两个总助是暂时当不成了吧？"

"这倒可能，"阿沃说，"雷声大了，总会下几滴雨的。"

两个人一起走出去迎接这个调查组。国资委的纪委书记不仅跟湘九在中原军营一起当过兵，还跟他出国一起培训过。慕尼黑国际管理学院，高级管理班。湘九自嘲说好像"克莱登大学"。星期天，在慕尼黑的皇家啤酒馆，湘九拿出五十欧元，请求乐队连奏两遍《中国人民解放军进行曲》。当雄壮的中国军乐在七千人的啤酒馆大厅里奏起时，在场的华人无不起立，湘九跟他、跟班里所有当过兵的学员，都把手放到了帽檐上。

当湘九从指挥台上下来时，许多欧洲老人和妇女与他拥抱握手。饱受过第二次世界大战创伤的人们，不同肤色的民族，在这一刻共同感受到和平与发展的深刻含义，他们举杯共庆。

今天的纪委书记却表情肃穆，连一句寒暄的话都没有。湘九跟监察室主任说："听说您也是军队转业干部，以前在哪个部队？"监察室主任点了点头，却没有回答。自讨没趣的湘九一脸尴尬跟着他们往楼上走，心里却暗暗高兴。如果大家都嘻嘻哈哈，这个注定要走过场的戏也就太没劲了不是？

会议室开着灯，感觉却很幽暗。空气中有一种言语不清的沉闷气息。也有暧昧的气息。并不是每个调查组成员都对龙某人及其追随者反感，湘九确切地感受到这一点。会议室旁边有两个办公室，专门用作上级派来的审计或者改制指导之类人员临时办公，湘九曾经在无意中发现抽屉里放满了香烟。全是"三"字头的软中华，每条价值至少七百元。湘九想，上级派来的总是那么几个人，就是养几条宠物，时间长了也会产生感情呢。

事实上第一次见面会开得很简单，纪委书记说近来收到不少反映贵单位违纪违规的群众来信，有关部门也向上级报告了发现的一些问题，有的还很严重。因此成立这个调查组，希望集团班子和员工予以配合。湘九盯着龙显。龙显的神情很镇静，只有嘴角的微微抽搐暴露出了他内心的紧张和不安。

调查组选择了一个日暮黄昏的时刻跟湘九谈话。监察室主任坐在他对面，一男一女两个副处长捧着笔记本坐于侧旁。湘九看着监察室主任面前厚厚的一叠材料，略显紧张地思索着。

湘九突然说："我没有什么可以多说的，我了解的情况不比省工商局更多！"监察室主任说："你得信任我们，这是调查的基础，我们知道你在这个单位工作的时间最长了。"湘九说："时间长有什么用，我不分管投资，也不分管财务，我只管不能出事故。"监察室主任说："这不行，你是军人出身，你还是一名作家，你的疾恶如仇更是出了名的，你不说还有谁说?!"

湘九斜着眼打量两位副处长。沉默许久，他才跺跺脚说："好，你提问题吧，我得看看你们对什么问题感兴趣，又打算回避什么问题，才能决定我的回答。"

几个月以后湘九才服了这位主任。那一天他第一次去省国资委，坐在小会议室听调查组反馈意见。他发现自己向北京、向有关部门反映的十几个要害问题，基本上都被监察室主任复述了一遍。他领略了这位主任穷追猛打的军人作风。龙显完全处于被动，连招架之力都失去了。那时他的脸色一阵红一阵绿，顾左右而言他。费厄泼赖应该缓行！湘九在心里为主任鼓掌。他又找到了一个可以信赖的战友。

然而，这位战友毕竟人微言轻，他的提问再尖锐也是无用。四千万元，被上面的长官高高举起，轻轻放下，最后变成了一阵风。很长的一段日子，监察室主任回避着湘九，实在回避不了时，苦涩地朝他笑笑，侧身而过。其实湘九很理解他。

湘九永远忘不了某位长官亲自来到集团会议室，主持召开的那次"民主生活会"。

这个在一方土地上排名可以进入十几位的长官在会上声色俱厉地批评龙显。他说："你必须老实交代你的一切问题！你应该明白，谁也做不了你的保护伞，谁也不会做你的保护伞！"他说："老实告诉你龙显，组织上对你是不满意的，持怀疑态度的！这个集团出现的问题，就是你的问题，跟其他班子成员都没有关系！今天的民主生活会就是专门为你召开的，让大家来批评你、帮助你改正！改正了，你才能获得同志们的谅解，组织上的谅解么！龙显同志，你可不能讳疾忌医啊，这是我最后对你的警告，也是对你的爱护和帮助!!"

雷霆万钧。如果对象是别人，早就找个地洞钻进去了。"一把手"，到了这种地步还怎么继续工作？但是，回避了所有的实质性问题、要害问题，只是一通骂，这是骂给谁听?

湘九觉得很可笑。如果对他不信任，完全可以采取必要的措施。审查也罢，警告也罢，大可不必在大庭广众之下进行如此严厉的训斥，单独叫进去就是了。这场"秀"，主角是他，配角是龙显，班子全体成员是观众。

湘九就坐在龙显身边，他耳朵里听着长官的训诫，眼睛一直看着龙显。龙显竭力装出很沉重、很痛心的样子，其实很轻松。湘九看到他的手指在桌上轻轻地敲击着，他喷出一口烟，望着烟雾袅袅升起，那躲在烟雾后面的神情，甚至是心不在焉。

阿沃的话完全是不幸而言中。果然是"让他做个检讨什么的，这件事就过去了。"

湘九沮丧极了。他蹒跚地在都市喧嚣的夜色中游荡，不想回家。他怕回去看到老首长题写的那块字匾："忠良传家"。他没法改变自己的基因，自己的黄道十二宫。母亲生前说国难显忠良家贫出孝子。当孝子易做忠良难何其难。

调查组还没有撤走，上面又来了一个改制工作指导组。组长强调，一切以改制为中心，不准有任何干扰。什么是干扰？举报信。调查组。金处长银处长曾处长好像提前进入了油菜花儿盛开的季节，亢奋之极，拿着一封封告状信，到处征求签名。信上说对龙显的调查干扰了改革进程。信上说广大群众都拥护坚持改革的龙董事长，拥护"三七开"。湘九甚至看到一个在龙晟公司召开的会议的纪要，上面明目张胆地说：最多将国有股设置在33%。他们就是不能让国有股达到三分之一，就是要让它没有重大事项的否决权。

湘九想起李贺一句诗：黑云压城城欲摧。他的感觉只有四个字可以形容：惊心动魄。

二〇〇五年十月二十四日，星期一。天气反常，气温达到二十多度。湘九赶往上海参加巴金老人的遗体告别仪式。几千名民众排成两队，缓步前行，湘九跟着队伍缓缓向前。他在巴老的遗体前三鞠躬，并绕行遗体瞻仰巴老遗容，把手中的鲜花摆放在巴老的灵床上。湘九跟巴老的女儿小林、儿子晓棠握手，心中的忧伤难以言说。一位老人安静地走了，他留下拷问心灵的文字，激起的是一代知识分子说真话的愿望，他竭尽全力坚持到底的努力，就是想活出一个生命的完整。从天堂到炼狱，再到重返人间，生命与良心同在。他的一生都在寻梦，湘九想我的一生呢，是不是也在苦苦地寻梦？

同意阿季辞职是在这年的十二月二十二日。事后才知道，这一天他已经被送进拘留所，罪名是故意伤害他人。他人就是他的妻子。龙显隐瞒了这一切。只说是接受了上级的批评，不再重用此人。到了第二年的夏天，有一天湘九经过灰仔的办公室门前，看到一个剃光头的人，迟疑了半天才认出是阿季。费了九牛二虎之力，动用各种关系被"捞"出来的阿季显得瘦削、落拓和消沉，完全失去了"新西兰华人新贵"的风采。

前面已经说过，湘九在灰仔的办公室遇见了龙显。龙显因此而愣了半晌。湘九出去了，在楼道上放慢脚步，听到屋子里压低的嗓门。龙显在气急败坏地责骂阿季跟灰仔：为什么还要跑到这里来？为什么大大咧咧地开着房门，让姓张的看到了你这个光头？

十八

审计组说你，或者你们，到底掌握到什么证据没有

　　还是要从多年前说起。来到省城的王妤明伤心欲绝，她叫了一辆出租车守候在龙显家门前。龙显开着车出来了，她紧紧跟上去。龙显的车停在一家宾馆门口，他走进去，上了电梯。王妤明走到大堂坐下。她等啊等。一直等了两个钟头，才等到龙显重新出现。

　　龙显从电梯里走出来，后面有一位妙龄女郎。迎面看到了脸色铁青的她。龙显本能地向后退，那女郎却十分镇静。女郎说："龙董，你怕什么，这个女人是谁，怎么脸色这样难看？"

　　王妤明向比她年轻漂亮的女郎挥出手去。但是女郎朝她撇撇嘴，朝旁边一闪，娉娉婷婷地走了开去。王妤明呆立了两秒钟，跺一跺高跟鞋，飞快地奔出宾馆。

　　龙显下意识地以为她想寻短见，因为前方就是西湖。他慌忙地追上去，没想到王妤明瘦弱的身体爆发出了异乎寻常的力量。当龙显在湖边追上她时，她左推右搡，又抓又咬，好像真的不想活了。后来她倚着一颗柳树低声啜泣，两眼空空地朝白茫茫的湖面看着。龙显说："到车上去说吧，你误会了，我跟这女人的关系并不像你想象的那样。"王妤明啜泣着说："归宿，这就是我命定的归宿？"她的两条眉毛在含泪的眼睛上面皱起来，画得浓浓的，像两条哀怨的小蛇。龙显花言巧语地说："怎么可能呢，我们的日子还长着呢，你就别胡思乱想了。"

　　一滴珠泪凝挂在王妤明的面颊上。回到龙显的车上后，她的目光已经变得冷静，

流失岁月

她明白这样的吵闹只能适可而止，物极必反的后果她承受不起。

她的窗口也有一棵柳树。就长在大杂院里。这棵树见证了困难的岁月，见证了他俩在深更半夜的拌嘴或者说不和谐。邻居们把她的嘤嘤哭声当作笑话听，他们在掩嘴窃笑之余回味着她的那种风韵独特的叫床声。哭是因为那个女郎，居然就在龙某人的直接属下，更因为她发现这女郎也来自太湖之滨。

如果是萍水相逢的风云际会不会让她这样伤心。这说明当初向她发起进攻的时候，龙显很可能是在享受齐人之福。这个女郎跟她前脚后步进了省城，这怎么叫她忍受得了？

每个人都有朋友，王妤明在一个瑜伽馆认识了几位富太太。她把心事说给其中一位富太太听。富太太婉言劝说她。现在是什么社会了，男人们都是家里红旗不倒外面彩旗飘飘呢。再说你也是一面彩旗啊！有人年纪比你轻怕什么？富太太放低声音，忍不住吃吃地笑起来说："年轻的有你经验丰富吗，你的床上工夫比她好不就行了？"富太太顺手在她胸前抓一把："要不要我再教你几手？"王妤明的脸红了，终于也笑出声来说道："我也不是想不通，就是如果有一个狐狸精插这么一手，我特别不舒服。"

龙显抱怨说，每次到这个大杂院来，邻居们就会用窥测的目光盯着他看，像苍蝇一样。巷子里停车也不方便。有一回他挟着公文包蹑手蹑脚地走进院子，一个邻居老太太冷不防从厨房里探出头，说，王妤明不在家。把他吓了一跳。龙显说："我知道，她马上就要回来了。心里却暗暗地骂，死老太婆，关你什么事？"

那天傍晚龙显伸着懒腰走出大杂院，王妤明倚在门边向他挥手，那模样格外娇柔。这天太缱绻了一些，她的脸色在晚霞的辉映下显得苍白。她看着龙显的背影，看到他的脚步也不太稳，虚虚的，像踩在棉花地里。忽然听到他一声喊，她吓得捂住胸口。急急忙忙地，她奔出去，看到龙显站在车旁破口大骂。

"哪个小王八蛋干的？"他挥着拳头说，"没爹娘教训的东西！"

原来，在他们缱绻的时间里，有人在龙显的车身上划了几道杠杠。那划痕很深，是利器，至少是钥匙划的。车是新的，龙显气得脸色彤红。他跺着脚，用一种尖厉的声音对王妤明说，你不能再在这种地方住下去了，我也不想再到这里来了！

王妤明记得，自己呆呆地站在那儿，嘴里大声地喘气。她说："我也不想住在这个破地方。你给我换呀。"她说："给我换到洋房里去，换到别墅里去！一个狐狸精都比我住得好多了，你还把她安排在最重要的岗位上。"她潜然泪下。

现在好了。王妤明对自己说，说起来还要感谢那些写举报信的人，感谢这个不痛不痒的调查组，龙显听到风声不对就让那位女郎调走了，走得远远的。

王妤明站在别墅的阳台上。晚霞将成熟得不能再熟的女人特有的身体曲线勾勒出来，圆圆的，细巧的，看上去很精致。她早已搬入这个龙晟房地产公司开发的豪华楼盘，自然是最理想的一栋了。从阳台上眺望四周，视野极为开阔，钱塘江江景尽收眼底。庭院里种满鲜花，保安挡住任何不速之客。他们连走路都是轻轻的，唯恐惊扰了这位女强人。这些保安总是用一种谦卑的目光看她，永远站得笔直地听候吩咐，王妤明的虚荣心因此而获得了极大的满足。

许多策划于密室的交谈在这里进行。许多见不得阳光的协议在这里签订。比方说集团在龙晟公司的一大块国有股，通过一次次密谈转让给了一位私营开发商。王妤明不太满意的是，总是在进入最关键时，龙显请她"到阳台上去看看"。阳台上有什么可看的？王妤明说："莫非你对我也不放心？"龙显嘿嘿一笑，说："哪能呢，有些问题，人家也是避讳有第三者在场的，我总得照顾对方的心情呀。"

小客厅里有一面镜子。风吹起窗帷一角，她从阳台上回首，看到镜子里有两双手，正在交换几张纸。白白胖胖的是私营开发商的手，黑黑的、静脉在跳动的是龙显的手。这双手其实很普通。手掌有点儿圆，软绵绵的，上面横竖交错着几条弯弯曲曲的手纹。但是，王妤明感到，这双手的微微哆嗦暴露出贪婪、喜悦和紧张。她很想知道私营开发商交换给龙显的两张纸上写着什么内容，而这双手已经迅速地将它们放进了贴身的口袋之中。

站在阳台上的王妤明总是情不自禁想起这个场景。因为后来她看到的只有一张纸。龙显说："你看错了，哪有两张纸呀，就是这一张！"这张纸上写着龙显向对方转让股权的承诺：一个月内完成变更登记，给对方用于购入股权的八千万元以国有资产进行全额担保。王妤明想自己是傻瓜吗，好像不是。傻瓜才相信有人会将这种空手套白狼的发财机会白送给对方。

国资委调查组的进入曾经使她坐立不安。她最担心的恰恰是龙显藏起来的那张纸。有一段时间她的脸上甚至长出了一些褐色的蝴蝶斑，这使一向注意容貌的她长吁短叹。有一天晚上她对龙显说："你得稳住这位开发商，多给他一点好处也没关系。"她知道，这时的龙显对那家伙已经很反感，为了滨江一块地而产生了利益冲突。龙显色厉内荏地说："还要怎么样？我给他的好处比他给我的多得去了，他敢去揭发我吗？一个暴发户，还敢跟我叫板?!"

别墅的阳台很大，王妤明拐过去走到卧室前。卧室的门开着，向阳台飘出一股气味。她知道这是什么气味。男人女人身上的汗味。分泌物的气味。淫靡的气味。今天早晨他走了，她一直睡到中午，还没有换床单。

昨天夜里龙显格外兴奋，久已萎缩的他仰然奋起。他的手温柔地游弋于她的敏感部位，使她产生一种快速坠落的感觉。他说："你知道吗，其实调查组的行动全在我的掌握之中。""为什么，"她喘着气说，"你告诉我为什么！""我有人，我手下的人也有人，"龙显气喘吁吁地说，"再说，他们总得要向省里报告吧，上面的人知道了我也就知道了！"

他手下的人跟调查组有往来，王妤明知道。金处长就是关键的一位。上级管理部门有一批干部来自过去的财政部门，金处长跟他们多年来称兄道弟。调查总是需要配合的，金处长的配合，如同一匹狼披上羊皮，牧羊人稍不留意，丰收的愿望就成了镜花水月。

毕竟还是冬季，晚霞很快就要消失了，行人寥落的江堤上驶来一辆宝马车。江边的铁栏杆成为它的背景。江水是灰色的，靠近岸边的地方漾着一层油脂。江鸥低低地掠过。江中行驶的船舶拉响了沉闷的汽笛。

王妤明认出这辆宝马轿车正是龙显的。她向阳台上倾出身去。不知道他又带来什么消息，她想。不管什么消息，她做出一个自认为很妩媚的姿势。

她没有注意到，远远地还有一辆车，一辆奥迪。这辆车上的司机是一位跟龙显差不多年龄的男人，正带着疑惑的神情缓缓驶来。

天色暗淡下来，凭栏眺望的女人给这个楼盘带来无数暧昧的联想。她在看风景，看风景的人也在看她。

在奥迪轿车沉闷的车厢里，手表嚓嚓地走动着，萧骅瞧着这栋别墅、这个阳台，计算着时间的慢慢消失。他无事不出门，今天却鬼差神使地来到了这里。瞧着阳台上那一对依偎在一起的中年男女，他感到又还气又好笑，还感到很郁闷。

方书记退休了，省国资委从外地调来萧骅担任副书记兼纪委书记。他确实有顾虑，年纪不轻了，何必再去趟这一潭浑水。不少领导说，这个班子严重不团结，你去了特别要注意团结工作，千万不能陷进去。只有少数人告诉他，恐怕不是团结不团结的问题，而是大是大非问题。

他想等调查组的调查结果出来，再决定自己的倾向。但是，这个结果却迟迟出不来。听说每次要去查某个问题时，这个问题就不见了，或者有了一套天衣无缝的新说辞。

董事长和总经理都很关心他，给他配车，问他的家安在哪里，是否打算买房。只有湘九，第一次单独聊天就告诉他，你是纪委书记，首先应该提出建立健全纪检机构，一家省级国有企业，怎么能只有纪委书记而没有委员，甚至连一个专职办事人员都不设呢？

你一个光杆司令能解决什么问题？

湘九的话很尖锐，萧骅却并不反感。他是干部子弟，父母挎着盒子枪从山东南下来到江南。当湘九在小巷里被工人或者小贩的儿子骂作"小反革命"，被拳打脚踢时，萧骅正穿着父母的黄军装带着一帮大院里的孩子"打游击战"。红色风暴来临，父母被打倒了，他下了乡，这才体会到人生还有许多不由自主的辛酸。当然，父母很快又被"解放"了，他成为中国人民大学的学生。青少年时代的他，跟湘九的经历确实相差很大，奇怪的是，湘九却给他一种熟悉的感觉。

星期天，他来看看这个楼盘。龙显说你想买房的话就说一声，价格什么的不用考虑。萧骅不熟悉这条路，慢慢地行驶，看到前方那辆宝马车也浑不在意。直到进了大门，驶过曲曲弯弯的林荫路，蓦然发现前面的宝马车停下，走出一个他已熟悉的身影时，他才惊讶地踩下刹车。

有几秒钟的时间，他只想掉头而去，又怕惊动了对方。

他好像已经明白：究竟是多数人的话对还是少数人的话有道理了。

天色在暗下来。在阳台上，男人的手在柔软地梳弄着女人的头发。女人的一头长发在晚风中怡然飘荡，如一部老式电影中的镜头。后来更是朦朦胧胧，成了一双剪影。这个女人显然不是龙显的妻子，他的妻子不住在这里。后来回想起来，萧骅总觉得也许它只是一个虚幻之梦，一个内心空虚的男人和一个内心更空虚的女人在幽会的阳台上做一个孤独的游戏。

配合调查组的工作自然也是纪委书记的职责。有人悄悄问过萧骅：有没有发现泄密的情况？他摇摇头。他来了才几天啊，他怎么发现得了。他建议对方向湘九了解。对方说，他是一个直来直去的炮筒子。萧骅想了一会儿说，听说他在南疆当过侦察兵，一个侦察兵，怎么会是只晓得直来直去的炮筒子呢？

国资委的纪委书记不便直接找湘九谈这个问题，一位处长给他打电话。这位处长也是慕尼黑国际管理学院的同学。湘九听他提到这个问题，第一反应是换电话，搞得他也有些神经紧张了。湘九说，这样轰轰烈烈地搞调查能不泄密吗？何况牵涉的还不是你们一个部门。处长说除了我们，只有审计部门知道呀，这是没有办法的，他们是专业的职能部门，不可能不让他们知道。

湘九是从造船厂走出来的，这位处长是海员出身，两个人在国外学习时天天抬杠，关系却又特别的好。海员忽然觉得造船厂工人的声音里充满了某种忧患，如同在平静的海面上觉察到了水下的旋涡。湘九压低声音说："不管泄密的是你们还是他们，搞调查不能这样搞你明白吗？首先要对跟龙某人有利益关系的人绝对保密，否则你们查一万年，也查不出一个真实的结果来。"

谁是有利益关系的人，不好确定呢。处长说。

查一下在龙晟公司持股的自然人。湘九说。如果名字与龙晟的员工不一致，或者明显超过一般持股额度的员工，肯定有问题。

电话里传来公共汽车的喇叭声。处长猜想湘九站在公共电话的亭子里，也许有一片雪花飘进了他的衣领，他缩拢脖颈，嘴里发出怕冷的咝咝声。处长承认他说得有道理：贪婪的人很狡猾，但也有一个致命的弱点，即对任何人都不放心。既然不放心，就一定会跟替自己持股的人签订文字依据。这些文字依据就是定时炸弹，迟早会爆发出巨响和火光。湘九深思熟虑地说："这可是他们怎么也改变不了的一种宿命啊。"

海员将造船厂工人的话转告给国资委纪委书记。国资委纪委书记又转告给萧骅。萧骅的神情便变得恍惚而忧郁了。他知道，别人当然也知道，他这个集团一级的纪委书记管不了龙显。但是，中层管理人员违纪持股之类，却正好是他的职责与权限范围。他该管呢还是不该管？

何况，如果说十分钟之前，他还允许自己的倾向和立场比较模糊的话，十分钟之后的现在，应该是越来越清晰了。

天色完全黑下来了，萧骅不敢打开车灯。阳台上的女人已经发现了这辆车。虽然大半个车身停在树荫下，车牌更是看不清，但萧骅觉得她的眼神和表情都在向他发出严厉的警告。

在萧骅看来，王好明是个苍白干瘦的女人，她的容貌是靠化妆品堆砌出来的。但是，在社会上对女性的审美标准已经变得莫名其妙的今天，一个从富春江边的山坳里走出来的新贵，把她当成了美女，似乎也不值得大惊小怪。

萧骅苦着脸看着王好明的睡裙在迎面吹来的江风中飘拂，现在，对于这一对男女的行为，他想他已经不会有什么大惊小怪了。没有他这辆车，还有保安，还有晚上来到这里做家教的大学生，他们熟视无睹地从阳台下走过，阳台上的人也视若不见，依然紧挨在一起。他们还在笑，甚至大笑。女人在笑声中说："真的吗，他们真的要撤退了？那就让我们的人来接替好了。"

终于，龙显和王好明相拥着离开阳台，走进卧室去了。萧骅看看表，漫长的十分钟，好像半个世纪。他发动奥迪轿车，发动的时候还长长地叹了一口气，然后倒车，回出去。他重新驶上江堤，风大了，他的车在风中微微摇晃。他的思想也在摇晃。他想，谁是他们的人，又是来接替哪些要"撤退"的人呢？

那个在一方土地排名可以进入十几位的长官在声色俱厉批评龙显的同时，还表示要请专业审计部门来进行专项审计。他批评国资委：不强调服务，给改革设置条条框框。他还说要保护拥护改制的人的积极性。这番话自然有所指，龙显手下一帮人组织联名告状的劲头更足了。

有一位国资委的副主任参加了这个会议，翌日晚上，湘九接到他的电话。他问湘九有什么看法。湘九说："国资委成立后，加强了监管体系，必然会使某些自由度相当大的国企掌门人感到不舒服，至少不能赤裸裸地为所欲为了。他们都是有能量的，向长官诉苦完全可以理解。谁也不会反对改革，问题是改革的过程是否需要监督？如果不需要，也就没有必要成立国资委了。"

湘九说："你们履行自己的职责有什么错？"

早晨上班在楼道遇见龙显，没想到龙显问他："昨晚国资委是否给你打过电话？"湘九愣了愣说："这样的问题也要向你报告吗？"萧骅在一旁听了想笑，赶紧捂住嘴。湘九进入自己办公室，萧骅跟进去。萧骅说："到底有没有给你打过电话？"湘九叹了一口气，说："他们也不容易啊，有时上级也需要下级的支持你明白吗？"

气氛很有些凝重。为了轻松一点，萧骅讲起星期天的邂逅。他的叙述令湘九笑出声来。笑声戛然而止。"你再说一遍，"湘九说，"他们的人要来接替撤退的人？"萧骅同样疑惑地说："是啊，我想我不会听错。"他看看湘九的脸，湘九的脸显得很严肃。"我明白了。"湘九说。"你明白什么了？"萧骅问他。

"如果审计的结论是没有什么问题，"湘九问他，"那将是什么后果？"

已经是二〇〇六年的早春了，窗外的树上有了绿色。风飒飒地吹着那枝叶，很像是雨声。风声雨声读书声声声入耳，家事国事天下事事事关心。看着湘九那张好像挑着千钧重担的脸，萧骅的心受到感染。

他替国资委担忧，因为他毕竟是从那里派来的。湘九冷笑着说："这还是小事，关键是那些被隐匿、转移的国有资产和非法的产权交易，都可能因此而披上合法的外衣！"

阿沃敲门进来时，看到萧骅跟湘九面对面坐在那里，光线黯淡的房间里，他俩的脸色青晃晃的，沉闷而抑郁。阿沃吓了一跳，僵立在门口。湘九说："你找我有事？"阿沃说："不是我找你，是龙董找你。"

窗外真的飘起了毛毛细雨。太阳没有从西边出来，甚至没有从东边出来。但是龙显说出的话还是让湘九感到手臂上的汗毛都一根根竖了起来。龙显说："湘九，你是一个顾全大局的人，这几天我认真地想了想，每次遇到大事，你还真都是从大局出发的呢。"

脑子里想起狼外婆的故事。湘九怔怔地朝他看着，半晌没反应。"别吓唬我，"后来他说，"我从小就特别害怕听这样的好话。"

龙显笑笑。拿出一份材料。他说："你的车确实也该换了，把我那辆林肯换给你吧。"

湘九摇头。"谢谢，"他说，"我坐林肯轿车不合适。"他低下头去认真地读这份材料。这是一份申诉信，龙显为自己辩白：他从来没有以权谋私，没有隐匿、转移国有资产和进行过非法的产权交易。

"什么意思？"湘九抬起头说，"你自己交上去就是了。"

"你和阿沃是从原基建集团过来的，你们也签上名吧。"

"阿沃你怎么想？"湘九转过脸问道。

向来不愿意在这种问题上轻易表态的阿沃陷入了困境，他的脸色无比尴尬。窘迫使他的脸和手都微微泛红，而苍白的嘴唇却在哆嗦。

沉默了好久好久，他以一种企求的目光看着湘九，湘九觉得那目光就像厨房里砧板上的一条鱼。湘九硬着心肠不开口。有时候逼他就是救他，湘九相信迟早有一天他会明白自己的一番苦心。

"我……我也是这么想的，"阿沃终于表态了，他飞快地把话说完，"这是龙董你个人的申诉信，没有必要让我们也签上名。"

他垂下眼帘，瞧着自己脚上的鞋。后来的过程中他基本上不说话。这个过程整整有两个钟头，龙显不懈地动员他们。湘九对龙显说："上面很明显已经打算放你一马了，你又何必节外生枝呢？再说，你申诉的这些内容，我们并不了解，怎么替你证明为你打包票?!"

"阿沃，你能证明这些内容吗？"湘九踢一下阿沃。

阿沃立即抬起头说："不，我证明不了。"

"老弟，你的脑子还算有些儿清爽啊。"坚持了两个钟头后他们终于走出董事长办公室，湘九在楼道上对阿沃说。阿沃的脸上沁出很多细小的汗珠儿，好像走路都走不动了。"谢谢你老大哥,"他说,"你旗帜鲜明地顶住了,我过这一关也容易一些。"

"这样的关口还有不少呢,"湘九忧心忡忡地看着他说,"你得有个底线。"

"我明白,"阿沃说,"我老婆说只有你才是真正的为了我好。我会有一条底线的。"

湘九想起一句老话:家有贤妻夫不闯大祸。湘九说:"什么时候让我见见你老婆,她的头脑好像比你更清爽一些。"

那段时间,电视上经常出现一张总审计长的儒雅的脸。他的风度翩翩。他的语言铿锵有力。湘九像绝大多数观众那样成了他的"粉丝",幻想他和他属下的那帮人能够肃贪反腐,还中国一个朗朗青天。

幻想总归是幻想。梦中醒来时湘九还保留着一丝清明。鸟儿总是把最美丽的羽毛展示给人看的,而将擦不干净的屁股隐藏在暗处。总审计长也许不了解他的队伍并不是生活在真空中,他的职位太高了,相比之下,湘九自然更接近这个社会的中下层。

审计部门派出的审计调查组组长是个湖北或者湖南人,一口未改的乡音让人听起来很累。他的个子颇高,嗓门洪亮,像个当将军的料。湘九问他,果然在军队干过,不过没当上将军,而是从团的位置上转业了。

副组长却是其貌不扬,小小的个头,话不多,看起来很低调,一双乌珠骨碌碌地转,偶尔瞟人一眼,阴冷的怀疑的神色瞬息即逝。湘九看到他就想起昆曲《十五贯》,里面有个丑角跟他像极了。

副组长也姓龙,姑且称之为小龙。如果说龙某人这条龙像一条蛇,小龙就像一只壁虎了。

湘九知道人不可貌相,然而感觉总是不舒服。何况他们找他谈话的时候,生生营造出三堂会审的氛围。他们居高临下的口气,好像是团政委在诘问一个小干事,并且教育他要实事求是配合调查。

于是,湘九漫不经心地说道:"组长,我想起来了,我在步兵一师见过你,那时你好像刚当上上校,一见面就向我敬礼。"

审计调查组一位成员是省军区的家属,看到气氛不对出来打圆场。"张部长,"

她说，"不好意思，刚才没认出是您。"湘九哈哈一笑说："没关系，我会实事求是的，省领导已经公开讲过了么，本集团出现的问题，就是董事长的问题，跟其他班子成员都没有关系！我为什么不实事求是？"

但是当副组长问到具体的问题，究竟哪一笔国有资产可能被挪用、隐匿或者转移了，特别是问他有没有掌握到什么直接证据时，湘九突然警惕起来。对方说没有证据不能往下查。湘九问他什么意思。湘九说："四千万元还不够你们立案吗？将一亿两千万元的国有资产瞒着董事会转移到那家以大学名义注册的私有公司，也不值一提？听你的意思，你们来的主要目的竟是为他开脱的？！"

湘九目光炯炯地盯着组长，组长却避开他的眼神。一种巨大的悲哀压碎了湘九的心，他感到血压升高了，头晕。副组长小龙还在问他，湘九看着他的嘴，仿佛那里正伸出一只放了诱饵的渔钩，引诱他张嘴。副组长说："举报的内容，我们会为你保密。但是你一定要告诉我们，你，或者你们，到底掌握到什么证据没有？"他的话，似乎是商量，是请求，但仔细听，却是命令的口气。

跟萧骅交换过的信息在提醒他，王妤明说他们的人要来接替撤退的人。信任是一种有生命的感觉，现在他找不到这种感觉。

湘九沉默地看着近在眼前的这些审计人员，第一次感觉到自己与电视上所崇拜的对象其实是那么的远，远得遥不可及。他说了一些疑点，说到核心问题时刹了车。他的心中，郁闷的火气在一步步上升。终于，他还是忍不住含讽带讥地说道：

"请原谅我不能把所有的看法说出来，因为我不知道是否可以信任这间屋子里所有的人。我们的这位当事人交游广泛，谁知道这里是否有人与他有什么关系呢？如果在酒桌上或者在按摩院里将我的话捅给他，甚至帮他出谋划策来对付我和我的同事们，我岂不成了一个罪人？"

一屋子的人都呆住了。

从来没有人这样对他们说话，从来没有被谈话的对象如此赤裸裸地在他们面前竖起一面戒备的高墙。说这话的人需要多大的勇气？除非他没有一点小辫子可被人抓，否则哪来这么大的口气与胆略？！

沉默了好长时间后，组长看着这个尴尬的气氛勉强地笑了。"言重了，言重了，张总!"他说，"我们是受上级委托来进行审计和调查的，您应该信任么！这样吧，您可以跟我单独地谈，也可以找您认为信得过的其他同志单独地谈，一个组，四五个人，您总不能都信不过吧?"

这个审计调查组跟湘九的第一次谈话不欢而散。第一次其实也是最后一次，从那以后他们再也没有找过他。也许，他们认为张某人是一个死硬分子，跟他谈话犹如对牛弹琴毫无生趣? 也许，有人觉得从他身上很难捞到稻草，再做他的工作也是枉然?

很久之后，一切真相似乎都大白于天下了，湘九偶遇这个部门中的一个人。此人说："我们单位里有些人对你很反感，你让他们颜面扫地啊。"湘九只能付之苦笑。湘九说："天要落雨娘要嫁人我有什么办法? 不怪罪给犯罪分子通风报信的内奸，却怪罪我，这天下也太无理可讲了!"

不过，在当时谈完话告别之时，湘九还是将组长拉到楼梯旁，跟他单独说了几句话。湘九说："咱们也可算是战友吧，我就跟你说句掏心窝子的话了。龙某人肯定有问题，而且是大问题，对这样的人总归是保不住的，你的眼光要放长远一些。"湘九还意味深长地告诫他说："如果你们顶不住什么人，至少也应当将此案留有延伸审计和全面审计的余地。"

充满自信的组长那一刻显出了惶惑。他瞧着湘九欲说还休。"谢谢您。"后来他蠕动着嘴唇，喃喃地说出这三个字。说完就没了下文。

湘九从他眼里读到两难，读到茫然，湘九为之叹息。一个从农村入伍的兵，奋斗了多少年，当上了团级干部，转业后又当上了这个也算得上是要职的处长，要他在这样背景复杂的风口浪尖安然若素、宠辱不惊确实很难。

湘九拍一下他的肩，走下楼梯，他只能安慰自己：我已经尽到责任了。

这个山雨欲来风满楼的早春时节，湘九跟不少人讲过同样的话。有一天他特意去看关某，跟他促膝谈心。一只小鸟在窗外的树上啼啭几声，留下悠远的余音。关某听着他的肺腑之言，一颗心，似乎浮在了怅然之上。

办公室的沙发茶几上放着一副散乱的围棋。湘九在北京的那位朋友，就是跟关某下棋时结识的棋友。湘九说自己不会下棋，但道理是相通的。下棋需要心静如水，生活也是这样啊，无欲则刚。湘九将阿沃不肯在龙显申诉信上签字的情况告诉他。湘九说："我送了阿沃一句古话：君子为世所用，不为人所用。现在我把这句话也送给你，希望你认真地琢磨一下。"

两个调查组的先后进驻，不可能不引起一些并非到了死心塌地的人的心中的动荡。关某人送他下楼时默默无语。他的眼睛里有担心、有徘徊、有矛盾，湘九都看见了，他在心中为之叹息。湘九握住他的手说："我很怀念我俩在国外一起度过的那些日子，那真是没有顾忌坦诚相待啊。世界那么大，人生那么短暂，你说何苦呢，何苦为人所用，自己贬低了自己？"

湘九的车开走了，回首看见关某还痴痴地站在门前。小鸟仍然在他身旁的树上啁啾，细雨绵延不绝地落在他身上。他扬起一只手，仿佛这才想起说一声再见，却看见湘九早已绝尘而去了。

翌日一大早，湘九接到他的电话。"我们的很多想法是一样的。"他说。"请您放心吧，张总，我跟阿沃副总一样，也会设一条底线的。"

湘九放下电话。他敏锐地感觉到，一个转折点即将到来了，但是不能有丝毫松懈与乐观的想法，战场上，往往越是临近转折点越是战况惨烈，一个共同的法则是针对对手的弱点集中强大的战斗力。

乐观是给人看的，他的心里其实很紧张很沉重。

作为一名在边境参加过抵近侦察的老兵，处于临战状态的湘九靠在椅子上竭力地放松自己，打了一会儿盹，直到康总经理敲门进来时才把他惊醒。

十九

未发现任何以权谋私问题的审计报告与继续揭露

亚山很快适应了新的工作，她有文字基础，为人又好相处，即便不是分内的事，有人请她帮个忙她也尽力去完成。亚山身上有一种温婉的清秀，待人接物不卑不亢，再说她少女时代就在军营接受严格的训练，举手投足之间，更有一种令行禁止的风范。机关里有的是小阴谋家小野心家，或者靠裙带关系混日子的人，像她这种会干活还与世无争的人，一般人又何必跟她太过不去呢。

有心留意，有关湘九和他所在单位的消息就常常会传进亚山的耳朵。什么33%与34%，什么引进战略投资者，还有审计组调查组的不同看法，都让她不由自主地关心。雪片一样飞进大院的联名信告状信，她听说过也看到了。有人反感这些信，也有人说，湘九也写信的，写举报他的顶头上司的信！

说这话的人带着一种鄙夷不屑的口气。亚山情不自禁地说："总有一个是非吧，谁的信是是、谁的信是非呢？"

"谁搞得清这些是非？"那位饶舌的处长说。"再说，谁知道这后面有什么样的背景，牵涉到什么样的人呢？"

"是非无所谓，利害最重要。"处长一片好心地提醒她，"如果你连这一点都搞不懂，你在机关里也就混到头了。"

亚山觉得这位处长的话里有回味之处。他好像知道这后面有什么样的背景、牵涉到什么样的人。后来亚山有一种感觉，其实很多人都知道这一点，但就是不说。或者说不敢说。

很多人知道又不敢说的事情，难免令人浮想联翩。

亚山听说鄙夷不屑的这位仁兄不久前在湘九那里碰过一个大钉子。他指着湘九的述职考评表说："湘九同志，你要慎重考虑一下群众对你的看法啊！为什么总共六十几张票，竟有十三张给你打最低分？德、能、勤，统统是最低分！为什么每次考察，都反映你对'一把手'不够配合？你是否应该认真反省一下，首先要纠正对龙显同志的态度，要主动配合，主动去搞好团结?！"

湘九微笑着拿起一张纸，说："请你把这些话写下来。"

"为什么？"这位仁兄愣怔怔地说，"为什么要写下来？"

"将来有一天，这位'一把手'进了监狱时，你一定还会跑来追究我配合他犯的错误甚至罪行对吧？我怕到那时就口说无凭了。"

这位仁兄气得哆嗦着，显露出一种笨拙的笑容，将那张纸揉成一团。湘九却变得严肃起来。"为什么每年考评我都有十三张表上打的是最低分，为什么德能勤统统是最低分？这个问题恰恰需要你们深思一番！"他说。他的脖颈发硬，双眼显得沉郁悲凉。"这十三个人，很可能就是入了龙晟公司的股，有着密切的特殊利益关系的人啊。"湘九声音低沉地说道，使得在场人的心都揪紧了。

当时在场的一位副处长，也是转业军官，讲起这幕情景时脸色暗淡，把一群听众都搞得心里湿漉漉的。

亚山就在这群人中间。

那天午休时，她靠在办公室的沙发上，合上眼就看到了少年时的他。她掏出手绢揩着眼角，心情很有些复杂，有点惶惑，有点紧张，还有一点埋怨，怎么到了这把年纪还那么倔呢！从小就吃过那么多的苦，怎么就一点都没记住？

她对自己说，我是不是该出面了，该去好好地开导、教育他一番了？

机会总是突然降临的，事先却不打招呼。那天上午，亚山跟一位领导去某个局级单位视察，见到一位自称参加过南疆作战的省管干部。那是一个吹牛皮大王，他说起当年前线的硝烟弥漫，说起他身先士卒的英雄行为，将亚山听得晕晕乎乎。她用一种崇拜的神情看着这个吹牛皮大王，使同去的人们都觉得好笑极了。

"几年前我跟他在某个培训班学习，住同一间宿舍。"一位同事告诉她，"他亲口对我说过：'我在那里当的是后方通信参谋，自始至终，连一个对方的兵都没有看到过。'"

饶舌的处长接过他的话，他说这家伙确实很会演戏，几分钟前还在跟人侃大山，听说省领导来了，马上正襟危坐，手里还捧起一本书：《论"三个代表"和建设有中国特色的社会主义》。

这番话是认真的，使亚山不能不相信。

那是在离开这家单位回程的路上，这座城市处于一种奇怪的狂热之中，人们围观一个个装扮成动画中角色的人。街上堵车。警察在长得看不见头尾的车阵中声嘶力竭地叫喊。

这样一个细雨霏霏的上午，一辆挂着警通牌照的首长轿车在延安路和体育场路上走走停停，一位领导无奈地瞧着窗外自顾不暇的警察的样子；那真是蛮有趣的。首长说："干脆，我带你们去见一位真正打过仗的省管干部吧。我也很久没去过这家单位了！"

亚山感觉车上刹那间安静下来，饶舌的处长小心翼翼地看着窗外说那里是非太多，不少领导都绕着道走呢。

"怕什么，"这位领导说，"我去听听他们生产和安全方面的工作汇报，有什么是非可言?!"

车子向路边的一个院落开进去。亚山抬头。看到这家集团的标牌，她的心狂跳。她木然地下了车。没有阳光，天空像一块灰色的湿漉漉的破布似的盖在高楼的上端。她走进大门，看到一个瘦伶伶的男子从电梯里冲出来，这是集团办公室主任。主任说："事先没接到通知，有失远迎！"饶舌的处长说："没关系，领导早就想听听你们生产和安全方面的汇报了，都怪我们，一直没安排好时间。"

几位集团的领导从电梯中鱼贯而出，亚山紧张地看着他们，不知道哪位是湘九。龙显笑容满面地跟他们握手，一个一个介绍，没有湘九。

亚山松弛下来，她以为今天见不到他了。

他们上了电梯，走进顶楼的小会议室。坐下了，领导似乎很随意地问道："还有哪位该来的没有通知到啊，湘九呢，他不是管生产管安全的吗？"

办公室主任一愣。"我这就去请他。"他说。

湘九夹着一沓汇报材料走进来。

"完全违背了我的想象，"那天晚上亚山跟她的姐姐通电话说，"这哪是我们童年印象中那位英俊少年啊！他穿着一件老式的马裤呢军装，人好像矮了许多，有些臃肿，双鬓也已经开始斑白，感觉就像是一位离休干部……"

她愣怔怔地瞧着这个"离休干部"，感叹时间真是一种可怕的力量。她机械地听着湘九的汇报，一连串生产数据从他嘴里流畅地说出来。流程，工艺，设备，安全制度，他非常熟稔。如数家珍。她看到领导不动声色，眼睛里流露出赞赏的神情。

"你也别太操劳了，"领导终于忍不住说道，"生产和安全不仅是分管领导的事，也是整个班子都要负责的事么！"康总经理接上他的话说，"是啊，这几天张副总特别劳累，前两天在现场督察时发生了一场事故，他有些轻微中毒，还没缓过来。"

"怎么回事？"领导说，"你详细说。"

"现场发现泵机阀门失效。危化品瞬间喷射。他临危不惧，立即指挥按照演练时的方式启动应急预案。当时现场浓雾弥漫，湘九要求立即疏散员工，自己则坚持到抢险完成。他吐得脸色苍白，几天吃不下饭。"湘九打断康总的话说："主要是厂长指挥得当，这是一个原因；另一个原因是，不久前刚举行过事故演练，管理人员和工人将有关知识和程序都记得很熟，最大限度地保证了抢险工作有条不紊地进行。"

姐姐记忆中少年湘九的形象远比妹妹模糊。姐姐困惑地说："是那个瘦瘦高高的杭州知青吗？具体相貌我早已想不起来了呢。"

亚山突然觉得索然无味。"算了，"她说，"记不起来就算了。"

她感到莫名的委屈。因为在整个汇报的过程中，湘九似乎都没有正眼向她瞧过一眼。他完全不记得她了。

那时候，会议室里似乎是空荡荡的，每一把皮椅都透出一股凉意。窗外仍然是阴沉沉的，暗如夜色，湘九疲惫苍白的脸在暗淡地闪耀。但是，她不得不承认，这是一张依然生动的脸，特别是讲到抢险顺利完成，消防大队的车辆赶到已无险可抢而原车返回时，她看到湘九如释重负地吁了一口气，漾起一层笑颜，好像窗外的天色都亮了一亮。

"化工厂的员工素质都比较好，"他由衷地说，"毕竟是正规化培训过的产业工人！"

"产业工人"是一个久已生疏的名词，她的同事撇了撇嘴，仿佛遇见一个"老土"。领导用警告的眼神向他们扫一眼，他们赶紧坐正。领导说："我总感到奇怪，湘九你是怎么挤出时间来的？你又要学化工考职称，又要写书，昨天我遇见宣传部童副部长，她手里拿着你刚出版的一部长篇小说，她说这几年你又出了三部长篇，还评上了'五个一工程奖'。乖乖，你是不是有三头六臂?!"

湘九笑了。亚山在他的笑容里找到久已泯灭的记忆。笑容在他的眉宇间散发出一种成熟的阳刚之气。笑容从嘴角传递出他的自信。笑容中透出洒脱与浪漫。曾经认为他老土的人不禁有了一些尴尬。

湘九说："我哪有什么三头六臂啊，无非将别人拿去应酬的时间都用来思考、学习和写作罢了，我没有读过几年书，比不上有文凭的人，只好聚沙成塔，一点一点地争取有所进步么。"

在场的人都看着领导，领导似乎有许多感慨，却一时无言。亚山注意到龙显的脸是黑的，说到"文凭"两个字时，他的脸更黑了。亚山看过他的履历，他的正规学历不过是个中专生，前两年成了党校研究生，去年又突然成了西部某所大学的硕士研究生。谁也没有看到他去那里读过一天书，参加过什么考试。他的硕士学位跟王妤明的研究生文凭一样，成为人们茶余饭后的笑话。

亚山突然有一个促狭的想法：领导会不会问湘九，他为什么不也去拿一张研究生文凭呀？

如果问他，他会怎样回答呢？

他会不会挥一挥手，说"我要这种垃圾文凭干啥，我的学生都是教授了"？

领导没有问，非但没问，还请龙显谈谈生产和安全方面的问题。领导总是方方面面都要考虑到的。龙显显然平时不太关心这些事，干巴巴地拿着材料照本宣科，不仅乏味还有些丢三落四。他的心不在焉让人不快。显然，不是他没将今天来的这位领导太放在心上，就是他只想着改制、生产资料的重新分配，还有如何对付审计、调查之类，其他的，在他看来都是小事情了。

中午，他们谢绝了龙显的宴请，离开集团。亚山走到湘九跟前，迟疑了一下，与他握手。她的手在他那只指间和掌上有一些柔软的老茧的右手中大概停留了一秒钟。

他的手松开了。他笑笑。他说再见。亚山没有回答。

她怕一开口就会显出她声音的颤抖，甚至会不由自主地失态。

身边的世界清凉而安静，雨停了，一切都已远去，唯有童年的梦离她很近。她很想赶走它，却怎么也赶不走。远处的高速公路上驶过一辆辆通往故乡的汽车。她听见某种神秘的召唤。她还听见领导在回到车上后对他们说："这个人才是一条真汉子呢，省军区的范副政委跟我说过他在前线的表现。"

领导还说了一句很耐人寻味的话，他说："他现在过的日子恐怕比前线还艰险。"

于是，亚山又想起了那首忧伤的诗：静静地，你们躺在这里，为如梦的山野奏一曲无声的牧歌。

她仿佛听到这首诗配上了旋律，正在跟着高速公路上的汽车驶向从前的田野和海港。

转眼到了初夏，清晨的凉爽与午后的燥热产生鲜明的反差。路边树上的叶子随风摇晃，斑驳树影随着阳光的转移而在墙头忽长忽短。

龙显在午休时找到湘九办公室，跟他说起赤州的房地产项目。这个项目是去年集团董事会同意让龙晟公司开发的，合作方是一家香港公司，名叫亚洲投资。龙显说，龙晟与亚洲投资在合作中产生了一些矛盾，加上当地政府调整班子，原来熟悉的"一把手"调走了，各个部门多有刁难。龙显的意思是干脆让龙晟退出算了，将一亿两千万元集团先期投入的资金拿回来。

湘九在午后的阳光下沉思。他的脸被斑驳树影分割成一块块。赤州是他当过副专员、副市长的地方，去年他就说过，当地的合作项目若有需要协调之处，他可以去一趟。那时龙显和王好明说用不着，今天为什么特意先跟他打招呼？

湘九说："'一把手'调走没关系，找他的继任者就是了，我这就问一下继任者是谁!"

他将手伸向桌上的电话,龙显拦住他。龙显说:"算了,就是联系上新的政府'一把手'也没有多大意思,合作方是控股方,双方的经营理念相差太大,能够把钱退回来,国有资产没受多大损失就行了。"

"怎么退回来呢?"湘九皱起眉头说,"开发了一年没啥进展,总不会没有什么损失吧。"

龙显的眼睛在近视镜片后面眨巴着,他用一种无奈的、平淡的口气说把股权转让掉吧,转让给自然人或者控股方都行,让他们自己做下去,估计再拖个三年五载,这个项目也就拖黄了。

"他们会要吗,"湘九推心置腹地说,"你都不看好了,人家怎么还会看好呢?"

"尽量做工作吧。"龙显显出很苦恼的神情,搓着双手说,"万一有较大损失,就让龙晟用其他项目弥补,总不能使集团吃亏了。"

抱着双臂冷静地睨视龙显走出去,湘九脑中出现无数疑问。龙显的无奈与处处为集团利益着想,在他看来矫饰的痕迹太重。

矫饰总是有目的的,目的不外乎是蒙蔽他人以售其奸。

湘九本能地觉得这个项目有问题,问题在哪里,他一时还想不明白。

电话铃声响起来,是康总从外面打来的。康总说中午睡不着,去了茶楼。他说:"我叫司机回去接你了,你也出来散散心吧。"

湘九上了康总的车,司机七拐八弯地向郊外走。湘九说:"跑那么远干什么?"司机笑笑,没有回答。终于看到了一家茶楼,门口挂着许多花盆,吊兰的叶子在风中籁簌颤动。

这是一家不起眼的小茶楼,里面很幽暗。湘九想是否需要回答接头暗号,卖木梳的吗?有桃木的吗?湘九在生日蜡烛的火光辉映下苦笑。两位厅局级干部,为了国家利益商谈,却好像地下党在碰头。

他先看到老陈,然后才看到康总。他俩的神情都很肃穆。湘九的第一反应是:审计调查组的报告出来了,龙显胜利了。果然如此。康总说:"报告不仅被送请省委书记、副书记参阅，还通报给了常委们。报告说未发现龙显任何以权谋私的问题。因此，有批示说：现在看来一切都清楚了，下一步就是要加大改制力度。"

龙显一伙几乎获得了一柄尚方宝剑。这个胜利于他们来说是完胜。

足足有半个小时，谁也不说话。

茶楼仿佛进入了深夜，变得空旷而宁静。湘九在半个钟头里抽了四支烟，把老陈熏的感觉如着了火。

这一天，必将成为他们记忆中难忘而可怕的一天，官商勾结，上下勾结，有权有势的人跟蟊贼勾结，把国家和人民卖得一干二净。

老陈把窗子打开一点，烟雾袅袅地随风飘去。湘九听到远处传来殡仪馆的哀乐声。乐声悲亢而遥远，他们犹如置身于一部描写阴谋与牺牲的电影中。

"就这样完了吗？"老陈说，"我不甘心啊！"

"不能完。"老康咬牙切齿地说，"必须继续揭露，正义总会战胜邪恶的！"

老康给他俩布置任务。湘九准备材料，从原基建集团的问题，从龙晟系列的产权演变来剖析生产资料被掠夺与侵吞的过程。老陈整理从这两年的财务账册中发现的种种破绽。老康自己则去联系省委分管副书记，争取能够获得当面汇报的机会。

湘九沉吟再三，提出了自己的想法。

他把中午龙显找他谈话的情况告诉他们。他说："我想去一趟赤州，一是实地了解一下这个项目的进展情况，二是调查项目公司的来龙去脉，包括合作方的登记资料等等。我在那里分管过工商等部门，虽然离开将近九年了，总还有些老部下在，不会打草惊蛇。"

湘九说："没有直接证据，先不忙去向上级汇报。经验告诉我们，稳、准、狠，稳是第一。否则汇报了也没用，反而会被人倒打一耙。"

湘九记得那天晚上，他的二姐和二姐夫从美国回来了，把弟弟妹妹都叫去家中吃饭。二姐总是在外面旅行，上次去台湾祭奠父亲，这次去美国探望儿子。二姐在洛杉矶看望了一位既是远亲也是父亲老部下的九十四岁的老人，带回一个惊人的消息。老人说："有件事情一直搁在我的心头，今天告诉你们，我离开这个世界时也就安心了。"

老人把他们带到了遥远的上世纪二十年代，一位将军在南昌起义失败后，回到老家创建湘鄂西根据地。身为北伐军军官的湘九父亲正好回故乡，与之邂逅相逢。老人说他自己的父亲是一个在教民中颇有声望的教徒，三人秉烛长谈，竟是相见恨晚。

这是一个奇怪的组合。一位是已经确定目标的革命家，一位是放牛娃出身的青年军官，还有一位是企图用上帝拯救愚民的教会中人，他们在深夜点燃香烛，滴血为盟，结拜为生死弟兄。

后来的岁月迷雾重重，他们的归宿各不相同，但是都死于非命。

那真是一个风起云涌的大时代，父亲和他的弟兄们书写了一页又一页气势宏大、曲折起伏的中国历史。

湘九仿佛看到黑夜中点燃的火把，泥泞的洞庭湖堤岸上有人在放哨，一条小船无声地驶进芦苇荡，父亲和这位后来成为共和国元勋的人物在船上见面。一九三七年，戴笠将父亲关进南京鸡鹅巷六号的地下室，直到一九三七年"七七事变"后才重见天日。他的头上戴了一顶又一顶红帽子，跟这位弟兄的交往是不是其中的一顶？

历史好像在重复，父亲经历过的场面儿子还在经历。那天他们分散离去，老陈骑着自行车去科技厅开会，老康坐他的车去了化工院，湘九打出租车回公司。老康临走时嘱咐湘九，叫他另外再配一只手机。老康从德国买来一只手机，功能极其先进。老康给他看手机上出现的一串串数据，显示出有人正在不断地窃取他的信息。湘九觉得真是不可思议。

上天想要谁灭亡，必然先让他疯狂。湘九觉得这是一个真理。龙显一伙已经开始疯狂了，因为他们首先知道了审计部门的审计结论。这证明了这个真理的存在。

湘九想，疯狂的人总是忘乎所以的，最容易露出马脚也是此时。

湘九借口要去义乌、金华和温州督察下属企事业单位的安全工作，踏上了调查的路程。

只记得童年的图画本上一栋栋楼房就是如此漂亮：门前有广场和喷水池，花坛上鲜花怒放。雨树的枝叶翠绿，黄色的花儿开放在树梢，远远望去一片金光。

道路和公园都环绕着中间的高楼，一草一木、一砖一瓦，都是壮观的、深沉的、威严的。因为它是市政府大楼。现代人设计一座城市，首先将市政府当作标志物。仿佛只有它才是这座城市的灵魂。事实上也是如此，这座高楼主宰着居住在这座城市里的人们的命运。

亚山来到这座城市搞一个调研。她走进这座漂亮的大楼，拜访一位位官员。她惊奇地发现，这些级别并不很高，甚至跟她差不多的官员，都坐在宽敞的或者可以说豪华的办公室里。他们西装革履，头发抹得油光光的，在沙发上跷着二郎腿，大谈以人为本和反腐倡廉。亚山的思想因此而开小差，她悄悄地向一位秘书打听：湘九在这里当副市长时，办公室是哪一间？

秘书愣了好一会儿，才想起这栋楼刚建好，湘九就被免职调离了。秘书说："张市长啊，他一天都没在这里办过公。那时撤地建市刚搬迁到这个地方，他们租房子办公，条件艰苦得很！"

秘书跟她说起当时，湘九住在一个招待所里，通往山区水库的输送管道还没建好，自来水是黄色的，散发出被污染的臭味。湘九对此深恶痛绝，经常在会上提出环境保护问题，提出经济和社会要同步发展。这就得罪了一些以"GDP"为唯一衡量标准的当地官员。

"结果呢，"亚山说，"结果怎么样？"

秘书摊开双手，说："结果不是早已出来了吗：届中调离。"

亚山闭上了眼睛，好像落下一道幽暗的帷幕。她觉得湘九确实是一个早已无可救药的人。

这样的人，带着与生俱来的清高、叛逆与孤寂。生命的过程犹如一片绿叶，饱经风雨而变成干枯，然后极不情愿地从树上飘落，零落成泥碾作尘。历朝历代，许多清官的结局大致相同。

站在高楼上俯视这座新城，风吹起亚山的衣裙。这是一座先富起来的城市，到处是工地，到处是欧美式样的楼盘，这些仿冒产品使人感觉到生气与俗气同在，如同当地人在外面的形象。秘书说："张市长曾经对城市规划提出一些有前瞻性的意见，甚至连庙宇应该放在郊外、教堂可建市区都说过。他说要建就建个气势巍峨的大教堂，同时将遍布乡镇的不伦不类的小教堂统统拆了。可惜，他的意见大都没有被采纳，不然这座城市可能会更清新、更雅致一些。"

"看来你们对他的评价还是比较正面的？"亚山说，"你好像挺怀念他。"

"当然，"这位四十岁出头的秘书说，"尤其是那些在他身边工作过的人。"

亚山听着他的介绍，一个活生生的湘九站在她的面前。九年过去了，这里的人们重新认识他。人与人之间的观念冲突已经消解在海滨的和风中，消解在对人生价值的重新确认里。这种消解实质上是一种融合。他在这里的时候还没有科学发展观这个说法，而今想来，他的不少观念却真是相仿。

亚山不知道，湘九此刻正跟她在同一栋楼中。

湘九已经去过亚洲投资与龙晟合作开发的项目公司，这个公司名叫亚辰公司。湘九跟预售部说他是从温州过来的，想了解整个楼盘的进展情况。湘九穿着一件法国鳄鱼夹克，系一条花花绿绿的领带，看上去就像一个温州乡镇先富起来的投机商。预售部的经理亲自陪同他察看现场。现场进度很快，楼盘已具雏形。湘九说："听说你们常常停工，有关部门老是来找麻烦啊！"经理惊讶地说："谁在造谣啊，我们跟当地政府关系很好，再说这是一块发展的热土，对外来的投资者有一系列明确规定的优惠政策和服务项目，怎么可能找麻烦呢？"

"我要买的房子可不止一两套，"湘九犹豫不决地说，"我不放心。"

"我给您看相关材料！"预售部经理一心要拉住这位大买主。他毫不怀疑地将湘九带到了工程部。

湘九看到了明确规定的优惠政策和政府服务项目文件，这些文件其实他到市政府办公室一查就知道。他更想看到的是进度报表和投入情况。他看到了。他在心里默默计算先期投入的大致金额，吃惊地发现正好是集团划过去的数额。现在，这个亚辰公司已可进入从预售款中获得丰厚利润的回报期了。

湘九走到亚辰公司楼下时，一群人正好从大门口进来。湘九一闪，走进了楼梯旁边的厕所。他的心一阵剧跳，因为他看到了金处长银处长曾处长，他们的后面，还跟着龙显与王好明！

湘九坐在抽水马桶的翻盖上抽了一支烟。他听着这伙人上楼的脚步声，紧张地思索着。这么一大群人来这里干什么？开会吗，开一个庆祝大会，还是分赃大会？！

湘九回到车上，收起那条恶俗的领带，给从前的秘书打电话。秘书还在市府上班，接到电话就下楼迎候。湘九请他去工商部门查一下亚辰公司的登记资料。资料很快拿来了，一个似曾相识的名字进入他的眼中，他凝神思索半晌，却想不起来。这好像是一个只听说过却从来没有见过的人。

秘书说："快下班了，领导，我们吃饭去吧。"

时间很是短暂，所有的背景，仿佛在刹那间消失了，只剩下一条长长的走廊。时间也似乎停止在某一点上，不再走动，一切都是静止的。亚山愕然地站在电梯门前，看到湘九突从天降般的，一步一步向她走来。走廊的灯光很暗淡，他走得很快，一边走，一边频频跟人打招呼。他依然是那样的"目中无人"，那样的疲惫、憔悴和那样的自信，万千矛盾仿佛集中于他的一身。

电梯的门打开了，亚山不能不进去，她是倒退着走进去的，眼光依然困惑地看着这个倒霉的家伙。

她已经看过那份审计调查报告，看到了长官们的批示。她想，难道他一点风声都没有听到吗？不可能。既然如此，他还不老老实实地待在家里反省一番？还跑到这里来干什么?！

湘九是最后一个进入电梯的，进来就转了个身，留给她一个背影。

这是一种奇特的体验，似乎与回忆有关，带着幽远的遐想挟海风而来。"静静地，你们躺在这里，为如梦的山野奏一曲无声的牧歌……"声音很轻，耳语似的，如梦呓一般在他身后响起。

湘九以为自己出现了幻觉，他感到惶惑。二十多年过去了，谁还会记得这首诗呢，他不敢相信。他转过脸去，看到了她，她的嘴在轻轻地动。湘九的心，突然颤动了一下，他说："你当过兵是吗？你到过前线，我们在哪里遇见过？"

亚山的嘴唇无力地张开又闭拢了。陪同她的人说："她也是从省里来的。"

"是吗，"湘九说，"请问您尊姓，在省里哪个部门工作？"

一切都不可思议。他的问题不可思议。她的表现也不可思议。在这样的场合读出这首诗似乎有点荒唐，三个月前听过他的汇报跟他握过手他却一点没有印象更是荒谬。她想起童年，想起那个黑暗的风雨交作的台风季节。温暖的大颗的雨点时下时停。田野上，看不清脚下的路。他背着她在风雨中走回家去，她睡着了。

这一睡好像就睡了三十年。

怨气化成怒气，不可抑制地升上来，她扭过头去，说道："我当过兵，但没有到过前线，我认识你很久了，你却不认识我。"

湘九怔住在电梯口。

电梯的门又打开了，湘九几乎是被秘书推出来的。他机械地往前走。他寻找记忆，而记忆早已支离破碎。湘九遥望海空，感觉他和她的故事，遗失在风里。回顾自己的大半生，好像没有太多的享乐，而是有许多苦难，苦难中跟他一起挣扎的人，他是不会忘记的。莫非是长长的时空将记忆褪了色吗？他像一个孤单的男孩独自彷徨在熙来攘往的人群中，苦苦寻找。

聪明的秘书打了一个电话，马上搞掂亚山的身份地址电话。湘九恍然大悟，原来她是省里机关大院的，他们想必只是有过工作联系。

他已经来不及多想这件事。他坐在秘书开的私家车里，路过一家豪华大酒店时又看到了龙显一伙。团伙中多了几个陌生人，正谈笑风生地走进酒店去。湘九隔着车窗上的一层遮阳膜看着他们，觉得自己像一名猎手，已经掌握了狐狸的行踪。

他抬起手，作出一个瞄准的姿势，"啪"，他仿佛看到龙显倒在豪华大酒店的大理石台阶上。

你怀念的或许不是他，而是有他存在与代表的一段时光、一种心情。

一辆面包车跟在他的车后面，亚山坐在车里想。太阳出来了，初夏的阳光真是很明媚，明媚得使人感觉忧伤。

真是一个高傲的另类，真是一个漫不经心的家伙！

愤怒已经过去了，亚山的唇际终于漾起一抹淡淡的笑。这样也好，该说的话已经说出来了。如果他能想起，会来找她，如果再也想不起了，那就权当从前的一切都是想象吧。

顺其自然，她对自己说，一切都顺其自然吧。

二十

带着两份绝对真实的承诺书再上北京

一上班就开会，开大会。各个下属单位的班子成员、办公室主任、财务负责人，加上集团本部中层管理人员等，将大会议室坐得满满当当。龙显穿着一套烫得笔挺的名牌西服，神采奕奕，大踏步走上了主席台。"同志们！"他说，"前段时间，反映本人将国有资产流失的告状信很多啊，为了澄清是非，排除改革进程中的干扰，本人恳请省里派来了专业的审计调查组！经过几个月严格的审查，现在，审计调查报告正式出来了：事实证明，本人没有任何以权谋私的问题！本集团也没有任何国有资产流失！！"

鼓掌。金处长银处长曾处长带头鼓掌。王好明举起一只手，伸出食指和中指。

人们交头接耳。十三个专门给湘九打叉的人开始鼓动。气氛变得热烈而紧张，有人对他、对康总发出了义愤填膺的声讨。湘九告诉自己两个字：忍耐。他坐在台下，瞧着台上坐在龙显旁边的老康。老康也显出无动于衷的神情。

聒噪声久久没有停息，龙显看着听着，脸上露出满意的表情。他的眼光落到湘九脸上，湘九没有回避，而是跟他对望着，轻蔑地向他冷笑。他们的神情如同屋顶上狭路相逢的两只野猫。会议室的喧哗终于停顿下来，龙显咳嗽一声，继续讲话。

他是改革家。他以改革家的气度包容一切。他奉劝干扰改革的人，不要搬起石头砸自己的脚，不可逆历史潮流而动，不要"多行不义必自毙"。他又一次提到上面的某些大员，提到批示。他非常感激上级对他的了解和爱护。组织上似乎再也不会对他

"不满意，持怀疑态度了"。

湘九拖着沉重的脚步走出会场。他的面部，因为绷得太紧，时间太长而肌肉酸胀。虽然他已深信不疑，赤州的项目，包括那家亚辰公司肯定有问题，而且是大问题，但还是缺少硕鼠们涉嫌犯罪的直接证据。

从眼下的情况看，已经不允许慢慢地调查，接下去龙显一伙肯定会大张旗鼓地加快管理层收购，一切隐性的利益都会因此而尘埃落定，再也无从查找。

这天中午，湘九没有在单位吃饭，而是去了省烟草局。那里有几位战友，都是能签单请客的牛人。湘九找到一位姓章的副职，既是他童年的邻居，又是战友，还在赤州当过市烟草局局长。老章说："喝一盅解解闷吧，我再送你两条好烟。你呀你，你哪像是一个省级集团的副总呢，连请客户吃一餐饭都要自己掏钱！"湘九说："老子想通了，今天就吃烟草局的，这世道，真是不吃白不吃啊！"

酒不醉人人自醉。湘九的眼前是一片深深幽暗，唯有装饰豪华的墙上的壁灯闪烁着暗淡的红光。轻柔的音乐像水一样漫满整个包厢，他被这乐声打动，眼里有了一片涟漪。老章跟他说起童年，说起皮市巷和延定巷。墙门里有天井和沿墙攀缘的藤蔓，晾衣绳上挂着一些迎风飘拂的破衣裳。老章说你那么小就去了农村插队，从那时起就不带着我们拍洋片打弹子了，你还说过，你在乡下也有几个小弟弟小妹妹，落雪下雨不出工的日子，他们整天围着你转。

"我问你，"老章带着熏熏醉意说道，"他们有我对你好吗，几十年如一日地跟你的像兄弟一样？"

乡下。小妹妹。整天围着我转。湘九瞪大眼睛，怔怔地看着他。老章骇然地说："你怎么了，被龙某人整得神经兮兮了？"湘九依然瞪着眼睛，开始是茫然的、空洞的，然后就有了内容。

内容很丰富。有遥远的海平线，有山，有水，有青青的稻田。田埂上跑来一群小孩。咸腥的海风吹动着他们的笑声。一个小姑娘落在最后面。阿山，你别跑！姐姐跟妹妹说。阿山跺着脚，迎着湘九走去，一边走一边气呼呼地说："你不要叫我阿山了，大哥哥说，女孩子还是叫阿亚好听！"

老章将手在他眼前晃动，湘九推开他的手。他的声音突然哽住，突然说不出话，他抓住老章，抓得他好疼。老章艰难地挣脱他。湘九说："我知道了，我知道她是谁了！"

"谁？"老章说，"你知道谁是谁了？！"

"以后再告诉你吧。"湘九端起酒杯，一饮而尽。酒水顺着他的脖颈淌下来，他用手抹一把。这个动作很不雅观，他好像回到了插队的辰光。

他站起身，匆匆离去，老章追上去，喊道："两条烟还没给你哪，你等一等！"湘九头也不回地说："下次吧，下次我再来拿！"

他在路上走着，准备回去给亚山打电话。他的眼前，小姑娘委屈的脸在变幻，渐渐变成一张愤怒的、漠然的脸。

他想起一场下个没完没了的春雨，她的老外婆坐在堂屋凝视着一个孱弱的少年，少年穿着一件蓑衣坐在门槛上吃一块清明团子。老外婆说，慢慢吃，别噎住了。一种深刻的同情表现在她脸上纵横交错的每一道沟渠峡谷中，目光中飘满了风中的雨丝。少年说："阿亚呢，她还在县城读书吗，您替我对她说一声，让她年年考第一，有一天考上省城的大学了就去找我。"外婆欣慰地笑起来，说："我会告诉她的，放暑假时她回来了，我就跟她说。"

长大了，脾气也见长了。湘九走在马路上傻呵呵地笑。多少次他在梦中回到遥远的他度过整个少年时代的乡村？他看见自己在上世纪八十年代末穿着上校军装回到那里去。他沿着一条石板铺成的小路走向她的外婆家。依然是春雨潇潇，依然是风中杨柳摇曳，他泪眼婆娑地发现人去楼空。

山上被雨浸湿的白幡招摇，村子里家家屋顶上腾起一片灰蒙蒙的炊烟。他再也觅不到老外婆慈祥的笑容。他想亚山早已长大，长成了一个大姑娘。她后来有没有考上省城的大学？她一定过得很快乐很幸福吧？

他猜想她已经记不得他了。

他错了。大错而特错，后果很严重。

他要弥补自己的过错，他还记得她的生日，一个月之后就该是她的四十二周岁生日了。请她吃餐饭吧，再送一个大大的奶油巧克力蛋糕！

把她的全家人都请来？她丈夫会不会不高兴？从哪里突然冒出来了一个大哥哥？！

多虑了吧？湘九想，这是历史。不是他愿意不愿意接受的问题。

裤兜里的手机响了三遍，他都没有听到。第四次响起时，他听到了。他正在过马路，一辆电动车差一点把他撞翻在地。骑车的民工小伙子吓得够呛。湘九说没关系。康总在电话中忍不住吼叫起来："什么没关系！你赶紧回来！！"

他拦车。心急如焚地往回走。他以为发生安全事故了。

二○○六年六月底的这个下午，是一个令人难忘的时刻。这一刻，终于让湘九和老康看到了胜利的曙光。门外的楼道上龙显的喽啰们还在晃荡，四处煽风点火，把宁静的机关闹腾得鸡犬不宁。湘九却在窗外宝石山上飘来的熏风中读着龙显与那位私营开发商互相签订的承诺书时，耳朵里真切地听到了一阵阵丧钟敲响的声音。他似乎看见龙显坐在别墅的小客厅里，一条腿搭在另一条腿上，得意地举起葡萄酒杯，为他们的"双赢"而弹冠相庆。这条变色龙踌躇满志地微笑着，却不知他那双长满黑毛的手，已经将自己的脖子掐住了。

"天作孽，犹可违，自作孽，不可活啊！"湘九无限感慨地说。

他放下这两张纸，压低声音向老康问道："你从哪里搞到的？"

"午间休息时，有人从门缝里塞进来的。"老康瞧着他根本不相信的神情，无奈地摊开双手。"真的，我不骗你。我发现时也吓了一跳！"

湘九点燃一支烟。这个问题不重要，他想。重要的是它只有一个来源：除了那位私营开发商孤注一掷，没有任何其他的可能。

"你认为这是真实的吗？"老康疑虑重重地问他。

湘九重新拿起两份承诺书，仔细看一遍。这是二○○二年二月五日互相交换的承诺书，龙显承诺将龙晟公司中的国有股大幅度减少，让对方成为占有35%股权的大股东，购买股权的钱全部由国有资产担保向银行贷款，股权变更由他出面在一个月内办理完成。那位私营开发商向他承诺：聘请龙显先生为其私营公司总裁，年薪二百万元，并奉送该公司20%的股份；总裁第一次任期五年。

虽然是复印件，但跟原件一样清晰，龙显的签名略显拘谨、比较工整，显露出他当时紧张的心态。

这个签名绝对是他本人所写的，别人难以模仿。

"绝对真实！"湘九斩钉截铁地说，"你查一下股权变更登记日期，就知道事实是否相符了。"

"刚才查了，就是在二〇〇二年二月中旬完成的。"老康吁出一口长气，说，"为了他的一己私利，真是雷厉风行啊！"

他们一齐沉默了，仿佛突如其来，又好像预料之中，他们的沉默像微笑也像是哭泣。一个绝对狡诈的对手，一条极其贪婪的豺狼，上午还在主席台上冠冕堂皇地大谈改革开放，大谈廉政建设，下午就让他们见到了如此丑陋的确凿证据。

他们真的不知道该庆幸还是该沮丧。中国有多少这样的国企经营者，从他们的手里已经流失了多少国有资产，还将流失多少？反对他们的人为什么如此举步维艰，为什么总是出师未捷身先死，长使英雄泪满襟？！

下午的阳光微微刺疼了他的眼睛，湘九拿起一张面巾纸揩拭微微湿润的眼眶。老康心情复杂地看着他。老康说："下一步怎么办？"湘九说："争取把原件拿到手，或者，至少要取得保存原件者的认同，不能让他反悔。"

"即使我们找到此人，他也不会就此承认。"老康为难地说，"也许，这是别人发现的呢？"

"这种可能性很小。这样的证据，他一定会藏得很秘密，不会落到他人手中。他肯定调查过我们，认为我们是可靠的统战对象。他是冒着自己被追究行贿罪的风险来找我们的，我们必须给他吃一颗定心丸。"

"什么定心丸？我们能做到吗？"

"能。"湘九咬着嘴唇说。"一是替他保密；二是将来向有关部门证明他属于主动揭发，有重大立功表现。"

既然是塞进康总经理的门缝中来的，争取与这位仁兄正面接触的任务就交给他去完成。他们分头离开了集团，到省军区门口会合，一起去拜访范副政委。老范是全国廉政建设模范，跟中纪委熟悉。更重要的是：他是湘九的入党介绍人，互相之间绝对信任。

老范咬牙切齿的样子很让人害怕，他的瘦骨嶙峋的脸在薄窗帘后幽暗的光线中发出一种悲壮的白光。他又带上老花眼镜，将这两份承诺书重新看一遍。

老范是江山人，他的家离戴笠的家、离毛人凤的家不远。老范生下来时像一只软骨头的小猫。土改那年他五岁，五岁的孩子孱弱得连一把镰刀都拿不动。土改工作队到他家访贫问苦，一个挎盒子枪的干部摸着他的脑袋说："分给你家一头牛两亩地，从此你就能吃饱饭啦，你一定要健康地成长起来，长大后扛枪保卫我们的胜利果实！"

老范说："国有资产就是我们的胜利果实对不对？"湘九和老康说："对。"老范说："老子是扛枪的，湘九你也是扛过枪的对不对？"湘九和老康说："对对。"老范说："既然如此，我不帮你们跟这群坏人作坚决斗争，我这几十年的枪不就白扛了吗?!"湘九和老康鸡啄米一样地点头说："对对对。"

老范不再说话，他拉开窗帘，直愣愣地瞧着窗外的风景。从他家的西面可以看到整个西湖。湘九凭经验判断他在盘算什么有效的点子，他的点子多在野战军时是出了名的。

老范的手指头富有节奏地敲击着窗台，好像在奏乐，乐声激越如万马奔腾。

乐声骤停。老范拿起电话。"小许吗，我是老范，对，浙江的老范。"

通话的时间很短，老范说："我有两个可靠的朋友近日要去北京拜访你，请你接待一下。"对方问公事还是私事？老范说公事。对方说公事请他们直接去办公室。老范说先在外面见个面吧，喝个茶、吃个饭什么的。"如今办事，不是都讲究公事要当作私事来办吗？"老范说，"你就当是我托你办的私事吧。"

刚进入七月，阳光明媚，湘九戴着墨镜，穿着深色衬衫，咔叽便裤，在萧山国际机场等候登机。他看到老康排在了领取登机牌的队伍后面，他慢慢地走过去。老康也换了一副深色眼镜，拖着一只拉杆箱。他俩互不说话，好像不认识似的。一直到经过安检进入候机厅，他们都不说话。

在飞机上看到的阳光和云彩比任何地方都美，如此清晰，如此柔和，眩目而不刺眼。湘九向老康详细汇报了赤州之行的所见所闻。他说到亚洲投资公司的法人代表，他说这个名字很熟悉然而想不起是谁。老康一愣，说："这不是那个律师的名字吗?"

"哪个律师?"湘九疑惑地说。"龙晟公司的法律顾问,"老康说,"龙显跟他搭档十几年了。"

湘九想起来了,好像是听龙显说起过这个人。龙显说他是本省十大优秀律师之一。

"他的话怎么能相信?这年头挂羊头卖狗肉的'优秀人物'太多了!"老康说,"咱们回去就查一查,究竟是不是他!"

这个发现太可怕。湘九想。如果真是他,所谓的香港亚洲投资公司就可能是龙显一伙自己的公司,他们在境外注册了这家公司,然后转回国内跟集团合作开发项目,继续利用手中的权力套取国有资金生财。进入利益回收期了,龙显以合作不愉快之名再将股份转让给亚洲投资,全部收益便将天衣无缝地成为他们的个人财产!

天色变得暗淡了,微弱的阳光偶尔钻出灰蒙蒙的云层,窥视着大地。一片连绵不断广阔无垠变幻多姿的白色天穹,变成了浑浊的灰色世界。

透过舷窗,静静地展望天堂人间,湘九觉得这个世界真是诡计多端,真的是很脏很龌龊。

王槊派来的帕萨特轿车在首都机场迎接他们。王槊对岳父说:"这几天,这辆车就专门为你们服务了。"

他们下榻于中国化工建设总公司招待所,隔壁是北京张生记酒店。老康与中化建比较熟。一进房间,他们就跟老范介绍的朋友联系。

他们没想到这位朋友如此年轻,他说他在妇女保健医院服侍老婆,老婆怀孕后反应很严重。他们问了妇女保健医院的地址,开车过去。到了那里,天色已晚,湘九跟帕萨特司机说:"你回去吧,明天要用车时我再跟你联系。"

湘九和老康蹲在医院门口的台阶上,抽着烟,像一对从乡下进城的民工,正在焦急地等待医院给他们的哪位亲属出具检验报告。

天气很热,等待的时候就显得更热,偶尔有点从北海吹过来的风,吹到这里就被高楼挡住了。老康的面孔被一层愁云拉长了,他说:"这个小许这么年轻,职务一定高不了,恐怕解决不了什么问题啊!"湘九心里也有同样的看法,但是气可鼓不可泄,他安慰老康说:"关键不在职位而在岗位,如果他正好是一把手的秘书呢,材料不就直接送到书记手上了？他再在旁边吹吹风，岂不就是事半功倍了！"

他们紧盯着从医院出来的人，尤其年轻的男人。出来的人不多，老康说："会不会有后门啊，他从后门出去了？"湘九跑过去转了一圈，回来说："不会的，后面出不去的，还是要从这里走过的。"

湘九又递一支烟给老康，老康说："不抽了，我嘴上都起燎泡了。"

小许终于出来了，瘦瘦小小的一个年轻人，看上去不到三十岁。湘九迎上去说："您是小许吗，范副政委的朋友小许？"小许说："是啊，我跟他是老乡，还在他的事迹报告团呆过。"老康提议去张生记酒店吃饭，边吃边聊。

他们上了一辆出租车。老康在车上拿出一沓证件，使湘九吓一跳。教授级高工的职称证书，国务院政府特殊津贴专家证书，杭州市优秀科技拔尖人才证书，等等。老康说："湘九，把你的证书也拿出来给小许看看！"湘九尴尬地说："我没带在身边。"小许说："没关系，范副政委说你们绝对可靠，我相信范副政委。"

他们到了张生记酒店，正是华灯初上时分，杯觥交错，巧笑晏晏，丽影婆娑。老康点菜时，小许去洗手间了。湘九说："省点钱，没地方报销的。"老康说："大面儿上总要过得去吧？"

湘九指着他点的"北瓜雪蛤"说："太贵了，就说我们血糖偏高，只给他要一个就行了！"老康只好点了一个，服务员小姐愕然地看着他俩，好像遇见了巴尔扎克笔下的葛朗台。

事实就是如此。整个斗争的过程中，所有的费用全部是他们个人承担的，包括差旅费、调查费、律师费等等。有的开支不仅需要人民币，还需要外汇。老康对湘九说："你家庭负担重，少出一点，我多出一些吧！"湘九说："我多少还有些稿费，只要斗争胜利了，身外之物又算得什么呢。"

斗争的过程漫长而曲折，谁也不知道还会有多少开支，他俩不得不尽量节省。回去那天中午，老康吃了一碗面条，湘九说没胃口，等有了胃口再吃。后来老康看到他在路边的小摊旁狼吞虎咽地吃一份煎饼馃子。老康说："我永远也忘不了这一天，湘九，不管将来如何，我都会记得这一天的！"

谈话是在回到招待所的房间后进行的。小许果然是秘书，但是秘书前面要加一个字了：前。现在比原来大了一点点，他当了副处长。

小许看了他们带去的材料和证据，冷静地说他可以保证呈送到秘书长手里，但是，秘书长如何批示他无法保证。可能性有两个：一是批给分管华东地区的七室查处，二是批回省里查处。无论批给七室还是省里，案子的查处主要还是要依靠本省。

老康说："批下去后，很可能泄漏举报人的身份等情况，甚至泄漏案情与证据，怎么办？"

小许无言。

电视上正在播放东北的一个案子。一位女公务员举报了她所在的税务局领导严重以权谋私的问题。她的举报被层层下转，结果将她自己送进了劳教所。而且，从劳教所出来后，这个筋疲力尽的女人依然四处奔波，东躲西藏，她的生活从此暗无天日。湘九说："小许啊小许，莫非你要我们重蹈她的覆辙？你们就拿不出办法来保护我们，保护两个挺身而出揭发大盗、雅盗的地厅级干部？"

他说："我们尚且如此，普通老百姓还能去何处申冤呢？！"

面红耳赤的小许被他噎得半天说不出话，他不抽烟，却向湘九要了一支烟，虚虚地腾云驾雾。一支烟燃到头了，他想出一个主意：把材料从邮局寄给他，署名就说是老乡。湘九说这种匿名信怎么会引起上级重视呢？小许说材料翔实，证据确凿，又是自己亲手送到他手上的，秘书长肯定会重视。

小许走了，湘九与老康默默地看着电视上的《焦点访谈》，心情很沉重。他们觉得自己好像站在一架电梯里，而电梯在急速下降，跟他们在萧山国际机场登上飞机舷梯时的感觉截然相反。湘九看着老康失落的样子格外难受，他觉得自己比他年纪大几岁，经历过的挫折也多得多了，有责任提高他的信心。他说："安心休息吧，明天我带你去见一位大首长。"

哪位大首长，有中央委员大吗？老康的眼睛亮了一亮。

"前政治局委员。"湘九说。"老人家为人绝对正派。"他想了想，又加上一句话，而且他对我也绝对信任。

湘九起初是不想去找老首长的，因为他老人家还在休养中。去年他得过一场罕见的重病，动了大手术才抢救过来。王椠和又佳去看他时，几经周折，才在一个放满抢救器材的病房里见到极为虚弱的他。后来湘九赶到北京，牟秘书将他接到远郊一个坦克部队驻地，那里有一栋僻静的小楼。湘九在小楼里见到了刚进入恢复期的老人家。老人家连走路都是颤巍巍的，却倚着楼梯扶手，站在那里迎接他。

帕萨特轿车将湘九和老康送到北海公园旁的一扇铁门前，门上的电子眼早已看到他们。一扇小窗打开了，一名战士说："请问哪位是前济南军区的张同志？"湘九心里热乎乎的，说："我就是。"铁门为他们打开了，战士立正敬礼。湘九回礼时，老康向战士点点头。一位警卫参谋从屋子里跑了出来。湘九说："首长好多了吧？""好多了，"警卫参谋小高说，"听说您要来，老爷子一大早就坐在客厅里念叨您呢。"

老首长果然恢复得不错。虽然瘦了一些，但精神矍铄，一脸淡定的笑容，从客厅迎出来。湘九向他介绍老康时，老首长的夫人也走进了客厅。老康又把他的那些证书拿出来了，夫人一本一本地翻看着，嘴上说："好，好，湘九的朋友么，都是不错的。"湘九尴尬地说："他不是我的朋友而是我的领导。"老首长将一根香蕉剥了皮送到他手上，说："能够带到我这里来的，就是你的领导也该是朋友吧？"

老人家的话里有话，在他的印象中，湘九的顶头上司应该是个坏家伙，两三年前湘九就上京来告过他。湘九怕老人家误会，赶紧说："康总不是那位董事长。这次我和康总一起来京，就是因为发现了这位董事长新的犯罪证据。"老康把那两张承诺书拿了出来。老首长戴上老花眼镜，细细地看一遍。看完了，老人家说："好，这一回可算是铁证如山了！"

老人家又把牟秘书叫过来，他说："你上次找的那个秘书看来不管用，这回得找个真正派得上用场的。"牟秘书迟疑了一下，说："我的前任跟那里的秘书长熟悉，要不让他联系一下？"

"你的前任？"老首长有点困惑。"你的前任不也是我的秘书么？"

将军夫人坐在电视机前，中央台正在重播前一天的《焦点访谈》。牟秘书点头说："是的，我前任就是首长的前秘书。"

牟秘书朝湘九瞟一眼，湘九站起身，正想跟他走出客厅时，夫人说了一句话。

"告状可不容易哦，"夫人说，"你们看看这个李文娟，告到了中纪委，结果还是被下面整得这样惨!"

湘九肃然而立,很悲壮地站在那里。老首长看着电视屏幕,神色凝重。他的目光缓缓移动,最后落在了老康脸上。老康不敢看他的眼睛,老人的眼中,既有英勇豪迈的血火洗礼,也有理想与失望的现实的痛苦搏斗。老人说:"湘九是我的兵,我知道他不怕。"老康赶紧表态说:"他不怕我也不怕。""好,"老人家说,"三年前我就对湘九说过,如果他因为揭发坏人而被抓去,我带着兵也要把他劫回来!"

老首长一个字一个字地说道:这句话,今天仍然有效。

他的声音不响,却那样的气势磅礴,如一曲雄浑的歌,听得湘九热泪盈眶。老康不能不为之动容。告别将军和夫人离去时,老康在车上不停地说道:"我放心了,我真的放心了,湘九你有这样的老首长,我们真的不用害怕了!"

但是,现任秘书和前任秘书商量的结果却是此事不宜通过首长办公室来出面传递。

他们的考虑当然也不无道理。

前任秘书早已是将军,在总参某部任部长。他对湘九说:"老弟呀,我们得保护你!只要首长方面一出面,你们省里必然就认定是你跑北京来举报了!越级上告,必然使有些人产生想法,这印象分首先就打了折扣。"

他说:"这样做非但于问题的解决无益,而且你的处境会更糟糕!"

"那怎么办,"湘九说,"莫非叫我们放弃吗?"

"当然不能放弃。"部长说,"你马上回去,直接找省委书记汇报,因为不管通过什么渠道,所有的材料总归会汇集到他那里的。过两个月,我们就安排首长去江南疗养,让首长当面跟他谈一谈。如此,一是效果更好,二是更有利于对你的保护。"

部长在高层干了那么多年,无疑是老谋深算的,湘九和老康虽然很有些失望,却也不能不接受。他们告别首长走出客厅,看到警卫参谋已经跑出去,把送他们来的那辆帕萨特轿车带进了院子。司机是从空军退伍的,看到首长迎面走来吃了一惊,他赶紧推开车门下来,"啪"地立正,给首长敬了个礼。首长握住他的手说:"当过兵是吗,哪年退伍的,老家在何处?"司机立正着,一一作答。首长说:"请你转告王槊和又佳,让他们常来我这里坐坐。这个门你也认识了,你带着他们来吧。"

回程的路上，他俩的心情都很复杂，老康明显的又兴奋又沮丧，他叹息说，首长是有魄力的，秘书就难说了！湘九因此而很尴尬。他对老康说："回去向省委书记汇报时，关于这两张承诺书的来源，你准备怎么解释？"老康愁眉不展地说："你都不相信是从门缝里塞进来的，他怎么会相信呢？这样吧，你套上信封，从邮局寄给我，不要落款，我连信封一齐交给他就是了。"

只要证据是真实的，相比对知情者与举报人的保护，到达的过程并不重要。湘九点点头，说"我回去就办"。

这天晚上，老康跟几位中化建的朋友出去了。湘九站在招待所的窗前，看着一长串车辆穿梭于城市的夜晚之中，感觉到处是灯红酒绿、纸醉金迷。

在这大都市中，夜的诡异使他不安，他想起二〇〇三年初冬的举报，想起让他把材料寄去的人，总觉得有些忐忑。联想到又佳遇见过的龙显宴请的某个大秘书，他的眉头再次紧锁起来，心情变得郁悒而烦躁。是的，他想，我缺乏信心，谁知道这样的证据会不会又被化解掉呢，就像那四千万元一样？龙显会不会说这是为了让民营企业参与国企改革的一种策略，就像医生为了让患者安心先收下红包，手术完成后再还给他一样？

他一定会那样辩解的，不用这个理由，他会想出另一个理由。不管是多么牵强的解释，只要有人愿意视而不见，他就可以指鹿为马。

起风了，夜风吹得行道树发出沙沙的响声。湘九看见路灯下有一对情侣，他们站在车站上，公交车过去了一辆又一辆，他们总是不忍分手。湘九莫名地有点感动。他觉得这才是生活，正常人的生活，不需要提心吊胆防备哪个坏蛋的生活。可是，他却正在不断地远离这样的生活。

一辆挂着白色牌照的奥迪轿车从路灯下驶来，在到达招待所门前时停下了。湘九捂住嘴，把惊讶的喊声掩住。他看到牟秘书从车上下来，警觉地看看四周。

"你一个人在房间里吗？"

电话是从楼下大堂打上来的。牟秘书问他。

"是的。"湘九说，"今晚只有我一个人。"

牟秘书上来了，他穿着便衣，那挺拔的身材，那在基层连队锻炼过的矫健的步伐，显得很精神。他坐下，斜着眼打量湘九的脸色。他说："对我有意见了？"

湘九笑笑。他只能笑笑。牟秘书叹了一口气，"好吧，"他说，"不提这事了。我只问你一件事，那个亚洲投资公司是在香港注册的吗？从材料上看，它上面应该还有一个规模不小的境外投资集团，那是什么性质的集团？"

湘九愕然。同时也为自己对首长的两位秘书一度产生误解而惭愧。

境外有一些不法商人，与国内的腐败官员和国企经营者勾结，危及的不仅是国有资产流失问题，还有我国的金融安全、能源安全、产业安全乃至国防安全等。两位秘书，不管是出于跟湘九的战友之情，还是身处高层的警觉，都不可能不当它一回事。

他们对湘九的安全确实很关切。他们把他的安全跟国有资产的安全、跟更高层次的安全联系在一起。

这个夜晚，他们充满忧患的思维在跳跃，在放下窗帘的幽暗的房间里，湘九的心逐渐安静而不再落寞。

牟秘书叫他不仅要把手机关了，而且要将电板取下来。他说只要电板插着，谈话就可能不安全。

深沉的夜晚，时间仿佛已经凝固，天空更加高远，而人的心正在无限扩展。夜深了，大地已经在一片安详中睡去，只剩些许星光照耀他们。他们的谈话从国内延伸到海外，从香港联系到大西洋和加勒比海。

当战友终于站起身告别，他像来的时候那样悄然而去时，湘九的心终于得到了慰藉，沉浸在了一片深深的神秘和宁静之中。

二十一

不换脑袋就要换人和新任省委书记的接见

夏天来了，这是一个很热的夏天，人们因为热而变得异常暴躁，湘九遭遇了那条壮汉的蛮横与威胁。那是在一次办公会议上，湘九提出要去地处外省的一个化工生产基地检查夏季生产安全时，他骤然间大发雷霆。他指着湘九的鼻子说："你懂什么？你屁都不懂！本人是那里的法人代表，出事故也是本人的事，跟你有什么关系？你还想去拜访当地领导？我告诉你，连一名乡长都不会接见你的！"

湘九当干部以来，从未见过这样蛮不讲理的人。他的威胁令湘九啼笑皆非。他说那里都是他的人。湘九不断告诫自己：制怒，不跟这种人一般见识。湘九只是冷笑着。他不相信那里都是他的人。那里想必也有蓝天黑土吧，也有老人小孩，那里的百姓也是黑头发黄皮肤，千百年来也是日出而作日落而息，他们跟我无冤无仇，我为什么就去不得呢？

老康很欣赏湘九的克制。他觉得不跟这样的人纠缠是对的。即使某些受蒙蔽的人，惊愕之余也对龙显嗤之以鼻，因为他太岂有此理了。一个人蛮不讲理到了这种程度，跟他还有什么道理可讲？！

龙显的表现很有领导风度，他说："湘九同志，人家不让你去你就暂时不要去吧。"他挥挥手，这件事就算过去了。龙显说："昨天省里领导又召见了本人，强调改制要加快步伐。"一二三四五，龙显布置落实领导指示，依然是"三七开"，管理层收购整个集团公司。

开完会，改制工作指导组组长把湘九叫进他的办公室。组长说："上面的意见你都听到了吧，你就不要固执己见了，你怎么能逆时代潮流而动呢？"湘九充满悲伤地看着他，好像看一件完全没有个人主见的物体。湘九说："我对某些人不信任。"组长说："你对谁不信任，龙董事长吗？你这个态度是错误的，不换脑袋就要换人啊，你得明白这不是空口说说的！"

湘九突然爆发。湘九说："国有参股必须在三分之一以上，这是我的底线，也是国资委对所有国资参股应当有的一条底线，否则还是彻底退光更好。尤其我们这个集团有特殊性，不能把国有资产交给不放心的人，怎么可以连重大事项的表决权都全部放弃了？！"

"请你转告能够决定这件事的人，"湘九的脸，因为愤怒而变红了，一句话，从他的嘴里冲口而出，"想要我张某人放弃底线缴械投降，除非从我的尸体上跨过去！"

组长同样感到悲伤，显得很痛苦很无奈。来到这家单位指导改制，他觉得完全是对他的一种惩罚。上面不断地要进度，下面却顶得这么厉害，几个月下来，他的头发都愁白了。他不得不再一次推心置腹地劝说湘九："你怎么就这么想不通呢，你不也是管理层的一员吗，一旦改制成功，你不是也成了较大的股东之一？"

湘九疲惫的脸上漾起一层落寞的苦笑。道不同，不相为谋。他转身离去。

他穿过一条狭窄的坑坑洼洼的小巷，走到一个邮筒旁。四下无人，他从包里拿出两个贴好邮票的信封，一个信封里装着寄给北京小许的材料，另一个信封里装的却是一张当天的《杭州日报》。这个信封上写的是康总经理收，假如有人偷拆了，看到这张报纸肯定莫名其妙。老康要的只是这个信封，这一点偷拆者恐怕怎么也想不到。

湘九毫不怀疑这个信封会被偷拆。他想象偷拆者拿着这张报纸苦苦研究的神情，情不自禁地露出了促狭的笑容。

小巷对面的一所小学操场上，许多孩子在游戏笑闹，还有放风筝的。一只美丽的蝴蝶风筝飞得高高的，引来很多孩子欢呼。湘九的神情因此而恍恍惚惚，童年时他也有过这样无忧无虑的时光，谁会想到今天却过得如此偷偷摸摸？

老康的情绪很有些低落。他跟省委书记的秘书联系了几次，秘书说书记实在太忙，安排不出时间接见他。老康说有一份材料必须呈交给他。秘书说："事情很急

流失岁月

吗，很急的话我可以替你转交。"湘九在一旁摇手。湘九说宁可等，也一定要面呈书记本人。

不怕一万只怕万一。万一泄密，龙显肯定会动用一切力量对知情者施加压力，销毁那两张承诺书的原件。到了那时，黑白颠倒完全可能发生，湘九和老康就成了"栽赃陷害"。

等待使他们度日如年，而对方却步步紧逼。二〇〇六年七月下旬，龙显终于主持召开董事会，正式提出退出赤州的房地产项目，退出的方式是将全部股权按原价转让给香港亚洲投资有限公司。

董事们面前都放着一本长达百页的亚辰公司材料，这种临时动议的方法使他们根本来不及阅读和思索。一条壮汉首先表示支持，他说只要原先投入的资金能够拿回来，国有资产就没有流失了。

像往常一样，处长们都列席董事会，列席者比正式出席人发言更踊跃。湘九紧张地翻阅着材料，竭力寻找其破绽，他知道一旦董事会通过就成了集体决策，巨额国资为极少数人创造的利益将披上合法的外衣。时不我待，他感到全身都在出汗，出冷汗。

他的眼睛突然一亮。

"我记得，去年董事会同意的是由龙晟公司与亚洲投资合作开发这个项目，"湘九的声音在微微颤抖，他的全身也在颤抖。他说："为什么现在要退出的股权变成了龙辰公司所持有？"

国资委监事抬起头来，董事们也都抬起头来了。长达百页的材料上，只有几处提到这个微妙的一字之差，稍不留神，完全可能滑过去。

没有人敢说这只是笔误，龙显因此而显得很尴尬。他漠然地注视着湘九，这种漠然其实是装出来的。他的眼神暴露了他在紧张地思索。一时想不出解释的言辞，他点燃了一支烟。湘九发现他的眼光透过烟雾落在金处长脸上。果然，金处长跳了出来，他说："这有什么大的区别呢，只要资金回到集团来了，结果不是一样的吗？"

"怎么是一样的呢？"湘九尽可能保持他的冷静，说，"龙晟是我们持大股的公司，而龙辰公司没有一丝一毫的国有股，我们凭什么把巨额国资打入它的账户，凭什么让它使用了一年多?!"

国资委监事后来说她怎么也忘不了这次董事会，她体会到了什么叫做处处有陷阱。其实她也看到了这个一字之差，虽然有些疑惑，但一时还想不到如此可怕。那时候那条壮汉接过龙显一支烟，他犹豫片刻，没有再说"湘九你懂什么，你屁都不懂"。因为这毕竟不是化工生产，作为高级经济师的湘九无疑比他更有发言权。金处长还想狡辩，他说这是一种经营策略。湘九说这算什么策略呀，这是赤裸裸的挪用公款!

"你别给我扣大帽子!"金处长有恃无恐地说，"领导叫我把钱打入哪家公司，我就打入哪家公司，我怕什么?!"

湘九猛地抬起头，他的眼睛里流露出咄咄逼人的光焰，好像一只锻铁的火炉。"你把《会计守则》拿来，读一遍给大家听听!"他厉声说道，"你已经涉嫌共同挪用一亿两千万元公款，你必须对此承担法律责任!"

身为纪委书记的萧骅站了出来。在整个辩论的过程中，他的脸上始终有一种震惊。"龙董，我希望你能够为我们作出合理的解释。"他对龙显说，"我没有参加去年的董事会，本来对此没有发言的资格，但是如果张副总说的是事实的话，我就不能不向上级纪委报告了。这是我的职责。"

理屈词穷的龙显非常懊丧。他又一次低估了对手。他以为康总是学化学的，根本不懂资本经营，而湘九虽然挂着高级经济师的头衔，本质上也就是一名作家，或者说一介武夫罢了。龙辰和龙晟这一字之差，他以为可以滑过去，或者玩弄几句商业名词，将其说成经营策略就是了。没想到，差一点在阴沟里翻船。

"这就是一种经营策略，"他说，"我认为，只要符合国有资产保值增值的基本要求，经营上可以灵活变通。"

不管会上的争论如何激烈，办公室在会后印发了"退出赤州房地产项目"的"董事会决议"。开始康总和湘九坚决拒绝签字，在老陈和萧骅签署了保留意见后，他俩将自己的观点写到会签单上，写得满满当当。这样一份董事们意见严重分歧的"董事会决议"，龙显居然将其冠上"一致同意"的结论。反正会签单上的分歧不会出现在正式文本上。

老康赶紧从机要秘书那里拿来会签单，叫阿春去街上复印一份。这既是龙显一伙弄虚作假的证明，也是追究其背后问题的切入点之一。

一个雨后的早晨，收发员送来报纸和邮件。亚山像往常那样先拆邮件，发现一个应该是去年年底使用的贺年卡有奖信封。她拆开信封，果然看到一张贺卡，她想这是谁呀，谁把半年前的贺卡扔进了邮筒？

半秒钟后，她发出一声惊叫，幸亏当时办公室里只有她一个人，否则别人会以为进来了小偷。

阿亚快乐。大哥。

她瞧着这几个字发呆。她嗅到一股童年的芳香，空气清新，树上挂着无数晶莹清凉的露珠。她听到禾苗拔节的声音，身上仿佛灌满了原始的浆汁。窗外夏天的阳光下，好像有一架水车在吱扭扭地转悠，一头老牛在树荫下吃草。通往水库的河是与生俱来的河，少年在河里游泳，她在岸上替他看着衣裳。

这个少年在水里潜泳，潜了那么多年，终于浮出了水面。

她拿起桌上的电话。她听到电话里传来他的声音。他的声音疲倦而沙哑，好像一阵若有若无的风，正在敲打一扇尘封很久的窗。"哪位？"他问。她不吭声，他又问了一声。

于是，她轻轻地启动嘴唇，仿佛久已不叫而显得十分生疏地说道："大哥，我收到你的信了。"

接下来是一阵沉默。千言万语，湘九似乎不知从何说起。他的思维跨越时间和空间在翱翔，而将回顾往事的闲情逸趣暂时放下。"我现在的情况你都知道了，是吗？"他说。

"都知道了。"她说。

"你怎么看？"他急切地问道，"或者，你周围的人怎么看？"

"你在做一件很累的事，一件吃力不讨好的事情。"她说，"你太刚硬，太倔了，湘九哥！"

又是一阵沉默，时间很长。窗外什么都没有了，没有水车，没有老牛，没有那条与生俱来的河。现实的世界很沉闷，内容很空洞。树上的叶子被太阳晒蔫了，耷拉下来，蝉声也有气无力。亚山有一种被人误解的痛苦感觉。无从解释。

"你还像从前那样相信大哥吗?"湘九说。

"当然。"她说，"我只有一个大哥。"

"无条件相信?"

她终于笑了。笑得既无奈又很开心。她又看见了那个牛皮哄哄的少年，那个似乎对什么都不在乎的少年。有一年公社书记说："这两年，留在乡下过年的知青又少了，今年所有的杭州知青都不准回家，必须留在乡下跟贫下中农一起过一个革命化的春节。"长途汽车站因此而拒绝卖票给他们。

她记得粮管所门口停着一辆卡车，她搭这辆车回县城去。那天早晨，她刚上了车，车窗外出现一张雾蒙蒙的脸。她记得他的头发上凝结着夜来的露珠，瘦长的脸在朦胧的车窗外面向她笑着，他还朝她吹了声口哨。她央求司机："叔叔这是我大哥，外婆让他送我到家。"

司机叔叔朝湘九打量，他很腼腆地向司机笑笑。司机终于点了点头。湘九飞快地爬上车，"你真聪明!"他在她的耳边悄声说。

"你又开始骗我了，"她说，"我总是无条件地相信你。"

"但是我帮不了你什么忙的，"她补充说，"我刚转业不久，人微言轻。"

"没关系，"他说，"只要你相信我是对的就行了。"

他当然是对的。她对此并不怀疑。她在一个女干部女企业家的联谊会上见到过王妤明。这个张扬的女人给她留下了深刻印象。这女人的装扮，就像她的思想一样混乱不堪，虽然都是顶级的名牌，但除了炫富，实在谈不上艺术之美。当大多数知识女性温文尔雅地交谈时，她却在那里欣赏自己的路易·威登皮包。她身上抹了太多的香水，坐在附近的人因此而皱眉蹙首。

"这个香水的牌子名叫'温柔的毒药'，"一位女局长跟亚山说，"你读过湘九的长篇小说《大路朝天》吗，那里面有个贪官的情妇专门用这种香水。"

女局长鄙夷的口气，显露了人们对王妤明、对龙显的普遍看法。对于这个集团正在发生的有关改制的争论，人们或多或少有所了解。亚山不无惊讶地发现，社会上对湘九和康总支持的声音，远远超过机关里的沉默。在机关里对此不表态的一些人，到了外面，说起这两个人时，同样是又担忧又钦佩。

"这几天太忙，"湘九说，"忙完这一阵后，我请你去喝咖啡。"

"我去你家看望你和嫂子吧，"亚山说，"我还没有见过她呢。"

她放下电话，想象他夫人的模样。她听说，那是一个赤脚医生出身的女人，在遥远的西部农村插队好多年，后来回到南方，在市里一个医疗管理部门工作。她听说夫人比他大一岁，事业单位女职员五十五岁退休，她该退了吧？

亚山怀着一点忐忑的心情想，不知道这个嫂子对她会有什么想法？对于这样一位突然冒出来的当年的小阿妹，她会发自内心地欢迎呢还是抵触？

这种忐忑的感觉使她黯然神伤。历史的发展已经背离了原有的轨道，或者说已经转移为更为重要的现实矛盾。她面临的选择超过了个人的记忆范畴，她的不安的情绪，因此而像窗外夏天的树木那样斑斑驳驳，显得更加神秘而难以预测了。

湘九在上面使劲，老康在下面努力，证据一点一点浮出水面。

地处浙中一座城市的某个化工厂，当地政府要求搬迁，在工业园区买下新的土地后，又遭遇农民抵制和环保部门延期审批。职工分流导致矛盾激化，康总请湘九即刻赶去处理。

湘九于中午赶到现场，当即召集经营班子听取汇报。厂长被个别失去理性的职工逼得回避了，书记不慎跌伤，架着双拐在和职工对话。湘九觉得解决问题的关键在当地政府，他召开职工代表座谈会，同时请康总下午也赶过来，晚上一起拜会市领导。

常务副市长是湘九的老部下，他说："老领导，责任确实在我们，但是请您体谅我们的难处，需要搬迁的单位不是一两家，而我们没钱。"

他们确实没钱，钱都被又佳报道过的那家非法集资的信托公司亏光了。

康总带来了一个工作组，晚上拜会市委书记、市长，工业园区管委会主任。翌日一早，又到现场接待上访群众。

工业园区管委会的分管领导就是常务副市长，他被湘九和康总所感动。他保证，首先帮助解决这家厂的问题。康总和湘九带着工作组，将一瓶瓶矿泉水送到职工手里，得到承诺的职工渐渐变得心平气和。

附近有一座以商贸闻名全国的城市，这座城市创造了令全球叹为观止的经济奇迹。湘九跟着康总来到这里，为集团下属技工学校的发展问题拜会当地领导。

这天夜里星空璀璨，广场上的灯光五颜六色，光彩夺目。湘九站在宾馆阳台上欣赏这座城市的夜景时，老康来敲他的门。他走进老康房间，看到一位中年男子，老康说这是该市公安局的副局长。

副局长显然跟老康关系不错，他的官不大，但是这座城市常年居住的外国商人比省城还多得多，管辖的范围不小。湘九好奇地问了一些他跟外国人、跟北京和省里公安与涉外部门交往的情况，老康对这位副局长说："你放心说吧，张总信得过。"

"这些身份证，有的是伪造的，有的人根本不存在。"副局长说。

湘九惊讶地看到一沓身份证和护照复印件，凝神片刻，他明白了这是从龙晟系列及其上市公司和亚辰公司的登记材料上获得的部分股东信息。这些虚假信息的被证明使他感到兴奋。"谢谢你。"他对公安局副局长说。副局长说："不客气，这是我应该做的。"

更荒唐的是，有一位大股东居然是公安部网上通缉的逃犯。湘九估计是龙显叫手下人去办这些证件时，哪个偷懒的小喽啰将一张捡来的身份证塞了进去。百密一疏，犯罪者总是难免留下蛛丝马迹。不过湘九想龙显的蛛丝马迹也实在是太多了一些。

这些并不存在的股东所持有的股份是谁的，答案已昭然若揭。

办公室频频打来电话，龙显催他们回去开会，一定要通过他的改制方案。他俩在路上商量，请班子大多数成员签署一份报告，向国资委提出坚决反对管理层收购。

他们听说萧骅在改制工作指导组跟他谈话时发生了激烈冲突。虽然没有像湘九那样说出"除非从我的尸体上跨过去"，组长也充分领教了这个山东人的"情绪化"。

这个消息令他们感到欣慰。

老康对湘九说："我最担心的是阿沃，你有把握让他也签字吗？"

湘九满怀信心地说有把握。

他又想得太简单了。

他低估了一个从乡村出来的国企高管的优柔寡断和瞻前思后，这恰恰也是阿沃与湘九或者与萧骅这类人的区别。在这个繁华的省城过上了比之一般人优裕的生活，能够守住它自然很重要，对阿沃来说，是很自然和顺理成章的事情。也许在他看来，湘九只是一个理想主义者，这种理想主义在现代社会早已成了一种奢侈品。既然几经风险都没有损伤龙某人一根毫毛，他为什么还要跟着他们徒劳地进行抗争呢？他又不是堂·吉诃德身边那个傻呵呵的桑丘。

"我不签字。"他说，"当然，我也不反对你们签字。"

在利害和道义的选择中，人们如浮动的岛屿朝各个方向漂移，湘九觉得理想和信念像一簇花，有的正在盛开，有的却在凋零。湘九转身离去很长时间之后，失望和无奈的表情仍久久地停留在他的脸上。

"是否构成挪用公款罪，两点要素是少不了的。一是未经集体研究擅自决定，二是与其个人利益相关。"律师说。

这是老康请来的一位女律师，她在一家宾馆的小餐厅里跟他们见面。萧骅也被请来了，他认为这个问题很伤脑筋。虽然金处长肯定在龙晟公司有个人利益存在，但是股东名单上没有他的真名实姓出现。

湘九说："别急，迟早我要设法使他们浮出水面。"

这是一位很专业的女律师，虽然名气没有龙显的法律顾问显赫。她分析亚洲投资公司的背景，建议通过香港的律师楼进行调查。她认为龙显勾结无良律师在海外洗钱几乎已经没有悬念。对于那位无良律师，她说，业内早已传说此人的种种劣迹，现在看来，他就是一个打着法律旗号的犯罪分子。

他是一个惯于反扑的"高人"，上下左右的关系错综复杂，稍有不慎，就会被他反咬一口。说到这里，女律师不由自主地打了一个寒噤。

老康跟湘九交换眼色。老康说今天的会就开到这里吧。

至少在目前，他们还不想让萧骅卷得太深，多一个人知情就多一点泄密的可能。再说，他们已经做好出师未捷身先死的准备，万一他们牺牲，老陈又退休了，萧骅能否安全地在这个集团继续坚持下去，实在不敢预测。

他们在外面转了一圈回到宾馆，换了一间小包厢。女律师说："我支持你们，我个人愿意放弃报酬帮助你们办这个案子！"老康和湘九为之感动。包厢的空间呈现出柔和清冷的色调，女律师长的不是一张明星脸，风吹起窗帘，她却在阳光下显得优美而坦荡。

他们把所有的材料都交给了她。

湘九想象自己出生的地方。那是九龙，青山道，宝恤医院。湘九曾经去那里寻找母亲住过的产房。那条小路很僻静，阳光已经升得很高，青山道上的鹅卵石路面泛出一种柔和的光泽。两边的店铺还没有开门。湘九想象这位女律师从双层电车上下来，她的身边，或许还有一位当地的男律师。

维多利亚港开始喧闹，地铁人流拥挤，街上步履匆匆。律师楼里却是一片肃静。他们委托的问题不是一个简单的小问题，敏感的香港律师不会不引申出丰富的联想。在香港租有写字间的公司，其注册地不一定就在香港。不知道为什么，湘九总是有一种预感：香港离内地实在太近了，很可能，它仍然是一个中间的平台而不是终端。

一阵急促的手机铃声将他从遐想中唤回。

湘九听见老康的嗓音突然变得喑哑起来，他对着手机连声说好好好。那时从西湖上空吹来的一阵风，摇撼着靠在宾馆窗前的老康单薄的身子。湘九看到他的眼睛里闪烁光亮，仿佛有一件期待许久的喜事终于降临了。湘九说："是书记的秘书吗？"老康一边点头，一边连连向他摇手。湘九想至于吗，就是让他听到我在旁边又有何妨呢。

湘九心里也有点激动，他说："你快去吧，只能你去等他不能让他等你。"老康说："你去不去？"湘九说："他没有叫我去，我不去。"

太阳变成了橙红色，晚霞绚丽多彩。老康赶往风景区一座宾馆。书记正在那里接待几位来自北京的贵宾，秘书说给他汇报的时间是一刻钟。老康想一刻钟我能说些什么呢。老康又想一刻钟我能说的也不少了。他坐在接待室的外屋等候着，那时候很有一种上厕所的冲动，他使劲抑制着这种不合时宜的需要。书记从里屋出来时因此而看到他的脸憋得通红。

"你好，"书记跟他握手，"让你等久了吧？"

"一刻钟，"他不假思索地说道，"我……我只等了一刻钟。"

书记点点头，认真地打量他。被书记这样认真地察看自己，老康觉得有一点别扭，可他在内心深处却怀着一种莫名其妙的期待。书记说："听说你有急事找我，什么事这么急啊？"

老康开始汇报，本来是要从头说起的，他怕一刻钟时间不够而有些语无伦次，事实上已经过去五分钟了，他还在说改制的方案问题。幸亏书记及时打断了他的话，书记说"您拣要紧的先说"，他才清醒过来。他说："我带来了本集团'一把手'以权谋私的证据！"

书记的神情刹那间变得凝重了起来。他看着老康，既好像在揣摩他的所谓证据的分量，又好像在揣摩他这个人的分量。他微微地张开了嘴，又紧紧地闭了回去，眼光变得尖锐而严肃。"不是刚审计过吗？"终于重新开口时书记说，"难道是新出现的问题？！"

"不是新出现的问题，而是新发现的问题。"老康突然感到，自己变得口齿伶俐了。

他把材料递过去。省委书记却没有接。他问了一句话：

"这些证据你给湘九同志看过没有，他怎么认为？"

"给他看了，"老康说，"只给他一个人看过。他认为这是真实可信的。"

后来老康告诉湘九，这是书记提到他时唯一的一句话。他既没有说为什么不叫湘九一起来，也没有问他们是怎么商量的。他说："材料你先拿回去吧，过些日子会有人来取的。"

一刻钟就这样过去了。老康走出宾馆，觉得刚才的过程像是在做梦。他沿着湖边潮湿的小路慢慢走回去，不断地琢磨。他觉得省委书记对湘九的意见显然比较重视。他有些奇怪，湘九只是一名副职，书记如何会对他这样熟悉呢，莫非他跟他还有什么别人不知道的交往？

那天傍晚下了一场阵雨，空气变得很清新。湘九在小区的中心花园散步，月光明亮，斑驳的光影透过树荫照在他和咪咪身上。老康的车停下了，湘九听到他的喊声有些惊讶。湘九说："在这里乘凉还是去家里坐坐？"老康警惕地看看周围，他说："还是去你家吧。"

湘九在自家的客厅向康总经理连连摇头，他说："你误会了，我跟他什么特殊的联系都没有。是的，他接见过我，向我了解过集团的情况。那时我们两家集团正面临合并。他听我的老首长、听我家的老邻居小娣提起过我，可能觉得比较可以相信一点吧，也就如此而已。我跟他说起过龙某人，因为缺少直接证据，当时只能说需要高度警惕。"

老康用一种怀疑的神情看着湘九，看得他发憷。老康说："他信任你，你就给他写封信吧，现在有了直接证据，你向他汇报也是名正言顺的呀。"湘九说："你已经当面向他汇报了，我再写信，还有意义吗？"他看着老康欲言又止的表情，苦笑起来，他请老康进书房去，他拿起书桌上一封信，递给老康看。

湘九说："信我已经写了，但不是这个内容。这个内容不能写，万一他的批示落到了不太可靠的人手中怎么办？我想跟他谈谈当前集团的情况：龙显一伙欺骗和威逼一部分人上访，多次开会强令通过他们策划的改制方案，造成了主要领导与班子多数成员、管理人员与广大职工、集团本部与基层、在岗人员与离退休人员的对立；严重影响了正常经营和安全生产。我必须告诉省委主要领导，这是当务之急，再不解决是要出大问题的。"

老康一目十行地看完信，终于释然。他颇有感慨地说："你才是当正职的料啊，真的，我宁愿给你当副手，无论资历、眼光、水平，我都服了你了！"湘九闻之笑出了眼泪。他说："你不要嘘我，你的嘘头对我无效。我没有这样的野心，个性即命运，我生来就不是当官尤其是当正职的命！"

湘九的书房里挂着一幅字："读书击剑两有成，能将韶华再请缨。"老首长的字遒劲有力，大气纵横。老康久久地看着这幅字，心有所悟。湘九说："这是十年前老人家写给我的。十年前，我也以为自己还能在更广阔的天地中有一番作为呢，现在看来，倒是着实有些可笑了。"

夜风吹进来又飘出去，带走他的话。书房里一时寂静无声。老康痴痴地瞧着这字、这人，他在这间小小的书房里倾听着他的话的余音，在这炎热的夏季，觉得竟是如此萧瑟、如此落寞。

二十二

阿扁式的民意测验和你必须站出来公开斗争

咪咪刚办了退休手续，康总说："我给您介绍到哪个单位去发挥余热吧，否则在家里无所事事会憋出病来。"湘九说："她有什么余热，她只是一个小办事员。"康总说："开什么玩笑，医管中心的管理人员哪个单位不想要啊，请她去管劳保或者老干部保健真是再合适不过了！"咪咪说："谢谢您康总，我还有一个八十多岁的老母亲要照顾，我自己身体也不太好，既然退休了，我就哪里也不想去干了。"

他家楼下住着一位画家，常常有学画的少男少女登门请教。有一天雨下得很大，咪咪下楼时看见一个少年坐在楼梯上。咪咪说："教授出门采风写生去了，你不知道吗？"少年一愣说："啊，我忘记了，我以为老师还没出发呢。"咪咪瞧瞧楼道的窗外，那雨下得哗哗的，时不时还炸响一个雷。咪咪说："上我家去吧，你身上都淋湿了，会生病的。"

这是一个眉清目秀的孩子，咪咪问他读几年级了，他说刚上初一。咪咪把他带进家门，找出王槊留在家里的衣服，让他先去浴室洗个热水澡，换上干衣裳。孩子很懂礼貌地说："谢谢您阿姨，太麻烦您了。"咪咪说："快洗吧，洗完了再喝一杯板蓝根冲剂。"

又佳三十岁了还不想生小孩，家里因此而显得冷清。咪咪给少年喝了板蓝根，又给他煮一杯热牛奶。少年穿着王槊的衬衫裤子，晃荡荡地像一匹羊进了羊栏。他在客厅看到一幅油画，立时被吸引住了。画面上湘九的父亲穿着二战时期的美式军装，身板笔挺地站着，母亲身穿旗袍，优雅地坐在椅子上。少年说："这是谁，是电影中的人物吗？"

咪咪笑着说，差不多，他们的经历确实可以拍一部电影了。她说："他们是我的公公婆婆。"少年说："公公婆婆跟您是什么关系，是您丈夫的爸爸妈妈么？"咪咪觉得这孩子又懵懂又可爱，她说："你看电视吧，雨一时停不下来，要不要给你家大人打个电话？"

这是星期五的下午，亚山看到天色越来越黑。乌云就像一群奔腾咆哮的野马。一层层漫过头顶，越聚越厚，将整个城市都笼罩在黑暗之中。她有点担心，不知道她的儿子是在路上呢还是到了教授家。从小学三年级起，孩子就在少年宫学美术，现在已经获过好几个奖了。孩子登门请教的这位老教授是她的一位老战友介绍的，今天是第二次去。倾盆大雨下来时，亚山更是坐立不安了。她开始后悔没给孩子买一部手机。她一直以为孩子还小，配手机不合适呢。

电话铃声响起了，她拿起听筒。听到儿子一声"妈"，她赶紧问："你在哪里？"她听到电视上的音乐声和台词，"'老爷。外面下着很大的雨，有家的都在家里呆着。'""'家里的人也只有我一个人还在醒着。'""什么乱七八糟的。"她喊，"快说呀，你在哪里？"

"我在阿姨家里。"孩子说。

亚山愣了一秒钟。"阿姨？你阿姨不在这里呀。"她说。

"我在老师家楼上的阿姨家里。"

亚山的心里泛起一阵暖意，电话中传来一位大姐的声音。大姐说："你好，请你放心，你孩子就在我家吃晚饭吧，雨停了再送他回去。"亚山看看办公室墙上的挂钟，快下班了。亚山说："太麻烦您了，我这就去您家接孩子。"

城市的霓虹灯映亮着近处的黑暗，她开车冲进雨幕。一道耀眼的光芒划过车窗，她的心一紧，雷声已紧跟而至。她是新手，学会开车两三年了她还是新手。她不得不小心翼翼地往前走。街景变成灰蒙蒙的一片，但想到孩子坐在别人家的沙发上看电视，也许还在餐桌旁捧起了饭碗，她的心终于平静下来。

事实比她想象得更温馨。刚一敲门，门就开了，一位大姐站在门边向她颔首微笑。后来回忆当时的感觉,亚山说她有种莫名其妙的亲切感,她似乎预知后面将要发生的情节。她看到儿子坐在客厅的小餐桌旁,正在跟湘九谈他的学校生活。黄色的灯光柔和地照在他们身上,桌上有三菜一汤。她听到湘九说:"今天太仓促了,下次你来,叔叔给你做红烧甲鱼吃,我做的红烧甲鱼你一吃就忘不了了!"儿子说:"真的吗,叔叔那我星期天就来吃好吗?"

他们好像是一家人,而她却成了外人。儿子没有回头朝她看,只顾跟"叔叔"聊天。亚山走到他们身边。亚山说,叫舅舅。他们才反应过来。儿子懵懂地看着她。湘九眨着眼睛,眨了足足有五秒钟。然后,他长长地叹了一口气,说:"真的就是不是一家人,不进一家门啊!"

一切就像在梦里,在小说中,一切都那么自然,那么顺理成章。一个小孩遇到了舅舅舅妈。这座城市突然就变得不再陌生了。湘九向咪咪介绍他们的关系,咪咪摸着孩子的头,跟孩子一样听得出神。亚山仿佛又回到了从前,回到那种似曾相识的感觉中。她好像早已来过这套房屋,这里的家具、摆设,墙上的油画和照片,她都好像看到过不止一回了,甚至连他的父母都似乎见过似的。

这种亲切的感觉使人留恋,同时也提醒她更需要珍惜爱护。坐下来一起吃完饭后,亚山进了他家的书房,将她听到的一些事情讲给湘九听。有关引进战略投资者的问题,上海有一家医化类的上市公司很感兴趣,已经找了省里有关领导。因为他们事先没有跟龙显接触,龙显肯定会抵制。还有,龙显正在策划召开一个"扩大会议",将部分不是中层和集团本部的人员也拉进来,以此代表"更广大的民意",同时为正式召开"职工代表大会"奠定基础。

"上面怎么看?如果我们也这样做呢?"湘九问她。

"那就成了'非组织活动',"亚山无奈地说,"一旦被抓住这种把柄,你们就会输得很惨。"

孩子在客厅看电视,亚山这才知道,下午他看的是《雷雨》,她从电话里听到的是管家跟周朴园的对话。咪咪捧着一杯茶进来了。湘九说:"好吧,只许州官放火不许百姓点灯,那就让他们把我们的职务都撤掉算了!"

亚山担心地朝咪咪看去,她以为这位嫂子会吓一跳,结果却发现她根本无动于衷。咪咪笑眯眯地把茶杯送到亚山手中，说："撤掉就省心多了，干了那么多年真是太累了，你们看我现在多么轻松！"

只有早已习惯了这种随时可能被贬、被打入冷宫的命运的人，才会如此无动于衷。亚山瞧着客厅和书房中那些式样陈旧的家具想。她知道这些家具其实也不便宜，都是硬木做的，古朴而苍劲。然而在这个高楼林立的小区里，在这个讲究奢华舒适的年代，实在是有些格格不入。

她有一种感觉:他们仿佛一直生活在外婆的季节里。这位嫂子,想必也是习惯于湘九经历的一次次跌宕起伏,对于常人所羡慕的权势地位,早已视为鸡肋般的淡定从容。

那块忠良传家的匾，那些颜色发黄的书，还有墙上读书击剑和韶华与请缨的题字，无一不显示着这户人家的传承与文化。这是一种什么样的文化呢？是荆棘中盼望着升腾的晴朗日出，还是五千年血与泪凝成的碎旌旗而立天地的悲壮？

抑或只是一种失望，对这滚滚红尘的深深的失望？

斗争已经白热化，龙显不顾班子多数成员的反对，印发了他的讲话稿，号召各级管理人员支持他的改制方案。他布置大会套小会，每个人都要表态并记录在案。湘九等四人赶去国资委汇报，一场剑拔弩张的内斗迫在眉睫。国资委紧急研究后提出两条意见：一是不能审议领导层有重大分歧的改制方案，二是不许采用这种严重影响稳定的方式搞"民意测验"。

康总和萧骅向龙显传达国资委意见，得到改制指导组支持的龙显根本不理睬。康总说："你以什么名义召开这种会议？以党委，以董事会的名义？我们都是多数。"龙显说："以改制指导组的名义行不行？那就不存在多数少数的问题了！"

会议扩大到一二百人，分成若干小组，记录的人大多是龙显一伙的，有利于他们的话记下来，不利的不记。高粱那个组，只有他一个人反对"三七开"。湘九事先对他说："现在已经不是怕不怕的事了，他们得逞后你的下场将是什么，你自己明白。"高粱在小组会上说："记吧，把我今天说的话统统记下来！我也想通了，横竖我已经是案板上的一块槽头肉了，直也是一刀，横也是一刀。"

那位教授级高工在小组会上遭到奚落。主持人关某好像忘记了他向湘九作过的承诺，他看着阿沃的态度，他的表现因此过犹不及。他说："我觉得'三七开'还是保守了一些，国有股降到20%更合适！"有一个小组只来了两个人，两个人是两个单位的法人代表。后进门的人对先进门的人说他支持董事长，说罢扬长而去。先进门的那位愣了愣，追到门口。他在走廊上喊："你给我听着，我支持总经理！"

这真是一个多事之秋。集团的事已将湘九搞得焦头烂额，宣传部又把他叫去。童副部长向他通报作家协会的问题，这个单位更是一地鸡毛。他看到堆得小山一样高的告状信，拿起一封信看看，又叹口气放下。童副部长说："北京即将召开全国作家代表大会，您得去参加，而且要进入代表团临时领导班子。"湘九说："大姐，我能不能不去，我实在抽不出身啊！"童副部长剜了他一眼，说："你那个集团的事情我也有所耳闻，这种地方你难道还要长期干下去吗？湘九啊，你想通一点吧。"童大姐语重心长地说："许多文学界的老同志都为你感到惋惜呢。"

童大姐的心意湘九岂能不明白。其实部里某位处长已向他透过风，全国作代会开完就是省作代会了，换届改选湘九是主要人选之一。希望他急流勇退的还不止童大姐一个，统战部部长就给他写过一封信。他说有个副职的位置，从湘九的资格、阅历和社会背景看都特别适合。湘九跟龙显、跟老康不同，他还保留着行政十级的公务员身份。到了这把年纪，回到机关去自然更有晚年的保障，工作也轻松得多。

他深深地感谢他们。但是，他能在这样的时刻离去吗？

再说，童大姐和那位部长的一片好意未必就能达成。龙显不是一个人，受龙显一伙影响的更是有一批人。他们会心甘情愿地让他回到机关部门去？

相比集团面临的斗争，作家协会简直就是小孩子打仗，从现实世界打到虚拟世界，一个个抻着脖子像打了鸡血针似的。一点小小的名利，将文人的劣根性暴露无遗。到了二〇〇九年，有一天，人事部门一位常务副部长找他谈话，往事重提时湘九开玩笑说："龙某人整了我八九年，你们还嫌我被整得不够吗，还要搞一帮文人继续整我？"

这位常务副部长大笑。他在笑声中痛快淋漓地说："不去了，不叫你去了。可惜啊湘九同志，可惜你在这场旷日持久的斗争中已经把机会统统都赔进去了。"

这是他的宿命。

秋天的街道上人迹稀少，湘九从宣传部出来，默默地走回集团去。不仅是秋天的街道，他的心里也是空空荡荡。湘九走过一条小巷，见到一个年轻人，就是经常把电话单子拉出来的那个年轻人。前几年湘九为了给几个年轻人解决住房问题，一次次跑有关部门，自己贴钱贴物去送礼。那时候单位的年轻人都服他，听他的招呼。几年过去了，集团已经起了深刻的变化，现在不少人话都不敢跟他多说了，唯恐被龙显的手下人看到。湘九说："你晚上来一趟我家好吗？"

"有什么事吗？"

"我家的电脑有点问题，请你去帮忙调试一下。"

"那就现在去吧。"

湘九看手表，不知不觉，一个白天又过去了。"好吧，"他说，"去我家吃晚饭吧。"

咪咪给年轻人夹菜，一边夹一边数落他。咪咪说张总一向把你当成自己人，而你却跟着那些靠不住的人跑，张总听说你坚决拥护什么"MBO"，拥护"管理者收购"，他很生气呢。年轻人惶惑地朝湘九看一眼，说自己觉得能够入股总是好的。

湘九说："你在龙晟究竟入了多少股？"

"八万元。"年轻人迟疑了半晌才说出这个数字。

"分过几次红了？"

"大概有两次了吧，"年轻人说，"我也没敢仔细问。"

"大概？没敢仔细问？"湘九惊讶地说，"那分到的钱呢，莫非还在龙晟的账上？"

"听说进了其他公司，可能是龙辰之类的公司吧，再生钱去了。"

"那你现在已经是几家公司的股东了，市值多少？"

"我是最少的，"年轻人不无得意地说，"听说也有二三百万元了。金处长他们入股时交了三十万元，现在已经变成一千多万元了！"

筷子从咪咪手中掉下来。她目瞪口呆地瞧着这个年轻人。四十倍！她的惊叫如裂帛。"你们做的什么生意啊，居然有这样的暴利？！"

"什么生意也没做过，"湘九淡然说。"全部是集团的钱，是国有的资金和资源，他们只是坐享暴利。"湘九给年轻人算账：去年集团的经营量约三十亿，利润只有七千万左右，也就是说，辛辛苦苦做一年，赢利只有百分之二点几。而你们的利益，几年时间涨了四十倍，湘九抬高了声音问他："就是去金三角贩毒也没有这么好的收益吧?"

"你以为龙显真的会为你们谋福利?"湘九冷笑着告诉他，"即使跟他信誓旦旦交换过承诺的合作伙伴，他照样会坑人家，不然人家就不会冒着自己被追究行贿的风险举报他了!"湘九一针见血地说："现在他需要打民意牌，需要你们的拥护你懂吗?一旦他把我、把康总都赶走了，集团成了他和王妤明个人控制的企业，这些利益马上就会被他收回去，你们还是竹篮打水一场空!"

"怎么还收得回呢，"年轻人不解地说，"分红都分过两三次了!"

湘九放下碗，像经济学教授看一个不及格的学生那样看着他。"他把你们入股的公司做亏，将利润全部转到其他公司去，甚至转到国外去，你们岂不就是白做了一场发财的美梦?!"

年轻人张口结舌的模样让人看着很难受。他好像从云端一下跌进了深渊，他的脸色像生了病似的，很快变得萎黄。他不能不相信湘九，因为湘九实实在在地帮助过他，没有要过他一分一厘的报答。湘九趁热打铁向他了解一些情况。他是最外围的小人物，所知有限。他说起逢年过节，办公室主任总是去买许多大商场的购物卡，金处长一拿就是几万元。他们还巧立各种并不存在的名目开支费用。某些相关部门的中层干部收了卡便会想方设法替他们办事，他们因此而总是立于不败之地。

"难怪主任腰上一条皮带就值七八千元!"湘九苦笑着自嘲说，"我这个作家，用一支十五元的钢笔写了几百万字文章，他们签个字用的都是万宝龙金笔啊。"

"以后查我们的电话单子，尤其是手机单子你要有数，"湘九慎重告诫他，"绝不能为虎作伥。"

年轻人的脸色从萎黄变成苍白。"我明白，"他说，"你们要提防你办公室那层楼的西端。"

湘九点点头。他那一层办公楼的西端，是灰仔及其手下的办公室。

北京和省里都有了反映，主要体现在省纪委、组织部和国资委联合组成的一个督察组身上。这个调查组分别找班子成员谈话，提出为什么非得搞"三七开"，甚至让国有股全部退出去。龙显支支吾吾说这是省领导说的。那位爱较真的监察室主任问是哪位省领导，在何时何地何种场合说的。

龙显说他不能说。

督察组问湘九，龙显是否三年时间换了三辆车，林肯、宝马和奥迪A8？他是否还用公款买了高尔夫俱乐部的会员卡？湘九说这些在他身上都是小问题了，关键是要对他采取果断措施。为什么让国有股全退，就是为了逃脱国资委的监管！湘九不耐烦地说："你们老是这样不疼不痒地拖下去，国有资产就要被他转移光了。那时再去追，还能追回多少？还能够追回来吗?!"

监察室主任用一种哀怨的眼光看着他。他说："老张啊老张，您知道我们也很难吗？一个正厅级官员，背后牵涉的关系千丝万缕，动一动，要有多少大人物点头签字？先把一些可以落实的问题落实下来，争取有所调整，这也是一种策略你懂吗？"

饭总是要一口一口吃的，他说，欲速则不达。

湘九去北京出席全国作家代表大会之前，康总将他和老陈、萧骅叫到一家宾馆。督察组可能参加他们的民主生活会，他们商定在会上面对面提出来：龙显已不合适担任主要领导。这样的做法，可谓石破天惊，后果有两种，或者将龙显调离或者将他们调离。如果是前者，"MBO"就进行不下去了，国资流失将得到遏制。如果是后者，说明在反腐败在这里已经毫无意义，那就听天由命算了！

"我来开头一炮，"湘九说，"反正我跟他势不两立已经尽人皆知了。"

"还是我来吧。"老陈说，"我马上要退休了，已经没有任何顾忌。"

这是星期天下午，碰头之后，老康跟湘九商量再去找阿沃作最后的争取。阿沃住在一条安静的小街上，路口有个茶馆。他们坐在茶馆里给他打电话。等待阿沃到来的时间里，湘九掏出一支香烟慢慢地吸着，心里猜测着跟阿沃摊牌的效果。老康说："关键的问题你跟他谈吧，我要留点余地。"湘九说："那你先去上个厕所好了。"

阿沃从小区里走出来，湘九隔着玻璃门跟他打招呼。阿沃进了门说："康总呢，他怎么不在啊？"湘九说："他拉肚子，一下午去了三趟厕所了。"

湘九单刀直入，把龙显与那位私营开发商互相交换的承诺书拿出来。他不动声色地看着阿沃，看到他的手在微微颤抖。有好长一会儿时间，阿沃不说话，他也不说话。阿沃保持一种僵直的姿势坐在椅子上。茶馆里弥漫着苦丁茶苦涩的气味，阿沃的神情恍恍惚惚。"唉，"后来，他终于叹了一口气，说，"看来他真是无可救药了！"

"还有更多、更可怕的事实和证据，"湘九说，"我会在恰当的时候拿给你看。"

"谢谢你对我的信任。"阿沃红着眼睛说。他看着湘九迅速地把承诺书收回，藏好。他说："你打算让我做什么？"

"如果说我是长征时参加的革命，康总他们就是抗战时期入伍的了，"湘九说，"阿沃，现在已经快到一九四九年了，你再不站出来的话，将来就办不了离休手续了！"

听起来是一句笑话，两个人的表情却都很严肃。"我明白。"阿沃怔怔地瞧着窗外，仿佛在追忆往事，几年的风风雨雨以僻静的小街为背景一闪而过。湘九在心里为他叹息，也为自己叹息，谁让他们摊上了这么一个"一把手"呢，他们实在是别无选择。

"集团有数千万元的利润被他们藏在龙晟实业公司。龙辰公司的猫腻更多。"阿沃说，"我可以先把这些材料整理出来，交给你们。"

"不是交给我们，而是你必须站出来公开斗争。"湘九提醒他说，"你得让上级、让群众看到你的立场。您必须跟龙某人翻一次脸，跟他划清楚河汉界。"

茶馆楼上的雅座里，一只挂钟滴答滴答地走动，湘九临窗而坐，计算着老康回来的时间。阿沃仿佛被逼到了悬崖上，他叹了一口气，接着又叹了一口气。湘九说，康总来了。阿沃蓦然抬起头。"好吧，"他说，"我会站出来的！"

湘九将手贴在窗玻璃上，做了一个胜利的手势。老康笑嘻嘻地上了楼。阿沃的紧张戒备的身体开始松弛下来，他靠在椅背上，因为终于作出了一个人生的重大决定而显得十分疲惫。他毫不怀疑湘九给他看的证据，凭直觉他就知道这绝对是真实的。但是，这种致命的直接证据如何会落到他们的手里？他深深地感到不可思议。

他的感觉，湘九也同样有过。

湘九知道老康已经跟那位私营开发商接触过了，老康告诉他，此人说起龙显简直

265

咬牙切齿。湘九说："那叫他交出原始凭证应该没有问题吧？"老康笑笑。他说他交不交其实也无所谓了。湘九说那怎么行，那才是有法律效力的东西。后来湘九才明白老康为什么说无所谓了。因为老康当着他的面，将一个小小的 u 盘交给了有关部门的领导。

秋末风凉的季节，他们在茶馆里喝着龙井，憧憬胜利的日子。湘九异想天开地说："我去北京开会期间，一旦情况骤然发生变化，你们可要立即启动应急预案哦。"老康不解说："什么应急预案，你是指安全生产吗？"阿沃反应快一点，他说："不可能这么快的。"湘九说："万一呢，万一上面意见统一了，下个决心也是很快的。"

"那你说该怎么办呢？"阿沃问他。

"立即接管龙晟系列，彻底清产核资。"湘九说，"阿沃你是管资产管投资的，你一定要配合好康总，要做到人心不散、工作不乱、生产不停。"

老康说："湘九你怎么用这样的口气跟阿沃讲话？你是副总他也是副总。"阿沃说："没关系，他是我大哥，我喜欢他的率性和心口一致。"湘九说："老康，我们现在是在哪里啊，在茶馆里。在茶馆里你还把正职副职分得那么清啊？"老康不能不苦笑了。他说："好，好，算我说错了，在茶馆里要听大哥的，听你的！"

湘九登上去北京的飞机时却接到了萧骅的电话通知。督察组说，鉴于集团班子大多数成员与主要领导严重对立的事实，今年的民主生活会暂不召开。

历朝历代，作家都只是一个小群体，但他们的活跃程度和社会影响却反映出一个民族和时代的政治文化水平。作家们开会时，食宿往往是最好的，大人物对他们温良恭俭让。

湘九也算一名作家。湘九有自知之明。文人的小圈子，他从来不掺和，评奖啊出镜啊，有他自然好无他也不争。本次作代会，本省一位全国的副主席下来，各种说法沸沸扬扬。湘九只求稳定，谁来打听都是付之一笑。有人说："回去你就要当本省作协的掌门人了！"湘九说："你看我像吗，我连自己都管不好，怎么管得了你们？"

休会期间，别人串门聊天，喝咖啡下馆子，湘九去看老领导。到了首长家，首长问他举报的事进展如何，他说缓慢。首长说："我去你们那里时，省委书记特意安排

流失岁月

了一艘游船，请我泛舟西湖。我跟他谈了你与龙某人的斗争情况。"书记说："他都知道，都清楚，但是他要走了。"湘九惊讶地说："他要走了？他去哪里？"首长说："很快就会公布的。不过你放心吧，他会交代给他的继任人。"

首长有个老毛病，他的嗓子说话多了就要嘶哑。总是有人来看他，他就不能不说话。湘九给他带去一瓶中成药。湘九说："我自己患喉疾时服过，挺管用的。"首长拿过去就往嘴里倒，刚好他的保健医生进门，吓得赶紧去拦他。牟秘书一把拉住他。牟秘书说："没问题，湘九同志信得过。"首长看一眼保健医生，说："你是新来的，不认识湘九吧，他若是想对付我，我早就不得安宁了。"

牟秘书开车送湘九回去，一路上开导他。牟秘书说："你别想得太乐观也别想得太悲观，有首长这样的老人在，有我们这些还算健康的力量在，公理就还在中国。"谈到具体的情况，牟秘书压低了嗓门，说："情况这么复杂，你们即便在北京也要小心一些啊。"湘九告诉他委托香港律师楼调查的情况，牟秘书说很好，从几个角度着手，再狡猾的狐狸也逃不出正义者布下的天罗地网。

王府井大街热闹嘈杂，牟秘书把车开得很慢。湘九看到路旁有个年轻人，头发很长，神色憔悴，只扫了一眼车牌就匆匆走过。车牌是白色的，车顶上还安着警灯，年轻人显然很忌讳。眼看年轻人就要钻进人群了。湘九说："停车，我遇见熟人了！"牟秘书一刹车，湘九就跳了下去。

湘九不敢喊，怕喊起来行人产生误会，一乱，那人就找不到了。湘九紧紧地盯着他，挤进熙来攘往的人流，好几次，手都快抓到他了，又被人挤开。终于，湘九一跳，将手拍到了他的肩上，他一惊，回头。湘九气喘吁吁说，阿其，你怎么跑到北京来了！

湘九觉得阿其像一头惊恐的羊，他嗫嚅着，强笑着，话都说不清楚。北京的天气已经冷了，他还穿着单薄的秋衣，牙齿嗒嗒地响。湘九把他拉进一个小咖啡馆，听他喑哑无力的叙述。湘九跟他认识二十年了，二十年前他是一个刚参加工作的小伙子，一个文学青年。前几年他下了海，自己办了一个小小的医疗器械公司。

"我犯了官司，"阿其说，"我是逃出来的。"

湘九皱起眉头看他。他的印象中，阿其是个胆小而本分的年轻人，哪怕用枪逼着他去犯法，他也不敢去的。

"为什么?"湘九说，"你犯了什么官司?"

阿其的眼神更加黯淡了，突然变得很虚弱。他的手紧紧地抓着咖啡杯，好像那是一只救生圈。"您不会去举报我吧?"他说，"您是吃官饭的人。"

"不会。"湘九肯定地说，"我不相信你会犯什么罪。"

"谢谢您，"阿其的声音显出了哽咽。"我真的很冤枉，像窦娥一样冤枉。"

浙皖交界的某座城市，一个医院的科长被人举报受贿，交代出阿其曾经送给他两万元回扣。检察院来省城向他取证时，被吓坏的年轻人选择了逃跑。夜晚的高速公路上风很大，一辆帕萨特轿车一路狂奔，经过夜色迷离的城市和海一样漆黑的乡村。警察的影子在后面呼啸着追踪他，这是他的充满恐惧的想象。

湘九坐在咖啡馆的沙发上一动不动，两万元回扣造成的逃跑令他感到啼笑皆非。

"我的回扣不是给他个人的，"阿其非常委屈地说，"我是给医院的。他有没有交给公家我怎么知道?"

"你跟检察院说清楚不就完了?"湘九说，"你逃跑了就真的麻烦了，他们会认为你真有什么大问题，说不定还会上网通缉你。"

"我害怕。"阿其说，"一是怕进去了受折磨，二是怕本行业的人误会是我举报的，这叫我以后还怎么跟医院打交道?"

湘九在苦笑中思考。他知道这是人生加给他的又一条锁链。既然遇到了，他就不能不帮他一把，不然就违背了自己做人的准则。说起来颇为荒谬，刚才自己还在跟首长跟牟秘书商量，怎么尽快把经济犯罪团伙送进监狱，现在却坐在这里，为一个"逃犯"如何摆脱追捕而大伤脑筋。

但是，阿其怎么可以跟龙显相提并论呢? 如果一个社会，能够容许龙显这样的大盗为所欲为，却对阿其这种偶尔打一下擦边球的小人物穷追不舍，这个社会还是一个健康的、公平的社会吗?!

湘九给那座城市的朋友打电话。

朋友是市政府的副秘书长，也是一位颇有才气的业余作家。湘九简单扼要地跟他讲了阿其的遭遇，请他向检察院了解一下。

等待朋友回音的过程是一个漫长的过程。阿其紧张之至。他的焦灼难耐表现在各种小动作上，他去了三趟厕所，每一趟可能都在考虑脱身之计，他之所以回到湘九身边，完全是出于二十年来对他的信赖，相信湘九不会突然出卖了他。他的僵硬汗湿的手捧不住咖啡杯，点烟时擦不燃火柴。

湘九说："你不回去是不可能的，你必须自己去一趟那里把问题讲清楚。"

"我把情况写下来寄给他们行不行？"阿其可怜巴巴地说，"我告诉他们，我没有逃跑，而是在处理商务。"

"现在已经不行了，他们不相信你了。"

咖啡馆里笼罩着一片伤心阴郁的气氛，阿其畏缩的神情渐渐变得悲愤，眼皮受惊似的颤动不已，嘴唇白白地喝完了一杯咖啡再要一杯。湘九的手机终于响了，阿其捂住胸，仿佛心脏要从那里面跳出来似的。

朋友的声音很响，他说："扯淡啊张老师，真是扯淡！那位科长已经回家去了，医院院长出面把他担保回去了！既然他的受贿嫌疑似乎都不存在，不追究了，还有什么行贿之说呢？"

湘九说："那阿其可以回去了吧？"

"回来吧，"市政府副秘书长说，"回来做个笔录就没事了。"

阿其久久地愣住在那里，他为了这件事逃出来一个多月了，几笔重要的生意都泡了汤，如果今天不是那么巧，在王府井大街上与湘九相遇，他的逃亡生涯不知道还要维持多久。小小的一家公司，也许从此就完蛋了。他哆嗦着，咖啡馆里暖气开得很足，他却哆嗦得那么厉害。

"我请你吃晚饭，"阿其说，"今天我们一定要喝个一⋯⋯一醉方休。"

"你有钱吗，"湘九说，"你身边带了多少钱？"

"还有一⋯⋯一点点，"阿其傻呵呵地笑了。"要不，你先借我几千元？"

这天的晚饭，是王籽和又佳请的，湘蜀酒楼，就在他们办公楼的楼下。他们听了阿其的遭遇哈哈大笑。但是王籽说："阿其你还是要有思想准备，那个科长没事了，不等于你就没事了。现在的问题，已经不是两万元是给公家还是给个人的问题，而是你冒犯了他们的权威。你必须上门去赔罪，还得破费一些。你明白吗，越是下面，县里区里的小官吏，越是得罪不起的。"

"有那么严重吗，"湘九说，"他们真的这么做得出来？"

"爸爸，你还是书生气太重啊。"又佳说，"我们去下面调查采访，比这更黑的事情实在是见得太多了。阿其不出一点血，麻烦肯定还会找上门来。你不敢上门去也行，把办案的人，把他们的家属都请到杭州去，西湖游一游，千岛湖游一游，四星级宾馆住几天，再送些贵重的礼品，也许，案子才会彻底了结。"

湘九看着女儿女婿，脸上的表情难以描绘。他端起酒杯，觉得自己喝下去的不是酒，而是"独上高楼，望尽天涯路"的寂寞与无奈。

在酒店包厢幽暗的灯光下，阿其的脸，一半是清晰的，一半是模糊的。如同他的心，一半放下了，一半仍然吊在空中。他只喝了一小杯酒，那布满血丝的眼睛却放出被捉弄的、愤愤然的光。又佳说："你别急，既然下了海，这种事情就难免。要不，我辞了职去读 MBA，然后回去给你当副手吧？我去了你的公司专门帮你处理这些问题，我本科拿的学位可是北大法学士。"

阿其终于醉了，湘九也醉了，虽然他们都只喝了一点点酒。随着醺醺醉意，他们的心里，渐渐升起某种百味交集的悲凉，世界那么大，他们可走的路却那么窄。阿其突然失去了一贯谨小慎微和逆来顺受的性情，他把酒杯扔到桌上，恶狠狠地说道："好吧，我回去，向他们'自首'去。两万元，明明是给公家的钱，怎么就成了行贿呢？别的公司都给，整个医药行业都是如此，我不给行吗？哪家客户肯进我的货？贪污受贿几百万元、几千万元的不抓，老是抓我这样的小萝卜头，我他妈的真是受够了！"

湘九摇晃着身子说："你……你放……放心吧，贪污受贿几百万元、几千万元的算……算什么？几亿元……几十亿元的我们也……也要把他抓出来！"

二十三

除了震惊，还是震惊，支持者与反对者都在赛跑

湘九还是照从前的习惯叫乔主席为乔局长。

乔局长是他的老领导。

乔局长不仅领导过他，还领导过这个国家的第一把手。这段故事要追溯到上世纪七十年代，那时乔局长在西北的基本建设系统当一名小官。他参加了一个工作组，担任组长，辖下有一名组员是清华大学毕业的技术员。他们在一个炕上睡觉，一口锅里勺饭。这个说话带点安徽口音的技术员比他大两岁，十分尊重他。乔局长当上省建材局处长、副局长、局长，当上国家建材局副局长时，这名技术员到了团中央，到了贵州和西藏，再后来就进了中南海。乔局长很有点中国知识分子的传统观念，再也没有找过他。

乔局长现在在一个大院子里办公，大院子门口挂着两块牌子，一块是国家国有资产监督管理委员会，一块是国务院重点大型企业监事会。湘九在全国作家代表大会闭幕的前一天去看老领导。他先找办公室，见到两位秘书在聊天。一位秘书问了他的姓名单位。秘书好奇地说："我昨天听北京一家中央企业的老总说，他们正在接待你们下属企业的一位老总。怎么，你们要请央企帮助改制？"

湘九愣了一会儿，说："这位老总姓啥？"

"我没仔细问。我在那家企业门口看到他从一辆车里出来，个子高高的，挺年轻，挺帅。"

湘九感到头晕，跟着秘书走向乔局长的办公室时，他一直晕晕乎乎的。引进战略投资者已经成为省国资委坚持的方向。龙显无奈之下，决定把握寻找合作对象的主动权。这一点他完全可以想象。上海那家上市公司后来没了下文，现在冒出北京的国企。究竟是省国资委找来的，还是龙显找来的？抑或是哪位"个子高高的，挺年轻，挺帅"的下属企业老总先接触上了？

　　这是一家从前以贸易为主，后来发展工业的集团，姑且称之为北工集团。

　　乔局长迎出门来，紧紧地跟湘九握手。当年，在乔局长的指导下，湘九带着省里七八个部门的人，仅仅用了一年多时间，拆除了浪费资源、污染严重、不具备安全生产条件的机立窑一百四十七座，名列全国第一。他组织编写的《本省水泥工业结构调整方案实施意见》被推荐、介绍到全国各省参考，多次在全国行业会议上作为示范。乔局长将他叫到北京，帮助撰写全国建材工业的结构调整实施办法。湘九记得，乔局长叫来一批记者采访他，他的经验与体会文章，曾经被整版整版地刊登在报纸上。

　　"怎么样？"乔局长给他沏了一杯茶，做出一个少安毋躁的手势。"慢慢说，近来可好？"

　　千言万语，不知从何说起。湘九只能先谈自己的处境。乔局长说："你年纪虽然不轻了，但是懂经济懂工业懂管理，不能轻易放弃啊！作家协会么，业余兼职还行，专门去搞确实没意思。唉。"乔局长一声叹息说："如果我到那家央企去工作就好了，我一定会争取把你要过来。"

　　湘九很感动，他在老领导面前无须修饰，露出了委靡不振的神情。曾经有过的雄心似乎都已经被风吹散，只剩下最后的一片叶子。他问乔局长："您跟北工集团上层熟悉吗？请帮我打听一下，他们怎么跟我们这个集团联系上的，意向如何？"

　　乔局长翻出一本电话簿。"我跟他们不是很熟，"他说，"我给他们总裁打个电话吧？"

　　湘九阻止他。湘九说："不是很熟就不要打了，有机会见面时您再向他打听好了。方便的话，请提醒他，跟我们的董事长打交道必须提高警惕。"

　　"是吗？"乔局长皱眉蹙首说，"你说清楚一点，别藏藏掖掖的。"

　　湘九不得不从头说起。房间里好像进入了一股寒冷的气流，一点一点地吞噬他们的身体和思想。窗外出现了浓浓的雾气，他们的情绪也变得潮湿。乔局长说："对这样的人，当然要高度警惕，湘九你做得对。先入为主，难免上他的当，甚至可能对他作出有损国家利益的某些承诺。我看，他们应该谢谢你的提醒啊。"

湘九在开完会的当天晚上回到杭州。暮色沉沉压在机场上空，他从飞机舷梯上走下来。刚打开手机，他就接到一个电话，是阿其打来的。

阿其在太湖之滨那座城市的一个区检察院里，刚做完笔录。他老婆陪他去的。做完笔录，对方要他付一笔押金。"为什么，"阿其老婆说，"为什么要付押金？"对方说："万一你再跑掉呢？"阿其苦笑着说："我还能跑到哪里去啊，我已经损失了那么多钱了，虱多不痒债多不愁，靠这一笔押金也拴不住我的腿吧？"对方放下了脸，说："你交不交？不交就留下来，拘留所里还有床位空着！"

两口子掏净口袋只有不到一万元钱。对方说："把你们的信用卡拿出来，让你老婆去银行取现金，信用卡可以欠资对吧，按最高限额取。"阿其老婆泪汪汪地取了钱回来，一共四万元，统统交给他们。对方挥挥手说："去吧，记住我们还会找你的，这案子还没了结呢。"

"对了，"对方好心地提醒他俩，"你们直接回家去吧，不要在这里住旅馆，前几天我们已经把你的身份证发到网上去了，你登记住宿的话，很可能会被派出所抓走！"

湘九在电话里听到阿其老婆的嘤嘤饮泣声，湘九脸色苍白仿佛在梦中浮游。他想象阿其和他老婆站在陌生城市的路边上，如同站在一座孤岛上。没有亲人，没有朋友，没有可以倾诉的地方。一切都远离了他们，他们连那位收过两万元钱的科长也找不到。虽然科长是本地人，无须去住旅馆，也没有被上网。

只有那种寒冷的感觉随着太湖的风钻入他们的肺腑深处。阿其的老婆紧紧地拉着阿其的手，她说："我冷，我的心里空荡荡的难受。"

湘九给朋友、给那位市府副秘书长打电话，副秘书长很困惑地说："这笔押金，我想，总会还给他们的吧？"

湘九一上班就去找康总。老康吃惊地说，龙显上午刚跟班子通报：省国资委昨天通知他，有个北工集团对合作改制有兴趣。老康说："我们都以为这是省国资委介绍来的呢，连省国资委主任也说是北工集团首先跟他联系的。"

一直到了翌年春天，国资委主任和班子大多数成员都这样认为。后来湘九主动去拜访北工集团派来的某位领导人。湘九单刀直入地问他来龙去脉。这位领导人说，他在某个会议上遇见一位私营老板，老板向他推荐了龙显，跟龙显接触后，龙显建议他们跟省国资委联系，这样就从台后转到了台前。这是一条线。另一条线是北工的人与集团下属企业的干部，比方关总，早就有所往来。

真相令人沮丧。真相总是令人沮丧的。但是，只要保留住国有企业的属性，特别是省级国有股继续存在，龙显一伙就无法尘埃落定。这是湘九们拥护这个合作方案的根本原因。时间那样紧迫，他们在赛跑。他们背后的支持者与反对者也在赛跑。

有限的业余时间，湘九还在写书，这本书的题目叫做"清平世界"。这是他的"大时代三部曲"的最后一部，书里的利益集团在英属维尔京群岛注册了一家离岸公司，以方便洗钱。湘九不明白自己为什么非要设置这个内容和情节。冥冥中仿佛有人在提示他，是的，就是这样的。

终于有一天，他和老康看到了在英属维尔京群岛注册的这家离岸公司的文件，包括注册证书、法人代表和股东、资本金等。这家公司就是所谓的香港亚洲投资公司。湘九觉得自己在做梦。写书的时候只是一种感觉，现在变成了事实。这怎么不是做梦啊！

梦里的情景大同小异，都是同一个主题的翻版。他走在一个陌生的小城市里，听着大西洋的涛声。他看到那个无良律师，走进一栋臭名昭著的大楼，那里聚集了来自世界各地的贪污犯和不法商人。他想跟进去，一名身材高大的黑人保安拦住了他。文件是冷冰冰的，没有这些细节。然而湘九觉得这一切是那样的真实。梦中的街道上行人寂寥。他在梦中开车。他调转车头，轮胎发出刺耳的尖声。他以飞快的速度开往机场，害怕被坏人发现和跟踪。天气晴朗，阳光灿烂，大海和岛屿却充满诡秘，人们真的很难相信龙显一伙会干出这样罪恶的勾当。

因为湘九神神叨叨地跟他说起过开曼、说起过英属维尔京群岛，说过那些离岸公司，老康也怔住在那里。他念念有词地读出那些英文词，惊奇地、疑问地、沉思地看

流失岁月

着湘九，好像解开了一个谜，又好像有了更多的谜。

他们久久地相对无言。看不到窗外的景色，听不到街上的声音，甚至连楼道上的脚步声也没有听见。没有汽车喇叭鸣叫，没有孩子喧闹，世界死一般寂静。老康的办公室里也摆着一头鹰，鹰眼死死地盯着茶几上的文件。这是一头展翅翱翔的雄鹰，它的爪子痉挛般伸出，仿佛前方有一条毒蛇。

"首长的消息很准确，"老康说，"新的省委书记来了。"

"听说他也在军队干过，"湘九说，"在内蒙古草原。"

"首长跟他熟悉吗？"

"这无关紧要，"湘九说，"这个年代，从广义上说，所有当过兵的人都可算是老首长的老部下。"湘九想起另一位老首长、总政治部的袁副主任，担任过两届中纪委委员。湘九说我向袁副主任打听一下，他肯定了解这位书记。

"这些材料就交给你了。"老康耳语般说。

湘九慢慢地走着，体育场路、环城西路、凤起路，是他这些年上班下班的必经之路。他认得每座房子、每座花园和每道栅栏。法院所在的地方从前是一个池塘，小时候的他，常常在这个池塘里游泳。还有那些砖砌的高高的围墙，他常常想象住在里面的达官贵人以及他们的孩子过着怎样的生活。这些房子大多消失了，代之以新起的高楼。街上总是有那么多的汽车，大气污染得如此厉害，这些房子很快又变旧了。

他熟悉这儿的一切。当事实真相大白于天下，肆无忌惮的犯罪团伙被送到他们该去的地方之后，他还要在这里生活下去，度过他的晚年。这些人也许永远不会放过他，他们会寻找各种报复的机会，而机会总是会有的。如果说在看到这些罪证之前，实际上他跟这种报复还保持着一定的距离，那么现在这种距离感已经解除了。

他问自己："我害怕吗？"

袁副主任说："这位书记在中纪委工作过，但是接触不多。"袁副主任说："你需要我跟他打招呼吗？"湘九说："谢谢，还是让我们自己去拜访他吧。"

伴随湘九度过漫长夜晚的是回忆和想象，是墙上父母的照片和油画，他们带给他勇气，带给他黑夜中的灯光。夜晚不再空虚而显得充实。这是好事坏事都可能发生的夜晚，生与死仿佛近得触手可及，一点都不再遥远。

省纪委有三个副书记。其中一个跟湘九是党校同班同小组的学友。另一个年轻时在老范的家乡插队。还有一个跟湘九更是颇有渊源，三十多年前湘九从插队的农村回来，在湖滨派出所当过几天联防队员，他当时是这个所里的小民警。出于他对他们或者他们对他的了解，至少，他们不会轻视他的反映吧？

湘九斟酌一番，决定给学友杨副书记打电话。

湘九直截了当说"我有重要情况想见省律政部门的主要领导人，请您引见一下"。

湘九了解对方的个性，这是一个很审慎的人。湘九强调："我要反映的问题有两个特点：一是案值很大，超过改革开放以来本省查处过的几乎所有经济案件；二是犯罪手段极其狡诈，技术含量很高，具有同类案件的典型性。"湘九说："请您放心，我要交给领导的不是什么揭发信，而是直接证据。我只要十分钟的接见时间就行了。但是我必须面呈给他。"

"杨书记"湘九诚恳地说，"我不是那种因为人事纠纷而会去找上级的人，不会给您找麻烦的。这个案子不管找不找得到人，总归是要查处的，这是谁也回避不了的结果。我只是觉得，再也不能拖下去了！"

对方在静静地、仔细地听着他的话。湘九又想起了岳飞墓前那副对联：正邪自古同冰炭，毁誉于今判伪真。他的心一阵疼痛。杨副书记的耳里，不会不听到一些诋毁他的话，他因此而产生犹豫完全可以理解。但是，这坏人一次次地欺负好人，好人起来反抗了，莫非坏人的罪就因此而抵消了，反而要说好人为什么不肯再吃亏吗？

湘九感觉，这好像是他们最后一次在通电话，好像是他们最后一次以同学和朋友的身份在交流，好像是他们最后一次互相给予一种军人出身的信任。是的，杨副书记也是当过兵的。湘九还有一种感觉，他们好像是在告别。如果对方接受他的诚意，他们就是战友；如果推诿敷衍，他就再也不会跟他来往了。

"好的。"他终于听到了对方的回答。他好像还看到了他的微笑。"我尽快给你安排。不过，老兄你别老是叫我杨书记好吗？我们是同学，是朋友么！"

湘九说不出感谢的话。他重新听到街上的声音，听到汽车喇叭的鸣叫，听到孩子们的喧闹声。窗外的空气清新，风送过来鸟语花香，远处西湖上空的白云下，飘浮着红霞。

他知道，如果这个案子不了了之，对方同样也会受到伤害。这种伤害可能是无形的，不知不觉的，而对于一个在仕途上还很有潜力的官员来说，却可能是致命的。他怀着深深的歉意想，只准成功不能失败，否则，自己就太对不起这样的朋友了。

二〇〇六年十二月四日，龙显主持召开集团董事会，声称龙晟公司的第二大股东多次上门告知和正式通知，准备转让其所持有的35%股权，转让的价格是每股八点六六元。根据《公司法》规定，集团有优先受让权。但是金处长银处长提出，根据净资产测算，龙晟投资公司的权益只值每股四点八八元，因此集团应当放弃受让。

湘九和康总、老陈、萧骅、阿沃五位董事坚决主张行使优先受让权。因为龙晟投资是本集团以39%微弱优势控股的核心企业之一，另外两家股东分别是从不露面的加油站老板和龙晟公司职工持股会；如果第二大股东将35%股权转让给本集团外的任何一家股东，集团便将彻底失去控股权，后果不堪设想。

金、银二位处长提出的依据只是账面净资产，有意忽略了龙晟公司所拥有的上市公司股权、储备的土地、在建房产、存量房产等可能带来的巨额增值。龙晟系列曾经大量享受国家对国有企业经营的各项优惠政策，集团作为大股东，一直承担筹资经营，至少还有数亿元资金在龙晟运作。如果不收购这部分股权而丧失控制权，一旦与其他股东在重大经营决策上发生分歧，巨额国有资产的流失将不可避免。

湘九提出三家股东同比例受让，甚至与第二大股东提出的价格一样，以每股八点六六元溢价收购龙晟公司职工持股会所持有的13%股权，以保证集团的控制权。"按照正常思维，每股权益如果真的只值四点八八元，而我们开出这么大的价码，职工们不可能不接受的。"他说。

若是职工不接受，只有一个原因：四点八八元的权益是谎话。龙显被他将了一军。他因此而恼羞成怒。他说，集团溢价收购私营开发商或职工股是国有资产的流失，我承担不了这个责任！

湘九还未及反驳，那条壮汉紧跟而上。"我要去举报你们！"他拍着桌子说，"因为这是对国有资产的极端不负责任！！"

湘九想起网上流行一句话：地球人都笑了。网上还流行过另一句话：见过无耻的，没见过这么无耻的。

湘九想笑，却笑不出来。难道他连地球人都不是了？他只能冷冷地看着他们拙劣的表演？

阿沃在这一次董事会上的表现毅然决然。他说："我坚决支持康总和湘九的意见。我的观点是必须保持集团对龙晟的控制权。第一，必须行使优先受让权；第二，应该以净资产收购职工股；第三，若是前面两条做不到，可以溢价收购。龙董事长，您不是一直说，职工持股会跟国有股是始终保持一致的吗？这难道只是一个神话？！"

"职工持股会早已不存在了！"龙显终于忍不住了，甩出一颗重磅炸弹。"二〇〇五年，职工股就全部转进了制衡有限公司，他们都成了自然人股东！"

除了震惊，还是震惊。如此重要的改变，一年多了，集团班子竟然都被蒙在鼓里。职工股与自然人股东在法律地位上有重大区别，前者是一种福利，离开本企业就不再享受；后者不仅是终身制，还可以买卖、转让与继承。

湘九觉得自己的感觉就像麻木了似的，他掐一下胳膊，好像感觉不到疼痛。他紧张地整理思绪，想起自己曾经跟萧骅说过，总有一天要逼他们浮出水面。现在是个机会。

他说："请问龙董事长，你难道不知道这种转让是非法的吗？"

龙晟公司工会决定的，把职工股东变成自然人股东，解除职工的后顾之忧。龙显环顾左右，朝他的支持者们发出信号。他说："我不明白，这怎么会不合法呢？"

地球人终于笑了，他们嘲笑的却是湘九。他们说："你不要自作聪明啦，你想剥夺职工和工会的正当权利吗！你懂什么？你屁都不懂！"这些话再一次回响于他的耳边。

湘九我自岿然不动。

聒噪声渐渐平息下来，他才重新开口：

"第一，这种转让剥夺了本集团作为第一大股东的知情权和优先受让权，违反了《公司法》；第二，制衡有限公司的股东与原职工持股会的股东名单、持股比例是否一致？如果不一致，难道不是非法的吗？！"

毫无疑问，龙显是个智商很高的人，但是因为从前过于顺利，造成了极大的自我膨胀感，使他忘乎所以而不能不顾此失彼。二〇〇五年，正是国资委调查组进驻之

流失岁月

时，他感觉风向不对，策划了此事。制衡有限公司比原职工持股会增加资本金三分之一，法人代表却改为龙晟的一名中层管理人员，此人竟然拥有三分之一股权，而王妤明等副总却远低于他，这种安排明显有悖常情。

后面的潜在股东是谁？

"欲盖弥彰，只会使人捉襟见肘。"湘九冷冷地说。

为了堵塞这些漏洞，制衡有限公司在这次会议后几次调整股本结构，龙显最后不得不让处长们都浮出水面。他说："你们在龙晟持股属于违纪而不是违法，大不了受个党纪政纪处分而已，但若是这些股份被收回国有，咱们苦心经营了那么多年，岂不是彻底打了水漂！"

二〇〇六年十二月四日是关于这场转让风波的第一次正式交锋，阿沃的突然反戈令龙显措手不及。其实阿沃没有等到会议结束就离开了。他家里有要紧的事。阿沃在路上给湘九发了三条短信，湘九都在会上宣读了。一定要坚持我们对龙晟的控制权。这是他的基本态度。龙显一伙真的很想不通：阿沃吃错了什么药，一下变成了另外一个人？湘九摊开双手，把手机上的短信拿给旁边的人看。"他是不是这样说的，"湘九大声问他们，"是不是啊？！"

接下来的几天，关心阿沃的人们络绎不绝地来看望阿沃，好像他真的吃错了药，他患了神志不清的病。阿沃无奈地看着他们，有的是话里有话，有的是真关心。阿沃只能用一句话回答：我自有分寸。湘九看到一位年轻人在劝说他不要反对龙显，龙显未来之前，这个年轻人跟湘九关系不错。湘九对年轻人说："你劝他什么？你知道这是爱护他还是害他吗？！"

二〇〇六年十二月十九日，十二月二二日，龙显继续召开集团董事会。龙显抛出龙晟公司工会和制衡有限公司联署的一份函件。这份措词激烈的函件说，全体自然人股东坚决拒绝集团的收购，别说按净资产收购，就是溢价收购也坚决不同意。他们威胁集团党委、董事会，要采用集体上访等手段对付五位不肯就范的董事。

毫无疑问，龙晟的潜在利益大大超过所谓"净资产"。

甚至，大大超过溢价收购所能带给他们的好处。

函件中还提出了一个极其荒唐的办法："由制衡有限公司先去高额借贷收购这

35%股权，以后再溢价转让给集团。"

"高额借贷找谁担保？"湘九说，"还是集团吧？"

"当然。"一位处长气焰嚣张地说，"难道用你的家产担保啊？！"

气极反笑的湘九只能用一种不可理喻的目光看着他们了。他对他们的肆无忌惮已经有了太多的思想准备。"好啊，集团的国有资产真的成了一块唐僧肉了！成了你们取之不尽的利益源泉！"他转向龙显说，"董事长，鉴于你声称是十一月二十八日收到第二大股东转让股权的通知，到本月二十七日不答复即视作同意放弃优先受让权，时间紧迫，我要求立即表决！"

"意见不一致，不能表决。"龙显冷冷地说。

开了整整一天会了，天黑了，大家都已筋疲力尽。康总拍案而起。他说："为什么不能表决？按照《董事会章程》作出绝大多数董事通过的受让决议是我们的权利。决议上可以写明有两名董事持不同意见！"

康总说："这是我作为副董事长的最后意见。"

湘九是最后一个签署这份董事会决议的五名董事之一，翌日一早，由阿沃起草好这份决议，四位董事随即签字，老康致电正在生产基地检查安全的湘九，他立即赶回签上了自己的姓名。

他们驱车直奔省国资委。省国资委领导一个个被他们拉住听取汇报。事态的发展显然超出了省国资委领导的预料，他们听着汇报，脸色越来越凝重。这条龙确实疯了！一位领导说，他越来越迫不及待了！！

省国资委决定派出产权处、监察室负责人和监事，听取龙显与康总的专题汇报。

二〇〇六年十二月二十六日下午，最后一刻钟。这时作出受让决议并且在下班前送达第二大股东还来得及。国资委具有律师资格的产权处负责人说，送达后就可以按照规定程序对龙晟公司的产权进行评估了。

龙显脸上招牌式的微笑突然凝结了，他说："价格都确定了还要评估什么？"

律师看着他的脸，非常冷静地反问他："不评估如何认定溢价的合理性？"

湘九没有参加这个专题汇报会。他坐在自己办公室，不断地看表。随着时间的流逝，他越来越不安。他知道龙显在拖，拖到下班，这件事就完了。集团就失去了优先受让权。湘九曾经请龙显回答：集团放弃的话，获得这些股权的将是谁？龙显说这个跟我们没有关系。湘九说："怎么会没有关系呢？如果是加油站老板获得，国有资产就被他和他背后的人彻底控制住了！"

下午四点钟，心急如焚的湘九开始给康总发短信。起初是隔二十分钟发一条短信，后来改为十分钟。短信的内容就是不能再拖了！必须立即将受让通知送出去！！

时间一分一秒过去，楼上的小会议室却没有动静。湘九产生一种奇异的预感：这件事不会善了。在他的视线里，仿佛看到龙显的阴谋已经得逞。湘九在办公室里走来走去，书橱的玻璃上映出他的脸，不过两个钟头，他变得很憔悴，快到五点钟时，他浑身都燥热起来。他走出办公室，向楼梯上张望着，心口像坠了一块石头似的沉重。

湘九的预感无疑是准确的，龙显为了达到他对龙晟系列的绝对控制可谓不屈不挠。这是后话，将在八个月之后实现。二〇〇七年八月二十二日，原第二大股东持有的35%股权果然被偷偷转让了，而且果然是加油站老板获得。

为什么说它是偷偷转让？

身为国有产权代表的龙显，兼任龙晟公司法人代表。他瞒着集团领导班子，私盖公章，完成两次产权变更后，才在九月三日下午告知国资委与集团班子。而在九月三日上午。他还要求蒙在鼓里的董事们签字，同意给龙晟担保贷款八千万元。

这笔钱，是否用来给加油站老板本次受让股权垫底？

马甲，都是马甲！湘九后来告诉专案组，什么职工股，什么制衡有限公司，什么加油站老板，还有龙辰、亚洲、亚辰之类，统统是他自以为换上后别人就看不出真面目的一件件马甲！二〇〇六年年底开始跳到前台赤膊上阵，只能说明他实在是迫不及待了！他必须抢在北工集团对本集团控股之前，釜底抽薪！

"事实证明，我们与龙显一伙的矛盾，既不是普通的人事纠纷，也没有个人意气存在，甚至已不是世界观、价值观、人生观的分歧，而是国有资产经营领域中一场流失与反流失的严肃斗争，涉及国家利益、人民利益。事实证明，七年前龙显设立龙晟投资公司这个平台时，他就做好了一系列的制度性安排，一步一步地实现其既定目标。恳请上级立即对龙显及其特殊利益群体采取措施，追回已经发生、正在发生、将要发生的巨额国有资产流失。

"本人愿意对上述事实与判断之陈述承担全部纪律和法律责任。"

这是湘九给新任省委书记写的信。不是打印件，是他拿着笔，一个字一个字写的，信末郑重地署上自己的姓名。龙显的爪牙们在网上辱骂湘九是一个"写匿名信的小人"，湘九只能是对此嗤之以鼻。

这也是后话。

二〇〇六年十二月二十六日的下午，五点钟到了，湘九往楼上走。他豁出去了，准备闯会场，要求立即把受让决议送到第二大股东那里去。而在会议室，国资委产权处、监察室负责人和监事也都站了起来。

产权处负责人说："龙董事长，我再说一遍，请你立刻把第二大股东转让股权的正式通知拿出来！"

龙显低下头去，他的目光涣散着，瞧着面前的烟缸，烟缸里有许多长长的烟头，最后一个烟头冒着袅袅轻烟。"没有书面通知，"他说，"只是口头上说说的。"他摘下眼镜，揉了揉红肿的眼睛，漠然地瞧着一屋子傻愣了的人。他摊开双手。"真的，"他说，"我不骗你们。"

至少有十秒钟，人们都像木偶那样站着，他们确实什么话也说不出来了。虽然，这个人的无耻、这个人的若无其事的目光使他们愤怒得发狂。那位身怀律师资格证书的负责人摇晃了一下，他觉得自己活了这么多年，真是白活了，自以为见多识广，其实孤陋寡闻。后来，回去路上，他才说出一句话来。"这样的人，竟然是正厅级干部？"他说，"我做过那么多案子，见过的骗子也不算少了，哪一个人的无耻能比得上这个正厅级干部？！"

湘九冲到会议室门口，门打开了，人们阴沉着脸走出来。最后一个是老康。看到湘九，老康站住了，他的干瘦细长的双脚钉在楼道上不再动。湘九说："赶快打电话通知对方，我们这就将受让决定送过去！"老康抬起一只僵硬汗湿的手，握住湘九的手，喉咙干扰着说不出话。湘九着急地说："快说呀，到底怎么啦？你快说！"老康猛跺一下脚，这才说出话来。"没有正式通知，是他编……编出来的故……故事。"

他说。接着，他笑起来，笑得像一个傻瓜。

可怜的湘九，他听到这个信息的感受简直无法形容。一汪泪水从他眼眶里突然冒出来。他虚弱地站在楼道上，扶着墙壁，就这么一动不动地站了好久。

二十四

岳母临终前的高喊：打倒，把他们统统打倒

二○○六年的最后一天，湘九带着回家探亲的又佳和王槊出门散步，走到了皮市巷。靠近解放街的皮市巷一百号院落早已不存在了，不知道什么时候被拆除的。湘九告诉他们，三四岁前，他住在这里，院子里有个天井，有正房和厢房。他母亲从香港回来时，娘家的兄弟都住到了这里，很快使他家变得坐吃山空。

新开弄五号还在，湘九在门外的墙上寻找他的一只血手印，半个世纪过去了，怎么还找得到？那时湘九被两个孩子按住，其他孩子排队从他背上跳过去。他挣扎着，最后倒在地上。又佳向爸爸额头上两条缝过的伤疤轻轻地吹着气，她说："爸爸您现在还疼吗？"湘九无限感慨地摇头，他问门口站着的一位年轻人："请问这里还住着一户姓杨的人家吗？"

年轻人狐疑地打量他，他说："我就是姓杨的。"湘九说："您是杨家长房的儿子吧，你父亲是个哑巴？"年轻人说："你是谁，你怎么知道得这么清楚？"湘九说："我在这里住过，从五岁住到八岁。你的爷爷跟我父亲同事，你奶奶和我母亲是好姐妹。"

年轻人的爷爷名叫杨步飞，字若鹏，黄埔一期生，毕业后到黄埔教导团任排、连长，后随国民革命军第一军北伐，屡建战功，一九三二年任第五军二六四旅少将旅长。"一·二八"淞沪之役，杨若鹏率部与十九路军并肩作战，在保卫大上海的战斗中英勇负伤，升任副师长。抗战中期，他担任过九十一军中将副军长，胜利后担任过

淞沪警备区副司令。

湘九走进破落的墙门，给孩子们讲那过去的故事。他家搬进新开弄五号时，杨若鹏已经被送到遥远的地方改造世界观。杨师母是个慈眉善目的妇人，整天念佛吃素。湘九仿佛听到她在香烟缭绕中的念经声，听到她在说菩萨保佑。

杨家的哑巴儿子不在家，湘九的记忆中他是一个木匠。从他们一家仍然住在这个破败的墙门里看，他们一直是弱势群众。爷爷的历史在这个年轻人听来犹如天方夜谭，他忽然想起什么来了，说："我小时候见过您的，那时您穿着军装；您的父亲跟我爷爷同事，您怎么会当解放军呢?!"

湘九一时无言。这个问题看似简单，回答起来却很复杂很曲折。从海峡对面过来的人总是这样问他，他总是傻呵呵地笑。他说："世界上很多事物是诡谲多变的，今天不知道明天会发生什么事，年轻人你的命运迟早也会改变。"

又佳若有所思地看着父亲。她觉得她的爷爷是一个谜，她的爸爸好像也是一个谜。爷爷本是一个放牛娃，后来成了将军。父亲的少年时代备尝艰辛，却用半生努力创造了自己的传奇。走进皮市巷和走出皮市巷的又佳似乎大不一样了，她沉思着，如何创造她自己的传奇。

他们从皮市巷走到刀矛巷，敲又佳外婆的门。外婆的耳朵有些背了，但是她的身体一向很好。去年咪咪陪老人家去香港旅游，爬太平山，游海洋公园，老太太被所有人称为老当益壮。又佳砰砰地敲门，里面终于有了反应，他们听到窸窸窣窣的声响，老人好像在从床上下来。门开了，又佳扑进外婆怀中。

后来湘九总是后悔，没有及时将老人家送去医院检查。那时她说自己肠胃不太好，吃多了有恶心感。但是她的脸色看不出异样，看到外孙女笑眯眯的，喉咙蛮响。一直到春节，她也很正常，除夕晚上吃了整整一条鱼。湘九怎么想得到，二〇〇七年整整一年她会在医院度过?

二〇〇六年最后一天的下午，湘九陪着老人和孩子。这是他难得的休息日，整个身心都放松了。他们坐在朝南的阳台上，湘九把一个苹果削去皮，切成小片，让岳母吃。老人问他工作顺利吗，他说顺利。他问老人请来的钟点工怎么样，老人说偶尔过来打扫一下就行了。她现在还用不着保姆。太阳暖洋洋地照在他们身上，王槊对又佳说："你爸爸是在给我示范怎样做个好女婿。"

湘九在温煦的阳光下回想过去，眼前出现了当时的他。穿着一件卡其布中山装，那是他唯一不打补丁的外套，脚上是一双黄色的电工胶鞋。他的裤子太短了，妈妈为他加了一截裤管，看起来很不协调。他的头发是那种蓬松型，因为他每天洗澡，在井边洗冷水澡。他知道，岳母不喜欢他。那时整个社会都不喜欢他。许多正儿八经的人没有把他当回事，船厂的同事也没把他放在眼里。他们不喜欢他的家庭背景，不喜欢他的穿戴举止，看不出他会有什么前途。对别人的评价他装出不屑一顾的样子。心里却很难过。

唯一能够支撑他的，就是不放弃。岳母说他小学毕业文化太低，他刻苦自学。咪咪说："妈妈的同事给我介绍了一个医大毕业的男人。"他说："大学毕业有什么了不起？我将来会成为教授。"

二〇〇六年十二月，湘九获得化工安全管理高级工程师职称。他把证书拿给岳母看。岳母说："你有一级作家职称了，有高级经济师职称了，还是几所大学的兼职教授、研究员，你还不满足？你累不累啊，你千万别再学下去了！"

"您不嫌我爸爸没文化啦？"又佳说，"我爸爸实在太可怜了，一辈子都在自学。"

外婆呵呵地笑了。八十四岁的老人家，终于承认她其实很喜欢这个女婿。后来在医院里，她每天都念叨湘九。"把我的女婿叫来！"不管白天黑夜，想到了她就喊。湘九不得不从床上迷迷糊糊地起来，冒着冬夜的寒风赶往浙二医院。他坐在她的床边，握着她的手，常常是一坐就坐到了天亮。

二〇〇六年最后一天的晚上，康总在黄龙饭店请又佳王槊吃自助餐。王槊和又佳一般不接受公司老总宴请，这是他们杂志社的规矩。康总说："我是例外，我跟你们没有工作关系。"

黄龙饭店宴会厅的灯光柔和，盘子里有大虾，有牛排，还有罐焖鸡。他们喝葡萄酒，喝得不多。他们都算是"海归"，康总是德国洪堡大学毕业的，王槊毕业于美国约翰·霍普金斯大学。他们的成长过程也很相似，都是从小县城出来的，父辈都是教师。他们的眼神在审视着这个氛围。角落里的三角钢琴、老式的座钟、油画、摆满书的书架，还有放在餐桌上的考究的餐具。也许，他们想起了海外留学的日子。也许，他们在感叹，当他们穿着单薄的旧衣裳穿过田间小路去上学时，怎么也想不到会有这一天。

"该满足了，"湘九感触万千地说，"千万不能像龙显那样总是满足不了。"

提起龙显，他们都沉默下来。王椠感到了压力。他明白康总请他吃饭的意图，多少有一些想请他帮助的成分。王椠说他们确实报道过不少经济方面的腐败问题，而且都是大案要案，但那是有规矩的，他们回避亲属纠结其中的调查。王椠说起本省某位人物在大院子里跳楼的事，他们在第一时间作了报道。他说："我们的报道跟爸爸毫无关系，有人却说这是他提供的线索，其实当时我给爸爸您打电话求证，人都死了几个钟头了，地点离您的办公室只有几百米，您却说不可能的啊！"

湘九的感觉是，王椠不像他们有信心。也许他是见得太多了，有多少案子最后都是不了了之。王椠说："你们千万别以为有了直接证据就是板上钉钉的事了，哪个省都一样，都很复杂的，关键在领导。我对你们的领导不熟悉不了解。但我觉得，你们仍然要有长期斗争的打算。"

湘九知道他的话不无道理。但是他不气馁。他对老康说："这么多年都斗下来了，我们还怕什么呢。大不了再斗一年，甚至两年，水落石出的一天总会到来。"他叹了一口气，又说："我只是担忧，不要等到我退休那一天，这件事还没有着落。"

老康的手机铃声响了，他走出餐厅去接电话。王椠看着岳父，很想安慰他几句，但是，他什么也说不出来。他知道，什么安慰的话都不起作用，只有将坏人绳之以法，才是对他真正的安慰。

老康回来了，他的神情很兴奋。他跟湘九说："小许的电话，他到老家来了！"

湘九好久才反应过来。"小许，北京的小许吗，"他欣喜地站起身说，"干杯，让我们为他的到来将这杯酒干了！"

小许回老家看望父母，康总搞了一辆车送他去。小许说，秘书长将材料批转给七室和省里，有关方面汇总后发现，多年前就有不少举报龙某人的信。事实上在他还未调到这个集团之前，相当多的人就觉得他有问题，但是他以改革家的面目出现，蒙骗了不少人。惯于投机的他，关系相当复杂，可以说，他的手早已伸进各个要害部门，调查因此而变得十分艰难。

一垛垛干草垛孤零零地散落在公路两旁收割过的田野上，风不停地掀起枯黄的轻飘飘的干草，清冽的空气被尘土污染。小许的脸上堆起满是歉意的苦笑。秘书长问他跟举报人是什么关系，他说老乡。秘书长说老乡为什么不署真名实姓。他说怕报复。秘书长说："从提供的证据看，你的老乡恐怕也不是普通老百姓，再说，龙某人也不是什么碰不得的位高权重的人物么。"小许迟疑一下说："如果有谁喜欢他保护他，他不也成了碰不得的人物吗。"

湘九和老康有一种共同的感觉，听到的犯罪事实太多了，人们会变得麻木。一个刚到信访部门工作的人，听到那些可怕的事实时，明显地表现出震惊或者强作镇静：有时讲述人泪流满面，泣不成声，这种痛苦感染他，使他义愤填膺。但是，时间长了，日复一日地听啊听，他的表情慢慢地就恢复了正常。谁也不可能总是生活在震惊中。否则他会毁了自己，他将再也无法享受花前月下，享受跟家人在一起时那种具有安全感和幸福感的日子。

小许说不是这样的。至少不完全是这样。他说："张总您不是去过前线吗？您在炮火中流血，您看到战友的肢体被炸飞，您抬着他们的尸体在山路上奔跑。您为什么没有变得麻木不仁，为什么依然一往无前？"小许说："秘书长其实很清楚我知道你们的真名实姓，但是他不问。他为什么不问？就是为了保护你们。"

听说又有了更确凿更重要的证据，小许露出欣慰的神情。"你们的工作很有成效，很了不起。"他说。"我已调到督察处了，放心吧，这个案子我一定会尽心尽力。"他眨眨眼睛，脸上浮起自嘲的笑容。"办成了这个案子，也有我的一份功劳不是？"他说，"说不定，我就因此而当上处长了呢。"

小许这次来，他们没有把新的证据交给他。湘九对老康说："小许是可靠的，他的同事是否都可靠我心存疑问。"龙显似乎嗅到了风声，他跟那位第二大股东、那位私营开发商的妥协就很令人生疑。老康说这是中国反腐的最高机构，这里面若也有他的人，哪就太可怕了！湘九说关键的时候还是要谨慎。老康："说我有数了。"

老康婉转地将湘九的顾虑告诉小许，小许从吃惊转入沉思。"我确实不敢打包票，"他说，"人所有的七情六欲，我们这个单位的人都有。"他请老康转告湘九：

"我也有数了。"

康总请小许吃饭时，湘九跟王槊忙于整理材料。王槊说："你们的材料写得很不专业，有的过于感性，这大概是爸爸您写的。有的又过于烦琐，引经据典太多法律词汇，这想必是律师写的了。高层领导日理万机，给他们看的东西一定要简明扼要，十分严谨，要突出重点，看了就能留下深刻印象。要具有典型性，具有指导性，使人在第一时间就被吸引和打动。"

成堆的材料，王槊迅速清理出来，将一长串链条缩短，写成一份精华浓缩的报告。湘九看着他在笔记本电脑上噼里啪啦地打字，感触万分。又佳说："王槊你得意什么，我爸爸著作等身，哪轮到你来班门弄斧啊！"湘九说："两回事，王槊写的报告确实比我强多了。"

王槊告诉岳父，财政部、国资委、商务部、国家外管局等部委即将联合展开对海外国有资产的全面产权登记检查。随后，将有《境外企业国有产权管理办法》《境外国有资产审计监督管理办法》等法规出台、摸查，将会打响强化对境外国有资产监管的第一枪。

在境外国资的流失形式上，国企注册离岸公司，是国资流失的主要渠道。"离岸公司通常会以境内母公司某领导人的名义注册，企业集团可以通过资产内部重组的方式，将本集团内的国有资产源源不断地装入离岸公司。"王槊说，"龙显的做法则更进一步，别人有一定的公开性，他是完全秘密的，五个股东，龙晟的高管，包括他本人占了绝对多数。一般的摸查将查不到他们。这才是能够引起高层警觉的主要因素。"

"他给国有资产流失提供了新的作案方式，他将成为新的甚至是经典的案例，"湘九说，"可以这样理解吗？"

王槊笑了。"爸爸，现在我承认小看你们了。你们真的很了不起。"

他说："你们会胜利的，等待胜利的过程，也许不会太久。"

二〇〇七年一月十六日。下雨。北工集团的几位高管正式来到。龙显带着一帮处长在楼下迎接，他们摇身一变，成了积极拥护引进战略投资者的先锋派。首都来的客人毕竟不一样，个个西装革履，气度不凡。龙显致欢迎辞后，北工集团的一名负责人讲话。他说他们已经拜会过省政府领导、省国资委领导，双方达成了合作改制的共识。省里对他们是热烈欢迎的，因此，他们相信在龙董事长的积极配合下，一定能够顺利达到目标。

这天，湘九的形象不佳，在旁人看来，这个人有些无精打采，他的身心似乎都很疲惫。他的眼圈是黑的，面颊两边从上到下各有一条皱纹，像疤痕一样。他好像一直在抽烟，烟雾笼罩了他的全身，他的形象很不鲜明。

昨天夜里，湘九在红会医院陪岳母，陪到凌晨。岳母吃不下东西，吃下去就吐，吃什么吐什么。医生让老人做各种各样的检查，把她折腾得气息奄奄，把湘九和咪咪也搞得筋疲力尽了。

班子成员一个个发言，都表示积极拥护省政府省国资委领导的英明决策，要做改革的促进派。谈到具体打算，一帮处长抢着发言，核心是要考虑管理人员的积极性，不能完全搞管理层收购的话，至少也要有三分之一以上的股份留给他们。老康捅一下湘九，要他发言。湘九揉揉眼睛，仿佛如梦初醒。

北工集团的高管们皱起眉头打量他，打量这个看上去有些心不在焉的家伙。他的脸上没有那种逢迎的笑，没有丝毫居下位者的谦恭和自觉性。身处京城的人，自然有一种见过大世面的气质。连首都的出租车司机也喜欢纵论国家大事。湘九想我算老几呢，在首都的出租车司机眼里，我也就是一个乡巴佬罢了。

乡巴佬说："我的想法很简单，国有控股。不同层次的国有股也是一种多元化，也是实现现代企业制度的一种方式。"

省国资委的人，或许还有北工集团的人，仿佛看到一片云离开太阳，眼睛亮了一亮。首都来的客人重新打量他了，似乎发现这个家伙多少也是见过一点世面的。因为龙显强调集团的各级管理人员一直习惯和期望于自然人持股，讨论了不知多少次，如何解释这种变化就成了一个伤脑筋的问题。现在，湘九用一句话讲清了这个问题，不能不使人刮目相看。

"张总是学经济管理出身的吧?"一位高管问他。

他坐得离湘九很近，湘九凑过去说："我是当兵出身。"

这位名叫光的投资部经理愣了愣，咧开嘴笑了。"我也是当兵出身。"他说。

流失岁月

"刚才我听他们叫你博士，"湘九说，"我军的文化程度一下子提高得这么快啊。"

原来，光曾是特招入伍的专业技术人员，在海军渤海舰队当过工程师。光的模样比较憨厚，北方人壮实的体形，小平头，给人一种可信赖的感觉。

湘九决定冒一下险。散会时，走到他的办公室门口，他拉了光一下。光跟进去。湘九小声对他说："请把您的电话告诉我，晚上我想找您谈谈。"

光很快反应过来，留下他的手机号码。湘九送他一本书，他的刚出版的《盛世危情》。湘九说："您先翻一翻，也许能够增加您对鄙人的信任度。"

这天晚上下着大雨，雨泼打着凤栖花园树上的枝叶，湘九撑着一把伞在哗哗雨声中走向建国路上的沁源茶楼。他的怀里揣着龙显以权谋私和争夺国有控制权的两份材料。虽然不是核心罪证，也足以证明他和同伙的严重问题了。他先到茶楼，不一会儿，光也到了。他们找了一个僻静的小包厢坐下，湘九开门见山地说："希望我们能够坦诚相待。"

"谢谢。"光说，"您写的书，我看了一部分。我觉得我们可以坦诚相待。"

"以军人的名义起誓，我将要告诉您的都是千真万确的事实。"湘九严肃地说。"希望您也像一个军人那样，为捍卫国家利益而尽自己的努力。"

光惊讶地看着他，仿佛看到一个外星人。哗哗雨声在窗外响着，光无声地面对他。光似乎回到了当年的军港，海岸线平缓而宁静，潮湿而咸腥的空气进入他的肺腑。铁骨铮铮男儿气概，歌声飘扬于近处的战舰和远处的蓝天白云之间。光记得政委跟他说过同样的话，今天想起来是那样的遥远，几近剧场里才能听到的台词了。

"我起誓。"他说。

湘九将材料递给他。

阅读的过程，光感觉自己坐上了一艘舰船，在浪涛里颠簸不止。他的手在微微抖动，身子也在微微抖动，从内心深处升起莫名其妙的躁动不安。放下材料后，他瞧着湘九，他迷茫地望着他，显而易见，一时震惊带给他的只能是一片空白。

湘九说："我只是想提醒你们不要上龙某人的当，对他提出的任何方案都要问一个为什么。还有，跟他的亲信们交往时，也得留个心眼，免得有一天悔之莫及。"

光茫然地点头。他说："我们最早联系的那位下属企业老总，他没有参与这些勾当吧。"

湘九叹了一口气，说目前没有发现。

光的身体松弛下来。湘九审视着他，使他感到一种表白的必要。"我有一位老同事是他的同学，"光说，"我们因此而先跟他交往。"

湘九未置可否。

外面下着瓢泼大雨，光说："我们去宾馆吧，这么大的事，只是我知道显然不行，必须告诉这个合作项目的我方负责人。"湘九犹豫了一下说："这个人跟您关系如何？"光说："我到北工集团后一直跟着他。"光说出中央一个权力部门的名称。他说："他是从那里出来的，应该不会有什么问题。"

湘九跟光走出茶楼，上了一辆出租车，驶往宾馆。宾馆在西子湖畔，接待国宾的地方。湘九对权力部门并不感到特别放心，相反觉得，越是这种部门，进攻的人越多，落水的可能性也越大。但是他别无选择。他只能再冒一次险了。

已经将近十点钟了，房间里没有人，湘九等在空荡荡的宾馆大堂里，身上潮腻腻的。他掏出烟，从茶几上拿起一盒火柴。他在火光中想象对方可能的反应，他的情绪因此而有些低落。一般来说，人们总是先入为主的，天晓得他们会怎样看待他的行动。

快十一点了，这位负责人从宾馆的理疗室走出来。

湘九招呼他时，他很有点吃惊。他说："张总，这么晚了，你有什么事啊？"

"我有重要情况向您反映。"湘九说。

他们进入宾馆套间。光给湘九倒了一杯水，然后就离开了。湘九什么也不说，先把材料拿出来。对方匆匆地浏览一遍材料，然后拖着拖鞋吧嗒吧嗒地走进了洗手间。湘九听着哗哗的水声，心一点一点往下沉。对方出来了，不说话，湘九也不说话。他俩沉默了好几分钟后，对方终于开了口，他说：

"龙董的胆子也好像太大了一点。"

听上去自言自语似的。湘九一时搭不上腔。他感到自己的呼吸像窗外的屋檐滴水一样缓慢。"不过，"对方考虑了一会儿说，"我们是来洽谈合作改制的，只要他还是这个集团的'一把手'，咱们就不可能避开他，你说是不？"

宾馆的套房很舒适很豪华，湘九却感到有些空洞。那时的他有些疲倦，昏昏欲睡。夜深了，他担心岳母会不会又在找他了。他已经不想说一些慷慨激昂的话了，对于这个年纪比他轻得多，却在权力部门见过大世面的人来说，这些话无疑是很可笑的。他只是重复了一遍对光说过的话，不要上龙某人的当。对方说："谢谢，本人心中自有主张。"

对方将他送到房门口。他去向光告别，光已经躺下了，赶紧起来送他下楼。光显然感觉到他的情绪不佳，只能用一种抱歉的神情看着他。外面的雨终于停了，大堂的人莫名其妙地多了起来。湘九听到一些熟悉的说话声，他愕然抬头，看到关某，还有金处长与办公室主任，正在跟北京来的几位客人谈笑风生地上楼。

我今天究竟是做对了呢，还是做错了？

深夜的风景区十分寂寥，湘九在路上拦了一辆出租车。一股腐烂的气息飘进车厢，湖边泊着几艘摇晃的小船。在夜深人静的时候，湘九的视野里出现了一片恒久的黑暗。他一次又一次地表达一个国企经营者的忧患意识，却为自己堵塞了所有的退路。

岳母年轻时是个美人，所有看过她当年的照片的人都这样说。十年前湘九把她接到赤州，她沿着颓败的老城墙寻访抗战胜利那一年省立医专的遗址。她望着城边的江岸，雨丝白茫茫地扫过江面，勾起她久已泯灭的记忆。十八岁，她从浙中的一个小镇走出来，坐上一艘小船去参加入学考试。船儿顺着溪流渐渐地进入大江。她在船上俯视身下的江水，一个小小的浪头打来，把她身穿阴丹士林旗袍的影子搅碎了。

她的两个兄弟都去了延安，现在她又离开了家乡。她想起日渐衰老的爹娘，一双美丽明亮的大眼睛里汪起两泓晶莹的泪。她安慰自己，胜利了，兄弟就回来了，父母将会享受一家人团聚的天伦之乐。许多年之后她才知道，她的一个兄弟早已离开人世，另一个从抗大毕业后分配去十七路军当联络参谋，后来就留在了西北军。家人再次见到他是在监狱，他被跟战犯们关在一起。

湘九见过这个舅舅，那时他刚被特赦出来，穿着出狱时发的一套中山装，高高的个子，一举一动还保留着军人的姿态。湘九问他当年为什么不及时返回延安。他说他的舅舅是十七路军的少将高参，牺牲于中条山战役，他为了给舅舅报仇就留在了抗日的主战场。湘九说："您真是白上了延安抗大，您的政治觉悟太低了。"

岳母没有从牺牲的亲属身上享受到什么待遇，却受到这个哥哥的牵累。一九五〇年就读于协和医学院的她，当了一辈子护校教师，直到退休，连个职称都没有。岳母的人生经历就是那一代知识分子的缩影，她兢兢业业自强不息，克勤克俭得近乎于吝啬。

二〇〇七年一月二十六日，岳母被查出患了胰腺癌。

湘九的第一反应是立即转院，尽管院方表示他们愿意选最好的医生甚至院长亲自操刀，湘九还是逃一样地带着老人直奔省立医院。阿其的妻子小鱼儿就在医院工作，接到他的电话马上联系主任医生。小鱼儿热心仗义人缘好，因此而一路绿灯。因为肿瘤长在胰腺与十二指肠交接处，唯有手术切除，否则只能饿死。咪咪已经悲伤得连话都说不清楚了，湘九毅然拿起笔，在手术单上签了字。

"我活不过这个冬天了。"岳母说。"我要回家。"

八十四岁的老人了，老家还有几个亲戚。不同意做这个手术，人们会说女儿女婿见死不救；同意做手术，又可能说这么大的年纪了，他们还要折磨老人家。但是，原则问题，湘九是不会动摇的。他一方面通知老家的亲戚，一方面把自己的姐姐和嫂嫂叫来，请她们帮助看护岳母。姐姐七十多岁了，嫂嫂也六十多岁了，湘九决定再请护工。临近春节，护工要求高薪，湘九一口答应下来。

天气阴霾，很冷，他们等候在手术室门口的走廊上。小鱼儿陪着他们。手术做了五个小时，这个漫长的过程令他们体会了什么叫做度日如年。咪咪说她听到了金属器具的碰撞声，听到手术刀划开腹腔的嗞嗞声，这些冷酷的声音，撞击在她的胸口上。小鱼儿握住她的手，她的手冰凉。湘九的面前，老是晃动着一个打开的腹腔，像打开了窗户的房子似的，空空荡荡，一片血肉模糊。

主刀的方医生出来了，手里端着一个白色的盘子。湘九看到一些脏器，其中一块脾脏像香皂那么大。方医生翻动这些脏器时，湘九竭力抑制着想要呕吐的感觉。方医生说："是否把可能受染的脏器统统切除，家属要有个意见。"湘九说："您的意见呢，我们只能听您的。"方医生说："如果患者年轻一些，自然就统统切除了；但是老人不行啊，元气大伤，今后腰都直不起来了，而且今天可能就下不了手术台。"

咪咪已经站不住了，小鱼儿搀扶着她。湘九仿佛回到了战场，必须当机立断。他咬着牙齿说，我们要求以不增加病人痛苦为主要目的，因此，只切除有明显的肿瘤累及部位。

方医生看他的眼神，流露出一个男人对另一个男人的欣赏和尊重。这种欣赏无须语言。他转身，重新进入手术室。后来的时间里，湘九耽于自己的遐想中，人生就是一个循环往复的梦，岳母的梦就快做到头了。他站在楼道上凝望着医院墙外冬天凄清的街道，听见附近一家咖啡馆里有一支怀旧而伤感的爱情歌曲隐隐回荡。

什么都想到了，就是忘了要"打点"一下麻醉师。这是很久以后湘九和咪咪才发现的一个重大失误。如果麻醉师心不在焉，后果非常严重，患者会长时间处于谵妄状态，甚至精神失常。

岳母真是太可怜了！她每天都看到索命的无常，日日夜夜处于恐惧和厌世中。她拒绝进食，拒绝治疗，对护士和护工破口大骂。她的性格完全变了，从一个小心翼翼的知识妇女变成被迫害狂。所有可能动员起来的亲戚都动员起来了，咪咪的中学同学，退休的同事，甚至医管中心的王科长，都来帮助陪床。所有人都累倒了，有一段时间，湘九不得不请了两个护工日夜照看她。岳母狂躁地将所有的插管统统拔掉，"把我女婿叫来，"她声嘶力竭地喊，"叫他送我回去！"

"你该退休了，你都干了四十年了，你还要那么卖命干什么？"稍微清醒的时候，岳母教训湘九，"到了我这个时候，你后悔都来不及了！"

筋疲力尽的女婿在病榻旁打盹，抬起头茫然地看着岳母。"我单位有个大贪官，我得跟他斗争，"他告诉老人家，"我这时候要求退休，他们就可以弹冠相庆了。"

"打倒！"岳母从被子里伸出柴棒一样瘦骨嶙峋的手，捏紧拳头高呼，"把他们统统打倒！！"

亚山不知道该怎样帮助湘九。说不出什么原因，她觉得湘九是个穷人。一个大哥长期住在老年关怀医院，现在又是岳母。何况，他好像总有一些帮助不完的弱势朋友。亚山对湘九说："你究竟有没有钱了，有多少欠账在外面，你不要打肿脸称好汉行吗？借别人的还不如借我的，至少你不会有很大的压力。"

湘九觉得她的想法很奇怪。他说："我像一个欠债累累的人吗？从来没人这样认为，你是第一个。龙显叫我去慈善总会工作，你就以为我是一个不顾自身能力的慈善家了？"湘九哈哈大笑说："我这个人其实很会理财，从来不做超越自己能力的事情。你知道吗，从小到大，我没有向任何人借过一分钱。你去问问又佳，我培养她读书读到研究生毕业，什么时候，必须的生活费用、学习费用，我让她感到紧张和拮据过了？"

这位大哥语重心长地告诉她，一个人爱护他人、帮助他人，应该是有远近的，首先是亲人，其次是朋友，然后才是社会，如果连最近的人都保护不了，却去做一些力不能及的事情，这不仅对不起自己和亲友，也是给社会添麻烦。

二〇〇七年，湘九的长篇小说《大路朝天》被改编成三十集电视连续剧。转让版权的钱，用于岳母的病还有节余。何况老人家还享受医保。那时有一位老作家的女儿患了重症，湘九知道后，托人在第一时间送去两千元钱。后来媒体宣传老作家和他女儿的困窘，连篇累牍地报道捐款情况时，湘九却早已销声匿迹。

手术完在医院躺了四十多天后，老人家终于有了一次短暂的回家机会。那时她却害怕了，害怕孤独地离开这个世界。从春天到夏天，不是她挑剔保姆，就是保姆挑剔她，湘九好像成了电视剧里那个换过二十八个保姆的教授。咪咪每天都在向保姆说好话，每次都多给她们一点报酬。保姆说，其实活儿不重，老人也越来越安静了。但正是这种安静，让人格外地难受，尤其是年轻的保姆，怎么也难以忍受整天面对一位老人的寂寞无聊的生活。

老人下了楼，坐在一张藤椅上。看着天色一点点黯淡下去，直至彩霞消失，夜色笼罩了城市的大街小巷。城市的黄昏没有炊烟，没有牛羊，没有屋檐下迎风摇曳的红辣椒，只有堵车的喇叭声和电瓶车撞到人身上的叫骂声。老人却听见咿呀的摇桨声漂浮在河岸边，码头上站着翘首盼望的双亲。她还听到自己的笑声，她的被细雨打湿的少女的清脆悦耳的笑声。她转过头对她的女婿说："我看见我的父母了，他们在召唤我呢。"

湘九打了一个寒噤。凉风吹在他的身上，一阵阵冷，这风，这冷，不是他打寒噤的原因。

二十五

一些人进行神秘的调查时，某些人的希望终于落空了

又到了述职述廉的时候，曾经被湘九请求把话写下来的那位仁兄，在会场的休息室门口与他相遇。湘九笑着说："今天我可能不止有十三张被否决票。"棍棒不打笑脸人，对方也无奈地笑起来。四周无人，他推心置腹地说道："老张你何苦呢，你的身份是公务员，引进战略投资者或者实行管理层收购跟你的关系都不大，你超脱一些多好！"

"怎么超脱呀，"湘九说，"人家天天拿我当敌人对待。"

"龙和康的矛盾你不要卷入，你的被否决票就会大大减少了。"

"像你一样袖手旁观吗，那会使多少希望看到正义的人失望啊。"

在一阵令人费解的沉默里，对方似乎意识到了判断上的误差，于是他嫌恶地挥挥手，赶走从湘九嘴里喷出来的烟雾。"但愿你好自为之，"他往休息室走去，一边走一边说，"要是否决票到了百分之三十，那就谁也救不了你了！"

湘九怜悯地望着他的背影。在后来的会议过程中，他一直以这种悲天悯人的神情，若有所思地看着台上台下的人们。轮到他发言了，他说："本人深知，本人是否廉洁不是本人说了算数的，世上也没有一个腐败官员会在述廉的时候说自己是不廉洁的，因此，本人只希望群众对会上的报告进行了解和监督，使我们的耳边警钟长鸣。"

尽管会场上的气氛很压抑，他的讲话还是引起了一阵热烈的掌声。一群鸽子在窗外的屋顶飞了起来，翅膀拍动的声音伴随着掌声。这时候萧骅看到有一个人不安地用

凛冽的目光扫视会场，一些鼓掌的人看到他的目光赶紧放下手去。

这个人是曾处长。

萧骅因此而盯着他。萧骅有一种感觉，他是某项任务的执行者。萧骅的感觉很快得到了证实。投票开始了，人们走到票箱前，把填好的打分表投进去，然后走出会场。萧骅看到办公室主任投完票后没有离去，而是回到了座位上。

萧骅突然返回会场。

正在匆匆填写第二张打分表的几个人，被他的压低嗓门的怒喝惊呆。他指着曾处长的鼻子，浑身打战。"你搞的什么名堂？"萧骅说，"你不觉得这样做很卑鄙吗?！"

监票的人已经去了休息室。他们没有看到这一幕。湘九相信，看到的话他们也会装作没看到。多一事不如少一事，早已成为某些人的共识。他们就是契诃夫笔下的小公务员，他们最害怕的就是，自己的喷嚏是否溅着什么人了。如果溅到了布里扎洛夫将军身上，自己就死定了。

湘九对萧骅当场抓住的舞弊案一笑置之。此人只是龙手下一条忠实的狗，这种宵小伎俩早在他的意料之中而不足挂齿。说到底，这种打分的方法就很成问题，集团有几千员工，凭什么非得让这几十个人代表他们。

还有一点也很耐人寻味：代表的总说是利益，那么，广大群众的痛苦谁来代表？

这次小小的折腾，给湘九带来的直接效果是，他的被否决票降到了九张。这说明龙显的追随者中间，有人在动摇。

这天中午湘九在办公室休息，身上盖着一件军大衣。夜里照顾岳母，老人吞咽很困难，她的呼吸器官似乎已经衰竭。浓痰卡在喉管里，呼哧呼哧地半天才吐出一点。湘九拿着一张张餐巾纸，蹲在病床边，竭力将她的痰从口腔中掏出来，折腾了大半宿。

迷迷糊糊地刚要入睡，电话响了。

他拿起电话，杨副书记说："你在哪里，多长时间能赶到大院来？"

湘九的头脑瞬间清醒，他说："十分钟之内，我一定赶到。"

"好。我在一号楼的楼下等你。"

湘九摸一下怀里，材料一直贴身带着。他迅速地下楼，从后门走进大院。终于等到了这个时候，他感到自己心跳得厉害。

正午以及午后时分，大院是安静而肃然的。杨副书记看到他的第一句话是"领导忙了一上午，还没吃饭呢，您尽量长话短说。"湘九点点头，说："十分钟，我只需要十分钟。"

他跟着杨副书记上楼，看到领导的办公室门开着，房间很大，有一张大办公桌，还有一张小会议桌，一位秘书在整理桌上的文件。听到他们进门的脚步声，一位穿便装的领导从窗前转过身来。杨副书记说："这就是湘九同志。"湘九立正，敬了一个标准的军礼。个子高大的这位省律政部门主要领导人说："你也是军转干部？好，咱们聊聊。"

杨副书记出去了。领导对秘书说："你也赶紧吃饭去吧。"湘九很抱歉地说："真不好意思，把您的中饭都耽搁了。"领导挥挥手说："没办法啊，听说你找过我们几次了。"

他把湘九引到会议桌旁坐下。秘书给他倒了一杯茶，出去时关上了门。湘九拿出材料说："我这就向您汇报。"这位同样是以正师职从军队转业的领导说："别那么急，我先熟悉一下你，你原来在哪个部队，什么职务，哪一年转业的？"

湘九迅速地回答完毕。

领导点点头。拿起材料，皱眉蹙首地看着。

湘九拿去的材料不多，主要是几份证据，这些证据很直接，很能说明问题的严重性和复杂性，即便是见过太多犯罪材料与举报信件的这位领导人，也不免为之震惊。领导看了一遍，放下，又拿起来再看一遍。重新抬头时，他久久地看着湘九，不说话。过了好一会儿，他才拿起那份私营开发商与龙显签订的双方利益承诺书，说："这人怎么会把这样的东西交出来？"

"利益发生了新的冲突。"早有准备的湘九说，"使他产生破釜沉舟的决心。"

领导又拿起英属维尔京群岛离岸公司的注册材料，湘九默默地看着他，不知道他还会问什么。领导却把材料放下了，注视着他的眼睛，仿佛从那里可以判断这些材料的真伪。湘九也保持沉默，坦诚地面对他的打量。

两个人相对无言，他们坐在静悄悄的办公室里，窗外的大院子在午睡，只有树叶在风中飒飒地响。这位刚从外省调来不久的领导说："龙某人后面还有什么人吗？"湘九摇摇头，很抱歉似的看着他说："我不清楚。"

他们不知不觉地谈了四十分钟，湘九说起那位逃到国外的女官员杨秀珠，说起那桩案子在国内外造成的恶劣影响。湘九说龙显的案子比她有过之而无不及，恳请省律政部门一定要尽快立案审查。

对于他说的这番话，这位领导多少表现出了一点怀疑。他说："来反映问题的人都是这么说的，我们了解一下再说吧。"

到了大院门口，湘九才想起忘了跟杨副书记告别。他给他打电话表示歉意。杨副书记说："你太客气了，这又不是你个人的私事。"他想了想，又说："也不能说你客气，你说只谈十分钟的，结果谈了几个十分钟啊。"

那天中午，隔壁市中医院的小学同学阿苹给他打来电话，阿苹说她那里来了几位儿时的伙伴，要湘九过来一起吃饭。

湘九在楼道上与一个拿着文件的女人擦身而过。湘九说："中午别给我送盒饭了。"

回到办公室后，刚坐下来，他就感到什么地方有些不对劲。

湘九的手心沁出了许多冷汗，他目不转睛地看着办公桌最下面的那个抽屉，有一种惊心动魄的感觉。有一份证据复印件放在皮包里，皮包放在抽屉里，上面盖着一叠稿子。稿子是编好页码的，从第五页到第十九页。现在放在最上面的一张成了第七页。而且，稿子摆放得有些凌乱。

湘九小心翼翼地拿开稿子，皮包仍然静静地躺在那里。湘九仔细看皮包拉锁，原先是拉到头的，现在离拉到头还有将近两厘米。毫无疑问，这个皮包有人动过了，动得很匆忙：也许时间仓促？也许兼送午饭的清洁工进来了？

湘九抱着最后一点侥幸心理，拉开皮包拉锁，包里有笔记本，有文件，肯定被人翻过了。皮包里还有夹层，这个夹层设计得很隐蔽。湘九在义乌小商品市场花三十元钱买下这个皮包时，阿春和司机都说他太没有档次了，湘九反驳说："我买再好的皮包又有什么档次呢，档次高的人根本不用皮包。你们看总书记拎过皮包没有？国务院总理拎过皮包没有?"

他就是冲着这个夹层买下这个皮包的。

他打开夹层,抽出那份复印件。小心翼翼地摊开时,他终于松了一口气。复印件折过两折,第一折上有着一层薄薄的烟灰,这是湘九特意放上去的,只要打开,烟灰就会掉下来。

烟灰还在,说明偷窥者没有找到这份至关重要的证据,匆匆忙忙地收了手。

办公室遗留着阴谋的气息。湘九几乎可以断定这是楼道上相遇时的那个女人干的,他为她感到悲哀。好端端的一个人,为什么要做这种蠢事?湘九替她犯不着。只有一种解释:钱。她跟那个拉电话单子的年轻人一样,有八万元、也许是十万元入了龙晟的股。她做着摇身一变成为百万富翁的梦。梦使人改变本性。

天色在暗下来,他没有开灯。他看见一张苍白的、谦恭的脸。这是清洁工陈大姐。陈大姐手里拎着一桶水。"您屋子里的纯净水该换了。"湘九从某种无边的黑暗遐想中回过神来。"谢谢。"他说。"大姐,您中午到过我的办公室吗?"

陈大姐看着他,他看着陈大姐,仿佛有一个心照不宣的秘密在他们之间交流。湘九相信母亲从小教育他的话,待人真诚必有回报。常常与清洁工聊天的领导,想来不是很多的。果然,陈大姐做了一个留着长发的手势,又指指楼板上面,说:"您要小心一点。"

这是一个处于本集团最底层的临时工,她在这个单位服务了十几年。每个月的工资还不够龙显抽一条烟,她却培养儿子读完了大学,还是一所位于北方的重点名校。《劳动合同法》由全国人大常委会第二十八次会议于二○○七年六月二十九日通过,自二○○八年一月一日起施行。龙显抢在实施前两个月将她解聘。一位辛苦劳动了大半辈子的妇女,在她可以退休养老的时候,失去了她主要的生活来源。

半年后,吃素几十年的陈大姐被查出患了高血压糖尿病,原本丰满的身子迅速消瘦。湘九再次见到她时,几乎不敢相认。

龙显银铛入狱,陈大姐儿子喜结良缘。她拖着病恹恹的身子再次走进这栋楼,逢人便发喜糖。一向寡言的清洁工,笑眯眯地对湘九说:"老领导,做人真是要想得开,才能看得远啊!"

对这样的人，湘九心里总是有一种由衷的敬意。这样的人使他总是想起自己的母亲。满载着艰辛、无奈和焦虑，她们跋涉于人间。她们身上有一种平淡无怨而默默劳作的生活底气，这种底气，不仅是一个母亲，而且是一个民族生存于世的基石。

湘九请陈大姐在他离开的时候，多"照看"一下他的办公室。陈大姐说："我有数的，我早就有数了。"

让人焦头烂额的事情接踵而至。又佳和王槊在出国前赶回家，对外婆尽最后的孝心。又佳获得了 Alfred Friendly 新闻奖学金，将去《美国费城问询者报》实习半年。

在外婆身边陪床两夜后，又佳在第三天夜里胃疼，湘九赶紧跟王槊一起将她送去挂急诊。医生开出一沓化验单。忙到凌晨，诊断结果是胃溃疡。看着脸色苍白不断呻吟的女儿，湘九感到自己的心很疼、很疼。

湘九在这天早晨醒来时十分疲倦，这种疲倦使他感到浑身酸痛。那时王槊手上拿着一张银行卡，他对湘九说："这里面有十万元钱，是我们给外婆和爸爸妈妈的一点心意。"湘九摇摇头，他在网上看到他们对山东一家企业巨额国资流失的报道，知道王槊的压力有多么大。几百亿的资产，被一些莫名其妙的人以几十亿的价格收购了，这些人能量之大，什么事情做不出来？湘九说："你们自己身边得有点钱，以防万一。"

什么是万一？湘九说不出。王槊身边的人，包括司机，都带着几个不同号码的手机。湘九去北京时，司机告诉他，被人盯梢跟踪已是家常便饭。既然不顾威逼利诱报道了这事，王槊自然豁出去了。况且，有人支持对方，必然也会有人支持他们。

事实上，这个事件已经成为国内最扑朔迷离的国有资产私有化故事之一。被极少数既得利益者控制的七百多亿国有资产的最终去向，已经成为国人关注的焦点。即使在外婆的病房，王槊的笔记本电脑也始终打开着，他的耳朵上永远挂着耳麦。各种消息不断传来，他走到哪里，哪里就成了一个前沿指挥所。

瞧着瘦弱的女儿女婿，湘九心里涌上一股怜悯之意。同样的年轻人，许多人一心一意为房子车子奋斗，为当上科长处长奋斗，当然也有的只是为稻粱谋，在既得利益者面前不得不仰人鼻息，他们却选择了一条志士仁人走的路。湘九感到心中有一股泉水在流淌。这是温暖的泉水，也是带泪的泉水，他知道这条路是多么的难走。

国务院有关部门将组成联合小组，对此展开彻底调查。这个消息终于传来了。虽然有所预见，湘九还是大气长呼，去厨房给女儿煮了一碗粥。他说："吃吧，安心吃吧，你们再也不能操劳过度了！"

所谓预见，是在他去北京时，约好一起吃饭，王槊却被一位年届八十五岁的全国政协副主席召去。这是一位著名的水利水电专家，长期主持中国的水利电力工作。她老人家当着王槊的面给有关领导打电话，她说："这些问题早已有所耳闻，为什么不及时调查，及时纠正？！"

中国不能没有这样的老人。她跟老首长一样，既是国家的栋梁之材，也是为冲锋陷阵者遮风挡雨的见义勇为之人。湘九替孩子庆幸，时代毕竟不同了，他们不再轻易地成为任人宰割的牛羊。

春节已经过去了，惊蛰时节，蛇虫百足纷纷出动。龙显逼着董事们签字，要把在赤州的亚辰公司的股权转让合法化。或许是一些关心他的身边人的劝说起了作用，阿沃签了字。湘九坚决不签。当老康气得发抖时，湘九劝说他。湘九说："有些情况的严重性只有你我清楚，有摇摆甚至有反复都是可以理解的，我们不妨等一等。"

老陈退休了，那条壮汉也退休了。老陈光明磊落地递上一纸报告，请求免去一切兼职。壮汉却不一样。龙显就是让其保留着兼任的职位。

不管怎么说，班子里现在剩下五个人，集体研究时龙显发现，他越来越力不从心。

他只能铤而走险。他就是要告诉追随者：跟着他才有好果子吃。

大院里有人告诉老康，那位接见过湘九的领导人在不久后的某个晚上，紧急约见新任省委书记。老康跟湘九相视良久，本能的反应是此次约见与本集团的案子有关。湘九说："你该去拜访一下他了。"老康说："是的，也许，有关部门已经摸清了一些情况。"

后来老康说起省委书记接见他的情况，跟前任一样，时间很短，简明扼要。书记说："我已经听过有关你们反映情况的调查汇报。"省委书记皱起眉头说："现在，这些人还在打算'MBO'，打算管理层收购吗？！"

引起湘九重视的是，书记还说前任跟他交接工作时，特意提到了龙显的问题。

这个说法印证了湘九向省律政部门主要领导人的汇报。这位领导在接见他时，问过原省委书记对斯人斯事的看法。湘九将二〇〇三年十月十日晚上，原省委书记召见他时的主要讲话原原本本复讲述一遍。"好，很好。"他说。然后就陷入了沉思。他的沉思使湘九心里产生了沉重之感。这种感觉在他离去时似乎加重了。

不止一个部门的领导，站在办公室门口跟他道别时，握着他的手说："你要注意自身安全。"有的人还会拍拍湘九的肩。

湘九觉得这个案子办起来可能真的很不轻松，这些领导的眉宇间似乎凝结着一缕挥之不去的忧虑。

"连一个乡长都不会接见你。"

湘九清晰地记得那条壮汉对他说过的话，因此他对同行人员强调，这次去省外的本集团生产基地，一定要拜访一下当地政府。

已经是二〇〇七年春天。他们在长江边的高速公路上奔跑。虽然这个公司的法人代表还是没有更换，职责所在，湘九不能不去。

这个基地的选址，湘九一直心存疑虑。渤海与黄海交界处的漫长的海岸线，正面临从经济发达地区"梯度转移"而带来的高利润、高污染的化工产业前所未有的挑战。

臭气扑面而来。滚滚流出的深红色水流，大片浮沫卷涌而至，散发着刺鼻的气味，向大海冲去。国家环境保护部门的领导到了省城，市长、县长都被叫去汇报了。

这家公司的副总始终陪着他，基地的负责人说，由于一些许可证件还在办理中，这几天停工检修，员工们都被组织出门参观去了。

一位分管副县长赶到了。湘九听到他的口音格外亲切。原来他是湘九少年时代插队的三门湾边人、同行的化工院戴副院长的同学。湘九听完基地的汇报后即跟副县长会谈。恳请当地政府尽快帮助企业解决当前亟待解决的一些困难。

这是一次辛苦的旅行，因为牵挂家里那么多事情，在当地住了一夜便驱车返程。但是别人反对他去，告诉他连一个乡长都不会接见他，他却去了，而且受到一位副县长的热情接待，这确实很不给人面子。

后来的日子，湘九因此而不止一次受到莫名其妙的诘难，先是说他此去督察事先没有通知公司负责人，后又说他在那里"乱说话"。湘九说："第一，通知不是本人的工作，而是办公室。第二，办公室阿春也没有失误，因为贵公司副总是跟我坐同一辆车去的，莫非他不是接到通知，而是在路上巧遇我们的吗？第三，有没有乱说话，你说了不算，我说了也不算，同行的化工院桂枝副院长、小戴副院长和集团科技处徐处长可以说了算。"

这家公司的副总，眼睛都红了，跟湘九说他要求站出来与这种话的人对质。湘九理解他的心情，湘九说："你跟我始终在一起，我怎么会怀疑你栽赃于我呢？有人挑拨我与你们公司的关系，你纠缠于此，你就上当了。"

他说得很豁达，他的心里不一定豁达。看着难过的部属，他心中涌上一股酸楚。每当他看着这些因为跟他走得近一点而被龙显一伙打入另册的同事时，他便会产生这种沉甸甸的感觉。

想象与现实总是有距离的，亚山深刻地体会到这一点。别人眼里的湘九，是一个个性鲜明斗志昂扬的人，她看来却不是这样。她觉得湘九情绪低沉，别提当年清瘦稚气的面容了，只说这一年，也显得憔悴而苍老多了。她问湘九为什么，湘九说："在你面前，我没有必要掩饰什么。"

她在一些会议上遇见他，看到他总是独坐一隅抚额沉思。总是有人跟他搭讪，向他要书，请他签字，他微笑着与搭讪者说话，人家问什么他回答什么，并不多说一句话。她从他的眼睛里看见的是距离、警惕和深沉的忧伤。有一天亚山对他说："我真的很讨厌听到你的叹息声，你让太阳都躲进云层里去了。"

童年时代的大哥哥已经渐行渐远。世事沧桑多变，那爽朗的笑声，即使在吃了上顿不知下顿的岁月里也显得那么可依靠、那么有信心的笑声，好像一去不返。现在的他，更像一个被火车扔在铁路尽头的小站上的旅人，不知道何处是下一站，是罗布泊还是阿尔卑斯山。

亚山参加一个考察组去南方，同屋住的是一位经济管理部门的女干部。晚上，亚山从浴室出来，湿漉漉的长发披在睡袍上。她说："你快去洗一洗吧。"对方捧着一本书，躺在沙发上。"我得把这一章看完了，我放不下。"亚山说："什么书啊，那么吸引你？"对方笑了，小心翼翼地将书页折一下，合上了这本厚厚的长篇小说。

"《盛世危情》。"她说。

亚山坐到她对面的床上。

亚山带一丝嘲谑的意味看着她。她好像又看到了军营那个女兵。这位女干部年纪比那个女兵大多了，说起湘九和他的书依然眉飞色舞。"这是他送给我的，扉页上有他的亲笔签名！"她把书送到亚山手上。"书里的人物栩栩如生啊！"她无限感慨地说，"对我们来说，真是一个个都似曾相识。对了，亚山，你有没有见过湘九？要不要我给你介绍一下？"

"听说对他的评价颇有争议，"亚山说，"你认为呢？"

"你们太官僚主义了，"对方不服气说，"你到我们单位来了解一下，你就知道绝大多数人对他的评价了！"

"看来你倒真是他的一个'粉丝'。"亚山依然嘲谑地说，"没想到他的粉丝还真不少。"

"情至深时品自高，"对方说，"不曾对中国政治经济现状有过深刻的观察和思考，不具备开阔襟怀和悲悯的目光，如何写得出这样的书？"

夜色笼罩着这个海边的城市和海边的街道，空气中混杂着纸醉金迷的气味，而从港口上空吹来的风带着昔日殖民地的遗韵，它浪漫地吹乱了亚山秀丽的长发和睡袍。看着书上湘九沉思的照片，又看看窗外仅隔着一条河的特区，她想起湘九的童年。她在黑夜中看到一个从铁丝网下面钻过来的孩子，她看到一双茫然而惶惑的眼睛。这样一个孩子在茫茫人海中寻觅属于他自己的人生。这双眼睛盛下了半个多世纪的沧海桑田。这哪里仅仅是一本书呢？！

让亚山吃惊的是，考察组的人几乎都读过他的书，接下来的途中，讨论他的作品成了经久不衰的话题。人们好像都知道他的经历，演绎成一个个传奇故事。亚山觉得自己的记忆被一团乱麻给缠住了，她想从人们的传说中将印象中失落的一段段有关他的历史找到，把空白填满，却发现如在梦中奔跑那样吃力。这是一些似是而非的故事，人们宁愿演绎而不想去写实。

湘九的形象犹如街道两旁的树木那样层层叠叠，谈到他所在单位当前的问题时，人们却不约而同地沉默下来。亚山同样惊讶于他们的默契，她感到压抑。她问同屋的女干部，对方在车上捏捏她的手，示意她闭嘴。

直到很久以后，亚山依然能够清晰地回想起这位女干部后来坐在宾馆的梳妆台前跟她谈话时的神态，这种严肃的神态使得亚山在回来的旅途中，不再那样寂寞而有些躁动不安。当她知道有一些神秘的人开始进行一些神秘的调查时，她像湘九一样学会了叹息，叹息他们真是太不容易了。她听说湘九将一些匪夷所思的证据交给了"上面"时，既感到兴奋又觉得忧心忡忡。女干部从事的工作显然与此有联系，她警告亚山说，这件事要绝对保密。

"你放心吧，我只是有些好奇而已。"亚山说。

但是她的眼睛却强烈地表达了她此刻的心情。她的眼神流露出关心和期盼。对方用一种怀疑的神情审视她半晌，亚山心虚地避开她的眼睛。"真的只是好奇吗？"对方说。她点点头。对方却叹了一口气，很有点失望地说："本来我还想推荐你参与呢。"

这是她们在南方的最后一个夜晚，这天夜里亚山做了一些乱七八糟的梦。她梦见湘九被人追杀，梦见他穿着迷彩服，他被逼到了一个废弃的大仓库里，头上是吊车脚下是准备回炉的废钢烂铁。一群歹徒向他开枪，他东躲西藏。她不知道自己怎么也会出现在这个地方。她捡起一把枪，扔给湘九。那是一支冲锋枪。她看到湘九端着枪，扒在吊车上。嗒嗒嗒，他的枪口喷出烈焰，歹徒一个接一个倒下来，她在旁边笑了。笑得泪流满面。

这天早晨起床后，她奇怪地发现自己竟然心情很好。同屋的女干部醒来时，发现她已经坐在梳妆台前，正在梳理一头长发。屋外的阳光透过窗玻璃照到她的身上，给她的头发披上一层金光。同屋羡慕地说："我真是感到不可思议，你怎么一根白头发都没有啊！"她笑出声来。"我这个人没心没肺，"她说，"我没有太多的欲望，更没有什么野心啊。"

"你什么意思？"同屋说，"我就是因为有了太多的欲望，有野心，才长出了白头发?"

她们打闹起来，像两个小姑娘似的。粉红色的笑靥，南国五月的阳光在那上面跳跃。同屋的手机响了，她们才停下来。在她接电话的时候，亚山像是仰望一个藏着很多秘密的地方一样望着河对岸那座城市。她真的很想去看看，湘九出生在哪家医院，他从前的家又在哪儿。

放下电话的同屋对她说："这一下，这条龙真的受不了了，肯定会暴跳如雷！"

"怎么了？"亚山说，"发生什么事了？"

"省里正式决定，北京来的战略投资者占 51%的股，余下的 49%，也要由省国资委占绝对控制地位。国资委的女干部说，这样一来，龙某人的如意算盘不都落空了吗?!"

"真是太好了！"亚山从地上跳起来，接着，意识到有点失态似的，不好意思地吐了吐舌头。她拿起外套说："赶快去餐厅吧，今天我们要多吃一点！"

她轻盈地走出门去。同屋看着她的背影，脸上显出疑惑的神情。亚山真的不认识、不了解湘九吗，还是这几天下来，她已经完全接受了自己的观点？

二十六

有如果的话，在战场上，老子就把他一枪毙了

西湖北山栖霞岭的北麓，茂林修竹深处，隐藏着颇具道教洞天福地气象的黄龙洞古迹。悠扬的乐声传来，严兰贞又在盘夫索夫了。"官人好比天上月，为妻好比月边星。"这一段越剧，小鱼儿会唱，来自太湖之滨的两位太太也会唱。她们快乐地哼哼着，拾级而上。

从黄龙洞头山门到二门之间，有一段曲折的游步道，沿路古木修篁，花草清池，矮墙漏窗，颇具情调。阿其在前面强颜欢笑地陪着两位先生，细小的汗珠儿沁出额头。一切如又佳所说，办案的人接受了他的邀请，携家带口来了。先到千岛湖，泛舟湖上，畅游水库，然后返回省城，再逛西湖。住的是四星级宾馆，吃的是鱼翅海鲜。

远望石峰如林，重峦叠翠；入内迷离曲折，剔透空灵。竹径通幽，小桥流水。严兰贞的眼睛若一泓秋水，顾盼生辉。客人们在台下大声鼓掌。他们说，自古贪官生好女，这严嵩的孙女、严世藩的女儿就是证明。

你们就是贪官。阿其心想。瞧着男人的目光灼热地追逐台上台下女人的身影，他感到嘴里像吃了一只苍蝇。

最后的晚宴在花港公园旁边一家新开张的酒楼举行。碧波粼粼，鱼跃人欢。高汤炮制的极品鱼翅和香浓美味的蟹黄入口香滑无比。肥美的生蚝散发出阵阵幽香。酒是法国波尔多的极品红酒，他们一下要了两瓶。迷离的灯光下，办案者望着窗外的夜景，终于竖起了大拇指。"阿其，你够朋友，我们再也不会为难你了。"

后来湘九问他："要回押金没有，要回来的抵得上招待费吗？"阿其已经不想回答这样的问题。他也看着窗外的夜景，眉宇间有一种难以言说的忧伤。他说："我为他们带来的小孩担心，从小跟着大人学习吃完了原告吃被告，将来会长成什么样子？"

梅雨骤歇的早晨，阿其终于将他们送回去，来时两手空空，去时满载而归。初夏直射的阳光刺疼了他的眼睛，阿其开车很谨慎。一车的人都在打呼噜。昨夜他们玩扑克玩到凌晨。阿其和小鱼儿好像一对弱智儿童，不管什么玩法，永远是他俩输。"今后多练习练习，"临睡前，他们满意地拿起赢来的"老人头"，拍拍阿其的肩说，"下次我们再找你玩。"

还有下次吗？阿其腹诽道。公路两旁有湍急的河流，险滩坡陡浪大。阿其真的很想把车开进河里去。这个想法很令人振奋，可惜他做不到。

他以为苦难完全结束了，他的想法还是太天真。当然他还是很谨慎的。这件事过去两个月后，他才去了另一座城市，那里也有医院和科长。现在的阿其完全接受了教训，不敢再打擦边球。他请这些人喝酒，最多临走时送上几条中华牌软盒香烟。这些朋友倒也爽气，都说理解，"阿其，我们理解你。"

这天晚上阿其不停地向这些朋友敬酒，请他们原谅被耽搁了的供货时间。他终于喝得酩酊大醉。连车子都是朋友开的。朋友们把他送到当地最好的一家宾馆，用他的身份证在总台登了记。服务员替他打开房门，阿其进去就躺倒在了床上。

半夜里他被破门而入的警察惊醒。一副冰凉的手铐铐住了他的双手。他挣扎着，稀里糊涂地喊："干什么，你们干什么乱抓人？"一个警察狠狠地踢了他一脚，他猛地扑倒在地上。警察说："老实点，乖乖地跟我们走！"他不得不乖乖地跟着走了。

他被带到宾馆附近一家派出所，警察命令他坐在地上。那个地方大概有不少人坐过，很光滑很干净，而且很阴凉。他的酒已经醒了，这使他平静下来。"你知道为什么抓你吗？"警察说。阿其迷茫地看着他。"不知道。"他说，"我真的不知道。"

"姓名，职业，住址，为什么来到这里？"

阿其觉得自己的脑袋已经被搅得像一团糨糊，因为他把这些问题如实回答以后，警察说："这就对了，我们一点没有搞错"。阿其说："怎么没有搞错呢，我没有犯法啊。"警察猛拍一下桌子说："你是不是名叫阿其？是不是这个住址？是的。既然是的，你就是货真价实的犯罪嫌疑人了！"

谁也体会不到阿其的绝望和沮丧。因为是半夜三更，警察把他扔在那里就顾自己睡觉去了，他们说明天上班后再来审他。酒后的阿其口渴得要命，但是屋子里连个水龙头也没有。他想抽烟，可是烟放在旅行包里，包在警察手里。这天的天气很闷热，蚊子在他脸上飞来飞去，他抬起被铐住的手，却打不到蚊子。不一会儿，他的脸就变成了一只赤豆粽子。

他坐在很阴凉很光滑的水泥地上，好像坐了很多年。他的面容在这几个小时里变得未老先衰。他想睡觉，可是又怎么睡得着。蚊子吃饱了他的血还是不肯离去，老是围着他的脑袋嗡嗡地转。后来这声音好像变成了飞机的声音，越来越响，他发现自己的思维已经错乱了。他好像爬上了云端，整个身子都飘了起来。

天终于亮了，他被警察踢醒。警察说："你倒是无心无事似的，居然还能睡得这么熟。"他张开肿胀的嘴，"请给我一杯水。"他说。警察不理睬他，给自己点燃了一支烟。"老江湖，"警察说，"看上去你真是一个老江湖啊。"

"我不是老江湖，我第一次被抓到派出所。"

警察瞪圆了眼睛。"通缉你半年多了，你一直没有使用过这张身份证吗？"

阿其终于恍然大悟。他低下头沉默了一会儿，心里渐渐升起一种无边无际的悲凉，这都是些什么人哪，他叹了口气自言自语说，简直跟垃圾一样。

他的话激怒了警察。警察说："你在骂谁，谁跟垃圾一样？"警察又抬起脚来踢他了，一边踢一边说："你才是垃圾呢，否则怎么会被上了网？！"

阿其身上有一种被割裂般的疼痛。阿其十六岁入团，下海前当过团委书记，他从来也没有想过自己有一天会进入这样沉重的历史画面。那时候他甚至失去了辩解的欲望，任凭警察在那里大喊大叫。派出所的其他人跑了进来，一位女警察拉住男警察说："什么事？有话好好说么。"

这个女警察是派出所的指导员。

湘九仿佛看到指导员讯问阿其的过程。阿其请求她向把他送上网的那座城市、那个区的执法部门求证。阿其说："经办人的电话号码就在我的手机上，您把我的手机拿出来看一下就知道了。"指导员翻出这个号码时愣了愣，说："他们跟你的通话很频繁啊，他们怎么还要上网去抓你？"

湘九之所以"仿佛看到"，是因为小鱼儿发现老公失踪了，手机关了，宾馆里找不到，昨晚一起喝酒的朋友都说好端端地看他进了房间，躺在床上了，怎么会不知去向呢？小鱼儿给高速公路交警支队打电话，这天夜里也没有发生事故。小鱼儿只好哭哭啼啼地跑来找湘九。湘九说："你直接去那家宾馆吧，肯定会有人看见他被什么人带走的，带到哪里去了。"

"带到哪里去了？"小鱼儿说，"您说他会被带到哪里去啊？"

"很可能是当地的派出所。"湘九说："你不要担心，因为信息不对称而发生了什么误会，他很快就会出来的。"

他猜得很准。他却宁可猜得不准。他因为猜准而难受，大有龙显之类，小有这样的执法人员，如果我们真的生活在一个到处都是垃圾的地方，我们还有什么健康的环境和健康的肌体可言呢？

这只是阿其遭遇的第一次，后来他还遭遇过同样的不速之客的访问。据说"上网"很容易，"下网"很难。阿其不得不再去求那两位先生，央请他们给他写一张已经处理完毕的证明书，永远带在自己的身边。

这一纸证明，好像是他的暂住证。中国人在中国，从一个城市跑到另一个城市，如果没有这样的证明，后果很严重。比方说有一位名叫孙志刚的年轻人，大学毕业才两年，因为没办这个证而遭到了什么后果？他晓得。你晓得。我也晓得的。是中国人都晓得的。

从夏天到秋天，龙显和他们在赛跑。集团层面的管理层收购做不成了，只有动核心企业的脑筋。他一定要把龙晟系列抓过去。北工集团的兴趣主要在化工方面，龙显觉得这是可乘之机。

龙辰公司在亚辰公司的股权，龙显执意转让给亚洲投资，湘九在会签单上写道："对于龙晟公司在本集团班子毫不知情的情况下变更龙辰为投资主体，本人和大多数董事始终持不同意见。"

投资主体不同，获得利益的主体也就不同，这是谁都知道的常识。

这里不仅涉及挪用公款问题，更涉及亚洲投资的离岸公司背景。

湘九被安排去省委党校学习两个月。期间接到康总急电，原第二大股东持有的龙晟公司 35% 的股权已被突然转让，加油站老板获得的每股转让价仅为六点七元，远低于去年他们坚持受让的八点六六元。

"此事应立即报告省国资委。明明知道可能失去控制权，为什么还是一步步走到了今天？大多数董事的意见为什么一点不起作用？令人痛心之至。必须防止更大的国资流失风险。"湘九在通知单上写到。

这是龙晟公司在偷偷完成股权变更手续后，又过了十天，才发给集团的通知单。不是以往的请示件。现在，该公司的控制权已经彻底落到龙显一伙手中，他们再也无须向谁请示了。

湘九向党校请假，赶往省国资委。他在那里看到康总和萧骅，湘九说："阿沃呢？"康总说他不舒服，请病假了。

接待他们的是一位副主任。副主任说："你们再开一次董事会，看看是否能够把股权拿回来。"湘九大怒。他声色俱厉地说："每次董事会都阻止不了董事长非法转移国有资产，再开这样的会还有什么意义？我们要求按照公司法规定，罢免龙显！"

副主任说："这不是我们所能决定的事啊，他的任免权限在上面。"

"你们向上面打紧急报告呀。"湘九说，"告诉他们，我们跟龙显的斗争，是当代国有资产经营领域中一场严肃的腐败与反腐败的斗争。"

他一字一顿地说："龙显就是一个出卖国家利益、人民利益的叛徒。"

他的话似乎惊世骇俗。屋子里霎时安静下来。这是一个夏日的黄昏，从省国资委二十三层楼的窗前望出去，湖边的柳树摇曳着纤纤细腰，归巢的倦鸟，带着疲惫，带着希冀。岁月悠悠，许多年不曾听过这样的话、这样的形容词了，一下子还真有些令人难以接受。副主任想反驳他，却一时找不到合适的词句。

风景很美，现实很残酷。风儿依旧，风景依旧，话说到这个程度，矛盾的性质就安全变了。

"你们……"副主任问康总和萧骅，"你们也这么看吗？"

他的声音有些颤抖。这可不是随便说说的事情。

他在书橱的玻璃窗上看到自己，一个受惊的人睁大疑惑的眼睛，他的脸型在被夕阳映照的玻璃上显得模糊不清。西湖上空的风穿窗而入，他的嘴唇被风吹得哆哆嗦嗦。其实他心里也赞同湘九的看法，因为他不止一次吃过龙显的苦。龙显总是歪曲他的话，他的指示，常常是对龙显有利的得到执行，不利的就被隐匿和篡改了。然而，当看到康总和萧骅一起点头时，他还是无力地靠在了沙发上。

"如果你有权处理这样的事，"他问湘九，"你会怎么做？"

一句话，几乎不假思索地从湘九嘴里夺口而出："没有如果。有如果的话，在战场上，老子就把他一枪毙了！"

举座肃然。

晚霞照红了天边，像燃烧的火。火成为湘九的背景。他的稀疏的头发在晚风中飘拂。他们好像重新认识了一次湘九。他袒露胸怀，一如当年站在战地的主峰之巅。一览众山小，他看着花草在暮色里摇曳，看着归鸟栖落于树杈林梢，看着看着，他把手放到腰间，仿佛那里依然挂着他的五四式手枪。

萧骅抱歉地对副主任说："湘九同志是当兵的个性，请您不要介意。"

副主任将他们送出门外，他说："我不介意，我很欣赏老张的个性，敢作敢为。不过，今天，这话到此为止，外面可不能去说。"

湘九去一趟洗手间，遇到了监察室主任。主任的眼睛一亮，说："张总您在这里，我正想找您聊一聊。"湘九说："好啊，我先跟他们下去，然后再上来行不？"主任点点头说："我等您。"

湘九跟康总和萧骅在楼下分手。他转了一圈，回到省国资委。甫一敲门，主任便将他一把拉进去。屋里还有一位女干部，主任说介绍说："小陆，副处级纪检监察员。"

"今天的谈话只有我们两个人知道。"主任严肃地说，"你回去后也没有向任何人汇报的任务。"

"问吧，"湘九说，"我知无不言言无不尽。"

监察室主任拿出的几份材料，湘九自然很熟悉。虽然不是最核心最机密的证据，但也充分说明有关部门对他们的信任了。湘九略微沉吟一下，开始给他们讲解，这些材料的真实性可靠性、说明什么问题、背景是什么、可能牵涉出的又是什么问题等等。小陆将他说的每一句话都记录下来，然后请他签字，摁手印。

"不会只是你俩吧，"湘九说，"这个案件的工作量将非常大，你俩如何忙得过来？"

"当然。"主任说，"我们做的只是一小块基础工作。"

随着工作的深入，将会有多少人参与，主任也不知道。湘九猜想是一个很大的数字。后来他才知道，参与的人超过了三位数。那时已到一切都快水落石出的时候了，现在他根本不可能知道。事实上除了最上面的某一个或者某几个人外，谁也不知道，为了防止泄密，参与的人们之间，互相也不清楚。

不泄密是不可能的，后来的事实一直证明这一点。人们只能尽可能地随时防范和调整，调整人员与战略战术部署。而且，现在，只能使用"参与"这个概念模糊的词。还不能说"办案"两个字。

湘九明白。因为没有走到立案审查这一步。而要走到这一步是相当麻烦的，没有充分的、确凿的证据，不把外围都扫清了，这个手术就没法动。

所以说他们在赛跑，跟改制的进度赛跑，跟流失的时间赛跑。他们跑赢了，能够堵住最后的决口；跑输了，一切便会不堪设想。

湘九握着监察室主任的手说："一定不能跑输啊，咱们都是当过兵的人，不能打败仗。"

他向监察室主任鞠躬，主任避过一旁说："您这是干什么，我们的心情是一样的，目标更是一致的！"

湘九在后来的日子里，常常想起这位年轻的主任。当北工集团控股之后，湘九失去了原先的工作岗位。漫长而寂寥的日子里，他在黄昏的暮霭里沉思，在清晨的细雨中呼喊，为自己的遭遇而感到深深的不平。每当想起这位主任，他就更伤感了。他听说这位主任的处境也很不理想，这个至少比他年轻七八岁的转业军官，甚至提出了提前退休的请求。

令亲者痛而仇者快，难道是这个世上永难改变的规律？

好长时间过去了，一切都静悄悄的。他们看着湘九走出大门，走到156路公交车站。省国资委二十五楼的某个窗口亮起了灯光。他们知道这是监察室主任的办公室。从湘九在楼下与康总萧骅分手，没有一起回集团或者去党校，他们就感到有问题。悄悄地跟着他转了一圈又返回这里，更使他们坚定了自己的看法：他刚才一直待在亮起灯光的那个房间里。

呆在那个房间干什么，而且还避开他的同盟者？

黑暗的凉意和不祥的想象都随着夜色一同融入了他们的感觉世界。蜷缩在树后的车里，他们交换眼色。他们是两个人，一个矮个子的是马仔，另一个长得高一点的也是马仔，投靠龙某人之前还在政法部门干过。

夜的世界平静如一湖秋水，没有一点涟漪。湘九在车站上点燃一支烟，烟头的红光照着他那张看上去难逃劫数的脸。是的，难逃劫数。他们相信，没有一个反对这条龙的人最后会有好下场。正因为如此，他们才会选择他而且永远不敢背叛他，心甘情愿地做他的马仔。

156路公交车终于来了。他们不明白，明明有车有司机的张某人，为什么常常坐公交车。这增加了他们跟踪的难度。使他们措手不及的是，因为这趟车比较空，张某人上车后就走到了车厢的尾端，这使他很容易发现后面的车辆。

幸亏今天开的是一辆刚上牌照的新车。

在政法部门干过的马仔开车，矮个子躲在他的身后。公交车沿着环城北路往东驶去，矮个子的预感是，今晚又不会有什么收获了。"妈的，"他说，"姓张的又直接回家去了。这家伙回家以后除非去城东公园散步，就不会再出门了！"

"他怎么待得住呢，"开车的马仔说，"没有一点夜生活的男人还是男人吗？"

"他在家里写文章。"矮个子说，"真他妈没劲，一个集团公司的副总，天天晚上在家里写那些破文章。"

"也许是写举报信，从一大堆破材料当中寻找线索呢？"

"完全可能。听说他们还真找到了老板的什么证据，老板很有点紧张呢。"

天气闷热，他们却不约而同地打了个寒噤。他们像一堆垃圾似的蜷缩在那里，仿佛看到倒垃圾的人来了。"怕什么？"高个子给矮个子也给自己壮胆说，"老板什么

流失岁月

没有经历过呀，再说，罩着他的伞多着呢！"

车子停靠在站台旁，有人从后门下来了，有人从前门上去。他们目不转睛地盯着下车的人。高个子说："也许应该派个人跟他一起坐公交车去。必要的时候……"他做了一个夺包的动作，说："把这个拿过来？"

矮个子笑了。他的笑声像一个肺气肿患者那样瓮声瓮气的。"你观察过没有，"他批评高个子，"你说起来还进什么政法部门呢，这家伙只要是坐公交车就不带包的。他比你专业多了！"

公交车到了红会医院站，他们看到湘九从车上下来。他的手里果然没有公文包。他将双手插在裤袋里，快步往家走。"哪怕让咱们逮住他有个情人也好啊！"说这话时，高个子脸上因为无法理解而布满了沮丧。矮个子凑过去说："跟他往来的女性还是有的，但是要抓住什么把柄，那就得考验我们的耐心了。"

他们看着湘九走进家门。他们的眼睛里荡起白跑了一趟的痛苦。"吃饭去吧。"矮个子无精打采地说。"喝啤酒去。"

刀矛巷里有一家小海鲜馆，他们在那里要了半打罐装青岛啤酒。他们的内心被一种无所作为的感觉堵得慌。高个子开始要求矮个子讲述湘九跟什么女性往来。是穿着紧身裤的时髦女子，还是穿超短裙的模样很挑逗的少妇？"No，No，"矮个子打着饱嗝说，"你的档次也太低了一点，人家好赖是个作家，解放军艺术学院毕业的，怎么会找这样的女人呢。"

"那是什么样的女人，"高个子说，"张曼玉吗？"

一种诡秘的微笑在他的嘴角出现，矮个子沉默了片刻。"说普通话的。"他说，眼神显得模糊起来。"那声音很动人，像播音员似的。"他喝一大口啤酒，然后，他的嘴像水中的鱼嘴那样吧嗒吧嗒，点燃了一支烟。"听上去应该是个公务员。"他在努力回忆一些内容和细节。"她向他请教写一个什么论文来着？"他皱起眉头想了一会说，"好像是科学发展观的实在吧。"

"不是实在，"高个子说，"是实践。"

"搞了半天，你根本没有见过那人啊。"他失望地说。

"没……没有见过。"矮个子自嘲地耸耸肩，又喝下去半罐啤酒。"仅仅感觉这个女人跟他关系不错而已,我想,没……没必要撒这么大的网吧?"

当过政法干部的高个子沉吟起来。

"有必要。"他咬牙切齿地说,"万一从这里能够找到突破口呢?!"

那天晚上,亚山正好陪孩子去上美术课,孩子在教授家里听课,她坐在湘九家的客厅看电视。大约八点四十分时,一阵夜风从窗外吹来,她突然打了个冷战。咪咪说:"你感冒了吧,夜里睡觉受凉了?"亚山摇了摇头,说:"不是,我突然感到一阵心悸,好像出什么事了。"

电话铃声就在这时响起来。湘九从书房里跑出来,他说:"医院来的电话,老太太大发脾气,把身上的管子都拔掉了!"他打开门冲出去。咪咪说:"我也去吧。"他已经飞快地下了楼。亚山站起身说:"我送你们去吧,我开车来的。"

高个子和矮个子惊讶地看到湘九从酒店门口跑过去。他俩愕然地站起身来,同时挤出门去,门框上的灰尘因此而纷纷掉落。酒店的服务员赶紧拉住他们,说:"你们还没埋单呢!"矮个子摸出三张百元大钞,说:"不用找了!"转身就跑到了自己的车前。他们手忙脚乱地刚发动车子,便看到一辆家用微型车开到了他们前面。一个女人从驾驶座上向外探出头,喊着湘九的名字,她说:"等一等啊,你等一等,我送你过去!"

那时候有一条狗在小海鲜馆门口汪汪叫了两声。狗叫声和巷里的路灯光一起穿过车窗玻璃照着目瞪口呆的两个跟踪者。矮个子说:"就是她就是她!"高个子猛地踩一下油门,差点撞到一棵大树上去。他把车倒回来,再追上去。而湘九却早已上了亚山的车,在刀矛巷口转了一个弯,融入了青春路上连绵不绝的车流之中。

两个马仔,像跟丢了明星的狗仔队一样,在巷口面面相觑。

这一天阳光明媚,风在窗外吹动着花坛上的蒲公英,树木一片绿色。省纪委一位女副书记在党校举行讲座,讲的是当前本省腐败与反腐败的斗争。她所举的案例中的人物,大多是台下听课的学员熟悉的,听来便感受分外深刻。她讲得兴起,嬉笑怒骂皆成文章。学员的表情各不相同,有的凝眸深思,有的皱眉蹙首,也有颇不自然的,忐忑不安地低下了头去。

课间休息的时候，一位学员走向她。"书记您好，"他说，"我是省军区范副政委的战友。""湘九！"她笑出声来。"我常听老范说起您。"她说。"是啊，我跟您套近乎来了，"湘九说，"我想求您多关心一下我们单位的问题。"

　　他们走到阶梯教室的窗前，鹅卵石铺成的小径在雨后的阳光里湿漉漉的，一面旗帜在天空飘扬。说到老范，他们的记忆各不相同。她的记忆是乡村、农舍、炊烟、草地上露珠的潮湿和井台旁快乐的娘儿们。她看到回家探亲的排长老范摇晃着瘦高的身子走过来，他向这个到本村插队的上海姑娘笑笑。她看到村里的大人小孩都跟他打招呼。这个村庄名叫"大夫第"。老人们说："我们村里又要出大夫了，就是这个后生。"

　　他的记忆却是黄河之滨的军营，高炮团和坦克师，天色朦胧的操场与集合号。处长老范操着一口江山话教训他："你连正步走都走不好，你像个什么兵！"从前线凯旋时老范去车站迎接他，老范说："你总算囫囵地回来了，你小子像个兵了！"

　　教室里乱哄哄的，有人出去有人进来，有人好奇地看着他俩。她说："你们单位的问题？主要是什么问题？"湘九说："龙显一伙的问题，国有资产正在持续不断地大量流失。"她说："省国资委没有拿出什么办法吗？"他说："上面一直没有立案，他们有什么办法？如果再不采取果断措施，即使以后把他抓起来，流失的巨额国资可能也就收不回来了！"

　　"你们班子的意见一致吗，你们就抵制不了？"

　　"意见是完全一致的。"湘九毫不犹豫地说，他想起阿沃，稍稍皱了一下眉头。没问题，他想，在大节问题上，阿沃是靠得住的。他说："我们已经尽了最大的努力，但是体制放在那里，我们挡得住'一把手'吗？我们只能用各种方式向上级求助。拜托您了，书记同志，这个问题解决了，您以后的讲座才会更受欢迎啊。"

　　他说得如此恳切，他的声音正在提高，他脸上的神情焦虑。有几位学员停下了脚步，竖起耳朵听他们的话。

　　女书记不得不压低嗓门说："我知道了。我回去就向纪委书记办公会议提出来，争取尽快进行专题研究。您放心吧，你们的举报书记们都很重视。"

　　课间休息结束了，湘九重新回到座位上去。周围的学员都在看他，他朝他们笑笑。没有什么可隐瞒的。这个集团的矛盾早已公开化了。班长是省城的一位市委副书记，他向湘九竖起大拇指。湘九伸出右手的食指和中指，胜利，我们必定胜利。

他心里确实很急。他再也不能放过这些机会了。去省人民大会堂参加一个会议时，看到一位武警部队的老战友正在休息厅跟省纪委另一位副书记聊天，平常总是敬而远之的他，晃到了他们跟前。老战友向副书记介绍他，他说："还用你介绍吗，我俩可是老相识了。"副书记疑惑地打量他。湘九说："您真是贵人健忘啊，那一年我从农村回来，待业期间去湖滨派出所当联防队员，您刚进派出所当一名小警察。我俩也该算是老战友了吧？"

跟女书记说过的话，他跟这位副书记再说一遍。副书记沉浸于少年时代的回忆中，他想起了他们共同度过的夜晚。他在办公室值班，湘九看守着小偷。夜深人静，湘九抽着廉价的大红鹰香烟，跟他大谈乡村的生活。那时湘九的最大愿望是早日进工厂当一名工人，他记得湘九的家庭很困难，他的母亲病在床上，入不敷出。

这位副书记，后来成为这个专案组的领导人。看材料累了，他读湘九写的书。他在书中听到他的呼喊，这种呼喊声穿越了过去的年代，唤醒了人们沉睡的意识，漫长的日子流走了，没有流走的是一种执著。一些遥远而真切的目光包围了他，副书记感到自己也有了一种迫不及待的冲动。

他们确实在赛跑。上下左右，许多人都卷进了这场赛跑之中。那位严词批评过龙显的长官，召集省国资委负责人开了一个会，他在会上说："审计报告早已出来了，大的问题是没有的，你们的调查组就正式结束了吧。现在需要一切为改制让路，这是大局，谁妨碍大局谁就得承担后果！"省国资委主要负责人说："我们将坚决贯彻您的指示。不过有一个新的情况，我正要向您报告。"他拿出两张纸，正是龙显和私营开发商二〇〇二年二月五日签订的承诺书。

要不要把这个证据交给省国资委的主要负责人，老康和湘九有过再三的讨论，从种种迹象看，这件事已经泄密了，泄密缘于何处，他们实在想不明白。他们一直以为不出本省范围。他们根本没有想过，他们也不敢想象可能会在更高的层次发生。那是什么层次？那是顶到天了。谁会想到这一步，谁又能想得到呢？

湘九去了一趟省国资委，他在走廊上站了一会儿，看到机要秘书上厕所去了，就

流失岁月

掏出一个信封，放到他的办公桌上，然后迅速走进隔壁的办公室。其实湘九不怕别人发现，只是需要心照不宣罢了。

长官变了脸色，他身旁有一位某个部门的处长，处长扫一眼材料，飞快地转开脸，心怦怦直跳。那时的气氛确实很尴尬，长官说话的音调都变了。他抖着这两张纸说："你从哪里得到的，来源可靠吗？"

"有人塞进我办公室来的。"省国资委主要负责人的回答与老康如出一辙。"我直觉这是真实的、可靠的。"

湘九知道这一幕是在很久之后了，与会的一位副主任给他讲了当时的情景。副主任就是湘九跟他当面说过，"如果在战场上，老子就把龙某人一枪毙了的那位副主任。"副主任说，"我看到这份东西时，才真正理解了你的愤怒。"湘九说："当时那位长官怎么指示？"副主任说："他还能有什么指示呢，他只能是顾左右而言他了。"

这是对的。台前和台后要结合起来，上面与下面要协同配合。老康跟他总结。那时湘九正在和阿沃谈话。湘九向阿沃转达了他跟省纪委女副书记的对话情况。湘九说："阿沃你可千万要和我们保持一致啊。"

老康把湘九拉进自己办公室。老康说："阿沃怎么表示？"湘九说："我请他写个回顾和展望的材料，分析一下龙显已经隐匿、转移了的和下一步还会流失的国有资产。"老康问："他同意不同意，他会去写么？"

"当然。"湘九说，"他本质上是一个正派的人，他会去这样做的。"

二十七

一个与狼搏斗过的人和一份严正声明

赛跑已经到了冲刺阶段！

密谋在城隍山脚一座富丽堂皇的酒楼举行，参与者都是龙显身边最核心的骨干。这座酒楼原本是龙晟公司与某公司合建的，股本各占 50%，龙显把它卖了，而湘九直到有一天遇见该酒楼的董事长，才听说此事。卖掉这栋楼获利至少上亿元，且不说这笔钱到哪里去了，如此大的交易，集团班子事先却一无所知。

人都到齐了，唯独王妤明还没有来。龙显亲自跑下楼去，站在门口迎候。

终于看到这女人了，她挎着一只精致的小皮包从隔一条马路的龙晟公司办公楼走了出来，她将一双高跟鞋踩着人行道，一步三摇地走过来。虽说走来的姿态有些做作，可她不紧不慢悠悠然在大街上走猫步的模样，让龙显欣然而笑。他们出访澳大利亚的报告已经批下来了，这说明上面依然信任他，至少是信任他的意见还占着上风，他的心情如坐春风。

这时候天上传来隆隆的声响，龙显抬起眼睛，看到前方的云层下面飞过去一架飞机。他眯起眼睛看着它越飞越远，机尾喷出两道白雾。

他问已经走到跟前的女人："是国际航班吗？"女人夸张地撇起嘴推他一把，说道："看把您得意的，不就是去一趟澳洲吗！"

龙显的神情变得正经起来，他说："是否应该借此机会去一趟大西洋和加勒比海之间的那个岛？我总觉得有点不放心。"

王妤明在龙显对面斜着身子坐到酒店大堂的一张长沙发上去，她从小皮包里抽出一盒香喷喷的面巾纸，举到眼前。她扭着身子说道："又不是我们两个人出门旅行，想去哪里就去哪里！谁知道一起去的人是否都靠得住呢？我想起来就觉得害怕。"

龙显注意到她是先擦眼睛，此后那眼睛才变得有些潮湿了。她的容颜是经过精心打扮的，她可不能将它轻易破坏了。

龙显的好心情还是受到了打击。他重新审视今天与会的人们，是否可能出现背叛分子。他摇摇头，都是跟了他多年的亲信。他的利益一致人。

水汽弥漫茶香浮动，放下窗帘的包厢成为一间密室。龙显咳嗽一声，满座肃然。龙晟公司的办公室主任将一份方案拿出来。"在没有向社会公布之前，各位必须绝对保密。"王妤明警告他们，办公室主任哆嗦了一下。

龙晟投资公司变更为龙晟实业集团，注册资金扩大三倍，管理人员大幅度调整，长期处于幕后的人，如加油站老板等都浮出水面并进入核心。"这些程序必须以迅雷不及掩耳之势完成，然后在运作顺利的情况下，逐步公开。那时木已成舟，谁也很难改变既成事实了！"

龙显推一下掉落鼻尖的眼镜，继续说道："请注意这个事实，北工集团认为最大的资产和发展前景在化工系列，正好成为我们的机会。龙晟的资产事实上占了整个集团的多少份额，各位心里都有数吧？"

哆嗦的不是办公室主任一个，大部分是快乐的哆嗦。集团的总资产当中，龙晟至少已经占有三分之二。每个人都在计算自己的份额，都是天文数字，他们激动得话都说不出来了。

"今天不是务虚，而是集体研究决定，也可以当成龙晟的一次股东会了，"王妤明说，"我得把丑话说在前头，万一有一天追究起来什么来，不能让龙董一个人挑担子！"

这女人的眼睛，直勾勾地盯住每一个人，忽然亮了，忽然又黯淡了，使他们心惊肉跳。最后她的目光如月色清辉似的落在了半空中，哆哆的声音里竟是有一种寂寞和叹息。"龙董啊龙董，"她说，"有时候我真是想不明白，您这般煞费苦心到底为了什么，不就是为了这些弟兄们吗！"

谁都明白，表忠心的时候到了。刹那间便是争先恐后，个个成了梁山上的英雄好汉。龙晟公司办公室主任最后一个发言，他说我当然听领导的。说这话时他的双腿发软，嗓门喑哑。他想起了湘九对他说过的话。"你是知情人，你要争取主动。"湘九的告诫令他不寒而栗。

密谋结束了，龙显拉开窗帘。深秋时节，城隍山上树叶已变红变黄，远看树林色彩缤纷。阳光给人温暖，也让人感觉沧桑。服务员开始上菜了，王妤明走到阳台上去。风景依旧，花草依旧，跟她在自己办公室窗前看到的一样，她的心情却发生了很大变化。"终于走完了这一段漫长的路，"她回眸一笑，对龙显说道，"我们可以安心去澳洲休息了！"

她依偎在她的情人身旁，心里却空荡荡的，缺少那种尘埃落定的感觉。她总觉得，即使在她身后的包厢里，也不是每个人都那么可靠，她害怕听那句话：出来混总是要还的。

岳母第三次进了医院，湘九的三姐姐梅也进了医院，她的病情是咪咪发现的，她的淋巴结上长了一颗东西。手术后要用一种进口针剂，一针两万元，一个疗程打六针。三姐夫说医院会不会是想敲竹杠。湘九发脾气说："不管什么代价，一定要给她治！"三姐夫家学渊源，收藏着一些字画，湘九要他都拿去卖了。他说："你留着有什么用，留给后人重要还是救你老婆的命重要？"

姐夫被湘九的误会气得不理睬他。梅姐说："钱都在我的手里，你跟你姐夫凶什么！"于是湘九烧了一只甲鱼送去，对姐夫说："既然你们有钱，我就不掺和了。"

二〇〇七年对他来说是极其忙碌的一年，时间安排不是以小时计算而是落实到分钟。龙显一伙的破釜沉舟，都几乎令他感到麻木了。从某市政法系统跑出来的那位仁兄，莫名其妙当上了龙晟的副董。湘九在走廊上遇见他，他跟灰仔在一起。湘九说："我现在知道什么叫鸡犬升天，什么叫窃国大盗了。"灰仔说："怎么扯得上窃国大盗呢，文学家你用词不当。"湘九说，"我这个'国'是国有资产的'国'，怎么会用词不当?!"

十一月底，岳母到了弥留之际。秋风唱晚，摇落一片片枯黄的树叶，老人家躺在病床上，大部分时间在昏睡中。偶尔醒了，痴痴地看着女儿女婿，目光凄凉，似乎还

流失岁月

含着眼泪。咪咪的心被一已无形的大手撕成了碎片，她转过身去不能自已地落泪。给老人准备了寿衣寿鞋。

老人的神志已经模糊，开始念叨她的外孙女：又佳，又佳。随即又昏迷了过去。医生为她做了仔细检查后，沉重地摇了摇头，对他们说抢救已经没有意义了。

咪咪站在那里觉得天就要塌了，木然地靠在病床上一动不动。这是十二月一日的傍晚，湘九的二姐送来晚饭。二姐看着心电仪和呼吸器说："我不走了，老人可能熬不过今夜了。"

窗外的夜色，那城市的街道，那条护城河，那树林子与天空，都那么广袤深远，使他们感到很不真实，他们觉得自己是如此的渺小，仿佛是无奈之极的沧海一粟。

湘九目睹了老人家离开人世时最后的挣扎。她的呼吸急促得像一只坏了的风箱，她的心跳一度上升到每分钟二百跳。心脏监视仪在画出不再跳动的直线之前，有过一段正常的频率，然后慢慢减缓。湘九觉得最后三分钟时有过一跳，那一跳是有声音的。他确信，这是灵魂脱窍而去的一刹那，虽然监视仪上还有起伏的线条，其实她已离开人间。

到了此时，两口子却是出奇的镇定坚强。咪咪没有号啕大哭，而是跟护工一起给老人擦身换衣服。她还在病房的阳台上烧了一点纸钱，说是给妈妈走在黄泉路上打发小鬼。二姐和他们一起将老人送进太平间。湘九给看守太平间的民工五十元小费，在那里点燃香烛，跪下去磕了三个头。

岳母的单位几经变迁，现在成了杭师院的一部分。分管的处长来了，带来院领导的吊唁和慰问。湘九忘不了桂枝的帮忙，告别仪式在她的协助下有条不紊地进行。化工院来了十几位同事，送了不少花圈。听说此事的老同事老战友也纷至沓来，老范走在最前面。令湘九深为感动的是，赤州来了几辆车，都是他的老部属。加上岳母的侄男侄女和外甥女，加上他的哥哥姐姐，将一个告别室挤得满满当当。

又佳的伤心欲绝给人们留下深刻印象。她的哭泣使仪式变得分外凄楚。她捧着外婆的骨灰盒步下台阶，每一步都走得小心翼翼。灰暗的天光下，一个身着孝服的人影缓缓移动，许多老人为之老泪纵横。

这是十二月六日。十二月七日，星期五，湘九听说了一个令人陡然振奋的消息：

今天下午，省委领导专门听取省纪委、省国资委等相关部门关于本集团经济问题的初步调查汇报！

岳母的遗像挂在墙上，湘九点燃三炷香。请老人在天堂为人间祈祷，为人们能够战胜邪恶伸张正义而祈祷。他已经不敢轻易相信这样的消息。他虔诚地祈祷：但愿这一次是真的。

那天晚上湘九给阿沃打电话，把这个消息告诉他。岳母病重期间和去世后，老康与萧骅都来看过他们。因此他最惦念的是阿沃。阿沃说："真的吗，你说的是真的？"阿沃说材料已经写好了。湘九说："请你直接交给康总吧，我明天一早就要出发，只能回来再说了。"

湘九参加省政府组织的应急管理培训班，赴英国应急管理学院学习培训。这所位于英格兰北部的历史名城约克郡的学院，原先名叫英国皇家国防学院。英国的应急管理体系是世界上最先进的。

这个培训班是中国第一个省级政府向这所学院派出的学习班，班里大多是各级政府处理紧急状况的官员，跟湘九同去的有化工院一位年轻的教授级高工小魏，他成了班里最好的翻译。

来到约克郡，如同穿越时光隧道来到中世纪。

拥有将近两千年历史的约克郡有英国最大的哥特大教堂，罗马时代和中世纪气氛弥漫在城中，在石板铺就的街道上闲庭信步，令人遥想鲁顿王国的时光。登上约克郡著名的罗马城墙观察千年堡垒遗迹，放眼白雪皑皑的原野，心情变得十分开阔。

出生于约克郡的欧美殿堂级犯罪小说家彼得·罗宾森跟湘九同年，他的《约克郡人骨之谜》将人们带回二战时的约克郡。少女格温深深迷恋着歌莉娅，她光彩夺目，离经叛道，她的身影与风景化为一体，令人着迷。对爱情与性充满着疑惑与迷惘的豆蔻年华，两个女孩历经了大时代的战争离乱。五十年后，班克斯警探奉命调查一起人骨谜案，却引出了一段催人泪下的爱情故事。小说家为他的家乡增添了一道神秘的色彩。

荒原、冬天、寒风、低矮的灌木丛、青色的石头堆以及铁灰色的天幕，这些元素组成历史的返思。湘九在暖烘烘的教室里浮想联翩。窗外是冰雪覆盖的大操场，他们仿佛听到鼓声与号声，一队队国防学院的学生正步走过。走向战场和殖民地。日不落帝国曾经有过的辉煌在他们面前展开。

教授告诉他们，危机管理包括风险评估、灾难预防、做好应对准备、执行应急措施和进行灾后恢复五个部分。灾难真正来临时的应急手段只是危机管理的一部分。在此之前，预防灾难发生才是关键所在。英国政府要求各组织机构把危机管理纳入日常工作体系，保持忧患意识。英国警察总是在第一时间出现在现场。

按照中国人的习惯思维提出的问题使教授困惑莫解，湘九问现场指挥部是否可以指挥警察。对于"现场指挥部"这个概念，教授的反应是耸了三次肩。他说法律早已规定了政府的职责，为什么还要搞一个指挥部？警察永远是垂直指挥的，市长怎么可能对他们发号施令？

斯蒂芬总警司是一位服役三十年的警官，负责过温布尔顿网球公开赛的警务，处理过许多大型治安事件。他给他们讲课是在伦敦，因为他现在是伦敦警官学院的教授。湘九已经不再提一些愚蠢的问题了，体制不同使他明白程序和方式不同。

这天晚上发生的一个小小事故，给了他们深刻的现场教育，湘九明白国民意识恐怕是更重要的事情。

那是夜里十一点，他们所住的旅馆突然拉响警报器。尖锐刺耳的警报声在房间和楼道上急剧地鸣响，旅客们纷纷夺门而出。湘九跑到楼道上，看到班里的同学茫然不解地打听发生什么事了。湘九说："什么也不要问了，跑出去再说！"他们跑到楼下，看到所有的旅客都已撤到门外。不少旅客只穿着睡衣，在刺骨的寒风中瑟瑟发抖。但是，人们很有秩序，没有任何抱怨，而旅馆的负责人已经出来安抚大家了。

调查结果是九楼的一批印度旅客在走廊上吸烟，烟雾弥漫触动了警报器。湘九暗自庆幸不是他的同伴们所致。否则就太丢人了。诞生过泰戈尔和甘地的国家是一个著名的文明古国，但是它长期置身于大不列颠的"保护"之下，他们的缘源如此深长，湘九们就成了看客。

穷人总是被富人看不起的，约克郡的教授说起再往北走就是苏格兰，那不屑的口气仿佛那里依然居住着一群野蛮人。湘九觉得这位教授很可爱也很可笑。

爱丁堡其实是一个充满文化氛围的大都市。在绿荫掩映的市内，蜿蜒的中世纪古城和平整石砌的十七世纪新城交相辉映，到处充满文化气息和历史遗留的痕迹。冬日，皑皑的雪山与青绿的草地相辉映，牧羊人穿着很酷的裙装，吹着高亢悠远的风笛带人走进曾经的岁月。历史的浪漫与悲泣融为一体。

华特·司各特的《爱丁堡监狱》给湘九印象深刻。大暴乱、冤情、国王的特赦，比后世的好莱坞还要好莱坞。湘九熟门熟路地带着同学们进入黑暗的牢房和刑讯室，好像他多年前来过这里。

瓦特发明蒸汽机，麦克里奥德发现胰岛素，贝尔发明电话，贝尔德发明电视。现代医学的两大突破——青霉素和麻醉剂分别由弗莱明和辛普森研究开发。亚当·斯密奠定现代经济学的基础。这是苏格兰为人类的贡献，世界上哪个民族没有伟大之处？

湘九在伦敦看到了二哥的女儿慧。慧的丈夫是她留学时的同学杰莫斯，一个纯种的大不列颠青年。杰莫斯叫他"安可"，请他和小魏喝鸡尾酒。湘九既为侄女高兴又怅然若失。如果父母还在世，见到自己的这个洋人孙女婿，不知有何感想？

"你爱慧就要爱中国，你懂不懂？"微醉的湘九教育这个侄女婿。他想起艾青的诗。"为什么我的眼里常含泪水？因为我对这土地爱得深沉。"他大声地对慧说，"你翻译给他听！你翻译！……"

慧落下了泪。杰莫斯害怕地看着这位安可。他说："我很热爱中国，我愿意去中国，我喜欢北京，喜欢杭州，我还喜欢义乌小商品城，那里的东西真的很便宜……"

当龙显和王妤明在南太平洋隔洋遥望的被称为"世界避税天堂"和"国际洗钱中心"的英属维尔京群岛时，湘九在伦敦跟小魏讨论集团面临的形势。小魏是化工院的总助，湘九说不管发生什么变化，化工院不能乱。小魏说："您放心吧，科技人员要的就是一个稳定的科研环境，他们会明辨是非。"

后来湘九常常想，如果龙显和王妤明真的借此机会跑掉了怎么办？他把这个疑问带到有关部门的领导那里。领导笑了。"他们跑不了。"他说，"他们也不会跑。因为有那么多的生产资料在国内，还没有变成现金带出国门，他们怎么会舍得离去呢？"

"那样的话，他们岂不是前功尽弃了？"

领导意味深长地说："我们是做好两手准备的，等待着他们的自我大暴露。你一再提醒我们他们可能金蝉脱壳，我们怎么还可能大意失荆州?!"

　　湘九站在海德公园的石阶上，瞧着一八七六年维多利亚女王为她的丈夫艾伯特亲王所建的纪念碑。金碧辉煌，雄伟壮观，体现了大英帝国全盛时期的气势。四周的雕塑为其殖民地百姓，几乎包括了世界各大民族。一个梳长辫子的前清男子在看着他。湘九感到无比的沧桑和沉重。

　　落雨天。几个孤独的人在那里演讲。没人管，也没有什么人听，思想家总是孤独的，当然演讲的很可能不是什么思想家，而是下岗职工。人们对耗资三百万英镑建成的戴安娜纪念喷泉更感兴趣。通过一条项链式的喷泉水系来表现戴安娜王妃的优雅和亲切，这是西方人的思维。湘九和几位同学把手放入水中，凉凉的，像王妃的命运。

　　人的命运或许很难改变，不过可以去选择，选择自己喜欢的，选择适合自己的，而不要去选择那些不可以选择的。如果龙某人一定要选择后者，那就是他的不可逆转的命运了。

　　这个多雪的冬天，湘九在英伦充分领略了寒冷与冰冻。许多时间，他和小魏只能在室内度过。大不列颠人喜欢吃甜的，他们的饮料总是热巧克力。这给湘九带来了可怕的后果，他的血糖在不知不觉中升高。回国后紧张焦虑的日日夜夜还在等着他，他的健康状况因此而江河日下。

　　他们没有想到，一场严重的雪灾将在中国南方肆虐。交通堵塞、房屋倒塌、飞机停飞、铁路瘫痪、供电中断、通信设备受损。无数旅客滞留在车站码头。天气变得异常寒冷，使得人们的生活雪上加霜。作为分管生产安全的副总，湘九注定将要度过一个艰难的冬季，他的神经将进一步绷紧，每天都会处于临战状态。

　　回家的当天晚上，阿沃跟他通了电话。龙显早于他半个月回来，将已经完成的龙晟系列的大规模变动陆续浮出水面。乘湘九出国期间，他迫不及待转入龙晟的国有资金就达到了两个多亿。龙辰投资、龙辰物业等一批原先以自然人名义持股的公司，统统被龙晟并购。极为震惊的康总面对一大堆眼花缭乱的产权交易项目，感受到巨大的悲伤和绝望。

　　萧骅很难插上嘴，因为他到集团的时间短，不清楚这些公司的来龙去脉。会议室坐满龙显的利益一致人，康总显得势单力薄。已经造成既成事实的龙显有意激怒他，使他在极端愤怒的情况下变得语无伦次。那是一场昏天黑地的大吵，康总没有当场昏厥倒下已经算是大幸了。

湘九跟小魏约好一起去看望康总。走进他家，虽然早有思想准备，床上躺着的病人依然让他们大吃一惊。这是一个极度消瘦而虚弱的人，脸色苍白，不停地喘息，不停地咳嗽。他想说话，但是嗓子完全哑了，因此他见到他们只能惨然一笑。这是一种什么样的笑容啊，这笑容使看到的人想哭。

湘九觉得他看到的是一个与狼搏斗过的人。他看到一头恶狼跟在他们的身后，他闻见它皮毛上的腥臭味，听到它咯咯的磨牙声。无论你把身子蹲下，回头愤怒地注视它，无论你如何警告它，那恶狼都无所谓。它满脸狡诈，气势汹汹，始终不离不弃地跟着你，等待着猛扑过来尽情撕咬你的那一刻。他看见恶狼张开血盆大口，吐出臭烘烘的骚气，那眼睛也因为贪婪而变得血红了。曾经祈望与狼和平共处的人，此时此刻才知道自己是多么愚蠢。这头恶狼是永远不会与人妥协的，除非你放弃信念与狼共舞。

这头恶狼像个淫妇终日厮缠着企图守护公共财物的人，一步一步地将你拖垮，使你筋疲力尽丧失斗志。事实上龙显确实是这样做的，不仅对他们如此，对后来的专案组也是同样。

半年之后，龙显在交代中说他跟人商量过的：万一被"双规"了怎么办？

"我们要有钢铁般的意志。必须是钢铁；混凝土也是不行的。进去的前三天，无疑是最难度过的时间，我们一定要挺住，要始终保持清醒的头脑。只要挺过去了，后面对方也就没什么花招了。"

同样的话，他向王妤明再三叮嘱。那是在他们被羁押一年之后进入司法程序时，龙显当庭翻供，将所有犯罪事实均推之于王妤明所为。

庭审中因此而出现了最具有戏剧性的一幕。在酷热的苦夏晚上的法庭询问中，王妤明当庭陈述：龙显听到有关部门要调查的风声后，就对她说"我是有红帽子的人，是正厅级干部，他们不会先查我的，肯定先查你，你要顶住，要有钢铁般的意志，混凝土还不行"。

郑瑜明情绪激动地表示："要我挑，我可以挑，我挑不起，法律不要我挑，我也没有能量挑。"

预感到厄运将临时，龙显吃了大量的补品，以致精力充沛到将近一个星期不觉困意。办案的人全累倒了，他却若无其事。

湘九坐在老康床边，听他在咳嗽声中断断续续讲述这场大吵。老康的头发乱七八糟，无比憔悴的脸上因为几天不刮而长满了胡须。斯时，湘九表现得很平静。我一定不要发火，他告诫自己。我要把火放到合适的地方去燃烧。烧到该被燃烧的人身上。

龙显很难理解这天上午湘九的行为，事实上很多人不理解。老康抱病参加了会议，他有气无力地坐在那里，看到湘九一开始就否定了今天的全部议题。湘九说："鉴于近段时间龙晟公司产权有重大变化，幕后交易频繁，必然已经影响财务数据的真实性和可靠性；何况，这些变化既未向集团报告，更未经董事会研究同意过，因此，本人否决任何有关这方面的议题。"

他提高声音说："从今天开始，龙晟公司向集团借款或者要求担保，包括新的投资之类，一律不能就事论事，必须说清楚来龙去脉，否则所有参与者都要承担不可推卸的责任！"

他是那样的强硬，目光炯炯，逼视着龙显，逼视着他的利益一致人。如果说过去他还维持着一种勉强的共事氛围，现在他根本就是什么都无所谓了。即便是去年研究龙晟、龙辰与那间以大学名义办的上市公司合作承包青春路过江隧道工程，他也没有如此斩钉截铁地断然否定。那时他只是从技术层面分析，认为这个项目的股本构架违背了当地政府规定，偷梁换柱风险甚大。那时候王好明当着集团所有领导的面，把笔记本一甩，气呼呼地离去。而湘九只是看着她的背影冷笑。如此而已。

今天他完全采取了主动进攻。

龙显脸相凶凶的，眼睛小而发出阴暗的光亮，他的前额上暴着粗大的青筋，透过近视镜片凝视着湘九。他穿着笔挺的西装，领带歪向一边。他显然想反击，但是不知从何处下手。

室内烟雾弥漫。阿沃站起身将窗子打开一些。外面很冷。一场刺骨的西北风在这个早晨刮得很凶，风和白昼仿佛一起沉下去了，天色暗淡下来，开始下起了雪。雪大片大片地飘落下来，地上积得很厚。听不出车轮声和脚步声了，仿佛街上铺了厚厚一层鹅毛。

气氛前所未有的沉闷。所有想跳出来给龙显帮腔的人，因为湘九表现出一副有备无患的神情而缩了回去。当关某被叫进会议室，让他汇报省外产业基地的合作与进展时，湘九的表现同样令他目瞪口呆。他汇报的情况与龙晟无关，但是湘九并不因此而放过龙显。湘九说："这个项目先斩后奏说明什么？"

"说明你一贯来搞的就是一言堂！"他指着龙显的鼻子说。"你为什么如此飞扬跋扈？"湘九狠狠地训斥龙显。"千万不要以为你有恃无恐，到了跟你算总账的那一天，你后悔都来不及！"

脸色铁青的龙显显然缺少思想准备，被他训得晕头转向。他的思维变得麻木、混沌。好长一会儿，他不说话，似乎害怕在这样的状态下表现得词不达意。这场前所未有的进攻来势凶猛，好像夏季突然袭来的一场狂风暴雨。所有人都傻在那里，也许，他们觉得湘九疯了？

毫无疑问，这是一个梦魇，但是，龙显毕竟是龙显，对于自己吃不准的事情，他决定回避。这就是一个从富春江边山坳里走出来的、一步一步爬上来的人的高明之处。他的经历决定了他与湘九截然相反的行事风格。龙显从梦魇中爬出来，而且爬得很快。"你太激动了。"他对湘九说，声音冷冷的，脸上却还带着一点微笑。"我不想跟你吵架，"他环顾四周。"我们接下去研究吧，他可以保留他的意见么。"

他表现的是不屑一顾。他的表现得到了局部赞赏。说到底，他不知道湘九究竟拿到了他们的什么把柄，因此而采取暂避锋芒的战术。只要搞清了情况，他的反击绝对是致命一击，让对方必死无疑。几位利益相关的处长已经在鼓掌了，只是没有发出声音而已。

更重要的原因是，今天他要通过一个新的投资项目：去外地搞房地产。这是一个赤州亚辰公司的翻版。巨大的利益使他告诫自己，小不忍则乱大谋。

关某人退出门外，王妤明进来。这个刚从澳洲回来的女人，脸上带着兴奋的笑容，好像用过激素般地充满春情。现在，她已经名副其实地成了龙晟实业集团的大老板之一，也许，她还以为自己离老板娘的位置又近了一大步。多年的攀登之路已经到达巅峰，她的生命充满阳光。或许她一直沉浸在自己的幸福中吧？她居然对会议室的气氛毫无察觉，一转身就坐到了湘九身旁的空位置上。

法国香水的气味熏得湘九头晕。他的胃开始痉挛，好像刚才消耗了太多的力气，产生了低血糖反应。他点燃一支烟，女人立刻抬起一只手，驱赶从他嘴里吐出来的烟雾。有人笑出声来，仿佛她是从沙龙走出来的贵族太太，而湘九是个乡巴佬。

"这是一个绝对有利可图的好项目，"女人说，翘起兰花指继续驱赶面前的烟雾。"我们找一家跟当地政府关系密切的公司合作，把握就更大了。我们所要求的，只是请集团继续给以资金上的帮助。"

湘九瞟着他俩，看着这个光彩照人的尤物。也许在旁人眼里，龙显被南太平洋的阳光和海风吹晒得更加黝黑的肤色与王妤明那张涂得雪白的容光焕发的脸庞相互映衬，确实是一对十分相称的男女。但是在湘九看来，他们无疑是一双贪婪的同谋者。

"凭什么继续给以你们资金上的帮助？"他单刀直入地说，"现在集团还是控股方吗？既然不是了，这个责任和义务就该首先由控股方承担。你以为，我们还能允许跟亚辰公司空手套白狼一样的故事重演吗?!"

女人愕然地看着他，全身不可抑制地颤抖起来。湘九抬起手，驱赶她身上散发出的香水味，仿佛那是一种比烟雾更加影响环保的东西。王妤明的身子往后缩了一下，脸涨得更红了。老康和萧骅忍不住笑起来，阿沃向他挤挤眼睛，意思是这话说得好！

湘九根本不等对方完全反应过来，打开笔记本说："我宣读一份声明。"

声明重复了会议一开始他说的话。他宣布，不承认所谓的龙晟实业集团的合法性，对其投资与经营不表态不参与不承担任何责任，一切后果必须由龙显及其同谋者承担。

不止王妤明一个，龙晟经营班子的几个负责人都列席了这个会议。长时间的沉默。没有一个人敢跳出来跟他当面较量。好像有谁在隆冬时节把钱塘江撕开了一个大口子，波涛汹涌，谁也不知道下面还有什么。从龙显开始，都有一种被一股又冷又湿的寒流侵袭的感觉。他们就像六月里那些不幸的小虫子被蜘蛛网罩住一样，必须冷静下来，才能找出一个突破口。

摆脱会议室尴尬局面的是一个电话。化工设计院打给湘九的电话,因为地方保护主义,他们在赤州遭遇了滑铁卢。院长说:"张总,请您无论如何出面协调一下。"湘九给赤州市建设规划局的局长打电话了解情况。龙显借机宣布休会。

人走光了,他还在找那位局长。康总走到他面前,握住他的手说:"谢谢你,今天你帮我坚持了正义。"湘九说:"我早就想着这一天了,早就觉得应该撕开这道幕布了!"

归根结底,湘九的身上有一种罗宾汉精神。他是在众安桥边,一条名叫延定巷的弄堂里长大的。又热又闷的夏天,他带着一帮满是汗臭味的小瘪三跟花园洋房里的权贵子弟打架,头破血流决不退却。十四岁,作为成绩在全市名列前茅的学生,他却没有被任何一所中学录取。他一次又一次感到灵魂深处的彻骨寒冷。一天接一天,在夏日最迷人的那段时节,他就那样蜷在一张小竹榻上,默默地想着自己不可知的前途和命运,直到下乡插队。

他始终记得离开这座城市的前一天,他路过湖滨,听见公园里男孩子们踢足球时的叫声和欢呼声,看到他过去的同学们。他想溜开,但是被他们发现了。他们很惋惜地围着他说:"你走了,住在花园洋房的孩子再欺负我们怎么办?"那时候他处于恍惚之中。他发现自己并不是一个一无是处的人。他还是那种可以帮助别人的人。失去的欢乐好像重新回来了,与他的强烈的痛苦融合在一起。

这次董事会开过翌日,阿沃对湘九说:"我老婆说你扮演的角色真正是一个'正义的化身'。"湘九不可抑制地大笑起来,他在笑声中反问阿沃:"如果谁也不来扮演这样的角色,我们将遭遇什么?"

窗外缓缓飘落雪花,天和地融在一起,似乎万物都成了白色帷幕里的点缀。

湘九用一种坚定有力的、耐心的声音向他解说,也向自己解说,他说:"事到如今,我们不妨反过来想一想:倘若因为已成事实,我们就只好成为看台上的观众,只去做一些技术上的弥补,明知道这种弥补毫无用处也睁一只眼闭一只眼;然后依然竭力维持这种虚假的和谐,甚至心平气和地试图去与虎谋皮,而无视社会公平与正义,不去考虑利益集团与劳苦大众之间迟早会爆发尖锐冲突的严重后果。那么,将来我们的下一代和我们自己,对我们在所处的这个时代、我们本该承担而放弃了的责任,将会作出怎样的评价呢？我们是否将无颜面对后人？"

说到后面这个问号，他的声音已是轻轻的，仿佛在叩击自己的心灵。他的眼睛里有了一层潮润的雾气，他的神情怅然。

天地皆白。阿沃因此而默然。

二十八

等待已久的行动终于开始，风高月黑北上求援

二〇〇八年一月十四日至十六日，中纪委在北京召开七届二次全会。

会议凸现对国有企业腐败的重视。提出国有企业领导人员要严格自律，坚决执行"七个不准"，即不准利用职务上的便利通过同业经营或关联交易为本人或特定关系人谋取利益，不准相互为对方及其配偶、子女和其他特定关系人从事营利性经营活动提供便利条件，不准在企业资产整合、引入战略投资者等过程中利用职权谋取私利，不准擅自抵押、担保、委托理财，不准利用企业上市或上市公司并购、重组、定向增发等过程中的内幕信息为本人或特定关系人谋取利益，不准授意、指使、强令财会人员提供虚假财务报告，不准违规自定薪酬、兼职取酬、滥发补贴和奖金。晚上，湘九在小区里散步，倾听一户人家传出的广播声。雪停了，他的骨头还在痛，主要是踝关节，打仗那年摔过一次，这几天复发了，与连续不断的落雪天有关，与他的过度疲乏也有关。

齐膝深的雪被踩在他那双老式军官皮鞋的鞋底，发出清脆的咯吱咯吱声。在这清冷寒寂的夜晚，他有一种预感：各地为了表示坚决贯彻落实这个会议精神，会抓一两个大案，龙显一案正好成为"抓手"。

从英国回来后，湘九的心情其实很郁闷。几乎已经确定其兼任的作家协会主席一职，突然变卦。自己不想当是一回事，人家不让你当又是一回事。童大姐退入二线去人大任职了，她的解释很是无奈。

替湘九抱不平的电话天天都有，他对此唯有苦笑。

作协正副秘书长要来看他，他婉言谢绝。一位老作家走进他的办公室，老作家说："朱阿姨也很关心您，您不能不去一趟！"

朱阿姨代表了一批正统的文坛老人，改革开放初期，他们曾经批判过他。三十年过去，老人们早已重新认识了他。湘九坐在她家简朴的客厅里，聆听教诲。朱阿姨的丈夫担任过省委书记、中央党校常务副校长。他走进客厅说："湘九，你的经历也够丰富的了，任何情况下你都不要泄气，你有笔，这是你谁也拿不走的财富！"

隆冬的漫雪在恣情飞舞，百年罕见的雪灾袭击中国南部地区。他一家一家地跑企业，跑生产基地，动员职工尤其是家在湖鄂和云贵川的民工留下来过年。他布置春节期间的生产安全，安排职工物质与精神生活。甚至跟几个军分区的老战友老部下打了招呼，必要时请他们支援棉被大衣。

这是一个格外寒冷的冬季，心的伤感不断堆积，赤州的老朋友阿群遭遇黑帮分子敲诈，一个与世无争的企业家，因为事业的发展，因为爱好收藏而被歹徒觊觎。湘九闻之动怒，给老秘书打电话，给当地的政法委书记打电话。阿群气急而中风瘫痪了。

关某人邀请湘九出席该公司的春节联欢晚会。猛烈的暴风雪在城市上空肆虐，大风将大片大片的雪花摔打在车窗上。交通瘫痪了，他下车深一脚浅一脚地跋涉。四周景物全都消失在昏黄而苍白的一团混沌之中，但见一片片雪花狂舞，天地浑然莫辨。终于走到莫干山路上的某家宾馆时，他的全身都湿透了。

宾馆里闹嚷嚷暖融融的，台上，走穴的电视台主持人在插科打诨，台下，几十桌酒席高朋满座。湘九一桌桌敬酒，向各级企管人员抱拳作揖，拜托他们做好抗灾工作。公司的两位副总和书记拉着他的手说："您放心吧，就冲着您这番关切，我们也一定要安全渡过这一关！"

亚山给他打电话，邀请他和咪咪一起回他插队的地方去过年。王䅟和又佳又去达沃斯参加世界经济论坛年会了，亚山说："你们在家多么冷清。"她说："回家的高速公路依然畅通，我妈妈和姐姐都欢迎你们回去。"这个令人感动的邀请却让他为难。他不放心节日期间企业的安全，再说在乡下和城关镇有着太多的熟人，住到亚山家显然不合适。一户老乡家吃一餐饭，一个星期也吃不过来啊。

"你问一声当地老乡，那座小庙还在不在？"他说，"把那座小屋改成了仓库什么的，我再去看看吧。"

放下电话，凝视着窗外的风雪，他的思绪跑到了当年的知青宿舍。记忆中有一个同样的大雪纷飞的夜晚，他在昏暗的油灯下读一本书：普希金的《暴风雪》。一对青年男女为了爱情在一个狂风暴雪的夜晚去一个很远的教堂举行婚礼。女孩是位富家小姐，男孩是位没落贵族家庭出身的小军官，由于女孩家庭的反对，他们只好选择私奔。因为暴风雪，男孩迷路而未到，女孩在匆忙中和一位不认识的人举行了婚礼。多少年之后，他们重逢，却早已有了各自的家庭。

一个没有放弃读书学习的少年，从古今中外的名著中汲取营养，使自己保持了善良和同情，他的心灵，没有在风雨和困厄中坠落。

人生不可思议。人生又是多么富于戏剧性。想着在浩瀚的大海边，那一块给自己以新的生命的土地，他的心中充满深切的回忆和感伤。

亚山带着孩子来到海边。雪终于停了，树林、湖泊、雪原从车窗外掠过，从田野上的草垛、乡村的泥泞小路和石屋掠过，富人的别墅群和残剩的古老牌坊也从车窗外掠过。她看到山上的海军雷达站，雷达天线在晴空下缓缓旋转。

她看到童年的自己，跟着湘九在黄昏时分登上山去看驻军放电影。她一脚踩空滑下山坡。几秒钟令人窒息的恐惧，她看到湘九拉住她的手飞快地往下滑落。她的叫喊声越过下面岸滩一直传到港湾的船上。耀眼的阳光，海鸥在蔚蓝的天空中飞翔，天边青烟袅袅。快乐如同海上翻卷着的白色浪花。那时，生活多么单纯啊。

带着孩子走过废弃的知青小屋，走过那些岩石旁的小涧、僻静的小径，面前是一片橘园。她对孩子说，这是舅舅和他的伙伴们种下的橘树。孩子心不在焉地说是吗。他戴着耳麦，正在听贝多芬的《田园交响曲》。他眼中的田园跟妈妈心中的田园不一样。亚山看着孩子。他穿着耐克球衣、阿迪达斯旅游鞋，白白胖胖的脸上漾起好奇的神情。亚山叹了一口气。

当年的湘九跟这孩子一样大，他们的生活却是天差地别。亚山邀请湘九重返故地，是想在这个无人干扰的地方，给他一些告诫。她知道，虽然专案组没有正式宣告成立，一些人已在行动了。他们的进展并不顺利，面对的是许多有意无意的障碍。这是一个非常时期，必须万分谨慎。他在上次董事会上那种很不冷静的表现，令她为之不安。

她有意识地接近那些行动者，了解到一些信息。他们承受了来自各方面的压力，说情的、嘲弄的、威胁的、打探的、跟踪的，各种各样的都有。有的人已经承受不了了，只想早日离去。当然，这样的人是个别的。

"早把他们调开不就没事了吗！"有人如此说。"如果不是这条龙遇到了张某人和康某人，这个单位哪会有这么多事？"

亚山不知如何回对。说这话的人不一定就是别有用心，机关里多的是鸵鸟，眼不见心不烦最好。这已成为这个时代的人之常情。

当她把这话转告湘九时，湘九却说："你认为呢？"

湘九可以任凭一般人作如此想，却不能容忍亚山人云亦云。志趣不相投，再亲近的人也只能渐行渐远。亚山不可避免受到的影响，在她觉得是正常人思维，在湘九看来却是对正派人的亵渎和伤害。湘九最反感这种小公务员式的麻木不仁，这令他深刻地体会到青年鲁迅面对"无物之阵"时的痛苦。亚山向他转达这种话时，总是缺少批判意识，甚至还流露出隐隐的赞同，湘九不能不为之气急。

如果不是把她看成自己的小妹，湘九不会受到这般伤害。他不希望亲近的人在这样的环境中受到潜移默化。他的情绪因此而变得恶劣。

湘九的回答是马丁·路德·金在犹太人大屠杀纪念碑上充满悔恨地说过的那一段名言：

"当初，他们追杀共产主义者，我以为自己不是共产主义者，我不说话；接着他们追杀犹太人，我不是犹太人，我不说话；后来，他们追杀工会成员，我继续不说话；此后，他们追杀天主教徒，我不是天主教徒，我还是不说话；最后，他们奔我而来，再没有人站起来为我说话了。"

马丁·路德·金还有一句话，是对迫害黑人的种族主义者说的，湘九将它写在贺年卡上，寄给她，但愿她有机会转给说这种话的人看："我们在用忍受苦难的能力较量着你们制造苦难的能力。"

她的这位大哥无可救药。亚山站在茫茫雪原上想，这是她早已明白的事情。可悲的是，她觉得自己也可能变得无可救药。也许她会由同情而转变成接受他的观念，被他的喜怒哀乐同化。但这不符合她的个性。

然而，她似乎只能这样做。

她不止一次地对湘九说过："你怎么会偏偏跑到我外婆家来插队呢？"

你不来就好了。她想。那样的话，我就无须选择了。

安安稳稳地当个公务员，享受平静的生活，多好。

可以给她一点慰藉的是：幸亏她的这位大哥还不是一个偏执狂。更多的时候，他是理性的、温和的，他只是在坚守自己的原则。

她的这位大哥认为，民主与进步的潮流不可阻挡。中国从不缺乏伟大的历史清算者。人们都说书生无用，秦始皇焚书坑儒，读书人却将竹简、木牍埋藏起来。暴秦二世而亡，三任史官血溅金銮殿，依然有人前赴后继。燕王朱棣杀方孝孺十族，毁建文朝所有笔录，后人依然知道燕王篡位，千夫所指。扬州十日、嘉定三屠，没有被湮没在血泊中，"文字狱"的残暴岂能砍断如椽之笔？

如果将来他写回忆录，他的回忆录将蕴含着一种悲凉的说服力。亚山的遐思随风飘荡：或许，被这个时代的人们远离和嘲笑的湘九以及他的战友，将来却会得到历史的缅怀，缅怀他们曾经做过的那样艰苦的努力？

一片云遮住了太阳，使她感到一阵凉意。那片云彩还在继续向东飘移，阳光又一次洒在他们身上。阳光终于扫去了她的忧郁。亚山看到她的儿子正在用一块碎面包逗引一只鹅过来。那只白鹅浑身乱糟糟脏兮兮的，嘎嘎地叫着打断她的沉思。吃到面包的动物欢快地拍着翅膀，逗笑了孩子和妈妈。

在这个以物质为中心的社会中，总有少数人还坚持着自己的精神世界。湘九们的强烈迫人的观点使人退缩，然而它的吸引力又似乎最终不可抵挡。

亚山看到了那间石砌的小屋，袅袅香烟从窗口飞出。孩子惊讶地瞧着供桌上的蜡烛，被烛光映红了脸。他说："这是真的啊，真是湘九舅舅住过的地方？"

呈现在眼前的小屋与孩子预先想到的完全不同，这座小庙实在太简陋了。孩子说这尊神怎么还没有脱贫啊，至少也该给他做件新衣裳了。妈妈的眼里却是感触万千。

她看到当年的大哥穿着打满补丁的破衣裳从远处走来，肥大的裤管在风中飘荡着，瘦伶伶地如同一根竹竿。

寂静空廖的巷子。凹凸不平的石板路。朦胧的河道和驳岸。还有惊涛拍岸。还有浪遏飞舟。这是她的回忆中他永远的背景。

二〇〇八年二月下旬，那位个子高大的律政部门主要领导人接待了再次上访的康总、湘九和萧骅。

上一次被接待的是康总和湘九两人。康总汇报了与那位私营开发商接触的情况。不仅拿出了龙显一伙以权谋私的原始证据，还有录音证词。湘九反映近期大量国有资产被转移的情况，要求尽快采取措施。

不久前发生过一件令人后怕的事：龙显一伙企图通过股市变化再次侵吞国有资产。集团曾经同意由龙辰公司代持的上市公司七百多万股，他们要以一千多万元收购。湘九和康总坚决抵制，对方使出的伎俩与过去重复，要他们承担国有资产"可能流失的全部责任"。龙显的追随者在各种场合不断威胁他们。经过再三测算，湘九和康总毅然向省国资委领导反映：愿意承担一切后果。

所幸的是，省国资委领导支持了他们，阿沃和萧骅也先后理解了并表态支持。几个月后进入流通股，这一笔股，果然就高达一亿多元！湘九说，事后想来心有余悸，万一股市被庄家炒熊怎么办？他和康总也许真的就百辩莫解了。

接见他们的领导人说，这就是反腐斗争的艰难性和复杂性了，省国资委能够审时度势及时支持你们，你们肩上的担子就能够减轻不少。

上级肯定了国资委，又提出不要对审计部门求全责备。二〇〇六年的专项审计既然"没有发现任何以权谋私的问题"，他们说，那就只查二〇〇六年以后新发现的问题吧。

人生不如意事十常八九，湘九在心中默念着这句话。那时他确实不太明白，为什么突然重提这个部门，提到两年前的"审计调查组"。半个月后当年的原班人马开进集团，他才恍然大悟。

参与接见的专案组负责人脸上掠过淡淡的一丝笑容，既显得睿智也有点伤感。专案组其实已经公开化了，若是再来一个调查组，其内容便只能意会而难以言传。期望或者挑战，各人有各人的体会。开导他们的话跟从前一样，要相信有专业审计人员的参与，才能把事实搞得更清楚么。

当湘九们再次提出要尽快采取措施，否则可能产生难以控制的结果时，他们得到了直率的回答。"你们的意思是，应该尽快采取'双规'措施对吧?"律政部门主要领导人说，"他跑不了。这两天我们就找那位私营开发商，然后再找他身边的人，争取在实证上有更大的突破!"

告别的时候，康总跟省府办公厅秘书联系，要求向分管国企的政府领导再作一次汇报。

这天天气很好，阳光照耀着花坛和草坪。使他们有一种难得的好心情。因为此前此后，他们见识了太多的冷眼看客。

官大一级压死人，有些人架子之大，犹如为富不仁者面对穷亲戚。那种不屑的口吻，可以寒进你的骨髓中去。还有些人，级别并不比他们高，只是因为放在一个重要的位置上，有权，或者贴近哪个上位者，"势利"二字就写在了脸上。明明是为了坚持正义反映情况，遭遇的却是打官腔，对方一脸的不耐烦，话里话外，竟是他们在不顾大局。

湘九的年纪摆在那里，位置摆在那里，官场上的中心人物哪还会正眼瞧他呢。他受到的冷遇自然更多。好在湘九见惯了世态炎凉，早已练就一副不亢不卑、从容自若的神态。再大的官，这辈子也见得多了，他从心底觉得可笑。《桃花扇》里唱得好:眼见他起高楼，眼见他宴宾客，眼见他楼塌了。说不尽的人世沧桑，正是这些人给予的。

有一回，萧骅跟一位上位者说自己是纪委书记，职责所在。对方说本人也干过这个工作。湘九说:"萧书记你不必多说了，领导的水平总是比我们高一些。"湘九转过脸对上位者说:"我们只是向您汇报一下自己的看法，如果不及时采取措施，后果可能很严重。我们尽到职责了，不打扰您了。"

那天从大院里出来，康总和萧骅乘车回去，而湘九走了六七站路回家。他穿着一双新上脚的高靿皮鞋，脚腕都磨破了却浑然不觉。面对繁华大街熙攘闹市的他心中极其黯然。自己也是从年轻时过来的，当上正师那年不过四十二岁，为什么如今见了这些青年官僚竟是心如止水？说到底，这官场，实实是太令人失望了。

回到家，鞋子都脱不下了，磨破的脚腕血乎乎黏着袜子，竟是烂了两三个星期。

官场如是，时事如斯，他们的意见能够被人重视便显得分外难得。湘九有一位战友在中央某重要部门工作，常年跟各级组织、纪检部门的领导人员打交道。他对湘九夫妇说："我一直替你们担心，因为老兄你归根结底还是书生气太重。"战友脸色沉重地说："告状能够告到这一步你还平安无事，你便可算是吉人自有天相了！"

这是早春，房间里开着暖气，湘九夫妇却出了一身冷汗。屋外已春意盎然，西子湖畔绿树红花，室内一片肃杀。

二〇〇八年三月三日。中午。萧骅接到省国资委监察室主任的电话，请他过去一趟。

他自己开车过去，心里猜测着会有什么事。中午的阳光明媚，街上人不多，大堂里的保安落寞地坐着，双肘支在桌上，支撑他那前倾的头，仿佛不是瞌睡引起的困倦，而是对人生感到的疲倦。萧骅直奔电梯，这时的电梯很空，很快将他送到了二十五层。

办公室的门虚掩着，他敲了一下，推门进去。室内的人都站了起来，不仅是监察室主任，还有那位女纪检员，还有省纪委的两位处长。这一瞬间，脑子里闪过一个念头，使萧骅豁然开朗。

他没有猜错，等待已久的行动终于开始了！他坐下了，又站起来，摇摇晃晃地，好像是从梦中站立起来似的。处长向他布置的任务很简单：请他不动声色地把金处长从集团带出来，带到省纪委安排好的某个招待所去。

为什么是金某人？他没有问。上级自有考虑。

他有些激动，也有些恍惚，回来的路上方向盘都把不稳了。他问身后的两位处长，是否可以请司机开车。处长说可以。萧骅立即通知司机小宋在集团楼下等候。小宋曾经给龙显开过车，龙显觉得他不可靠，换上了手下人介绍来的新司机。

集团办公楼静悄悄的，萧骅上了六楼。金处长的房门也是虚掩着，他坐在旋转皮椅上打盹。萧骅推门而入时，金处长悚然一惊，好比一次电击透过他的全身，将沉重的眼皮抬了起来。萧骅的进入似乎是一个意外，而这个意外过于强烈，使他甚至没有力气站起身来。他的目光因此而显得惊疑不定。他急急巴巴地说："萧书记，您……您有什么吩咐？"

"国资委请你去一趟，把电话打到了我的办公室。"萧骅说，"大概是考核处吧，要我也过去一下。"

"是他们啊，"金处长放心了，精神立时振作起来。好像那个处里都是他的哥儿们。"这时候着急什么？也不让人睡一会儿。"他说。

"走吧，别让人等得太久。"萧骅说。

他们下楼，萧骅让他走在前面，自己跟在他身后像押着一个犯人似的。

小宋坐在驾驶座上目睹了金某人拉开车门的那个瞬间。他目光空洞地望着他们。在这呆滞茫然的目光里，没有一点对话的余地，只有他脸上骤然升起的恐惧和惊慌。

省纪委的一位处长从车上跳下，拉他一把，他进了车，被夹在两位处长中间。萧骅砰的一声关上副驾驶室的门，小宋立即踩下了油门。

那天下午空寂而索然，湘九去车站迎接乔主席的夫人。夫人是苦出身，有个姐姐从小被送给富春江边一户农家，病重的姐姐到了弥留之际，妹妹急急忙忙从北京赶来。央企在本省的单位不少，夫人说临行前老乔只给了自己张总的电话。老乔说："湘九是我的朋友，私人的事情能找朋友就不要去找公家。"

临行前湘九关照司机小奚仔细检查车况。小奚严肃地说："我明白。"康总的司机已经跟他打过招呼：他开车几次发现被人跟踪。小奚检查完了刹车又检查轮胎，一群人围在旁边看热闹。有的人很纳闷，有的人脸色白了。小奚身高一米九，红着眼睛打量四周。"谁要是活得不耐烦了，"他把蒲扇般的大手捏得骨节嘎嘎响，说，"那就来试一试吧！"

科技处徐处长忧郁地瞧着他们，他走到车前说："张总请您务必注意安全。"湘九说："放心吧，我可是上过前线当过侦察兵的！"说这话时他冷冷地笑着，盯着站在远处的灰仔和曾处长。他们低下头，上楼去了。

下午四点钟，湘九接到康总电话，告诉他金某已经被带走"协助调查"。那时湘

流失岁月

九刚接来乔主席夫人，正在车上跟她谈自己的工作情况。尽管已有思想准备，他还是呆了几秒钟。几秒钟后，他请康总重复一遍刚才的话。

"终于看到这一天了。"湘九对着窗外的街景自言自语。接着，他突兀地、傻乎乎地笑起来，那种笑是又凄凉又欣慰的。乔主席的夫人意识到了这个电话的非同寻常，她露出期待的神情。"有人进去了！"湘九对她说，"终于有第一个人进去了！！"

湘九发现他的手心很热，沁出汗水，他感到手里的手机在发烫，虽然只讲了几秒钟话。乔的夫人向他表示祝贺。春天的风从湖上吹过来。一些熟悉的饭店、咖啡厅和茶楼麻将馆从窗外闪过去。奇怪的是，在傻呵呵的笑声中，湘九感到自己依然心事重重，不想对他们的未来发表见解。这时他不停地拨萧骅的电话，可总是拨不通。

乔的夫人很理解地对他说："您忙您的事情去吧，我这就换乘汽车去乡下了。"湘九怀着歉意跟她道别，说："等您回到省城时，我和家属请您吃饭。"

他转身赶回集团。将近下班时分了，一种诡异的气氛笼罩着楼上楼下。那时萧骅和监察室主任还来不及通知金某人的家属，龙显却已听到风声。湘九上楼去找康总，路过龙显办公室。他的门紧闭着，里面隐约传来亲信们焦虑的说话声。一个女人守在楼道上，看到湘九上来就大声招呼他。屋里的声音刹那间静止，好像一部老式的黑白电影突然定格。

康总去了省国资委，湘九只好把小宋叫进自己办公室。小宋进了门又打开门，向楼道上张望。似乎外面总是蹲着一条或者几条不知疲倦的忠诚于主人的狼犬一样，随时在他身边竖着耳朵。湘九不由自主地叹息，觉得他们所经历的那些噩梦是如此的荒谬和不可理喻，连一个驾驶员都不得不如此谨小慎微。他对小宋说："怕什么呢，现在你还有什么可怕的？！"

小宋终于笑了。笑得有种梦境般的感觉。"我觉得像在做梦似的。"叙述的过程中他几次重复这句话。他把他们送到大院，再从大院送到某个招待所。"我只是遵照领导的指示办事，我真的只是遵照领导的指示办事啊！"一路上，金某人不断地嘟哝着这句话。没有人理睬他。他战战兢兢地看着带走他的人，往日的趾高气扬荡然无存。

小宋一直处于一种兴奋状态，龙显换了司机以后，他有过一段无所事事的空当，而今变得很忙。这天晚上，他连晚饭都来不及吃，又跟着萧骅去了金某人的家。他守在金家门外，听到金的家属在尖叫声中质问萧骅和监察室主任，她说金是替罪羊。这女人是一个公务员。她所在的单位是省里最有实权、待遇最好的单位之一。她说："你们在迫害他。"萧骅说："他是谁的替罪羊？你让他说清楚么。"监察室主任说："说清楚才能挽救他！"

阴影远远没有散去，而且变本加厉笼罩在他们身上。有关部门要求湘九加强自身的安全戒备，必要时向他提供保护。湘九改变了固定作息时间，傍晚散步只在摄像头可以照及的范围。一周后的某个夜晚，因为白天差一点被打，他才不得不向家属摊牌。

他说："如果我遭遇不测，你必须立即打几个电话：一是报案，直接向市公安局吴局长报案，他是我的党校同学，我跟他谈过这个案子；二是告诉康总，让他立即向省委省纪委主要领导报告，请求迅速采取必要措施，防止事态进一步恶性发展。"

"还有呢，"咪咪打了一个寒噤，问他，"还有什么电话要打的？"

湘九想了一会儿。

"万不得已时，给老首长打电话。"他说，"请老首长过问。"

咪咪无力地靠在门侧墙壁上，把手捂住嘴，仿佛害怕自己突然惊叫出声。她想起送他去前线参战，送他去抗险救灾的时候，他挂着手枪，背着冲锋枪，他穿上雨衣，冲进狂风暴雨之中。那时，他也没有说过这些话，更不曾让她麻烦过老首长。

窗外黑沉沉的，肃杀的风敲打着通往阳台的门，楼上有一只坏了的水龙头，滴滴答答地滴水滴到天亮，女人和男人一样，长夜难眠。

一周后开的这个会，应该说是最后的董事会，后来再也开不成这样的会了。

这是一次有组织有预谋有行动的会议，充当头号打手的是曾某人。

仍然是龙晟公司要钱。不打过去就向银行贷款，用集团的国有资产担保。贷款的数额巨大。湘九照例不承认龙晟实业集团的合法性。

"这只是一个程序问题！"曾某人迫不及待地跳出来说，"你不能无视它的现实存在。"

"程序背后是立场问题。"湘九说，"国企经营者为什么要违背程序和法规为私企谋利益？不解决这个问题，怎么可以继续为它担保?!"

曾某人显然有备而来，不跟他讨论这个问题，而是揭他的"老底"：基建所搞得怎么样？是不是每况愈下？谁该承担责任?!他指着湘九气势汹汹地说："如果没有龙董事长殚精竭虑，没有龙晟的效益，你们哪来的年薪和奖金?!"

湘九为之齿冷。

基建所效益最好那一年，湘九突然被龙显强令剥夺经营权，曾某人就在座。不仅他在座，这个会上绝大多数人都在座。现在，他们的选择是集体性遗忘。湘九说："你们不觉得如此做人实在是太卑鄙了一点吗？就算你把当年的董事会忘了，不到两年的那次民主生活会你总还记得吧？我在会上重温过这事，就是你做的记录。组织部和国资委的人都参加了这个民主生活会，白纸黑字犹在，曾某人你是不是得了健忘症？"

"从二〇〇一年到二〇〇四年，因为这位龙董事长把集团的利润隐匿到了龙辰公司，导致我和阿沃等人不仅拿不到奖金，而且受到扣除风险抵押金等处罚。他的殚精竭虑到底给什么人带来了利益，是你还是我?!"

若是还懂一点廉耻的人，面对湘九有理有据的这番话，会觉得像被浇了一盆冰水似的浑身凉透。但曾某人不是。他就是一个讨骂的人。被湘九骂了，他就得到了进一步向龙显讨赏的资本。因此，他继续激怒湘九。

"你不要骂人！你骂我我就打你!!"他说。

修养再好的人也会被这种话激怒。

"你想我骂你什么？"湘九说。"骂你是龙某人的狗腿子吗，或者马屁精？我看你就是这样的人。二〇〇四年一月二日，您在原基建集团最后一次班子会议上说的话，出席的人想必都还记得吧：'龙董事长的到来，好比一九四九年伟大领袖解放了全中国，东方红太阳升，我们从此从一片废墟上站起来了！……'这样的话，是不是马屁精、狗腿子说的?!"

曾某人是突然冲过来的,这个丑角,脸色涨得血红地冲过来，像一头疯狂的牛见到了红布那样。他的嚣张转变为一种暴力的需要，脸上的每个毛孔都张开了。双手痉挛着，捏成一双拳头。湘九腾地站起，身边的阿沃跟着站起。湘九说："你敢动手，你就是第二个金某人！"

萧骅一把抱住曾某人时，他已冲到湘九跟前。拳风掠过他的面颊，湘九感到刺痛。与会的人大多站起来了，龙显稳坐钓鱼台。在一片乱糟糟的指责声和吵嚷声中，萧骅几乎拉不住动手的一方了。使劲挣脱他的曾某人比他壮实，带着一股疯狂劲儿，再次挥动双拳。萧骅死死拽住他的胳膊，转脸对龙显吼道："你要对今天发生的一切后果负责！"

"当年奔赴南疆战场时，我就没想过还能留下这条命，"湘九盯着龙显说，他的直勾勾凝然不动的眼睛里，燃烧着绿色的小火苗，孤独，高傲，沉静。他的声音沙哑，向图穷而匕首见的这位"党政一把手"投以蔑视的微笑。"今天若是倒在保卫国有资产的战场上，本人倒也算是死得其所了。"

"你是一个大盗。一个雅盗。我们跟你的斗争是国有资产经营领域中一场严肃的政治斗争。龙显，我告诉你，你的唯一出路是马上去检察院投案自首。否则你的末日很快就要到了，快了，很快了。你明白吗？"

一片静默。所有的人都在思索。

曾某人垂下了手。他们已经溃不成军。当湘九以法官一般庄重的口吻说出这番话，向他们宣判这个事实后，他们的心头渐渐张开裂缝，许多置诸脑后或早已遗忘的违法往事仿佛在裂缝里冲着他们露齿冷笑。有的人颓然坐下了，有的人木偶一样站着。那一刻，他们僵硬的脸上几乎没有表情。只有寒风扫落叶似的哆嗦暴露了某些人内心深深的害怕。

"你是一个胡编乱造的作家！你这是在写小说！！"龙显突然喊道。

他喊得色厉内荏。喊得愤怒而凄惶。什么叫色厉内荏？子曰："色厉而内荏，譬诸小人，其犹穿窬之盗也与？"装腔作势，狐假虎威，表里不一，口是心非，以权谋私，作奸犯科，贪污腐化，违法乱纪之人。穿墙凿壁的窃贼。这样的人，一旦东窗事发，必觳觫战栗，乱了手脚。

"是小说还是纪实，"湘九说，"你很快也会看到的。"

他的口气太肯定，使对方脊背发凉，挺不起枯萎凋零的十三根肋骨。湘九说：

"请你再也不要召开这样的会议了，我已经不承认你是我的领导，你我之间的矛盾不是人民内部矛盾，我们之间的矛盾不可调和。"

湘九扬长而去。龙显闭上眼睛，瘫软在椅子上。这是二〇〇八年三月十日，春天的阳光穿窗而入，照在他身上。可是他身上却散发出一股陈腐的气息。他的眼圈凹进去了，眼珠子孤零零地镶在中间。那表情，好像在问：为什么，为什么我会走到今天，会遇到这样一个穷追不舍的疯子？我……我他娘的到底造了什么孽了?!

这天夜里风高月黑，龙显一伙紧急磋商。除了要有钢铁般的意志、混凝土也不行之外，他们决定北上求援。

凌晨时分，寥廓的苍穹萧瑟寂寞，暗蓝透明的树枝失去了白天的光泽，忧郁地低垂着。一辆汽车幽灵般爬上高速公路，车上满载现钞。这当然不是银行的押运车，但车上载钱的数量之多，足以令专业护卫人员也为之吃惊。

他们害人害己。比如那位年轻的秘书，一个在最高律政机构工作、前途无量的人，就被他们彻底毁了。满满一个拉杆箱的百元大钞，一条壮汉都捧不动的，他也敢收？湘九们后来听了简直不敢相信。但他确实收了。而且收得很痛快、很利索。

月亮投下利剑般的光辉，照耀着人间，满载赃银的汽车如鬼魅一般迅跑。跨过长江，越过黄河，奔向祖国的心脏，奔向亿万人心目中的首都。

高速公路上还跑着另一辆车。车上是一对母女：王妤明和她的女儿。这辆车朝着相反的方向疾驶，目的地是赤州。母亲不断地对女儿说："快点，要抓紧时间。"女儿说："我不敢再快了，车子已经快飞起来了。"

这个早晨的赤州显得那么遥远，车外的空气不仅青涩潮湿而且充满腐烂的气息。王妤明有一种急不可耐的感觉，若是不能及时拿到这笔钱，也许就再也拿不到了。她的预感后来被证明是正确的，这是她从同案者手中分到的最后一笔赃款，满载于汽车后备箱中的巨款。

后来的日子，多少次她在梦中回到那条公路上。她看见自己坐在女儿身边的副驾驶座上，系着保险带。那是从赤州回来的途中，路边有一条浊黄色的江流。山坡上白幡招摇，山脚下的民居屋顶上腾起一片灰蒙蒙的烟霭。奔丧的人们哭哭啼啼，空气中笼罩着惶惶不可终日的气氛，仿佛预示某种灾祸的来临。她仍然催着女儿快跑，女儿不解地说："钱已到手，还急什么呢?"

十次肇事九次快，她们出事就在这块标语牌下。宝马车被撞得凹进去一块，保险杠也报废了，虽然双方都见了红，幸无大碍。对方要报警，王妤明果断地阻止。王妤明说："要多少钱，你开个价吧，我这就照给!"

平时锱铢必较的王妤明，带给她女儿深深的震撼。回首被撞坏的车子，想到车里承载的巨款，她的耳畔再次听到了隐隐约约传来的丧钟，这声音使她不寒而栗。那时候她对她的这个女强人母亲又爱又怕。她说："妈妈，这究竟是怎么一回事呀，这车上的钱是您应该得到的吗?"

王妤明忍着伤痛回到车上去，她说："你别问了，不该你知道的，你不要打听。"

瞧着女儿委屈和不安的神情，她叹了一口气说："将来你会知道的，我做的一切说到底都是为了你们啊，为了我的下一代、再下一代过上真正的好日子。"

二十九

可怕的内奸和情人的自杀表态

二○○八年三月十三日。金处长被带走的第十天。距龙显送贿款去北京仅三天。

湘九以为专案组来了，走进会议室一看不是。是那个湖北或者湖南人，还有一双乌珠骨碌碌地转的小龙。还有原先的两三位组员。这个审计调查组倒是蛮自信的，原班人马一个不换。

他们宣布：二○○六年已有审计结论的问题一律不查了，只查二○○六年以后的新问题。

也就是说，他们曾经作出的结论无比正确，不容置疑。

"一个星期，最多半个月吧，"湖北或者湖南人说，"我们就会结束本次调查。"

不是一般的自信，而是非常自信。

后来的事实却是，两个星期过去了，三个、四个半个月过去了，这个调查组的任务也结束不了。

湘九知道，谁也绕不开他们。国资委绕不开。专案组也绕不开。或许，这就是他们如此自信的来源？

都是当过兵的人，都是从后勤部长转业的，湘九很想告诉这位组长：人要活得有灵魂，人要活得有骨头。但是，他连跟对方单独谈话的机会都没有找到。宣布完了，他们夹起皮包就走，龙显让办公室主任陪他们到龙晟公司去了。

阿沃的身影在阳光下泛出和窗帘一样的淡黄色。面对一支接一支吸烟的湘九时，他感到脑袋嗡嗡地涨疼。湘九说："你把窗子打开好了。"阿沃说："你就不能少抽两支么！"

消息灵通的阿沃将门窗紧闭，告诉他调查组要求专案组把账册交出来。专案组不交，调查组的副组长、那条小龙竟失了态，盛气凌人地威胁他们说，这调查要是卡了壳，一切后果由专案组承担。

"真的还是假的？"湘九说，"这也未免太八卦了吧。"

老康告诉湘九的问题更严重：专案组去赤州办案时，亚辰公司的涉案人已经逃走了。

通风报信的人是谁？

历朝历代，人们都毫不犹豫毫无疑义地把防奸和锄奸放在对敌斗争的首位，本着比对公开的敌人大得多的仇恨铲除内奸。面对面的敌人固然残忍，更可怕的却是内奸。内奸的破坏性更大，他可以干出公开的敌人所干不到的事情。内奸更令人憎恶，因为其手段更卑鄙毒辣、阴险狡猾。

问题是他为什么要当内奸？除了龙显以及其他单位给过好处，使他利令智昏以外，更主要的是他相信这些调查最终都会走过场。或许因为他更清楚也更深信龙显们头上有一片厚实的云，一般的风雨根本摧垮不了，所以他才会有如此的自信和猖獗？

北京的人收了钱，自然也成了内奸。这里的内奸和那里的内奸犹如给他打了一剂强心针，使龙显回光返照般地重新亢奋起来。

一辆别克轿车停在集团门前，小宋阴沉着脸仔细保养。他穿着长筒胶靴，拿着一根水管在冲洗车身。办公室主任说这是金处长的车，金处长很快就要回来了！

灰仔和银处长曾处长站在围观的人群中，他们说："是呀，金处长马上就要回来了，小宋你把他的车子擦得亮一点！"小宋拿出一罐车蜡走到车尾，慢腾腾地举起手里的擦布朝他们看，他想解释什么，摇摇头没说出口。办公室主任对银处长曾处长说："上去吧，我们商量一下如何迎接和慰问金处长！"人们听见他们在电梯门口唱歌：我们的朋友遍天下，我们的歌声传四方。

湘九给省纪委办公厅打电话。湘九说："这个调查组我们信不过。"接电话的人说："您找分管的副书记吧，我这就把他的电话给您。"

分管副书记就是当年湖滨派出所的小警察。他说："你们的心情我们知道，这些都无所谓，关键是证据。"

副书记请他去一趟。

那天下午省里召开安全生产会议，湘九不能请假，康总去见了副书记。

康总带回一个消息：赤州亚辰公司一名股东已被当地监察部门带走，另一名逃走的正在追捕。

湘九说："我是否应该去一趟?"康总说当然。

星期六，《大路朝天》摄制组正在赤州紧张地拍摄，湘九赶到了。石凉、严晓频、曹力等演员，还有央视的导演和编辑，见到他非常高兴。湘九握着石凉的手说："很抱歉，我很少看电影电视，不过《缉毒英雄》我还是看了，男一号给我的印象很深。"石凉把严晓频拉到他面前说："您对她有印象吗? 《北京人在纽约》。"湘九只说了一个片名。他转过脸对曹力说："你就更不用介绍了，屏幕上的大坏蛋不少是你演的。"

人们惊讶他对演艺界的了解，他们以为他只是一名还有一点正义感的官员。等他说出自己毕业于解放军艺术学院时，他们才豁然开朗。这天下午谈话的主题是腐败和反腐败。演员们愤愤地说，人们总是说演艺界的潜规则，其实官场的腐败和潜规则比这严重多了。

赤州的情况比预想中好，带走的人已经迅速移交省专案组。逃走的是当地人，已被通缉。

两次中风后动完手术的阿群躺在病床上，湘九握着他的手给他按摩。闻讯赶来的老部下们潸然泪下。阿群的女儿站在病房门口看着他们，她的腰像柳枝一样细柔无力，脸色如墙壁一样苍白。这个从英国留学回来的女孩子为父辈们在创业的艰难岁月中建立起来的感情所深深打动。

金处长果然回来了。龙显一伙弹冠相庆。一些面带凶相的陌生人在楼道上晃来晃去。老康和湘九无言相对。显然，龙显头上那片厚实的云没有飘走。反扑开始了。

亚山给他打来电话，问康总是否有过税务上的问题。湘九感到奇怪。他问老康，老康说："他们不是早就告过了吗，有关部门专门组织了调查，做了结论。他们又在折腾这件事了？"

他把这话转告亚山。亚山没再说什么，只是嘱咐他千万小心。湘九给二姐的女儿打电话，她在税务稽查局。外甥女告诉舅舅，确实有几封措词严厉的举报信，谁举报的，具体内容，她就不能说了。

其实举报的罪状很多，寄到各个执法部门。有的问题子虚乌有，有的问题早已澄清。但是，这些举报达到了混淆视听的目的，扰乱了办案进程。一时间甚嚣尘上。

一些人又开始动摇了。小奚很担忧地告诉湘九，外界的传说，反而是康总和湘九"正在垂死挣扎"。

可能是湘九从来没有管过钱吧，找不出他经济上的口实。生活上的错误更难找，因为他除了上班连家门都不出。那么他有没有政治上的问题？

再愚蠢的人，也不会用父辈的成分来攻击他了，那种手段实在太过时了。现在的枪弹是他的女儿女婿。子不教父之过。大院子里有人告诉他，有一封信上这样说：他的女儿女婿在他的影响和教唆下，屡次违反新闻纪律，不顾国家声誉披露社会阴暗面，充分暴露了他的"反动本质"。

这天傍晚湘九在厨房里烧水，咪咪在洗碗。家住梅家坞的何厂长送给他一盒明前茶，湘九烧完水沏了茶走出厨房。"这不是王槊吗！"咪咪听到他的叫声愣了愣，接着又听到茶水烫手的呻吟声。咪咪愕然跑进客厅，看到电视上的新闻联播：国家领导人正在接见参加博鳌论坛的"亚洲杰出青年领导人"。领导人握着他们女婿的手，笑容可掬。咪咪转身拿来一碗冷水说："赶快把你的手浸一浸，现在你什么也不用怕了！"

我本来就不怕这些宵小之徒。湘九把手浸入冷水说。这些苍蝇蚊子。

窗外下起淅淅沥沥的春雨，康总打来电话。他也看到了新闻联播，比他们两口子更激动。"他们该后悔了，后悔攻击你的理由太弱智！"他说。

湘九不以为然地回答说："狼要吃羊，总是会找到借口的。"

雨不停地下着。到了翌日，渐渐演变成一场大雨。快要下班时，亚山打来电话，说她明天一早出发去南方某地，调查某个事情。或许因为刮风下雨，手机的信号很不好，或许还有其他原因，湘九在一片叽叽嘎嘎的干扰声中只听清楚了"调查"二字，还有那座城市的名称。他说："好吧，星期天你叫孩子来我家吃饭就是了。"

后来想起这个电话，湘九总是有不寒而栗之感。

亚山打完这个电话才感到有些不安，她知道湘九另外配了手机，只是她习惯了打老号码。她想，偶尔打一下总没有关系吧。

她下了办公楼。天色已暗如黑夜，能见度很差，马路边水流湍急。路灯却没有及时开启。行驶的车辆纷纷亮起大灯，骑自行车和电瓶车的人横冲直撞。亚山开车从一条小路出来。被迎面驶来的车辆大灯晃得眼花。

她的迟疑只有几秒钟，左侧突然受到猛烈撞击。方向盘刹那间反弹，车子冲向路边，车头猛然倾斜，冲出路面，半个轮子上了路边的花坛。接着，又是一声猛烈的撞击传来。车内的安全气囊"嘭"的一声打开了。车尾被顶了起来，向右侧翻过去，还好，被花坛上的一棵大树死死挡住了

一切都在瞬间发生。亚山的大脑中一片空白。她眼睁睁看着起先撞她的那辆红色轿车歪向路边，戛然刹住。她看到司机放下车窗。黑暗中有一双惊慌的眼睛。她又眼睁睁地看着这辆车重新发动起来，在大雨中落荒而逃。

撕心裂肺的疼痛向她袭来。头痛得想要呕吐。冷风和雨点从挡风玻璃已经破碎的车前灌进来。她挣扎了几下，发现自己被卡在变形的车子里无法挣脱出来。

她感到绝望。

一个身影出现在车外。那是后面撞上来的司机，一个开出租车的河南小伙子。这个脸色苍白的小伙子显然吓坏了，他在风雨中一个劲儿地说："大姐，不是俺先撞您的，是前面那辆红车，那辆红车呀！"

"你先帮我出来，"亚山说，"我知道是前面那辆红车……"

小伙子从出租车的后备箱里拿来了工具。

他俩都没有看清那辆红车的牌照号码。究竟是普通交通事故，还是蓄意所为，因此而成了一个永远解不开的谜。冷冰冰的雨水落在脸上与泪水混在一起，亚山轻轻挥动她渗血的麻木的左臂。一道闪电照亮她的脸，她想明天我还去不去南方呢？

雨在下着，湘九在下班回家的路上。雷声隆隆，一道又一道闪电在车窗外掠过。

湘九打了个冷战，感到彻骨的寒意。他不明白这是怎么一回事。只觉得慌兮兮的有一种莫名的害怕，心里乱极了。

他的神色很恍惚，像梦游人一样。咪咪问他发生什么事了，他摇摇头，有点累，他说。他没吃晚饭就倒在了床上。雨下小了一点，一片死寂，只有小区花园的树叶在风雨中飒飒地响，邻家一只宠物犬在断断续续地吠。他一夜无寐。

第二天一早，亚山带伤上了去南方的飞机，落地以后，才把昨天的惊险过程用电子邮件发给他。触目惊心的湘九傻愣在书房里。半晌，他对咪咪说："不会是受到了我的牵累吧？如果是，如果她被撞成了残疾，我该怎么办？"

"那你只好负责照顾她的后半生了，"咪咪提心吊胆地说，"另外还有什么办法呢？"

"你们省里对我们的到来非常欢迎。如果评估结果和我们的预想相差较远，我们就不想谈了。"

央企的谈判代表如此说。不管是对地方国企还是民企，他们都这样说。

这样说是有效果的，地方政府往往因此而要求当地企业降低价码。

"这是不平等的重组谈判。"私下里，湘九跟康总和阿沃谈过这一点。

老康提醒湘九：这些话只可意会不可言说。上位者已经再三警告他们，一切必须围绕重组大局进行，班子成员之间必须求大同存小异。某位上位者说："这是对你们的考验！话中的含义和分量你们要明白！这时候如果有人还敢闹不团结，必然会影响到你这个人重组后的工作安排！"

多么大的压力啊，湘九们被压得透不过气。

"大佬"把实际收购价压到低得不能再低，将重组后的前景描绘得花团锦簇。赵本山"卖拐"，有人揣着明白做范伟。各色人等各取所需。好心人告诫湘九说："就你知道'忽悠'两个字吗，你要为你以后的日子考虑。"

人生在世，最大的追求到底是什么。湘九心情沉重地说。金钱？美色？地位？我感觉都未必。为什么向往一个理想的工作岗位，乃是为了一展胸中所学！

他很清楚，为了这个理想，他已经付出过太多委曲求全的代价，而能够一展胸中所学的岗位却离他越来越远，终至遥不可及。

遗憾吗？不该遗憾。人生总是不完美的，而他已经尽力。他的人生有限，精力有限，时间有限，能够在退休之前将一帮蟊贼送进他们该去的地方，夺回国家和人民的财产，他已无憾。

有时她感觉不到一点暴力的迹象，只有一种冷漠的可怕幻觉：两个身穿蓝色制服的女人礼貌地押着她慢慢消失在公众视野中。那去处太远了，听不见任何城市的噪音。酒吧的音乐声和公园的狗吠声都被距离抹去了，她听不到自己悲恸的哭号和惊恐的叫喊，觅不到同情或者嘲弄的表情。这时她觉得时间静止了，觉得自己的脉搏狂跳不已，嘴也干了，她伸出舌头，仿佛在舔自己身上的伤口。

她又参加了一次聚会，会上有一些省级机关和国企的中层女干部。那时她装出若无其事的样子，打扮得香喷喷的四处周旋。一位身穿职业裙装的女性引起她的注意。她坐在角落的沙发上，一只手托着下巴，默默地听着别人的讨论。她那双黑色的眼睛深沉而带点嘲嚷，当她看到王妤明向自己走来时，露出了略微讶异的神情。

王妤明注意到她的手腕上扎着绷带。

"不小心摔了一跤？"香喷喷的女人在她身边坐下了，样子颇为关切地问她。

"被车撞的，"亚山说，"一辆红色轿车，撞到我就跑了。"

"保时捷还是法拉利？"王妤明愤愤地说，"开这种车的人素质还那么差么?!"

"你觉得开这种车的人应该素质特别好吗？"

娴静文雅的态度本应让人无拘无束，王妤明却感到对方在斜着眼睛打量自己。这种打量含着嘲讽，王妤明觉察到了。那一刻，这女人的心中颇不平静，她身上的行头，比之对方不知高出几个档次，而她的感觉却好像矮了不止一头。

亚山看着她的神情，不是为了寻找阴谋，而是判断她的心态。无论喋喋不休地鼓噪，抑或讨好的甜美音调，都在掩饰她内心深处的不安。这女人是聪明的，可惜聪明反被聪明误。她在这样的场合，不跟企业家交往而与大院子里的公务员们攀谈，目的十分明显。亚山无声地笑了。

"王总，"她说，"你现在是大老板了，集团重组以后，龙晟系列就该彻底跟省国资委再见了吧？"

"哪儿的话，政府永远是我们的依靠。"王妤明突然警觉起来，问她，"您好像认识我对吗？请问您是……"

"有依靠就有管束，"亚山回避对她的回答，似乎漫不经心地说道，"天下没有白吃的午餐啊。"

王妤明有一种忐忑而惶然的感觉。她好像又碰到了一个湘九。这个微微扬起眉毛的女人，有一张虽然和气但保持距离的脸，敏感而矜持，骨子里跟她完全是两种人。那种冷漠的可怕的幻觉再次侵袭了她，使王妤明好几天心神不宁。

这天晚上，龙晟商务楼里静悄悄的，别人都走了她没走。龙显过来了，看到他进门时的脸色，她就意识到又发生了某件不同寻常的事情。果然，他带来一个极其可怕的消息。"逃走的人被抓住了！"龙显倒在柔软的牛皮沙发上说，他的声音显得那样疲惫，那样失望，使女人哀伤地凝视着他，什么话都说不出来。

女人怎么也忘不了在办公室度过的这一个夜晚。他们沮丧地依偎在长沙发上，感到死神的脚步在楼道上若有若无地走动。逃走的人掌握着他们太多太重要的秘密，他们以为他早已离开了这个国家。这个消息准确吗？来源是否绝对可靠？女人一次又一次问男人。男人说："我花了那么多钱，应当是可靠的。""什么叫做应当啊，"女人抱着最后的希望对他说："到了这种时候，钱也不一定是可靠的了！"

"如果把你先抓进去怎么办？"龙显突然问她。

王妤明愣了愣，她觉得这是一个伪问题。怎么可能先把她抓进去呢？她又不是首犯。但是她突然感到一阵浸入骨髓的寒意，她想到了金处长。再看龙显的脸，显然是认真的。夜风从吴山广场吹过来，她在风中瑟瑟发抖了，她的嘴唇青紫，脸色像粉刷过一样惨白。她说："你说我……我该怎么办呢？"

"这只是假设，"龙显说，"百分之九十的可能是我先进去。"

"不！不要你先进去!!"女人惊叫出声。关键时刻，女人总是把男人当成她的依靠，失去依靠，她好像就成了飘萍一叶，只能任凭风吹雨打去了。"宁可我进去，也不要你进去啊!"她说。

凄清的月亮挂上天空，龙显的脸在月光辉映下半边白半边黑，一缕狞笑挂在他的唇际，他说出了思谋已久的话。"谁先进去，坚持不了的话就自己了断算了。"他的语气很平静，很有一点视死如归的姿态。"把后面的一位保下来，你我的孩子也就有人照顾了。"

女人呆呆地看着他。像一尊蜡像。

负疚之感如潮水一样向她袭来。悲痛像一块尖利的冰块直刺她的心。她根本没有想到她的女儿早已大学毕业且有了自己的事业与家庭，而对方的孩子还在上学。她想到的只是这男人有丈夫气概，而她从前却一直对他有着怀疑。一种东西在抓着她的灵魂，回顾二十年的情人关系使她变得温柔、弱智、坚定。"好的，如果真是我先进去的话，"她咬着嘴唇，怕疼似的哆嗦了一下，说道，"我就自杀，坚决把你保住。"

龙显终于产生了罪恶感，他的眼睛与女人的眼睛相遇而迅速移开。他好像第一次发现，他使她承受过多么大的痛苦。那时候泪水像断线珠子一般从王妤明脸上不断地往下滚落，她像梦游一般僵硬地垂着两只手，木然地穿过房间走到阳台上，接着便扶住阳台栏杆，用手紧紧地捂着脸。肩膀剧烈地起伏着，她把阳台淹成了湖泊。

龙显走到她身后，把手放到她瘦削的肩上，重新控制好自己的声音。"妤明，"他说，"请原谅。我只是说说而已，也许事情不会这样糟糕。你不会先进去的。"他抚摸着她赤裸的手臂，感到那冰凉的皮肤像一只受惊的兔子在他的手指下辛酸地悸动。

五月的风，模糊的树林，山上的城隍阁，还有惨淡的月光，还有一块巨大的广告视屏，都留在她的记忆中。她怎么也想不到，她的承诺很快就要兑现。一个月以后，她乘看守松懈时解下胸罩勒住自己的脖颈。那时她的眼前重新显现这幅画面，由清晰而逐渐模糊。一个有过甜蜜、追求、惶恐和压抑的灵魂，一个选择了自我摆脱的女人的灵魂离她而去。

她看到的最后的景色，是这座城市黑暗的夜景，在风中迅速地消逝。

办公楼一阵摇晃。阿春慌里慌张走进湘九办公室，提醒他说："您还不打电话去打听一下四川亲戚的情况啊！"湘九说："为什么，为什么要打四川的电话？"

又是一阵摇晃，他才反应过来。王槊的父母就住在成都近郊距离双流机场不远的华阳镇，他父亲心脏不好，正在准备去医院动手术。可是，电话怎么也拨不通了。

湘九不得不改拨北京。王槊的电话也拨不通。终于拨通时，王槊的声音焦灼而疲惫，他说他也一直在联系父母，但联系不上。

二〇〇八年五月十二日十四时二十八分。中国四川汶川遭遇八级地震。六万余同胞遇难，三十余万人受伤，数百万人流离失所。短短的三分钟，无数家园瞬间成为废墟，无数亲人生离死别，无数孩子成为孤儿。南方雪灾刚刚过去，中国又遭大难。全球为之震动。

再次拨通王槊的电话已是深夜。王槊正在向记者布置赴灾区采访的任务。女婿对岳父说："既然成都不在地震中心，眼下我就顾不上家人了！"

电视屏幕上，一片片废墟里，有那么多还活着或已逝的人被埋在瓦砾中，有那么多的伤者在呻吟呼喊。国务院总理在专机上发表讲话，要求部队指战员克服一切困难，就是步行也要尽快进入受灾最严重的地区。"我就一句话，是人民在养你们，你们自己看着办。"这是他到达现场讲的一句话。这句话力重千钧。终于拨通亲家母的手机已是五月十三日中午，传过来的第一句话是"太可怕了，亲家啊，真是太可怕了！"原来，地震发生时，王槊父亲躺在病榻上，一个大橱柜"砰"的一声倒下，离他只有十几厘米。两位老人互相搀扶着走下楼，在小区附近广场的一辆小面包车上坐着，整夜惶惶然地望着黑暗的天空，不知其他在灾区的亲友是吉是凶。

湘九赶到省红十字会看望志愿者中的作协会员。从楼道、仓库到各个办公室，一片忙碌。有的志愿者在接待捐赠者，有的在忙着登记。桌上的电话不停响起，湘九帮助接听，指点捐赠的途径和方式。

"省红十字会吗？我想捐赠一批高浓度消毒液。"这个声音太熟悉，湘九愣住。

"你是阿其？"他喊，"你是不是阿其?!"

对方显然也感到惊讶。迟疑了几秒钟。"您是哪位？"阿其不敢确定是他，犹豫不决地说，"是不是红十字会的工作人员？"

一个人是否有价值，往往能在这样的时候判断。湘九的心被某种温暖的脆弱的感觉打动。苦命的小老板阿其，身上永远揣着一张"暂住证"的阿其，不断地被那些穿蓝色黑色灰色制服的基层公仆所欺凌所敲诈的阿其啊，每晚的梦魇没有让他改变本性，他在苦难的人民最需要的时刻站了出来！

当阿其和小鱼儿送来整整一车高浓度消毒液，并且遵照红十字会的安排再送去火车站时，红十字会的一名工作人员认出他俩前天就来捐过款了。

"如今我翻过这发黄的篇章，才看见中国的脊梁是从底层往上高耸。"湘九想起鲁迅的话。

是的，"我们从古以来，就有埋头苦干的人，就有拼命硬干的人，就有为民请命的人，就有舍身求法的人。"没有这样的人，都像经常教导亚山的那些处长们，我们就彻底完了。

正在现场采访的电视台记者闻讯赶来时，阿其赶紧跳上车说："我们走了，求你，千万不能报道我们。"

记者困惑地问湘九："为什么不能报道他们？"

"杀猪，你懂吗。"湘九说，"这头猪明明还没有长膘，一报道就成了大肥猪了，你懂不懂？"

年轻的记者摇摇头。"不懂。"他说，"我听不懂。"

"不懂就算了。"湘九说。

他不想解释。害怕这种解释会使自己更加哀伤和忧郁。天灾已经带来了太多的悲怆，再想这些人祸如何受得了？

时间一点一点地消逝，每一分钟，都有着不少灾民因抢救官兵与医生的资源不够而面临死亡的危险。在网上，最新的消息和图片以及视频不断传来，湘九所能做的，却只是捐款和交纳特殊党费。中国作家协会征求他意见，请他去灾区采访。他请示康总和省国资委，他们表示很为难。集团重组到了关键时刻，跟龙显一伙的斗争也到了关键时刻，没有上位者的批准，谁也不敢让他走。

去年夏天有关部门曾经邀请他去北戴河疗养，他谢绝了。这使他在向北京解释时可以减轻一些负疚感。参加工作四十多年，他一次也没享受过这样的待遇。他是一个名副其实的工作狂。现代社会造就了不少这样的人。这种犹如穿上了红舞鞋一般的人不能停止旋转，一旦停下了，所有积劳成疾的病痛都会一下子发作。

有一段插曲令人啼笑皆非。一个月前，萧骅调查某个涉及处长们的问题时用了集团纪委的公章，办公室主任要求他将盖过章的材料"归档"。萧骅理所当然地拒绝了。湘九去浙赣交界处一个生产基地进行安全督察，回来后才知道，办公室竟然发了一个函通报"纪委书记私自隐秘使用纪委印章的情况"。这个公函广为散发，在国资系统和大院子里造成很大影响。

上级有关部门一次次调查，即便在地震后也没有停止。备受委屈的萧骅一遍遍重述事件过程，他的工作因此而大受影响。调查会上，湘九首先自我检查，名义上他分管办公室，他说自己没有管住。他一针见血地指出，办公室主任是受人指使的，目的不仅是让萧骅的调查进行不下去，更主要是要把水彻底搅浑，造成这个单位已经大乱、必须调整整个班子的假象。这是龙显准备鱼死网破的表现，他已孤注一掷。

龙显表现了最后的顽抗。他坚决不同意处分违规违纪的办公室主任。即便是在国资委纪委书记和监察室主任到场督促的情势下，他提出的处理方案也只是让办公室主任与投资处处长对调岗位。令湘九不解的是，国资委和康总居然接受了，萧骅也不得不妥协。

愤怒的湘九要求康总解释。他说请你注意，只有一个词可以说服我：策略。一段长时间的沉默后，康总为他的耿直和愤懑所叹息。他向湘九要一支烟，虚虚地抽着，眼神幽幽地瞧着窗外。"你明白是策略就好了。"他说，"这件事应当早点结束，不能再让他们节外生枝了。"

林子里有许多鸟，一枪打过去，总有一些鸟被惊起而飞走了。萧骅的调查后来不了了之，那些宵小以各种名义套取公款私用的问题，再也无人追究。

作为分管领导，湘九多少对办公室主任有些了解。这是一个有点江湖义气的人。追随龙显多年，虽然明白大势已去，他仍咬着牙把责任扛到自己肩上，帮助他进行了最后的挣扎。从某种角度看，他至少比金某人银某人曾某人活得像个人，后者在龙显倒台之后，无不声明此前自己是上当受骗了。

比这个插曲更令人惊讶的是那条气焰嚣张的小龙突然消失了。再也联系不上他时，出现了龙显跟王妤明商量谁先进去谁就自杀这一幕，显得很是顺理成章。

那可怜的乌珠骨碌碌转的小人儿，因为受贿而通风报信，而玩忽职守营私舞弊，他却认为自己只是得罪了有关部门。他亢奋异常，在某个招待所的标准间里表示强烈抗议，这一形象似乎是那些无休止的阴暗、迷乱、公权力产生的梦想和狂妄而无知的写照。当审讯者将证据一项项摆到他面前时，他才感到了不可言喻的失败。

震惊之余，湘九的眼睛发涩，那颗心仍为这些内奸给健康社会带来的几乎无法逃脱的灾难而隐隐作痛。他坐在书房里，想着自己将要写的下一本书。当他想到迄今为止他在这本纪实性很强的书上倾注的心血，想到一切正如他预料的那样精彩而惊险地不断补充着情节与细节时，一个非职业作家的骄傲和满足感油然而生。

这本书的结局，已在他的脑海中预演了千百遍。最后一章的内容换了又换，现在的结尾是"曲终人散"。他知道这是一个过于乐观的结尾，其实这类故事往往没有最终结果，往往是曲未终人不散。腐败已形成丰厚的土壤，气候稍有变化，罂粟花、大麻、毒蘑菇之类，依然会破土而出，争奇斗艳。

这天晚上王槊来杭州出差，夜深了，看到岳父的书房还亮着灯光。"该休息了，爸爸。"他推开房门说。湘九转过身来。岳父的脸色苍白而憔悴，眼底有一团黑圈，书房里一股烟气。岳父看着女婿，又吸了一口烟，突然笑起来说："现在已不仅是我们和龙显之间的事了，至少不完全是了，对吗？"

"是的，爸爸。"王槊认真地回答他说，"现在已不仅仅是你们和龙显之间的事了。"

女婿替他拉开细条子的竹窗帘，拉开窗户，小区花园里凉爽的夜风吹进来，吹走了室内的烟气，使空气变得清新起来。他们听见远处火车站传来一列火车进站的鸣笛声以及近处保安巡逻的脚步声。一只蚊子在窗前嗡嗡地叫着飞来飞去。王槊挥挥手，把它赶了出去。

三十

法庭上内外的喧嚣和漫长的等待，六十年，他没有白活

二〇〇八年五月二十六日凌晨，亚山做了一个梦。

她看到湘九站在悬崖峭壁上，四面是怪石嶙峋的山峰。漆黑的幽谷，令人眩晕的隆隆作响的瀑布。风在呼啸，连接石壁的山是陡峭的，上面还覆盖了一层风化掉的石沙。她艰难地攀登，企图将他唤回。荆棘刺破她的手和腿，借助微弱的星光，她看到咫尺之遥的他站在悬崖边沿却浑然不觉。

一声凄厉的叫喊震荡山谷。就在她登上颠峰将手拉住他的一瞬间，脚下的石头松动了，他俩一起向下坠落。悬崖之下是黑沉沉的雾气，她紧闭眼睛，听到即将粉身碎骨的呼呼风声。

她从梦中惊醒，全身被冷汗湿透。

璀璨的星光照着窗外的树木，微风中，树影摇曳不定。她拥被而起，坐在床上发愣。日有所思夜有所梦，为什么她要在这个凌晨做这样的噩梦？早晨起来，她给湘九发了一条短信，告诉他这个可怕的噩梦。

心神不宁地度过一个白天，快要下班时，她才接到他的回信：跌落悬崖的是他们。

王妤明被专案组带走了！

龙显的办公室紧关着门，一群如丧考妣的亲信聚集于此。屋子里的气氛沉重得令人窒息。每个人都垂头丧气。

湘九们接到许多电话，回家后又有不少人来访。有的人不解为什么不是龙显先进去而是他的情妇，有的人为此欢欣鼓舞。湘九跟康总萧骅一样不表态。接下去还会发生什么？谁也不清楚。

国资委领导传达省里的指示，要他抓好安全和稳定工作。端午节前一天，传来了对王妤明正式宣布"双规"的消息，他却忙着布置节日生产和值班，陪同省国资委两位处长下基层督察。

在湘九看来，事情已成定论，后面的案子进展不再需要自己操心了。现在摆在他面前的问题是北工集团控股之后，自己的工作会有什么变化。

六月初，他问过省国资委一位领导。领导说："你作为我们派遣的产权代表，当然仍归我们管。"

六月十一日，省国资委主任找他谈话。出乎意料，龙显、康总和他被同时免职！

其实湘九并不期望留在重组后的集团。不管新的控股人欢迎不欢迎，他都不想再待在这里了。他的任务已经完成了。他跟龙显一伙共事了整整八年多，斗争了八年多，漫长如一个抗战时期。他已经竭尽全力。龙显已将这里的和谐气氛彻底破坏，人际关系的修复将变得艰难而复杂。也许，新的管理层建立起来，才更有利于这种修复。

二〇〇八年六月，他满五十八岁了，离退休还有两年时间，若是给他一个新的岗位，两年里还可以做点事情。

消息很快传开，他的电话被打爆了。湘九这才发现，居然有那么多的人、数不清的人，不想他离去。跟他工作关系密切的人可以理解，共同创业共同奋斗的历程使他们结下深厚的友谊。还有许多平时往来不多的人，这时也流露出他们真诚的情感。从白天到深夜，无数电话和短信让他热泪盈眶。"张总您不管我们啦，你为什么管自己走了?!"面对如此之"责问"他无语凝噎。

政声人去后，他还没有去已经体会了心灵的巨大收获。工作时理所应当做的点点滴滴，他早已忘了的些许善举，都被人重新提起。被他批评过的人，发来短信却是深切的留恋。湘九读一条短信删一条短信，否则就进不来了。科技人员的来访直截了当。他们说："您会被安排去何处？若是不还您一个公道，怎能让人心服?!"

公道自在人心。湘九沉浸于感恩中。这些肯定和鼓励，像电流一样给他注入新的力量。那时他真的没有想到：一个月又一个月过去以后，他会被挂起来成为一个长期待岗的人。

他跟所有寄予他期望的人一样，终究是太天真了一些。

很难描写这女人的心情。她的囚室有窗，可以看到街景，看到远处一家咖啡馆。她多么羡慕咖啡馆里那些悠闲的客人，他们可以过自己想要的生活。也许，坐在窗前的那个中年妇人只是一个小康之家的主妇罢了，然而，在这无所事事的下午时分，她过得多么自由、多么逍遥啊。

这种生活已经离王妤明远去，因为有它的时候她却不知道珍惜。她无法承受生命无边的黑暗，即便她把一切都交代出来，也不能免去自己该承担的罪责。

谁也不知道她濒死时看到了什么。也许是芳草遍野，小河流淌的一片美景？也许只有一片空旷的寂寞幽静？思绪被引领至无思无言的境界，灵魂清澈而浩渺，人生化入万物和星空，再也没有利欲追求，没有恩怨情仇？

王妤明后来十分感谢将她拉回人间的专案组一位处长。这位处长冲进去时，她的脉搏已经几乎摸不到跳动。监管她的警察是两个小姑娘，小姑娘害怕得哭了。处长当机立断给她做人工呼吸。

这位处长无疑立了大功，他为抢救这个女人赢得了最宝贵的第一时间。若是王妤明就此撒手人间，除了要她死的人之外，显然是各方面都不想看到的结果。几个月后，这位处长被提拔到一家省级国企担任了纪委书记。

经历过生离死别，王妤明才发现生命是多么宝贵，比财富宝贵多了。她有女儿。女儿还有下一代。她的生命并不只是属于她自己。她躺在病床上，护士替她拉开窗帘，天高云淡，有一种极致的恬美感。风柔和地吹进来。一只小鸟在枝头歌唱。她虚弱地对小姑娘说："我要见救我的人。"

人们总是会对自己的救命恩人敞开心扉。何况她本来就是一个感性的女人。更何况她的救命恩人告诉她，龙显交代的某些问题跟她说得完全不一致。女人感到撕心裂肺的疼痛。没想到她为这个男人尽了一切，这个男人却把一切污泥浊水一个劲儿地往她身上推。

二〇〇八年六月十二日上午，省国资委与北工集团在省人民大会堂正式签订合作协议书，宣布组成新的经营班子。原班子成员中，只有萧骅与阿沃进入了新班子。

北京来的接收大员个个西装革履，谈笑风生。萧骅阿沃也很精神。湘九穿着一件淡蓝色的衬衫，进门就有不少人跟他打招呼，他寒暄着，看着龙显进入会场。会场里开着冷气，龙显却穿着一件灰色的短袖 T 恤衫。更让人替他感到冷的是，没有人理会他。一夜之间，他好像成了孤家寡人，大庭广众之下，连最亲近的几位处长都对他视而不见了。

他坐在第一排边上，脸上没有表情，一点表情也没有。

从六月十二日到六月二十二日，不知道这十天时间他是怎么过的。老康说要盯着他，万一跑掉就麻烦了。湘九说他还能跑到哪里去呢，从王妤明栽进去的那一刻，他就知道自己跑不了了。

湘九看到他在集团办公楼走进走出，一会儿来了一会儿走了，自己开着车。湘九替他、替他的家人和那些不得不与他虚与委蛇的人叹息。他的每一处活动，想必都会进入有关部门的视线了，他还要害多少人？

网上公布了国务院国资委关于清理国企中层以上管理人员在下属企业持股的文件。这对处长们来说无疑是一个重大的打击。当然，他们不会就此死心。他们知道这样的文件执行起来总是会打折扣的。湘九忙着移交工作，去各个企业和基地告别。所有人都在猜测龙显何时被纪委带走，这似乎成了一种众望所归。

六月二十三日，老康神神秘秘地跟他说："今天你没看到这条龙吧？你恐怕再也看不到他了。"湘九平静得自己也奇怪地说："真的吗，终于等到这一天了？"他跑到楼上，敲敲龙显的门，门锁着。他跑到楼下，找龙显的车，车不在。他给萧骅打电话，萧骅说："我打听一下，消息可靠的话我马上通知你！"

萧骅的电话直到晚上才来。他说这个消息基本可靠。有人看到他被叫进大院子里去了，没有看到他再出来。

这是一个注定的不寐之夜。思想在暗夜里绽放出阳光的气息。一颗对于这个世界的苦难过于敏感的心，沉浸在淡淡的回忆中。是的，淡淡的。因为岁月使他太累了。静悄悄的黑夜，对于幸福的人来说，是让人无限幻想的黑夜，让人怀揣美梦的黑夜。对于他来说，却有些怅然若失。

他首先想到的竟是：若是早一点阻止，事情又何至于达到今天这一步呢？国有资产不会损失如此之大，龙显和受他牵连的人们，也许还会有救。

天亮了，湘九像往常一样准时去上班。后来的日子他每天都准时去上班，尽管他早已无班可上。人们看到他默默地坐在原先的办公室里，没有文件，甚至连报纸也没有一张，两眼看着窗外沉思不已。一个反腐败的人，在腐败分子入狱以后，在他工作经验最丰富、人生经历最厚实的时候，旷日持久地在等待着新的安排。

人生再长不过百年，而这百年人生终有一日将如滔滔江水般一去无痕。何时可消胸中块垒？湘九不知道。他只晓得，北京大学有位孙教授说那些老上访专业户99%以上精神有问题。若是再为了自己的工作而去上访，他不也成了一名"偏执型精神障碍患者"？

六月二十四日中午，他从四楼西端的洗手间出来，一抬头，目瞪口呆。龙显嘴上咬着一支烟，与他擦身而过。

这太令他惊讶了，也太令他沮丧了。湘九傻站在那里，看着龙显走进灰仔办公室，感觉自己像被笼罩在一片阴影里。一阵穿堂风袭来，他打了一个寒战，将两条汗毛竖起的手臂把自己的身体紧紧抱住，好像这阵微风吹进了他的骨髓。他怀疑自己见鬼了，怀疑自己白日做梦。他跑上五楼。闯进康总办公室。他说："我……我看见他在四……四楼！"

康总的脸上，与他的吃惊相伴的是一种近似痴呆的半信半疑神情。他说："怎么可能呢？"他喃喃地说："怎么可能？"他小声地自言自语地说着这样一些话。后来就打电话。给萧骅打，给大院子里的人们打。

湘九默默地走出去。有一阵子，平常正常情况下所拥有的逻辑性极强的思维离他远去，他在楼梯上机械地走着，像个傻偏。他花了好长时间才慢慢恢复理智。这时他猜想，昨天也许是找龙显谈话，给他最后一个主动交代的机会。

他没有猜错。

二〇〇八年六月二十六日。下午五点。龙显终于被专案组带走。

湘九接到北京小许的电话，年轻的督察处处长激动得语无伦次。他说："太不容易了，湘九你们真是太不容易了！"湘九说："不能说'你们'，应该说'我们'，我们都太不容易了。"从小许颤抖的嗓音，令他可以想象他的心情，看到年轻人眼中的泪花。湘九给牟秘书打电话，牟秘书说马上报告首长。首长还没回电，警卫参谋小高接过了电话，小高说："祝贺你们那老领导，首长老是在惦念这事儿，我们听着都替您担心呢！"

那天下班时，有一位老战友从外地过来看他，看到湘九筋疲力尽地靠在沙发上，桌上的电话在响，兜里的两只手机也在响，他却好像连接话的力气都没有了。

一名作家，在完成一部呕心沥血的作品后都会产生这种感觉：就像经历了一次死亡。湘九陷入一种茫然的状态。八九年来，每天支撑他高度警惕并全力以赴的目标突然消失了，召唤他激励他的动力也同时撤退。他的心中一时空荡荡的，全身瘫软无力。

那时候他蜷缩在沙发上，如一个婴儿渴望回到妈妈温暖的怀抱中去。他那样虚弱那样落寞地瞧着推门而入的老战友，使深知其这些年遭遇的老战友也情不自禁地落泪了。

"我请你吃饭去，"跟他一起蹲过猫耳洞、一起蹚过地雷阵的老战友说，"我陪你去喝一盅。"

"我想睡觉。"湘九轻声说，"我只想睡觉。"

有人在楼梯上走动，萧骅陪同专案组的人在五楼搜查龙显办公室。纷沓的脚步声在他头顶上响动。他蜷缩在沙发上像一只病猫。他把桌上的电话搁开，把手机关了。他在朦胧中看见自己回到了童年的延定巷五十四号墙门。天井里有一株无花果树。他看着那绿色的果子，嗅着那芳香、浓郁的甜香味，听到自己肚子里发出的咕咕叫声，但他就是爬不起来。他连摘一颗无花果子的力气也没有了。

二〇〇八年六月二十六日。龙显一伙终于分崩离析的这一天，夜深了，湘九才摇摇晃晃地回到家。

第二天早晨起来，他去了医院。医生说他的健康状况很不好，必须马上治疗。

光走进湘九办公室时他正在接高参谋打来的电话。高参谋说老首长给省里某领导写了一封信。信中回忆了湘九在军营在前线的表现以及他所了解的湘九与腐败分子作坚决斗争的情况。老首长请求这位领导过问一下湘九的工作问题。他的信写得情真意切。湘九听之感动得眼眶潮润，连声说谢谢。

他对这样的信不抱太多期待。老首长早已退下来了，况且他从未管过地方。如果人家视若不见，老人家心里会是何种滋味？湘九觉得自己很对不起他。

光坐在他对面，抱愧地看着他。茫茫世界变幻无常，重组后的企业全盘接收了原中层管理人员，某些龙的追随者的权力甚至得到了提升与扩展。好像违法乱纪的只有龙显和王妤明。

《每日经济新闻》和《财经》杂志报道了龙和王被"双规"的消息。两名记者都姓张。一夜之间，网上出现大量攻击帖子，说湘九的女儿不顾新闻道德，诬陷好人。威胁的语言下流肮脏。有人反驳说，地球人都知道，湘九的女儿不姓张，而《财经》那名记者更是男的。反驳的帖子立刻被更多更恶心的口水淹没了，漫骂湘九们的同时为龙显歌功颂德。

光是来向他告别的，接收大局已定，他被派去江西一座矿山工作。那座矿山荒凉偏僻，最美丽的景观是山脚下春天里一片金黄色的油菜花地。湘九说："你对我有什么可抱歉的？我知道，没有一个领导愿意轻易地接受如我这般者。我怎么会怪你呢，你自己都要去欣赏一片油菜花儿了。"

香烟缭绕，湘九沉郁的神情使光想起去年那个大雨瓢泼的夜晚。那时他毅然向光、向光的顶头上司通报了龙显的案情，至少使他们避免了某些可能发生的失误。光蠕动着嘴唇，很想告诉他什么。伟人说世上没有无缘无故的爱也没有无缘无故的恨，任何选择总是有来龙去脉的。但是，他能说吗，说出来又有用么？

湘九听说龙显挺过了一个星期，不过，当他看到王妤明和赤州两位股东的交代时，他再也挺不住了。办案的人一进门，他就跪在了地上。办案者吃惊地说："你这是干什么，你站起来说话！"龙显却长跪不起。他不断地重复一句话："求求你们，放了我吧，我有罪，我交代。"

亚山说看上去他的精神崩溃了。亚山叹着气说："他们其实也够可怜的。"湘九说："崩溃不崩溃，主要看他的交代。真是崩溃了，他会把一切如实说出来，若非如此，那就是演戏了。"

调查的结果他是在演戏。有的案情他故意张冠李戴，有的问题他避重就轻。他在拖时间，幻想外面有人帮助他。专案组一次次把康总和湘九萧骅阿沃叫去，请他们核对案情，政法部门请来的专家介入了，外调的足迹走遍南北。一点一点浮出水面的作案手法与证据触目惊心，数额大到了令人难以置信。

这个案子，在新中国成立以来本省查处的重大经济犯罪案子中可谓名列前茅。新华社发了通稿："利用职务便利和国企改制之机为自己和他人谋利，收受贿赂；伙同他人贪污私分国有资产，数额巨大，手段狡诈。"

新华社报道的当天，龙显和王妤明被戴上手铐，移交检察院。他们被送到另一座城市去了，网上的鸣冤叫屈声终于渐渐减少。

秋天到了。湘九徜徉在落叶曼舞的小径，走过铺满青苔的空巷，任思绪被秋风渐吹渐远。省国资委曾经安排他和康总分别去其他国企，谈过话后，说上面另有考虑。接着，传来叫他去省作协的消息，说他本来就兼任副主席，如今连文都不必再下了。

湘九给省纪委杨副书记写了一封信，请他转呈有关部门领导。他说："省作协是副厅级单位，本人上世纪九十年代从军队转业时已被降了一级，若是再被降职使用，不仅有损于本人的社会形象，也会产生不良的社会影响。"

"龙显一案，其犯罪手段之复杂，技术含量之高，具有当今国有资产流失及新型腐败方式之典型性。这个案例一旦进入司法审理阶段，必将引起全国注目。目前，本人严守纪律，拒绝任何媒体采访。但是，人们和许多媒体早已注意到我和其他举报人的存在。这是一个无法回避的客观事实。本人的工作安排，已经不是对个人是否公正的问题，而是该不该让敢于冲锋陷阵的人'流血又流泪'的组织导向问题。"

他很感谢杨副书记。杨几次找人事部门为他陈情。退居二线的老领导王副省长、童大姐等，都替他说过话。他已经耗尽了这么多年的时光，他的主要工作经历，他在不同领域从事过的管理历史都摆在那里。人事部门撤销了这个打算。

湘九从来不怪人事部门，他知道他们有他们的难处。他们跟他没有任何过节，他们跟龙显一伙也没有瓜葛，他们为什么要为难他？

康总走了，去某厅担任副厅长。说到底他不是始作俑者。告诫一群猴，有一只鸡也就够了。这个单位大调整，有的直属企业搬走了，而灰仔失去一段时间的自由后，出来了，他和他的公司却一切照旧。有些从前常来套近乎的人，现在鸡犬相闻不相往来。一起工作的岁月如一部电视连续剧演播过了，如今的湘九却是身份不明，他想也许人家怕受牵连，楼道相遇形同路人也就形同路人罢了。

最后的工作机会也是人生中最宝贵的生命时光，他在被遗忘的感觉中度过。

中国企业面临最冷的冬天时，阿其来到他家。金融危机与经济下滑，是市场经济必然会出现的经济规律和经济现象。我们不需要抱怨，抱怨解决不了任何问题。士别三日当刮目相看，阿其侃侃而谈。"就像您的境遇一样，"他说，"上帝给您关上一道门，就会替您打开一扇窗。到我这里来共同创业好吗？"

打他主意的企业颇有几家。都是大企业。阿其搞的是一家小得不能再小的小公司。阿其却说："人家搞大搞强了您去还有什么意思？还有什么创造性和挑战性呢？依您的个性，跟您在位时行业相近工作相关的企业您也不会去的。鄙公司的业务与您从事过的任何职位任何行业毫不相干，一切都要重新开始，您没有理由不去。"

啼笑皆非的湘九说："既然毫不相干，为什么还要我去？"

"因为我们看中您的管理经验，您的实干精神，您的为人与才学。"言至此，阿其肃然起身说，"您总不能这样无所事事地一直混下去吧？！"

一个"混"字，令其心凄恻。湘九陡然老了十岁。半晌无语后，湘九嗓音嘶哑地甩出一句话："还剩下一年多了，一年后我退休了再说罢。"

一个"罢"字，拖沓而沉重，听来是何等的苍凉。

他在等待。在度日如年的煎熬中等待。

等待的是一个无法实现的愿望，为什么他依旧如飞蛾扑火一样执著？

安排会在最后的时刻到来，他对此十分清楚。不过，到了那时，这种安排已经没有多少做事的意义，只是让他有一个领取退休金的地方罢了。

等待若梦。梦中的孤独在时间的年轮上徘徊。人生总是老得太快而醒悟得太迟，他也不可避免。他给自己找事做，把从前的调研报告拿出来，写了《国有企业惩治和预防腐败的思考》，写了《国有企业经营班子考核体系的研究》等等。

等待像一个贼，窃走他宝贵的光阴。等待使他伤痕累累。他的脸上刻满斗转星移、沧海桑田。

二〇〇九年二月十三日，省人民大会堂召开全省国资系统干部大会，宣布龙显一伙的罪行。那时湘九正走过会场门前的环城西路，一辆轿车在他身边停住。一个女人从车窗里探出头来叫他。他愣了愣，认出是一家兄弟集团的一位女副总。女副总快乐地向他招手说："今天会上该表彰您了吧，张总？我老是想起去年春天您在研讨会上的发言，实在是太精彩了！"

她说的是省国资委举办的科学发展观研讨会，湘九发言时结合本单位实际讲了当前国有资产流失的情况。湘九说："今天与会的人中，想必跟本人所在集团'一把手'熟悉的不在少数，会后肯定有人会向他通报我的讲话。没关系，"湘九挥挥手："鄙人讲的都是事实，不怕他告我诽谤罪的。"

湘九说："我只是要提醒在座诸公：千万不能向他学习，手莫伸，伸手必被捉！"

女副总当时坐在阿沃身旁。她愕然问阿沃："他说的都是真的吗，他怎么能如此坦率？"阿沃点点头说："真的，他不怕你们传话的，当着龙某人的面他也是这样直截了当说的。"湘九记得，散会时这位女副总走到他面前，握住他的手说："我相信您，敬佩您。"

湘九尴尬地站在人行道上，在这种状况下仍然保持了他的矜持。他站在二月的寒风中，看着一辆辆黑色的轿车从他的身边驶过。他注视着这些轿车开到大会堂门前停下，一个个国企领导步上台阶。他们的脸色，显得肃穆庄重。

"我连参加这个会议的资格都没有了！"湘九哈哈大笑着说。他点燃一支烟。笑声随着他喷出的烟雾飘散在半空中。他咳嗽起来。"真的，"他说，"没有任何人再来通……通知我了。"

女副总凝视着他的笑脸。她感到自己好像跌进了一个梦里。她从车上下来。她又一次握住湘九的手。湘九的笑声使她的精神有所缓和。她再次回想去年春天的研讨会，但这会、连同湘九的发言突然都变得模糊而遥不可及了。她由此而感到一种真正的悲哀和恐惧。

后来就是多雨的季节了。朦胧的雨中，一片迷茫。

即使是想象力再丰富的作家，也写不出这样的情节：那个个子高大的省级律政部门主要负责人，那位从军队转业的高干，几次接见他们，表示要将龙显犯罪团伙案件一抓到底的领导人，突然身陷囹圄！

这个消息太让人震惊，也太具有戏剧性和颠覆性了。湘九怎么也不敢相信。就在一个月前，湘九还听说，他跟人事部门说要还一个公道给湘九，不能让反对腐败的同志流血又流泪。湘九不了解他的过去，只听说去年之前他在华南工作，问题发生在那个省。湘九们看到的只是其到达本省后的工作表现。莫非这是一个具有双重人格的人？

湘九给了解此事的人打电话，对方说"是的，他被中纪委带走了"。有一个瞬间他感到电话听筒在手中躁动，听到了一阵陌生的歇斯的声音从听筒里涌出来，越过天窗，在茫茫的雨雾里穿行。他抓住细细的电话线。话线仿佛带着电，好像有一股力量要把他的手扯过去。他的手拉不住这根线，突然感到从未有过的茫然。"这跟你有什么关系，他个人出了问题，不等于他曾经过问的事情都错了！"对方等得焦灼起来，在话线那一头说道，"你别想得太复杂，龙显的案子是经过省纪委常委会集体讨论审定的！"

湘九默默地坐在书房里，带着冷峻的神色凝视那只电话机。他看见风云变幻阴错阳差反映在黑色的机身上。雨斜斜地飘过窗前。雨带来严肃而阴郁的冷风。重要的不是他的脑袋被搅得像一团糨糊，而是必然有人要乘机"捣糨糊"。律政部门的人，尤其是领导者出问题，肯定有某些人会为之拍手称快，会等着看笑话！

他的预料一点没有错，有一个记者在这个春天忙得不亦乐乎。他事先没有丝毫迹象而突然成为龙显们的吹鼓手，使湘九被深深的悲哀弄得心情很抑郁。他想起二十多年前曾经去过这位记者的家。那是一条以"小楼一夜听春雨,深巷明朝卖杏花"而闻名的陋巷，一个患病的男孩躺在一张竹榻上，孩子的奶奶向他诉说家里的困难：儿子整天在外面采访，孤老幼儿无人关照。湘九静静地听着老人的絮叨，脸上浮起同情和尊敬。

湘九在后来的岁月中跟这位记者有过几次邂逅，他无法知道对方家里更多的事，也许，那种窘迫的生活早已随着他的职场得意而消失了。他调进了一家主流媒体。他在策划某个颇有市场价值的活动。或许正是因为他曾经活得艰难，使他对今天的商品经济充满了热情？当他的眼睛在近视镜片后面闪闪发亮时，湘九很难将过去的他跟现在的他连接到一起了。

湘九看到他写的文章，他在为龙显四处张罗鸣冤叫屈。他的文章和龙显家属的"呼吁"排在一起，"呼吁"中说，龙显受到的是原省律政部门主要负责人对他的"政治迫害"。湘九想这位记者明明知道我跟龙显长期在一个班子，他跟我又有过几十年的交往，为什么不来采访我一下呢？湘九很想跟他谈谈，拿起电话又放下了，不由自主地叹息，人到了这种地步，还有什么可以交流的？

"有的人活着，他已经死了；有的人死了，他还活着。"臧克家的诗句，在他的耳边萦绕。湘九是个骨子里接受了太多儒家教育的人，极其容易自己来感动自己。湘九觉得这位记者也算得是个老朋友了，他的心里，因此而承受了双倍的悲哀。

司机小奚愁眉苦脸地跑来告诉老领导他被辞退了。湘九再也按捺不住，他拿起电话打给集团新任行政负责人，他说："我是否可以谈一点个人看法？"

"第一不合法。"湘九说，"小奚在这个集团工作八年了，签过三次合同。按照劳动合同法，现在应该订立无固定期限劳动合同而不是解聘。第二不公平。"他又说："龙显的司机比小奚晚来几年，听说有人却在龙显出事后悄悄给他转成与国企老职工同等待遇，与小奚的遭遇明显形成对比。第三有违当前政策。经济危机下，像小奚这样的特困家庭，四十岁、五十岁人员属于照顾对象。"说到此时，湘九终于动气，他抬高嗓门说："拿这样的小人物开刀你们于心何忍?!"

这是他为属下所能尽的最后一点心、一点力了。办公室两位新主任为之动情。在他们的斡旋下，小奚离开了集团，下去二级企业开车。总算没有丢掉饭碗的小奚泪眼婆娑向他告别，他的脸上呈现出灰暗的羞涩。四十岁的小奚还是单身汉，在湘九看来像个孩子。这样的状况几度发生：早晨睡过头了，湘九等不及他只好乘出租车上班去。他在离集团百米处下车，走到办公楼。有人问："小奚没送您来吗？"湘九说："他在后面替我买早点。"

"小奚你得记住，这种错误从此再也不能犯了。到一个新单位你要脱胎换骨，要格外勤快。"湘九说，"你明白吗，一个穷人如果加上一个不勤快，那就永远没有翻身的日子了。"

他把小奚送下楼，看着他发动汽车。车子远去了，他仰起脸，注视着这座城市上空寂寥的天际。天空这时候变成灰蒙蒙的。白云飘向远方，从西湖上吹来的风挟着阴冷而潮湿的气息，雨又落下来了。湘九走向宝石山。

中午的山上人迹稀少，茶室里有几位品茗的雅客，狐疑地盯着他看。看一个人过中年的男子在雨中攀登山崖。浑身湿淋淋的湘九显得单薄而倔强，一道闪电照亮他，他的脸色无比苍白。他平时的锻炼主要是走路，很少爬山。他的腿有陈伤。然而，在这无比郁闷的季节，他像海燕一样，渴望在暴风雨中张开受伤的翅膀。

无数人生画面在雷电中闪过，从香港的宝恤医院到插队的山村，从船厂的锻工间到黄河边的军营，从硝烟弥漫的西南边疆到东海岸崛起的新城，他的人生一如保尔·柯察金。环绕西湖的群山展现在他面前，城市很大，他很小，他站在山顶上时觉得自己小得真是可怜。荆棘划破了他的裤脚，风吹起他的衣裾像张开的翅膀。他默默地站了许久许久，突然大喊：

"啊……啊……啊……"

他的嗓声震荡山谷，惊得茶客纷纷跑出去看。那单调的高喊像沉重的石块一样从这汉子口中蹦出，凄厉而绵长。他的嗓门哑了，他还在喊。一位好心而大胆的茶客拿来一杯茶水，双手捧给他。茶客说："先生，喝口水润润嗓子吧，再难的事也别想不通啊！"湘九愕然转过身来，抬手抹去脸上的雨水，他说："对不起，我让你们受惊了。"茶客们看到他把那杯茶水放到唇边，他仰起头，茶水从他嘴角溢出，顺着下巴，哗啦啦地流到了他的胸膛上。

一个看上去很有官相的茶客撇撇嘴说：疯子。

雨过天晴，湖上升起一道七色彩虹。人们看着他走下山去。他走得蹒跚，脸上的神情是一片淡漠。这种话对他来说如同耳边风。是的，在这个物欲横流的大千世界，在某些人眼里，他就是这个时代的一名疯子。

他在锻炼自己，这种锻炼是一桩必须强迫自己完成的苦差事。他把等待的过程转化成一个锻炼的过程。他相信，一切会变得越来越可以忍受、越来越自然，到后来，清晨和傍晚就养成了一个习惯，成了日常行为的一个部分，不用强迫自己，每天都会走出门去。

他期望自己，能够走进一片新的天地。

湘九很清楚这一点，有关部门对此案的查处同样充满艰难险阻并且受到各种掣肘，一个几乎使用了当代所有经济犯罪手段的利益集团，在进入司法程序后，被追究的往往只有其所犯罪行的一部分。后来的事实证明了他的预感，送上法庭的只有赤州房地产项目贪污款、一笔受贿和最后转让龙晟股权造成的一两个亿的国资流失。

而这一部分罪行，遭遇的仍然是不断翻供和百般抵赖。

开审的前一天下午，湘九听说了某些利益一致人乱纷纷驱车赶往法庭所在地的情景。他们依然称龙显为老板。一个剃小平头的年轻人开着一辆越野车，他肆无忌惮地喊："走啊，给老板助威去！"这个内心其实很紧张的原打手，用干巴巴的声音，给他周围的人打气："不要哭丧着脸，老板并没有服罪，一切变故都是可能发生的。"还有一位中坚者用慷慨激昂的声音，回顾了龙晟公司曾经带给他们的利益，又向他的追随者们描述了翻案的可能性，然后宣布："要让老板看到我们的支持和信心。"

一些枪手从四面八方赶去，一个庞大的"法律顾问团"也早已组成。

媒体报道了龙显家人跟王妤明家人从庭内闹到庭外的情景：乱哄哄如同菜市场。

当地的一名文学青年向湘九述说了他亲眼目睹的闹剧。他路过那里，看到法警制止两群人互相谩骂并试图肢体接触的场面。文学青年听着他们使用的词语，那骂的丰富多彩和粗鄙低俗，使他目瞪口呆。这个文质彬彬的小城秀才，本来以为来自省城的大老板家属们应该表现得更有教养一些。然而，当他再度回顾当初的情景时，那些"茅坑越掏越臭"的语言依然让这位中文系毕业的小伙子感叹不已。

小城秀才以读书人的姿态走到法院的台阶下以后，回首表达了他的不屑一顾，仿佛自己遭受了侮辱似的吐出一口唾沫，他说道：

"明明就是一帮贪污腐败分子么，还嫌不够丢人现眼！"

湘九含笑听着，依然摆脱不了心中的困惑与惆怅。

虽然，他努力让自己相信，法律的主体终究还是公正的，罪证确凿，即使真正的权势者也会有所忌惮，毕竟翻案不得人心。

人们在等待，等到一个绿色的夏天再次来临。二〇〇九年八月，某市中级人民法院终于宣判，龙显因贪污受贿、滥用职权造成国企重大损失被判处无期徒刑，剥夺政治权利终身。王妤明则因法庭认定其认罪态度良好，并有上交贪污款的行为被从宽判处有期徒刑十一年。

媒体报道说，法庭上"再度出现戏剧性一幕"，龙某人的"亲朋好友不停地冲撞隔离栏，他们高举双手高呼冤枉"；"甚至有一人突破法警的阻拦冲上审判庭，企图摘下国徽"。

几乎与此同时，有关部门对湘九进行了一次涉及范围甚广的考察，考察结果出乎他本人、也出乎一些人的意料以外：占绝对多数的原班子同事、集团本部管理人员和下属单位负责人给他投了赞成票。

离他到达退休年龄已经剩下十个月了，落实政策的过程还是那样曲折。他听说曾经有过一个方案：去某个政府部门，让他参与国有资产的监督管理工作。向他表示祝贺的人们却看到了他依然阴郁的神情。这是一个重要部门，湘九说："我不敢相信命运会轻易地让我改变。"

没有人告诉他真正的原因。公开的说法似乎与他本人无关。人们不敢看他的脸了，而是越过他的头顶瞧着窗外厚厚的那一片云层，其讳莫如深，使他们共同感受到酷暑中仍然带着寒意。

九月，天气凉爽，湘九终于在某一天的中午时分又一次被叫到人事部门，见到了某位领导。这个比他年轻得多的领导，如释重负般地对他说："好了，好了，终于给你安排好了，让你去文化部门当一名正厅级的巡视员，明年也好有个正常退休的地方么。耽搁你这么长时间，你天天都在骂我是吧？"

湘九眯起眼睛看他。那张照着半边阳光的脸因为皱纹的深刻和舒展，显得平静而

流失岁月

生动。湘九脸上浮起一层如波浪般微微摇晃的笑容。他说："我怎么会骂你呢，你的权力再大，也只能是提出建议而不是决定对我的安排。"

"谢谢你的理解。"年轻的领导点点头说。

"还算满意吧?"他问湘九。

"如果没有上次的安排，如果一开始就这样安排，我会觉得更满意一些。"

年轻的领导皱起了眉头。"安排的过程是谁告诉你的?"他问。

湘九笑得更生动了，将身子凑过去一点，仿佛想跟他耳语："告诉我的人不止一个，但是我没有出卖朋友的习惯。"他说。

年轻的领导愣了一下，他的脸挂下来了，很有些无奈地看着他。过了一会儿，他终于爆发出来，好像这些话在他心里憋了许久似的。

"要看最终的结果么，湘九同志，你的最终的结果还是好的!"他说。"明年就要退休了，莫非你还想做点什么惊天动地的事情不成? 是的，你做得是不错，坚决不让国有资产流失，但是这么多年下来，你也够累了吧，应该休息了不是?!"

他站起身来，换了一下口吻，好像他俩是多年未见的老朋友，正在推心置腹地交谈。

"也就是不到一年的时间了，你就去那里混上几个月吧，谁也不会去批评你的。关键是要搞好关系。你明白吗，重点就是要把精力放在这上面，那样的话，退休后人家多少也会关照你一些! 记住，厅长叫你朝东你就朝东，叫你朝西你就朝西，再也不要显示你的那点个性了!"

湘九眼前出现将要成为自己顶头上司的那位厅长的模样：高个子，大脸盘，戴一副白框眼镜。湘九认识他二十多年了，这是一位难得的在官场中还保留着几分书生气的厅长。

湘九看着年轻的领导笑，他也大笑，也许他从来没有跟其他谈话对象说过这样一席话，这席话使他感到说得很痛快。对于湘九来说，这该是职业生涯中的最后的一次谈话了，他想这真是一次特殊的谈话，自己永远也忘不了。他也站起身来，愣愣地站了几秒钟。年轻的领导问他近期有写什么作品的计划，他说打算写一部回忆录。

"能否把您今天对我的教导也写出来?"他问年轻的领导。

"写吧。"年轻的领导并不介意地说。"写得含蓄一点，请记住，我可是真正地为了你好。"

屋子里除了他俩，还有一位处长。处长带着一些惊讶的神情听着他俩的对话。年轻的领导因此而再次说起他所了解的湘九独特的家史。说起他的父辈。

"假如先父知道我后来的命运，"湘九苦笑着说，"或许，当年不会那样放心地离去。"

这句话从他嘴里轻轻地说出来，却重重地落在房间里，刹那间营造出一种肃穆的氛围。他们都走神了，好一会儿无话可说。年轻的领导看着湘九，发现他的眼圈下有青青的一轮，角膜上可见几缕血丝，眼神疲惫而抑郁。愣了一会儿，他摇摇头说："那一代人有那一代人的理想，这一代人有这一代人的实践嘛。"

天气沉闷得像有一只底朝天的铁锅笼罩着苍穹。湘九走出掌有本省最高权力的这栋大楼，酷热的风吹起他脸上仍未消失的苦笑。隔墙的生活区传来午间新闻的广播声。首都正在紧张地进行阅兵排练，迎接新中国成立六十周年的到来。湘九仿佛突然发现，自己的虚岁也是六十了，大半辈子已经过去。

多少往事不堪回首，在这六十年的大部分时间里，他好像一名带着镣铐的舞者，在成长的舞台上尽力地扮演着各种命定的角色，因为从小母亲给予的教育、理想和原则，尽管他的感情常常脆弱，他的内心总是无奈，但在关键的时候，他都挺过去了。

是的，他想，当他还是一名小学生，被孩子们喊着狗崽子追打的时候；当他被打成阶级敌人，被关押在造船厂的斗室中时；当他站在南疆前沿的战壕里，面对一片枪林弹雨；当他冲向化工基地管道爆裂的车间，在氢氟酸弥漫的毒雾中指挥抢险时：他都想到过死。然而，他却活了下来。

一如他的父亲当年被囚禁于戴公馆的地下室，血战于台儿庄、昆仑关，颠簸于世界屋脊之驼峰航线时那样，受尽冤屈历经艰险，凛凛一躯，虽千疮百孔而巍然不倒。

不戚戚于贫贱，不汲汲于富贵，人生百年不过白驹过隙，到哪里不是生活啊。

这六十年，湘九站在马路边回想着，他没有白活。

（全书终）

后　记

二〇一〇年夏天，我在业余时间挥汗如雨地修改"湘九的历程"三部曲时，耳边常常传来电视台播音员沉重的声音。我觉得这真是一个举国伤痛的苦夏。仅在八月，甘肃舟曲的泥石流，使昔日美好家园瞬间变成满目疮痍的水上孤岛；伊春机场空难，令一个个欢乐的家庭从此不再团圆。作为一名出生于香港的中国人，我跟在菲律宾遭受劫难的同胞感受着同样的痛苦和愤懑。国人向来推崇"吊死问孤，与同甘苦"，谁也不希望这样的灾难发生，但已发生的一切不会消失，我因此而默默祈祷：我们会以凤凰涅槃的精神，恢复生机。

于我个人而言，这也是一个苦夏。由于几十年伏案劳作，颈椎盘突出压迫神经根水肿并发炎症，将近两个月时间，我疼得死去活来，服了几多止痛药，全无作用。医生同情地对我说："只有挺，挺过去了，你就胜利了。"

这句话很无奈，但是有道理。大至国家民族，小至家庭个人，常常是需要这个"挺"字的。

我在"挺"字当中度过这个分外忙碌的夏天。先父张鹤龄将军的灵骨，经过多方联络努力，在他去世五十五年，跟妻儿分别了整整六十载之时，终于飞越海峡回到了我们的身边。二〇一〇年六月五日上午九点钟，杭州南山公墓山风呜咽，哀乐回荡，我跟我的哥哥姐姐带着后辈们拾级而上，将其与先母祝松遐夫人合葬在一起。一个甲子的生离死别，六十年的等待，终于入土为安。

而在这个夏天，我也终于走到了退休之时。回顾走上社会的四十六年，农工兵学商政，总算没有虚度。大半辈子努力拼搏备尝艰险，唯有这最近的一年过得比较轻松。一方面是浙江省文化厅的新同事们比较客气，另一方面我很明白，临近退休时进入某个人地生疏的新圈子，这角色，基本上就是一个打酱油的。工作自然无甚压力：组织文艺研究机构作些调研，帮助剧团修改剧本，带团去南美参加了一次巡演，跟高校合作举办国内外学者高峰论坛等等。因为与我读书时所学的专业相近，可谓不亦乐乎。向各位同仁发表"退休演说"时，我说，一个人，大半辈子努力地爬啊爬，就算爬到了珠穆朗玛峰的峰顶吧，也不能认为自己就是胜利了，因为有不少攀登者恰恰是消失在下山的途中，只有平安地回到了营地，回到家，才能说胜利。同事们皆言这是一种领悟。

　　我觉得这种领悟蕴涵着一种哲理。

　　《绝地行走》《我以我血》和《流失岁月》是我在职期间写的最后三本书，前两本书出版之后，果然如我的老战友叶小崎所说："海峡两岸的中国人都会产生阅读的兴趣。"一位来自海峡对岸、年轻时也曾当过兵的画家，在上海看到这两本书，激动地给我打来电话说，湘九的历程使他和他的家人几度落泪，他们"由此知道了值得记录的另一种人生"。我的老首长、前军委副主席、国务委员兼国防部部长迟浩田上将寄来一幅墨宝，标题是"读廷竹新著有感而发"，内容是"笑傲江湖不言愁，拔剑四顾唱大风"。地处瑞典的《北欧时报》社长第一时间来电，告知打算连载《绝地行走》的消息。一些有过相似经历的读者的来电来访，更是令人感慨万千。

　　"湘九的历程"百余万字，不可能写尽主人公六十年的遭遇，许多颇有文学价值的所见所闻，一些生动的情节细节，往往限于篇幅等诸多原因而割爱。比如生活中有一个颇为可笑的细节：那位在资本市场上一度呼风唤雨的国企大亨，在他不得不退出私自参股的某家上市公司时，声称目前使用的奥迪 A8 轿车必须归还该公司，于是，国企又给他购置了一辆新的奥迪 A6。案发后，人们却惊讶地发现，那辆奥迪 A8 轿车根本没有过所谓的"归还"，而是一直静静地停在其车库里。更令人大跌眼镜的是，车后显示其排量及豪华身价的 4.2L 标志牌，已经被此地无银地调了个头，变成了 2.4L！

　　诸如此类能够鲜龙活跳地体现人物个性的情节细节，或许是太多了，无须重复便可窥一斑而见全豹。这使我在写作的过程中常常喟然长叹，人生百味，尽在其中。时光匆匆，我们已经回不到过去，当年天生我才必有用的锐气豪情，逐步变成忍把浮名换了浅斟低唱的坦然淡定。其实，能够说出来的都不叫苦，说不出来的才叫苦啊。

本书将要完成之际，央视八套正在热播根据本人长篇小说《大路朝天》改编的三十集同名电视连续剧。那是二〇〇六年之前我写的"大时代三部曲"中的一部。作为一个泥沙俱下鱼龙混杂的历史时期的体验者和观察者，我努力以一种宏大叙事的定位来描绘这个时代，然而，电视剧毕竟是一门生来便带有商业化烙印的大众艺术，编导们为了迎合尽可能多的观众的娱乐需求以及某些非艺术因素的制约或需要，往往会将文学作品中最具有批判性和震撼力的深层次内涵、表述乃至人物改变或舍弃。我理解并且尊重编导和演员们为此付出的辛劳，不过，这部电视连续剧确实不太像是本人的作品了。

亲爱的读者，当您不再愿意独坐灯下阅读文学哲理，而是与您的家人们拥坐在客厅的沙发上，伴随着屏幕上红男绿女们的恩怨情仇度过一个又一个夜晚时，作家的困境是全方位的。

不过，我仍然认为我的人生和写作是有价值的。

我的人生跌宕起伏，因此而不会满足于对生活的浅层表现，总是力图发掘生活深层的思想底蕴，寻找对历史、现实与未来的发现和思考。洞察是一种价值，不回避是一种价值，坚持更是一种价值。价值既有其客观的存在形式，又有其主观的反映形式。我以我的人生和作品创造自己的存在价值。

人生将要进入一个新的时期。经典作家认为：在未来的理想社会，"真正的财富就是所有个人的发达的生产力。那时，财富的尺度绝不再是劳动时间，而是可以自由支配的时间"。看来，"可以自由支配的时间"至关重要。如何度过这些时间，将成为我的下一个命题。烈士暮年，壮心不已是一种境界追求；含饴弄孙，颐养天年是一种生活向往。或许，经过一段时间的休整后，我将会有新的视野、新的发现、新的思考，那时，我会回到书桌前，再续"湘九"的历程。

感谢在本书出版过程中给以重视与帮助的李广洁先生，感谢我的朋友郭天印，更感谢我的读者们。

2011 年开春时节写于杭州城河边